HEYNE

Das Buch

Australien Mitte des 19. Jahrhunderts. Auf dem Kontinent der unendlichen, unerschlossenen Weiten treffen täglich neue Einwanderer ein. Darunter auch die Familien Duffy und Macintosh: die eine irisch-katholisch und bodenständig, die andere schottisch-protestantisch und wohlhabend. Die Familien leben in der blühenden Hafenstadt Sidney, während ihre Oberhäupter im wilden Queensland unterwegs sind. Zwischen den beiden feindlich gesinnten Familien kommt es zu einem brutalen Machtkampf, der auf beiden Seiten Opfer fordert. Es folgen Jahre einer erbitterten Fehde zwischen den zwei einflussreichsten Clans Sidneys. Erst die jüngere Generation knüpft schließlich gegen alle Konventionen vorsichtig Kontakt: Michael Duffy und die reiche Fiona Macintosh verlieben sich ineinander, doch der Hass der beiden Familien ist stärker als ihre Liebe und sie werden zunächst gewaltsam voneinander getrennt. Die unerfüllte Liebe wird ihr weiteres Schicksal bestimmen und ihr Leben radikal verändern...

»Ein wunderbares Buch...Watt verbindet auf phantastische Weise Fakten mit Fiktion.«

Daily News

Der Autor

Peter Watt hat in Australien, Papua Neuguinea, Vietnam und auf diversen Inseln gelebt. Seine bewegte Biografie schließt Tätigkeiten wie Krabbenfischer, Polizist und Privatdetektiv ein. Er lebt derzeit in Australien. *Weit wie der Horizont* ist sein erster Roman. Auch sein zweiter Roman, *Wer dem Wind folgt* (43/208), ist bei Heyne erschienen.

PETER WATT

Weit wie der Horizont

Roman

Aus dem Englischen
von K. Schatzhauser

WILHELM HEYNE VERLAG
MÜNCHEN

HEYNE ALLGEMEINE REIHE
Band-Nr. 01/13614

Die Originalausgabe
CRY OF THE CURLEW
erschien bei Pan Macmillan Australia, Sidney

Umwelthinweis:
Dieses Buch wurde auf chlor- und säurefreiem Papier gedruckt.

Taschenbucherstausgabe 07/2002

Printed in Norway 2002
Umschlagillustration: Premium Stock Photography/Coleman
und The Image Bank/Eric Meda
Umschlaggestaltung: Eisele Grafik-Design, München
Satz: Gramma GmbH, München
Druck und Bindung: AIT, Trondheim

ISBN: 3-453-21212-6

http://www.heyne-de

Handlung sowie Personen dieses Buches sind frei erfunden. Abgesehen von der gelegentlichen Nennung historischer Gestalten enthält es keinerlei Hinweise auf lebende oder tote Personen. Es ist vorstellbar, dass manche Leser an gewissen Szenen Anstoß nehmen und ihnen Ausdrucksweise und Einstellung gewisser Charaktere rassistisch erscheint. All das muss im historischen Zusammenhang des Romans gesehen werden und spiegelt in keiner Weise persönliche Ansichten des Verfassers wider.

Für Duckie und ihre Töchter

Hockend vergräbt er sein Gesicht auf den Knien,
Verbirgt es in der Finsternis seines Haares;
Denn er kann den Blick nicht zu den vom Sturm zerzausten Bäumen heben
Oder an die Einsamkeit dort denken – an den Verlust und die Einsamkeit, die dort herrscht.

›Der Letzte seines Stammes‹, HENRY KENDALL

Prolog

Dennoch: Es ist ein Geheimnis.

Ich bin häufig [illegible] Nirmalya [illegible] [illegible]

Nicht nur [illegible] [illegible]

[illegible] supper [illegible]

[illegible] geboren [illegible]

[illegible]

Prolog

Das hier ist mein Ort in der Traumzeit.

Ich bin Wallarie aus dem Stamm der Nerambura, der zum Volk der Darambal gehört.

Nach der Zeitrechnung von euch Weißen bin ich fast hundert Jahre alt, und wenn ich auch blind bin, weiß ich doch, dass ich im roten Staub unter dem *Bumbil*-Baum sitze, wo die Ältesten immer gesessen und Geschichten über die Traumzeit erzählt haben.

Trotz meiner Blindheit reicht mein Blick in die Welt der Traumzeit, und ich weiß, dass die Geister der Ahnen im Himmel an vielen Orten zu mir gesprochen haben. In euren Augen bin ich ein sehr alter Mann, dessen Körper die Narben der Aufnahmefeier in den Stamm bedecken ... aber auch solche von den Kugeln der weißen Männer.

Ihr wollt wissen, ob ich den Buschräuber Tom Duffy gekannt habe.

Und ob ich ihn gekannt habe! Wir waren wie Brüder, und er hat mich gelehrt, zu töten wie der weiße Mann.

Wie viele weiße Männer ich getötet habe? (Langes Schweigen.)

Ob ich glaube, dass die Geister der Ahnen Macht über die Welt der Lebenden haben? Und dann fragt ihr mich auch noch nach dem Fluch, obwohl ihr nicht an die Traumzeit glaubt.

Ich will euch die Geschichte der Macintoshs und der Duffys erzählen, zwei weiße Familien, die an die Geister der Ahnen geglaubt haben und jung waren, als auch ich jung war. Das Ganze geht auf die Zeit zurück, in der die schwarzen Krähen hierher kamen, um den Angehörigen meines Stammes die Augen auszuhacken.

Es ist eine lange Geschichte, und sie nimmt ihren Anfang an dem Tag, an dem die anderen schwarzen Krähen auf Polizeipferden kamen, lange bevor sich die Sonne über dem Brigalow-Buschland erhob. (Langes Schweigen.)

An diesen Tag erinnere ich mich, und ich will euch die Geschichte erzählen.

DIE VERTREIBUNG

1862

1

Der erste helle Schimmer der Morgendämmerung zeigte sich im Rücken des Trupps von acht Reitern, die schweigend aus dem Zwielicht kamen. Pferde schnaubten, und ein kühler Schauer überlief die Männer, als die Vorboten der aufgehenden Sonne die kalte Nachtluft ein wenig erwärmten.

Nicht mehr lange, und man würde im Licht des Tages über dem endlosen Meer des Brigalow-Buschlandes die dunkelblauen Uniformen der mit Karabiner und Säbel bewaffneten Reiter zwischen den langen Schatten des frühen Morgens sehen können. Die sanfte Liebkosung der aufgehenden Sonne auf den Gesichtern der beiden Weißen, die da neben den ihnen unterstellten eingeborenen Angehörigen der Buschpolizei ritten, würde sich bis zur Mitte des Vormittags in einen heißen Feueratem verwandeln, der ihre helle Haut mit Blasen versehen würde. Der breitschultrige, bärtige Sergeant Henry James bildete die Nachhut. Durch die Kälte der langen Nacht schmerzte seine alte Kriegsverletzung wieder, und er rieb sich mit der freien Hand das Knie. Er wusste aus Erfahrung, dass die Sonnenwärme das beharrliche dumpfe Pochen bald lindern würde. Bis dahin aber würde es noch eine gute Stunde dauern, und bis dahin hatten sie vermutlich das Ziel ihres Ritts erreicht, das Lager der Ureinwohner.

Er nahm den Fuß aus dem Steigbügel und streckte langsam das schmerzende Knie. Corporal Gideon, einer der eingeborenen Polizisten, drehte sich im Sattel um, während der Trupp still weiterritt.

»Bein *baal*?«, fragte er kaum vernehmbar. Der Sergeant zuckte zusammen, als er das Knie anwinkelte, um den Fuß wieder in den Steigbügel zu setzen.

»Ja … Bein *baal*. Hier draußen tut es immer verdammt weh«, knurrte er.

Gideon gab einen schnaufenden Laut des Mitgefühls von sich und heftete erneut den Blick auf den Rücken seines Vordermanns. Zwar war Sergeant Henry streng, aber er blieb doch gerecht, und regelmäßig verteidigte er die eingeborenen Buschpolizisten gegen die Angriffe von Lieutenant Mort, den alle den weißen Teufel nannten.

Unter den Eingeborenen war durchaus bekannt, dass die beiden Weißen nicht gut miteinander auskamen, konnten sie doch oft genug deren lautstarke Auseinandersetzungen mit anhören. Meist ging es dabei um das Wohl der Männer und ihrer Familien, die am Rande des Städtchens Rockhampton in kasernenähnlichen Gemeinschaftsunterkünften lebten. Wenn die beiden einander anbrüllten, drangen ihre Worte durch die dünnen Wände der Dienstbaracke, und so hörten die Männer, wie der Mahmy – das war die Anrede der Ureinwohner für einen weißen Offizier – dem Sergeant drohte, ihn der übergeordneten Behörde zu melden. Allerdings war er klug genug, es bei der Drohung bewenden zu lassen, wusste er doch nur allzu gut, dass der bei den Buschpolizisten beliebte Sergeant der Garant für die Schlagkraft seiner Abteilung war.

Prüfend belastete Henry seinen Fuß im Steigbügel und seufzte erleichtert. Ein wenig schien das Strecken des Beins geholfen zu haben. Seit acht Jahren vergällten ihm diese Schmerzen das Leben, und letztlich war die Verwundung auch der Grund dafür, dass er sich jetzt, nach einem Ritt von zwei Wochen, rund fünfhundert Kilometer von Rockhampton entfernt in der Ödnis und Einsamkeit des australischen Grenzgebiets befand.

Mit neunzehn Jahren hatte er als einfacher Soldat in Königin Viktorias Heer auf der Krim gekämpft, und dort war an einem bitterkalten dunstigen Vormittag an den Ufern der Tschernaja nahe dem Flecken Inkerman sein schlimmster Albtraum Wirklichkeit geworden. Bei einem Ausfall der russischen Kavallerie aus der nahe gelegenen Hafenstadt Sewastopol war das Dröhnen der englischen Artillerie im Donnern der Hufe untergegangen. Von pfeifenden Geschützgranaten gedeckt, hatte die Überzahl russischer Infanteristen das Heer des Feindes einfach überrannt.

Mit einem lauten Aufschrei war Henry zu Boden gestürzt, als ihm ein Schrapnell den Oberschenkel bis zum Knie aufriss. Der scharfe Schmerz von damals war längst vergangen, geblieben aber war ihm die Dauerqual.

Nachdem man ihn wegen seiner Verwundung aus dem Heeresdienst entlassen hatte, erwartete ihn in England eine trübselige Zukunft. Doch da er vor seiner Rekrutierung auf dem kleinen bäuerlichen Anwesen seiner Eltern in der englischen Grafschaft Yorkshire mitgearbeitet hatte, waren ihm die dort anfallenden Tätigkeiten ebenso vertraut wie das Kriegshandwerk. Und als die Krone in den fernen Kolonien Australiens denjenigen Land anbot, die schwere Arbeit nicht scheuten, hatte sich Henry im Jahre 1856 mit dem Wenigen, das er von seinem Sold erspart hatte, und einem kleinen Darlehen seines älteren Bruders nach dem fernen Kontinent eingeschifft.

In Brisbane, dem Hafen an der Einmündung des gleichnamigen Flusses in die Moretonbucht, war ihm im Unterschied zu vielen seiner Mitpassagiere gleich nach Verlassen des Auswandererschiffs klar geworden, dass er nie wieder in die englische Heimat zurückkehren würde: so sehr schlug ihn das pulsierende Leben dieser Stadt vom ersten Augenblick an in seinen Bann. Nicht nur Brisbanes Holzhäuser standen in krassem Gegensatz zu den kalten steinernen Bauten, die er aus England kannte, alles dort strömte den Geruch nach Neuem aus, und die mit Wellblech gedeckten Blockhäuser im erst kurz zuvor besiedelten Umland nahe der Grenze der Kolonie wiesen auf fortwährende Veränderung hin. Der ehemalige Soldat sah in all dem das Versprechen auf ein besseres Leben.

Während er durch Brisbanes staubige Straßen zog, auf denen schwerfällige Ochsenkarren tiefe Wagenspuren hinterlassen hatten, betrachtete er staunend die Einwanderer, die bereits hier geboren waren. Sie waren größer, kräftiger und schienen gesünder als die blassen und schlecht ernährten einstigen Bewohner der vom Rauch der Fabrikschlote geschwärzten Industriestädte Englands. Es beeindruckte ihn zutiefst, mit welch stolzer Haltung bärtige junge Männer ihre Pferde in halsbrecherischem Galopp an den Ochsengespannen vorüberlenkten. Diese kolonialen Kentauren trugen sonderbare, aus den Blättern der Kohlpalme geflochtene, breitkrempige Hüte. Ihre Hemden waren so bunt wie das Federkleid der Sittiche, die in Schwärmen, so dicht wie Wolken, vorüberflogen, ihre Beine steckten in kniehohen Schaftstiefeln, und auf der Hüfte oder im breiten Leibgurt trugen sie großkalibrige Revolver.

Als die Kolonie Queensland drei Jahre nach Henrys Ankunft ihre Unabhängigkeit von Neusüdwales erlangte, wurde Brisbane zur Hauptstadt erklärt. Das noch unerkundete Gebiet der Kolonie, weit über eine Million Quadratkilometer, reichte im Westen über eine von tropischem Regenwald bedeckte schroffe Gebirgskette und eine Ebene voll Gras und Gestrüpp bis zu einer allem Anschein nach endlosen Sand- und Gesteinswüste. Dieses Land, dessen Horizont sich unendlich dehnte, erstreckte sich im Norden bis zu den tropischen Inseln mit ihrer üppigen Vegetation. Dort lebten noch Kannibalen und befuhren Kopfjäger mit ihren langen Kriegskanus die Meerenge der Torres-Straße, wie schon Jahrhunderte bevor der weiße Mann mit Schiffen gekommen war, von deren Mastspitzen die Flagge Portugals, Hollands, Frankreichs oder Englands wehte.

Als Henry erfuhr, dass bei der kasernierten berittenen Eingeborenenpolizei die Stellung eines Sergeant frei war, gelang es ihm, den kommandierenden Offizier davon zu überzeugen, dass er den Anforderungen trotz seiner Verwundung ohne weiteres gewachsen sein würde. Da Henry als Heranwachsender auf dem elterlichen Bauernhof den Umgang mit Pferden gelernt hatte, war er schließlich der Einheit unter Lieutenant Morrison Mort zugeteilt worden.

Vom ersten Augenblick an waren Mort und sein neuer Sergeant einander nicht grün gewesen. Wäre der gut aussehende, stets schneidig auftretende Mort frisch aus England ins Land gekommen, hätte Henry durchaus ein gewisses Verständnis für die Kleinlichkeit aufgebracht, mit der er auf der buchstabengetreuen Einhaltung von Vorschriften beharrte – aber er stammte aus der Kolonie. Henry ging ihm aus dem Weg, wo immer das möglich war, denn er fühlte sich in seiner Gegenwart ausgesprochen unwohl. Das hatte teils damit zu tun, dass in Morts blassblauen Augen ein erschreckender, irrer Ausdruck lag, ging aber vor allem auf die gelegentlichen Ausbrüche des Mannes zurück, die geradewegs aus dem Feuerschlund der Hölle zu kommen schienen und bei denen der Offizier einen Eindruck erweckte, den man nicht einmal mehr als tierisch bezeichnen konnte.

Henry erschauerte, als er jetzt an Morts Irrsinn dachte. Er hatte es am Vorabend in den kalten blauen Augen aufblitzen sehen, als Mort seinen Leuten und den Hirten, die den Schafzüchter Donald Macintosh und dessen Sohn Angus begleiteten, die Lage erklärt und seine Befehle erteilt hatte. Offensichtlich war dieser Wahnsinn auch den eingeborenen Polizisten nicht entgangen, denn sie hatten sich argwöhnisch in sicherer Entfernung gehalten, während der weiße Teufel mit der Spitze eines Infanteriedegens die groben Umrisse einer Karte in die rote Erde geritzt hatte, die einen Wasserlauf und eine Kette niedriger, gezackter Berge westlich einer unregelmäßigen Anordnung von Wasserstellen zeigte.

»Wir sind jetzt hier«, hatte er den Männern erklärt, die im Halbkreis um diese Skizze standen oder hockten. »Und da ist das Nigger-Lager.« Mit der Degenspitze hatte er auf eine Stelle zwischen dem Wasserlauf und den Bergen gewiesen und sich dann an den breitschultrigen schottischen Schafzüchter gewandt.

»Das war doch der letzte Aufenthaltsort, von dem man Ihnen berichtet hat, nicht wahr, Mister Macintosh?«

Dieser nickte. Er war ein beeindruckender Mann, und sein Sohn Angus, der neben ihm stand, war ihm wie aus dem Gesicht geschnitten, zumal er den gleichen, von rötlichen Strähnen durchzogenen langen dunklen Vollbart trug wie sein Vater. Obwohl die lange unter der Sonne Australiens verbrachte Zeit seine Gesichtshaut gegerbt hatte, sah der fünfundfünzigjährige Macintosh aus, als wäre er nicht einmal dreißig. Gekleidet war er, wie seine Schafhirten, in ein leuchtend rotes Flanellhemd und eine robuste Moleskin-Hose, die er in seine Langschäfter gesteckt hatte. Während seine Hirten mit Karabinern ausgerüstet waren, steckte in seinem breiten Ledergürtel ein Paar Tranter-Pistolen. Keinesfalls wäre ein zufälliger Beobachter auf den Gedanken gekommen, dieser bäurisch wirkende untersetzte Mann in Arbeitskleidung könne Oberhaupt einer verzweigten Familie sein, deren Reichtum den Vergleich mit dem der wohlhabendsten Männer in keiner Kolonie Englands auf der ganzen Welt zu scheuen brauchte. Die Grundpfeiler ihrer weit gespannten Wirtschaftstätigkeit waren Landbesitz, Reederei und Handel. Mit dem Erwerb der Weiderechte von Glen View wollte er Schafzucht und die Erzeugung von Wolle als weitere Einkommensquellen erschließen, um auf diese Weise das ohnehin schon beträchtliche Vermögen der Familie zu vermehren.

»Angus sagt, er hat letzte Woche gesehen, wie sie da zusammengekommen sind«, brummte Macintosh. »Man muss sie da vermuten, weil sie um diese Jahreszeit ihr Lager immer an der Stelle aufschlagen.«

Mort zog mit der Degenspitze östlich jener Stelle eine Linie durch die Geländeskizze am Boden und fuhr fort: »Hier lasse ich meine Leute Aufstellung nehmen … Von da sind es knapp zwei Kilometer bis zum Niggerlager. Ich schlage vor, dass Sie es heute Nacht mit Ihren Männern umstellen und dann dort Posto fassen.« Die Degenspitze verharrte zwischen dem Wasserlauf und der Bergkette. »Ich nehme an, dass die Nigger versuchen werden auszubrechen und in die Berge zu fliehen, wenn wir kommen. Wenn alles abläuft wie geplant, laufen die Ihnen und Ihren Männern genau in die Arme«, schloss er. Er war mit seinem tödlich einfachen Plan sichtlich zufrieden. »Gibt es Fragen wegen morgen?« Er sah von einem zum anderen.

»Was ist mit den Frauen und Kindern?«, wollte Henry wissen, als sich die Augen seines Vorgesetzten auf ihn richteten. »Mister

Jackson hat immer angeordnet, dass sie bei einer Vertreibung verschont werden.«

Morts Augen zogen sich zu schmalen Schlitzen zusammen. Mit kaum unterdrückter Verachtung sagte er: »Wenn Sie Rücksicht auf die Weiber nehmen, setzen die in kürzester Zeit wieder neue Nigger in die Welt, und der Ärger geht von vorne los. Mister Macintosh hat uns nicht gerufen, damit wir mit der Vertreibung ständig von neuem beginnen müssen. Nein ... wir sorgen dafür, dass ein für alle Mal Ruhe ist ... Von mir aus können sich die Leute mit den Niggerweibern amüsieren, die ihnen lebend in die Hände fallen ... aber Sie stehen mir dafür gerade, dass die unschädlich gemacht sind, bevor wir abziehen. Ist damit Ihre Frage beantwortet, Sergeant James?«

Mit einem Nicken senkte Henry den Blick auf die Striche und Kreise am Boden, auf welche die sinkende Sonne tiefe Schatten warf.

Noch vor Anbruch der Dunkelheit machten sich Donald Macintosh und seine sieben Schafhirten auf den Weg zur ihnen angewiesenen Stelle westlich des Lagers der nichts ahnenden Ureinwohner. Weder sie noch die Europäer konnten sich ausmalen, welch furchtbare und weit über die Gegenwart hinausreichende Folgen der kommende Tag für sie alle haben würde. Diese Folgen sollten bis weit in die Zukunft hinein das Leben der Angehörigen beider Kulturen verdunkeln – sogar das der noch Ungeborenen.

Da Mort strenge Anweisung gegeben hatte, kein Lagerfeuer zu entzünden, biss die Kälte, die sich am Ende der langen Nacht bemerkbar machte, schmerzend in Henrys Knie. Doch nicht nur das hielt ihn wach, sondern auch der klagende Ruf der Brachvögel tief im undurchdringlichen Brigalow-Gestrüpp. Obwohl er wusste, dass diese traurig klagenden Laute von einem am Erdboden lebenden kleinen Vogel stammten, empfand er sie als unheimlich. Es war, als schrien die Toten – und genauso verhielt es sich auch, laut Corporal Gideon. Fast hätte Henry dessen Geschichte glauben mögen, während er vor Kälte zitternd unter seiner groben Decke lag. Erst rief ein Brachvogel, dann fielen viele andere ein. Der Jammerchor klang wie die Mitleid erregenden Schreie zu ewiger Verdammnis verurteilter Seelen in der Hölle.

»Corporal Gideon!«

Morts geflüsterter Befehl wurde durch die Reihe der Berittenen weitergegeben, bis er den hoch gewachsenen drahtigen Eingeborenen erreichte, der daraufhin sein Pferd an den Kollegen vorübertrieb und neben dem Vorgesetzten anhielt.

»Mahmy?«

»Du rekognoszierst, damit wir wissen, ob sich der Feind tatsächlich am Wasserlauf aufhält.«

Gideon runzelte die Brauen. Der weiße Teufel verwendete Wörter, die er nicht verstand. Was meinte er mit diesem rekognoszieren? Mort sah seinen verwirrten Ausdruck. Kampflustig näherte er sein Gesicht dem des Mannes und knurrte: »Verdammter schwarzer Hohlkopf! Du sollst vorausreiten und nachsehen, ob sich deine Niggerbrüder im Lager am Wasserlauf aufhalten. Dann kommst du zurück und sagst, was du gesehen hast. Ist das klar?«

»Ja«, sagte Gideon, seinen aufsteigenden Zorn beherrschend, und wendete sein Tier. Im nächsten Augenblick hatte ihn das Buschland verschluckt.

Obwohl er sein Pferd nahezu geräuschlos durch das trockene Gestrüpp lenkte, war er doppelt auf der Hut, während er sich dem Wasserlauf näherte. Er hatte einen gesunden Respekt vor den Bewohnern dieses Teils von Queensland, die ihre Leiber zum Kampf bemalten. Sie verstanden es, sich die Geländebeschaffenheit zu Nutze zu machen, und stellten sich dem Angreifer, statt vor ihm davonzulaufen. Der weiße Mann wagte nicht, diesen Kriegern ins Buschland zu folgen, da sie ihm dort an Wendigkeit überlegen waren und den Europäern ihre Feuerkraft dort nichts nützte. Die tödliche Sicherheit, mit der die Eingeborenen ihre langen Hartholzspeere aus kurzer Distanz schleuderten, hatte schon manchen Siedler das Leben gekostet, der so töricht gewesen war, diese Krieger zu unterschätzen.

Rasch hatten die Ureinwohner von Queensland gelernt, die taktischen Schwächen der weißen Eindringlinge auszunutzen. Lediglich die so genannte Buschpolizei war ihnen gewachsen und vermochte, ihnen im dichten Buschland und den felsigen Bergen im Nahkampf Paroli zu bieten.

Gegründet hatte man diese berittene Buschpolizei im Jahre 1848 auf Anregung des dem Alkohol alles andere als abgeneigten großmannssüchtigen Abenteurers Frederick Walker, der den Spitznamen ›Freibeuter‹ trug. Er hatte sich dabei auf die Bewohner des Riverina-Distrikts von Neusüdwales gestützt und Männer wie Gideon von den Ufern des Murrumbidgee weg verpflichtet – einerseits wegen ihrer erstklassigen körperlichen Verfassung, aber auch, weil sie sich anstellig zeigten, als es darum ging, so töten zu lernen wie der weiße Mann.

Weder Gideon noch seine Kollegen hatten Bedenken, Ureinwohner aus Queensland zu töten, waren ihnen diese doch ebenso fremd und standen ihnen ebenso fern wie der weiße Mann. Gideons Welt lag fast zweitausend Kilometer weiter südlich. Dort hatte er einen anderen Namen getragen, den ihm sein Stamm bei der traditionellen Aufnahme in die Gemeinschaft der Männer verliehen hatte. Da man aber diesen geheimen Namen den Weißen nicht nennen durfte, wollte man nicht von seinem Stamm bestraft werden, hatten die Weißen ihm einen bei ihnen üblichen Namen gegeben und dazu erklärt, es sei der heilige Name eines Kriegers aus alten Zeiten. Gideon war eine geborene Führerpersönlichkeit, und das hatte ihm bei den weißen Offizieren rasch ein gewisses Ansehen eingebracht. Bald war er zum Corporal aufgestiegen.

Ein leises Husten lieferte Gideon, der sein Tier vorsichtig durch das Buschland lenkte, den ersten Hinweis auf die Nähe des Lagers. Vermutlich kam es von den alten Männern, die der Rauch der frisch entzündeten Kochfeuer gereizt hatte. Dann hörte er Säuglinge in Erwartung des frühmorgendlichen Stillens schreien und einen Hund jaulen, dem möglicherweise jemand einen Tritt versetzt hatte, als er in der Nähe eines glimmenden Feuer einen Knochen mit Fleischresten stibitzen wollte.

Gideon glitt aus dem Sattel und schob sich wie ein pirschender Jäger voran. Während er in der Morgendämmerung Hinweise auf die Anwesenheit des Feindes suchte, spannte er mit dem Daumen die Hähne seines doppelläufigen Karabiners. Er war wieder in die Rolle des Kriegers geschlüpft und achtete auf jedes noch so unbedeutend erscheinende Geräusch um ihn herum. Immerhin handelte es sich bei den Nerambura um einen Feind, den er noch nicht kannte.

Durch dunkle Augen beobachtete er, wie das friedlich daliegende Lager zum Leben erwachte. Die Menschen darin ahnten nicht, dass hinter den Wasserstellen jemand auf der Lauer lag.

2

Das Erste, was Tom Duffy hörte, als ihn sein Vater gegen die nackten Fußsohlen trat, war das Keckern einer Elster im Brigalow-Buschland. Schlaftrunken zog er sich stöhnend die Decke über den Kopf, um seinen unterbrochenen lustvollen Traum möglichst zu retten.

»Du musst Billy helfen«, knurrte ihn Patrick Duffy an, »sonst schaffen wir es diese Woche nich mehr bis Tambo.«

»Ich steh ja schon auf«, gab Tom brummig zur Antwort.

Der verlockende Geruch von starkem gezuckerten Tee und frischem Fladenbrot, das in der Holzasche garte, stieg ihm aus nächster Nähe in die Nase. Gähnend kroch er unter dem schwer beladenen Ochsenfuhrwerk hervor, während sein Vater dem eingeborenen Gespannführer, der am Feuer hockte, einen Gruß hinüberknurrte.

Der kräftige bärtige Ire hatte sein Leben in zwei Welten verbracht. In Irland, wo er zur Welt gekommen war, hatte er der Besetzung des Landes durch die Briten getrotzt, bisweilen auch mit Waffengewalt. Diesen Kampf gegen die Krone hatte er in Englands australischen Kolonien fortgeführt, als er bei den Palisaden von Eureka auf der Seite der unzufriedenen Goldgräber mitgekämpft hatte. Jetzt lebte er fern von den Erinnerungen an jene Auseinandersetzungen, um zum Gedenken an seine geliebte Elizabeth, die auf der Überfahrt in die Kolonie einem Fieber erlegen und auf See bestattet worden war, seinen Kindern eine Zukunft aufzubauen.

Billy war der Letzte seines Stammes. Die wenigen Starken, die nicht den vom weißen Mann eingeschleppten Krankheiten erlegen waren, hatten die Siedler dadurch umgebracht, dass sie an den Wasserstellen mit Arsen versetztes Mehl »vergaßen«. Nachdem Billy vor vielen Jahre hilflos hatte mit ansehen müssen, wie seine Frau und Kinder qualvoll nach dessen Verzehr umgekommen waren, hatte er ein zielloses Wanderleben geführt. Irgendwann hatte ihn Patrick am Rand einer Weißensiedlung namens Corowa gefunden, wo er herumgelungert und um etwas zu essen und einen Schluck Rum gebettelt hatte. Da er die Kenntnisse und Fertigkeiten eines im Busch aufgewachsenen Ureinwohners gut brauchen konnte, zog er doch als Fuhrmann durch das ganze Land, um herbeizuschaffen, was die Bewohner der weit verstreuten abgelegenen Viehzuchtstationen und kleinen Ansiedlungen benötigten, hatte Patrick ihn als Gespannführer eingestellt und ihm damit seine Selbstachtung wiedergegeben. Seither lebte Billy in dem Rhythmus, mit dem sich die Räder des Ochsenfuhrwerks drehten. Patrick Duffy war anders als alle Weißen, die Billy je kennen gelernt hatte. Im Laufe der Jahre hatten die beiden Gefahren aller Art getrotzt und sich so manches Mal am Lagerfeuer über den Sinn ihrer jeweiligen Welt unterhalten. Der gemeinsame Feind und die gegenseitige Achtung hatten die Freundschaft zwischen ihnen immer tiefer werden lassen.

Patrick Duffy ahnte nicht, dass sich ein merkwürdiges und entsetzliches Vorzeichen für eine Wendung in ihrer beider Leben gezeigt hatte. Billy hingegen hatte es nur zu deutlich erkannt.

Tom kratzte sich den Bart, denn seine Haut juckte vom Staub des Karrenwegs. Sehnsüchtig dachte er an den Wasserlauf, der Billys Worten nach nur wenige Kilometer westwärts lag. Am Vorabend hatte er gesehen, wie winzige Finken einer wirbelnden Wolke gleich über ihnen geflogen waren, und sich genau gemerkt, welche Richtung sie eingeschlagen hatten, denn ihm war klar, dass sie zum Wasser wollten. Wo es reichlich Wasser gab, konnte man auch den mit Schweiß vermischten Staub abwaschen, der unterwegs in jede noch so winzige Hautfalte kroch.

Er hielt mit Kratzen inne. Am Feuer schaukelte Billy auf den Fußsohlen hockend vor und zurück und gab in einem leisen

Singsang sonderbare Laute von sich. Als Tom begriff, was das bedeutete, lief ihm ein eiskalter Schauer über den Rücken.

»Komm doch mal her!«, rief er seinem Vater zu, der die Fußfesseln der Ochsen löste, was diese mit stoischer Geduld über sich ergehen ließen.

»Was gibt's denn?«, fragte Patrick, während er sich aufrichtete und dem Leitochsen Mars freundlich die breite Stirn tätschelte.

»Mit Billy scheint was nicht zu stimmen«, gab Tom zur Antwort, wobei ein besorgter Ton in seiner Stimme mitschwang. Noch nie in seinem fünfundzwanzigjährigen Leben hatte er so große Angst empfunden wie jetzt. Die Laute, die Billy von sich gab, waren so fremdartig und unheimlich, als gehörten sie in die Schattenwelt zwischen Nacht und Tag. Der junge Mann hatte den dringenden Wunsch, dass er damit aufhörte.

»Billy, du alter Heide, du jagst uns entsetzliche Angst ein«, sagte Patrick tadelnd und trat auf den Mann zu, der, den Kopf zwischen den Händen, am Boden hockte und sacht vor und zurück schaukelte. »Was im Namen des heiligen Patrick geht hier vor sich?«

Statt einer Antwort fuhr Billy mit seinem Sprechgesang fort und hielt über Patricks Schulter hinweg den Blick unverwandt dorthin gerichtet, wo er den Boten sah, der ihn hochmütig betrachtete. Denn er wusste, was geschehen würde. Diesen Boten, eine Krähe mit glänzendem schwarzen Gefieder, hatte das Traumgesicht vorausgesagt, das er in den stillen Stunden der Nacht erblickt hatte. Wie konnte er das seinem Freund erklären?

Als Patrick merkte, dass der Alte den Blick auf eine Stelle hinter ihm gerichtet hielt, wandte er sich um und sah in einem der hohen Eukalyptusbäume unweit der Ochsen den Rabenvogel. Er musterte die Menschen mit wachem Blick. Seine Augen starrten so zornig, dass man ihn für die verkörperte Boshaftigkeit halten konnte. Ein Schauer wie von bevorstehendem Unheil überlief Patrick.

»Lass dich doch bloß nich von 'ner verdammten Krähe verrückt machen«, knurrte er. Trotz des ärgerlichen Klangs in seiner

Stimme war er insgeheim von den befremdlichen Fähigkeiten des alten Ureinwohners überzeugt. Auch seine Frau Elizabeth hatte diese unerklärliche Gabe besessen und sie seiner Tochter Kate vererbt.

Er sah sich nach einem Stein um. Da er keinen fand, riss er ein Büschel dürres Gras aus, an dem ein Erdklumpen hing, und schleuderte es nach dem Vogel. Kraftlos fiel es weit vor seinem Ziel zu Boden. Nicht im Geringsten beeindruckt, blieb die Krähe seelenruhig sitzen. Sie würde davonfliegen, wenn es ihr passte.

Nach einer Weile breitete sie die Schwingen aus. Die ersten Sonnenstrahlen brachen sich in ihrem Gefieder, sodass es in herrlich glänzendem Grün aufschimmerte. Dann stieß sie einen lang gezogenen trägen Ruf aus, der Billy zu gelten schien. Auch wenn der weiße Mann nicht verstand, was die Geisterkrähe Billy zugerufen hatte, war ihre unheilvolle Botschaft ganz einfach: Sie befanden sich an einem Ort des Todes!

Lautlos, wie er zu seiner Erkundung aufgebrochen war, kehrte Corporal Gideon wieder zurück.

Sergeant James trat zu Lieutenant Mort, der voll Ungeduld zusah, wie sich die Sonne quälend langsam über dem Buschland erhob. Allmählich wurde die Zeit knapp, in der sie die Ureinwohner überraschen konnten, bevor die Männer zur Jagd aufbrachen und auch die Frauen das Lager verließen, um Yams-Wurzeln auszugraben.

»Wie viele sind es?«, fragte Mort seinen Kundschafter.

»Großes Lager, Mahmy, viele Schwarze … von hier bis da«, sagte er und beschrieb mit dem Arm einen großen Bogen. Mit fragendem Blick wandte sich Mort an seinen Stellvertreter, der ihm die Aussage erläutern sollte.

»Rund fünfzig Menschen«, sagte dieser nachdenklich und beugte sich im Sattel vor. »Dürfte eher eine Sippe als ein ganzer Stamm sein. Wo schlafen die jungen Männer?«

Mit einer Handbewegung sagte der Eingeborene: »Nicht am Wasser, Sar'nt Henry, beim Busch.«

Also bildeten die unverheirateten Männer, die Hauptstreitmacht der Gruppe, eine Art äußeren Verteidigungsring, in dessen Mitte sich an verschiedenen Stellen die unverheirateten jungen Frauen, die alten Leute und die Frauen mit ihren Kindern befanden.

»Können Pferde den Wasserlauf überqueren?«, fragte Mort besorgt. Gideons Gesicht verzog sich zu einem breiten Lächeln.

»Wasser … so tief, Mahmy«, gab er zur Antwort. Der Kundschafter beugte sich von seinem Pferd herab, um zu zeigen, dass diesem das Wasser lediglich bis unter den Bauch reichen würde. Mort stieß einen Seufzer der Erleichterung aus. Das Glück schien ihnen hold zu sein.

»Corporal Gideon«, sagte er und zog den Infanteriedegen aus der Lederscheide an seinem Gürtel. »Du übernimmst die Mitte und leitest den Angriff. Ich halte mich dicht dahinter.« Dann wandte er sich an seinen Stellvertreter. »Sergeant James, lassen Sie die Leute in Schützenlinie ausschwärmen. Sobald wir das Niggerlager erreicht haben, bleiben Sie bei den Tieren, während unsere Leute zu Fuß vorrücken.«

Henry wendete sein Pferd und ritt zu den wartenden Buschpolizisten hinüber. Es war ihm recht, dass er sich nicht an der so genannten Säuberungsoperation nach dem Überfall beteiligen musste. Mehr als einmal war er Zeuge der brutalen Grausamkeit gewesen, mit welcher die eingeborenen Buschpolizisten die nahezu wehrlosen überlebenden Ureinwohner niedergemetzelt hatten.

Er gab den Befehl weiter, und die Männer bildeten mit häufig geübter Gewandtheit die Schützenlinie. Es waren erstklassige Reiter, und er konnte einen gewissen Stolz nicht unterdrücken, als er sah, wie reibungslos der Befehl ausgeführt wurde. Die vielen Stunden des öden Exerzierdienstes waren nicht vergeblich gewesen.

»Karabiner bereitmachen!«

Die Männer setzten den Kolben ihres Karabiners auf den Oberschenkel, spannten den Hahn und warteten auf den nächsten Befehl. Ihren dunklen Gesichtern war anzusehen, dass sie nicht nur für den Einsatz bereit waren, sondern ihm geradezu entgegenfieberten. Ihre Anspannung schien sich auf ihre Tiere übertragen zu haben, die schnaubend die Köpfe zurückwarfen.

»Im Schritt!«

Die Abteilung setzte sich in geordneter Linie in Bewegung. Mit ihren breiten Leibern schoben die Pferde niedriges Buschwerk beiseite und zertraten es unter den Hufen. Verängstigt flohen winzige Vögel, als sich der merkwürdige Trupp wie ein vielköpfiges Ungeheuer voranarbeitete. Nach wenigen Minuten wandte sich Gideon dem Lieutenant zu und sagte flüsternd: »Hier, Mahmy!« In Schussweite vor ihnen lag das Lager der Nerambura. Mort gab seinem Tier die Sporen, hielt vor der Schützenlinie an und riss den Degen hoch, in dessen Klinge sich ein Strahl der Morgensonne fing und wie weißes Feuer über deren ganze Länge lief.

»Zum Angriff!«

Als er die blank gezogene Waffe herabfahren ließ, galoppierten die über den Hals ihrer Tiere gebeugten Männer unter lautem Kriegsgeschrei dem Lager entgegen. Die Pferde streckten den Kopf vor und blähten die Nüstern, als wollte jedes von ihnen als Erstes den Wasserlauf überqueren und das Lager erreichen. Gleich einer Flutwelle drohte die kurze Schützenlinie die ahnungslosen und friedlichen Nerambura aus dem Volk der Darambal zu überschwemmen und alles mit in den Tod zu reißen, was ihr in den Weg kam.

Anfangs konnte man den sonderbaren Donner mit den Vorboten von Sommergewittern verwechseln, die in der Zeit vor den schweren Regenfällen auftreten. Als ihnen der ungewohnte Geruch in die Nase stieg, schritten die Hunde misstrauisch schnuppernd mit steifen Hinterläufen und aufgereckter Rute an den Rand des Lagers, wo sie wild zu kläffen begannen. Säuglinge schrien, als sie die zunehmende Angst ihrer Mütter spürten. Niemand kam auf den Gedanken davonzulaufen, so sehr hatte die Angst vor dem Unbekannten alle gelähmt. Dann wurde die Ursache des Geräuschs sichtbar. Sie war noch fürchterlicher, als es sich die Ureinwohner in ihren grausigsten Schreckensvisionen hätten ausmalen können.

Hoch spritzte das Wasser auf, als die Reiter hindurchgaloppierten und die Windschirme der Nerambura niederritten. Glut und Funken von den Kochfeuern flogen in alle Richtungen. Wie ein einziger Donnerhall ertönte die Salve aus den Karabinern. Die schweren Bleigeschosse zerfetzten Männer, Frauen und Kinder, schleuderten sie blutend zu Boden, wo die Pferde wie rasend über sie hinwegstürmten.

Erschreckt jagten die Hunde davon und bellten aus dem umliegenden Buschland ihren Zorn zu den sonderbaren vierbeinigen Untieren hinüber. Mütter rissen ihre Säuglinge an sich, Krieger griffen nach Speeren und hölzernen Keulen. Viele der Entsetzensschreie verstummten, nachdem eine zweite Salve in weichem Fleisch ihr Ziel gefunden hatte. Als die Läufe leer geschossen waren, drehten die Buschpolizisten ihre Karabiner um und ließen die Kolben ziellos wie Keulen in die Menge fahren. Hälse brachen und Schädeldecken splitterten. Zu plötzlich und überraschend war der Angriff gekommen, als dass die Nerambura-Krieger zu den Waffen hätten greifen und Widerstand leisten können, und so taten sie es den Hunden und den klügeren der Frauen gleich – sie flohen von diesem schrecklichen Ort des Mordens.

Im dichtesten Gewühl fiel Morts von Wahnsinn gezeichneter Blick auf einen pummeligen kleinen Jungen. Wie gelähmt stand er starr und voll Angst vor den unbekannten Geschöpfen, die in seine Welt eingedrungen waren, hielt die kleinen Fäuste vor die Augen, um nicht sehen zu müssen, was da herangedonnert kam. Die Spitze von Morts Degen fuhr ihm in die Brust, wobei ihn der Schwung, mit dem das Pferd weitergaloppierte, von den Füßen riss.

Mit einem geübten Schlenker des Handgelenks ließ Mort das Kind von der Degenspitze gleiten und sah flüchtig über die Schulter zu dem winzigen Leichnam hinab, der wie eine Lumpenpuppe im Staub lag. Leuchtend rot quoll das Blut in kurzen Stößen aus einer durchtrennten Schlagader.

Mit einem Triumphschrei bejubelte Mort sein erstes Opfer des Tages und suchte mit fiebrig glänzenden Augen weitere Ziele für seine Mordlust, eine junge Frau oder einen unbewaffneten Krieger. Doch wer die Kraft gefunden hatte, die versteinernde Angst zu überwinden, war ins umliegende Buschland geflohen, allen voran Mütter, die ihre Säuglinge trugen oder ihre Kleinkinder an der Hand fortzerrten. So waren nur noch Alte und Schwache im Lager, die nicht flink genug waren, sich dem Gemetzel zu entziehen, und sie wurden, die Hände in vergeblicher Abwehr über den Kopf gehoben, mit Stiefeltritten und Kolbenhieben hingemordet. Zwar unternahmen die Krieger einen verzweifelten Versuch, sich zu sammeln, um den ihnen nachsetzenden Angreifern Widerstand zu leisten, doch zerstreuten die Salven aus den inzwischen wieder geladenen Karabinern sie mühelos.

Sergeant Henry James zügelte sein Pferd, während die Buschpolizisten von ihren Tieren sprangen und in fliegender Eile die Uniform abwarfen, die ihnen im dichten Gestrüpp nur hinderlich war. Nackt bis auf die Feldmütze machten sie sich mit über der Brust gekreuzten Patronengurten an die Verfolgung ihrer hilflosen Beute, wobei sie im Laufen ihre Karabiner nachluden: das Ende der Patronenhülse aus Pappe abbeißen, Pulver in den Lauf, die Hülse als Pfropf hinterher, dann die Bleikugel, mit dem Ladestock stopfen, Zündhütchen auf den Zündkegel, und schon war die Waffe wieder einsatzbereit.

Um Henry herum entstand eine unheimliche und unnatürliche Stille, die ausschließlich durch das Knistern und Zischen der Feuerstellen unterbrochen wurde, von denen grauweißer Rauch in dichten Wolken zum Morgenhimmel stieg. Vom Buschland her zerrissen vereinzelte Entsetzensschreie die Stille, der Hall eines Schusses oder erregte Rufe der Buschpolizisten, die ihren Opfern nachsetzten.

Später würden Krähenschwärme sich über das Festmahl hermachen, das ihnen der Tod bringende Angriff des Trupps auf der Walstatt bereitet hatte. In der Nacht würden die wilden

Hunde Nachlese halten und einander streitig machen, was übrig geblieben war. Ganz zum Schluss würden die Goannas mit ihren scharfen Zähnen und dolchähnlichen Krallen das allmählich in Verwesung übergehende Fleisch von den Knochen reißen. Einstweilen aber ließen sich als Vorhut der Aasfresser Myriaden Fliegen auf den Toten und Sterbenden nieder.

Wachsam ging Henry mit dem Revolver in der Hand durch das verwüstete Lager. Er wedelte die Fliegen fort, die in einer dichten Wolke von der Leiche eines alten Mannes aufgestiegen waren. Der Tritt eines schweren Reiterstiefels hatte ihm den Schädel zerschmettert, ausdruckslos starrten seine leblosen Augen zum wolkenlosen Himmel empor.

Während sich Henry vorsichtig den Weg zwischen den Leichen bahnte, nahm er das Ausmaß der Zerstörung in sich auf. Zwischen fortgeworfenen Speeren, Schilden und Wurfhölzern lagen verstreut die Reste zerborstener Mahlsteine, an einem Kochfeuer sah er noch den haarlosen schwärzlichen Kadaver eines Wallabys. Dem brennenden Holz eines unter dem Anprall von Pferd und Reiter zusammengebrochenen und in ein Feuer gestürzten Windschirms entströmte der süßlich beißende Geruch ätherischer Öle. Obwohl Henry schon seit langem gegen solche Szenen abgehärtet war, denn so sah das Leben an der Grenze nun einmal aus, wusste er, dass er an diesem Tag eine schwere Schuld auf sich geladen hatte.

Er tat einen Schritt über den Leichnam des Alten und ging unter großer Vorsicht auf den schlammigen Wasserlauf zu, von wo ein lang gezogenes klägliches Wimmern an sein Ohr drang. Inständig hoffte er, dass es eine andere Ursache hatte, als er vermutete.

Suchend sah er sich um. Wie blasse blaue Würste trieben die Eingeweide einer jungen Frau, die im seichten Wasser saß. In ihrer Qual merkte sie kaum, dass sich der weiße Mann näherte, und erst im letzten Augenblick ihres Lebens hob sie gepeinigt den Blick und sah ihrem Henker ins Gesicht.

Der Rückstoß des Revolvers riss Henrys Hand nach oben. Der Schuss hatte die Frau in die Stirn getroffen. Nicht zum ersten

Mal hatte er einen schwer verwundeten Menschen auf diese Weise von seinen Leiden erlöst, und es würde wohl nicht das letzte Mal sein.

Als die Kugel in ihrem Gehirn detonierte, schien die Frau buchstäblich zu schrumpfen. Während sie zur Seite sank, färbte sich das Wasser um ihren Kopf herum karmesinrot. Die leichte Strömung trug ihr Blut davon, nahm die in roter Schrift geschriebenen Worte der Anklage mit sich, die als Flecken auf der Erde zurückbleiben würden, wenn das Wasser verdunstet war.

Es würgte Henry, als er sich umwandte und davonging. »Verdammt noch mal, sie war doch noch so jung!«, stieß er hervor.

Wallarie konnte sein Zittern nicht beherrschen, als sich der weiße Mann von der Toten entfernte. Die Buschpolizisten hatten den jungen Eingeborenenkrieger nicht bemerkt, der sich angstvoll ins Gestrüpp geduckt hatte, und so war er voll hilflosem Entsetzen Zeuge geworden, wie man seine Leute abschlachtete. Warum hatte er nicht versucht, mit seinen Speeren dem Gemetzel Einhalt zu gebieten? Die traurige Antwort gab er sich selbst: Wie hätte er einem solchen Ansturm von Männern und Tieren mit Aussicht auf Erfolg Widerstand leisten können? Der bloße Versuch wäre zum Scheitern verurteilt gewesen.

Der junge Krieger bemühte sich, seine Angst zu beherrschen, während er voll Verzweiflung wartete. Krampfhaft kämpfte er gegen das Entsetzen an, das ihn erfasst hatte. Schon bald wurde aus dem unbeherrschbaren Angstzittern das Wutbeben eines Kriegers, der entschlossen war, eines Tages Rechenschaft von den Mördern seines Stammes zu fordern. Mit allen ihm zu Gebote stehenden Fähigkeiten als Krieger und Jäger würde er seinen Stamm rächen.

Argwöhnisch sah er zu, wie der breitschultrige Weiße unter den Toten umherstapfte. Den Revolver schussbereit in der Hand, drehte er mit der Stiefelspitze jeden Einzelnen um. Ruhig und gefasst hielt Wallarie seine Speere. Zwar befand sich der Weiße in ihrer Reichweite, aber das dichte Buschwerk konnte einen Speer von seiner Flugbahn ablenken. Es war Wallarie klar, dass er bei einem Kampf Mann gegen Mann keine Aussichten hatte. Nicht nur, weil dieser weiße Mörder auf der Hut zu sein schien, sondern weil die Eindringlinge eine Waffe besaßen, die es ihnen erlaubte, mit dem Lärm des Donners zu töten. Statt seiner würde er lieber die tückischen schwarzen Krähen beschatten. Sie rechneten wohl kaum mit einem Angriff, denn sie waren viel zu sehr damit beschäftigt, seine Leute zu verfolgen, die der relativen Sicherheit der nahe gelegenen Berge entgegenflohen.

Er verschwand im Buschland. Nie wieder würde er das einstige Lager seines Stammes betreten. Es war jetzt ein Ort der Geister, an dem sich ausschließlich die Toten aufhalten durften. Nur sie konnten das Flüstern hören, das aus den Gräbern der alten Darambal-Krieger auf dem heiligen Berg zu ihnen herabdrang.

Es war Wallarie nicht bewusst, dass auch er die Stimmen vor langer Zeit dahingeschiedener Krieger vernahm, die ihn durch die Zeiten riefen. Erst, wenn er so weit war, dass er den Tag nicht mehr überleben wollte, würde er ihre Worte verstehen.

Henry, der nichts von der Beobachtung durch den jungen Krieger bemerkt hatte, fuhr mit seiner grausigen Beschäftigung fort: er gab schwer verwundeten Nerambura den Gnadenschuss. Es erfüllte ihn mit einer gewissen Erleichterung, dass er, abgesehen von der jungen Frau im Wasser, nur drei weitere Lebende fand.

Als er sicher war, dass sich als einzige Lebewesen nur noch Fliegen im Lager der Nerambura aufhielten, ließ er sich zu Boden sinken. An den Stamm eines *Coolabah*-Baumes gelehnt, wischte er sich mit dem von Schmauchspuren geschwärzten Handrücken die Tränen aus den Augen. Das Schießpulver biss in seine Haut, aber die Tränen erleichterten ihn. Es war eine Sache, Krieger zu töten … Frauen und Kinder zu töten aber war etwas völlig anderes.

Während die Reste der Windschirme knisternd zu Ende brannten, stieg der Rauch in der Brise des frühen Morgens wie ein Gespenst zum azurblauen Himmel empor. Noch viele Jahre später würde der Geruch brennenden Eukalyptusholzes die bitteren Erinnerungen an diese Vertreibungen in ihm wachrufen. Eukalyptus war der erste Geruch, den er mit seiner neuen Heimat in Verbindung gebracht hatte, inzwischen aber ging von brennendem Eukalyptus der Geruch des Todes aus.

Eine einzelne Krähe schrie in der Ferne, während er allein auf die Rückkehr der Männer wartete. Lautlos weinte er um die junge Tote im Wasser und beklagte den Verlust seiner Seele. Doch niemand würde je Tränen in seinen Augen sehen. Kummer war eine persönliche Angelegenheit. Er teilte ihn mit den toten Nerambura, die ihn mit anklagendem Schweigen umgaben.

3

Schon vor Morgengrauen hatten Donald Macintosh und seine Hirten schweigend ihre Pferde gesattelt, ihr aus Fladenbrot vom Vortag bestehendes Frühstück mit Wasser aus ihren Feldflaschen hinuntergespült und sich unter den Rufen der Brachvögel und dem Knirschen des Lederzeugs auf den Weg zum heiligen Berg der Nerambura gemacht.

Dort warteten sie träge im Sattel sitzend und wedelten die Fliegenschwärme fort, die Mensch und Tier belästigten, während die Sonne am klaren Himmel emporstieg.

Macintosh dachte nicht an den Hinterhalt, den sie den Ureinwohnern legten, sondern an die lange Dürreperiode, die nicht enden wollte. Immer häufiger kam es vor, dass der Wind den Erdboden in der Ebene fortriss und mit sich hoch in den wolkenlosen Himmel trug. So dicht waren diese Staubwirbel, dass man beinahe daran erstickte, und so stark, dass sie die Rindendächer von den Nebengebäuden der Viehzuchtstationen rissen. Im Vorjahr waren die sommerlichen Regenfälle so spärlich ausgefallen, dass sie die ausgedörrten Weideflächen nicht hinreichend getränkt hatten, und auch die letzten Wasserstellen trockneten rasch aus.

Zwar verliehen weder seine Macht noch sein Reichtum Macintosh Gewalt über die Natur, doch konnte er in einer Hinsicht etwas für den künftigen finanziellen Erfolg seiner Schafzucht tun: mit der Vertreibung von Hams Söhnen sicherte er die letzten kostbaren Wasserreserven für seine Herden. Er sah an der Reihe der Reiter entlang zu seinem Sohn am äußersten Flügel hinüber. Als sich ihre Blicke trafen, lächelte ihm Angus zu. Er war voller Bewunderung für den Vater, der so gelassen wirkte, als gehe es um die Eröffnung der Moorhuhnjagd und nicht um ein Gemetzel an den Ureinwohnern auf dem Besitz Glen View. Er beneidete ihn um seine augenscheinliche Ruhe, denn er selbst empfand nichts dergleichen. Er fühlte sich von einer gestaltlosen Macht beobachtet, die zugleich so wirklich war wie der Staub und die Hitze über dem uralten Land. Schwindel und eine kaum erträgliche Übelkeit erfassten ihn.

Als Macintosh sah, dass Angus bleich und zusammengesunken im Sattel saß, rief er ihm voll väterlicher Besorgnis zu: »Was is mir dir, mein Junge?« Die Stimme erreichte Angus wie durch einen Tunnel, und er fuhr kurzzeitig aus seiner Benommenheit hoch. »Mir fehlt nichts«, beruhigte er den Vater. »Es ist nichts weiter, vermutlich die Sonne.« Aber er wusste, dass ihm nicht die Sonne dieses Entsetzen einjagte, das so wirklich war wie die Übelkeit, die ihn fast aus dem Sattel geworfen hätte.

Die Höhle ... ein kalkweißer Krieger auf der Jagd nach Beute ...

Das immer wiederkehrende Bild tanzte ihm in seiner fiebrigen Vorstellung ebenso vor den Augen wie die von der heißen Mittagssonne ausgedörrten Bodenflächen. So verzweifelt er sich bemühte, die beunruhigende Vorstellung abzuschütteln, sie verließ ihn nicht, sondern lag vor seinen Augen wie ein Schleier.

Der weiße Strichmännchen-Krieger, der sich an ihn heranpirschte und den Speer zum tödlichen Stoß hob ...

Eine Woche zuvor hatte Angus den weißen Krieger an einer heiligen Stätte der Nerambura gesehen. Er war mit zwei Schafhirten im Bergland auf der Suche nach verirrten Schafen in eine Höhle geraten, deren Eingang ein massiver Felsüberhang verbarg.

»Großer Gott! Was für 'n verdammtes Zeug ist das hier?«, hatte einer der Männer gerufen, als sie das sich breit hinziehende Panorama sonderbar lebendig wirkender Zeichnungen an den Wänden der Höhle bemerkten. Es war eine Darstellung von Leben und Tod, die über den Tod hinauszureichen schien! So, wie es aussah, ging es um die Jagd, man sah längst ausgestorbene Tiere und Strichmännchen-Krieger mit Speeren in den Händen. Die Schafhirten hatten miteinander Blicke voll abergläubischer Furcht gewechselt. Die vermutlich uralte Kultstätte jagte ihnen Angst ein.

Angus waren die besorgten Blicke der Männer nicht entgangen, denen deutlich anzusehen war, dass sie hier keinesfalls länger bleiben wollten. Sie hielten es für eine heilige Stätte der Ureinwohner, doch Angus hatte über den Aberglauben dieser ungebildeten Menschen gespottet. Auf ihn wirkte die Höhle wie eine primitive Kathedrale – ein heidnischer Ort der Anbetung.

Zwar hatte auch ihn die bedrückende Stille an jenem Ort voll unheimlicher Erhabenheit daran gemahnt, dass er auf verbotenem Boden stand, doch glaubte er, als Erbe eines weit gespannten anglo-schottischen Wirtschaftsimperiums primitiven Götzenbildern mit Anmaßung begegnen zu müssen.

So hatte er ein Messer mit breiter Klinge aus dem Stiefelschaft gezogen, war zu den Wandzeichnungen getreten, die ein namenloser Künstler vor unendlich langer Zeit geschaffen haben mochte, und hatte an der Abbildung eines Kriegers herumgekratzt, der den Speer hoch über den Kopf erhoben hielt. Die Schafhirten hatten sein lästerliches Treiben voll Unruhe beobachtet.

»Sie sollten das lieber lassen, Mister Macintosh«, hatte Jack gebrummelt. »Das könnte Unglück bringen.«

»Das kannst du laut sagen. Es *wird* Unglück bringen … aber den Schwarzen, und nicht uns«, hatte er gehöhnt, das Messer wieder in den Stiefelschaft gesteckt und war einen Schritt zurückgetreten, um die Gesamtheit der Bilder in sich aufzunehmen. »Bei nächster Gelegenheit kommen wir zurück … und sprengen den Überhang weg.«

Zufrieden, seinen Standpunkt klargemacht zu haben, hatte er dann seine Männer aus der vorzeitlichen Höhle wieder in eine Welt geführt, wo man den Wind spüren und die beruhigenden Geräusche des Buschlandes hören konnte. Von all dem schien in der ungeheuren Weite hinter dem Überhang nichts existiert zu haben. Dort hatte man lediglich eine lastende und alles überwältigende Kraft gespürt, deren unerklärliche Gegenwart Angst erzeugte.

Mit einem Mal prasselten hinter den Reitern größere und kleine Gesteinsbrocken zu Boden. Angespannt vom langen Warten zuckten die Schafhirten erschrocken zusammen und wandten sich um, Karabiner und Revolver schussbereit in der Hand, um der Bedrohung die Stirn zu bieten.

»Was für Memmen seid ihr eigentlich, dass ihr vor einem kleinen Pelztierchen Angst habt?«, spottete Macintosh. Verlegen sahen sie zu ihrem durch nichts zu erschütternden Anführer hin, während das kleine Felsenkänguru hinter ihnen den Hang emporhüpfte.

Macintosh schüttelte den Kopf und sah besorgt zu Angus hinüber, um festzustellen, wie dieser den falschen Alarm aufgenommen hatte. Die scharf geschnittenen Züge seines Sohnes hatten etwas Falkenartiges. Voll väterlichem Stolz dachte Macintosh daran, dass Angus eines Tages im Wirtschaftsimperium der Familie seine Nachfolge antreten würde, doch dann riss ihn der Lärm der brutalen Vertreibung, der aus der Ferne herüberdrang, aus seinen Gedanken.

Die Pferde spitzten die Ohren, und die Männer erwachten aus der trägen Benommenheit, die nach der kurzen Anspannung erneut von ihnen Besitz ergriffen hatte. Unruhig hantierten sie mit ihren Schusswaffen. »Haltet euch bereit«, knurrte Macintosh leise. »Die Schwarzen können jeden Augenblick hier sein.«

Aber es dauerte noch volle zwanzig Minuten, bis der erste fliehende Angehörige der Nerambura ahnungslos in den Hinterhalt taumelte und Angus Macintosh zum ersten Mal einen Menschen tötete.

Schild und Speere hinter sich her schleppend, brach der nackte junge Krieger aus dem Buschwerk. Sein Bestreben, den Verfolgern zu entkommen, und die Hoffnung, bald die Berge erreicht zu haben, wo er sich einigermaßen sicher fühlen durfte, hatten ihn seine Umgebung nicht mit der sonstigen Aufmerksamkeit beobachten lassen. Keuchend kam er nur zehn Schritt von Angus entfernt zum Stehen.

»Vorsicht, Mister Macintosh ... der hat 'nen Speer«, rief einer der Schafhirten überflüssigerweise, denn Angus hatte den eingeborenen Krieger ebenso bemerkt wie dieser ihn. Als er begriff, in welche Falle er da gelaufen war, trat die Angst eines in die Enge getriebenen Tieres in seine Augen. Verzweifelt riss er den Speer mit den Widerhaken an der Spitze nach hinten, um ihn den Reitern entgegenzuschleudern, die ihm den Fluchtweg versperrten. Aber er stand ungünstig, und diesen Umstand nutzte Angus. Er hob den Revolver und feuerte vier Mal rasch hintereinander. Die beiden ersten Schüsse verfehlten ihr Ziel, aber die dritte und vierte Kugel trafen den Mann in die Brust und schleuderten ihn rücklings zu Boden. Der Speer entfiel seiner kraftlosen Hand.

»Gut gemacht, Mister Macintosh!«, beglückwünschte ihn einer der Schafhirten, während Angus auf den Toten zu seinen Füßen blickte, verstört über die Leichtigkeit, mit der man einem Menschen das Leben nehmen konnte. Dennoch spürte er kein Bedauern. Immerhin war allgemein bekannt, dass Schwarze keine Seele hatten, und so konnte keine Rede davon sein, dass er seinesgleichen getötet hätte, einen Mitmenschen. Letztlich war es nicht anders als bei der Jagd auf Kängurus, nur dass ihm diese Beute hätte weit gefährlicher werden können als eines jener Tiere.

Mit zufriedenem Lächeln nahm er das Lob entgegen und drehte sich im Sattel um. Er wollte sehen, was sein Vater zu seinem ersten Toten zu sagen hatte. Als dieser bestätigend nickte, erfasste ihn ein Hochgefühl. *Jetzt war auch er ein richtiger Mann*!

»Da kommen noch mehr!«

Der Warnruf riss ihn aus seiner Hochstimmung. Weitere überlebende Nerambura flüchteten schweißbedeckt und keuchend vor den Buschpolizisten dorthin, wo sie der Tod erwartete.

Ein kleiner Junge, der den Reitern entgegentorkelte, blieb mit weit aufgerissenen Augen stehen. Bleikugeln zerfetzten seinen winzigen Körper, und Blut lief aus seinen vielen Wunden, während er zu Boden sank.

»Feuert nicht alle auf dasselbe Ziel, verdammte Dummköpfe!«, rief Macintosh mit grollender Stimme. »Geht sparsam mit Pulver und Kugeln um! Das Zeug kostet mich 'nen Haufen Geld! Ihr hättet den auch ohne weiteres niederreiten können.«

Normalerweise hörten die Schafhirten auf ihren Herrn, aber der Blutrausch hatte sie erfasst, und so folgten sie erst dann seinen Worten, als eine erschöpfte Gruppe Nerambura zwischen den Bäumen hervorkam. Nur vereinzelte Schüsse empfingen die Fliehenden, die sich aufschreiend duckten und zwischen den Pferden hindurch die rettenden Berge zu erreichen versuchten.

»Lasst sie – da kommen noch mehr«, rief Macintosh, während er den Revolver auf eine Frau richtete, die einen Säugling an der Brust trug. Der Rückstoß riss seine Hand nach oben, und er knurrte befriedigt, als er sah, dass die Kugel nicht nur den schreienden Säugling, sondern auch die Mutter getroffen hatte. Als sie zu Boden stürzte, flog ihr Kind in weitem Bogen davon. Na bitte, zwei für den Preis von einem, dachte er voll wilder Genugtuung.

Inzwischen suchten sich die Schafhirten ihre Ziele sorgfältiger, und allmählich türmten sich unter ihrem mörderischen Feuer Tote und Sterbende – Männer, Frauen und Kinder – zu wirren blutigen Haufen. Hübschere junge Frauen blieben verschont und wurden von den Schafhirten mit Tritten und Kolbenstößen beiseite gedrängt.

Das Gemetzel nahm seinen entsetzlichen Fortgang, bis keine Flüchtenden mehr aus dem Buschland kamen.

Angus wusste nicht, wie oft er die Trommel seines Revolvers leer gefeuert und nachgeladen hatte. Gerade, als er dabei war, neue Patronen in die Kammern zu schieben, versuchte eine junge Frau, sich an ihm vorüberzuschleichen. Er wollte sie mit einer Seitwendung des Pferdes, das sich hoch aufbäumte, zu Boden werfen, doch sie rannte Haken schlagend davon. Als er sie eingeholt hatte, warf er sie mit einem Tritt seines Stiefels zu Boden, sodass sie benommen auf Händen und Füßen vor ihm kniete. Er wollte sein Pferd über sie hinwegtreiben, aber das Tier gehorchte ihm nicht. Menschen zu töten entsprach nicht seiner Natur.

Dann ging ihm auf, wie verlockend der am Boden kauernde Körper war. Seine Wut verflog bei der Vorstellung, welches Vergnügen ihm diese junge Eingeborene bereiten würde, wenn die Arbeit getan war, und so ließ er sie vorerst, wo sie war, trieb sein Pferd an und trabte zurück zu den anderen.

Überall lagen nackte schwarze Leiber im feinen roten Staub. Rauch stieg von der Mündung der heißgeschossenen Revolverläufe auf. Die plötzliche Stille, die in den Ohren der Schafhirten dröhnte, wurde lediglich vom Wehklagen der Verwundeten unterbrochen, die sich davonzuschleppen versuchten.

Für Angus war es ein glorreicher Tag, und was ihn erwartete, steigerte sein Hochgefühl. Ein alles andere übertönendes Gefühl von Überlegenheit hatte sich seiner bemächtigt. Es gab auf der Welt nichts Schöneres, als Schwarze abzuknallen! Vor diesem australischen Zeitvertreib verblasste sogar die Fuchsjagd der Engländer.

Steif glitt Donald Macintosh aus dem Sattel, froh, wieder festen Boden unter den Füßen zu haben. Er streckte den schmerzenden Rücken und wischte sich mit dem Hemdsärmel den Schweiß von der Stirn. »Gib mal her, Jack«, sagte er und griff nach der langläufigen Büchse des Schafhirten.

»Is aber nich geladen, Chef«, gab dieser zur Antwort, während er sich vorbeugte, um ihm das Gewehr hinabzureichen.

»Mach schon«, knurrte Macintosh ärgerlich, nahm die Waffe und trat beiläufig zu einer alten Frau, die sich in Qualen wand und mit letzter Kraft vor dem Angst einflößenden Schreckensbild des Weißen zurückzuweichen versuchte, der da schweren Schritts auf sie zukam.

Der Schotte hob den Kolben über den Kopf. Die Frau schrie auf, und als der Messingbeschlag ihren Schädel spaltete, erstarb der Schrei. Knurrend hob er den Kolben erneut und stieß noch einmal nach dem zerschmetterten Gesicht der Frau. Es war überflüssig – sie war bereits tot.

Mit den Worten: »Macht es mit den übrigen Verwundeten ebenso. Kein Grund, Munition zu verschwenden«, gab er dem Schafhirten die blutbespritzte Waffe zurück. »Außerdem sorgt dafür, dass keines von den Weibern am Leben bleibt, wenn ihr mit ihnen fertig seid.«

Die Männer nickten. Es beeindruckte sie, wie ihr Anführer mit der Alten kurzen Prozess gemacht hatte. Das war ein Mann, den man fürchten und achten musste.

Sie saßen ab und widmeten sich mit Eifer der Aufgabe, alle Überlebenden abzuschlachten, bis auf die Frauen und jungen Mädchen, die sie noch eine Weile zur Befriedigung ihrer Lust aufsparen wollten. Kreischend und mit vor Entsetzen aufgerissenen Augen wurden sie Zeugen, wie die Weißen mit den Gewehrkolben unter den verwundeten Nerambura wüteten. Das grässliche Krachen berstender Schädelknochen mischte sich mit dem Keuchen der Schafhirten, die den hilflosen Verwundeten den Tod brachten.

Angus kehrte dorthin zurück, wo er die junge Frau zurückgelassen hatte. Sie schien versucht zu haben, sich kriechend dem Berg zu nähern, und lag jetzt vor Verzweiflung jammernd auf dem Bauch. Als er sie mit der Stiefelspitze umdrehte, sah er, dass ihre langen Haare von Blut verklebt waren.

Mit einem Anflug von schlechtem Gewissen sah er sich um, ob der Vater in der Nähe war. Schwarze umbringen war eine Sache, aber mit ihnen kopulieren war etwas völlig anderes. Erleichtert sah er, dass sein Vater mit einem der schwarzen Polizisten, die nackt und schweißglänzend aus dem Busch gekommen waren, dorthin zurückkehrte.

Die am Boden liegende junge Frau jammerte und zitterte in panischer Angst. Als sie den Blick zu dem weißen Mann hob, der über ihr stand, entleerte sich ihre Blase. Der Ammoniakgeruch ihres Urins steigerte Angus' Erregung noch, und er packte sie mit anzüglichem Grinsen bei den Haaren. Ihr Verzweiflungsschrei ging unter in denen der anderen Frauen, über welche die Schafhirten herfielen.

4

Patrick Duffy lehnte sich an einen vom Feuer geschwärzten Baumstamm.

Der ferne Lärm der Vertreibung hatte aufgehört.

»Aus und vorbei, Chef«, sagte Billy schwermütig aufseufzend. »Jetzt sind alle umgebracht.«

Der Fuhrmann schüttelte den Kopf. »Arme Teufel«, murmelte er betrübt. »Wahrscheinlich werden wir noch vor Sonnenuntergang auf das stoßen, was von ihnen übrig ist.« Er wandte sich ab, um zum Fuhrwerk zurückzukehren.

Tom warf seinem Vater einen fragenden Blick zu.

»Die armen Menschen haben es hinter sich«, teilte ihm Patrick mit und nahm einen Schluck aus seiner Feldflasche. Es kam ihm vor, als hätte das Wasser in seinem Mund einen Beigeschmack von Blut. »Wir sollten die Tiere ans Wasser führen«, setzte er hinzu. Er legte die Hand über die Augen und spähte zur Sonne hin, die hoch über dem Buschland stand. »Das wird bestimmt wieder ein verdammt heißer Tag.«

Patrick sah zu Billy, der immer noch wie ein zum Tode Verurteilter aussah, und legte dem alten Ureinwohner beruhigend die große Hand auf die Schulter. »Alles vorbei, Billy«, sagte er freundlich. »Was dir deine Traumbilder gezeigt haben, ist geschehen. Die Leute, ob Siedler oder Polizisten, haben ihr blutiges Werk getan. Wir haben nichts zu befürchten.«

Aber Billy war nicht überzeugt. In seinem Traumbild war ein eingeborener Krieger mit blutverschmiertem Gesicht aufgetreten; ihn aber hatte er noch nicht gesehen.

»Nein«, erwiderte er eigensinnig. »Das hier *baal* ... Besser nich ans Wasser gehn ... lieber 'n Stück weiter.«

Der Ire seufzte. Er achtete Billys Überzeugungen, aber ihr

Wasservorrat ging zur Neige, und die Zugochsen ließen die Köpfe hängen, ein Zeichen dafür, dass sie Durst hatten. »Wir brauchen unbedingt Wasser, bevor es Abend wird, Billy«, sagte er mit Nachdruck. In seiner Stimme lag ein Anflug von Ärger über die Verstocktheit seines alten Freundes. »Du siehst doch selber, dass die Ochsen unbedingt saufen müssen. Wenn die nicht bald was kriegen, gehn sie uns alle sechs ein. Ich zieh den verdammten Karren nicht.«

»Nich hier«, wiederholte Billy dickköpfig und hielt den Blick zu Boden gerichtet. »Wenn wir hier Wasser holen, packt uns der Teufel.« Obwohl er sich ungern gegen den breitschultrigen Iren auflehnte, blieb ihm diesmal keine andere Wahl, wenn sie mit dem Leben davonkommen wollten.

Patrick stieß hörbar erzürnt die Luft aus. Er musste einen Kompromiss finden, um die Ängste des Eingeborenen zu besänftigen. »Was hältst du davon, wenn du und ich uns da vorne mal umsehn? Wir können Tom mit dem Gespann hier lassen und 'n Stückchen weiter mal nachsehen, ob sich die Dinge beruhigt haben«, regte er hoffnungsvoll an. »Wenn du dann immer noch findest, dass wir umkehren sollten, tun wir das, das versprech ich dir. Einverstanden?«

Tief in Gedanken rief sich Billy die Vision ins Gedächtnis zurück. Hatte er nicht den Leitochsen Mars in einer Blutlache stehen sehen? Das konnte nur bedeuten, dass der Tod auf jeden Fall dorthin kommen würde, wo sich das Gespann befand. Vielleicht fand sich eine Möglichkeit, jetzt die Stelle des Unheils hinter sich zu bringen und später zurückzukehren, um das Gespann sicher fortzubringen. Wo sie sich jetzt befanden, war die Schreckensvorstellung nicht so ausgeprägt. Gewiss, das war die Lösung! Falls es ihnen gelang, den Ort der Vertreibung zu erkunden, konnten sie ihn und damit auch die Stelle umfahren, an der die bösen Geister ihr Unwesen trieben.

Er hob den Blick und sah dem hoch gewachsenen Mann, dessen Hand auf seiner Schulter lag, in die grauen Augen. »In Ordnung«, sagte er. »Wir sehn uns um ... und kommen dann wieder.«

Billys Entscheidung erleichterte Patrick sichtlich. »Gut. Wirst sehen, dass alles in Ordnung ist.«

Doch auch Patricks zur Schau getragene Gewissheit vermochte Billys unbestimmtes Gefühl nicht zu übertönen, dass keineswegs alles in Ordnung sein würde. Er brachte es nicht fertig, sein Traumgesicht eher für eine allgemeine Warnung als für die genaue Voraussage bevorstehender Ereignisse zu halten.

Patrick wandte sich an seinen Sohn, der neben dem Fuhrwerk stand. »Bleib du hier, bis wir zurückkommen. Das wird wohl nicht länger als bis Mittag dauern.« Die Vorstellung, sich von seinem Vater zu trennen, sagte Tom überhaupt nicht zu.

»Billy könnte doch hier bleiben, und ich komm mit«, bot er an, doch Patrick schüttelte den Kopf. »Er kennt den Busch besser als du und ich zusammen. Wir bleiben ja nicht lange weg«, sagte er beruhigend. »Außerdem kennst *du* die Tiere«, fügte er hinzu, um seine Entscheidung zu rechtfertigen. Darauf sagte Tom nichts, denn in solchen Dingen hatte sein Vater immer Recht.

Während Tom den beiden nachsah, hatte er mit einem Mal das dringende Bedürfnis, seinem Vater etwas zu sagen. Doch da es keinen vernünftigen Grund dafür gab, behielt er für sich, was er dachte. Patrick Duffy gehörte nicht zu den Menschen, die ihrer Zuneigung mit Worten Ausdruck verleihen, wohl aber zeigte er sie deutlich in seinem Handeln.

Schon nach wenigen Minuten waren die beiden im Buschwerk verschwunden. Man hörte nichts außer dem Klang der Glocken um den Hals der Ochsen. Der junge Fuhrmann zuckte die breiten Schultern. Was er seinem Vater mitzuteilen hatte, würde er ihm sagen, wenn er zurück war.

Er ging wieder zum Fuhrwerk und setzte sich, an eins der großen Holzspeichenräder gelehnt, auf den Boden.

Die Sonne schien warm, und die Stille ringsum schläferte ihn ein. In seinem unruhigen Schlummer kamen ihm sonderbare und beunruhigende Gedanken, die er nicht zu deuten wusste.

Mit dem Gesicht nach unten lag die junge Frau in der Vertiefung am Boden. Über ihr stand Angus. Er riss ihren Kopf nach hinten und schnitt ihr mit der kalten Gelassenheit eines Metzgers die Kehle durch. Noch als er seine blutbeschmierten Hände auf ihrem Rücken abwischte, bevor er sich schwerfällig aufrichtete und mit befriedigtem Grunzen seine Hose schloss, spürte er die Wärme ihres Hinterteils an seinen Lenden.

Ein wenig tat es ihm leid, dass er sie getötet hatte – immerhin hätte sie ihm auf dem langen Heimweg noch mehr Lust verschaffen können. Doch einstweilen war der unmittelbare Drang nach Befriedigung in ihm erloschen. Jetzt spürte er nur noch gefühllose Leere, und es gab für die junge Frau keinen anderen Daseinsgrund als das kurze Vergnügen, das sie ihm bereitet hatte.

»Na, Chef, Lust auf Niggerfleisch?«, rief ihm der wegen seiner Ähnlichkeit mit einem Affen Monkey genannte Schafhirte entgegen, als Angus zu der Gruppe um ein kaum dem Kindesalter entwachsenes junges Mädchen trat. Monkey saß vor ihr und drückte ihr mit den Stiefeln die Schultern zu Boden, während er ihre Arme über dem Kopf festhielt. Zwei seiner Kollegen hielten ihre Beine, während ein vierter mit einem Grunzen bestialischer Wollust in den zierlichen Körper der schluchzenden Kleinen eindrang, die bei jeder seiner Bewegungen vor Schmerzen aufschrie.

»Nein danke, Monkey. Danach hättest du nix mehr von ihr«, antwortete Angus mit breitem Grinsen. Die Männer, die das halb tote Mädchen festhielten, brüllten vor Begeisterung über diese schlagfertige Antwort.

Unter einem letzten Stöhnen wölbte sich der Rücken des Vergewaltigers. Kaum hatte er sich ergossen, als ihn Monkey ablöste. Im Unterschied zu Angus schien es den Männern nichts auszumachen, den Gegenstand ihrer Lüsternheit miteinander zu teilen und sich ihrem Trieb vor den Augen und Ohren anderer hinzugeben.

Dass ihn Monkey Chef genannt hatte, war Angus nicht entgangen. Bisher hatten ihn die Männer immer Mister Macintosh gerufen, doch brachten sie ihm jetzt wohl die Achtung entgegen, die man einem Vorgesetzten schuldet. Auch sein Vater, der Monkeys Angebot mitbekommen hatte, hatte das bemerkt.

»Du hast dich heute wacker gehalten, mein Junge«, sagte er mit Stolz in der Stimme. »Die Männer werden dir in Zukunft widerspruchslos gehorchen«, fügte er hinzu, während er den Blick über den Ort des Abschlachtens und die mit ihrem Opfer beschäftigten Schafhirten gleiten ließ. »So was stärkt den Zusammenhalt.« Dann aber schlug seine gute Laune unversehens um.

Angus folgte dem empörten Blick voll Ekel und Missbilligung. Er galt dem Alten Jimmy, der sich zur Befriedigung seiner Lust einen dem Massaker erstaunlicherweise entkommenen und vor Angst zitternden Jungen vorgenommen hatte. Sein Schluchzen und die Schmerzen, die ihm der drahtige Schafhirte zufügte, schienen diesen noch anzustacheln, denn mit glasigen Augen, die verdreht waren wie bei einem Hengst, der eine Stute deckt, steigerte Jimmy seine Bemühungen, wobei ihm der Geifer aus dem Munde lief.

»Verdammte alte Sau!«, brach es aus Macintosh heraus. »Der darf packen, wenn wir wieder zu Hause sind. Sein Treiben ist dem Herrn ein Gräuel.« Zwar nickte Angus, stimmte aber insgeheim seinem Vater nicht zu, waren doch solche Praktiken in manchen der besten Knabenschulen Englands an der Tagesordnung. »Ich hab schon überlegt, ob ich nicht ins Lager von den Schwarzen reiten und mir was von dem Zeug holen soll, was da rumliegt, bevor die Polizisten alles in Stücke schlagen«, sagte er beiläufig. Er hoffte damit die Aufmerksamkeit seines Vaters von Jimmy ablenken zu können. »'n paar Speere und Keulen würden sich im Haus in Sydney an der Wand der Bibliothek bestimmt gut machen«, fügte er hinzu. »So 'ne Art Siegestrophäe.«

Macintosh nickte. »Sorg aber vorher dafür, dass die Männer die Weiber nicht gleich umbringen. Ich hab Corporal Gideon versprochen, dass die Schwarzen auch randürfen. Außerdem solltest du den schwarzen Bengel aus dem Weg räumen, wenn Jimmy mit ihm fertig ist. Ich will nicht, dass er die Männer der Königin mit seinem widerlichen Beispiel verdirbt. Schlimm genug, dass sie unbedingt auf die Weiber rauf wollen – aber bei Jungs spiel ich nicht mit.«

Lässig sah Angus nach seinem Revolver und verließ den Vater. Bald darauf hörte Macintosh zuerst Jimmys Gezeter, der mitten in seinem Tun unterbrochen worden war, und kurz darauf einen Schuss. Angus hatte die ihm übertragene Aufgabe ohne großes Getue erledigt, wie es sich gehörte. Ja, dachte Macintosh zufrieden, das Macintosh-Imperium würde in gute Hände kommen.

Wallarie war den Geräuschen des Todes gefolgt; den Schreien der Sterbenden und dem schrecklichen Krachen der Schüsse – so klang es, wenn in der Stille der Nacht alte Bäume zerbarsten und zu Boden stürzten.

Als sich der Lärm des Gemetzels immer mehr dem heiligen Berg näherte, hatte er gehofft, einigen Angehörigen des Stammes werde es gelingen, sich dort in Sicherheit zu bringen. Doch die Salven der Schafhirten, deren Widerhall von den unteren Hängen zu ihm empordrangen, waren ein Hinweis darauf, dass diese Hoffnung trog. Hilflose Wut bemächtigte sich seiner.

Als unvermittelt der Hufschlag eines galoppierenden Pferdes ertönte, verschmolz der junge Krieger mit dem geschwärzten Stamm eines Baums und wurde eins mit dem Baumgeist. Nach einer Weile kam der Reiter in Wurfweite seines Speeres, bewegte sich aber so rasch, dass Wallarie ihn nicht treffen konnte. Dann erkannte er, dass der Mann Mondo verfolgte, die jüngste Schwester seiner Mutter.

Noch einen Mond, und man hätte sie mit den geheimen Riten in den Kreis der Frauen aufgenommen und anschließend mit dem Stammesältesten Kana vermählt. Aber Kana lebte nicht mehr. Wallarie hatte gesehen, wie er in der Nähe des Wasserlaufs mit dem Gesicht nach vorn zu Boden gestürzt war, um sich nie wieder zu erheben. Gern hätte der junge Krieger gewusst, auf welche Weise das Loch in Kanas Rücken entstanden war. Es schien mit dem Donner zusammenzuhängen, der von den Händen der weißen Teufel ausging.

Flink und geschmeidig sprang die von keiner Kleidung behinderte junge Frau hierhin und dorthin, um ihrem Verfolger auszuweichen, der Laute enttäuschter Wut ausstieß, weil es ihm nicht gelang, sie zu fassen. Als er sein Pferd herumriss, um ihr den Weg abzuschneiden, schlug sie geschickt einen Haken. Sie schien die List ihres Verfolgers durchschaut zu haben, der sie auf die mit trockenem hohem Gras bedeckte Lichtung treiben wollte, und versuchte das Gehölz zu erreichen, in das ihr ein Reiter nicht ohne weiteres folgen konnte.

Wallarie wog den Speer in der Hand. Er bildete eine Einheit mit seinem Willen. Wenn sich doch Mondo nur in seine Richtung wendete, damit der Verfolger – oder zumindest sein Tier – ein deutliches Ziel abgab! War der weiße Mann erst einmal gezwungen abzusitzen, wären sie gleichwertige Gegner, und er könnte die tödliche Keule wirkungsvoll einsetzen.

Aufmerksam beobachtete Wallarie die Verfolgung. Er merkte, dass Mondos Kräfte allmählich nachließen. Das ständige Hin und Her hatte sie geschwächt, und so war sie trotz ihrer Jugend an die Grenzen ihrer Leistungsfähigkeit gelangt. Sie hielt nur noch aus bloßer Angst und Willenskraft durch.

Als sie in einem letzten Akt der Verzweiflung dem grauen Gesträuch an der gegenüberliegenden Seite der Lichtung entgegenrannte, konnte Wallarie einen Ausruf der Enttäuschung nicht unterdrücken. Sie lief in ihren Tod. Ohne es zu wissen, entfernte sie sich von dem Stammesbruder, der ihren Verfolger mit dem Speer in der Hand erwartete.

Mort setzte der zierlichen jungen Frau nach und stieß einen Triumphschrei aus. Er hatte sie!

Die breite Brust seines Pferdes prallte gegen die Schwarze und warf sie ins trockene Gras. Zwar versuchte sie aufzustehen, hatte aber keine Luft mehr. Mort zügelte sein Pferd und versetzte ihr aus dem Sattel einen brutalen Tritt in die Rippen. Im selben Augenblick, da der Reiter sich seiner Beute versichern wollte, lenkte eine Bedrohung Wallaries Aufmerksamkeit auf sich. Überraschend tauchte jemand unmittelbar neben ihm im Gebüsch auf. Wallarie sah Angus, bevor dieser ihn entdeckte, und fuhr mit der Schnelligkeit einer auf ihr Opfer niederstoßenden Taipan-Schlange zu dem verblüfften Reiter herum. Beim unvermittelten Auftauchen des schwarzen Kriegers scheute das Pferd und stieg auf die Hinterhand. Angus, der sich auf die Verfolgung der jungen Eingeborenen konzentriert hatte, sah den dunklen Umriss erst, als es zu spät war.

Mit einem verzweifelten Aufschrei bemühte er sich, die Herrschaft über sein Pferd wiederzuerlangen, brachte aber das verängstigte Vollblut trotz aller Bemühungen nicht dazu, die Gefahr zu umreiten. In dem Augenblick, da Wallaries mit tödlicher Wucht geschleuderter Speer die kurze Entfernung zwischen den beiden Männern überwand, ging Angus, zusammenhanglos, wie ihm schien, das Bild einer Zeichnung in einer Höhle durch den Kopf.

Mit einem Aufschrei, der in einem qualvollen Röcheln endete, stürzte der Erbe des Macintosh-Imperiums aus dem Sattel. Als er hart mit dem Rücken auf den von der Sonne ausgedörrten Boden schlug, brach der Speer mit einem Geräusch wie ein Pistolenschuss ab. Wild umkrallte er das kurze Stück, das aus seiner Brust ragte, während ihn der Schmerz überflutete. Schlimmer aber als dieser war die Gewissheit, dass er sterben würde. Er merkte kaum, dass sein Pferd angstvoll davongaloppierte und ihn allein ließ mit dem Krieger, dessen Speer ihn durchbohrt hatte.

Kaum hörte Mort den Mark und Bein durchdringenden Schrei, als er sogleich die vor ihm kauernde junge Frau wie auch alles vergaß, was er sich für ihr genüsslich in die Länge gezogenes qualvolles Ende vorgenommen hatte. Sein Pferd blähte die Nüstern, angesteckt von der Panik, mit der Angus' reiterloses Tier davonstürmte, und Mort begriff, wie verwundbar er gegenüber einem Angriff aus dem Hinterhalt war. Das Blut gefror ihm in den Adern.

So rasch er konnte, griff er nach dem Zügel, bevor auch sein Pferd durchgehen konnte. Wer auch immer da geschrien hatte, es war ein Sterbender. Entschlossen schwang er sich wieder in den Sattel und tastete nach seinem Revolver. Flüchtig sah er einen dunklen Schatten, der im Busch verschwand, und feuerte blind in die Richtung, bis die Trommel leer war.

»Hilfe! Hilfe, um Gottes willen!«

Bei diesem Ausruf, der ganz aus der Nähe kam, erstarrte Mort. Er versuchte sich auszumalen, was geschehen war. Am Rande der Lichtung sah er dicht bei den Büschen den Sohn des schottischen Schafzüchters, der sich am Boden wand und einen in seiner Brust steckenden Speer umkrallte. Wie viele der schwarzen Wilden mochten da im Busch stecken? Mort verfluchte sich, weil er sich bei der Verfolgung der jungen Frau von seinen Leuten hatte weglocken lassen. Warteten schwarze Krieger nur darauf, dass er dem Todgeweihten zu Hilfe eilte, um ihm dann in aller Ruhe ebenfalls einen Speer durch den Leib zu jagen? Jeder Schatten im Gebüsch schien ihm eine Bedrohung. Am ehesten hatte er Aussichten, mit heiler Haut davonzukommen, wenn er sich in der Mitte der Lichtung hielt, außerhalb der Reichweite der Tod bringenden Speere.

Er bemühte sich, nicht weiter auf Angus' erschütternde Hilferufe zu achten, und lud mit zitternden Händen seinen Karabiner nach. Pulver in den Lauf, Pfropf und Kugel hinein, feststopfen, Zündhütchen aufsetzen. Diese immer wieder eingeübten Handgriffe sollten ihn beruhigen und ihm möglichst das Leben retten. »Hör bloß auf, du Dummkopf«, rief er mit sich überschlagender Stimme über die Lichtung. »Dir kann niemand mehr helfen. Halt das Maul und stirb wie ein Mann.«

Diesen von Angst diktierten feigen Ratschlag des Polizeioffiziers hörte Angus nicht mehr. Wallaries primitiver dünner Holzspeer hatte das Leben des Erben eines Wirtschaftsimperiums beendet, das auf zwei Kontinenten tätig war und dem Europas modernste Technik zu Gebote stand.

So intensiv hatte sich Mort mit seinem eigenen Überleben beschäftigt, dass er nicht merkte, wie die junge Eingeborene in die spärliche Deckung des Gestrüpps glitt. Ihre Flucht endete erst, als sie unter Aufbietung ihrer letzten Kräfte weit ins stille Buschland gelangt war. Dort brach sie erschöpft zusammen und blieb benommen liegen. Zwar hatte sie nach wie vor Angst, doch sagte ihr eine innere Stimme, die aus längst vergangener Zeit zu ihr drang, dass sie in Sicherheit sei.

Während Wallarie den Ort verließ, an dem Angus dem Tod ins Auge sah, traf ihn einer der laut peitschenden Schüsse oberhalb der Hüfte. Wie der Stich einer ungeheuer großen Wespe, dachte er, während ihn der Aufprall der Kugel zu Boden riss und eine Welle des Schmerzes ihn überflutete. Ein Blick auf die Wunde zeigte ihm, dass sie genauso aussah wie die Verletzungen durch die unsichtbaren Speere, welche die weißen Teufel und ihre schwarzen Gehilfen auf seine Leute geschleudert hatten.

Er riss ein Büschel Gras aus, um es in die Wunde zu stopfen, und stöhnte laut auf bei dem Schmerz, den die Berührung der Gräser hervorrief. Doch die Blutung kam nicht zum Stehen und der Schmerz dauerte an. Er musste diesen Ort so rasch wie möglich verlassen.

Er richtete sich auf und taumelte aufs Geratewohl voran. Es konnte nur noch eine Frage der Zeit sein, bis ihn die schwarzen Krähen aufspürten, denn er war bereits so gut wie tot. Er hatte nicht mehr die Kraft, die Spuren zu verwischen, die ihn zurück an den Ort seiner Traumzeit führten.

5

Billy erstarrte mitten in der Bewegung und blieb so reglos stehen wie die sengend heiße Luft über dem Buschland. »'n Schwarzer, Chef … da drüben«, flüsterte er, während er seine alte Baker-Flinte auf den bewusstlosen, unbekleideten Krieger richtete und ihn nicht aus den Augen ließ.

»Ist er tot?«, wollte Patrick Duffy wissen.

»Nein, Chef«, gab Billy durch zusammengebissene Zähne zurück. »Aber vielleicht lebt er nich mehr lange.«

Der Ire trat zu dem Verwundeten, der wohl schon viel Blut verloren hatte, und hockte sich neben ihn. Eine purpurrote Schwellung an der Seite, aus der kein Blut mehr austrat, zeigte an, wo die Kugel eingedrungen und ausgetreten war. Er fuhr mit der Hand darüber und sah sich die Farbe des Blutes an. Es war hellrot. Wäre es kaffeebraun gewesen, hätte der Mann einen Bauchschuss gehabt, der gewöhnlich zu einem langsamen und qualvollen Tod führte.

Der Mann stand erkennbar in der Blüte seiner Jahre. Schweiß bedeckte seinen Körper und lief in kleinen Rinnsalen über seine muskulöse Brust voll zahlreicher Schmucknarben – ein Hinweis darauf, dass der Mann ein Krieger war, der bei seinem Stamm in hohem Ansehen stand.

Patrick griff nach seiner Feldflasche und drückte sie dem Bewusstlosen an die Lippen. Als das Wasser durch dessen ausgedörrte Kehle lief, regte er sich, und seine Augen fuhren ziellos hin und her. Beim Anblick des Weißen über sich riss er sie entsetzt auf. War er in der Traumzeit einem Geist begegnet?

Hinter ihm konnte er das alles andere als wohlwollende Gesicht eines alten Ureinwohners sehen, der in der Art der weißen Teufel gekleidet ging.

»Immer mit der Ruhe, mein Junge«, sagte der Mann freundlich, und wenn Wallarie auch die Worte nicht verstand, so beruhigte ihn doch der Klang der Stimme, wie sich ein Kleinkind von dem Ton beruhigt fühlt, in dem man zu ihm spricht.

»Wir sollten den lieber hier lassen, Chef«, sagte Billy ängstlich, während er im Gehölz umherspähte, ob dort weitere Eingeborenenkrieger lauerten. »Er bringt uns Unglück.«

Ohne auf diese warnenden Worte zu achten, entgegnete Patrick: »Der arme Kerl ist angeschossen, und sie haben ihn wie 'nen Hund liegen lassen, damit er krepiert«, sagte er und ermunterte den Krieger, Schluck für Schluck aus der Feldflasche zu trinken. »Schon möglich, dass er nicht durchkommt, trotzdem sollten wir ihm wenigstens was zu trinken geben, bevor er das irdische Jammertal verlässt. Ich glaube nicht, dass der uns gefährlich werden kann.«

Trotz der erkennbaren Schwäche des Verwundeten hielt Billy seine Flinte auf ihn gerichtet. Er traute den Ureinwohnern aus dem Inneren Queenslands nicht über den Weg. In seinen Augen waren sie heimtückische Verräter und kämpften, wenn sie verwundet waren, bis zum letzten Atemzug – wie in die Ecke getriebene Flachland-Kängurus.

Wallarie spürte, wie das kühle Wasser den entsetzlichen Durst linderte, der seinen Körper gequält hatte, und setzte sich stöhnend auf. Der weiße Mann half ihm dabei. Trotz der sanften Berührung stieg in Wallarie Angst auf. Warum sollte ihm einer von denen helfen, die all seine Leute abgeschlachtet hatten? Unruhig wanderten seine dunklen Augen von dem Weißen zu dem Schwarzen, in dessen Blick er Furcht und Feindseligkeit erkannte.

»Verstehst du die Sprache von dem Burschen hier, Billy?«, fragte Patrick und schraubte den Verschluss wieder auf die Feldflasche.

»Nein, Chef. Das ist 'n verdammter Wilder«, stieß Billy verächtlich hervor. In Billys Augen war jeder minderwertig, der nicht seinem Stamm angehörte. Das Schlimmste von allem aber war, dass es sich bei dem Mann, den er da vor sich hatte, um den Krieger aus seiner Traumvision handelte.

»Spielt keine Rolle«, knurrte Patrick und half Wallarie auf die Füße. »Wir bringen ihn zum Fuhrwerk. Vielleicht kommt er ja durch, auch wenn es um ihn nicht besonders gut zu stehen scheint.«

»Verdammte Zeitverschwendung«, murrte Billy. »Der stirbt bestimmt, und dann werden wir seinen Geist nie wieder los.«

Ohne auf die unfreundliche Haltung seines Gefährten zu achten, stützte der Ire Wallarie, der sich nicht auf den Beinen halten konnte. Billy folgte ihnen und brummelte mürrisch vor sich hin. Kaum hatten sie einige Schritte getan, als Laute seine Aufmerksamkeit erregten. Es war kein Raunen im Wind, nichts, das sich nur in seinem Kopf abspielte, sondern ein durchaus wirkliches Geräusch im Busch.

»Pferde!«, sagte er leise. Aus Gründen, die ihm nicht klar waren, krampfte sich Patricks Unterleib zusammen.

»Kommen sie hierher?«, fragte er angespannt. Der alte Ureinwohner sah unausgesetzt weiter nach Westen.

»Ja, Chef«, sagte er leise. »Sind viele.«

Unwillkürlich sah Patrick zum Revolver an seiner Hüfte. Er wusste nicht, warum er das Bedürfnis empfand, bewaffnet zu sein. Immerhin war damit zu rechnen, dass es sich bei den Männern, die da näher kamen, um Buschpolizisten oder Weiße handelte. Vermutlich waren sie auf der Suche nach dem angeschossenen schwarzen Krieger, der sich auf seine Schulter stützte. Er spürte, wie diesen ein Schauer überlief. Auch er hatte wohl den sich nähernden Hufschlag gehört. Verwundet und allein würde er gegen eine solche Übermacht nicht das Geringste ausrichten können.

Unwillkürlich fühlte sich der Ire an den Kampf bei den Palisaden von Eureka erinnert. Damals hatte er sich in einer ähnlichen Situation befunden wie jetzt der junge Schwarze. Polizei und eine Hand voll Soldaten hatten alle Verwundeten und jeden niedergemetzelt, der sich im Vertrauen auf den Gerechtigkeitssinn der Briten ergeben hatte. Er wusste nur allzu genau, was den verwundeten Eingeborenen erwartete, wenn die Reiter eintrafen, und ihm war klar, was er zu tun hatte.

Corporal Gideon brauchte nicht einmal abzusitzen, um dem Krieger zu folgen. Seine Fußabdrücke zeigten ihm, dass er kurz vor dem Zusammenbruch stand – er hatte nicht einmal versucht, seine Spuren zu verwischen.

Hinter Gideon ritten Mort sowie Donald Macintosh und seine Schafhirten, bis auf die beiden, die den Auftrag hatten, Angus' Leichnam nach Glen View zu schaffen, wo er beigesetzt werden sollte.

Auf einer Lichtung sahen sie überrascht und voll Empörung, dass ein hünenhafter bärtiger Weißer und ein alter Ureinwohner dem verwundeten Schwarzen halfen.

Mit erhobener Hand gebot Mort der Abteilung Halt. »Ich sehe, Sir, dass Sie den Mann gefangen genommen haben, hinter dem wir her sind«, sagte er zu Patrick gewandt. Wallarie, der sich nach wie vor auf ihn stützte, sah den Polizeioffizier mit kaum verhülltem Hass an.

»Sie irren sich, Lieutenant«, gab Patrick mit fast beiläufiger Gleichgültigkeit zurück. »Wir helfen dem armen Kerl. Sie scheinen wieder mal das übliche Spielchen getrieben und seine Leute in alle Winde zerstreut zu haben. Stimmt doch, oder?«

Mort antwortete nicht sogleich. Die Haltung des Mannes behagte ihm ganz und gar nicht, und so sah er ihn nur verächtlich von seinem Pferd herab an. Er hatte es nicht nötig, sich einem Menschen gegenüber zu rechtfertigen, der einem Mörder beistand. Er räusperte sich. »Ich fordere Sie nachdrücklich auf, mir den Nigger zu überlassen, damit ich ihn festnehmen kann. Immerhin hat er einen Mord begangen. Ich handele im Namen der Königin, Mister ...?«

»Patrick Duffy. Ich denke nicht daran, Ihnen diesen Mann zu übergeben ... jedenfalls nicht hier«, fügte er hinzu und sah den Uniformierten kalt an. Irgendetwas an den Augen des Polizeibeamten, die ihn unverhohlen feindselig anblitzten, störte ihn. »Ich bin nämlich sicher, dass ihn die Strauchdiebe, mit denen Sie da reiten, keine fünf Minuten lang am Leben lassen würden.«

Mort war wie vom Donner gerührt. Wie konnte ein Weißer hier an der Grenze dem offiziellen Vertreter der Königin in den Rücken fallen, wenn dieser einen Mörder der Gerechtigkeit zuführen wollte – noch dazu einen Nigger?

Auch Macintosh empfand die Haltung des Mannes als unglaublich unverschämt. Unter keinen Umständen war er bereit zuzulassen, dass sich ein verdammter Ire seinem Bedürfnis nach Rache für den brutalen Mord an seinem Sohn in den Weg stellte. »Treten Sie beiseite, Mister Duffy, und lassen Sie sofort den schwarzen Mörder los«, sagte er leise, aber mit kaltem Zorn in der Stimme, »oder ich schieße Sie über den Haufen.«

Patrick sah die auf ihn gerichtete Waffe des Schafzüchters und erkannte aus dem Augenwinkel, dass Billy seine Flinte auf diesen in Anschlag brachte. Mit einer kaum wahrnehmbaren Bewegung riss er seinen Coltrevolver hoch und richtete ihn auf Mort, bevor die Schafhirten etwas unternehmen konnten. »Schon möglich. Aber ich versichere Ihnen, dass Sie ein toter Mann sind, bevor ich am Boden liege. Und der Lieutenant hier höchstwahrscheinlich auch«, sagte Patrick gelassen zu Macintosh, ohne den Blick von Mort zu nehmen. Der Ausdruck des Iren zeigte, dass er durchaus ernst meinte, was er sagte.

Macintosh seinerseits zweifelte nicht an der Entschlossenheit von Duffys schwarzem Begleiter, tödlichen Gebrauch von seiner Waffe zu machen. Auch wenn er widerwillig dem Mann Respekt zollte, der sich ihnen da mit seinem Begleiter in den Weg stellte, verminderte das weder seine Wut noch seinen Hass. Jetzt standen die beiden links und rechts des schwarzen Mörders. »Ihnen dürfte hoffentlich klar sein, Mister Duffy, dass Sie sich eines schweren Verbrechens schuldig gemacht haben. Sie unterstützen einen Schwarzen, der kaltblütig meinen Sohn umgebracht hat und wegen Mordes gesucht wird«, sagte Macintosh. »Ich könnte Sie unter den gegebenen Umständen an Ort und Stelle erschießen lassen. Jeder meiner Männer hat sein Gewehr auf Sie gerichtet ... und auch auf den Schwarzen neben Ihnen.

Wie die Dinge liegen, sind wir absolut berechtigt, Gewalt anzuwenden, um den schwarzen Schweinehund festzunehmen.« Die Stimme des Schotten war kalt und gelassen, doch senkte er vorsichtshalber den Lauf seiner Waffe, denn der alte Eingeborene, der die altmodische, aber tödliche Baker-Flinte in der Hand hielt, würde sicher bedenkenlos abdrücken, wenn er es auf die Spitze trieb.

Patrick vermutete, dass der Schotte die Wahrheit sagte, aber er dachte nicht daran, nachzugeben. Wieder einmal hatte er es mit dem Machtgebaren des Britischen Weltreichs zu tun, nur dass es diesmal keine Möglichkeit zum Rückzug gab und er auch keine Gnade erwarten durfte. Beim Anblick von Morts Uniform war er entschlossen gewesen, dafür zu sorgen, dass der verwundete Schwarze eine Chance bekam. Jetzt sah es ganz so aus, als stünde er im Begriff, sein und Billys Leben für einen Eingeborenen zu riskieren, den er vor wenigen Minuten zum ersten Mal gesehen hatte.

Sein Mund fühlte sich unbehaglich trocken an, und der Revolver, den er ohne zu zittern auf den Polizeioffizier gerichtet hielt, wog schwer in seiner Hand. Er versuchte sich die ausgedörrten Lippen zu lecken. »An dem, was Sie sagen, ist bestimmt was daran«, sagte er, »und deshalb bin ich bereit, 'ne Abmachung mit Ihnen zu treffen …!«

»Das könnte Ihnen so passen«, blaffte ihn Mort an. »Als Vertreter Ihrer königlichen Majestät habe ich es nicht nötig, mit Gesetzesbrechern zu paktieren.«

»Ich habe gesagt, ich biete Ihnen 'ne Abmachung an, und ich denke, dass die für Sie zufriedenstellend sein dürfte … und auch für Ihre Königin«, fuhr Patrick geduldig fort. »Ich überlass Ihnen den Mann, nachdem Sie ihm 'ne halbe Stunde Vorsprung eingeräumt haben, denn mir ist nur allzu klar, dass Sie ihn an Ort und Stelle abknallen wollen, ohne die Justiz Ihrer Majestät zu bemühen. Ich kenne das aus eigener Erfahrung, denn genauso haben das Leute Ihres Schlages im Jahre '54 im Goldgräberbezirk von Ballarat gehandhabt. Wenn die halbe Stunde um ist, nehm ich meine Waffe beiseite. Soweit ich sehe, haben Sie jemand dabei, dem es ein Leichtes sein dürfte, 'nen Verwundeten aufzuspüren. Sie haben also mehr zu gewinnen als zu verlieren.«

»Waren Sie etwa bei den Palisaden von Eureka dabei?«, fragte Mort betont unbeteiligt.

»Kann man wohl sagen«, gab Patrick gelassen zurück.

»Dann sind wir uns vielleicht schon einmal über den Weg gelaufen«, sagte Mort nachdenklich und betrachtete den Iren aufmerksam. Damals hatte man die festgenommenen Aufrührer bei der Gerichtsverhandlung in Melbourne nicht nur freigesprochen, sie waren auch von der Tausende zählenden Menge, die sich vor dem Gerichtsgebäude zusammengerottet hatte, als Helden gefeiert worden. Das hatte der verbitterte Sergeant der berittenen Eingeborenenpolizei der Provinz Victoria nie verwunden. Hochverrat und Aufruhr ungestraft zu lassen war in seinen Augen gleichbedeutend mit einer Verhöhnung all dessen, wofür die britische Justiz stand. Am allertiefsten aber hatte ihn der begeisterte Empfang getroffen, den die Menge der Sympathisanten dem als ersten der Aufrührer freigesprochenen herkulischen schwarzen Amerikaner John Josephs bereitet hatte. Völlig außer Rand und Band hatte der Pöbel diesen *Nigger* im Triumphzug auf den Schultern durch die Straßen Melbournes getragen.

Dies Versagen des Gerichts, hatte sich Mort vorgenommen, würde er nie vergessen – und jetzt stand unverhofft einer der irischen Aufrührer vor ihm und hielt eine Waffe auf ihn gerichtet. Eine halbe Stunde kann ich wohl noch warten, dachte er mit aufflammendem Hass. Immerhin dürstete er schon seit acht Jahren nach einer Gelegenheit, diese offene Rechnung zu begleichen. Ihm war klar, dass alle auf seine Entscheidung warteten.

»Klingt vernünftig, Mister Duffy«, gab er schließlich zur Antwort. »Aber Sie werden sich an die Abmachung halten müssen, sobald die halbe Stunde um ist. Außerdem müssen Sie dann Ihre Waffen auf den Boden legen, sonst wird nichts aus der Sache.«

Patrick blickte ihm in die blassblauen Augen. Was er da sah, beunruhigte ihn. War das Wahnsinn, oder ging seine Fantasie wegen der angespannten Situation mit ihm durch? In einer halben Stunde konnte ein Schwerverwundeter nicht weit kommen, schon gar nicht, wenn seine Verfolger beritten waren und sich auf die Dienste eines eingeborenen Fährtensuchers stützen konnten.

Trotzdem war es besser als nichts. Zwar würde ihn der Beamte festnehmen, aber es war keineswegs sicher, dass man ihn verurteilen würde, wenn das Gericht erfuhr, was hier draußen geschehen war. Der Regierung lag sehr daran, dass nicht an die große Glocke gehängt wurde, wie es bei den Vertreibungen der Ureinwohner zuging.

Ohnehin blieb ihm kaum eine andere Wahl, denn die Gegenseite war ihm nicht nur zahlenmäßig, sondern auch an Feuerkraft überlegen. »Nun gut, Lieutenant«, gab er daher zur Antwort. »Sie haben mein Wort, dass ich mich ergebe, wenn die halbe Stunde um ist.« Patrick wandte sich an Billy, der den Schafzüchter keine Sekunde aus den Augen gelassen hatte: »Versuch dem Burschen klarzumachen, dass er verschwinden soll.«

Billy nickte und erklärte Wallarie die Situation, ohne seinen Mann aus den Augen zu lassen. Er benutzte Begriffe, die entlang der Handelswege, welche die vielen, verstreut lebenden Stämme der Ureinwohner miteinander verbanden, allgemein gebräuchlich waren. Der schwarze Krieger schien das Wort *fortlaufen* zu verstehen, doch gab ihm Patrick sicherheitshalber noch einen Stoß in den Rücken, um den Sinn des Gesagten zu verdeutlichen.

Anfangs zögerte Wallarie. Er verstand nicht recht, was da vor sich ging. Dann aber begriff er, dass der weiße Mann die anderen mit Hilfe irgendeines Zaubers daran hinderte, ihn zu töten.

Taumelnd begann er dem rettenden Buschland entgegenzulaufen, während ihm Macintosh voller Hass und rachsüchtig nachsah. Der Schafzüchter hatte sich der Abmachung gefügt, ohne sich dazu zu äußern. Ihm war nichts anderes übrig geblieben. In einer halben Stunde würde der Schweinehund ohnehin nicht besonders weit kommen, und dann würde er ihn sich vornehmen, mit Haut und Haaren, buchstäblich! Jawohl, bei lebendigem Leib würde er dem schwarzen Mörder das Fell über die Ohren ziehen lassen. Mochte er in seinem heidnischen Kauderwelsch Hunderte Male um Erbarmen winseln, es würde keins geben, wohl aber einen sich lang hinziehenden Tod unter unvorstellbaren Qualen.

»Sie sollten beten, dass wir ihn kriegen, Mister Duffy«, sagte er jetzt, »denn ich schwöre Ihnen, dass ich andernfalls die Haut von Ihrem Schwarzen an die Wand meines Hauses nagele.«

Patrick funkelte ihn an. »Da müssten Sie vorher mich umbringen, und das haben im Lauf der Jahre schon viele ohne Erfolg versucht.«

Mort zog eine an einer silbernen Kette befestigte Uhr aus der Tasche seines Uniformrocks und ließ den Deckel aufspringen. »Jetzt ist es acht, Mister Duffy«, sagte er. »Ich sage Ihnen, wann die halbe Stunde um ist.«

Schweiß und Fliegen peinigten die Pferde und die wartenden Männer unter der hoch über das Buschland gestiegenen Sonne.

Auch wenn Patricks Arm unter dem Gewicht des schweren Revolvers zitterte, er hielt ihn unverwandt auf die Brust des Polizeibeamten gerichtet, der da auf seinem Pferd saß und ihn ausdruckslos ansah. Nach einer Weile zog Patrick den Arm ein wenig an, damit sich seine Muskeln nicht verkrampften, doch veränderte er dabei die Richtung des Laufs nicht. Kein Wort wurde zwischen den wartenden Männern gewechselt, während die halbe Stunde langsam verstrich.

Als Mort die Uhr wieder herausnahm, brach er das Schweigen mit einem trägen Lächeln, das seinen Zügen einen raubtierhaften Ausdruck verlieh. »Es ist so weit, Mister Duffy«, sagte er. »Ich glaube, wir haben eine Abmachung.« Zögernd ließ Patrick den Revolverlauf sinken. »Ich nehme Sie fest«, fuhr Mort fort, »weil Sie die Rechtspflegeorgane der Königin in ihrer Arbeit behindert und einem Schwerverbrecher Beihilfe geleistet haben. Man wird Sie binden und nach Rockhampton bringen, wo Sie sich vor einem Polizeigericht werden verantworten müssen. Die

Fesseln, Corporal«, befahl er Gideon, der mittlerweile abgesessen war.

Dieser ging auf Patrick zu, wobei die schweren eisernen Handfesseln an seinem Gürtel klirrten. Billy, der nach wie vor Macintosh mit seiner Flinte in Schach hielt, sah Patrick fragend an.

»Lass es gut sein, Billy«, sagte dieser mit matter Stimme. »Wir müssen uns an die Abmachung halten.«

Billy gab seine Flinte einem Schafhirten, der ebenfalls vom Pferd gestiegen war. Mit scheinbar harmlosem Lächeln rammte ihm dieser den Gewehrkolben ins Gesicht, sodass Billys Nasenbein krachend zersplitterte und das Blut den nach wie vor lächelnden Angreifer bespritzte. Billy taumelte unter dem unerwarteten Stoß zurück, hielt sich aber mit aller Kraft auf den Beinen.

»Kein schwarzer Heide bedroht Mister Macintosh mit 'ner Waffe, verdammter Nigger«, stieß der Schafhirte wütend hervor. »Schreib dir das ein für alle Mal hinter die Ohren, du Saukerl.« Mit geballten Fäusten fuhr Patrick zu dem Schafhirten herum, erstarrte aber mitten in der Bewegung.

»Keinen Schritt weiter, Mister Duffy, oder ich jage Ihrem Nigger eine Ladung Blei in den Schädel.« Dieser Drohung verlieh Mort mit dem Revolver in der Hand Nachdruck.

Der Ire sah ihn an. »Wenn Billy was passiert, stehen Sie mir persönlich dafür gerade, königlicher Beamter hin oder her!«, knurrte er aufgebracht, während ihm Gideon die schwere stählerne Handfessel anlegte. Mort bedachte den jetzt Hilflosen mit einem spöttischen Grinsen: »Dein Schicksal liegt jetzt in meiner Hand, du irischer Halunke, das wirst du schon noch merken.« Er ließ den Blick über die Lichtung gleiten, bis er fand, was er suchte. »Binde die beiden da drüben an«, sagte er zu Gideon und wies auf einen hohen Eukalyptusbaum, der sich wie ein Fremdling inmitten des Brigalow-Gestrüpps erhob.

Der Corporal führte Patrick an die bezeichnete Stelle und fesselte seine Arme um den Stamm herum. Er empfand dabei eine gewisse Beklemmung, denn er war nicht sicher, dass sich sein

Vorgesetzter einwandfrei verhielt, fürchtete ihn aber zu sehr, als dass er seine Vorgehensweise offen infrage gestellt hätte.

Auch Billy wurde an den Baum gefesselt, und zwar so, dass die beiden Männer einander sehen konnten. Er erkannte Patricks Besorgnis und sagte mit mattem Lächeln, um ihn zu beruhigen: »Mit mir is alles in Ordnung, Chef.«

In Wahrheit wusste er, dass genau das Gegenteil der Fall war und auch mit Patrick keineswegs alles in Ordnung war. Billy ahnte, dass das seine Abschiedsworte an den weißen Mann waren, der sich ihm gegenüber in all den Jahren wie ein wahrer Freund verhalten hatte. Schon bald würde Patrick im Himmel des weißen Mannes sein und seinen Jesus sehen. Er hatte Billy von jenem Jesus erzählt und ihm berichtet, dass dieser vor langer Zeit in einem fernen Land als Zimmermann gelebt hatte. Zimmerleute, das wusste Billy, bauten die Städte, in denen die Weißen lebten. Da aber solchen Orten jegliche Schönheit des Wanderlebens fehlte, das man als Fuhrmann oder Angehöriger eines durch das Land ziehenden Stammes genoss, hatte er für Patricks Leben nach dem Tode nur ein trauriges Kopfschütteln übrig. Ganz offensichtlich war der Himmel des weißen Mannes nicht der richtige Aufenthalt für einen Gespannführer. Würde Patrick künftig bei dem Zimmermann Jesus leben und Städte bauen müssen? Da wäre es doch besser, er würde sich jenseits der Traumzeit zu ihm gesellen, wo sie wieder ungebunden in Gebieten umherziehen konnten, die sie gut kannten, gemeinsam dem Morgenlied der Vögel lauschen oder beobachten, wie der Adler mit weit ausgebreiteten Schwingen hoch in den azurblauen Himmel stieg. Vielleicht ließ dieser Jesus ja Patrick ziehen, damit er Billy dorthin begleiten konnte … Bestimmt würde er das tun, wenn er es mit seinen Leuten so gut meinte, wie Patrick immer gesagt hatte.

Nachdem Gideon die beiden Männer an den Baum gefesselt hatte, erteilte ihm Mort den Auftrag: »Reite mit Mister Macintosh dem verdammten Nigger nach. Sobald du ihn aufgespürt hast, kannst du dich auf Glen View der Abteilung wieder anschließen.« Gideon nickte. Die Situation war ihm noch unbehaglicher als zuvor. Hier geschahen unübersehbar Dinge, die nicht in Ordnung waren, und er überlegte, ob er Sergeant Henry die Sache mit dem weißen Mann und dem alten Ureinwohner berichten sollte. Dazu aber hatte er keine Möglichkeit, da sein Auftrag lautete, zusammen mit Mister Macintosh den angeschossenen Nerambura-Krieger zu verfolgen.

Macintosh ritt nahe an Mort heran. Beide befanden sich in gewissem Abstand von Gideon und den Schafhirten, die es nicht abwarten konnten, die Verfolgung aufzunehmen. »Ich hoffe, Sie haben hier alles im Griff, Lieutenant Mort«, sagte er. »Mir erscheint der Gedanke unerträglich, dass mir jemand mein Recht streitig machen will, den Tod meines Sohnes zu rächen. Verstehen Sie, was ich damit meine?«

Nachdenklich sah Mort zu den beiden Gefangenen hinüber. »Durchaus, Mister Macintosh.« Dann fügte er hinzu: »Ich darf Ihnen versichern, dass die Gerechtigkeit unverzüglich ihren Lauf nehmen wird.«

»Sorgen Sie dafür«, knurrte Macintosh und wendete sein Pferd.

Mort sah den Männern nach, die Corporal Gideon bei der Hatz auf den Verwundeten begleiteten. Kaum waren sie außer Sicht- und Hörweite, als er aus dem Sattel sprang und den Infanteriedegen aus der Lederscheide zog. Mit der blankgezogenen Waffe und verzerrtem Gesicht trat er auf die beiden hilflos an den Baum Gefesselten zu. Als Patrick den Wahnsinn sah, der in den Augen des Mannes glitzerte, begriff er, dass er und Billy den Sonnenuntergang nicht mehr erleben würden.

In einem stillen Stoßgebet flehte er Gott an, dafür zu sorgen, dass man Tom nicht fand, damit dieser nicht ihrer beider Schicksal teilen musste.

6

Die Buschpolizisten trugen zusammen, was vom spärlichen Besitz der Nerambura übrig war. Die flachen Steine, die zum Mahlen von Körnern dienten, wurden zerschlagen und all ihre anderen Habseligkeiten zusammen mit Schilden, Speeren, Wurfhölzern und Keulen auf den großen Scheiterhaufen geworfen. Von ihm stieg der Rauch als graue Säule in den blässlich blauen Himmel und breitete sich wie die belaubte Krone eines Regenbaumes aus. Bedrückt und voll Angst vor der unheimlichen Macht der Geister, die mit Einbruch der Dunkelheit an diese Stätte des Grauens zurückkehren würden, gingen die Männer ihrer Aufgabe nach. Ein Ort, an dem man so viele Menschen niedergemetzelt hatte, war *baal;* kein Lebender hatte das Recht, sich dort aufzuhalten.

Hoch loderten die Flammen, denen die hölzernen Waffen und Werkzeuge immer wieder neue Nahrung lieferten. Wie betäubt sah Sergeant Henry James in das Feuer, das die Geister der Waffen zum Himmel emportrug. Seine Seele war verkrüppelt, weil er sich an der Vertreibung beteiligt hatte. Oder hatte er sie damit gar getötet?

»Fertig. Es ist alles erledigt.«

Obwohl der schwarze Polizist Mudgee dicht neben Henry trat und mit dieser Meldung sein Grübeln unterbrach, schienen seine Worte aus weiter Ferne zu kommen.

»In Ordnung«, antwortete Henry mechanisch. In seinen Worten lag keinerlei Befriedigung. »Sag ihnen, sie sollen sich ihre Uniformen holen. Dann schlagt ein Stück weiter am Wasserlauf das Lager auf und macht Feuer, damit wir zu Abend essen können. Ich warte hier auf Mister Mort und sage ihm, wo wir lagern. Du bist mir für alles verantwortlich und kriegst die neunschwänzige Katze zu spüren, wenn es Ärger gibt. Hast du mich verstanden?«

Das nervöse Grinsen des Mannes zeigte, dass er die Drohung verstanden hatte. Dann eilte er davon, um den Befehl weiterzugeben, zweifellos in entsprechend drastischer Form. Beim Gedanken an die längst überfällige Mahlzeit sammelten die hungrigen Männer so rasch wie möglich ihre beiseite geworfenen Uniformen ein und führten ihre Pferde am Wasser entlang zu einem neuen Lagerplatz, wobei sie in ihrer Sprache miteinander redeten und sich wie aufgeregte Schuljungen bei einem Ausflug gegenseitig anstießen.

Henry sah ihnen nach. Als sie außer Sichtweite waren, verließ er den Scheiterhaufen, ging ans Ufer und setzte sich dort ins Gras. Im schlammigen Wasser vor ihm lag die Leiche der jungen Frau, die er von ihren Qualen erlöst hatte. Ihr langes schwarzes Haar schwang in der leichten Strömung. Während er sie mit leerem Blick ansah, kam Mort in das verlassene Lager geritten.

»Sind die Männer zurück, Sergeant James?«, fragte er.

»Ja, Sir«, gab Henry zur Antwort und trat vom Wasserlauf fort. »Alle bis auf Corporal Gideon.«

»Den habe ich Mister Macintosh als Fährtensucher bei der Verfolgung eines Mörders mitgegeben«, sagte Mort von seinem Pferd herunter. »Ein verdammter Nigger hat Angus Macintosh mit einem Speer umgebracht.«

Diese Nachricht ließ Henry verblüfft fragen: »Wie ist es dazu gekommen?«

»Ein Krieger, der uns durch die Lappen gegangen ist, muss ihm aufgelauert haben. Der Junge hatte keine Chance, und ich konnte leider nichts für ihn tun. Allerdings sieht es ganz so aus, als hätte ich den Mörder mit einem meiner Schüsse getroffen.«

Henry schüttelte den Kopf. »Wirklich betrüblich für Mister Macintosh. Vermutlich werden wir ihm helfen müssen, den Mann einzufangen.«

Mort wedelte einen Fliegenschwarm von seinem Gesicht, der von einer in der Nähe liegenden Kinderleiche aufgestiegen war. »Das glaube ich nicht«, gab er zur Antwort. »Er hat neben Corporal Gideon seine eigenen Leute. Das müsste genügen, um einen angeschossenen Nigger zu fassen. Wir wollen nach dem Essen aufbrechen. Unsere Aufgabe ist erledigt«, sagte er. Er war erkennbar schlecht gelaunt.

»Sehr wohl, Sir«, gab Henry zur Antwort. »Die Männer bereiten ein Stück weiter den Wasserlauf entlang alles für das Abendessen vor. Bis wir da sind, müsste es fertig sein.«

Mudgee, der den Trupp anführte, ließ anhalten. Mort und Henry ritten nach vorn und sahen, dass er die an die lange Deichsel geschirrten sechs Ochsen aufmerksam musterte. Verblüfft sagte Henry: »Es scheint niemand in der Nähe zu sein.«

Unruhig im Sattel herumrutschend, sagte Mort mit geheuchelter Betrübnis: »Ich glaube, ich weiß, wo die Fuhrleute sind. Ich habe ein Stück weiter ein paar arme Kerle gesehen, die wohl von den Niggern umgebracht worden sind, ein Weißer und ein Schwarzer. Sah ganz nach Speerwunden aus.«

Überrascht, dass sein Vorgesetzter das bisher mit keiner Silbe erwähnt hatte, äußerte Henry: »Davon haben Sie vorhin gar nichts gesagt.« Ohne ihn anzusehen, gab Mort zur Antwort: »Nein … aber Sie hätten es nach unserer Rückkehr zum Stützpunkt aus meinem Bericht erfahren, Sergeant James.« Unbehaglich sah er zu den kräftigen Zugochsen hinüber. Mit der Möglichkeit, dass sie auf das Gespann stoßen könnten, hatte er nicht gerechnet. Es war einfach Pech. »Mister Macintoshs gewaltsamer Tod hat mich verständlicherweise mitgenommen, und so habe ich vergessen, Ihnen das zu sagen«, fügte er hinzu, um sein ›Versehen‹ nachträglich zu erläutern. Die verdammten Ochsen mitsamt dem Fuhrwerk waren stumme Zeugen der Existenz der beiden Männer, die er ermordet hatte. Was konnte er nur mit diesem Beweismittel tun?

Mudgee saß ab, ging in die Hocke und nahm die Spuren um das Fuhrwerk herum in Augenschein. »Drei Männer, Mahmy«, sagte er. »Zwei Weiße, ein Schwarzer.« Mort hatte ein Gefühl, als drehe man ein Messer in seinem Unterleib herum – *drei*! Wer war der andere Weiße, und wo mochte er stecken?

»Waren es bestimmt drei?«, fragte Henry.

»Ja, Sergeant Henry«, sagte Mudgee, seiner Sache sicher. »Alter Schwarzer, alter Weißer und junger Weißer. Drei Männer.«

»Sie haben gesagt, dass Sie da draußen zwei Leichen gefunden haben«, wandte sich Henry an seinen Vorgesetzten. »Wenn Mudgee Recht hat, muss irgendwo noch ein Mann sein.«

Mort verzog das Gesicht. »Ja, zwei Leichen«, sagte er ungnädig. »Aber vermutlich haben die Nigger alle drei umgebracht. Ich kann mir nicht vorstellen, dass noch einer lebt.« Er wollte auf keinen Fall, dass man den Ereignissen im Zusammenhang mit dem verlassenen Ochsenfuhrwerk näher auf den Grund ging.

»Meinen Sie nicht, dass wir nach dem zweiten Weißen suchen sollten?«, ließ Henry nicht locker. Dabei ließ er den Blick über das umliegende Buschland schweifen. »Immerhin könnte er noch am Leben sein.«

Morts Ärger verwandelte sich in blanke Wut, während er Henry anfuhr: »Ich treffe hier die Entscheidungen, Sergeant, und ich sage, dass es Zeitverschwendung wäre, jemanden zu suchen, der höchstwahrscheinlich nicht mehr lebt.«

»Zumindest könnten wir ihm ein christliches Begräbnis geben, falls wir ihn finden ... Sir.« Der scharfe Ton, in dem Henry das sagte, blieb Mort nicht verborgen.

»Das Einzige, was wir im Augenblick tun können, ist das Fuhrwerk zerstören und die Ochsen töten, damit sie und die Waren nicht Niggern in die Hände fallen, die unter Umständen überlebt haben. Sobald wir wieder zu Mister Macintosh stoßen, werde ich die Sache mit dem dritten Mann zur Sprache bringen. Bestimmt können ihn seine Schafhirten am besten suchen, denn niemand kennt das Gebiet von Glen View besser als sie.«

»Sir, ich ...«

»Ich an Ihrer Stelle würde jetzt lieber den Mund halten, Sergeant«, blaffte ihn Mort ungehalten an, »sonst müsste ich Sie wegen Aufsässigkeit melden, so ungern ich das tun würde.

Wenn Sie allerdings meine Entscheidungen weiterhin infrage stellen …«

Nur mit Mühe unterdrückte Henry seinen Zorn. Jahre in der Uniform der Königin hatten ihn gelehrt, Befehle auszuführen, ganz gleich, wie sehr sie ihm gegen den Strich gehen mochten. Aber hier im Busch einen Weißen sich selbst zu überlassen verstieß gegen alle ungeschriebenen Gesetze der Grenze. Das Verhalten seines Vorgesetzten war ausgesprochen selbstherrlich und gewissenlos. Andererseits war ihm klar, dass er als kleiner Unteroffizier nichts ausrichten konnte. Beschwerden von Untergebenen gegen Vorgesetzte wurden in der Polizeitruppe der Kolonie nicht geduldet.

Wertvolle Waren fielen den Flammen zum Opfer, als die Buschpolizisten das Fuhrwerk in Brand setzten. Unter den Kugeln der Männer gingen die Ochsen angeschirrt, wie sie waren, in die Knie und verendeten. Als Letzter sackte der Leitochse Mars aufbrüllend zur Seite.

Als die Männer weiterritten, landete eine einzelne schwarze Krähe im Gras neben dem mächtigen Tier, hüpfte zu seinem Kopf, pickte die Augen aus, die nichts mehr sahen, und flog davon.

»Der Schwarze is weg, Mister Macintosh. Keine Spuren mehr. Alles weg. *Baal.*« Macintosh warf Gideon, der erkennbar nervös neben seinem Pferd inmitten der toten Nerambura am Fuß des Berges stand, einen durchdringenden Blick zu.

»Was heißt das, er ist weg?«, schnauzte er ihn wütend an. Erst vor wenigen Minuten hatte ihm dieser eingeborene Buschpolizist versichert, sie seien dem Mörder dicht auf den Fersen, und jetzt behauptete er mit einem Mal, dessen Spuren hätten einfach aufgehört.

Er spürte, wie Wut in ihm aufstieg. Unmöglich konnte sich der schwer verwundete Schwarze sozusagen in Luft aufgelöst haben. Etwas an der Sache war erkennbar nicht in Ordnung, denn dieser Corporal Gideon machte einen ausgesprochen unruhigen Eindruck. Fast kam es ihm vor, als sage er die Unwahrheit. Dabei hatte er keinen Grund zu lügen, überlegte Macintosh. Immerhin hatte er sich bereitwillig an der Verfolgung beteiligt, jedenfalls bisher.

In der Tat hatte Gideon die Fährte nicht verloren. Nicht nur hätte er den verwundeten Nerambura-Krieger mühelos weiter verfolgen können, er wusste sogar ganz genau, wo er sich befand. Er hatte den Weißen angelogen, weil er sicher war, dass weder dieser noch seine Leute imstande sein würden, die Fährte am Boden zu finden. Ihre besorgten Gesichter zeigten ihm, dass er mit seiner Vermutung Recht hatte. Ihnen blieb nichts anderes übrig, als zu glauben, was er sagte. »Keine Sorge, Mister Macintosh«, sagte er. »Wahrscheinlich ist er sowieso tot.« Ihm entging nicht, dass das Gesicht des Weißen vor Wut verzerrt war. »Vielleicht finden Sie den Burschen eines Tages und können ihm dann die Haut abziehen.«

Ärgerlich wandte sich der Schafzüchter im Sattel um und sah zum Gipfel des Berges empor. Er fühlte sich um die Rache für den Tod seines Ältesten betrogen. Wahrscheinlich hat der Bursche Recht, überlegte er. Es war so gut wie aussichtslos, dass der Krieger seine schwere Verwundung überlebte. »Na schön … Wir reiten nach Glen View«, sagte er schließlich. An Corporal Gideon gewandt, fügte er hinzu: »Du kannst zu deinen Leuten zurückkehren. Sag Mister Mort, dass ich ihm für deine Mithilfe danke.«

Gideon nickte und trat beim unverdienten Dank des Schotten unbehaglich von einem Fuß auf den anderen. Dann sah er ihm nach, wie er mit seinen Männern im Busch verschwand. Bei einem letzten Blick auf den Berg fiel sein Auge auf einen Felsüberhang, in dessen Schatten sich der verwundete Nerambura-Krieger aufhielt. Es war Gideon klar, dass er ihn beobachtete.

Ein abergläubischer Schauer überlief ihn, während er den Blick von dem Felsüberhang löste. Niemand suchte ohne Not die Stelle auf, an der sich der Mann befand. Sie war dem Volk der Darambal heilig, und damit ein Ort, den alle Menschen achten sollten, ob schwarz oder weiß.

Die Weißen hatten weder die von ihm ausstrahlende unheimliche Macht gespürt, noch die Stimme vernommen, die aus dem Herzen des Berges rief. Wohl aber er. Eine zornige Stimme hatte ihn aufgefordert, nicht weiterzugehen, sondern umzukehren. Es war, als wäre er am Fuß des heiligen Berges auf eine unsichtbare Mauer geprallt, hinter der er die Fährte des Verwundeten sah, ohne ihr folgen zu können. Der Geist, der den Krieger schützte, besaß eine so große Macht, wie er keiner zuvor begegnet war. Auf keinen Fall würde der Mann an diesem Tag sterben. Es war, als wäre er für etwas ausersehen, das jenseits allen Verstehens lag.

Gideon trieb sein Pferd zum Galopp, um wieder zu seinen Kameraden zu stoßen. Von bestimmten Orten sollte sich der Mensch besser fern halten.

Lautlose Echos
im Dunkeln

7

Eine Brise, die auf der weithin glänzenden blauen Wasserfläche vom Hafen herüberwehte, brachte eine an diesem vor Hitze flirrenden Tag willkommene Abkühlung mit sich. Boote mit weißen Segeln, die über die Kämme der sanften Wellen glitten, schienen über die Schwerfälligkeit der Schnellsegler und der anderen großen Schiffe zu spotten, die in den zahlreichen Buchten und Einschnitten des Südteils von Sydneys herrlichem Hafen gleich einem Wald aus hohen, schlanken Masten vor Anker lagen. Nichts war von den Segeln zu sehen, mit deren Hilfe sie ganze Ozeane zu durchqueren vermochten. Bei einigen ragten Schornsteine zwischen den Masten auf, bei anderen verunstalteten zu beiden Seiten des Rumpfes angebrachte riesige Schaufelräder die elegante Linienführung. Es war die Epoche, da sich die Dampfmaschine anschickte, auf den Weltmeeren die Windkraft als Antriebsquelle zu verdrängen.

Der an einem Sandsteingeländer lehnende, glatt rasierte junge Mann ließ seinen Blick über den Hafen gleiten. In der einen Hand hielt er einen Skizzenblock, in der anderen einen Bleistift, und die Ledertasche neben ihm enthielt seine fertigen Zeichnungen. Von seinem Aussichtspunkt über der riesigen Wasserfläche aus nahm er die Unzahl an Möglichkeiten, die stille Schönheit des Hafens mit dem Stift festzuhalten, in sich auf.

Unter den aufgerollten Ärmeln seines Hemdes wölbten sich beachtliche Muskeln. Die Sommersonne hatte seine helle Haut gerötet, und das dichte, gewellte braune Haar hing ihm bis auf den Kragen des gestärkten weißen Hemdes, das ihm an der breiten muskulösen Brust klebte.

Wohl war der junge Mann vor einundzwanzig Jahren als der Sohn des Patrick Duffy in Irland zur Welt gekommen, doch war seine Heimat für ihn nichts als eine bedrückende Erinnerung, die immer weiter verblasste. Noch mehr bedrückte ihn der weit in der Vergangenheit liegende Tag, an dem seine Mutter auf dem Auswandererschiff, das die Familie Duffy von Irland in die Provinz Victoria bringen sollte, einem heimtückischen Fieber erlegen war. Nach wie vor quälten Michael die Erinnerungen an den kummervollen Vormittag, da man ihren in ein Stück Segelleinwand eingenähten Leichnam der dunklen Tiefe des Pazifischen Ozeans übergeben hatte. Der letzte Hinweis auf die Existenz seiner Mutter war das Aufspritzen des kalten Wassers gewesen. Seither war das Land seiner Kindheit für ihn ein Ort, an dem der Geist einer warmherzigen und liebevollen Frau umging, die ihm abends Lieder vorgesungen hatte. Michael Duffys neue Welt war dieser herrliche Hafen, der da vor ihm lag.

Ihn und seinen gleichaltrigen Vetter Daniel, der, das Jackett lässig über die Schulter gehängt, hinter ihm stand, hätte man für Brüder halten können, wären sie einander im Körperbau nicht so unähnlich gewesen. Daniel war im Unterschied zu seinem breitschultrigen Vetter schmal und hielt sich leicht vorgebeugt. Die beiden waren gemeinsam aufgewachsen, gemeinsam zur Schule gegangen und auch oft gemeinsam in schwierige Situationen geraten. Michael, gewöhnlich der Anstifter, hatte schon früh gelernt, wie er sich dank seiner Körpergröße und Muskelkraft im harten Leben der vorwiegend von Menschen irischer Herkunft bewohnten Straßen durchsetzen konnte.

Die Geschichte dieser Auseinandersetzungen war an seinem Gesicht abzulesen. Trotzdem gefiel es den Frauen. Eine kleine Narbe unterbrach die Braue über dem rechten Auge, und die Nase saß ihm zur Erinnerung an eine andere Schlägerei ein wenig schief im Gesicht. Neben diesen Abzeichen seiner Männlichkeit schmückten ihn jedoch ein zögerndes Lächeln und sehr besondere graue Augen. Bisweilen lag darin ein in die Ferne gerichteter, träumerischer Blick, sie konnten aber auch hart und so kalt wirken wie das Wasser in den Tiefen des Meeres. Mit seinem Lächeln und seiner voll tönenden Stimme brachte er es fertig, dass Männer ihm vertrauten, während Frauen sich bei ihm geborgen fühlten. Auch wenn es sein Traum war, ein für seine Gemälde und Zeichnungen berühmter Künstler zu werden, eilte ihm der Ruf voraus, einer der gefürchtetsten Schläger Sydneys zu sein.

Daniel warf einen verstohlenen Blick auf die Zeichnung, die Michael gerade mit einem weichen Bleistift schraffiert hatte. Sie zeigte naturgetreu einige der Pflanzen, die in Sydneys Hafen wuchsen, unter ihnen die Banksie mit ihren lanzettförmigen Blütenblättern.

»Du solltest lieber den Hafen zeichnen«, sagte er mit gelangweilter Stimme. »Ich verstehe gar nicht, wie du dich für die Pflanzen begeistern kannst.« Daniel wäre lieber über die Promenade des Ausflugsorts Manly geschlendert und hätte den dort paarweise umherspazierenden hübschen Mädchen nachgesehen, die so taten, als merkten sie nichts von den bewundernden Blicken der jungen Männer. Michael hob den Blick von seiner Arbeit und sah den Vetter an.

»Nun, ich finde, das Buschland ist voller Schönheit«, erläuterte er. »Wir sind hier nicht in Europa. Es ist etwas ganz und gar Einzigartiges.«

»Woher willst du das wissen, Mick? Du warst doch noch nie in Europa.«

Sein Vetter nickte. »Schon«, gab er mit gerunzelter Stirn zurück. »Aber ich habe Landschaftsbilder von dort gesehen. Auf ihnen sieht man sofort, dass Licht und Schatten da völlig anders sind. Die Landschaften der Europäer wirken irgendwie stumpf und langweilig. Hier gibt es lebensvolle Kontraste, die ich mit dem hellen Licht und den kräftigen Farben unseres Landes in meinen Bildern lebendig werden lassen kann«, gab er ihm zu verstehen.

Lächelnd schüttelte Daniel den Kopf. Michael selbst bildete einen sonderbaren Kontrast aus Hell und Dunkel; in seinem gestählten Körper wohnte ein kluger und sanftmütiger Geist. »Da du schon von Licht sprichst, ich glaube, hier wird es gleich ziemlich dunkel, wenn das Gewitter näher zieht.« Daniel wies auf die schweren Wolken, die wie eine unheilvolle schwarze Mauer über dem Buschland heranrückten.

Michael konnte sich am Farbenspiel der von Süden heranziehenden Gewitterfront nicht satt sehen. Aber sein Vetter hatte Recht. Sommergewitter waren jedem Bewohner Sydneys hochwillkommen, immer vorausgesetzt, man wurde davon nicht im Freien überrascht. Sie brachten der Stadt eine erfrischende Kühle, spülten den Kehricht aus den Straßen, wahre Herde der immer wieder ausbrechenden Cholera- und Gelbfieberepidemien, reinigten die Luft vom Übelkeit erregenden Gestank der Lohgerbereien und vertrieben für kurze Zeit die Rauchfahnen der Fabrikschlote. So steckte Michael seinen Skizzenblock ein, stand auf, hängte sich die Tasche am Riemen über die Schulter und wischte sich das trockene Moos von der Hose.

Die beiden folgten einem Weg hinab nach Manly, ein beliebtes Ausflugsziel für Menschen, die dem Getriebe der sich rasch ausbreitenden Hafen- und Handelsstadt Sydney auf einige Stunden entfliehen wollten. Da man dieses hübsche Dorf, das sowohl an den majestätischen Ozean als auch an die ruhigen Wasser des Hafens grenzte, ausschließlich mit der Dampffähre erreichen konnte, haftete einem Ausflug dorthin immer etwas Aufregendes an. Man konnte über die Promenade schlendern, im nahe gelegenen Buschland picknicken, in den Felsen am Ufer nach Austern suchen oder sich an den gelben Sandstränden vergnügen, welche die vom Pazifik heranrollenden Brecher nicht erreichten.

Schon bald hing das Gewitter wie eine niedrige schwarze Decke über den beiden jungen Männern. Gern wäre Michael auf einen Schluck Rum in Steynes Gasthof eingekehrt, doch erinnerte ihn sein besonnenerer Vetter daran, dass die Abfahrt der Fähre unmittelbar bevorstand. Sofern sie sie verpassten, würden sie sich zum Abendessen verspäten und sich Vorwürfe von Daniels Vater Frank Duffy anhören müssen.

Diese Vorstellung war beiden unangenehm. Der Sonntag war ihr einziger freier Tag, und sie wollten nicht durch Ungehorsam gefährden, was ihnen davon blieb. Frank Duffy hatte klipp und klar gesagt, dass er sie rechtzeitig zum abendlichen Tischgebet zurückerwartete.

Auf dem kurzen Weg zum Fähranleger drängten sich zahlreiche Tagesausflügler, die unbedingt an Bord der *Phantom* wollten, bevor das Gewitter losbrach – Familien und Pärchen, Männer in Begleitung ihrer Freunde und junge Mädchen unter der Obhut älterer Damen. Männer mit Westen, eng anliegenden Hosen und hohen Zylinderhüten trugen Picknick-Körbe. Die Damen, die sie begleiteten, hatten nicht nur ihre schönsten Krinolinenkleider angelegt, sondern trugen bunten Kopfputz und hielten Sonnenschirme in den Händen.

Das von Süden immer näher rückende Gewitter sorgte dafür, dass der in gehobener Stimmung verbrachte Tag mit geschäftiger Eile ausklang. Während alle angespannt darauf warteten, dass es sich über der wie ausgedörrt daliegenden Stadt entlud, hörte man nervöses Frauenlachen und die tiefen Stimmen von Männern, denen deutlich anzuhören war, dass sie beim Picknick Portwein, Bordeaux oder Sherry getrunken hatten.

Donner und Blitz kamen fast gleichzeitig. Jetzt würde der heftige Regen nicht lange auf sich warten lassen. Immer unruhiger spähten die Ausflügler in Richtung Süden. Als schweres Donnergrollen den Fähranleger wie unter einem Hammerschlag erzittern ließ, krallte sich unvermittelt etwas mit solcher Kraft in Michaels Arm, dass er einen Augenblick annahm, der Blitz habe ihn getroffen.

»*Oh*!« Da dieser Ausruf, der den Schmerz in seinem Arm begleitete, nicht von ihm selbst stammte, wandte er sich um und sah ein ausnehmend schönes, wenn auch bleiches Gesicht, in dessen offen stehendem Mund herrlich weiße Zähne schimmerten. Es war zum verfinsterten Himmel gerichtet, an dem Blitze zuckten, und als die junge Frau, der es gehörte, den Kopf drehte, traf der Blick ihrer vor Angst weit aufgerissenen smaragdgrünen Augen geradewegs den seinen. Es waren die schönsten Augen, die er je gesehen hatte, und unwillkürlich kamen ihm Irlands Grasflächen an einem Sommertag in den Sinn. Die Schwärze des straff zurückgekämmten und in der Mitte gescheitelten langen Haares bildete einen scharfen Kontrast zur milchweißen Haut. Zwar war sie einen Kopf kleiner als er, aber für eine Frau immer noch recht groß.

»Die Engel im Himmel mögen Sie schützen«, sagte er leise, während er ihr aufmerksam in die Augen sah. Er wusste selbst nicht genau, warum ihm der Satz, den er so oft von Tante Bridget gehört hatte, entfahren war. Er schien einfach zur Situation zu passen.

»Oh ... Es tut mir leid. Bestimmt habe ich Ihnen wehgetan«, entschuldigte sie sich und löste ihre Finger von seinem Arm, was ihm gar nicht lieb war.

»Nicht die Spur«, log er. »Ich finde es ziemlich schmeichelhaft, dass Sie sich in Ihrer Not für meinen Arm entschieden haben.« Er wandte den Blick nicht von ihr, und errötend sah sie in die freundlich blickenden grauen Augen des Unbekannten.

Auf seinen Zügen fiel ihr ein sonderbarer Gegensatz zwischen Wildheit und Sanftheit auf, und sie dachte flüchtig daran, wie hart sich seine Muskeln unter dem Druck ihrer Finger angefühlt hatten. Zugleich merkte sie, dass seine Gegenwart ein sonderbares Kribbeln in ihrem Leib hervorrief, ohne dass sie hätte sagen können, wo genau.

»Fi, geht es dir nicht gut?« Die Stimme einer weiteren jungen Frau brach in die verwunschene Stimmung ein, die zwischen den beiden entstanden war.

»Doch, Penny ... der Donner hat ... er hat mir solche Angst eingejagt«, sagte sie, ohne den Blick von Michaels Gesicht zu lösen. Ihn ärgerte die Einmischung der Frau, die etwa im gleichen Alter war wie seine Nachbarin mit dem rabenschwarzen Haar und ihr an Schönheit nicht nachstand.

Mit einem Mal fiel der als Fi Angesprochenen auf, wie nahe sie bei dem hoch gewachsenen jungen Mann stand, und sie trat einen Schritt beiseite. Nebeneinander bildeten die beiden Frauen einen verblüffenden Kontrast. Beide trugen Kleider aus feinstem Musselin. Die als Penny Angesprochene, deren Haar aussah wie gesponnenes Gold, hatte Sommersprossen quer über der Nasenwurzel; hohe Wangenknochen lagen unter ihren großen, saphirblauen Augen. Die Sinnlichkeit, die von ihr ausging, ließ sich fast mit Händen greifen.

Ohne mit der Wimper zu zucken, hielt sie seiner unverhüllt neugierigen Musterung stand. »Wenn es Ihnen recht ist, leiste ich Ihnen gern Gesellschaft, bis die Fähre kommt«, sagte er zu seiner Nachbarin, um noch eine Weile in ihrer Nähe bleiben zu können. Ihr Lächeln zeigte ihm, dass sie sein Anerbieten gern angenommen hätte, doch zögernd erwiderte sie: »Das ist wirklich freundlich von Ihnen, aber ich sollte mich wohl besser an meine Kusine halten. Trotzdem vielen Dank für das Angebot, Mister ...?«

»Ich heiße Michael. Michael Duffy, Miss ...?«

»... Macintosh. Fiona Macintosh. Und das ist meine Kusine, Miss Penelope White«, beendete sie die förmliche Vorstellung. Lächelnd und mit einem angedeuteten Neigen des Kopfes nahm Penelope Kenntnis davon und wandte sich dann ihrer Kusine zu.

»Fi, wir müssen zu Granville gehen. Er wartet weiter hinten auf uns.« Zu Michael gewandt sagte sie: »Sie entschuldigen uns gewiss, Mister Duffy. Auf jeden Fall bin ich Ihnen dankbar für den Beistand, den Sie meiner Kusine geleistet haben.« Mit höflichem Abschiedslächeln fasste sie Fiona am Ellbogen und führte sie durch die Menge.

Der junge Ire sah den beiden eindrucksvollen jungen Damen nach. Erfreut merkte er, dass sich Fiona zu ihm umwandte. Während er ihr ein strahlendes Lächeln nachschickte, kam er sich ein wenig töricht vor. Vielleicht hatte sein Blick eher begierig als freundlich gewirkt, überlegte er. Etwa so, wie die betrunkenen Gäste im Gasthof Erin die wohlproportionierten Bedienungen ansahen, die sein Onkel Frank dort beschäftigte.

Daniel hatte die flüchtige Begegnung mitbekommen und gemerkt, dass Michael und die schöne Unbekannte Gefallen aneinander gefunden hatten. So berückt war Michael von ihr, dass er unterlassen hatte, den jungen Damen seinen Vetter vorzustellen, was Daniel durchaus ein wenig ärgerte.

»Bestimmt ist sie das schönste Mädchen auf der Welt, Dan«, sagte Michael mit dem Ton jungenhafter Schwärmerei in der Stimme.

»Mach den Mund zu, Mick, sonst ersäufst du noch, wenn es anfängt zu regnen«, knurrte sein Vetter. »Schön ist sie, ja«, fuhr er fort, während er den beiden jungen Frauen nachsah, die nebeneinander über den Fähranleger schritten, »aber wohl nichts für unsereinen. Wie die aussieht, würde ich sagen, stammt sie aus einer reichen Familie. Wahrscheinlich ist ihr Vater Großgrundbesitzer oder einer der bedeutenden Handelsherren in der Stadt.«

»Woher willst du das denn schon wieder wissen, mein Junge?«, fragte Michael. »Sie könnte doch auch die Tochter eines Kneipenwirts sein ... oder wie wir der werktätigen Bevölkerung angehören.«

Diese kindliche Annahme veranlasste Daniel, schmerzlich das Gesicht zu verziehen. »Sieh dir doch nur an, wie sie angezogen ist. Und hast du nicht mitbekommen, wie sie spricht? Die stammt aus einer vornehmen Familie«, sagte er, den Kopf schüttelnd. »Am besten vergisst du sie gleich wieder.«

Aber Michael war nicht überzeugt, dass es ihm nicht möglich sein sollte, die schöne junge Frau zu erringen. Schon möglich, dass sie etwas Besseres war, aber sie war eine Frau, und er hatte gemerkt, dass er ihr ebenso gefiel wie sie ihm. »Eines Tages wird sie meine Frau, Daniel«, sagte er ruhig. »Verlass dich drauf.«

Aufstöhnend verdrehte Daniel die Augen zum Himmel. »Michael, Michael, Michael ... Das ist völlig ausgeschlossen.«

»Nicht die Spur, Daniel, du wirst es sehen«, gab er mit unbeirrbarer Entschlossenheit zur Antwort. Dabei glänzten seine Augen hart wie Geschützläufe. Leicht würde es nicht sein, aber er war sicher, dass er und die junge Frau mit den grünen Augen einander wieder begegnen würden. Doch wie sollte das vor sich gehen? Er hatte bereits einen Plan.

Fiona lachte leise vor sich hin, während sie davonging. Zwar war das kindisch, aber sie musste ihrer Anspannung Luft verschaffen. »Ist er nicht wunderbar, Penny?«, fragte sie. »Wie ein griechischer Gott.«

Zwar musste Penelope der Kusine innerlich Recht geben, wollte sie aber in ihrer Bewunderung für den gut aussehenden jungen Mann nicht noch bestärken. »Na ja, für einen Iren sieht er ziemlich gut aus«, gab sie zögernd zu. Es hat einfach keine Zukunft, seine Gefühle auf einen solchen Mann zu richten, dachte Penelope, während Fiona tief aufseufzend weiter drauflos plapperte, wie es junge Mädchen tun, die zum ersten Mal bis über beide Ohren verliebt sind. »Ach ... und seine Augen hättest du sehen sollen«, seufzte sie. »So zärtlich.« Penelope, die nicht nur die Augen, sondern auch die breiten Schultern und schmalen Hüften gesehen hatte, war durchaus beeindruckt. Ja, dachte sie, wie ein griechischer Gott. Sie überraschte sich bei der lustvollen Vorstellung, wie sich sein schweißbedeckter kräftiger Leib in sinnlicher Umarmung an ihr nacktes Fleisch drängte, und empfand unwillkürlich einen Wonneschauer.

Was Männer vom Schlage Michael Duffys betraf, gab sie sich keinen Täuschungen hin. Fionas Held konnte Frauen außerordentlich gefährlich werden, und, nach den Narben in seinem Gesicht zu urteilen, wohl auch Männern. Penelope hätte viel darum gegeben, ihn nackt in ihrem Bett ihrem Willen ausgeliefert zu sehen, doch durfte sie daran nicht denken, denn er gehörte nicht ihren Kreisen an. Er war einfach ein gut aussehender Ire aus dem falschen Teil Sydneys.

»Ich hatte schon Angst, ich hätte euch beide verloren«, sagte Penelopes Bruder Granville und trat mit einem geflochtenen Picknick-Korb in der Hand auf sie zu. Mit einer Geste, die neben der Aufmerksamkeit, die man einer Dame schuldete, etwas Besitzergreifendes an sich hatte, nahm er Fionas Arm und geleitete sie ans Ende des Fähranlegers. Er war drei Jahre älter als seine Schwester und machte mit dem schmalen, bleichen Gesicht und den feingliedrigen Händen einen aristokratischen Eindruck. Seine Augen waren so blau wie die Penelopes, und sein vorzeitig schütteres Haar brünett. Er sprach das unverkennbare Englisch der gebildeten Stände, was nicht weiter verwunderlich war, hatte er doch mit Ausnahme von zwei Jahren sein ganzes Leben in England verbracht und sich dort mit der Verwaltung der beträchtlichen Güter der Familie White beschäftigt.

Er verfügte über einwandfreie Manieren und war das, was in den Kolonien als ›wahrer Herr‹ galt. Doch dass ihn die Damen aus Sydneys Gesellschaft anziehend fanden, hing nicht nur mit seinem vornehmen Auftreten zusammen, sondern auch mit seinem ansehnlichen Reichtum.

»Der Donner hat mir Angst eingejagt«, sagte Fiona. »Aber ein Herr hat mich gerettet.« Granville hielt ihre Aussage für stark übertrieben.

»Und wer war dieser Herr, der dich *gerettet* hat?«, fragte er sarkastisch. »Kennen wir ihn?« Zwar ärgerte ihn die Art, wie sie diesen angeblichen Retter pries, doch zeigte ein wahrer Herr seine Empfindungen nicht – das unterschied ihn von den einfachen Iren der unteren Schichten.

»Nein. Er steht dort hinten«, sagte sie und wandte den Kopf zu Michael hin. Als Granville ihrem Blick folgte, sah er einen hoch gewachsenen, breitschultrigen Mann, der unverhohlen in ihre Richtung starrte. Er lächelte Fiona offen zu, als ihr Blick auf ihn fiel, und sie sah verschämt zur Seite.

»Seinem Äußeren nach würde ich sagen, dass er kein Herr ist«, gab Granville herablassend von sich, »sondern wahrscheinlich einer von diesen ungehobelten und viehischen Iren.«

»Ire ist er *bestimmt*«, sagte Penelope vorlaut. »Aber ungehobelt auf keinen Fall, sondern eigentlich ganz reizend, soweit ich bei unserer kurzen Begegnung feststellen konnte. Ich finde ihn sogar ziemlich anziehend.« Granville warf der Schwester einen Zornesblick zu. Er konnte es nicht vertragen, dass sie ihm widersprach. Andererseits war nicht zu leugnen, dass von dem Fremden ein gewisser Zauber ausging, dem beide Frauen erlegen zu sein schienen.

»Iren sind triebhafte Menschen, die sich niemandem als ihrer Kirche fügen«, sagte er mit einem Anflug von Zorn in der Stimme. »Wenn du sehen willst, wie unterentwickelt ihre Intelligenz ist, solltest du dir einmal ansehen, wie sie betrunken und prügelnd den Tag ihres Nationalheiligen Patrick feiern. Sie sind nicht besser als die wilden Affen aus dem afrikanischen Busch.« Seine heftigen Vorurteile gegen Iren wurden durch das Bedürfnis verstärkt, den Mann persönlich herabzusetzen, der den beiden jungen Frauen solchen Eindruck gemacht hatte. Für eine Dame aus der höheren Gesellschaftsschicht schickte es sich nicht, der mehr oder weniger animalischen Ausstrahlung eines Mannes zu erliegen. Sie hatte keine der fleischlichen Begierden zu kennen, die bei Männern ganz natürlich waren.

»Du solltest besser nicht so laut sprechen, Bruder«, sagte Penelope mit unverhülltem Spott, »sonst hört dich der viehische Ire und prügelt dich windelweich.« Granville wollte aufbegehren, unterdrückte aber seinen Impuls und sah stattdessen verärgert den Mann an, der seinen Blick unerschüttert erwiderte.

Michael überlegte, wer der elegant gekleidete Stutzer neben Fiona sein mochte. Dass der Blick, mit dem er ihn bedacht hatte, voller Hass war, war ihm nicht entgangen. Er sah ihn genauer an und stufte ihn als ungefährlich ein.

Nach einem weiteren hallenden Donnerschlag fielen die ersten kalten Regentropfen auf die heißen Bohlen des Fähranlegers. Gerade in dem Augenblick kam die *Phantom* um Middle Head herangedampft und verhieß den Menschen mit ihrer Ankunft Schutz vor den Wassermassen, die sich jeden Augenblick aus den Schleusen des Himmels ergießen konnten.

Der Regen wühlte das gewöhnlich blaue Wasser so auf, dass es stumpfgrau wurde. Als die Fähre das offene Stück Wasser zwischen North Head und South Head erreichte, stampfte und schlingerte sie heftig in der schweren Dünung, die an dieser Stelle vom Pazifik her in den Hafen drängte.

Unter dem breiten Dach auf dem Hauptdeck sahen Michael und Daniel zu, wie das Ufer von Manly verschwand, während die *Phantom* die Landspitze von Middle Harbour umrundete. Die feine Gischt, die der Wind zu ihnen heraufwehte, ließ sie erschauern. Nicht nur war die Temperatur mit dem Einsetzen des Regens schlagartig gefallen; während sie darauf gewartet hatten, an Bord gehen zu können, waren sie auch bis auf die Haut durchnässt worden.

Michael schob sich weiter unter das Dach und lehnte sich an eine der Stützen, um in seinem Skizzenblock etwas festzuhalten. Als er fertig war, drängte er sich durch die dicht an dicht stehende Menge der Fahrgäste. Daniel konnte sich denken, wo er hinwollte. Innerlich stöhnend verdrehte er die Augen. Bestimmt hatte sein Vetter irgendetwas Verrücktes vor und würde sich dabei lediglich zum Narren machen.

»Miss Macintosh, hier habe ich etwas für Sie.«

Als Fiona dicht neben sich die Stimme hörte, fuhr sie zusammen, und es kam ihr vor, als stehe ihr Herz still. »Oh! Mister Duffy, Sie sind es!«, rief sie aus.

Mit den Worten: »Ich dachte, Sie hätten das gern als Erinnerung an den heutigen Ausflug«, drückte ihr Michael die Zeichnung in die Hand. »Allerdings fürchte ich, dass es Ihrer natürlichen Schönheit nicht gerecht wird.« An einigen Stellen war das Papier nass geworden, und so hatten sich kleine Fältchen gebildet, doch war die Zeichnung davon kaum betroffen. Nach einem kurzen Blick darauf sog Fiona hörbar die Luft ein. Was sie sah, war ein von winzigen Putti und den Worten »Mögen die Engel im Himmel Sie immer beschützen« umkränztes Porträt von sich, das allem Anschein nach entstanden war, bevor der Regen sie durchnässt hatte. Michael hatte sie bemerkenswert gut getroffen, und seine Geste schien ihr das Romantischste zu sein, was ihr in ihren siebzehn Lebensjahren je widerfahren war. Sprachlos sah sie in das Gesicht des Mannes, der so dicht bei ihr stand, dass sie die Wärme seines Körpers spüren konnte.

»Penny! Sieh mal, was mir Mister Duffy geschenkt hat«, sagte sie, und auch ihre Kusine konnte nicht umhin, das Porträt zu bewundern.

»Es ist wirklich sehr gut, Mister Duffy. Sind Sie Maler?«, fragte sie.

Er schüttelte den Kopf. »Wäre ich es doch … Ich muss noch viel lernen«, sagte er bescheiden. »Eines Tages hoffe ich, nach

Europa fahren und an einer berühmten Kunstakademie lernen zu können, was ich brauche.«

»Es kommt mir eher so vor, als ob die dort etwas von Ihnen lernen könnten ... wenn alles, was Sie zeichnen, so ist, wie das hier«, sagte Penelope huldvoll. Dieser breitschultrige Ire, den sie ursprünglich für einen der vielen gut aussehenden jungen Angehörigen der Arbeiterklasse gehalten hatte, beeindruckte sie tief. Nicht nur drückte er sich recht gewählt aus, die Zeichnung, die Fiona da in Händen hielt, bewies auch eine beachtliche Begabung. Instinktiv spürte Penelope, dass sich in diesem Mann schöpferische und zerstörerische Kräfte in außergewöhnlicher Weise paarten.

Mit boshaftem Lächeln fragte sie ihren Bruder: »Wie findest du das Porträt, das Mister Duffy von Fiona gezeichnet hat?«, und fügte hinzu: »Ist es nicht wirklich glänzend für einen Menschen des Schlages, den du vorhin beschrieben hast?« Bei diesem absichtlichen Hinweis auf seine freimütig geäußerte Meinung über die Iren trat Granville unbehaglich von einem Fuß auf den anderen und hoffte inständig, dass seine Schwester keine Einzelheiten preisgab.

Es war Michael nicht entgangen, dass zwischen den beiden eine Spannung bestand, die nach Auflösung verlangte.

»Doch, recht ordentlich«, räumte Granville widerwillig ein.

»Entschuldigung, Mister Duffy«, sagte Penelope. »Ich habe Ihnen meinen Bruder Granville noch nicht vorgestellt ... Granville, das ist Mister Michael Duffy.« Keiner der beiden bot dem anderen die Hand, offenbar waren sie stillschweigend zu dem Ergebnis gekommen, dass sie einander nicht ausstehen konnten.

»Sind Sie in einer der Handelsfirmen oder bei einer Behörde tätig, Mister Duffy?«, fragte Penelope. »Ihrem Auftreten nach könnten Sie auch Mitarbeiter in einer Anwaltskanzlei sein ... oder etwas in der Art.«

Michael lachte leise bei dieser Vermutung über seine gesellschaftliche Stellung. Er hatte gleich gemerkt, dass Penelope die welterfahrenere und gewandtere der beiden war. Die Selbstsicherheit, mit der sie auftrat, grenzte schon an Unverschämtheit.

»Wirklich sehr schmeichelhaft, Miss White … aber so verhält es sich nicht«, antwortete er höflich. »Mein Vetter Daniel arbeitet in der Tat in einer Kanzlei, ich hingegen bei meinem Onkel im Gasthof Erin in Redfern.«

»Nun, *das* hätte ich von Ihnen nicht erwartet, Mister Duffy«, räumte sie ein. »Nicht bei Ihrer offenkundigen künstlerischen Begabung.«

»*Das* findet in Sydney ziemlichen Zulauf, Miss White«, gab er in einer Weise zur Antwort, die nicht den leisesten Zweifel daran ließ, dass er sich von ihrer herabsetzenden Äußerung beleidigt fühlte. »Ich wage zu behaupten, dass so mancher Angehörige von Sydneys Oberschicht ab und zu gern ein Gläschen trinkt. Möglicherweise gehen diese Herren dann sogar betrunken zu Boden«, fügte er mit mokantem Lächeln hinzu. Penelope errötete. Er war so verdammt selbstsicher.

»Ich wollte mit meinen Worten nicht den Eindruck erwecken, als hielte ich Ihre Arbeit für unbedeutend.« Ihre Worte überstürzten sich förmlich. »Ich bitte aufrichtig um Entschuldigung, falls Sie sich davon gekränkt fühlen.«

Michael lächelte. »Mir ist durchaus klar, was Sie gemeint haben, Miss White«, gab er zur Antwort. »Aber ich nehme Ihre Entschuldigung an.«

In Penelope stieg Wut auf. Ein Angehöriger der Arbeiterklasse hatte sie dazu veranlasst, sich zu entschuldigen, was sie noch nie zuvor getan hatte. Warte nur, Duffy!, dachte sie. Ganz gleich, wie lange es dauert – eines Tages zwinge ich dir meinen Willen auf.

»Ich gehe wohl besser zu meinem Vetter Daniel zurück«, sagte Michael, als er nicht ohne Befriedigung sah, dass es ihm gelungen war, Penelope vor Zorn erröten zu lassen. Es sah ganz so aus, als könnten Angehörige der besseren Kreise ihre Fassung ebenso leicht verlieren wie gewöhnliche Menschen. »Ich hoffe, dass ich künftig wieder einmal das Glück habe, Sie beide zu sehen«, fügte er hinzu, was ihm einen offen bewundernden Blick von Fiona eintrug.

»Sydney ist ziemlich groß«, gab Penelope, die ihre Entschuldigung immer noch nicht verwunden hatte, zur Antwort. »Da ist es kaum wahrscheinlich, dass wir einander noch einmal begegnen.«

Er sah ihr unverwandt in die Augen und sagte dann: »Zwei der schönsten Damen der Stadt fallen in jeder noch so großen Menschenmenge auf.« Gelassen hielt er dem wütenden Blick stand, mit dem sie ihn daraufhin bedachte.

»Sir, Sie sind impertinent«, fuhr Granville auf. »Ich fordere Sie auf, unverzüglich zurückzunehmen, was Sie soeben gesagt haben. Entschuldigen Sie sich auf der Stelle wegen Ihrer Unverschämtheit bei den Damen.«

Michael brach in lautes Gelächter aus, das über sie hinweghallte. »Die Wahrheit muss niemand zurückzunehmen«, sagte er, während er sich Granville zuwandte. Doch in seinen Augen lag keinerlei Hinweis auf eine Belustigung, die zu seinem Gelächter gepasst hätte. Sie waren von so tödlich kaltem Grau, dass Granville bis ins Mark erschauerte. Ganz ohne ihre Absicht löste Fiona die Spannung zwischen den beiden.

»Ich muss Ihnen diese Zeichnung zurückgeben, Mister Duffy«, sagte sie und hielt ihm das Blatt hin. »Sie ist so schön, dass ich sie keinesfalls behalten kann.«

»Es ist Ihr Porträt, Miss Macintosh«, gab er mit ausgesuchter Höflichkeit zurück. »Sie können damit tun und lassen, was Sie wollen ... außer es zurückgeben.«

Ihr war bewusst, dass er ihr zusammen mit der Skizze noch ein weiteres Stück Papier in die Hand gedrückt hatte, und sie hatte sogleich begriffen, dass darauf eine Mitteilung stand, die ein Geheimnis zwischen ihnen beiden bleiben sollte.

»Danke, Mister Duffy«, sagte sie züchtig, während sie das Papier mit der Mitteilung fest umschloss. »Ich werde dieses herrliche Geschenk stets in Ehren halten. Es soll mich an meine Begegnung mit dem Mann erinnern, der mich vor dem Donner gerettet hat ... wenn schon nicht vor dem Regen.«

Mit wissendem Lächeln verabschiedete er sich, machte auf dem Absatz kehrt und strebte dem Heck der Fähre zu, wo sich Daniel befand.

Während er sich durch die Menge der durchnässten Fahrgäste drängte, lächelte er selig wie ein Junge, der einen Tag schulfrei bekommen hat.

»Ich nehme an, du hast deine Bekanntschaft mit der jungen Dame vertieft?«, fragte Daniel seinen unübersehbar zufrieden grinsenden Vetter.

»So ist es, mein Junge«, gab dieser seufzend zur Antwort. Mit gerunzelter Stirn sah Daniel zu, wie der Regen auf das Wasser des Hafens prasselte. Eine so aussichtslose Sache kann auf keinen Fall gut ausgehen, dachte er betrübt.

Beide betrachteten schweigend die von den Schaufelrädern der Fähre durch das Wasser gezogene weiße Spur. Während das Südufer des Hafens steuerbords vorüberglitt, träumte sich Michael bereits in das Stelldichein hinein, das er Fiona in seiner Mitteilung vorgeschlagen hatte. Sein lebensklügerer Vetter hingegen überlegte, wie töricht Michaels Annahme war, es gebe für ihn eine Möglichkeit, der jungen Dame den Hof zu machen. Gewiss, die Jesuiten in der Schule des heiligen Ignatius von Loyola hatten ihm und Michael womöglich eine bessere Bildung vermittelt, als sie die meisten feinen Herren in der Kolonie besaßen, doch fehlten ihm die beachtlichen finanziellen Mittel, die für ein solches Vorhaben unerlässlich waren. In seinen Träumen mochte Michael ein reicher junger Mann sein, in Wahrheit besaß er kaum Geld. Zwar war der Besitz der Duffys nicht unbedeutend, doch lagen Welten zwischen ihm und dem unvorstellbaren Reichtum jener Schicht, der die schöne junge Dame vermutlich angehörte. Nein, Michael stand ein böses Erwachen bevor, wenn er erst einmal merkte, dass es für ihn und Miss Fiona Macintosh keine gemeinsame Zukunft geben konnte.

Der Regen ließ nach, als sich die *Phantom* den Schiffen an den Kais näherte. Dort herrschte das geschäftige Treiben, das den Handel der Kolonie in Gang hielt. Während die Fähre an den Palästen der Reichen auf dem Höhenzug östlich des Hafens vorüberstampfte, richtete Michael den Blick über das Wasser hinweg zum eindrucksvollsten von ihnen. Die gepflegte Parkanlage reichte bis fast zum Hafen hinab. Er gehörte, wie alle Welt wusste, der Familie Macintosh und brauchte den Vergleich mit denen der anderen Vertreter der Kolonial-Aristokratie in keiner Weise zu scheuen, seien es die Wentworths aus Vaucluse oder die Macleys aus Elizabeth Bay.

Auch Fiona hob den Blick zum elterlichen Besitz, doch sah sie weder einen herrlichen Park noch ein eindrucksvolles Gebäude. Vor ihrem Auge stand ein einsamer Ort des Eingesperrtseins, an dem selten gelacht wurde. Es war nicht ihr Zuhause, sondern das ihrer Mutter, Enid Macintosh. Genauso wie diese von dort aus mit eiserner Faust über das Wirtschaftsimperium der Macintoshs regierte, herrschte sie auch über ihre Kinder und die Dienstboten. Wäre doch Vater nur in Sydney geblieben, statt nach Queensland zu gehen, um sich persönlich um den Besitz Glen View zu kümmern, dachte sie sehnsüchtig. Aber er hing wohl mehr an dem Land dort als an seiner Familie.

Seufzend wünschte sie sich insgeheim, dass ihr ältester Bruder Angus Glen View recht bald übernehme. Dann könnte der Vater nach Sydney zurückkehren und mehr Zeit bei seinen Angehörigen verbringen.

Eine kalte Gischtfontäne, die von einer Bö über die Reling gepeitscht wurde, traf Fiona, sodass sie erschauerte. In der Kälte, die sie überkam, schwang etwas sonderbar Bedrohliches mit. Mit einem Mal wurde sie von einer unbekannten Schwäche erfasst, und ihr drohten die Sinne zu schwinden. Penelope, der das nicht entgangen war, fragte, ob es ihr nicht gut gehe, doch sie beruhigte die Kusine und erklärte, sie sei wohl ein wenig zu fest geschnürt. Mit dieser Erklärung schien sich Penelope zufrieden zu geben, denn der modische Schnürleib behinderte bei jungen Damen häufig die Blutzufuhr, sodass sie in Ohnmacht fielen.

8

Im Gasthof Erin lag etwas in der Luft. Während Michael und Daniel die vom Regen durchnässten Mäntel auf die hölzernen Kleiderhaken hinter der ramponierten Küchentür hängten, tauschten sie fragende Blicke. Laut hallte Frank Duffys Stimme aus dem Schankraum durch den engen Gang. Von Zeit zu Zeit unterbrachen leisere, zur Vernunft mahnende Äußerungen seiner Frau Bridget den wütenden Wortschwall.

Der Kellermeister Max Braun saß am Tisch in der Küche, die gerade so groß war, dass sechs Stühle hineinpassten, von denen einige dem Herd unbehaglich nahe standen. Er tunkte ein Stück frisches Brot in die Soße auf seinem Blechteller und knurrte den beiden jungen Männern einen Gruß entgegen, wobei er sich mit dem Handrücken Soßenreste vom Mund wischte, ohne, wie es schien, weiter auf die Zornesausäußerungen im Schankraum zu achten.

Braun, ein früherer Matrose aus Hamburg, besaß eine beeindruckende Gestalt. Zwar war er ebenso groß wie Michael, doch waren die Muskeln seines massigen Leibes dank Bridgets Kochkunst längst unter Fettmassen verschwunden. So mächtig war sein Stiernacken, dass es aussah, als säße sein mit zahllosen Narben übersäter Kopf unmittelbar auf den Schultern.

»Was ist hier eigentlich los, Onkel Max?«, erkundigte sich Michael, während er seine Hände am Ofen wärmte. »Warum tobt Onkel Frank so?« Allmählich stieg Dampf von seinem Hemd auf.

»Schlechte Neuigkeiten«, sagte Max. »Am besten geht ihr Mister Duffy heute aus dem Weg.« Laut rülpsend schob er den Stuhl zurück und stand schwerfällig vom Tisch auf. »Katie kriegt 'n Kind«, erklärte er ohne lange Umschweife.

Michael wich das Blut aus dem Gesicht. Seine kleine Schwester Kathleen! Sie war doch erst sechzehn ... und unverheiratet! »Wer ... wer war das, Max?«, fragte er. Dann stieß er wütend hervor: »Bestimmt der verdammte O'Keefe.«

Max nickte. »Stimmt. Wenn ich den Sauhund erwisch, brech ich ihm alle Knochen.«

Michael war überzeugt, dass das keine leere Drohung war. Bestimmt war Max bereit, den Mann umzubringen, der seine vergötterte Katie geschändet hatte, denn sie und Michael waren seine erklärten Lieblinge. Er fühlte sich ihnen gegenüber wie ein Ersatzvater. Zwischen ihm und dem Iren Patrick Duffy, der ihm beim entsetzlichen Massaker von Eureka das Leben gerettet hatte, bestand eine besonders enge Bindung, und im Laufe der Jahre hatten sich Michael und Katie daran gewöhnt, in Max eine Art Onkel zu sehen.

»Nicht nötig«, sagte Michael ruhig, doch mit geballten Fäusten. »Das erledige ich schon selber. Aber ich brech ihm nur so viele Knochen, dass er Katie immer noch heiraten kann.«

Max nickte. »So ist es richtig. Sie ist deine Schwester, und ihre Ehre verlangt das.«

Trotz Max' Mahnung, dem fuchsteufelswilden Frank Duffy lieber aus dem Weg zu gehen, traten Michael und Daniel in die schlicht eingerichtete und nicht besonders große Schankstube. Der erste Eindruck, den man dort empfing, war der angenehme Geruch nach Wachs, der den auf Hochglanz polierten Bodendielen und der großen Zedernholz-Anrichte entströmte, auf der Gewürzständer in Reih und Glied auf ihren Einsatz warteten. Die Tische mit ihren Decken aus teurem irischen Leinen waren schon für das Frühstück des nächsten Tages hergerichtet. Der Ruf des Gasthofs Erin als einer der besten in Sydney gründete zu einem nicht unerheblichen Teil auf seiner erstklassigen Küche.

Die Flammen der Kerzen auf dem mittleren Tisch flackerten, als die beiden jungen Männer die Tür öffneten und möglichst unauffällig eintraten. An einem der Tische sah man Frank und Bridget Duffy mit ihrer Nichte Katie. Im sanften Schimmer der

Kerzen ließen sich ihre unterschiedlichen Empfindungen deutlich erkennen. Während Bridget Duffy besorgt dreinsah, lag auf den Zügen ihres Mannes unverhohlene Wut. Katie hingegen stand trotzig hinter dem Stuhl ihrer Tante, dessen Lehne sie umklammert hielt. Ihr hübsches Gesicht, das gewiss im Laufe der Jahre zu fraulicher Schönheit heranreifen würde, wies auf einen starken Charakter hin. Umrahmt wurde es von schwarz schimmerndem, gewelltem Haar, das ihr fast bis zur Taille fiel. Ganz wie bei Michael konnte man von ihren ausdrucksvollen grauen Augen ablesen, was sie dachte. Zwar hatte er sie – wie das bei einem Bruder üblich ist – nie als besonders anziehend betrachtet, doch wusste er, dass sie auf Männer erheblichen Eindruck machte.

Eine kurze Stille senkte sich beim Eintritt der beiden jungen Männer über die Gruppe am Tisch. »Max hat uns gesagt, was los ist«, sagte Michael.

»Hat er auch gesagt, dass Kevin O'Keefe der Vater ist?«, brüllte Frank Duffy.

»Das habe ich mir gleich gedacht, Onkel Frank«, gab Michael gelassen zur Antwort. »Wer hätte es sonst sein sollen?«

»Ach, sieh mal an! Wieso seid ihr euch da alle so sicher?«, fuhr Katie auf. Die Männer verhielten sich, als wäre sie überhaupt nicht anwesend. »Ich kann mich nicht erinnern, gesagt zu haben, wer der Vater ist. Es könnte ebenso gut der chinesische Gemüsemann vom anderen Ende der Straße sein.«

Bei diesem Zornesausbruch erbleichten die drei Männer und sahen Katie entsetzt an. Jetzt, da sie sicher war, dass man ihr Beachtung schenkte, lächelte sie boshaft. »Ich kann euch beruhigen – Kevin *ist* der Vater meines Kindes.«

Das aber tröstete Frank Duffy keineswegs. Er hätte den chinesischen Händler, der den Gasthof mit Gemüse belieferte, als Ehemann dem Sohn irischer Sträflinge jederzeit vorgezogen. Sie bekannten sich zwar zum einzigen wahren Glauben, aber nicht einmal das konnte ein Ausgleich für die untergeordnete gesellschaftliche Stellung dieser Leute in der Kolonie sein. In diesem Punkt waren Menschen, die aus freien Stücken eingewandert oder als Kinder freiwillig eingewanderter Siedler dort zur Welt gekommen waren, ausgesprochen hochnäsig. Diese peinliche und schmerzliche Frage sprach Frank Duffy jetzt an.

»Katie, du weißt, dass O'Keefe von Sträflingen abstammt«, sagte er. »Wie konntest du nur zulassen, dass er dir … hm … ein Kind macht? Du hättest jeden beliebigen jungen Mann aus einer anständigen Familie frei geborener Iren in Sydney haben können.«

Bitter hallte Kates Lachen durch den fast leeren Schankraum. »Ist euch je der Gedanke gekommen, dass ich Kevin O'Keefe lieben könnte? Dass es mir egal ist, was seine Eltern waren? Außerdem sollte das sowieso keine Rolle spielen. Manche der angesehensten und wohlhabendsten Bürger der Kolonie sind als Sträflinge ins Land gekommen, Onkel Frank. Hält ihnen das jemand vor? Wären Michael oder ich andere Menschen, wenn die Briten meinen Vater wegen seiner Umtriebe in Irland gefasst und als Sträfling hierher deportiert hätten?«

Frank hustete hinter der vorgehaltenen Hand. Es stimmte. Sein Bruder Patrick war den englischen Häschern so manches Mal nur knapp entwischt. Trotzdem fiel es dem irischen Wirt schwer, sein Vorurteil gegen die Nachkommen von Sträflingen aufzugeben. Dabei hätten viele seiner Gäste noch die Narben von der neunschwänzigen Katze auf ihren Rücken zeigen und berichten können, wie man sie so ausgepeitscht hatte, dass sich die Hunde der Wärter am Fuße des Gerüsts, an das man die Männer band, an ihrem Fleisch gütlich tun konnten. Trotzdem waren sie anständige Kerle.

Allmählich verrauchte sein Zorn, als er sah, wie seine Frau tröstend Kates Hand in der ihren hielt. Ihm war klar, dass sie von Anfang an auf der Seite der Nichte gestanden hatte. Gegen die Ansichten einer Frau konnte man kaum etwas ausrichten, und gegen die von zweien schon gar nichts. »Will O'Keefe dich wenigstens heiraten?«, knurrte er.

An der Miene ihres Onkels sah Kate, dass er klein beigab. Sie wusste, dass er sich stellvertretend für ihren Vater, der sich irgendwo an der Grenze von Queensland befand, für die

Familienehre zuständig fühlte. So war das bei Männern nun einmal. Wenn es um ihren albernen Ehrbegriff ging, plusterten sie sich sogar bei Dingen auf, die wirklich nicht wichtig waren.

»Keine Ahnung«, antwortete sie ruhig. »Er weiß ja noch gar nicht, wie es um mich steht.«

»Jesusmariaund…« Michael hielt mitten in seinem gotteslästerlichen Ausruf inne.

»*Michael.*«

»Tut mir leid, Tante Bridget«, entschuldigte er sich beschämt und fuhr dann fort: »O'Keefe hat dich in diese Situation gebracht und weiß nichts davon? Hast du überhaupt eine Vorstellung, was für ein Mensch das ist?«

»Ich habe gehört, was die Leute reden, Michael. Aber ich kenne Kevin und bin überzeugt, dass er ein guter Mensch ist. Er braucht nur eine Frau, die ihn liebt und sich um ihn kümmert. Lass uns erst mal verheiratet sein, dann ändert er sich bestimmt«, antwortete sie ohne Bitterkeit auf die wohlgemeinte, wenn auch nicht besonders taktvolle Frage ihres Bruders.

O ja, sie hatte gehört, was man sich über Kevin O'Keefe erzählte. Doch das waren Ammenmärchen, und in Umlauf gesetzt hatten sie eifersüchtige Weiber, die nicht darüber hinwegkamen, dass er von ihnen nichts wissen wollte.

Seit einem Jahr arbeitete Kevin für ihren Onkel Frank. Sie konnte sich noch gut erinnern, wie er zum ersten Mal mit seinen blitzenden Augen in der Küchentür gestanden und sie, die Mütze in der Hand, mit seinem das Herz wärmenden Lächeln angesehen hatte. Damals hatte sie gemeint, in Ohnmacht sinken zu müssen. Von diesem Augenblick an wusste sie, dass er und sie füreinander bestimmt waren. Er brachte sie mit seinem jungenhaften Charme zum Lachen und erreichte mit seinen freundlichen Worten, dass sie sich als etwas ganz Besonderes fühlte. In mancherlei Hinsicht erinnerte er sie an Michael: zwar war er ein Raubein, aber er sah gut aus und konnte richtig sanft sein. Während die Monate ins Land gingen, fand sie immer wieder einen

Vorwand, sich in seiner Nähe aufzuhalten, ganz gleich, wo er im Gasthof zu tun hatte.

Schon bald war sie überzeugt, ihn zu lieben, sah sich in ihren Tagträumen in seinen Armen und richtete ihre Aufmerksamkeit immer mehr auf seinen kräftigen Körper. Eines Tages hatte sie sich allein mit ihm im Keller befunden, wo er mit nacktem Oberkörper schwere hölzerne Bierfässer schleppte, ohne zu wissen, dass sie ihn beobachtete. Sie konnte sich noch gut an das Spiel seiner Arm- und Schultermuskeln erinnern, während er die Fässer hob. Dann hatte er sich umgewandt und sie gesehen. In seinem Begehren spiegelte sich ihr eigenes. Sie hatten nahe beieinander gestanden, und er begann, sie mit sanften und beruhigenden Worten behutsam zu entkleiden. Wie gebannt hatte sie alles geschehen lassen, denn sie sehnte sich nach seiner Berührung.

Sie hatte die höchste Lust genossen, und als es vorüber war, hatte ihr Kevin seine Liebe gestanden. Immer öfter hatten sie den Keller aufgesucht, und die Augenblicke ihres Beisammenseins zwischen den großen Bierfässern waren voller Wonne gewesen. Sie hatte gespürt, dass die Vereinigung ihrer Leiber ihrer beider Liebe bekräftigte, die endgültige Besiegelung aber war, dass sie gemeinsam ein Kind ins Leben gerufen hatten, ein Geschenk Gottes.

Kates Vater Patrick hatte Kevin warnend darauf hingewiesen, dass sie ganz die Tochter ihrer Mutter sei – eigensinnig und dickköpfig. Auch Michael wusste, dass sich seine Mutter über alle gesellschaftlichen Konventionen hinweggesetzt hatte, als sie mit einem ungebärdigen jungen katholischen Rebellen durchgebrannt war, dem sie dann zwei Söhne und eine Tochter geboren hatte.

Patrick Duffy und Elizabeth Fitzgerald waren wahrlich ein ungleiches Paar gewesen: sie Tochter eines aus französischem Adel stammenden protestantischen Großgrundbesitzers und er Sohn eines gebildeten katholischen Iren, der seinen Kindern die bittere und blutige Lehre des Aufbegehrens gegen die englischen Zwingherren predigte. Wiederholte sich die Geschichte nicht dadurch, dass Katie jetzt einen Mann heiraten wollte, der den Duffys als nicht gesellschaftsfähig erschien?

Während Patrick Duffy ein edles Ziel verfolgt hatte, waren O'Keefes Ideale allerdings Weiber und das Glücksspiel. Trotzdem mochte man ihn, denn er besaß einen natürlichen Charme und einen wachen Geist. Außerdem konnte er seine Fäuste gebrauchen, was ihm Michaels Achtung eintrug. Er mochte ein Schürzenjäger sein, aber zugleich war er auch ein Kerl von rechtem Schrot und Korn.

Schon oft hatten die Stammgäste des Erin darüber spekuliert, wie es wäre, wenn man Michael und Kevin mit bloßen Fäusten gegeneinander antreten ließe. Beide waren von gleicher Statur, etwa gleich schwer und standen im Ruf, die besten Faustkämpfer in Sydneys Iren-Viertel zu sein.

»Nun, damit dürfte die Sache geklärt sein«, sagte Frank, während er in der Westentasche nach seiner alten Bruyèrepfeife suchte. »Da werden wir wohl einen Brief an deinen Vater und Bruder in Queensland schreiben müssen. Bestimmt wird es Patrick gefallen, wenn er erfährt, dass er bald Großvater wird.« Allerdings konnte er es sich nicht verkneifen hinzuzufügen: »Auch wenn es ein Sträflingskind sein wird.«

»Das wird es nicht sein, Frank, das weißt du sehr wohl«, blaffte ihn Bridget an. »Kevin O'Keefe ist ebenso frei geboren wie jeder Duffy, und Kates Kind wird ein frei geborener Australier sein.«

»Ein Ire«, widersprach er. »Das Kind kommt als Ire zur Welt. Immerhin sind beide Eltern Iren.«

Daniel lächelte. »Nein, Mutter hat Recht«, sagte er. »Kates Kind wird Australier sein. Kevin ist in Neusüdwales zur Welt gekommen, und dort wird auch Katies Kind geboren.« Bei dieser Äußerung seines Sohnes verzog Frank das Gesicht. In seinen Augen war Irland die Heimat und dies neue Land lediglich eine Erweiterung davon.

»Keiner von euch hat Recht«, sagte Kate mitten in das Wortgeplänkel der beiden Männer hinein. »Mein Kind wird ein Bürger von Queensland sein.«

»Was?«, stieß Frank hervor, doch sie ließ sich nicht beirren. »Sobald Kevin und ich geheiratet haben, gehe ich nach Queensland und baue mir dort mit dem Geld, das Papa für mich vorgesehen hat, meine eigene Zukunft auf.«

Diese zweite verblüffende Enthüllung ließ selbst Bridget Kate entsetzt ansehen. Ausgerechnet die neue Kolonie Queensland, wo es von wilden Ureinwohnern nur so wimmelte und so gut wie keine Zivilisation gab. Hatten in jenem entsetzlichen Land nicht die Wilden den Forschungsreisenden Kennedy mit ihren Speeren umgebracht? War nicht der deutsche Naturforscher Dr. Leichhardt mitsamt seiner Expedition dort in der Wildnis verschollen? Ganz zu schweigen von der vom Unglück verfolgten Erkundung durch Burke und Wills! Nein, Queensland war kein Aufenthaltsort für eine schwangere junge Frau, die in ihrem bisherigen Leben nichts als das behagliche und angenehme Leben der Stadt Sydney kennen gelernt hatte. Hinzu kam, dass Kevin O'Keefe kein Buschläufer war, sondern ebenfalls in der Stadt geboren und aufgewachsen. Der bloße Gedanke, Kate könnte im Land an der Grenze leben, ließ Bridget erschaudern. Der Eheschließung ihrer Nichte hatte sie – wenn auch mit größten Bedenken – zugestimmt, diese Sache aber war etwas völlig anderes.

»In deinem Zustand kannst du unmöglich in dieses entsetzliche Land reisen, Katie. Davon kann überhaupt keine Rede sein«, sagte sie ruhig, aber bestimmt.

»Auch andere Frauen folgen ihren Männern, Tante Bridget. Warum sollte ich das nicht tun?«

»In diesem Fall würde ja wohl O'Keefe seiner Frau folgen«, meinte Michael sarkastisch. »Das ist eine ziemlich ungewöhnliche Situation.«

Kate sah die Dinge nicht so wie ihr Bruder. Kevin war kräftig und gesund und würde sich ohne weiteres dem neuen Leben anpassen können, das sie sich für sie beide vorstellte. Es kam ihr nicht zu Bewusstsein, dass *sie* Entscheidungen traf, die gewöhnlich Männersache waren. »Wir würden doch nicht draußen im Busch leben«, sagte sie voll Zuversicht. »Ich will einen Gasthof eröffnen, den besten in der neuen Kolonie – und das bedeutet, dass wir in einer Stadt wohnen werden.«

»Kevin hat keine Erfahrungen als Gastwirt«, gab Frank zu bedenken. »Er versteht nichts von diesem Geschäft.«

»Was er wissen muss, bring ich ihm bei«, antwortete Kate trotzig. »Ich bin hier bei euch aufgewachsen und hab von euch eine ganze Menge gelernt. Ich verstehe was von Buchführung, kann einen Ausschank leiten und weiß wahrscheinlich mehr über das Geschäft als Daniel und Michael zusammen.«

Frank musste zugeben, dass sie in diesem Punkt Recht hatte. Daniel hatte sich nie besonders für den Gasthof interessiert, er bereitete sich auf den Anwaltsberuf vor, und Michael hatte künstlerische Ambitionen. »Hast du dir auch schon mal überlegt, dass ein Mann was dagegen haben könnte, sich von einer Frau anlernen zu lassen, Kate?«, gab er zu bedenken. »Dass dein Wissen einen Mann wie Kevin ... äh ... einschüchtern könnte?«

»Möglich wäre das«, gab sie nachdenklich zur Antwort. »Aber ich weiß, dass er es lernen kann und dann ein ebenso guter Gastwirt sein wird wie nur irgendeiner in der Kolonie. Da er klug ist und mit Menschen umgehen kann, würde unser Gasthof bestimmt zu den beliebtesten in ganz Queensland gehören.«

Frank Duffy seufzte. Die Begeisterung in den Augen der jungen Frau erinnerte ihn an ihren Vater. Er zweifelte nicht im Geringsten, dass sie an seiner Seite den Rotröcken – wie man die Soldaten der Königin nannte – zugesetzt hätte, wäre sie in Irland zur Welt gekommen.

»Du weißt, dass mir dein Vater die Verfügungsgewalt über das Geld gegeben hat, das du und Michael bekommen sollt, wenn ihr volljährig seid«, sagte er. »Du bist aber erst sechzehn, Kate.«

»Und demnächst Ehefrau und Mutter, Onkel Frank. Ich kann an Papa schreiben. Bestimmt gibt er mir das Geld, wenn ich ihm erkläre, wofür ich es haben möchte. Du kannst aber in seiner Abwesenheit auch darüber entscheiden. Das hat er selbst gesagt. Ich gehe auf jeden Fall, ob mit oder ohne Geld. Ich werde den besten Gasthof von Queensland haben, mehr gibt es dazu nicht zu sagen.« Nach diesen Worten verschränkte sie die Arme vor dem üppigen Busen und sah den Onkel herausfordernd an.

Großer Gott, ging es Frank durch den Kopf. Genauso war es bei Elizabeth gewesen, wenn sie sich etwas in den Kopf gesetzt hatte. Ganz wie ihre Mutter würde sich Kate durch nichts und niemanden von ihrem Entschluss abbringen lassen. Ausschließlich Patrick mit seinem einschmeichelnden Wesen war es gelungen, Elizabeth von Zeit zu Zeit zu einer Sinnesänderung zu bewegen. »Ich werde an deinen Vater schreiben und ihn fragen, was er von der Sache hält«, sagte er in einem letzten Versuch, sie umzustimmen. »Du weißt, dass es eine ganze Weile dauern wird, bis die Post ihn erreicht. In seiner letzten Nachricht hat er uns mitgeteilt, dass sie an einem Ort namens Rockhampton Waren eingekauft haben. Damals hat er geschrieben, sie würden lange unterwegs sein. Es kann also Monate dauern, bis eine Antwort kommt.«

»Mein Gasthof wird auch Räume haben, in denen Papa und Tom wohnen können, wenn sie nicht unterwegs sind, Onkel Frank. Das aber bedeutet, dass ich das Geld gleich brauche, denn es wäre Zeitverschwendung, auf seine Erlaubnis zu warten. Ich will mein Kind auf jeden Fall in Queensland zur Welt bringen.«

Erzürnt über ihre Starrsinnigkeit polterte der stämmige irische Gastwirt: »Warum soll dein Kind eigentlich unbedingt in Queensland zur Welt kommen?«

»Weil ich möchte, dass Papa seinen ersten Enkel auf dem Arm halten kann, sobald er zur Welt gekommen ist«, gab sie leise zur Antwort. »Er soll am Glück dieses Augenblicks Anteil nehmen und etwas bekommen, was mit Mutters Tod aus seinem Leben verschwunden ist. Das ist mir wichtig.« Bridget verstand ihre Nichte. Kate hatte diesen Mann stets bewundert, der für sie ein Fremder und der innig geliebte Vater zugleich war. Sie war mit der Erinnerung an einen sanftmütigen Hünen aufgewachsen, dem beim Anblick seines Töchterchens die Tränen gekommen waren, wenn er sich in Sydney aufhielt, was nur selten der Fall war. Ganz abgesehen davon bestand zwischen Vater und Tochter eine ganz besondere Beziehung, etwa so wie zwischen einer Mutter und ihrem Sohn. Zwar hatte Bridget gehofft, selbst das Kind ihrer Nichte auf dem Arm halten zu dürfen, doch verstand sie durchaus, warum Kate in der Nähe ihres Vaters sein wollte. »Ich denke, du solltest ihr das Geld geben«, sagte sie schließlich. »Ich bin sicher, dass das unter den gegebenen Umständen in Patricks Sinn ist.«

Verblüfft sah Frank Duffy seine Frau an. Er hatte auf ihre Unterstützung gehofft bei seinem Versuch, ihre Nichte davon abzuhalten, so weit von ihrer beider Fürsorge entfernt ihr Leben aufs Spiel zu setzen. »Dir ist hoffentlich klar, dass dahinten im Busch irgend so ein Wilder das arme Kind umbringen könnte«, sagte er aufgebracht. »Sie und ihr Kleines könnten auf alle Zeiten verschwinden, Bridget. Willst du wirklich, dass sie sich sehenden Auges in diese Gefahr begibt?«

Bridget wusste, dass ihr Mann zwar Recht hatte, aber offensichtlich nicht begreifen konnte, dass mitunter Umstände im Leben eines Menschen eintreten, die es rechtfertigen, sogar die Todesgefahr an der Grenze in Kauf zu nehmen. So etwas verstand nur eine Frau. »Kate hat bereits gesagt, dass sie nicht die Absicht hat, im Busch zu leben, sondern in einer der neuen Städte einen Gasthof einrichten will«, hielt sie dagegen. »Bestimmt werden sie und Kevin dort in jeder Hinsicht sicher sein. Außerdem bin ich überzeugt, dass es da Menschen gibt, die sich um sie kümmern werden.«

Gedankenverloren klopfte Frank die Pfeife an seinem Stiefel aus, bevor er antwortete: »Gott bewahre uns vor dem Tag, an dem Frauen in die Politik gehen. Zum Glück ist das unwahrscheinlich«, fügte er seufzend hinzu, bereit, seine Niederlage hinzunehmen. »Kate, du kannst das Geld haben.«

Während das Mädchen zu ihm eilte, um ihn aus Leibeskräften zu umarmen, überschlugen sich ihre Worte förmlich. »Danke, Onkel Frank ... Tante Bridget. Ich werde den besten Gasthof in

Queensland haben, und ihr werdet bestimmt stolz auf mich sein. Ihr könnt kommen und bei uns wohnen. Papa sagt, das Klima in der Kolonie ist richtig mild und …«

»Ist ja schon gut«, brummte Frank, bemüht, sich von ihrer Erregung nicht anstecken zu lassen. »Aber vergiss nicht, dass du jederzeit bei uns willkommen bist, falls du aus irgendwelchen Gründen hierher zurückkommen willst. Jetzt müssen wir nur Mister O'Keefe ausfindig machen und ihm mitteilen, dass er Ehemann, Vater und Gastwirt wird – in dieser Reihenfolge«, erklärte er, als es ihm endlich gelungen war, sich aus Kates erstickender Umarmung zu befreien. »Sag ihm auch, dass sich all das an einem Ort abspielen soll, der fast zweitausend Kilometer von hier entfernt liegt und wo sogar Forschungsreisende spurlos von der Erdoberfläche verschwinden«, fügte er mit einem schwermütigen Seufzer hinzu.

Als Nächsten bedachte Kate ihren Bruder mit einer Umarmung, dann kam Tante Bridget an die Reihe, und zum Schluss Daniel. Alle drei erhielten einen gerechten Anteil an ihren Freudentränen.

»Weiß jemand, wo sich Mister O'Keefe heute Abend aufhält?«, fragte Frank trocken. »Eigentlich müsste er bei mir um Kates Hand anhalten.«

Michael runzelte die Stirn. »Ich glaube, ich weiß es, Onkel Frank. Dan und ich gehen ihn schnell holen.« Als sein Vetter fragend die Brauen hob, nahm ihn Michael rasch beiseite, damit Kate ihn nicht hören konnte. Sie schilderte ihrer Tante gerade ganz aufgeregt, wie sie sich ihre Hochzeit vorstellte,

»Sonntagabends ist O'Keefe immer im *Hero of Waterloo*.«

Daniel fuhr zurück, als stünde er einer giftigen Schlange gegenüber.

»Du willst doch nicht sagen, dass wir nach *The Rocks* gehen wollen?«, fragte er entsetzt. »Wer das tut, ganz egal, zu welcher Tageszeit, muss den Verstand verloren haben.«

»Wir nehmen Max mit«, sagte Michael, während Daniel betrübt den Kopf schüttelte. The Rocks! Sydneys übelstes Verbrecherviertel! Ebenso gut konnten sie sich gleich selbst die Kehle durchschneiden und wenigstens zu Hause sterben. Aber Michael wollte dorthin, und es war seine Pflicht, ihn zu begleiten. Dass Max mitkam, war ein gewisser Trost. Er seufzte wie sein Vater. The Rocks!

9

Im Licht der bläulich zuckenden Blitze erkannte man auf der mit einer Sandsteinbalustrade eingefassten Terrasse drei Personen. Man konnte von dieser Terrasse für gewöhnlich den beeindruckenden Blick über den Hafen genießen, von dem man allerdings jetzt unter dem von Wolken bedeckten Nachthimmel so gut wie nichts mehr sah. Das Gewitter tobte über der finsteren Schwärze, und nur die ab und an am Heck der Fischerboote aufblitzenden Positionslichter zeugten noch vom Vorhandensein des tief unter ihnen liegenden Hafens. Vermutlich warfen die Fischer gerade ihre Netze aus, denn in diesen Gewässern durfte man jederzeit mit einem reichlichen Fang rechnen.

Eine kühle Brise trug die frischen Gerüche aus dem Park herüber, den der Regen förmlich hatte aufleben lassen, und spielte in den losen Strähnen von Enid Macintoshs Haar. Trotz ihrer fast fünfundvierzig Jahre konnte man deutlich erkennen, woher die Schönheit ihrer Tochter Fiona stammte. Während die Hausherrin die Tasse heißen Kaffee mit süßer Sahne an die Lippen hob, streckte sie sich wohlig. Es war schön, nicht im Haus sitzen zu müssen, wo im Sommer die Luft schwer und drückend lastete.

Der zweiundzwanzigjährige David stand neben dem Korbsessel seiner Mutter, in der Hand ein Kristallglas mit einem Sauternes. Der Wein stammte von dem direkt vor den Toren Sydneys gelegenen Weingut Camden Estate der Familie Macarthur. Seiner Meinung nach konnte er es mit seinem fruchtigen Aroma mit jedem der französischen Weine aufnehmen, die er als Student in England kennen gelernt hatte.

Äußerlich ähnelte David seinem Vetter Granville White, nur gingen ihm nicht wie diesem vorzeitig die Haare aus. Er war kürzlich in die Heimat zurückgekehrt, nachdem er sein Studium der klassischen Philologie an der berühmten Universität Oxford abgeschlossen hatte.

Die Rückkehr war ihm nicht leicht gefallen, denn das Leben hinter den mittelalterlichen Collegemauern hatte seinem Hang zur stillen Gelehrsamkeit entsprochen. Er unterschied sich in fast jeder Beziehung von seinem bodenständigen und alltagstüchtigen älteren Bruder Angus, und es war ihm mehr als recht, dass dieser die Nachfolge des Vaters im Geschäft antreten sollte. Ihm genügte es einstweilen, in Sydney herumzusitzen, den erstklassigen australischen Wein zu genießen und den zahlreichen jugendlichen Schönheiten der Gesellschaft in der Kolonie den Hof zu machen.

Sein Vetter Granville, der mit dem Rücken zu Mutter und Sohn stand, nippte von Zeit zu Zeit an einem Glas Madeira. Während er angestrengt überlegte, wie er sein Vorhaben am besten zur Sprache bringen könnte, schwang in ihm noch die Erinnerung an das köstliche Mahl nach, bei dem europäische und australische Küche eine überaus glückliche Verbindung eingegangen waren. Zu einem Menü aus Känguruschwanz-Suppe, fangfrischem Schnappbarsch mit Austernsauce und Taubenpastete in einem köstlichen Rotwein-Fond hatte man Burgunder und australischen Sauternes gereicht, als Dessert waren Bratäpfel im Teigmantel mit einem Sahnehäubchen aufgetragen worden. Bei dieser Fülle war selbstverständlich viel übrig geblieben, und so würden die Reste der Taubenpastete am folgenden Tag kalt zum Mittagessen auf den Tisch kommen.

Die drei auf der Terrasse hingen ihren Gedanken nach und genossen die kühle Luft, bis Enid Macintosh das Schweigen brach. »Fiona war heute Abend bei Tisch sehr still«, sagte sie. »Ist bei eurem Picknickausflug nach Manly irgendetwas vorgefallen?«

Granville nahm einen ordentlichen Schluck aus seinem Glas, bevor er antwortete. »Auf dem Rückweg hat sie ein verdammter irischer Rüpel angepöbelt, kurz bevor wir an Bord der Fähre gegangen sind.«

»Was meinst du mit ›angepöbelt‹?«, fragte sie. »Ist er ihr zu nahe getreten?«

»Na ja, eigentlich nicht«, antwortete er, während er die Asche seiner teuren Havanna auf die Rosen unterhalb der Terrasse schnippte. »Aber er hat sie mit seinem flegelhaften Benehmen verärgert.«

David mischte sich in die Unterhaltung ein. Obwohl Fiona fünf Jahre jünger war als er, stand sie ihm bedeutend näher als sein älterer Bruder Angus. »Inwiefern hat er sie verärgert?«, fragte er.

Unbehaglich quetsche Granville heraus: »Er hat sie und Penelope mit seiner unerwünschten Aufmerksamkeit behelligt.«

»Hat er die beiden in irgendeiner Weise beleidigt?«, erkundigte sich David mit brüderlicher Besorgnis. »Oder hat er sie einfach angesprochen?«

»Er hat sie angesprochen«, antwortete Granville zögernd. »Aber er war hochgradig impertinent! Es ist irgend so ein irischer Straßenlümmel, der in einem Gasthof in Redfern arbeitet, soweit ich verstanden habe. Die Art, wie er sich an die jungen Damen herangemacht hat, war ausgesprochen unfein.«

Mit zufriedenem Lächeln hörte David erleichtert, dass es keinen Grund zur Besorgnis gab. »So, so. Vermutlich sieht er ziemlich gut aus und hat sich ausgesprochen charmant gegeben«, schloss er.

Granville warf ihm einen erstaunten Blick zu. »Wie kommst du darauf?«

»Ganz einfach, Vetter Granville«, sagte dieser mit breitem Grinsen. »Weil meine Schwester bei Tisch ausgesehen hat wie ein liebeskrankes junges Mädchen, dem kurz zuvor sein Märchenprinz begegnet ist. Es stand ihr förmlich ins Gesicht geschrieben.«

Mit finsterer Miene fragte Granville: »Und findest du es etwa in Ordnung, dass sie sich in irgendeinen hergelaufenen Iren verknallt, der zu allem Überfluss katholisch ist?«

David schüttelte den Kopf. »Gott behüte«, gab er zur Antwort. »Aber wenn stimmt, was du über seine Herkunft sagst, wird sie ihn nach menschlichem Ermessen nie wiedersehen. Die bloße Aufmerksamkeit junger Männer schadet keiner jungen Frau. Wie ich meine Schwester kenne, bezweifle ich, dass sie jemanden in ihrer Nähe geduldet hätte, der sich nicht wie ein Herr aufzuführen versteht. Also wird sie eine Weile von ihm schwärmen, bis ihr der nächste Märchenprinz über den Weg läuft – wahrscheinlich der Sohn eines Großgrundbesitzers oder, beim nächsten Frühjahrsball, ein Offizier aus erstklassiger Familie.«

Obwohl sich Granville eingestehen musste, dass sein Vetter mit seiner Einschätzung der Lage Recht haben dürfte, fühlte er sich nach wie vor ein wenig unbehaglich. Immerhin sollte Fiona eines Tages seine Frau werden – natürlich mit Donald Macintoshs Einverständnis –, würde doch eine solche Ehe dazu beitragen, das gewaltige Macintosh-Vermögen enger mit dem beträchtlichen Besitz der Whites zu verknüpfen. Immer waren die Whites die vergleichsweise armen Verwandten gewesen, doch durch Enids Vermählung mit Donald Macintosh war es ihnen gelungen, ihren Besitz erheblich zu vergrößern.

»Wahrscheinlich wird es so sein, David«, sagte Granville abschließend. »Jetzt würde ich mich gern mit euch über das Projekt unterhalten, das ich vor dem Abendessen bereits angesprochen habe. Ich bin sicher, dass die Sache uns allen einen Haufen Geld einbringen kann.«

Vorsichtig setzte Enid ihre Tasse auf der Untertasse ab, die in ihrem Schoß ruhte. »Ach ja, Baumwollanbau mit schwarzen Arbeitskräften«, sagte sie. »Zweifellos ein interessantes Vorhaben, für das du vermutlich Mister Macintoshs Unterstützung brauchst.« In geschäftlichen Angelegenheiten sprach sie von ihrem Mann stets in der dritten Person, sogar innerhalb der Familie.

»Ja, auf jeden Fall würde ich dafür die *Osprey* brauchen«, antwortete Granville rasch. »Darüber hinaus müsste man an der Küste von Queensland etwas mehr Land kaufen oder pachten.«

David füllte sein Glas aus einer Kristallkaraffe nach. »Die *Osprey* also. Wo ist sie zur Zeit eigentlich eingesetzt?«, fragte er, während er den Stöpsel wieder aufsetzte.

»Zwischen Sydney und Brisbane«, parierte Granville. »Sie wird im Augenblick nicht für die Geschäfte des Hauses Macintosh benötigt und stünde damit zur Verfügung.«

David kannte die Dreimastbark, die zwar für kurze Strecken an der Küste von Neusüdwales und Queensland gebaut war, aber ohne weiteres größere Entfernungen zwischen den Inseln im Pazifik bewältigen konnte.

»Und du möchtest mit ihr schwarze Vertragsarbeiter transportieren?«, fragte er, während er den Wein im Glas schwenkte, wobei sich der schwache Glanz der im Esszimmer brennenden Kerzen im Kristall brach. »Bewohner der Pazifikinseln, die auf Baumwollfeldern in Queensland arbeiten sollen. Zunächst würde ich dazu sagen, dass die Amerikaner den Baumwollmarkt beherrschen. Bestimmt wird es nicht lange dauern, bis sie das Geschäft wieder an sich bringen, und zwar sobald sie ihre inneren Streitigkeiten beigelegt haben.«

Es war Granville von vornherein klar gewesen, dass man ihm dieses Argument entgegenhalten würde. »Der Bruderkrieg dort wird noch lange dauern«, gab er zurück. »In dieser Zeit können wir den Markt für uns erobern, und zwar auf Dauer!«

»Was veranlasst dich zu der Annahme, dass sich die Auseinandersetzung noch länger hinziehen wird?«, wollte Enid wissen. In Donald Macintoshs Abwesenheit traf sie alle größeren geschäftlichen Entscheidungen, ging dabei aber mit größter Umsicht zu Werke und wartete immer ab, bis sie sicher sein durfte, das jeweilige Vorhaben erfolgreich durchführen zu können.

»Ich habe mich in jüngster Zeit gründlich mit den Hintergründen beschäftigt«, erklärte Granville seiner Tante mit Nachdruck, »und mich mit Offizieren in der Victoria-Kaserne unterhalten. Man verfolgt dort die Ereignisse in Amerika mit großer Aufmerksamkeit. Obwohl die meisten mit den Konföderierten sympathisieren, sind sie doch von der Fähigkeit der Nordstaaten beeindruckt, aufgrund ihrer zahlreichen Fabriken immer mehr Kriegsmaterial heranzuschaffen.«

»Soweit ich gehört habe, hat der Süden dem Yankee Abraham

Lincoln kürzlich eine ordentliche Schlappe zugefügt«, meldete sich David zu Wort und gab damit zugleich seine Sympathien für die Konföderierten zu erkennen. »Und wenn der Norden zehnmal eine Industriemacht ist, den Krieg wird der Süden gewinnen. Außerdem ist es ohne weiteres möglich, dass der englische Premierminister Palmerston gegen die Nordstaaten Partei ergreift und den Süden unterstützt. Die Konföderierten hätten dann keine Probleme mehr mit dem Nachschub *und* könnten die Blockade der Yankees durchbrechen. Und bei der englischen Flotte würde sich der Norden auf jeden Fall eine blutige Nase holen.«

Granville schüttelte den Kopf. »Ich glaube nicht, dass England interveniert, weder auf der einen noch auf der anderen Seite. Zwar werden Palmerstons Berater zweifellos dafür sorgen, dass er die England von den Yankees zugefügten Niederlagen nicht vergisst, aber auf der anderen Seite muss auch die Frage der Sklavenhaltung berücksichtigt werden. Die englische Öffentlichkeit wird mit Sicherheit nicht dulden, dass sich ihre Regierung auf die Seite eines Landes schlägt, das nicht im Traum daran denkt, die Sklaverei abzuschaffen. Nein, die Briten werden weder die Konföderation noch Lincolns Regierung unterstützen.«

»Und was ist mit den militärischen Erfolgen der Konföderierten?«, ließ David nicht locker. »Die können doch wohl auf keinen Fall ihren Eindruck auf Palmerston und die Textilfabrikanten in England verfehlen, denen wegen der Blockade durch die Yankees schließlich die Baumwoll-Lieferungen ausbleiben.«

»Von meinen Bekannten unter den Offizieren weiß ich, dass der Süden zwar Schlachten gewinnt, aber keinesfalls imstande ist, seine Verluste an Menschen und Material zu ersetzen«, fuhr Granville beharrlich fort. »Daher kann er den Krieg keinesfalls für sich entscheiden. Es ist lediglich eine Frage der Zeit, bis ihn die Nordstaaten ausgehungert haben. Auf einen Nenner gebracht könnte man sagen, dass bei dieser Auseinandersetzung Geld und Material des Nordens gegen Mut und Draufgängertum des Südens stehen. Allerdings fürchte ich, dass Letzteres nicht genügt, den Krieg zu entscheiden, und dieser sich daher in die Länge ziehen wird - wie gesagt vor allem, weil die Südstaaten nicht über ein vernünftig organisiertes Nachschubwesen verfügen.«

Enid, die den Darlegungen ihres Neffen aufmerksam zugehört hatte, war von der Gründlichkeit beeindruckt, mit der er sich über die Zusammenhänge des Krieges auf dem nordamerikanischen Kontinent informiert hatte.

»Gibt es irgendein anderes Erzeugnis, auf das wir ausweichen könnten, falls die Sache mit der Baumwolle doch fehlschlagen sollte?«, fragte sie ruhig.

Mit siegessicherem Lächeln antwortete Granville: »Ja, Zucker!«

»Aha. Soweit ich von Mister Macintosh gehört habe, ist Zuckerrohr auf ein warmes Klima angewiesen.« Enid dachte eine Weile nach, während sie an ihrem Kaffee nippte. »Mithin könnte sich Queensland in der Tat dafür eignen.«

Granville hatte noch einen weiteren Trumpf in der Hinterhand, den er jetzt ausspielte. »Queensland hat gerade ein Gesetz erlassen, das es ermöglicht, Eingeborene als Tagelöhner zu beschäftigen«, sagte er. »Ich habe im Australian Club erfahren, dass Robert Towns auf seinen Pflanzungen in der Nähe von Brisbane nicht mehr wie bisher Inder, sondern Bewohner verschiedener Pazifikinseln beschäftigen will. Er ist kein Dummkopf, und ich denke, wir sollten seinem Beispiel folgen.«

Die Erwähnung des vermögenden Reeders und geschäftstüchtigen Kaufmanns Captain Robert Towns aus Northumbria verfehlte ihre Wirkung auf Enid nicht. Er stand im Ruf, kaum je eine falsche Entscheidung getroffen zu haben, und falls er dazu übergegangen war, Pazifikinsulaner als Vertragsarbeiter einzusetzen, konnte der Vorschlag ihres Neffen so schlecht nicht sein.

Vorsichtig stellte Enid ihre Tasse auf einem Tischchen aus Rohrgeflecht ab und nahm einen chinesischen Fächer zur Hand. Jetzt, da das Gewitter vorüber war, wurde die Luft wieder feucht und schwül. Während sie sich langsam Luft zufächelte, sah sie auf den Hafen hinab und dachte gründlich über alles nach, was ihr Neffe vorgetragen hatte. Obwohl sie die Vollmacht hatte, über seinen Vorschlag zu entscheiden, hätte sie es lieber gesehen, wenn ihr Mann da gewesen wäre, um das selbst zu tun. Doch er hielt es für wichtiger, sich um die Schafzucht auf Glen View zu kümmern. Er hatte den Ehrgeiz, aus ihr die bedeutendste Schafzucht in den Kolonien zu machen. Es war Enid unerfindlich, was ihn an diesem abweisenden Teil des Landes lockte, den er in hymnischen Worten als Paradies auf Erden pries, und die Vorstellung, sich mit ihm dort aufzuhalten, reizte sie nicht im Mindesten.

»Du kannst über die *Osprey* verfügen«, sagte sie mit einer leichten Bewegung ihres Fächers. »Handle nach deinem Gutdünken.«

Mit triumphierendem Lächeln stürzte Granville den Rest seines Madeiras hinunter. Wenn er jetzt noch Fiona als Gattin gewann, war er seinem Ziel, gleichberechtigter Teilhaber der Unternehmen der Familie Macintosh zu werden, einen weiteren Schritt näher gekommen.

»Du wirst sehen, dass deine Entscheidung richtig war, Tante Enid«, sagte er, seines Sieges gewiss. »Schon in wenigen Jahren wird dieser Unternehmenszweig zu den einträglichsten im Lande gehören. Das kann ich euch versprechen.«

»Eins noch«, sagte sie und sah ihn aufmerksam an. »Du kannst in dieser Angelegenheit nach Gutdünken verfahren, aber David wird sich die Sache in meinem Auftrag von Zeit zu Zeit ansehen. Außerdem trifft er alle Entscheidungen, die mit der Finanzierung zu tun haben.«

Granvilles Lächeln erstarb. Das hieß letzten Endes nichts anderes, als dass in Wahrheit David über das Projekt bestimmte. Die verdammten Macintoshs konnten es nicht lassen. Nichts gaben sie aus der Hand! Seine Tante, immerhin eine geborene White, hatte sich zu einer in der Wolle gefärbten Macintosh gewandelt. Aber er beherrschte sich und statt sich seine bittere Enttäuschung anmerken zu lassen, zwang er sich zu einem Lächeln, so, als fände er es völlig in Ordnung, dass man den Vetter sozusagen zu seinem Vorgesetzten gemacht hatte.

Vom Hafen herauf hörte man das Klirren einer Fahrwassertonne und die hallenden Rufe von Fischern. Das Gewitter war fast abgezogen und der Himmel wieder so klar, dass man das Kreuz des Südens deutlich erkennen konnte.

Während Granville diese Übereinkunft mit seiner Tante schloss, saßen Penelope und Fiona bei Kerzenschein im Wohnzimmer und unterhielten sich über Michael Duffy.

»Es kann nicht dein Ernst sein, dass du den Mann wiedersehen willst«, beschwor Penelope die Kusine. »Er ist nicht mehr als ein gewöhnlicher Tagelöhner.« Fiona hielt den Blick auf das zerknitterte Blatt Zeichenpapier in ihrem Schoß gerichtet, auf dem die Worte standen: »Warten Sie nächsten Sonntagnachmittag im Hyde Park auf mich. Ich werde Sie finden.«

»Von mir aus kann er das sein, aber er benimmt sich wie ein Herr«, gab sie trotzig zurück. »Was kann es, ganz davon abgesehen, schon schaden, sich einfach mit ihm zu treffen?«

Penelope krauste ärgerlich die Stirn. Obwohl sie lediglich zwei Jahre älter war als Fiona, war sie doch, was Männer anging, um Jahre erfahrener. Da sie nicht der Ansicht war, für ihre Kusine sei bereits der richtige Zeitpunkt für die Art von Erlebnissen gekommen, die sie schon hinter sich hatte, blieb ihr nichts anderes übrig, als offen zu reden.

»Männer wollen mehr als schöne Worte«, sagte sie unumwunden. »Ein Mann kennt kein anderes Ziel, als dich in sein Bett zu locken. Ich fürchte, dass dieser Mister Duffy, so bezaubernd er auch sein mag, bei dir genau diese Absicht verfolgt. Dir ist aber hoffentlich klar, dass derlei zwischen euch beiden völlig ausgeschlossen ist?« Während sie sich vorstellte, wie es sein müsste, unter dem muskulösen Körper dieses Iren zu liegen, fügte sie sehnsüchtig hinzu: »Andererseits gebe ich zu, dass der Gedanke daran seine verlockenden Seiten hat.«

»Penny! Manchmal sagst du wirklich schockierende Dinge«, empörte sich Fiona mit nervösem Kichern. Da sie und Penelope eher wie Schwestern als wie Kusinen zueinander standen, wusste sie, dass diese unerlaubte Wonnen genossen hatte, über die nur enge Vertraute miteinander sprachen.

Penelope lächelte versonnen. »Fi, du kannst mir ruhig glauben, wenn ich dir sage, dass du dem Mann nicht gewachsen bist«, sagte sie ruhig. »Er hat das *gewisse Etwas.*«

»Was meinst du mit *gewisses Etwas*?«, erkundigte sich Fiona.

»Es liegt in seinem Blick ... und in seiner Stimme«, sagte Penelope, während sie in die Kerzenflamme blickte. »Die Art, wie ein Mann dasteht. Als wäre er ein stolzer Hengst inmitten einer Herde von Zuchtstuten.«

Fiona errötete, als sie sich vorstellte, wie der kräftige Fuchshengst ihres Vaters eine Stute besprang. Der Anblick hatte sie tief verstört, als sie es das erste Mal gesehen hatte. Trotzdem hatte sie sich danach Dinge ausgemalt, die sie schuldbewusst zu verdrängen trachtete. Sie merkte, wie sie unwillkürlich die Knie aneinander presste, als ihr diese beunruhigenden Bilder wieder einfielen, beispielsweise der Wunsch, das riesige Organ des Hengstes in sich zu spüren. Penelope fuhr fort, ihre Weisheiten über Männer von sich zu geben.

»Man sieht es an seiner Überheblichkeit. Du aber bist hilflos wie ein Lamm, das man einem Löwen zum Fraß vorwirft.« Fiona verstand, was Penelope damit sagen wollte. Ja, sie hatte beim Blick in seine grauen Augen eine gewisse Hilflosigkeit und eine geradezu körperliche Schwäche empfunden. Wie der Hengst, der die Stute deckt, dachte sie.

»Du kannst sagen, was du willst – ich möchte ihn wiedersehen«, gab sie trotzig zurück. »Aber ich versichere dir, dass ich die Herrschaft über meine Gefühle nicht zu verlieren gedenke.«

Penelope lächelte über diese kindliche Vorstellung. Als könnte man seine tiefsten Leidenschaften beherrschen! Sie beugte sich vor und ergriff Fionas Hände. »Denk immer an das, was du gerade gesagt hast. Im Umgang mit Männern musst du unbedingt die Oberhand behalten. Starken Frauen fällt das sehr leicht. Die Herren der Schöpfung plustern sich zwar gerne auf und schlagen ein Rad wie die Pfauen, aber sobald es um den

Körper einer Frau geht, sind sie zu jedem Einsatz bereit. Wenn du dir das einmal klargemacht hast, wirst du stets die Herrschaft über alles behalten, was geschieht.« Nach diesen Worten gab sie zögernd Fionas Hände frei und zog sich langsam von ihr zurück.

»Wie war es beim ersten Mal?«, fragte Fiona scheu. Zwar wusste sie von früheren vertrauten Gesprächen zwischen ihnen, dass Penelope mit vielen Männern geschlafen hatte, hatte sie aber nie nach Einzelheiten gefragt. Sofern man glauben durfte, was hinter vorgehaltener Hand in den Salons von Sydneys hochherrschaftlichen Häusern getratscht wurde, hatte sie sogar widernatürliche Beziehungen zu Frauen gehabt. Auch wenn Fiona das als boshafte Erfindung abtat, ging von dieser Vorstellung eine Faszination aus, die sie sonderbar erregte. War es denkbar, dass Frauen einander solche Wonnen zu bereiten vermochten?

»Beim ersten Mal?« Penelopes Gesicht umwölkte sich, während sie die Frage voll Bitterkeit wiederholte. »Daran möchte ich möglichst nie wieder denken müssen.«

»Entschuldige, dass ich gefragt habe«, beeilte sich Fiona zu sagen. »Ich wollte dich nicht verstimmen.«

Doch Penelope sprach weiter, als hätte sie mit diesem Schmerz nichts mehr zu tun. »Danach, mit anderen Männern, war es ganz nett. Nein, das Wort ›nett‹ wird dem nicht gerecht, was du dabei empfindest. Es war … ist … verzehrend. Wie eine Explosion, die gleichzeitig in deinem Körper und deinem Kopf stattfindet. Ein Feuerwerk herrlich unerlaubter Freuden, während der Mann wie ein Tier grunzt. Eine Zeit lang geschieht alles, was sonst nicht erlaubt ist … außer in deiner Vorstellung. Du wirst Bestandteil einer geheimen Welt, kannst alles oder überall sein und bist es für den Augenblick auch. Eine andere Möglichkeit, es zu schildern, habe ich nicht.«

Gebannt lauschte Fiona dieser Beschreibung dessen, was man gemeinhin Liebe nannte. Eigentlich klang es mehr wie etwas völlig anderes. Zwar schien es zum Teil das metaphysische Erlebnis zu sein, das sie sich vorgestellt hatte, war zugleich aber offenbar sonderbar fern von dem, was sie erwartet hatte. Erneut schlich sich das Bild von Michael, halb Mann, halb Hengst, in die finsteren Winkel ihrer Vorstellung, und sie spürte die köstliche Lockung des Verbotenen.

Mit einem Mal ließ ein Luftzug die Kerzenflammen aufflackern und beide sahen zur Tür hinüber.

»Wollt ihr nicht lieber Licht machen?«, hörten sie Granvilles Stimme. »In dieser ägyptischen Finsternis könnt ihr doch gar nichts sehen.«

Obwohl die beiden jungen Frauen seinen Eintritt als Störung empfanden, fiel es Fiona auf, mit welcher Verbitterung Penelope ihren Bruder ansah. Das hatte sie ihres Wissens noch nie getan.

»Ich finde Kerzen an einem Sonntagabend aber viel schöner als Gaslicht«, sagte Fiona trotzig. »Sie sind so ... romantisch.«

Granville schwankte leicht, wie er da im Türrahmen stand, und der sonderbare Ausdruck auf seinem Gesicht spielte zwischen Glück und Bedauern. Doch als sich seine Augen an das schwache Licht gewöhnt hatten, änderte sich dieser Ausdruck. Er musterte Fiona, um sie musste unwillkürlich an einen Pferdehändler denken, der die Vorzüge einer Zuchtstute ins rechte Licht zu rücken bestrebt ist.

»Ich hoffe, das Gespräch mit David und Tante Enid ist zu deiner Zufriedenheit verlaufen«, sagte Penelope beiläufig. Sie kannte seine Pläne, denn er hatte im Laufe der Woche beim Frühstück in dem Haus, das sie gemeinsam bewohnten, mit ihr darüber gesprochen.

»Durchaus«, log er. »Tante Enid hat meiner Absicht zugestimmt, in Queensland Grund und Boden zu erwerben ... und ich bekomme die *Osprey* für die erforderlichen Transportaufgaben«, erläuterte er, während er unsicheren Schritts hereinkam und zwischen Fiona und Penelope stehen blieb.

»Gut«, sagte sie.

Mit den Worten: »Ich geh jetzt schlafen«, stand Fiona auf und strich den Rock ihres bodenlangen Satinkleides glatt. »Bis morgen beim Frühstück.« Granville und Penelope wünschten ihr eine gute Nacht und warteten schweigend, bis sie ihre Schritte auf der Treppe zum Obergeschoss hörten.

Granville ließ sich in den Sessel sinken, den Fiona frei gegeben hatte, und richtete, das Kinn in beide Hände gestützt, den Blick in die Kerzenflammen. Penelope konnte sich denken, was ihn bedrückte.

»Es ist nicht alles so abgelaufen, wie du es dir vorgestellt hast«, sagte sie.

»Stimmt«, gab er bitter zur Antwort und ohne die Schwester anzusehen. »David hat bei der ganzen Sache das letzte Wort. Die verdammten Macintoshs geben nie was aus der Hand.« Er hatte das ganze Projekt genauestens geplant, Offiziere aus der Victoria-Kaserne auf eigene Kosten mehrfach bei Diners freigehalten und stundenlang mit Männern gesprochen, die Erfahrung mit dem Anbau von Baumwolle und Zucker besaßen. Auch hatte er bei zwielichtigen Gestalten aus dem Hafen, Männern, die einst Sklaven aus Afrika in die Neue Welt geschafft hatten, Erkundigungen darüber eingezogen, welche Art von Schiff sich am ehesten zum Transport schwarzer Arbeitskräfte eignete – und jetzt wollten ihm seine Tante und ihr schwächlicher Sohn den Lohn dieser Mühe vorenthalten.

»Bestimmt wirst du dich zum gegebenen Zeitpunkt gegen David und Enid durchsetzen können«, sagte Penelope mitfühlend. »Immerhin ist mir dein Talent zur Manipulation bekannt.« Er sah sie fragend an, als spüre er, dass sie ihm wegen irgendetwas grollte, war aber nicht in der Stimmung zu fragen, worum es dabei ging.

»Kommt Zeit, kommt Rat«, sagte er nachdenklich. »Mit David gibt es keine Schwierigkeiten, aber bei Tante Enid wird die Sache kritisch. Ihm geht ihr umfassendes Wissen über die Unternehmungen der Familie Macintosh ab. Er wäre lieber in Oxford geblieben, um dort die Schriften des Aristoteles zu studieren oder was weiß ich. Er ist nicht zum Geschäftsmann geboren und kann seinem Vater nicht annähernd das Wasser reichen … und übrigens auch nicht seinem Bruder. Mir ist unerfindlich, warum man ihn nicht gleich in England gelassen hat.«

»Das kann ich dir sagen – weil er Tante Enids Sohn ist«, sagte Penelope einfach.

»Das ist Angus doch auch«, gab Granville zurück. Ihn überraschte, dass seine Schwester diese Selbstverständlichkeit so betonte.

»Du verstehst wohl nicht, wie ich das meine«, teilte sie ihm geheimnisvoll mit.

Er sah erneut von der Schwester zu den Kerzen. »Vielleicht klärst du mich auf.«

»David war von klein auf der Liebling seiner Mutter«, sagte Penelope. »Angus hingegen war gewissermaßen der persönliche Besitz seines Vaters. Tante Enid möchte David an ihrer Seite wissen, weil sie in ihm eine Art männliche Erweiterung ihrer selbst sieht.«

Verächtlich schnaubte er über diese Äußerung. »Du hast wirklich sonderbare Vorstellungen von Leuten, meine Liebe. Eine Erweiterung ihrer selbst! Es klingt richtig lächerlich, wenn du so was sagst.«

»Vielleicht in deinen Ohren«, gab sie zurück. »Aber jeder Dummkopf kann sehen, dass seine Mutter ihn auf Händen trägt. Das war schon immer so. Natürlich soll das nicht heißen, dass sie Angus nicht liebt, aber in David erkennt sie sich selbst. Er ist in gewisser Weise für sie der Garant ihrer Unsterblichkeit.«

»Und welche Rolle spielt Fiona bei all dem? Wem gehört sie?«, fragte er und beugte sich vor. In seiner Stimme lag ein Anflug von Hochachtung für das Urteilsvermögen seiner Schwester. Nicht einmal ihm war entgangen, dass Enid ihren Sohn David geradezu abgöttisch liebte.

»Molly O'Rourke.«

»Aber das ist doch bloß ein trunksüchtiges altes irisches Kindermädchen«, brach es aus ihm hervor, »ein bezahlter Dienstbote.«

»Schon«, gab Penelope gemessen zurück. »Aber Fiona steht ihr näher als der eigenen Mutter. Molly hat sie in den schlimmsten und schönsten Augenblicken ihres Lebens begleitet, und

Fiona hat, wenn es in ihrem Leben etwas Wichtiges gab, nichts ohne ihren Rat getan. Ich will nicht bestreiten, dass du von Geschäften etwas verstehst, aber über Frauen und die Art, wie wir denken, weißt du nicht viel«, belehrte sie ihn.

»Ich werde mir deine Worte zu Herzen nehmen«, sagte er und wandte sich ab. Er musste über vieles nachdenken, auch darüber, wie er erreichen konnte, dass Fiona seine Frau wurde. Dabei allerdings konnte er sich auf Penelopes Unterstützung verlassen. So sehr sie ihn verabscheuen mochte, er kannte ihre Schwächen und war durchaus bereit, sich ihrer zur Erfüllung seines ihn förmlich zerfressenden Ehrgeizes zu bedienen. Er war fest entschlossen zu bekommen, was er haben wollte.

10

Daniels Unbehagen beim Betreten des übel beleumdeten Stadtviertels The Rocks wurde dadurch verstärkt, dass ihre Schritte im Argyle Cut hohl widerhallten. Es war nicht gut, an diesem Ort allein zu sein. Er ging rascher, um Max und Michael einzuholen.

Nach dem kräftigen Regenguss lagen die schmalen Gässchen und Nebenwege in ungesundem Schimmer, glänzten wie die Schweißtropfen auf der Haut eines Fieberkranken. Das beim Wachstum der Stadt Sydney ausgespart gebliebene Viertel The Rocks war einem von Sittenlosigkeit begleiteten, sich lang hinziehenden Untergang geweiht, und so gediehen in seinem verfaulenden Leib die Maden des Verbrechens. Banden von Halsabschneidern, die dort reichlich zu tun fanden, beherrschten die Straßen mit brutaler Gewalt; verhärmte Prostituierte jeden Alters gingen in den übervölkerten Elendsquartieren ihrem Gewerbe nach, und halbwüchsige Taschendiebe bemühten sich, mit ihrem Treiben Zutritt zu den Kreisen der älteren und abgefeimteren Mitglieder der Unterwelt zu erlangen.

Skrupellose Schankwirte verschnitten nicht nur billigen Fusel mit Schwefelsäure, sie arbeiteten auch Hand in Hand mit den Anwerbern, die betrunkene Gäste zur Arbeit auf den Segelschiffen und Dampfern schanghaiten, die von Sydneys Hafen in alle Weltteile ausliefen. Obwohl The Rocks so verrufen war – wenn nicht gerade deshalb –, lockte es die Besatzungen der in den nahen Buchten vor Anker liegenden Schiffe an, die bei ihrem Landgang billigen Schnaps, leichte Mädchen und einen Schlafplatz für die Nacht suchten.

Während die drei durch die Straßen jenes Stadtteils eilten, stieg Daniel die Armut, die dort zu Hause war, buchstäblich in die Nase. Es war die beißende, widerliche Geruchsmischung von gekochtem Kohl, menschlichen Exkrementen und natürlichem Verfall. Auch wenn der Regen Blut, Urin und Fäkalien aus den Rinnsteinen ins Wasser des nahen Hafens gespült hatte, hing der Gestank, den all das von sich gab, in der feuchten, beklemmenden Nachtluft. Deutlich hörte Daniel das ferne Klirren von Ankerketten und das Knarren in der Takelage der Großsegler, die auf ihre Ladung aus Wolle und Getreide warteten. Diese sonderbar normalen und beruhigenden Geräusche stachen von denen ab, die aus den Tiefen des Höllenschlundes heraufzuhallen schienen: das verzweifelte Wimmern eines Säuglings, den seine Mutter vernachlässigte, weil sie nach Freiern Ausschau hielt, oder das hysterische Kreischen einer Verrückten, die Obszönitäten in die Nacht schrie.

Unwillkürlich kam ihm der Gedanke, dass sie sich in einer Art surrealistischer Hölle befanden. Max Braun hingegen war mit allem vertraut, was sie dort sahen, hörten und rochen, unterschied es sich doch kaum von dem, was er als Fahrensmann in so manchem Hafen der Welt kennen gelernt hatte. Was ihn betraf, hätten sie sich ebenso gut im berüchtigten Rotlichtbezirk San Franciscos oder seiner Heimatstadt Hamburg befinden können. Daniel wusste nicht, ob er erleichtert sein sollte oder nicht, als sie endlich das Lokal Hero of Waterloo erreicht hatten, wo sich menschliche Tücke und Lasterhaftigkeit ein Stelldichein gaben.

Max trat als Erster in die an einer Straßenecke gelegene Kaschemme. Mühelos schob er sich mit seiner gewaltigen Masse durch die dicht gedrängte Menge der Gäste, Michael und Daniel folgten ihm auf dem Fuße. Die Luft war erfüllt vom beißenden Rauch billigen Knasters, dem Gestank nach Erbrochenem und dem unangenehmen Geruch ungewaschener, schwitzender Leiber.

Kevin O'Keefe sah die drei hereinkommen. Er hatte den Arm um eine etwa zwölfjährige Prostituierte mit traurigen alten Augen gelegt, deren verschmutztes Gesicht durchaus hübsch sein mochte. Ihr fettiges langes Haar aber hing schlaff herunter, Schorf bedeckte die Haut um ihre Lippen, und ein Auge war blau geschlagen – ein Andenken an einen betrunkenen Freier vom Vorabend. Sie klammerte sich an Kevin, denn sie wollte unbedingt, dass er – gegen gute Bezahlung – ihren von Flöhen und Läusen wimmelnden Strohsack für die Nacht mit ihr teilte.

»Guten Abend, die Herren«, sagte Kevin mit undeutlicher Stimme. »Wie schön, euch alle hier in meinem sonntäglichen Schlupfwinkel zu sehen.« Das junge Mädchen sah Michael mit einer Mischung aus Neugier und Berechnung an. Er schien ihr zu gefallen, denn sie drehte den Kopf beiseite, damit er nicht sah, wie übel sie zugerichtet war. »Michael, Max, Danny – das hier ist ... Verdammt! Ich weiß nicht mal, wie sie heißt«, sagte Kevin und schob sie auf Michael zu. »Jedenfalls ist das die Puppe, die heute Nacht meine Freundin sein möchte.«

Das Mädchen warf Michael einen gespielt verschämten Blick zu, den er unbeachtet ließ. Er lächelte nicht einmal über Kevins Versuch, seine Beziehung zu ihr herunterzuspielen.

»Wir wollen dich ins Erin holen«, sagte er so laut, dass seine Stimme den Lärm und das Gelächter der Betrunkenen übertönte. »Wir müssen mit dir über eine ernsthafte Angelegenheit reden ... privat.«

Mit Augen, die zu schmalen Schlitzen zusammengezogen waren, musterte Kevin seine Besucher einen nach dem anderen. »Was für eine ernsthafte Angelegenheit soll das sein?«, fragte er argwöhnisch. Ihm schwante nichts Gutes, denn ohne Grund hätten sie sich auf keinen Fall zu dritt nach The Rocks aufgemacht.

»Darüber können wir hier nicht reden«, gab Michael zur Antwort und schob eine alte zahnlose Hure beiseite, die sich an ihn heranmachen wollte. Insgeheim hoffte Daniel, sie möge sich nicht ihn als nächstes Opfer ausersehen, sah sie doch ganz danach aus, als sei sie imstande, eine Zurückweisung handgreiflich zu beantworten.

Kevin nahm einen ordentlichen Schluck aus seinem zinnenen

Bierkrug und sagte schließlich: »Ich kann hier jetzt nicht weg. Ich muss Jack Horton einen ausgeben. Wer es sich mit ihm nicht verderben will, darf ihn nicht einfach übergehen.«

Wie auf ein Stichwort knurrte ein vierschrötiger Mann, kaum kleiner als Michael, aber sehr viel kräftiger: »Du willst dich doch nicht etwa drücken, O'Keefe, oder?«

Michael roch den Gestank verfaulenden Fleisches neben sich und trat taktvoll beiseite, um dem Mann Platz zu machen. Kevin hatte gehofft, dass Horton vom Eintritt der drei nichts mitbekommen hatte, aber sie fielen allein schon dadurch auf, dass sie nüchtern waren.

»Leider will mich der junge Michael Duffy hier zu 'ner Art Treffen abholen … im Erin«, teilte er Horton entschuldigend mit.

»Michael Duffy?« Ein breites Grinsen trat auf Hortons von Narben gezeichnetes Gesicht, in dem sich ein Leben der Gewalttätigkeit spiegelte.

»So, so, Michael Duffy. Der feine Herr aus dem Erin höchstpersönlich! Ich hab von dir gehört, mein Hübscher«, sagte er und schob sein Gesicht mit den gelb unterlaufenen Augen dem Michaels entgegen. »Du sollst so 'ne Art Schläger sein. Sollte man gar nich glauben, wenn man dich so sieht«, sagte er herausfordernd.

»Vielleicht möchtest du dich lieber mit mir unterhalten, mein Freund?«, fragte Max und trat zwischen die beiden. Zwar sprach er leise, doch der drohende Ton in seiner Stimme machte klar, wie er seine Worte meinte. Horton spürte durch den Stoff seiner schmuddeligen Jacke die Spitze einer Messerklinge auf dem Bauch. Der eiskalte Blick des verfetteten Herkules ließ ihn vermuten, dass ihm der Deutsche an Gewalttätigkeit ohne weiteres gewachsen sein dürfte.

Kevin ahnte, in welche Richtung sich die Dinge zu entwickeln drohten. Horton ging einer Auseinandersetzung nie aus dem Wege. Aber er wollte nicht, dass Daniel oder Michael in eine Schlägerei verwickelt würden, aus der leicht ein Blutbad werden konnte. Denn wenn Kate erfuhr, dass er das zugelassen hatte, würde sie womöglich nie wieder mit ihm sprechen. Ihm war durchaus klar, welche Wertschätzung sie ihrem Bruder entgegenbrachte.

»Weißt du was, Jack«, sagte er daher mit vernünftig klingender Stimme, »du nimmst die Dings hier auf meine Kosten für die Nacht, und wir sind quitt. Was hältst du davon?«

Horton warf einen raschen Blick auf das Mädchen, das sich an Kevin drängte. Sie war jung, und das gefiel ihm. Es bereitete ihm Freude, junge Mädchen aufschreien und um Gnade wimmern zu lassen, bevor er sie nahm. »Von mir aus. Du kannst mit dem hübschen Jungen und seinen Freunden verschwinden«, sagte er und leckte sich vor Vorfreude die Lippen. Unwillkürlich wich das Mädchen vor dem Mann zurück, dessen sadistische Neigungen im ganzen Viertel bekannt waren. Horton schien erleichtert, sich mit einem Vorwand aus der Affäre ziehen zu können. Er zweifelte nicht im Geringsten daran, dass Max imstande war, ihm mit seinem Messer den Bauch aufzuschlitzen. Dass er Kevins Angebot annahm, bedeutete nicht, dass er kniff – es war einfach ein Handel unter guten Freunden.

Kevin schob das Mädchen zu Horton hin, der sie am Hals packte und grob auf die verletzten Lippen küsste, während er ihr zerfetztes, schmutziges Fähnchen befingerte. Mit Tränen in den Augen wollte sie ihn bitten, sie zu verschonen, doch keine Worte kamen. Er hielt sie fest, hob den Saum ihres Kleides und fuhr ihr mit der Hand über die Innenseite des Oberschenkels. Als er spürte, wie sie erstarrte, während er mit seinen Wurstfingern in sie eindrang, lachte er vor Vergnügen in sich hinein. Vor Schmerzen keuchend versuchte sie verzweifelt sich loszureißen, doch er hielt sie mit seinen Bärenkräften mühelos fest.

»Das nenne ich wahre Liebe«, sagte Kevin munter und gebot Michael mit einer warnenden Handbewegung Einhalt. Ihm war klar, dass ein Versuch, dem Mädchen zu helfen, die letzte Regung eines solchen edlen Ritters sein konnte, denn auch Horton trug ein Messer bei sich. Kevin hatte bemerkt, dass Horton Michael aus dem Augenwinkel beobachtete und nur auf dessen Reaktion wartete.

»Das Mädchen …«, versuchte Michael zu protestieren, aber Max fiel ihm ins Wort.

»Für die lohnt sich kein Heldentod«, knurrte er und drängte die jungen Leute zum Ausgang.

»Du da! Mein hübscher Junge!«, rief Horton hinter Michael her, »wenn wir uns das nächste Mal sehen, probier ich aus, wie gut du wirklich bist, und dann murks ich dich ab.« Und an Max: »Und du Kohlfresser lauf mir bloß nich noch mal über'n Weg, sonst bring ich dich gleich mit um!« schnaubte er. Max achtete nicht auf ihn. Wie oft schon hatte man ihn im Laufe der Jahre einzuschüchtern versucht! Michael hingegen lief ein sonderbarer Schauer über den Rücken. Solche Männer ließen ihren Worten gewöhnlich die Tat folgen. Vermutlich empfahl es sich, The Rocks künftig zu meiden.

Auf der Straße stieß Daniel einen hörbaren Seufzer der Erleichterung aus. Jetzt brauchten sie nur noch ins Erin zurückzukehren, wo die Gäste ihre Meinungsverschiedenheiten nicht mit Messern austrugen, sondern auf zivilisierte Art, nämlich mit den Fäusten. Von der Pitt Street aus fuhren sie mit der Pferdebahn nach Redfern. Keiner sprach ein Wort.

Beunruhigt überlegte Kevin, was die drei dazu veranlasst haben mochte, ihn an einem Sonntagabend aus The Rocks zu holen. Ob es etwas mit Kate zu tun hatte? Hatte sie sich womöglich bei ihrem Bruder beschwert und behauptet, Kevin habe sich ihr aufgedrängt? Genau anders herum war es gewesen – sie hatte ihn doch praktisch im Bierkeller unter dem Schankraum verführt.

Am oberen Ende der Pitt Street stiegen sie aus und legten den Rest des Weges zu Fuß zurück, nach wie vor in tiefem Schweigen. Im engen Hinterhof des Erin angekommen, nahmen Kevins Begleiter ihm gegenüber im gelben Schein der Gaslaternen Aufstellung. Tiefe Schatten lagen zwischen ordentlichen Kistenstapeln, die darauf warteten, abgeholt zu werden. Das Schweigen der drei Männer und die ganze unbehagliche Atmosphäre zeigten deutlich, dass etwas ganz und gar nicht in Ordnung war. Dann sah er, dass Michael den Mantel auszog und ihn Daniel zum Halten gab. Sogleich war Kevin auf der Hut und nahm eine abwehrbereite Haltung ein. Das also war es. Aber warum nur?

»Du weißt, dass ich dich eigentlich ganz gut leiden kann«, sagte Michael, während er ihn mit erhobenen Fäusten in der klassischen Haltung des Faustkämpfers auf Zehenspitzen umtänzelte. »Es ist also nicht persönlich gemeint. Na ja, ganz stimmt das nicht. Es ist schon persönlich«, fügte er hinzu, während sich Kevin die Lippen leckte und die Fäuste hob, um sich zu verteidigen.

»Ich weiß nicht, was das Affentheater soll, Mick«, gab er zur Antwort, während er eine Lücke in Michaels Deckung zu erspähen versuchte. »Aber du machst 'nen großen Fehler.«

Michaels erster Schlag kam mit überraschender Geschwindigkeit und traf Kevin mit solcher Wucht am Ohr, dass er laut fluchend zu einem wilden Schwinger ausholte, der jedoch ins Leere ging. »Großer Gott, da saß aber Dampf dahinter«, sagte er mit einer wütenden Grimasse, während er Schlag auf Schlag gegen Michaels Kopf abfeuerte. Zweimal traf er ihn so, dass sein Gegner vor Schmerzen aufstöhnte, doch Michael zahlte ihm die Schläge mit gleicher Münze heim. Nachdem Kevin ihn erneut getroffen hatte, fand er dessen Deckung einen Augenblick lang offen und traf ihn mitten ins Gesicht. Kevins Nasenbein gab mit hörbarem Knirschen nach. Sein Blut spritzte bis zu Daniel hinüber, der über eine Kiste stolperte, als er der unangenehmen Situation auszuweichen versuchte. Dabei entfiel ihm Michaels Mantel. Kevin verfing sich mit den Füßen darin und verlor das Gleichgewicht. Das nutzte Michael aus und feuerte drei mächtige Schläge gegen ihn ab. Zwei davon trafen sein Gesicht, der dritte den Unterleib. Taumelnd verfluchte Kevin, was auch immer seine Füße festhalten mochte, dann krachte er in einen hohen Holzzaun, der splitternd unter ihm zerbarst.

Mit nach wie vor kampfbereit erhobenen Fäusten tänzelte Michael von seinem gefallenen Gegner zurück, der sich benommen vom schlammigen Boden erhob. Er schmeckte Blut, und ein roter Schleier lag vor seinen Augen. Er wusste nicht, ob man ihm ein Bein gestellt hatte oder ob er von selbst gestürzt war.

»Großer Gott, Michael«, stöhnte er und spie einen Mund voll Blut aus. »Was, zum Teufel, soll das ganze Affentheater eigentlich?«

»Willst du meine Schwester heiraten? Oder soll dir Max auch noch die Fresse polieren, wenn ich mit dir fertig bin?«, gab Michael zur Antwort. Er holte tief Luft und stand nicht einen Augenblick lang still. In Wahrheit hatten die Schläge all seine Kraft aufgezehrt, und er hoffte, sein Gegner würde nicht zu schnell wieder auf die Beine kommen.

»Warum sollte die mich heiraten wollen?«, rief Kevin aus. Michael gab keine Antwort, denn er war noch nicht sicher, ob er Kates Ehre hinreichend verteidigt hatte. Als Kevin schließlich wieder auf die Füße kam und den Mantel um seine Knöchel fortschleuderte, umkreiste er Michael vorsichtig. Der rote Schleier vor seinen Augen war verschwunden, und er war wieder bereit zu kämpfen. Allerdings erfüllte ihn ein gesunder Respekt vor seinem Gegner.

Er täuschte einen linken Haken an, doch Michael hatte das kommen sehen und traf durch Kevins Deckung die gebrochene Nase.

Der Schmerz ließ Kevin vor Wut rasen. Er brüllte auf wie ein Stier und drosch derart heftig auf Michael ein, dass dieser mit dem Rücken gegen den Kistenstapel gedrängt wurde. Er spürte, dass ihm die Lippe aufgeplatzt war, und setzte sich verzweifelt zur Wehr.

Aus dem Faustkampf wurde ein regelloses Gerangel zwischen den stöhnenden und keuchenden Männern. Zwar rief Max Michael Ratschläge zu, doch konnte dieser nicht weiter darauf achten, denn er hatte genug damit zu tun, sich auf den Beinen zu halten.

Erschöpft von der wilden Prügelei trennten sich die beiden und umkreisten einander erneut. Von Michaels aufgeplatzter Lippe tropfte das Blut auf seine gestärkte weiße Hemdbrust.

»Los, sag schon, warum sollte Katie mich heiraten wollen, du irischer Scheißkerl?«, stieß Kevin atemlos hervor, während er Michael mit einem kurzen linken Haken ins Gesicht traf.

»Weil sie ein Kind von dir kriegt«, zischte ihm dieser entgegen und konterte mit einer Rechts-Links-Kombination gegen Kevins Gesicht, der vor Verblüffung die Fäuste sinken ließ und seinen künftigen Schwager mit offenem Mund ansah. »Und sie will dich zum Mann.«

Kevin hatte nie ernsthaft erwogen, Kate zu heiraten, denn er kannte Frank Duffys Meinung zu seiner Herkunft. Jetzt aber sagte Michael, er müsse sie heiraten, weil sie von ihm ein Kind erwarte!

Michael nutzte Kevins vernachlässigte Deckung erbarmungslos aus. Ein einziger krachender Schlag schickte ihn zu Boden. Nach einer Weile setzte sich Kevin benommen auf und rieb sich die Kinnlade. Wieder lag der rote Schleier vor seinen Augen, diesmal aber tanzten lauter schwarze Punkte darin.

»Soll das heißen, du schlägst dich mit mir, weil ich Katie heiraten soll?«, stöhnte er.

Mit erhobenen Fäusten wartete Michael darauf, dass sein Gegner wieder auf die Füße kam. »Ja, darum geht es ... und um die Ehre«, stieß er atemlos hervor. »Weil du meiner Schwester das angetan hast.«

Kevin versuchte zu grinsen, aber sein Gesicht schmerzte zu sehr. Eine merkwürdige Art, in eine Familie aufgenommen zu werden! Aber etwas anderes war von Leuten wie den Duffys wohl nicht zu erwarten.

»Na, da muss ich jetzt zur Feier des Tages wohl was springen lassen, was?«, sagte er und streckte die Hand zum Zeichen der Versöhnung aus. »Davor könntet ihr mir aber auf die Beine helfen. Bestimmt kann ich dem alten Frank eine Flasche vom Besten abkaufen.«

Michael sah argwöhnisch auf die hingehaltene Hand.

»Ja, Mikey, Kevin soll uns was spendieren«, sagte Max und holte Michaels Mantel, der ebenso übel zugerichtet war wie die Gesichter der beiden Kampfhähne.

Michael ließ die Fäuste sinken, nahm die Hand seines künftigen Schwagers und zog ihn auf die Füße.

Kevin legte ihm einen Arm um die Schulter. »Ich hätte dir bestimmt 'ne ordentliche Abreibung verpasst«, sagte er, verzog das Gesicht und spie erneut Blut auf den Boden, »wenn du mir das mit Katie nicht gesagt hättest. Aber die hätte mir nie verziehen, wenn ich ihrem Herzensbruder was getan hätte.«

Michael grinste zurück. »Das glaubst du ja selber nicht«, gab er zur Antwort. »Niemand verprügelt einen Duffy, und schon gar nicht 'n O'Keefe.«

Lachend schüttelten die Kampfhähne einander die Hand, und Daniel stieß zum zweiten Mal an jenem Abend hörbar erleichtert den Atem aus.

Im selben Augenblick flog die Küchentür auf, und alle vier Männer wichen zurück wie beim Apfeldiebstahl ertappte Schuljungen, als sie das junge Mädchen sahen, das mit blitzenden Augen und in die Hüften gestemmten Händen dastand. Sie wussten genau, was jetzt kam.

»Michael Duffy, Daniel Duffy und du ... Onkel Max! Was habt ihr mit Kevin gemacht?«

Michael unternahm einen schwachen Versuch, die Strafpredigt abzubiegen. »Sieh *uns* doch mal an ...« Unter dem vernichtenden Blick seiner Schwester verstummte er jedoch. Der Blick ihrer schönen grauen Augen wurde deutlich milder, als sie das viele Blut auf seinem Gesicht sah, doch gleich darauf kehrte die Kälte wieder zurück.

»Was soll ich nur Tante Bridget sagen?«, stieß sie hervor. »Du weißt genau, wie wenig sie es schätzt, wenn du dich herumprügelst, Michael.«

»*Ich* soll mich geprügelt haben?«, begehrte er auf. »Und was ist mit ...?« Wieder schnitt ihm ihr Blick das Wort ab. Jedes Aufbegehren war sinnlos. Wie ein kleiner Junge ließ er den Kopf hängen. Was kann man schon gegen den Wutausbruch einer Schwester tun?

Törichterweise beschloss Daniel, es mit juristischer Logik zu versuchen, und wies darauf hin, dass es dem Naturrecht entspricht, wenn ein Mann die Ehre seiner Schwester verteidigt. Kaum hatte er den Mund geöffnet, als sich ihre Aufmerksamkeit auf ihn richtete, und er kam rasch zu dem Ergebnis, dass es das Klügste war, künftig solche Bemühungen für Gelegenheiten aufzusparen, bei denen es darum ging, Männer vor dem Galgen zu bewahren. Das war auf jeden Fall einfacher, als sich mit Kate Duffy in ihrer gegenwärtigen Stimmung anzulegen.

Mit gesenktem Kopf folgten ihr die vier in die Küche, wo sie aus dem großen Topf, der ständig am Rande des mit Holz beheizten Herdes stand, heißes Wasser in eine Emailleschüssel goss. Während sie saubere Lappen aus dem Küchenschrank nahm, setzten sich Michael und Kevin nebeneinander an den Tisch und warteten sanftmütig darauf, ihre übel zugerichteten Gesichter verarztet zu bekommen.

Taktvoll zogen sich Max und Daniel zurück und ließen das aufgebrachte junge Mädchen mit den beiden Raufbolden allein.

Sie wischte Kevins blutige Nase und sagte in mütterlichem Ton: »Halt den Lappen fest, bis das Bluten aufhört.« Den Bruder hingegen bedachte sie mit einem weiteren vernichtenden Blick, während sie ihm die aufgeplatzte Lippe abtupfte. Er nahm den blutgetränkten Lappen in die Hand und teilte ihr mit: »Kevin will dich heiraten«, weil er sie damit zu besänftigen hoffte. »Das hat er mir vorhin selber gesagt.«

Schweigend wusch sie den Lappen und wrang ihn aus. »Er wird mir einen Antrag machen, wenn er so weit ist«, gab sie kalt zur Antwort. »Ich glaube nicht, dass Brüder, Onkel oder Vettern die Ersten sein müssen, die das erfahren. Es ist auch nicht so, dass ich unbedingt den erstbesten Mann heiraten will, der mir einen Antrag macht.«

Verwirrt betupfte Michael seine Lippe. Er las in ihren Augen die Aufforderung, sie mit Kevin allein zu lassen. Zum Zeichen, dass er verstanden hatte, nickte er, und als er die Küchentür leise hinter sich schloss, hörte er Kevin die Worte murmeln: »Kate Duffy, willst du mir die Ehre erweisen, meine Frau zu werden?« Michael brauchte die Antwort seiner Schwester nicht abzuwarten. Sie war ihm ohnehin klar.

Lächelnd dachte er über die grundlegenden Unterschiede zwischen Mann und Frau nach. Wieso konnte seine Schwester kein Verständnis dafür aufbringen, dass es in einer solchen Situation um die Ehre der Familie ging? Seufzend schüttelte er den Kopf über die ewigen Geheimnisse des Lebens. Frauen mit ihren Launen waren schon sonderbare und schwer durchschaubare Wesen.

11

Wie eine weiße Sturmwolke stiegen die Möwen über dem gelben Sand des Strandes von Manly auf. Michael Duffy beobachtete die Vögel, die sich von der leichten Brise tragen ließen, bevor sie sich erneut auf den Resten eines großen Tintenfischs niederließen. Er hob die Schale einer Kamm-Muschel auf und schleuderte sie zu den sich die Beute streitig machenden Möwen hinüber, ohne aber zu treffen.

»Lassen Sie doch die Vögel zufrieden«, rief ihm Fiona zu. »Sie haben Ihnen nichts getan.«

Die Hosenbeine bis zu den Knien aufgekrempelt und die an den Schnürsenkeln zusammengebundenen Schuhe um den Hals, stand er am Rande des Wassers, während die Wellen des Ozeans seine bloßen Füße umspielten. Auch Fiona hatte die Schuhe ausgezogen; sie trug sie in einer Hand und hielt in der anderen einen bunten Sonnenschirm, obwohl die Sonne jetzt am späten Nachmittag nicht mehr so heiß vom Himmel herunterbrannte. Der leichte Wind fing sich im weichen Gewebe ihres weißen Baumwollkleides. Immer wenn sich ihr eine Welle über den festen Sand näherte, kreischte sie mit gespielter Ängstlichkeit auf, in Wahrheit aber voll Begeisterung, und tänzelte leichtfüßig davon, um sich ihr zu entziehen. Ein- oder zweimal aber hatte der Ozean das Spiel gewonnen, weil sie nicht rasch genug zurückgewichen war, und so war der Saum ihres Kleides jetzt nass.

Als ein besonders großer Brecher sie zu überrollen drohte, hatte Michael sie rasch mit starken Armen hochgehoben und sie wieder abgesetzt, als das Wasser, das seine Knie umschäumte, zurückgeflutet war. Er nutzte die Gelegenheit, ihr den Arm um die schlanke Taille zu legen. Würde doch dieser Tag nie enden, dachte sie sehnsüchtig. Alles war vollkommen: die Schönheit des Sommertages und Michaels Gesellschaft. Doch noch schöner als alles andere war, dass sie endlich wieder miteinander allein waren, so wie bei ihrer ersten Verabredung im Hyde Park. In den Wochen darauf waren immer Molly O'Rourke oder Penelope mitgekommen. Zwar hatten ihr beide Anstandsdamen versprochen, dass niemand etwas von ihren Heimlichkeiten erfahren sollte, vor allem nicht ihre Mutter, doch hatte weder die eine noch die andere die beiden auch nur einen Sekunde lang aus den Augen gelassen. Bei Molly war der Grund dafür eine geradezu mütterliche Liebe. Fiona war ihr ans Herz gewachsen wie eine leibliche Tochter. Sie wusste nach siebzehn Jahren sehr wohl, dass es unmöglich sein würde, Fiona ein Treffen mit Michael Duffy auszureden. Der bloße Versuch würde dazu führen, dass sie eine andere Möglichkeit fand, mit dem Mann zusammenzutreffen, in den sie so offensichtlich verliebt war. Da war es schon besser, sie hatte sie unter ihrer Aufsicht und konnte verhindern, dass der junge Ire sie verführte. Immerhin war er so charmant, dass sogar Molly seinem Zauber erlag.

Auch Molly hatte als junges Mädchen in Irland solche Männer gekannt. Kräftige, gut aussehende junge Burschen, die sie mit tieftraurigen Liedern über die Bedrängnis des Landes zu Tränen rühren und mit ihren lustigen Geschichten zum Lachen hatten bringen können. Aber dann hatten sie sich gegen die Briten gestellt und waren für ihre Überzeugungen in den Tod gegangen. Ach, damals war sie jung und schön gewesen und nicht wie jetzt die leere Hülle einer Frau, gebeugt von der bitteren Last, ihre Unschuld verloren zu haben. Seesoldaten der Königin hatten sie im Laderaum eines Schiffes nach Neusüdwales vergewaltigt. Seit ihrer Ankunft in Australien hatte sie der Familie Macintosh gedient, trotzdem sah die Dame des Hauses in ihrer Hingabe nicht mehr als eine Dienstleistung, für die Molly schließlich bezahlt wurde.

Es war Molly klar, dass Michaels Unwiderstehlichkeit in Fionas Augen in erster Linie auf seine unverbildete Natürlichkeit und sein unabhängiges Wesen zurückging. Doch sie wusste auch, dass sich die gesellschaftlichen Schranken zwischen den beiden nie und nimmer überwinden ließen. Sie, Molly, würde das jedenfalls nicht mehr erleben. So konnte sie nur hoffen, dass sich Fionas Gefühlsüberschwang schließlich legen würde, wenn sie merkte, wer sie wirklich war, und sie den jungen Iren dann aufgab. Dann würde es ihre Aufgabe sein, Fiona zu trösten, wie sie es in der Vergangenheit stets getan hatte.

Penelope hatte ihre eigenen Gründe, warum sie unter allen Umständen verhindern wollte, dass Fiona Gelegenheit hatte, mit dem Iren allein zu sein. Ihre Triebfeder aber war das Gegenteil von Mollys Selbstlosigkeit, denn sie gönnte ihrer Kusine nicht, was sie für sich selbst begehrte, auch wenn sie sich das nicht eingestand.

So fanden alle Unternehmungen unter den stets wachsamen Augen einer der beiden Anstandsdamen statt, ganz gleich, ob sie ein Konzert der Militärkapelle im Hyde Park, Sydneys jüngst eröffnete Stadtbibliothek oder die spätabendlichen Straßenmärkte mit ihrem bunten Treiben besuchten. So herrlich das Beisammensein mit Michael jedes Mal war, nie gab es eine Gelegenheit, vertraute Gedanken oder gar Zärtlichkeiten auszutauschen.

Nach der Rückkehr von diesen enttäuschenden Ausflügen verbrachte Fiona stets eine unruhige Nacht, in deren Verlauf sie lebhafte erotische Vorstellungen quälten. Die wollüstigen Empfindungen dabei – die ihr fast körperliche Schmerzen verursachten – beunruhigten sie, und sie sah keinen anderen Ausweg, als sich ihrer welterfahrenen Kusine anzuvertrauen.

Als Fiona dieses Thema zum ersten Mal anschnitt, hatte ihr Penelope mit geheimnisvollem Lächeln erklärt, sie vermute, dass wohl jede Frau irgendwann einmal Zuflucht zur geheimen Welt ihrer Vorstellungskraft nehme. Dort könne sie sich ohne schlechtes Gewissen und ohne Angst vor dem Urteil anderer ihren geheimsten erotischen Wünschen hingeben. Sie erklärte ihr auch, auf welche Weise sie sich von der quälenden Spannung befreien könne, die, wenn sie allein im Bett lag, solche Bilder in ihr wachriefen.

Die unmissverständlichen Erläuterungen ihrer Kusine entsetzten und faszinierten Fiona zugleich, und so erkundete sie in derselben Nacht die Tiefen ihrer eigenen Sinnlichkeit, wobei ihre Gedanken zu Michael glitten.

Sie hob das lange Nachthemd und legte zögernd die Hand zwischen ihre Beine. Doch nicht Michaels Bild sah sie vor sich, sondern einen schwarzen Hengst mit geblähten Nüstern und rollenden Augen, der stolz seine machtvoll vergrößerte Männlichkeit präsentierte. Sie bemühte sich, das Bild zu verdrängen, aber es wollte nicht weichen. Sie spürte ihr Herz heftig schlagen, und es kam ihr vor, als sei die Stelle, an der ihre Finger ruhten, feucht und leicht angeschwollen. Auf irgendeine Weise war Michael der Hengst und sie die hilflose Stute!

Das Tier verdrehte die Augen, als es sie besprang. Sie spürte, wie sich ihr Rücken unter den mächtigen Stößen wölbte, und überließ sich ihm keuchend. Heftig erschauernd stellte sie sich vor, wie er sie mit seinem Samen anfüllte. Ohne es zu merken, schrie sie laut auf und wurde im nächsten Augenblick, wie sie da in den Kissen lag, von einer erhabenen Finsternis überwältigt, wobei die Zeit jede Bedeutung verlor. Wie ein kleiner Vorgeschmack des Todes, dachte sie. Könnte dieser Augenblick doch ewig dauern! Außerordentlich sanft liebkoste der schwarze Hengst sie mit seiner weichen Zunge zwischen den Beinen.

Die Gelegenheit, mit Michael allein zu sein, hatte sie einer Einladung Sir John Merles und seiner Gattin, Lady Susanna, zu verdanken. Die beiden hatten Fiona um die Wochenmitte eingeladen, sie auf ihrem Besitz in Penrith zu besuchen. Ihre Mutter war damit nur allzu einverstanden, denn Sir John war eng mit der Familie Macintosh befreundet und finanziell an ihren Geschäften beteiligt. Sein riesiges, hochherrschaftliches Anwesen war wegen seines großartigen Parks berühmt, und häufig verbrachten dort junge Männer ein Wochenende, die jederzeit als Schwiegersöhne willkommen gewesen wären. Das kinderlose Ehepaar Merle hatte Fiona ganz besonders ins Herz geschlossen und sah mit Wohlgefallen, wie die Tochter ihres

Freundes und Geschäftspartners zu einer schönen jungen Frau erblühte.

Fiona wusste, dass ihre Mutter die Absicht hatte, das Landhaus der Familie Macintosh in den Blauen Bergen aufzusuchen. Dort suchten in den heißen, drückenden Sommermonaten, wenn der Gestank der ungeklärten Abwässer über der Stadt lag, die Angehörigen von Sydneys Oberschicht gern Zuflucht. In den Bergen umfächelte kühle Gebirgsluft ihre empfindlichen Nasen mit dem Duft von Eukalyptus und Blüten aller Art. Fiona hatte Molly nichts von ihrem Plan gesagt, die Nacht mit Michael allein zu verbringen, war ihr doch klar, dass das alte irische Kindermädchen ein solches Vorhaben keinesfalls gutheißen würde. Wohl aber hatte sie sich Penelope anvertraut, die sich zögernd bereit erklärt hatte, ihr bei der Beschaffung eines Alibis für eine kurzzeitige Abwesenheit von Sir Johns Besitz behilflich zu sein.

Während sie Michael ansah, der mit lässig über die Schulter geworfenem Jackett vor ihr herging, spürte sie die Faszination, die von ihm ausging: der Oberkörper, der sich von den breiten Schultern zu einer schmalen Taille verjüngte, die schwellenden Muskeln seiner Arme, die ihr wie Drahtseile vorgekommen waren, als er sie aufgehoben hatte.

Der Hengst ...

Entsetzt merkte sie, woran sie dachte. Doch was sonst hatte sie sich als Ergebnis ihres Vorhabens vorgestellt? In dem Lächeln, mit dem sie ihn bedachte, als er sich umwandte und auf sie zukam, lag ein Anflug von Schwermut.

»Sie scheinen an etwas Trauriges zu denken, Miss Macintosh«, sagte er mit leichtem Spott, aber freundlich. »Was kann Ihnen so trübe Gedanken verursachen? An einem solchen Abend ruht sich der liebe Gott aus, und die Engel spielen da draußen auf den Wellen.« Bei diesen Worten wies er auf die Dünung des Ozeans.

»Nichts Besonderes ... «, sagte sie zögernd. »Ich musste nur daran denken, dass dieser Tag zu Ende gehen wird. Ich habe mir überlegt, wie anders alles hier am Strand aussieht, wenn Sie und ich allein sind. Nichts steht zwischen uns. Weder meine Angehörigen, noch die Frage, wer ich bin … oder wer Sie sind.«

Er stand dicht neben ihr und nahm ihre Hand.

»Wer ich bin? Für was für einen Menschen halten Sie mich?«, fragte er leise. Tränen traten ihr in die Augen.

»Das weiß ich nicht. Ich kenne Sie doch erst so kurze Zeit«, gab sie zur Antwort und bemühte sich, ihm nicht in die Augen zu sehen. Auf keinen Fall sollte er merken, welchen Kummer sie empfand. Sacht entzog sie ihm die Hand. Er wandte seinen Blick erneut dem Ozean zu, der von einem goldenen Schimmer übergossen war, während die Sonne langsam hinter den Bergen zur Ruhe ging.

»Ich bedaure nur Weniges in meinem Leben«, sagte er leise seufzend. »Zum Beispiel, dass ich im vorigen Jahr nicht mit meinem Vater und Bruder nach Queensland gegangen bin und daher nicht wie die beiden sehen konnte, was für ein wunderbares Land das ist. Aber ich bedaure nicht, Sie kennen gelernt zu haben. Mir ist natürlich klar, dass in einer Gesellschaft wie dieser, in der es für Menschen wie uns Iren feste Regeln gibt … und die Leuten wie Ihnen einen bestimmten Platz zuweist, kaum eine Aussicht auf ein gemeinsames Leben besteht«, sagte er, als er sich ihr wieder zuwandte. »Ich habe meinem Vetter Daniel gesagt, dass ich Sie eines Tages heiraten würde, aber dieser Gedanke war dem Augenblick entsprungen. Ach ja … wir Männer der Familie Duffy leiden unter unseren Augenblickseingebungen …« Er schwieg eine Weile. »Sie brauchen mir nicht zu sagen, was Sie bedrückt, denn ich glaube, ich weiß es.«

»Tatsächlich?«, flüsterte sie, während sie sich bemühte, ihre Tränen zu unterdrücken. »Wissen Sie wirklich, was ich denke? Oder vermuten Sie es nur, Mister Duffy?«, fragte sie herausfordernd. Ihm fiel auf, dass er sie zum ersten Mal ärgerlich sah. Gelegentlich hatte er gemerkt, dass sie Sorgen zu beunruhigen schienen, die aber nie an die Oberfläche gekommen waren.

»Ich glaube, Sie wollen mir sagen«, gab er gelassen zurück, »dass wir einander nach dem heutigen Tag nicht mehr treffen können.«

»Sie haben Recht. Ich glaube nicht, dass wir unsere Bekanntschaft fortsetzen sollten.«

Sie schwieg eine Weile. »Ich weiß nicht, warum ich Sie heute sehen wollte. Ich glaube, ich habe nicht den Mut, mir einzugestehen, was ich wünsche … und ich weiß, dass ich Sie mit meinen Worten verwirre. Penelope und Molly sagen immer, dass ich alle Männer verwirre.«

Er nahm ihr Kinn in seine Hand und brachte sie mit sanftem Nachdruck dazu, ihn anzusehen. »Sie sagen, dass Sie mich lieben«, sagte er betrübt. »Aber sobald wir hier fortgehen, ist alles anders. Sie sind dann wieder Miss Fiona Macintosh und ich … ich bin einfach ein beliebiger Ire. Ja, ich kenne die in Ihrer Gesellschaft geltenden Regeln. Aber es gibt Gesellschaften, in denen Sie und ich von gleich zu gleich leben könnten, wo wir die Möglichkeit hätten, beisammen zu sein.«

Betrübt schüttelte Fiona den Kopf. »Das glaube ich nicht, Michael.«

»Doch. In Amerika hat das englische System ausgedient«, rief er aus. »Dorthin könnten wir gehen. Man würde uns als die Menschen nehmen, die wir sind, und nicht als die ansehen, die wir waren.«

Sie empfand Furcht. Amerika erschien ihr fremd. Die Menschen dort waren ungehobelt und unhöflich, ihnen fehlte jene Eleganz, die nur ein Klassensystem einer Gesellschaft verlieh. Die Amerikaner waren ihrer Mutter abhanden gekommene Kinder, die einen blutigen Bürgerkrieg untereinander ausfochten.

Mit einem Mal überkam sie ein Gefühl der Kälte. Sie begriff, welche Art von Verlust sie erwartete, wenn sie sich für Michael entschied. Ihr war klar, dass sie, vor die Wahl gestellt, für nichts und niemanden auf der Welt die Sicherheit und Annehmlichkeit ihres gewohnten Lebensstils aufzugeben bereit war.

»Was werden Sie tun, Michael, wenn Sie nach Amerika gehen?«, fragte sie mit ängstlicher Stimme. »Haben Sie nicht gesagt, dass Sie nach Europa wollten, um dort malen zu lernen? Was würden Sie in Amerika tun?«

Er runzelte die Stirn, denn er hatte noch gar nicht über eine Auswanderung nachgedacht. »Keine Ahnung«, gab er zur Antwort. »Ich weiß nur, dass wir zusammen wären und ein gemeinsames Leben führen könnten, in dem ...« Er verstummte, als er merkte, wie sehr seine Vorstellungen sie zu ängstigen schienen. »Ach was! So ein guter Einfall war das auch wieder nicht. Ich werde mir was anderes überlegen«, fuhr er fort. Erleichterung trat in ihre Augen, doch zugleich fühlte sie sich schuldig, weil sie sich so leicht von dem Mann losgesagt hatte, den sie zu lieben glaubte, nur weil er sie mit seinem Vorschlag, sie solle alles für eine unsichere Zukunft aufgeben, auf die Probe gestellt hatte. Sie hatte die Prüfung nicht bestanden. Zumindest war ihr jetzt klar, was sie war, wenn auch nach wie vor nicht, wer sie war. Penelope hatte Recht gehabt! Michael war auf jeden Fall für Frauen gefährlich.

Sie stand nun vor der Entscheidung, der sie sich hatte entziehen wollen. Sollte sie sich ihm hingeben, oder sollte sie sich dazu durchringen, ihn nie wiederzusehen? War es richtig, ausschließlich im Augenblick zu leben?

Dann entschied sie sich. »Ich denke, wir sollten ins Häuschen zurückkehren«, sagte sie munter und nahm seine Hand. »Bestimmt hat Cribbs ein köstliches Abendessen zubereitet, und ich möchte ihn keinesfalls dadurch enttäuschen, dass wir es nicht würdigen.«

Kopfschüttelnd legte Michael seine kräftige Hand um ihre schmalen Finger. Wer konnte schon verstehen, was in so einem Frauengehirn vor sich ging?

In ganz Sydney kannte Michael kein Haus, das dem Sandsteingebäude in Strandnähe mit der hölzernen Veranda und dem gepflegten Garten vergleichbar gewesen wäre.

Am Fuß der zum Wasser hin gelegenen Freitreppe empfing sie ein verschrumpelter, arthritischer Alter, dessen Haut so ledrig war wie sein breiter Gürtel. Fiona hatte Cribbs, der einst als Sträfling ins Land gekommen war, mit einer ordentlichen Ration Wacholderschnaps bestochen, damit er niemandem etwas von ihrer beider Anwesenheit verriet. Außerdem hatte sie damit seine Bereitschaft erkauft, für ein Abendessen zu sorgen und sie mit Michael über Nacht allein zu lassen. Nur allzu gern nutzte er die Gelegenheit, fischen zu gehen.

»'nabend, Miss Macintosh«, begrüßte er sie, Michael geflissentlich übersehend. Es war seine Art zu zeigen, dass er diskret sein konnte. »Ihr Essen steht in der Küche. Nix Besonderes, aber alles frisch. Hab die Fische gestern selber gefangen.«

»Vielen Dank, Cribbs. Ich weiß Ihre Aufmerksamkeit zu schätzen«, gab sie herablassend zurück. Der Alte strahlte vor Zufriedenheit. Er mochte seine junge Herrin, für die er, als sie klein war, winzige Pferdchen aus Treibholz geschnitzt hatte. Nach einem argwöhnischen Seitenblick auf Michael kam er zu dem Ergebnis, dass er den jungen Mann, der in seinen Augen kein Herr war, nicht leiden konnte. Den Narben in seinem Gesicht nach zu schließen war er eher auf den Straßen von Sydneys übel beleumdeten Vierteln zu Hause als in den Salons der Stadt. Ihm war unbegreiflich, was Miss Macintosh an einem solchen Mann finden mochte; schließlich konnte sie jederzeit ihre Wahl unter den jungen Herren aus den ersten Familien der Kolonie treffen.

»Wenn Sie sonst keinen Wunsch mehr haben, seh ich mal nach meinen Netzen, Miss Macintosh«, sagte er, bevor er davonhumpelte.

Michael, dem die Feindseligkeit des alten Mannes nicht entgangen war, hatte wortlos dabeigestanden. Fiona wartete, bis Cribbs außer Sicht war, und führte Michael dann bei der Hand die Treppe hinauf in das Strandhaus ihrer Eltern.

Der darin zur Schau gestellte Reichtum beeindruckte ihn zutiefst. Das Balkenwerk im Inneren bestand wie die Wandtäfelung aus dunklem Zedernholz, das die Schiffe der Reederei Macintosh aus den Regenwäldern im Norden der Kolonie herbeigeschafft hatten. Den Boden bedeckten echte Perserteppiche, und die Möbel, auf denen hier und da chinesische Vasen standen, waren von erlesener Qualität.

Als er Fiona durch einen Vorraum in einen Salon folgte, durch dessen Panoramafenster der Blick weit über den Ozean schweifte, hallten ihre Schritte auf dem polierten Dielenboden. Wenn die das ein Häuschen nennen, überlegte Michael, würde ich gern einmal ein Haus sehen.

»Nach seiner Rückkehr aus Queensland wird sich mein Bruder David eine Weile hier aufhalten – vermutlich mit seinen Damenbekanntschaften«, sagte Fiona und kicherte verschwörerisch.

Michael sah sich bewundernd um. »Kommt das öfter vor?«, fragte er, während Fiona auf einem kleinen Sofa mit Blumendekor Platz nahm und sich das Kleid glatt strich.

»Granville behauptet, dass David ein ziemlicher Frauenheld ist«, gab sie zur Antwort, wobei in ihrer Stimme schwesterlicher Stolz mitschwang. »Angeblich hätte man ihn in Oxford beinahe von der Universität verwiesen, weil er nach der Sperrstunde Damenbesuch in seinem Zimmer hatte. Die Sache soll einen ziemlichen Skandal verursacht haben. Aber sie haben dann Milde walten lassen und gesagt, von einem aus den Kolonien könne man nichts anderes erwarten.« Sie zog Michael neben sich aufs Sofa.

»Ich wusste gar nicht, dass sich Ihr Bruder in Queensland aufhält«, sagte er, in ihr Geplauder einstimmend. Eigentlich hätte er weit lieber mit Händen und Mund ihren Körper erkundet.

»Vater und Angus konnten in diesem Jahr zu Weihnachten nicht herkommen. Weil David sie über fünf Jahre nicht gesehen hat, wollte er gern Weihnachten mit ihnen verbringen. Vater möchte unseren Besitz in Queensland erweitern und Rinder züchten. Seiner Ansicht nach eignet sich das Land dafür besser als für die Schafzucht. Da kann David gleich mit ihm zusammen über den Ankauf von weiteren Ländereien entscheiden«, erklärte sie. »Wir erwarten David im nächsten Monat zurück, sobald die Angelegenheiten dort erledigt sind. Angus wird sich weiter um Glen View kümmern, und Vater wird diese neue Unternehmung in Gang bringen.«

Michael wusste schon ziemlich viel über die Familie Macintosh, denn Fiona hatte bei ihrem ersten heimlichen Stelldichein ausführlich über deren Angelegenheiten gesprochen. Dabei hatte er den Eindruck gewonnen, dass der Familienzusammenhalt nicht besonders eng war, jedenfalls nicht so, wie man das bei den Duffys erwartet hätte. Die Reichen müssen also durchaus einen Preis für das zahlen, was sie haben, dachte er, als Fiona klagte, dass Geschäftsinteressen wichtiger seien als das Zusammensein der Familie. Aus der Art, wie sie von ihren Angehörigen sprach, wusste er auch, welche drei Menschen ihr am nächsten standen, nämlich ihr Bruder David, ihr irisches Kindermädchen Molly und ihre Kusine Penelope. Auch wenn er David nie begegnet war, hielt er ihn für weniger aufgeblasen als Granville White, den er wegen seines überheblichen und geckenhaften Auftretens vom ersten Augenblick an nicht hatte leiden können.

»Ich hoffe, dass Ihre Brüder und Ihr Vater da oben im Norden ein schönes Weihnachtsfest hatten«, sagte er in Gedanken versunken. »Eigentlich sollten mein Vater und mein Bruder Tom Weihnachten nach Sydney kommen, aber wir haben seit ihrem letzten Brief im Oktober nichts mehr von ihnen gehört. Papa musste noch Waren an einen Ort namens Tambo liefern, danach wollte er nach Rockhampton zurückkehren.«

Sanft drückte sie seine Hand und sagte: »Ihnen ist sicher nichts passiert. Mein Vater schreibt, dass es um diese Jahreszeit dort viel regnet und sie oft wochenlang von der Küste abgeschnitten sind. Aber als Fuhrleute brauchen Ihr Vater und Bruder ja nicht zu hungern, und bestimmt haben sie reichlich Vorräte für einen solchen Fall.«

Blicklos sah Michael auf die getäfelte Wand gegenüber dem Sofa. Trotz ihres Versuchs, ihn zu beruhigen, empfand er eine tiefe Unruhe, die er nicht zum Schweigen bringen konnte. Irgendetwas stimmte ganz und gar nicht, und er hatte eine schreckliche Vorahnung, dass er seinen Vater nie wiedersehen würde. Er wußte, dass sein Onkel Frank ähnlich empfand.

»Ich will mal nachsehen, was Cribbs für uns zurechtgemacht hat«, sagte Fiona und sprang vom Sofa auf. »Er kann großartig kochen, wenn er will, und es duftet sehr verlockend aus der

Küche. Ich habe am Freitag Verschiedenes eigens anliefern lassen. Oh!«, rief sie aus, denn ihr kam ein schrecklicher Verdacht. »Ich hoffe nur, dass er den Portwein nicht getrunken hat.« Doch genau diese Befürchtung bestätigte sich nur allzu rasch. Offenbar hatte Cribbs den für die geschmorten Tauben vorgesehenen Portwein selbst getrunken und statt der Tauben zwei Wildenten gebraten, die er in der Nähe gefangen hatte. Vermutlich hoffte er, dass die Art seiner Zubereitung Fionas Zorn über den fehlenden Portwein besänftigen würde.

Der Tisch im Esszimmer war gedeckt. Von der Küche her durchzog der herrliche Duft der gebratenen Wildenten das ganze Haus. Michael entzündete die Kerzen, in deren Schein das Tafelsilber sanft schimmerte. Er merkte erst jetzt, wie hungrig er nach dem Tag im Dorf Manly und am Strand war. Zu den Wildenten gab es Felsenaustern (ein fantastischer Einfall von Cribbs), grüne Erbsen mit *pommes allumette* und eingelegte Pfirsiche. Übertrieben schwungvoll stellte Fiona Michael ein Kristallglas mit edlem Burgunder hin. Ihre anfängliche Empörung darüber, dass der Portwein fehlte, legte sich, als sie die köstliche Ente probierte.

»Sie sind wirklich eine erstklassige Köchin, Miss Macintosh, und ich habe noch in keinem Gasthaus eine hübschere Bedienung gesehen«, sagte Michael lachend und schnitt sich noch ein Stück von der kross gebratenen Entenbrust herunter. »Ich finde, wir sollten nach Amerika gehen, da könnten Sie ohne weiteres ein Restaurant aufmachen.«

»Sie wissen ganz genau, dass nicht ich dieses köstliche Mahl zubereitet habe«, sagte sie mit gerunzelter Stirn. »Und es ist auch nicht gerade die übliche Kost für ein Restaurant.«

Er sah im Kerzenschein zu Fiona hinüber, die zierlich aus ihrem Weinglas trank. »Heißt das, Ihre Familie isst die ganze Zeit solche Sachen?«, fragte er, von der Reichhaltigkeit und Großartigkeit des Mahls überwältigt.

»Aber gewiss doch«, sagte sie mit einem Anflug von Erhabenheit in der Stimme. »Sie sollten so was nicht sagen; man könnte denken, Sie wären ein Bauerntölpel.«

»Na ja, das ist schon was anderes als unser übliches Cornedbeef mit Kohl und gekochten Kartoffeln oder gepökeltem Schweinefleisch«, gab er zur Antwort, während er erneut die Gabel zum Munde führte. »Von dieser Art Festmahl können wir halb verhungerten Iren nur träumen.«

»Sie sind *wirklich* ein Bauerntölpel«, sagte sie mit einer Stimme, die ihn den Blick heben ließ. Die Überheblichkeit, die darin lag, gefiel ihm nicht.

»Wir Bauerntölpel sorgen dafür, dass Ihresgleichen so was wie das hier auf dem Teller hat, Miss Macintosh. Aber das wissen Sie wohl selbst«, sagte er. Die gespannte Atmosphäre, die plötzlich zwischen ihnen herrschte, bereitete ihm Unbehagen. Es war, als hätte sich ein böser Geist Zutritt zum Haus verschafft.

»Warum so verärgert, Michael?«, gab sie hochmütig zurück. »Ich halte Ihre Kritik an unserem Wohlstand nicht für gerechtfertigt.«

»Vielleicht hat es damit zu tun, dass Sie sich ohne Ihre Kleider oder Ihr Geld auch nicht von anderen Frauen unterscheiden, die ich kenne«, knurrte er.

Voll Zorn funkelte sie ihn an. Wie konnte er es wagen, mit ihr zu sprechen, als hätte sie etwas mit der Art von Frauen gemein, die er kannte? Penelope hatte Recht gehabt, als sie ihre Kusine von dieser Unternehmung hatte abbringen wollen. Sie war verknallt gewesen wie ein Schulmädchen, das für seinen Musiklehrer schwärmt, und jetzt, als sie endlich allein waren, merkte sie, wie er wirklich war. Doch trotz seiner fehlenden Lebensart schien er ihr als Mann äußerst begehrenswert.

In unbehaglichem Schweigen verging der Rest der Mahlzeit. Während Michael herzhaft weiter aß, stocherte Fiona unlustig auf ihrem Teller herum und wünschte, sie wäre weniger hochmütig gewesen. Sie verstand nicht, wie er mit so gutem Appetit essen konnte, wo sie so verärgert war. Auch ihn störte die Anspannung zwischen ihnen, doch die Ente war so delikat, es wäre ihm als Sünde und Schande erschienen, sie stehen zu lassen. Als er seinen Teller geleert hatte, wischte er sich den Mund mit der

Leinenserviette und sagte förmlich: »Vielen Dank für die Mahlzeit, Miss Macintosh.« Mit diesen Worten erhob er sich und ging zur Tür. »Ich wünsche Ihnen alles Gute für die Zukunft.«

»Wohin wollen Sie?«, fragte sie mit gepresster Stimme. Sie hatte nicht damit gerechnet, dass er einfach davongehen würde, und es erstaunte sie, dass sie so wenig Macht über ihn hatte. Merkte er denn nicht, dass sie ihm ihren edlen Leib praktisch aufdrängte? Nie wäre sie auf den Gedanken gekommen, dass ein Ire aus der Arbeiterklasse sie einfach verschmähen könnte. Immerhin war sie die Tochter des mächtigen und weithin bekannten Donald Macintosh.

»Das weiß ich noch nicht«, sagte er achselzuckend. »Vielleicht bleibe ich über Nacht im Steyne.«

»Sie können mich unmöglich hier allein lassen, Michael«, flehte sie ihn an, von Panik erfasst. »Mir könnte etwas zustoßen.«

»Falls es Sie trösten kann«, sagte er voll Bitterkeit, »sollten Sie daran denken, dass ich mich Ihnen aufgedrängt habe. Sie haben mit Ihrer Einschätzung Recht: in diesem Lande gibt es keine gemeinsame Zukunft für uns. Vielleicht hätte etwas aus der Sache werden können, wenn Sie meinem Vorschlag mit Amerika zugestimmt hätten. Aber inzwischen ist mir klar, dass das ein törichter Einfall war.«

Sie sah ihn fassungslos an. Allmählich tat der Wein seine Wirkung, und sie spürte das gleiche heiße Gefühl wie damals in ihrem Bett bei den Bildern des schwarzen Hengstes. Für jede Frau musste es ein erstes Mal geben, und dieses erste Mal wollte sie unbedingt mit ihm erleben. Sie hatte nicht die blasseste Vorstellung, ob sie ihn benutzte oder ihn liebte; sie wusste lediglich, dass sich ihr Körper geradezu quälend danach sehnte, ihn in den Armen zu halten und seinen Atem auf ihrer Wange zu spüren. Noch nie hatte sie so stark empfunden. War ihre Hochnäsigkeit ihm gegenüber darauf zurückzuführen, dass sie ihre Liebe zu ihm verleugnet hatte? Hatte sie versucht, wie Penelope ein Spiel zu spielen, ihn beherrschen zu wollen?

»Nein, Michael«, flüsterte sie. »Du glaubst nur, dass du alles in der Hand hast. Ist dir je der Gedanke gekommen, dass ich dich ebenso sehr begehren könnte wie du mich?«

Sie stand von ihrem Stuhl auf und ging zu ihm. Als sie ihm leicht eine Hand auf die Wange legte, erstarrte er. Er wusste nicht, was er von dieser Frau halten sollte. Erst war sie eingebildet und auf Abstand bedacht, im nächsten Augenblick zärtlich und anschmiegsam.

»Das Einzige, was ich im Augenblick weiß, ist, dass ich dich will«, sagte er ruhig und legte seine Hand auf ihre. »Und zwar so sehr, wie ich noch nie etwas auf der Welt gewollt habe.«

Sie neigte ihm das Gesicht zu, ihre Lippen öffneten sich leicht und luden ihn ein, die Süße ihrer Begierde zu schmecken. Er verschloss ihr den Mund mit seinem Kuss, erst sanft, dann fordernd, und sie spürte, wie sich sein Körper entspannte und an ihren schmiegte. In diesem Augenblick war nichts anderes zwischen ihnen von Bedeutung.

Fast nebenbei merkte sie, dass er sie wie vor einer Weile am Strand hochgehoben hatte. Sie legte ihm einen Arm um den Hals und drängte sich an seine Brust. Wie eine Feder trug er sie quer durch den Raum und legte sie behutsam auf das große Doppelbett im Elternschlafzimmer.

»Warte«, sagte sie mit belegter Stimme und begann sich auszuziehen. Zuerst legte sie das weiße Baumwollkleid ab, dann das knielange Unterkleid und den Schnürleib, der sie so einengte. Ein Kleidungsstück nach dem anderen fiel zu Boden, bis sie schließlich vor ihm kniete, nur noch mit einem Schlüpfer bekleidet, der zur einfacheren Verrichtung natürlicher Bedürfnisse im Schritt geschlitzt war.

Obwohl sie nahezu nackt war, kam ihr die Situation entgegen ihrer ursprünglichen Befürchtung nicht im Geringsten peinlich vor. Alles schien ihr ganz natürlich. Sie zog ihn zu sich aufs Bett, er umarmte sie und ließ dann eine Hand an ihrem Schenkel emporgleiten, bis seine Finger auf nachgiebiges Fleisch stießen. Keuchend schloss sie die Augen und gab sich den animalischen Empfindungen hin, die seine Berührung in ihrem Körper und ihren Sinnen auslöste. Vor Wonne aufstöhnend, drängte sie sich an ihn, während seine Finger sacht in sie eindrangen. Jeder Zweifel, den sie noch gehabt hatte, ob sie sich ihm hingeben sollte oder nicht, war verflogen. Das Weltall war auf die Größe des Bettes zusammengeschrumpft, und jener Augenblick war der einzige, auf den es in ihrer beider Leben ankam.

Der scharfe Schmerz, den sie anfangs empfunden hatte, war bald vergessen, während Michael mit sanften Küssen und geflüsterten Worten ihren Körper und ihre Seele liebkoste. Sein fester Leib hielt sie umschlungen, und sie war ihm hilflos ausgeliefert, während er sie an Stellen küsste, die sie sich nur in ihren wildesten Träumen ausgemalt hatte.

Die ganze Nacht hindurch liebten sie sich. Zuerst war es reine Leidenschaft, entflammt von der Heftigkeit gegenseitigen Begehrens, doch bald wurde daraus zärtliche Hingabe. Alles war genauso, wie es Penelope beschrieben hatte. Das aufwühlende sinnliche Erlebnis hatte Fiona alle Grenzen überwinden lassen, und Michael hatte sie liebevoll an die geheimsten Stellen begleitet.

So regelmäßig wie das Pochen des Herzens erklang das ferne Geräusch, mit dem sich die Wellen des Ozeans am Ufer brachen. Wie ein Wiegenlied lullte es die beiden Liebenden in den frühen Morgenstunden ein, bis sie tief und traumlos schliefen.

Kurz vor Morgengrauen erwachte Fiona und betrachtete Michael, der leise schnarchend neben ihr lag.

Leicht wie ein Schmetterling legte sie ihm ihre Fingerspitzen auf das Gesicht und fuhr dann den Umriss seiner festen Armmuskeln nach. So glücklich sie war und so sehr sie sich erfüllt fühlte in einer Weise, die sie nie zuvor gekannt hatte, empfand sie zugleich auch Angst.

Zögernd nahm sie die Hand von seinem Arm und sah an ihm vorbei in den goldenen Lichtschimmer, der sich langsam über den Fußboden schob; ein Hinweis darauf, dass die gemeinsam verbrachte Zeit zu Ende ging und sie ihn mit Anbruch des neuen Tages verlassen musste, wahrscheinlich auf immer. An die Stelle der staunenden Wonne ihrer Liebesmacht trat jetzt Trauer über das, was kommen würde.

Behutsam rückte sie ein wenig beiseite, drehte sich auf den Rücken und richtete den Blick auf die dunkle Zimmerdecke. Die Strahlen der Sonne, die gerade über dem friedlichen und kristallklaren Ozean aufging, hatten sie noch nicht erreicht. Die Morgendämmerung umhüllte die beiden mit ihrer Stille, es war der Augenblick, in dem sich Bewusstes und Unbewusstes mischten.

Ohne es zu merken, fiel sie in einen unruhigen Halbschlaf, und sie hörte nicht, wie eine Stimme sie aus trostlosen Tiefen rief. Sie klang unheimlich, wie die Stimmen verlorener Seelen, die von fernher wehklagen, ein einsamer und trauernder Ruf aus den Abgründen des frühen Morgens. Leise raunende Geräusche wurden im Zimmer hörbar, doch sie nahm nichts von ihnen wahr.

Michael erwachte, weil jemand an die Haustür hämmerte.

»Fiona, mach auf. Ich bin's, Penelope. Ich muss sofort mit dir sprechen!«

Nach einer Weile fuhr Fiona aus ihrem unruhigen Schlummer empor und setzte sich schwerfällig auf, wobei ihr die langen schwarzen Haare ins Gesicht fielen. Erschöpft erhob sie sich vom Bett und zog benommen das Kleid an, das auf dem Boden lag. Es betonte den Schwung ihrer Hüften und die Rundung ihrer Brüste.

Michael warf ihr einen fragenden Blick zu, während sie sich anzog. Verwirrt den Kopf schüttelnd, ging sie barfuß zur Tür. Er wartete, bis sie den Raum verlassen hatte, um sich eilends anzukleiden.

Als Fiona ihrer Kusine öffnete, erkannte sie an deren Gesichtsausdruck, dass etwas Grässliches vorgefallen sein musste.

»Penelope! Was tust du hier?«, fragte sie, als sie die Haustür hinter ihr schloss. »Ich dachte, du bist mit Mutter und Granville in den Bergen?«

»Da waren wir auch«, antwortete ihre Kusine und sah sich im

Wohnzimmer um. »Aber David ist vorzeitig aus Queensland zurückgekehrt, und jetzt warten alle darauf, dass du nach Hause kommst.« Sie fasste Fiona mit beiden Händen an den Armen. »Es ist etwas geschehen, das ich dir nicht sagen kann. Ich denke, dass du es von deiner Mutter oder von David erfahren solltest. Zieh dich erst einmal ordentlich an, dann fahren wir mit der nächsten Fähre zurück. In Sydney wartet der Wagen deiner Mutter am Anleger auf uns.« Mit größtem Unbehagen sah Fiona ihre Kusine an. »Weiß Mutter das mit Michael?«, fragte sie furchtsam, doch Penelope schüttelte den Kopf.

»Das glaube ich nicht«, log sie. »Aber sie weiß, dass du heute Nacht nicht in Sir Johns Haus warst. Sie hat Molly gefragt, wo du sein könntest, aber die hat gesagt, sie wisse es nicht. Doch nicht deswegen sollst du nach Hause kommen«, fügte sie rasch hinzu, um Fiona von ihren Fragen abzulenken.

»Was ist es dann, Penny? Hat es mit Vater zu tun?«, stieß Fiona hervor und hatte Angst vor der Antwort. Ein Unfall? Oder hatte ihn eines der im Norden Australiens so häufigen Fieber erfasst?

»Nein, deinem Vater geht es so gut, wie das unter den Umständen möglich ist«, wich Penelope aus. »Aber ich denke, du solltest mir keine weiteren Fragen stellen, bis wir daheim sind. Gib dich vorerst mit dem zufrieden, was ich gesagt habe. Zu Hause wirst du alles erfahren.« Fiona nickte und wandte sich in dem Augenblick dem Schlafzimmer zu, als Michael in der Tür erschien.

»Guten Morgen, Miss White«, sagte er höflich.

Penelopes Züge wurden bei seinem Anblick hart. »Guten Morgen, Mister Duffy«, gab sie kurz angebunden zur Antwort. »Ihnen scheint es ja gut zu gehen.«

Schweigend sah sie beiseite, bis Fiona den Raum verlassen hatte. Dann fuhr sie fort: »Soweit ich weiß, hat Ihr Vater in Queensland gelebt. Hieß er nicht mit Vornamen Patrick?«

Michael blickte auf das Gesicht der jungen Frau, auf dem eine sonderbare Verbitterung lag, und fühlte sich mit einem Mal unbehaglich. Sie hatte in der Vergangenheit gesprochen. Warum?

»Ja, so heißt mein Vater. Woher kennen Sie seinen Vornamen, wenn ich fragen darf?«

»Vermutlich hat mir Fiona den irgendwann einmal gesagt«, gab sie zur Antwort. »Darf ich noch eine Frage stellen? Hat Ihren Vater auf dem Weg nach Tambo außer einem Eingeborenen namens Billy noch jemand begleitet?« Die Härte, die er in ihrem Gesicht erkannt hatte, lag jetzt auch in ihrer Stimme.

»Ja, mein Bruder Tom. Aber ich kann mich nicht erinnern, Fiona gegenüber je von dem alten Billy gesprochen zu haben«, sagte er. Jetzt war aus seinem Unbehagen blanke Angst geworden. »Sie fragen, als wüssten Sie etwas über meinen Vater.«

Statt einer Antwort bedachte sie ihn mit einem heimtückischen und anmaßenden Lächeln.

»Sie wissen was über meinen Vater«, knurrte er. »Und ich möchte, dass Sie es mir sagen. Sie haben mich das nicht aus Höflichkeit gefragt.«

»Ich muss nichts dergleichen tun, Mister Duffy«, stieß sie feindselig hervor. »Schon gar nicht, wenn es um den Sohn eines Mannes geht, der dem Mörder eines Weißen Beistand geleistet hat.«

Michael, der den Sinn ihrer Worte nicht verstand, trat mit drei großen Schritten quer durch den Raum auf sie zu, packte sie an den Schultern, schüttelte sie und brüllte: »Wovon reden Sie? Raus mit der Sprache, verdammt noch mal!«

»*Michael*!«

Als er Fionas Stimme hörte, ließ er Penelope los, die einen Schritt zurückwich und ohne Umschweife sagte: »Ihr Vater ist tot, Mister Duffy, und wohl auch Ihr Bruder. Eingeborene haben sie im November auf Glen View mit Speeren umgebracht.«

Alles Blut wich aus Michaels Gesicht. Er ließ die Schultern sinken.

»Ach ja, fast hätte ich es vergessen. Auf die gleiche Weise haben sie auch den alten Billy, wie Sie ihn vorhin genannt haben, getötet«, fügte sie boshaft hinzu. Dann wandte sie sich voll Befriedigung über den Schmerz, den sie Michael zugefügt hatte, an ihre Kusine. »Komm, Fiona«, sagte sie gelassen. »Bestimmt findet Mister Duffy allein nach Hause.« So geht es jedem, Mister Duffy, dachte sie mit unbändigem Triumph, der sich etwas zu nehmen wagt, was von Rechts wegen einem Mitglied der Familie White zusteht.

Wie eine Schlafwandlerin folgte Fiona ihrer Aufforderung. Tief in den inzwischen vergessenen Erinnerungen an ihre Wonnen hallte das Echo eines Albtraums, an den sie sich nicht erinnern konnte.

12

Obwohl Enid Macintosh zum Zeichen ihrer Trauer Schwarz trug, wie es sich gehörte, war sie nach wie vor von einer würdigen Eleganz, die ihre Schönheit unterstrich. Trotz ihres Kummers war sie gefasst, als Penelope mit Fiona in die große, düstere Bibliothek trat.

Grußlos nickte sie hinter dem Mahagoni-Schreibtisch ihrer Tochter zu. Fiona spürte die Feindseligkeit der Mutter und erwiderte ihr Nicken knapp. Auf dem Gesicht ihres Bruders David, der neben der Mutter stand, sah sie nichts als Kummer.

Auf der anderen Seite des Raumes stand Granville, die Hände hinter dem Rücken verschränkt, und sah durch eine Fenstertür hinaus zu dem Gärtner, der neben dem Kiesweg eine Hecke schnitt. Die düstere und erstickende Atmosphäre im Haus ließ sich geradezu mit Händen greifen.

Der Raum, in dessen Mitte Fiona jetzt stand, enthielt die meisten Erinnerungen an ihren fernen Vater. In den Schränken an den Wänden standen hinter Glastüren die Bücher, die er im Laufe der Jahre zusammengetragen hatte: landwirtschaftliche Handbücher, Berichte über Forschungsreisen, Atlanten sowie Werke zu Fragen von Religion und Philosophie – kurz, Bücher, die das materielle und ideelle Leben eines Menschen begleiteten.

David trat zu seiner Schwester, Enid aber rührte sich nicht von ihrem Platz und sah Fiona mit kaum verhüllter Feindseligkeit an. Granville wandte sich vom Fenster ab, um mit klinischem Interesse zu beobachten, was sich in der Bibliothek abspielen würde.

»Angus ist nicht mehr, Fi«, sagte David leise und legte ihr sanft die Hände auf die Schultern. »Ein Schwarzer hat ihn auf Glen View umgebracht, und dort liegt er begraben.«

Fiona hätte zwar gern geweint, doch war ihr Bruder Angus für sie fast ein Fremder. Sie hatten einander im Laufe der Jahre kaum gesehen. Während sie und David in England lebten, war er bei ihrem Vater geblieben. Sie empfand Erleichterung, dass ihr geliebter Vater lebte, und hatte deswegen sogleich ein entsetzlich schlechtes Gewissen. Sie wünschte, sie könnte mehr für ihren toten Bruder empfinden. »Es sieht ganz danach aus«, sagte Enid kalt, »als wäre dieser Michael Duffy, mit dem du dich hinter unserem Rücken heimlich getroffen hast, der Sohn des Mannes, der dem Mörder deines Bruders geholfen hat, sich der gerechten Strafe zu entziehen.«

Ungläubig sah Fiona zu ihrer Mutter hinüber. Woher wusste sie so viel über Michael? Die Antwort bekam sie beinahe umgehend. »Penelope hat mir bestätigt, dass dieser Bursche der Sohn eines gewissen Patrick Duffy ist, der einen Polizeibeamten daran gehindert hat, den schwarzen Mörder deines Bruders festzunehmen. Es ist eine sonderbare Ironie des Schicksals, dass die Eingeborenen den Irregeleiteten zum Lohn für seine Tat samt seinem schwarzen Begleiter mit Speeren durchbohrt haben. Vermutlich war es Gottes Wille, dass der Mann als Strafe für die schwere Sünde, die er sich damit aufgeladen hatte, sterben musste.«

Fiona bedachte Penelope mit einem vernichtenden und anklagenden Blick, der soviel hieß wie: Wie konntest du das Vertrauen, das ich in dich gesetzt habe, so enttäuschen? Und warum? Dieses ›warum‹ machte ihr am meisten zu schaffen.

Penelope sah beiseite. Das Schuldbewusstsein ob ihres Verrats stand ihr ins Gesicht geschrieben. Und statt Kummer über den Verlust des Bruders zu empfinden, wie es sich gehört hätte, war Fiona voller Verbitterung gegen ihre Angehörigen.

»Ich kann mir nicht gut vorstellen, dass Michaels Vater einem Mörder beistehen würde«, stieß sie trotzig hervor. Sie spürte Michael noch, als befände er sich nach wie vor in ihr. Unmöglich konnte jemand wie er einen Mann zum Vater haben, wie ihn ihre Mutter beschrieben hatte. »Da muss es noch etwas geben, was du mir nicht erzählt hast.«

»Lieutenant Mort von der berittenen Eingeborenenpolizei hat David bestätigt, was ich gerade gesagt habe, Fiona. Es ist kaum anzunehmen, dass ein Mann, der im Dienst der Königin steht, Lügen verbreitet. Der einzige Mensch, der sich hier in Lügen verrannt hat, bist du, denn du hast dich wie eine gemeine Dirne davongeschlichen, um dich mit deinem papistischen Iren zu treffen.« Sie stieß diese Worte mit allem Hass hervor, den sie über den unverzeihlichen Verrat ihrer Tochter empfand, die vorsätzlich und pflichtvergessen den ihr im Leben zugedachten Platz verlassen hatte.

Granville verfolgte die Szene mit großem Interesse. Jetzt, nach Angus' Tod, war der frömmlerische David Erbe des Familienvermögens. Er bedauerte diesen unerwarteten Wechsel in der Erbfolge, denn mit Angus hatte man weit leichter Geschäfte machen können als mit David, der sich in Oxford sonderbare und gefährliche Vorstellungen über gesellschaftliche Reformen und die angebliche Gleichheit aller Menschen zu Eigen gemacht hatte.

Dann aber kam Granville ein angenehmerer Gedanke. Sollte auch David etwas zustoßen, wäre Fiona die nächste Erbin des Unternehmens. Doch David war jung und gesund, es war unwahrscheinlich, dass er in absehbarer Zeit eines natürlichen Todes starb. Nur ein *unnatürlicher* Tod konnte Granvilles Geschick günstig beeinflussen. Er versuchte diese Vorstellung abzuschütteln, doch der Ehrgeiz, der ihn zerfraß, mochte vor dem Gedanken an eine Ermordung seines Vetters nicht Halt machen. Unter den richtigen Umständen ... Er wandte sich Fiona zu.

Sprachlos über die Anwürfe ihrer Mutter stand sie da, Tränen der Wut und Enttäuschung in den Augen.

»Ich glaube, ich bringe Miss Fiona fort, Missus Macintosh«, ließ sich Molly O'Rourke mit mühsam unterdrücktem Ärger vernehmen. »Ich finde, sie hat für einen Tag genug durchgemacht.« Damit trat sie auf ihren Schützling zu und legte Fiona die Arme um die bebenden Schultern. Ihre Blicke und die der Herrin des Hauses trafen sich.

»Ich habe Sie nicht um Ihre Meinung gebeten, Miss O'Rourke«, sagte Enid Macintosh gebieterisch. »Verlassen Sie daher bitte augenblicklich den Raum. Es handelt sich um eine Familienangelegenheit, die Sie nichts angeht.«

Allem Anschein nach unbeeindruckt rührte sich Molly nicht vom Fleck. Sie hatte Fiona schon als Säugling auf den Armen gehalten und sie nach England begleitet, um sich im Hause der Familie White dort um sie zu kümmern. Keinesfalls würde sie zulassen, dass ihr jemand etwas antat. Wenn sie die Bibliothek verließ, dann nur mit ihr. »Wir gehen schon, Missus Macintosh«, sagte Molly entschlossen und geleitete Fiona liebevoll zur Tür.

»Verdammte alte irische Hexe«, fluchte Granville, als sie fort waren. »Du solltest sie auf die Straße setzen, wohin sie gehört.«

»Das kommt überhaupt nicht in Frage«, meldete sich David unerwartet zu Wort. »Niemand kündigt Molly, solange ich lebe. Die Frau hat über Jahre hinweg für Fiona und mich alles gegeben. Sie wird auf keinen Fall entlassen.«

Wütend sah Granville ihn an und richtete dann den Blick Hilfe suchend auf Enid. Überheblich sagte er: »Die Entscheidung, ob die Alte auf die Straße gesetzt wird oder nicht, dürfte deiner Mutter zustehen, David, und nicht dir.«

Enid spürte den Blick ihres Sohnes und verstand die Bitte, die darin lag. »So sehr ich die Frau verabscheue, so hat David doch Recht«, gab sie ruhig zur Antwort. »Sie hat ihre Fehler, aber sie hält Fiona und David unter allen Umständen die Treue. Es kann keine Rede davon sein, dass sie entlassen wird.«

Treue, dachte David. Es ist schon eher Liebe. Aber Liebe hatte im Hause Macintosh keinen Stellenwert. Die Beziehungen innerhalb der Familie wurden mit Begriffen wie Position und Pflicht bezeichnet. David konnte sich nicht erinnern, aus dem Munde seiner Mutter das Wort Liebe auch nur ein einziges Mal gehört zu haben.

Da sieht man mal wieder, wie die Macintoshs zusammenhalten, dachte Granville voll Verbitterung, als er mit ansehen musste, wie sich Enid der Bitte ihres Sohnes fügte. Wieder ein Beispiel dafür, wie David seine Macht gebrauchte, genau wie Penelope es vorausgesagt hatte. Allmählich wurde der Mann gefährlich.

»Wenn ich hier nicht länger gebraucht werde, sollte ich wohl besser gehen, Tante Enid«, sagte Penelope. Immerhin hatte sie mit ihrer Kusine vieles zu besprechen und musste versuchen, sich mit ihr zu versöhnen.

»Du solltest zu Fiona gehen und sie davon überzeugen, dass die Sache mit diesem Iren keine Zukunft hat«, forderte Enid ihre Nichte auf. »Das wäre mir lieber, als wenn ich selbst strenge Maßnahmen ergreifen müsste, um dafür zu sorgen, dass sie sich nicht mehr mit ihm trifft.«

»Ich versuche es«, gab Penelope zur Antwort. »Aber ich fürchte, sie glaubt ihn zu lieben.«

»Das ist Einbildung«, schnaubte Enid. »Erinnere sie daran, wer sie ist und welche Pflichten sie gegenüber der Familie hat. Ruf ihr ins Gedächtnis, dass bei dem, was die Iren Liebe nennen, ein Haus voller schmutziger, schreiender Gören herauskommt, in dem es ständig nach Kohl stinkt und der Mann sich bis zur Besinnungslosigkeit voll laufen lässt.«

Penelope nickte. »Ich bin überzeugt, dass deine Art, ein Leben mit dem jungen Duffy darzustellen, sie zur Einsicht bringt«, sagte sie sarkastisch, wandte sich ab und verließ die Bibliothek mit raschelnden Röcken.

Spöttisch sagte Granville: »Man könnte glauben, dass sie auf Fionas Seite steht. Wahrscheinlich hat sie es selbst auf den irischen Flegel abgesehen.«

Weder David noch seine Mutter fanden seinen Versuch spaßig, Penelopes freche Antwort herunterzuspielen. Nach allem, was Enid über Michael Duffy gehört hatte, hätte es sie in keiner Weise überrascht, wenn es ihre Nichte tatsächlich auf den Iren abgesehen hätte. Sie war über Penelopes skandalöse Eskapaden durchaus im Bilde und gab ihrer Nichte einen Teil der Schuld für Fionas Verbohrtheit in dieser Angelegenheit. Doch mit der Frage, was in Bezug auf Penelopes verderblichen Einfluss zu tun war, würde man sich später beschäftigen. Zuerst einmal mussten die Hintergründe der Vorfälle in Queensland aufgeklärt werden.

»Du hast gesagt, dass dieser Patrick Duffy einen Sohn bei sich hatte, als man ihn umbrachte?«, fragte sie.

»Ja … und nein. Es sieht ganz so aus, als hätte sich der Sohn bei dem Fuhrwerk aufgehalten, als die Eingeborenen seinen Vater und den alten Billy umgebracht haben. Später ist Lieutenant Mort auf das verlassene Ochsengespann gestoßen, und einer seiner Buschpolizisten hat ihm berichtet, dass sich da noch ein zweiter Weißer aufgehalten haben müsse, von dem wir inzwischen wissen, dass es sich um Tom Duffy handelte. Morts Worten zufolge dürfte er ohne fremde Hilfe keine Aussicht gehabt haben, lange im Busch zu überleben.«

Der Name Duffy lag plötzlich wie ein irischer Fluch auf der Familie Macintosh. Erst in Queensland, wo Patrick Duffy mit voller Absicht den Mörder ihres Sohnes gedeckt hatte, und jetzt in Sydney, wo einer seiner Söhne möglicherweise … sie mochte gar nicht daran denken, dass ihre Tochter mit diesem Mann geschlafen haben könnte. Und zudem sollte in Queensland noch ein Sohn dieses Mannes existieren, der aber höchstwahrscheinlich inzwischen tot war, sodass ihr Mann von ihm nichts mehr zu befürchten hatte. Trotzdem ließ sich eine winzige irrationale Angst nicht vertreiben …

»Biddy, du musst mir mit Michael helfen«, rief Frank Duffy seiner Frau aus der Küche zu.

Sie ließ ihren abgenutzten Rosenkranz aufs Bett fallen, legte rasch ein großes Umschlagtuch um das lange Nachthemd und eilte dann die Treppe hinab. Sie hatte nicht nur den Zorn und die Besorgnis in den Worten ihres Mannes gehört, sondern auch die gedämpfte Stimme des Polizisten Farrell, was ihre Unruhe noch steigerte. Sie kannte den riesigen Iren gut, der häufig an die Hintertür des Gasthofs Erin kam, wenn er auf Streife war.

»Großer Gott, nicht Michael«, flüsterte sie vor sich hin, während sie zur Küche hinabeilte. Der Teufel in der Hölle hätte Angst bekommen, wenn er in diesem Augenblick Frank Duffys Gesicht gesehen hätte.

»Was ist mit Michael?«, stieß sie hervor und schlug die Hände vors Gesicht. »Ist er verletzt?«, fragte sie voll mütterlicher Besorgnis.

»Viel schlimmer ... betrunken. Außerdem ist er heute nicht zur Arbeit gekommen, dabei hätte er unbedingt Max im Keller helfen müssen. Wachtmeister Farrell war so freundlich, ihn nach Hause zu bringen. Wahrscheinlich hätte er besser daran getan, ihn eine Nacht lang einzusperren.«

Sie sah zu Michael hin, der zusammengesunken am schweren Küchentisch saß. »Großer Gott! Was ist mit dir, mein Junge?« Er strömte einen Ekel erregenden süßlichen Alkoholgeruch aus. Seine Kleidung war zerrissen, offensichtlich Ergebnis einer Schlägerei. Sanft hob sie seinen blutverschmierten Kopf an.

»Tut mir leid, Tante Bridget«, murmelte Michael durch seine aufgeplatzten Lippen. »Hab mich 'n bisschen geprügelt.«

»Eine Schüssel warmes Wasser ... nicht zu heiß, und ein paar saubere Tücher«, gebot sie ihrem Mann. Es war nicht das erste Mal, dass sie Michaels Wunden nach einer Schlägerei säuberte. Diesmal allerdings schien er ziemlich schlecht abgeschnitten zu haben, denn er sah übler aus als je zuvor.

»Ich an deiner Stelle hätte nicht allzu viel Mitleid mit ihm«, knurrte Frank verärgert, während er eine Emailleschüssel mit warmem Wasser füllte. »Immerhin hat er sich mit Schnaps voll laufen lassen und sich geprügelt. Das scheint ihm lieber zu sein als zu arbeiten. Das hätte ich von ihm nie gedacht. Früher hat er so was nicht gemacht.«

»Dann hatte er vermutlich einen Grund dazu«, blaffte Bridget ihren Mann an, während sie vorsichtig die blutverklebten Haare von Michaels Kopfhaut löste. Darunter zeigte sich eine klaffende Wunde.

»Ist nur halb so schlimm«, sagte Michael und drückte der Tante liebevoll die schmale Hand.

»Das finde ich nicht«, gab sie zurück. »Du hast eine schwere Kopfverletzung, und der Himmel weiß, wo es dich noch erwischt hat. Erstmal säubere ich deine Wunden, dann wird man sehen, ob Doktor Hughes kommen muss oder nicht.«

»An der Schramme sterbe ich nicht«, begehrte er auf. »Ich hab einfach nicht aufgepasst.«

»Was war denn überhaupt los?«, fragte sie.

Er begriff, dass sie damit nicht nur die Ursache seiner Wunden meinte. Er brachte es nicht fertig, sie anzusehen, als er heiser flüsterte: »Papa ist tot, und der alte Billy auch. Von Tom weiß man nichts. Wahrscheinlich ist er auch tot.«

»Großer Gott im Himmel!«, stieß Frank hervor und hätte fast die Schüssel fallen lassen, die er gerade frisch gefüllt hatte. »Woher weißt du das?«, fragte er. Michael versuchte, den Onkel durch den Schleier, den Rum und Schmerzen über seine Augen gelegt hatten, anzusehen.

»Ich weiß es eben«, gab er zur Antwort. »Mehr kann ich dir nicht sagen. Aber du kannst mir glauben, dass es wahr ist. Eingeborene sollen die beiden auf dem Weg nach Tambo mit Speeren umgebracht haben. Einzelheiten weiß ich nicht, aber es war wohl schon im November. Über Tom ist nichts weiter bekannt. Jedenfalls wird das der Grund sein, warum wir schon ewig lange nichts von den beiden gehört haben.«

Mit verstörtem Gesicht ließ sich Frank auf einen Stuhl sinken. Sein Bruder Pat war tot und Tom vermisst! Deshalb also waren mit einem Mal keine Briefe mehr aus Queensland gekommen, nachdem die beiden vorher regelmäßig geschrieben hatten. Eine entsetzliche Erklärung. Es war kaum zu glauben, dass ein Mann wie Patrick, der einst sowohl in Irland wie auch in der Kolonie Victoria der Macht des britischen Weltreichs getrotzt hatte, den primitiven Speeren wilder Ureinwohner von Queensland zum Opfer gefallen sein sollte. Arme Katie! Sie war irgendwo im Norden und rechnete fest damit, Vater und Bruder wiederzusehen.

»Großer Gott, jetzt wird die arme Katie ganz allein sein!«, sagte Bridget. Es war fast wie eine Antwort auf die unausgesprochenen Gedanken ihres Mannes. Sie ließ dabei unberücksichtigt, dass ihre Nichte inzwischen verheiratet war, denn sie konnte sich nicht recht vorstellen, dass ein Kevin O'Keefe imstande wäre, seiner Frau eine besondere Stütze zu sein. Er war ein Mann der Straße, ein Schürzenjäger, den Katie irrigerweise mit den Worten des Ehegelübdes glaubte auf eine andere Bahn lenken zu können. Bridget hatte ihn nie leiden können, der

Nichte aber nichts von ihren Bedenken gesagt, weil ihr klar war, dass sich Kate dann nur von ihrer Tante abwenden würde.

»Du wirst nach Norden reisen und deine Schwester suchen müssen, Michael«, sagte Bridget mit fester Stimme, als sie ihrer Tränen Herr geworden war. »Sie braucht dich jetzt mehr denn je.«

»Darüber habe ich auch schon nachgedacht, Tante Bridget«, gab er zur Antwort. »Kevin O'Keefe ist ihr Mann und muss sich um Katie kümmern … nicht wir.«

»Heißt das, du willst deine Schwester im Augenblick der Not im Stich lassen?«, fragte sie mit aufflammendem Zorn.

»Die ist viel stärker als die meisten Männer, die ich kenne, auch wenn sie erst sechzehn ist«, wandte Michael ein. »Sie hat die eiserne Entschlossenheit der Duffys und der Fitzgeralds. Sollte was passieren … glaub mir, ich kenne meine Schwester … Katie wird damit fertig.«

Insgeheim musste Bridget ihrem Neffen Recht geben. Den Duffys lag die Lebenstüchtigkeit im Blut. Es gab zwei Arten Menschen: solche, die Angst vor jeder Veränderung hatten und von Abenteuern höchstens träumten, und solche, die man Pioniere nannte, weil Veränderung und Wagemut zu ihrem Alltag gehörten. Sie ahnten nicht einmal, dass andere Menschen nicht so waren wie sie. Kate lebte jetzt als Pionierin in einem wilden Grenzgebiet, aber sie war auch schwanger und weit von ihren Angehörigen entfernt. Was von dem Mann zu halten war, mit dem sie zusammenlebte, war bestenfalls ungewiss.

»Ja … ja. Vermutlich führe ich mich wie eine Mutter auf, die nicht einsehen will, dass ihr kleines Mädchen inzwischen eine Frau ist«, sagte sie leise, während sie über die seelische Kraft ihrer Nichte nachdachte. Bridget vertrat schon seit langem Mutterstelle an Patricks Kindern, und wenn auch Kate in vielem ihrer Mutter Elizabeth ähnelte, hatte sie auch so manches Gute von ihrer Tante übernommen.

»Zweifellos wird sie zu gegebener Zeit erfahren, was mit Papa und Tom ist«, sagte Michael. »Sie wird wissen, was sie zu tun hat, wenn es so weit ist.«

»Glaubst du, dass sie dann herkommt?«, fragte Frank.

Michael schüttelte den Kopf. »Nein. Ich vermute, dass sie in Queensland bleibt und da ihren Gasthof einrichtet … mit O'Keefes Hilfe.«

Frank seufzte. »Jetzt, wo Pat und Tom nicht mehr sind, hat sie keinen Grund, länger dort zu bleiben.«

Andererseits musste er zugeben, dass Michael die Lage vermutlich richtig eingeschätzt hatte. Sein Bruder Patrick hatte die Unruhe im Blut und schon immer alles anders angepackt als er. Das Leben in der Stadt war nichts für ihn gewesen, ihn hatten die unberührte Weite und die fernen Horizonte des neuen Landes gelockt. Kate hatte diese Ruhelosigkeit der Duffys geerbt, die sie dazu trieb, gewohnte Wege zu verlassen und sich an Orte zu begeben, an denen gewöhnlich nur Männer das Abenteuer suchten.

Michael unterschied sich ein wenig von den beiden. Er hatte die künstlerische Ader seiner armen verstorbenen Mutter Elizabeth geerbt, die mit ihrer herrlichen Stimme traurige und fröhliche Bilder in den Köpfen der Menschen heraufbeschwören konnte.

Nachdem Bridget das Blut von Michaels Gesicht gewaschen hatte, umarmte sie ihn impulsiv und drückte ihn wie einen kleinen Jungen an ihre mütterliche Brust.

Michael war am Ende seiner inneren Widerstandskraft gewesen, als ihn im Gasthof Sovereign drei englische Soldaten provoziert hatten. Eine abfällige Bemerkung über die unterentwickelte Intelligenz der Iren hatte genügt, all seinen Zorn und Kummer wie einen Vulkan ausbrechen zu lassen. Um die drei Männer musste sich später der Regimentssanitäter kümmern, doch war zu Michaels Glück der Polizist, den man herbeigerufen hatte, nicht nur Ire, sondern obendrein war es Farrell, der die Familie Duffy gut kannte.

Als sich Bridget überzeugt hatte, dass es nicht nötig war, einen Arzt hinzuzuziehen, machte sie Michael eine Tasse Tee, die er dankend annahm. Da sie merkte, dass er lieber allein sein wollte, gab sie ihrem Mann einen stillen Wink, und sie gingen hinaus.

Mit leeren Augen und wirren Gedanken sah Michael um sich. So vieles war in den letzten vierundzwanzig Stunden geschehen, so vieles hatte sein Leben auf immer verändert.

Mit aller Kraft zerrte Michael das Fass beiseite, das über die schiefe Ebene rumpelte und laut auf den Kellerboden prallte. Auf seinem nackten Oberkörper konnte man man die Spuren der Schlägerei vom vorgestrigen Tag erkennen.

»Lass uns 'nen Schluck trinken«, sagte Max, während er sich aufrichtete, um seinen schmerzenden Rücken zu entlasten. Auch er war bis zum Gürtel unbekleidet. »Wollen doch mal sehen, wie das Bier hier schmeckt.«

Mit dem Hemd wischte sich Michael den Schweiß ab, der ihm über das Gesicht lief, obwohl der Keller der kühlste Raum im Hause war. Er setzte sich neben den Deutschen, der zwei Emaillebecher herbeiholte, ein Fass anstach und es vorsichtig neigte, um die braune Flüssigkeit hinauslaufen zu lassen. Michael roch an seinem Becher und verzog bei dem widerlichen Geruch die Nase.

»Das ist nichts gegen den Durst«, sagte er. Max nahm einen Schluck und spie das Gebräu sogleich auf den staubigen Kellerboden.

»Du hast Recht, mein Freund. Dieses Land wird nie gutes Bier machen.« Da man dem in Australien gebrauten Bier statt des üblicherweise verwendeten Hopfens zweifelhafte Ersatzstoffe beigab, war es kein Wunder, dass englisches Importbier trotz des höheren Preises beliebter war. Während er sehnsüchtig hinzufügte: »Nirgendwo gibt es so gutes Bier wie in Hamburg«, sah er vor seinem inneren Auge große Krüge mit schäumendem, kaltem Bier. »So eins solltet ihr auch hier machen. Besorgt euch 'nen guten Brauer aus Bayern, der bringt euch bei, wie man anständiges Bier macht.« Beide Männer drehten ihre Becher um und gossen deren Inhalt gleichzeitig auf den Boden.

»Ich hab ein paar Flaschen englisches Bier«, sagte Michael und griff hinter einen Holzverschlag.

»Ist doch Pferdepisse«, sagte Max, als ihm Michael eine

braune Flasche gab. Daraufhin zog Michael sie achselzuckend zurück, doch rasch griff Max danach.

»Ich überwinde mich und trink es«, sagte er mit gespieltem Abscheu.

Spitzbübisch lächelnd neckte ihn Michael: »Lieber nicht, Max. Du wirst jeden Tag dicker. Es dauert nicht mehr lange, bis sogar ich dich im Boxen besiege«, fügte er frotzelnd hinzu.

Max tätschelte seinen ansehnlichen Bauch. »Ich kann nix dafür. Missus Duffy ist eben 'ne gute Köchin.«

Michael quittierte das mit einem Lachen. In Max' Gegenwart fiel das Lachen nicht schwer, und die schwere Arbeit der letzten Tage hatte sich als gutes Heilmittel für seine Seelenqual erwiesen.

»Wenn du findest, dass Tante Bridget so gut kocht, solltest du erst mal sehen, was Onkel Frank ab nächste Woche im Erin auf den Tisch bringen will«, sagte er und nahm einen Schluck aus der Flasche. Das Bier war nicht kalt, nicht einmal kühl, aber es schmeckte trotzdem, denn er hatte Durst.

»Du meinst so was wie in dem anderen Gasthof?«, knurrte Max missbilligend. »Der ist aber ziemlich teuer.«

»Onkel Frank findet, dass es den Versuch wert ist«, erklärte Michael. »Auf jeden Fall ist es mal was anderes als das Übliche. Kaninchensuppe, Gänseklein mit Oliven, Nierchen in Champagner, Hummermayonnaise, Bohnen, Erbsen, Blumenkohl, Artischocken, Kartoffeln. Klingt so ähnlich wie das, was ich vor ein paar Tagen gegessen hab ...« Michael verstummte, während er an die Nacht im Strandhaus der Familie Macintosh dachte.

»Ach, mein Freund, das ist eine Nummer zu groß für die Leute, die ins Erin kommen. Die zahlen nie im Leben drei Shilling für so 'ne Mahlzeit. Die meisten sind doofe irische Kartoffelfresser wie du«, sagte Max, ohne es wirklich böse zu meinen. Michael hörte die Kränkung nicht, denn er war in Gedanken jenseits des Hafens bei einem anderen Menschen.

Max fiel sein abwesender Blick auf, und er stieß ihn in die Rippen. »Doofe Iren!«

Aufseufzend kehrte Michael in die Gegenwart zurück. »Entschuldige, Max, ich dachte gerade an was anderes«, sagte er.

»An Patrick und deinen Bruder?«, fragte Max mitfühlend. »Dein Vater war der beste Mensch, den man sich denken kann. Er hat mir das Leben gerettet, als uns die Briten in Ballarat umbringen wollten. Das werd ich ihm nie vergessen.«

»Nein, ich habe nicht an Papa, Tom oder Billy gedacht.«

»Woran denn dann?«, wollte Max wissen. Doch bevor Michael antworten konnte, sahen sie voll Überraschung, dass Daniel mit dem Mantel über der Schulter die Kellertreppe herabkam und sich den Weg vorsichtig zwischen Fässern und Kisten bahnte.

»Habt ihr hier unten 'nen Schluck Bier übrig, Mike?«, fragte er statt einer Begrüßung. Michael tastete hinter der Kiste herum und fand drei weitere Flaschen. Er öffnete sie und gab eine davon an Daniel weiter. Dieser nahm einen langen Schluck daraus. Gewöhnlich hielt er sich um diese Tageszeit in den Räumen der Anwaltskanzlei Sullivan & Levi auf, die während der Arbeitszeit niemand verlassen durfte, es sei denn, es ginge um dringende Familienangelegenheiten. Als er die Flasche zur Hälfte geleert hatte, setzte er sich auf eine der Kisten.

»Du scheinst was rausgekriegt zu haben«, sagte Michael mit ernster Miene. »Das sehe ich an deinem Gesichtsausdruck und daran, dass du so früh hier bist.«

Als Rechtsreferendar in einer Anwaltskanzlei konnte Daniel so manches in Erfahrung bringen. »Ja«, sagte er, den Blick auf einen bestimmten Punkt des Kellerbodens gerichtet. »Angus Macintosh war der Mann, den die Schwarzen umgebracht haben.«

»*Angus*!«, brach es aus Michael heraus. »Fiona hat mal gesagt, dass ihr ältester Bruder so hieß. Gott im Himmel! Penelope behauptet, Papa habe den Mörder eines Weißen gedeckt. Das muss dann Fionas Bruder gewesen sein. Kein Wunder, dass sie sich in den letzten Tagen nicht gemeldet hat.«

»Das ist noch nicht alles«, fügte Daniel hinzu. »Aus einem Bericht des für die Vertreibung zuständigen Polizeioffiziers geht hervor, dass seine Leute Toms Leiche nicht gefunden haben.

Dass er ums Leben gekommen sein soll, ist eine bloße Vermutung.«

»Wie hast du das nur alles in Erfahrung gebracht?«

»Frag lieber nicht«, gab Daniel mit geheimnisvollem Lächeln zur Antwort. »Dann muss ich auch nicht lügen.«

Michael nickte. Sein Vetter verstand es, krumme Wege zu gehen. Kein Wunder, dass er sich für die Laufbahn eines Anwalts entschieden hatte. Michael brauchte nicht zu wissen, dachte Daniel, dass er einen Kanzleischreiber der für die Familie Macintosh tätigen Anwälte bestochen hatte, um alle Angaben zu bekommen, die man dort über die Vorkommnisse in Queensland besaß. Sie hatten sich in einem Gasthof in der Stadt zum Mittagessen getroffen, und gegen Geld und einige Getränke war er in den Besitz der Informationen gelangt.

»Was weißt du noch?«, fragte Michael. Die Mitteilung über den Bruder hatte einen Hoffnungsschimmer in ihm geweckt.

»Wie es aussieht, hat Onkel Patrick die Polizei mit der Waffe in der Hand in Schach gehalten, damit ein verwundeter Schwarzer entkommen konnte«, gab er zur Antwort und nahm einen weiteren Schluck aus der Flasche. »Allem Anschein nach hat der Schwarze Angus Macintosh auf dem Gewissen. Der für die Vertreibung Zuständige hat berichtet, er habe Onkel Patrick und den alten Billy nach diesem Vorfall verlassen und nach einer Weile Hilfeschreie gehört. Daraufhin sei er zurückgeritten und habe beide von Speeren durchbohrt tot aufgefunden. Später dann habe er Onkel Pats Ochsengespann gefunden und es zerstören und die Tiere töten lassen, damit die Waren nicht feindseligen Eingeborenen in die Hände fielen, die sich womöglich in der Gegend aufhielten.«

Michael verzog finster das Gesicht. »An der Geschichte, die der Greifer erzählt, ist was faul«, sagte er nachdenklich. »Irgendwas kann da nicht stimmen.«

Daniel nickte. Dann mischte sich Max ein. »Kein Greifer würde einfach wegreiten und Patrick laufen lassen, wenn der ihm dumm gekommen ist«, überlegte er laut, »sondern er würde ihn einbuchten.«

»Stimmt, Max!«, sagte Daniel, der jetzt ebenfalls die schwache Stelle im Bericht des Polizeibeamten erkannte. »Möglicherweise hat der Schweinehund Onkel Pat und den alten Billy selber umgelegt und Tom nicht erwischt.«

»Jesus, Maria und Joseph!«, entfuhr es Michael. »Weißt du zufällig, wie der Polizist heißt?«

Daniel überlegte. Bisher war ihm der Mann nicht verdächtig erschienen, doch was Max da sagte, ergab durchaus einen Sinn. Es war höchst unwahrscheinlich, dass man Patrick einfach ziehen lassen würde, nachdem er einen wegen Mordes Gesuchten gedeckt hatte.

»Mont … nein, warte … Mort, Lieutenant Morrison Mort von der Buschpolizei. Mort heißt der verdammte Schweinekerl.«

Die drei Männer schwiegen eine Weile. Mit einem Mal schmeckte Michael das englische Bier schal.

»Und was ist mit Fionas Vater? Hat er sich in der Nähe der Stelle aufgehalten?«, brach Michael schließlich das Schweigen.

»Ja. Er war bei diesem Mort, als Onkel Patrick dafür gesorgt hat, dass der Schwarze entkommen konnte«, gab Daniel zur Antwort und wiederholte alle Einzelheiten, die ihm der redselige Kanzleischreiber mitgeteilt hatte.

»Dann ist er auch an dem Mord mitschuldig«, sagte Michael ruhig. Seine Augen glühten wild in der Dunkelheit des Kellers.

Daniel rutschte unruhig auf seiner Kiste umher. »Ich bezweifle, dass wir irgendwas gegen wen auch immer in der Hand haben«, sagte er. »Solange wir keine Zeugen aufbieten können, steht unser Wort gegen das der Polizei und von Donald Macintosh … Und …«

»Das weiß ich selber«, knurrte Michael. »Da werden Leute ermordet, und das Rechtswesen lässt uns im Stich. Aber es gibt so was wie natürliche Gerechtigkeit.«

»Schlag dir das gleich aus dem Kopf«, sagte Daniel rasch, um die gefährlichen Gedanken zu unterbinden, die er förmlich im Kopf seines Vetters entstehen sah. »Wenn du dir Donald Macintosh oder den Greifer vornimmst, endest du bloß am Galgen.«

Aber Michael hörte nicht auf ihn. Er hatte seinen Entschluss gefasst und wusste, was er zu tun hatte.

»Ich hab noch mehr Neuigkeiten für dich«, fügte Daniel hinzu, um den Vetter von seinen Mordgedanken abzulenken. »Miss Fiona Macintosh hat Sydney gemeinsam mit Miss Penelope White verlassen. Es sieht ganz so aus, als wüssten nicht mal die Anwälte der Familie, wo sich die beiden aufhalten. Es heißt, ihre Mutter hätte Fiona wegen einer Liebesgeschichte mit einem Iren fortgeschickt.« Michael blieb der Mund offen stehen. »Keine Sorge, dein Name ist nicht gefallen«, fügte Daniel beruhigend hinzu.

Michael hatte Fiona noch am selben Abend aufsuchen wollen, und jetzt war sie Gott weiß wo! Es war, als treibe der Teufel ein trauriges und ungeheuerliches Spiel mit ihm. Er hatte selbst nicht so recht gewusst, warum er sie sehen und was er dann sagen wollte. Aber er musste sie sehen – zumindest ein einziges Mal –, bevor er nach Queensland aufbrach, um die Wahrheit über den Tod seines Vaters und des alten Billy zu ermitteln und wenn irgend möglich Tom zu finden.

»Vielen Dank für alles, was du getan hast«, sagte Michael und sah zu dem Fässerstapel hinüber, den er und Max errichtet hatten. »Ich muss unbedingt mit Onkel Frank über die Sache reden.« Max und Daniel wechselten besorgte Blicke.

»Du wirst hier gebraucht, mein Freund«, sagte Max und legte Michael seinen sehnigen Arm um die Schultern. »Mit wem sollte ich sonst trinken?«

Lächelnd gab Michael zur Antwort: »Ich hab 'ne Menge zu erledigen, Max. Aber ich verspreche dir, dass ich wiederkomme, wenn das alles erledigt ist.«

13

Auch wenn Penelopes Heim nicht so stattlich war wie der Palast der Familie Macintosh, so spiegelte sich darin doch der ansehnliche Wohlstand seines Besitzers Granville White.

Granvilles und Penelopes Vater Jonathan hatte das ursprünglich für einen wohlhabenden Haus- und Grundstücksmakler erbaute Anwesen erworben, als er aus Indien in die südliche Kolonie gekommen war, um dort sein bescheidenes Vermögen anzulegen. Paradoxerweise schien er alle Gefahren Indiens überlebt zu haben, nur um zwei Jahre später bei einer Fuchsjagd in England vom Pferd zu stürzen und an den Folgen zu sterben.

Seine Witwe Sarah war in England geblieben und lebte dort als Herrin über den Besitz der Familie White. Sie war nie in Australien gewesen. Das Leben in jener Kolonie sagte ihr nicht zu – sie hatte schon während der heißen Trockenzeit in Indien an nichts anderes gedacht als an weihnachtlichen Schnee.

Ihre Kinder aber hatten sich entschieden, mit dem Vater ins ferne Neusüdwales zu ziehen. Zwar war Sarah nicht wirklich damit einverstanden gewesen, dass ihre Tochter nach Australien ging, doch hatte der Skandal, den deren Liebesabenteuer in London hervorgerufen hatten, sie umgestimmt. Ein kurzer Aufenthalt der verlorenen Tochter in den Kolonien konnte dem Ruf der Familie White in den ersten Londoner Kreisen nur von Nutzen sein.

Es leuchtete Sarah ein, dass ihr Sohn Granville in der Nähe der Familie ihrer Schwägerin leben musste, wenn er seinem Ziel näher kommen wollte, die beiden Vermögen zusammenzuführen. Alle hatten immer stillschweigend angenommen, dass er Fiona heiraten würde, um auf diese Weise die Verbindung zwischen den beiden Familien zu festigen.

Die Bibliothek, in der Granville jetzt nachdenklich saß, enthielt viele Erinnerungsstücke an Indien. Auf dem Tisch aus Teakholz stand die schwere Bronzestatuette einer Hindu-Gottheit, und an den Wänden sah man eine Vielzahl traditioneller indischer Waffen: sonderbar geformte Säbel, tückisch gekrümmte Dolche und kleine Schilde. Oberhalb der Säbel und Dolche befand sich eine lange Lanze, einst Bestandteil der Ausrüstung des indischen Regiments, dem sein Vater als Ehrenmitglied angehört hatte. Trotz seiner Liebe zu Indien hatte die schreckliche Meuterei des bengalischen Heeres im Jahre 1857 und das Ende der Herrschaft der Ostindischen Gesellschaft, für die er gearbeitet hatte, Jonathan White dazu bewogen, nach aussichtsreicheren Möglichkeiten für die Anlage seines Geldes zu suchen.

Auf Australien war er verfallen, weil ihm seine Schwester Enid die Möglichkeiten in der Kolonie Neusüdwales in den glühendsten Farben geschildert hatte. Vor seiner Abreise nach England, von wo er nie zurückkehren sollte, hatte er die Verwaltung seiner geschäftlichen Angelegenheiten in der Kolonie seinem einzigen Sohn übertragen. Entsprechend dem Testament seines Vaters hatte Granville dieses Unternehmen und seine Mutter den kleineren Besitz in England geerbt. Teil dieser Erbschaft war die große und behaglich eingerichtete Villa, in der er jetzt mit seiner Schwester lebte.

Eine Standuhr tickte in der Ecke des dunklen Raumes, während Granville bei einem Glas Portwein und einer Zigarre über all das nachdachte, was ihm in der Bibliothek der Familie Macintosh zu Ohren gekommen war. Angestrengt überlegte er, was diese Ereignisse für seine Zukunftspläne bedeuteten. Mehr denn je war es unerlässlich, dass er Fiona als Ehefrau gewann, wenn er seinem Ziel näher kommen wollte. Das aber schien nicht einfach zu sein, da sich die dumme Gans in den irischen Tölpel Duffy verliebt hatte. Mithin bildete neben David Macintosh auch der Ire ein Hindernis auf seinem Wege, auch wenn eine offizielle Beziehung zwischen ihm und Fiona völlig undenkbar war. Dieser Papist schien Frauen geradezu magnetisch anzuziehen, und Fiona würde sich, solange er lebte, von ihm beeinflussen lassen. Also musste man dafür sorgen, dass er für immer aus ihrem Leben verschwand.

Vom Licht der Kerzen angelockt, flog ein Nachtfalter durch das offene Fenster herein. Er kam den Flammen zu nahe, ein kurzes Zischen, und seine Überreste fielen zu Boden.

»Eine Flamme!«, sagte Granville bei diesem Anblick nachdenklich und stieß dichte Rauchwolken aus. »Ich brauche eine Flamme, um dich zu verbrennen, mein guter Duffy, dann steht nichts mehr zwischen Fiona und mir.« Er wusste auch schon, wie diese Flamme aussehen sollte.

Erst vor wenigen Tagen hatte ihm der Erste Steuermann der *Osprey* abgeraten, einen der Männer einzustellen, die auf der Bark anheuern wollten, da dieser im Ruf eines Gewalttätigen stand. Er hatte erklärt, der Mann sei äußerst gefährlich – es heiße, dass er schon mehrere Männer getötet habe. Andererseits war er aber offenbar gerissen genug, unbehelligt von den Behörden in Sydney zu leben. Verdammt! Wie hatte der Mann noch einmal geheißen? Richtig, Jack Horton!

Es war Granville klar, dass er am Galgen enden konnte, wenn sein Vorhaben fehlschlug. Sofern es aber nach Wunsch verlief, hätte er das Haupthindernis zwischen sich und Fiona aus dem Weg geräumt. Er legte seine schweißnassen Hände um die Bronzestatuette, die er als Briefbeschwerer benutzte. Als er genauer hinsah, merkte er, dass es sich um Kali handelte, die von den gefürchteten Anhängern der Geheimlehre des Thagismus in Ostindien verehrte Hindu-Gottheit der Zerstörung. Wenn das kein Vorzeichen ist, sagte er sich. Ja, er würde noch einmal mit dem Ersten Steuermann reden und dafür sorgen, dass er mit dem berüchtigten Jack Horton ins Geschäft kam.

Jetzt aber war es Zeit, sich um seine Schwester zu kümmern und den nächsten Schritt zu planen, um die Hand seiner Kusine zu gewinnen. Was ihn betraf, war Duffy bereits tot. Doch Fiona dazu zu bringen, ihn zu heiraten, war weniger einfach, als den Mord an einem Mann zu planen, überlegte er, während er nach oben zum Zimmer seiner Schwester ging.

Ohne zu klopfen, trat er ein. Bis zur Hüfte nackt stand Penelope, die ihn nicht bemerkt hatte, vor einem großen Spiegel, die Hände um ihre üppigen, aber festen Brüste gelegt.

»Bist eine richtig schöne Frau geworden, Penny«, sagte er mit bewunderndem Blick.

Wütend fuhr sie herum und riss ein Leinentuch vom Bett. »Wie kannst du es wagen, unaufgefordert hereinzukommen«, stieß sie hervor und bedeckte ihre Blöße mit dem Tuch.

»In meinem eigenen Haus gehe ich, wohin es mir beliebt, Schwesterherz, vergiss das nie«, antwortete er. Er begriff ihre Empörung nicht. »Außerdem habe ich dich auch schon früher nackt gesehen.«

Sie wandte ihm den Rücken und zog ein seidenes Unterhemd über, das allerdings die Umrisse ihres begehrenswerten Körpers noch hervorhob. »Das ist lange her, Granville«, gab sie mit eisiger Stimme zurück. »Und ich schwöre dir, ich bringe dich um, wenn du es noch einmal versuchst.«

Ihm war klar, dass sie ihre Drohung ernst meinte. Penelope ließ sich nichts gefallen und war nachtragend wie alle Whites. »Wenn mich meine Erinnerung nicht trügt, hat es dir damals aber Spaß gemacht«, sagte er mit selbstgefälligem Lächeln. »Ich jedenfalls habe es genossen, und du warst nur allzu bereit, meine ausgefallenen Wünsche zu erfüllen.«

Hasserfüllt sah sie den Bruder an. Sie hatte nicht vergessen, zu welchen abscheulichen Dingen er sie gezwungen hatte. Dabei hatte sie aus erster Hand erfahren, wie Männer ihre körperliche Überlegenheit ausnutzen, um eine Frau zu erniedrigen. Im Laufe der Zeit aber hatte sie gelernt, die geschlechtliche Begierde der Männer gegen sie selbst zu richten, um ihre eigenen Ziele zu verfolgen. Sie hatte gelernt, dass Männer grundsätzlich ihrer Lust gehorchten, und bediente sich dieses Bedürfnisses so, dass aus brüllenden Löwen zahme Schoßhündchen wurden.

Sie war fest entschlossen, sich eines Tages wegen der verlorenen Jahre der kindlichen Unschuld an ihrem Bruder zu rächen, der jetzt schamlos lächelnd in ihrem Zimmer stand in dem irrigen Glauben, nach wie vor Macht über sie zu haben.

»Vermutlich bist du bei dieser Gelegenheit auch auf den Geschmack an kleinen Mädchen gekommen«, sagte sie mit geheimnisvollem Lächeln.

Seine Selbstgefälligkeit schwand dahin. »Wie meinst du das?«, fragte er. Es klang ängstlich.

»Dieses Haus ist nicht groß genug, um alle Geheimnisse zu verbergen«, antwortete sie mit bitterem Lächeln. »Nicht groß genug, um die Schreie des Kindes zu verbergen. Wie heißt sie noch? Ach ja, Jennifer. Die Gärtnertochter. Sie ist, glaube ich, erst acht Jahre alt. Etwa im selben Alter wie ich damals, als du mich missbraucht hast. Oder könnte sie ein, zwei Jahre älter sein, Bruderherz?«

Granville erbleichte. Sie wusste also, dass er sich mit dem Kind in der Bibliothek vergnügte. Er hatte ein Abkommen mit Harris getroffen, der sich dafür entschieden hatte, die Qual seiner Tochter nicht zur Kenntnis zu nehmen, wenn ihn sein Arbeitgeber reichlich mit Wacholderschnaps versorgte. In seinem vom Alkohol umnebelten Gehirn redete er sich ein, die Kleine werde ohnehin wie ihre Mutter in der Prostitution landen, auch wenn sie recht hübsch war. Ein großes, erdbeerförmiges Muttermal auf einer Wange sah er als Gottes Strafe für die Sünden der Mutter an. Bestimmt würde kein Mann sie heiraten wollen, wenn sie alt genug dafür war. Immerhin hatte sie im Augenblick alles, was sie sich wünschen konnte – gute Kleidung und reichlich Essen für sich und ihren Vater.

»Du solltest lieber vergessen, was du da gerade gesagt hast«, antwortete Granville in drohendem Ton. »Das beste dürfte sein, wir beide vergessen die Vergangenheit und denken an die Zukunft, deine wie meine. Ich glaube, dass ich etwas habe, das du sehr gern hättest.«

»Meine Zukunft. Was könntest du für *meine* Zukunft tun?«, fragte sie sarkastisch. »Und was hast du, das ich haben möchte?« Sie wusste, dass ihr Bruder vor nichts zurückschreckte, und war neugierig auf seinen Vorschlag.

»Dieses Haus hier«, sagte er mit weit ausholender Armbewegung. »Und alles, was dazugehört.«

Das ließ sich in der Tat hören. Es hatte sie stets verbittert, dass ihr Vater das Haus nicht ihnen beiden hinterlassen hatte. Jonathan White hatte in Frauen keine wirklichen Menschen gesehen, sondern lediglich ein Eigentum, das man bei Eheschließungen einsetzte, um den Interessen der Familie zu dienen.

»Und wie soll ich in seinen Besitz kommen?«, fragte sie mit weniger Sarkasmus als zuvor. Ihr Bruder lächelte.

»Es genügt, wenn du Fiona davon überzeugst, dass sie mich heiraten soll«, erwiderte er. »Nichts weiter. Sobald du das fertig gebracht hast, überschreibe ich dir das Haus und dazu einen Geldbetrag, der ausreicht, um dir ein Leben zu ermöglichen, wie du es gewöhnt bist.«

Penelope saß auf der Bettkante. Das lange goldene Haar fiel ihr um die Schultern und rahmte ihr schönes, fast engelsgleiches Gesicht ein. Das Angebot beunruhigte sie zutiefst. Etwas in ihren eigenen Empfindungen für Fiona begehrte bei der Vorstellung auf, dass ihr Bruder Gewalt über den Körper der Kusine erlangen sollte.

Granville, der sie beobachtete, spürte ihre Unruhe und wartete geduldig auf ihre Antwort. Als sie nach einer Weile so rätselhaft lächelte, als habe sie eine göttliche Eingebung gehabt, fühlte er sich ein wenig unbehaglich.

»Ich werde dir helfen«, gab sie zur Antwort. »Aber ich muss dich darauf hinweisen, dass es nicht einfach sein wird, Fiona zu heiraten. Jedenfalls nicht, solange sie glaubt, dass sie den Iren liebt.«

Das siegessichere Lächeln, mit dem Granville die Schwester bedachte, ließ diese an eine Katze denken, die im Begriff steht, eine hilflose Maus zu töten.

»Ich glaube nicht, dass sie ihren Mister Duffy noch lange lieben wird, Schwesterherz«, sagte er. Penelope verzog das Gesicht, wollte aber dem Verdacht nicht weiter nachgehen, der in ihr aufkeimte. War es möglich, dass er plante, Michael Duffy auf die eine oder andere Weise aus dem Weg zu räumen? Doch statt sich länger mit dieser Frage zu beschäftigen, tat sie etwas, das ihr dringlicher erschien. Mit voller Absicht legte sie sich so auf dem Bett zurück, dass ihr Untergewand scheinbar ganz von selbst an ihren Schenkeln emporglitt und den Blick auf das freigab, was ihrem Bruder zur Befriedigung seiner Lust gedient hatte.

Mit dieser Provokation hatte sie Erfolg, denn Granville sah sie mit unverhülltem Begehren an. Zufrieden stellte sie fest, dass sich ihre Macht über ihn nicht vermindert hatte. Sie lächelte verführerisch, und sein Gesicht rötete sich vor Begierde. Während sie dem inneren Kampf ihres Bruders zusah, dachte sie lustvoll: Wenn du wüsstest, was ich vorhabe, würdest du es dir zweimal überlegen, ob du dir wirklich von mir helfen lassen willst, Fionas Hand zu gewinnen. Die göttliche Eingebung hatte ihr enthüllt, auf welche Weise sie sich an ihrem Bruder rächen konnte. Nur sie kannte seine wahre Schwäche, und dieses Wissen würde sie sich in Zukunft zunutze machen.

»Ich denke, du solltest jetzt gehen«, sagte sie und schob züchtig das Unterkleid auf den Schenkeln zurecht. »Sonst könntest du mich noch mit Fiona verwechseln … und das geht nun wirklich nicht. Am besten gehst du wieder in die Bibliothek, um dich dort zu erleichtern. Besucht dich des Gärtners Töchterlein nicht heute Abend wieder?«

Wütend sah er sie an, denn ihm war klar, dass sie ihm das bewusst angetan hatte. Unwillkürlich musste er an ihrer beider Beisammensein in den Stallungen und Verstecken des großen Herrensitzes in England denken. Wie hat sie es nur geschafft, mir die Macht zu entwinden, wo ich doch damals die Herrschaft über sie besaß, überlegte er. Während er aus dem Zimmer stürmte, genoss Penelope ihren Triumph.

14

Unaufhörlich knarrend rieb die Bordwand der *Osprey* am Holz des Ausrüstungskais, als beklage sie sich wie ein einsamer Hund, den man nachts zu lange angekettet hat.

Die Segel waren eingeholt, und die Masten reckten sich wie dürre Finger den Sternbildern der südlichen Halbkugel entgegen.

Auf ihren zahlreichen Reisen entlang der australischen Ostküste hatte die stolze Bark im Dienste des Macintosh-Imperiums schon die rollenden Wogen der Bass-Straße bezwungen und die Moreton-Bucht durchpflügt. Jetzt aber wurde sie umgerüstet, da sie statt der üblichen Handelsgüter künftig Menschen transportieren sollte.

Unruhig stand ein Mann unter dem Bug des Dreimasters und zuckte bei jedem Geräusch zusammen, das er nicht sofort einordnen konnte. In seiner Manteltasche umklammerte seine Hand eine kleine Pistole. Granville verfluchte sich selbst, weil er sich für vier Uhr morgens mit Jack Horton verabredet hatte. Doch nur so konnte er sicher sein, dass es möglichst keine Zeugen gab. Horton hatte sich wohl verspätet. Es war schon eine Viertelstunde über die Zeit. Gähnend überlegte Granville, ob er sich eine Zigarre anzünden sollte, um die Zeit zu vertreiben.

»Besser zu spät, als nie.« Die Stimme, die ganz in seiner Nähe ertönte, ließ ihn zusammenzucken. Fast hätte er die Pistole abgefeuert, die er in der Tasche trug.

»Großer Gott! Haben Sie mich erschreckt«, rief er aus, als Horton vorsichtig hinter einer Bude hervorkam, an der ein zerfetztes Plakat einen Erfolg der Südstaaten-Armee im Bürgerkrieg des fernen Amerika verkündete.

»Wer nicht gefasst werden will, darf keinem trauen«, sagte

Horton nüchtern. »Ich hab einfach 'ne Weile gewartet, weil ich sehen wollte, ob Sie auch wirklich allein sind.«

Granville betrachtete den massigen Mann, der direkt vor ihm stand. Auch jener schien ihn abzuschätzen.

»Vermutlich ha'm Se 'ne Knarre in der Tasche für den Fall, dass ich unangenehm werde, Mister White.«

»Woher wissen Sie, wer ich bin?«, gab Granville zur Antwort und fühlte seinen Mut sinken. »Möglicherweise bin ich nicht der, den Sie in mir sehen.«

»Ich kenne Sie, Mister White. Man muss kein Genie sein, um rauszukriegen, wer Sie sind. Jeder in Sydney kennt Sie. Sie sind der Mann, der mich auf dem Schiff hier nich haben wollte«, sagte er und wies auf die *Osprey*. »Jetzt auf einmal wollten Sie, dass mich der Erste Steuermann hierher bestellt. Weil er mir nich gesagt hat, wer mich sprechen wollte, hab ich mich da hinten hingestellt und aufgepasst, ob vielleicht die Greifer in der Nähe sind. Aber dann hab ich Sie erkannt und mir gedacht, dass alles in Ordnung is.«

Horton, dessen Atem nach Rum roch, sprach mit leiser Stimme, was in keiner Weise zu seiner kolossalen Erscheinung passte. Zwar war es nicht hell genug, um seine Züge zu erkennen, doch spürte Granville die von diesem Mann ausgehende Bedrohung fast körperlich. Ja, das war wohl der richtige Mann für die Aufgabe. Trotz seiner ungebildeten Sprechweise schien er nicht auf den Kopf gefallen zu sein, denn er hatte sich äußerst umsichtig verhalten.

»Ich vermute, dass Sie Jack Horton sind.«

»So hat mich meine Mutter genannt, ihre Seele soll in der Hölle verfaulen«, stieß Horton hervor.

»Nun, Mister Horton, am besten vergessen Sie gleich wieder, wer ich bin. Ich möchte Ihnen einen Auftrag erteilen, der … äh … in Ihre Kompetenz fällt, und Sie äußerst großzügig dafür entlohnen«, sagte er und löste den Griff um den Knauf seiner Waffe.

»Was meinen Sie mit ›Kompetenz‹?«, fragte Horton argwöhnisch. »Das Wort hab ich noch nie im Leben gehört.«

»Es heißt, dass ich Sie für fähig halte, gegen entsprechende Bezahlung jemanden aus dem Weg zu schaffen.«

»Ach so«, gab Horton zur Antwort, offenbar erfreut, ein neues Wort kennen gelernt zu haben. »Da könnten Sie Recht haben ... oder auch nich. Kommt ganz drauf an, wie viel dabei rausspringt.«

»Hundert Pfund.«

»Hundert Guineen! Dann können Sie meine Kompitenz kaufen, Mister White«, hielt er dagegen.

Granville zuckte bei der Forderung zusammen, denn auch hundert Pfund waren bereits ein kleines Vermögen. Geschäftstüchtig war der Mann also auch. »Das ist ziemlich viel Geld, Mister Horton«, seufzte Granville, als treibe ihn ein solcher Betrag in den Ruin.

»Für hundert Guineen können Sie mich Jack nennen, wie Sie das bei Ihren anderen Angestellten auch machen, Mister White«, sagte Horton mit gerissenem Lächeln und entblößte seine lückenhaften gelben Zähne.

»Nun denn, Jack ... sagen wir also hundert Guineen.«

»Schön. Jetzt, wo ich Ihr Angestellter bin, können Sie mir sagen, wen ich aus dem Weg räumen soll.«

»Nur einen Mann. Einen Iren namens Michael Duffy. Er ... «

»Der aus dem Erin?«, fragte Horton.

»Sie sind doch nicht etwa befreundet?«, fragte Granville besorgt, denn er hatte nicht damit gerechnet, dass Horton ihn kannte.

»Das nich, Mister White, aber den räumt man nich so ohne weiteres aus dem Weg. Der Junge hat in Sydney 'nen Haufen gute Freunde. Wenn ich gewusst hätte, dass es um den geht, hätte ich mehr verlangt. Bei Michael Duffy brauch ich 'n bisschen Hilfe.«

Granville dachte über Hortons neue Forderung nach. War das etwa ein Kniff, mehr Geld herauszuschlagen? »Inwiefern lässt sich Mister Duffy für einen Mann wie Sie schwer aus dem Weg räumen?«

Horton ließ die Schultern hängen und schob die Hände unter

den Strick, der seine Hose hielt. »Der kann verdammt gut austeilen. Ich werd mit ihm fertig, aber es wär besser, ich hätt noch jemand ... einfach vorsichtshalber.« Es beeindruckte Granville, dass ein Mann wie Jack Horton ein solches Eingeständnis machte.

»Schön, ich lege noch fünfzig Guineen drauf, damit Sie einen Helfer bezahlen können. Wie Sie den Betrag aufteilen, ist Ihre Sache. Aber Sie werden unter keinen Umständen gegenüber wem auch immer meinen Namen nennen. Ich brauche Ihnen nicht klarzumachen, dass es hier um Mord geht«, sagte er mahnend.

Horton grinste breit, bevor er antwortete: »Doch nich Mord ... nur meine Kompitenz. Aber Sie müssen auch was tun, sonst kann ich die Sache nich übernehmen.«

»Was denn noch?«, fragte Granville und bemühte sich, seinen Ärger zu beherrschen. Der Mann schien immer mehr aus ihm herauspressen zu wollen.

»Sie könnten mir 'ne Koje auf der *Osprey* hier besorgen, denn ich muss auf jeden Fall für 'ne Weile aus Sydney verschwinden, sobald die Sache erledigt ist.« Er wies mit dem Daumen auf das Schiff. »Als Steuermann.«

Granville brauchte nicht lange über den Vorschlag nachzudenken. Es war ausgesprochen sinnvoll, dass Horton nach Erledigung seines Auftrags aus Sydney verschwand. »Ein Steuermann braucht Erfahrung. Haben Sie die?«, erkundigte er sich vorsichtig.

»Ich lern schnell. Und falls Se auf dem Schiff mit Niggern zu tun ha'm, was ich annehm, brauchen Se sowieso Leute wie mich. Männer, die wissen, wie man die Arbeit für den richtigen Chef ordentlich macht, einen wie Sie.«

»Da könnten Sie Recht haben, Jack. Ich denke, dass Ihre Zukunft in der Firma gesichert ist«, erwiderte Granville und lachte kurz auf. »Jetzt aber sage ich Ihnen, wie und wann Sie mit Mister Duffy zusammentreffen werden.« Er erklärte Horton seinen sorgfältig ausgeklügelten Plan und konnte sehen, dass dieser davon beeindruckt war. Als Granville wissen wollte, ob etwas unklar sei, verneinte Horton.

Nach Abwicklung des Geschäfts wollte Granville davoneilen, um mit der Kalesche heimzukehren, die am Circular Quay auf ihn wartete.

»Augenblick noch, Mister White. Ich mach Geschäfte immer mit Handschlag ab«, sagte Horton.

Granville sah, dass er ihm die linke Hand hinhielt, und wollte ganz gedankenlos mit seiner Linken danach greifen. Aber etwas stimmte nicht. Er erstarrte vor Schreck, als er in der rechten Hand des Mannes ein Messer aufblitzen sah.

»Da seh'n Se, wie schnell man tot sein kann. So einfach wie 'n Handschlag zwischen zwei Herren.« Mit breitem Lächeln nahm Horton das Entsetzen auf Granvilles Gesicht zur Kenntnis. Offensichtlich hatte dieser begriffen, was der andere damit sagen wollte. »Und ich weiß, dass Sie 'n Herr sind, der sich an Abmachungen hält, Mister White.«

Ohne sich zu rühren, blieb Granville stehen, während die dunklen Schatten Horton verschluckten. Seine Knie waren weich geworden, und er merkte, dass sein Atem kurz und stoßweise kam. Fast tat ihm der junge Duffy leid. Einem solchen Mann gegenüber hatte er keine Chance.

Dann eilte Granville zum Circular Quay zurück. Selbst die Vorfreude auf das Mädchen, das in seinem Bett auf ihn warten würde, ließ ihn nicht vergessen, wie nahe die tödliche Klinge seinem Unterleib gewesen war.

Aus dem Fenster von David Macintoshs Privatkontor reichte der Blick über die Dächer der Lagerhäuser bis zum Hafenbecken. Die Hände auf dem Rücken stand David da und sah zu, wie die *Osprey* für das Pazifik-Unternehmen seines Vetters ausgerüstet wurde. Sorgenfalten traten ihm auf die Stirn, als er sich vom Fenster abwandte und an seinen Schreibtisch zurückkehrte.

Dort lagen kaum Papiere, denn alle Akten befanden sich im Vorzimmer, wo sich sein Privatsekretär George Hobbs mit den Listen und dem Briefwechsel beschäftigte, die mit den Tätigkeiten der Reederei Macintosh in den Kolonien und im Pazifik zu tun hatten.

Ein leises Klopfen an der Tür zeigte an, dass Hobbs ihn zu sprechen wünschte. »Kommen Sie herein.«

Der Sekretär steckte das bebrillte Gesicht zur Tür herein. Zwar war er erst achtundzwanzig Jahre alt, doch ließ ihn sein kahler Kopf zehn Jahre älter erscheinen.

»Missus Macintosh möchte Sie sprechen«, sagte er mit besonders freundlichem Lächeln, das er lediglich aufsetzte, wenn Angehörige der Familie die Kontorräume der Firma Macintosh & Söhne aufsuchten. Jetzt allerdings gab es nur noch einen Sohn. George Hobbs hatte die Aufgabe, die Frage zu lösen, wie man das ändern sollte: neue Schilder in Auftrag geben oder auf den alten Schildern das Wort Söhne durch Sohn ersetzen? Letzteres allerdings konnte man als Geschmacklosigkeit auffassen, denn es war, als lösche man mit der Übermalung ein Leben aus.

»Danke, Hobbs«, sagte Enid mit freundlichem Lächeln. George nickte der Mutter seines Vorgesetzten höflich zu, die er aufrichtig verehrte wegen der zupackenden Art, mit der sie während der Abwesenheit ihres Mannes in der Firma die Zügel in der Hand hielt.

Hobbs schloss die Tür hinter ihr. »Guten Tag, Mutter«, sagte David und führte sie zu einem weiß gepolsterten Sofa an einer der Wände. Sie trug ein schwarzes Musselin-Kleid mit dazu passendem Hut, was ihr ausnehmend gut stand, da es ihre glatte und milchweiße Haut hervorhob. »Dein Besuch ist eine angenehme Überraschung.« Sie setzte sich und legte ihre Hände in den Schoß. Eine sonderbar züchtige Geste für eine Frau, die mit ihren in diesem Kontor getroffenen Entscheidungen andere Firmen in die Knie gezwungen hatte, überlegte er.

»Hobbs sagt«, begann sie übergangslos, »dass es Schwierigkeiten mit der Besatzung der *Osprey* gibt.«

David runzelte die Brauen. »Nicht mit der Besatzung, wohl aber mit dem Ersten Steuermann. Bill Griffin ist heute Morgen, als ich mich auf der Bark umgesehen habe, wegen einer Entscheidung Granvilles an mich herangetreten, über die er ziemlich erregt zu sein schien. Granville soll einen Mann, den er ursprünglich auf Anraten Mister Griffins zurückgewiesen hatte, jetzt als dessen Gehilfen angeheuert haben.«

»Granville darf einstellen oder zurückweisen, wen er will«, beschied ihm Enid. »Wir hatten uns darauf geeinigt, dass er in diesen Dingen völlig freie Hand hat.«

David trat ans Fenster und verschränkte die Hände auf dem Rücken. Enid merkte, dass er sich Sorgen machte. Er sah zur *Osprey* hinüber. Dort schien alles in Ordnung zu sein. Ladung wurde an Bord gehievt, und die Seeleute gingen ihrer Arbeit nach. Er wandte sich wieder vom Fenster ab.

»Bill Griffin hat gedroht zu kündigen, wenn der von Granville angeheuerte Mann an Bord kommt«, sagte er. »Er sagt, er sei nicht vertrauenswürdig und habe einen üblen Ruf als Unruhestifter.«

Enid hob die Brauen, denn die Entscheidung ihres Neffen, einen solchen Mann gegen den Rat eines bewährten Mitarbeiters einzustellen, widersprach der Vernunft und dem gesunden Menschenverstand. »Was sollten wir deiner Ansicht nach jetzt tun?«, fragte sie.

David sah sich in einer misslichen Lage. Eingreifen konnte er nur, wenn Grund zu der Annahme bestand, das Vorgehen seines Vetters könne den guten Namen Macintosh gefährden.

»Vermutlich werde ich mit Mister Griffin sprechen und ihn zu besänftigen versuchen«, sagte er seufzend. »Bisher hat Granvilles Mann keine Schwierigkeiten gemacht, und wir müssen ihm wohl oder übel Gelegenheit geben, sich zu bewähren.«

»Ich an deiner Stelle hätte ebenso entschieden«, sagte seine Mutter. »Lass die Dinge für den Augenblick ihren Gang gehen.«

Zwar war es David recht, dass sie ihn in dieser Angelegenheit unterstützte, doch fragte er sich unwillkürlich, warum Granville diesen Jack Horton unbedingt einstellen wollte.

»Das wäre also erledigt«, sagte seine Mutter mit einer Munterkeit, die er seit der betrüblichen Nachricht von Angus' Tod nicht mehr von ihr gehört hatte. »Eigentlich war ich gekommen, um dich zu fragen, ob du mit mir zu Mittag essen möchtest. Ich habe gehört, dass der französische Koch im neuen Restaurant in der Pitt Street sehr gut sein soll.«

»Das täte ich gern, Mutter«, sagte David entschuldigend, »aber ich bin in einer Stunde mit einem Vertreter der Bank verabredet. Es geht um Vaters Gebietserwerb in Queensland.« Ein Mittagessen mit seiner Mutter war ihm allemal lieber als Verhandlungen mit bleichen Bankmenschen, die mit gestärkter Hemdbrust die stickigen Räume der Bank of New South Wales bevölkerten.

»Na schön«, sagte Enid enttäuscht. »Vermutlich sollte ich trotzdem mit dir über das sprechen, was ich eigentlich beim Essen zur Sprache bringen wollte. Es geht um Fionas bevorstehende Hochzeit.«

David zwinkerte. »Das ist das Erste, was ich höre. Wen, zum Henker, heiratet sie denn?«

»Diese Frage wundert mich. Kannst du dir das nicht denken? Natürlich Granville«, gab sie zur Antwort.

»Granville! Weiß Fiona das?«, stieß David überrascht hervor. »Seit wann ist das beschlossene Sache?«

»Seit er sich mir heute Morgen erklärt hat«, gab sie gelassen zur Antwort. »Ich weiß, du kannst ihn nicht besonders gut leiden, aber ich habe aus einem sehr guten und triftigen Grund zugestimmt. Überdies betrifft er dich«, fügte sie hinzu, um ihren Sohn zu besänftigen.

»Mich?«, fragte dieser. »Was hat es mit mir zu tun, wenn Granville meine Schwester heiratet? Einmal davon abgesehen, dass ich ihn verabscheue, denn er kennt im Leben nur eine wahre Liebe, und die gilt allem, was mit den Geschäften des Hauses Macintosh zu tun hat und mit seiner Aussicht, selbst an die Spitze des Unternehmens zu treten.«

»Genau deshalb halte ich es für richtig, Granville durch eine Eheschließung an die Familie zu binden«, sagte sie liebevoll. »Du kannst mir nicht verheimlichen, dass dir die Rolle als Sachwalter der Familienfirma nicht zusagt, die man dir in jüngster Zeit aufgedrängt hat. Mir ist schon länger bekannt, dass man dir eine Dozentur in Oxford angeboten hat und dir das mehr bedeutet als diese Arbeit hier.«

Er wusste nicht, was er darauf sagen sollte, denn seine Mutter hatte den Traum, den er bereits begraben hatte, äußerst zutreffend beschrieben. Ja, er konnte sich nichts Schöneres vorstellen, als eine Lehrtätigkeit in Oxford. Er war – für jemanden aus den Kolonien – ein glänzender Student gewesen und hatte sich nirgends je wohler gefühlt als in den noch aus dem Mittelalter stammenden Räumen jener Universität. Zu keinem Zeitpunkt war er auf den Gedanken gekommen, man könne von ihm erwarten, dass er sich um die Geschäfte der Familie kümmere, denn schon immer hatte sein Bruder Angus als Nachfolger des Vaters gegolten. All das hatte der Speerwurf eines Ureinwohners geändert.

»Was du sagst, entspricht der Wahrheit«, gab David zur Antwort. »Aber ich kenne meine Pflicht.«

»Das ist mir bekannt, mein Junge. Aber ich glaube nicht, dass du einen besonders guten Geschäftsführer abgeben würdest, wohl aber einen herausragenden Gelehrten. Granville besitzt die Gabe, unser Unternehmen weiterzuführen und zu vergrößern, wenn dein Vater eines Tages nicht mehr ist.«

»Du willst ihm die Familienfirma übertragen?«, fragte David. Ihn erstaunte, dass seine Mutter den Vetter, der seiner Ansicht nach zur Befriedigung seines Ehrgeizes notfalls auch über Leichen gehen würde, mit so viel Macht ausstatten wollte.

»Nein, die wird dein Vater an seine Enkel weitergeben, sobald es so weit ist«, gab sie gelassen zur Antwort. »Doch dazu müsst ihr, du wie Fiona, erst einmal für Enkel sorgen. Du wirst dein Leben lang sehr wohlhabend sein und deinen Anteil am Ertrag des Unternehmens bekommen, und Entsprechendes gilt für deine Kinder.«

Ungläubig sah er seine Mutter an. Diese nach außen hin so zerbrechlich wirkende Frau hatte ein Komplott geschmiedet, ihn von der Geschäftsleitung zu entbinden, damit das Macintosh-Imperium weiter wachsen konnte. Offenbar kannte sie keine Rücksichten.

»Was du sagst, klingt, als wenn meine künftigen Söhne *viel-*

leicht als rechtmäßige Erben in Frage kämen«, sagte er, »nicht aber, als wenn das selbstverständlich wäre.«

»Überleg doch nur, was wäre, wenn sie so würden wie du«, gab sie zu bedenken. »Wenn sie gleich dir zu dem Ergebnis kämen, lieber ein Gelehrtenleben zu führen. Ich sage das ungern, aber es sieht doch ganz so aus, als ob es mein Zweig der Familie ist, der die nötige Entschlusskraft aufbringt, dem Namen Macintosh in diesem Lande die größtmögliche Geltung zu verschaffen. Und ich glaube, dass dies allein eine weitere Blutsverbindung zwischen den Familien White und Macintosh gewährleisten kann.«

Ungläubig schüttelte David den Kopf. Offenbar sollte seine Schwester als Zuchtstute für die Fortpflanzung des Hauses Macintosh dienen. »Was du da sagst, klingt sehr nach Pferde- oder Viehzucht. Was ist, wenn Fiona Granville nicht heiraten möchte? Hast du dich auch schon in einem anderen Gestüt nach den passenden Zuchtmerkmalen umgesehen?«

»Sei nicht ordinär! Fiona *wird* Granville heiraten. Das steht völlig außer Frage«, sagte Enid entschlossen. Sie zweifelte nicht im Geringsten daran, dass sich ihre Tochter der Familienräson unterordnen würde. Schließlich hatte sie ihrer Mutter feierlich versprochen, den Iren nie wiederzusehen.

Enid fuhr fort: »Ich sehe, dass du verstimmt bist. Aber ich bin zuversichtlich, dass du letzten Endes die Entscheidungen billigen wirst, die ich für Fionas Zukunft getroffen habe, weil du verstehst, warum das sein muss.«

»Es geht dir gar nicht um Fionas Zukunft, sondern um *deine*.«

»Da irrst du, mein Junge«, sagte Enid ruhig. »Ich habe ausschließlich unser aller Zukunft im Auge. Dabei stehen deine wohlverstandenen Interessen durchaus im Vordergrund. Es ist unsere Pflicht, dem Weg zu folgen, den ich eingeschlagen habe. Wenn du das nicht einsehen kannst, tut mir das leid. Am besten gehe ich jetzt und lasse dich in Ruhe über alles nachdenken, was ich gesagt habe.« Mit diesen Worten erhob sie sich und strich ihr Kleid glatt.

Es gab nichts mehr zu erklären. Sie war verärgert, weil ihr

Sohn ihre Pläne nicht billigte. Ohne Abschied verließ sie Davids Privatkontor und eilte zu der Kutsche hinunter, die vor dem Gebäude auf sie wartete.

Mit Tränen in den Augen stieg sie ein. Für dich, mein Sohn, habe ich das getan, dachte sie verbittert. Du bist zu gut und zu weich für diese Welt. Männer wie Granville White würden dich an die Wand drücken, und du würdest mit einer Arbeit alt und unglücklich, die deinem Herzen nicht nahe steht. Nein, David, eben weil ich dich liebe, möchte ich nicht, dass dir jemand etwas antut. Wäre doch nur Angus noch am Leben …

»Zur Pitt Street, Missus Macintosh?«, fragte der Kutscher.

»Nein, Harold, nach Hause. Vielen Dank«, antwortete sie und senkte den Kopf, damit er die Tränen in ihren Augen nicht sehen konnte.

15

Molly O'Rourke war nicht im King George.

Geduldig wartete Michael in einer Ecke des Lokals, doch auch als es geschlossen wurde, war sie nicht gekommen. Dabei hatte ihn ein am Nachmittag im Gasthof Erin abgegebener Brief mit dem geprägten Wappen der Familie Macintosh dringend ersucht, dorthin zu kommen. Molly wollte ihn dort erwarten. Sie hatte durchblicken lassen, sie könnte ihm sagen, wo sich Fiona aufhielt.

Diese Mitteilung war in einem kritischen Augenblick gekommen, denn Michael hatte gerade eine Überfahrt in die Kolonie Queensland gebucht, und das Schiff sollte in der folgenden Woche auslaufen. Doch vor allem wollte er Fiona finden, und so verließ er bitter enttäuscht den Gasthof, in den man ihn bestellt hatte.

Sein langer Fußweg zurück zum Erin führte ihn durch ein Gassengewirr, in dem der Geruch nach Räucherstäbchen, Morphium und den Gewürzen Asiens vorherrschte und das man nachts am besten mied. Es war das Gebiet der Märkte, auf denen sich tagsüber die Pferdehändler und Stellmacher mit den chinesischen Händlern aus der Provinz Fukian um den Platz stritten und wo es nachts durchaus vorkam, dass eine Frau einen Mann ausraubte und ihr Spießgeselle ihm die Kehle durchschnitt.

Irgendetwas stimmte nicht! Das gelbliche Licht der Gaslaternen verstärkte die sonderbare Atmosphäre des einsamen Platzes, als Michael stehen blieb, um sich zu orientieren. Dabei ging ihm die schreckliche Wahrheit auf: die Botschaft konnte gar nicht von Molly O'Rourke stammen, denn sie konnte weder lesen noch schreiben! Michael begriff, dass er in eine Falle gegangen war.

»Na, mein junger Freund? Sie hat dich wohl versetzt ... «

Er fuhr herum, als Jack Horton aus dem Schatten der einsam daliegenden Straße auftauchte.

Ein Hinterhalt!

Hortons Begleiter, der ihn mit lückenhaften Zähnen angrinste, war ebenso widerlich wie Horton selbst. Michael sah, dass beide barfuß waren. Daher also hatten sie ihm so lautlos folgen können. Eine entsetzliche Furcht überkam Michael.

»... sie wollte auf keinen Fall kommen«, fuhr Horton fort. »Deswegen haben ich und mein Bruder – na ja, Halbbruder – gesagt, wir wollen dafür sorgen, dass du heil nach Hause kommst. Stimmt doch, Benny? Hab ich das nicht gesagt? Normalerweise würde ich mich nachts nie hierher wagen. Viel zu gefährlich. Nich wie The Rocks, wo wir alle gute Kumpel sind. Außerdem sieht man die Hand vor Augen nich.« Mit diesen Worten näherte er sich Michael, der nicht daran zweifelte, dass beide Männer bewaffnet waren. Auch gab er sich keinen Täuschungen über das von Horton angebotene sichere Geleit hin. Er ließ den Mann, der mit der Geschmeidigkeit einer jagenden Katze näher kam, keine Sekunde aus den Augen.

Michael duckte sich und wartete auf den Angriff, der nicht ausbleiben konnte. Hier ging es nicht um eine der üblichen Prügeleien mit bloßen Fäusten. Wer diesen Überfall überleben wollte, musste alle Kniffe eines erfahrenen Straßenkämpfers kennen. Und die hatte ihm Max beigebracht. »Bleibt mir bloß vom Leibe ... beide«, knurrte Michael.

Unsicher zögerten sie. Sie hatten damit gerechnet, dass sich der Ire zur Flucht wenden und ihnen damit den Rücken zukehren würde. Mit berechnendem Blick sagte Horton: »Wir woll'n Ihnen doch nix tun, Mister Duffy. Mein Bruder hat gehört, was für 'n Ruf Sie in Redfern ha'm, und zu mir gesagt, Jack, ich will diesen Michael Duffy gerne kennen lernen und ihm die Hand schütteln.« Sein Stimme klang ölig.

Daraufhin trat Benny mit der ausgestreckten Rechten vor und lächelte unschuldig. Anfänglich hielt Michael den Mann für ein wenig zurückgeblieben. Er sah, dass er nichts in der rechten

Hand hielt, dann aber fiel ihm ein, was ihm Max eingeschärft hatte. Ein Linkshänder, dachte Michael, und seine Angst steigerte sich. Er hat das Messer in der linken Hand.

»Klingt vernünftig«, sagte er und versuchte, seiner Stimme einen beiläufigen und gelassenen Klang zu verleihen. Ihm war klar, dass die nächsten Sekunden über Leben und Tod entscheiden würden.

»Is doch schön, wenn wir alle Freunde sind«, sagte Horton. Es klang tückisch. Beide Männer waren jetzt nur noch eine Armeslänge entfernt.

Michaels Vorstoß kam unerwartet. Er griff nach Bennys Hand und spie zugleich Horton ins Gesicht. Dann packte er Bennys linkes Handgelenk und riss es in weitem Bogen zu sich her.

Während sich Horton die Augen wischte, hörte er das Aufstöhnen seines Halbbruders, dem das lange Messer, das er in der Hand hielt, in die Brust fuhr. Horton konnte nichts sehen, aber er stieß mit seinem Messer dahin, wo er Michael vermutete. Die Klinge verfehlte ihr Ziel und bohrte sich tief in Bennys Hals.

Ohne abzuwarten, bis Horton seinen schrecklichen Fehler begriff, drehte sich Michael blitzschnell herum und trat ihm in die Weichteile. Horton und sein Bruder stürzten zu Boden, um sie herum bildete sich eine Pfütze aus Bennys Blut. Jetzt erst wandte sich Michael zur Flucht.

Der Wutschrei, der durch die schmale Straße hallte, ließ ihn seine Kräfte verdoppeln, denn ihm war klar, dass er um sein Leben lief. Er blieb erst stehen, als er das Erin erreicht hatte. Wild hämmerte er gegen die verschlossene Tür.

Das Licht einer Laterne wurde in einem der Fenster im Obergeschoss sichtbar. »Wer zum Teufel ist da?«, rief Frank Duffy fuchsteufelswild hinab.

»Ich ... Michael ... Onkel ... Frank«, keuchte Michael. Schon nach wenigen Sekunden öffnete sich die Tür, und Michael ließ sich dankbar in den Gang sinken.

»Heilige Mutter Gottes!«, sagte Frank, als er ihn hochzog. »Was ist denn mit dir passiert? Du bist ja ganz voll Blut.« Michael konnte nicht sogleich antworten, denn er war vom Kampf und der Flucht noch völlig außer Atem. »Biddy! Weck Daniel und Max und sag ihnen, sie sollen sofort runterkommen«, rief Frank nach oben und half Michael in die Küche. Er entzündete eine Öllampe, in deren Schein sich der Raum mit zuckenden Schatten füllte.

Auf den dringenden Ruf hin kamen beide Männer sogleich herbei, Max mit verschlafenen Augen, nackter Brust und in langen Unterhosen, während Daniel einen Morgenrock über seinen Schlafanzug geworfen hatte. Besorgt warteten alle, bis Michael hinreichend Luft geschöpft hatte, um zu sprechen.

»Jack Horton hat mir mit seinem Bruder aufgelauert«, erklärte er schließlich. »Ich weiß nicht, warum, aber sie wollten mich umbringen. Ich bin ihnen zuvorgekommen und hab den Bruder mit seinem eigenen Messer erwischt.«

»Ist er tot?«, fragte Daniel.

»Ich glaube schon«, gab Michael zurück und ließ die Sekunden des Entsetzens noch einmal an sich vorüberziehen. »Das Messer ist ziemlich tief reingegangen. Dann hat Horton mich verfehlt und seinen Bruder noch mal getroffen. Ich glaube, am Hals.«

»Wenn die dich angegriffen haben«, sagte Frank und klopfte seinem Neffen beruhigend auf die Schulter, »war das Notwehr. Wir gehen zur Polizei und sagen, was los war. Dann werden die sich diesen Jack Horton kaufen.«

Daniel meldete Vorbehalte an. »Und wenn Jack Horton denen nun sagt, dass Michael seinen Bruder angegriffen und umgebracht hat?«, fragte er schwarzseherisch. »Dann steht Mikes Aussage gegen die von Horton.«

»Was sollte Michael deiner Ansicht nach tun?«, fragte Bridget ihren Sohn.

»Was weiß ich. Vielleicht einfach hier bleiben, während Max und ich zur Polizei gehen und die Sache erklären«, gab er zur Antwort.

»Meinst du nicht, dass die wissen wollen, warum er nicht mit euch kommt?«, fragte Frank.

»Wir sagen einfach, dass er verletzt ist, einen Schlag auf den Kopf bekommen hat und nicht sofort kommen kann. Damit gewinnen wir Zeit und können erfahren, was los ist.«

Frank Duffy nickte zustimmend, denn sein Sohn konnte als juristischer Fachmann am besten beurteilen, wie eine solche Sache anzupacken war. »Wir machen es, wie du sagst«, sagte er. »Ich verstecke Michael im Keller, bis ihr wieder da seid. Ich denke, du kannst 'nen guten Schluck Schnaps brauchen, mein Junge. Dann geht es dir sicher besser.«

»Vor allem muss er sich waschen und umziehen«, sagte Bridget fürsorglich. »Er hat ja Schreckliches durchgemacht.«

»Er kann beides haben.« Achselzuckend legte Frank ein weiteres Scheit auf das zusammengesunkene Feuer. »Max soll Wasser holen.«

Michael war todmüde. Die Wärme der Küche war wohltuend. Hatte er einen Menschen getötet? Er konnte es nicht richtig glauben; alles war so schnell gegangen.

Während das Wasser in einem großen eisernen Topf auf dem Ofen erhitzt wurde, goss Frank seinem Neffen ein halbes Glas seines besten französischen Cognacs ein. Michael nahm es dankbar entgegen und tat einen langen Zug. Schon bald stieg ihm das starke Getränk zu Kopf.

Max und Daniel, die sich in aller Eile angezogen hatten, kamen in die Küche zurück, und Daniel legte seinem Vetter beruhigend eine Hand auf die Schulter. »Wir gehen jetzt, Mike«, sagte er. »Bestimmt wird alles gut.«

Michael lächelte bei diesen Worten. Gerade, als die beiden das Haus verlassen wollten, klopfte es an die Tür. Sie blieben wie erstarrt stehen. Bridget riss angstvoll die Augen auf und sah zu ihrem Mann hin.

»Ich seh mal nach, wer da ist«, sagte Frank ruhig, obwohl ihm alles andere als wohl war. Max packte Michael am Arm und zerrte ihn ohne weitere Umstände in den Keller, während Frank zur Tür ging.

»Ah, Wachtmeister Farrell. Was kann ich um diese späte Stunde für Sie tun?«, fragte er den grimmig dreinblickenden Polizeibeamten, der im Eingang stand. »Ein kühles Bier, um die Zeit zu vertreiben?«

»Ein großartiger Einfall, Mister Duffy«, gab der hünenhafte irische Polizeibeamte zurück. »Ich komme zufällig hier vorbei und habe mir gedacht, es wäre ein guter Gedanke, mit Ihnen zusammen ein Glas zu leeren. Aber zuerst würde ich gern mit Ihnen unter vier Augen über was ganz Sonderbares sprechen, das heute Nacht in meinem Bezirk vorgefallen ist.«

Frank hielt dem Blick des Mannes stand. Beiden war bewusst, dass sie ein Spiel spielten, und Frank wusste, nach wessen Regeln es ablief. »Am besten kommen Sie rein«, sagte er. »Wir trinken dann zusammen was.«

Der Beamte folgte dem Wirt in die Küche, wo ein leeres Glas neben der Cognacflasche auf dem Tisch stand. Farrell warf einen misstrauischen Blick darauf. Das entging Frank nicht. Er fragte: »Wäre ein Schluck Cognac recht?« und nahm ein zweites Glas vom Wandbrett über dem Herd.

»Durchaus, Mister Duffy, durchaus.«

»Und was für sonderbare Dinge gibt es heute Nacht, dass sich die Hüter unserer Straßen und Häuser dafür interessieren?« Frank musste sich bemühen, dass seine Hand nicht zitterte, während er den Cognac eingoss.

»Wir haben einen Toten auf dem Haymarket gefunden«, antwortete der Beamte. »Ein uns bestens bekannter zwielichtiger Kunde. Ich sag das ungern, Gott möge seiner Seele Frieden geben, aber es ist kein Schaden, dass er diese Welt verlassen hat.« Wohlig seufzend nahm er einen kräftigen Schluck aus dem halb vollen Glas. Frank füllte es sogleich bis zum Rand nach.

»Ja, heutzutage kommt es auf der Straße zu schrecklichen Verbrechen«, beklagte sich Frank. »Leider wissen die Bewohner der Stadt Ihre Arbeit nicht zu schätzen, Wachtmeister Farrell. Wenn Sie sich noch ein Gläschen genehmigen wollen ...«

»Ich bin nicht gekommen, um mir was zu genehmigen«, sagte der Beamte ruhig, »sondern um Michael Duffy abzuholen.«

Frank wollte Einwände erheben, doch der Polizist hob die Hand. »Bevor Sie was sagen, Mister Duffy, muss ich Sie darauf hinweisen, dass es meine Pflicht ist, den ganzen Gasthof nach dem bewussten jungen Mann zu durchsuchen. Den Keller lass ich dabei aber aus, denn da unten würde sich nur ein Dummkopf verstecken.«

Frank Duffy begriff sofort, was die Worte des Beamten zu bedeuten hatten.

»Was wollen Sie von Michael, wenn ich fragen darf?«, fragte er gespielt ahnungslos.

Nach einem weiteren Schluck sagte Farrell: »Heute Nacht habe ich auf meiner Runde Jack Horton gesehen und auch gleich angehalten, denn der kommt nur selten aus The Rocks in diesen Teil der Stadt. Also hab ich überlegt, was der in meinem Bezirk treibt. Natürlich wusste ich die Antwort selber, nämlich nichts Gutes. Kaum hab ich ihn gefragt, da erzählt er mir, dass Michael Duffy seinen Bruder umgebracht hat. Michael habe sie beide ohne jeden Grund angegriffen. Natürlich ist das Humbug, aber da liegt 'ne Leiche, und so bin ich mit ihm zur Wache gegangen. Weil die Kollegen ihm geglaubt haben, hab ich gesagt, dass ich weiß, wo ich Michael finden kann und ihn herbeischaffen würde, damit man ihn wegen Mordes unter Anklage stellt.«

»Sind Sie allein gekommen?«, fragte Frank besorgt.

»Ja. Die Kollegen wissen, dass ich jeden kriege, hinter dem ich her bin«, erwiderte er mit verschwörerischem Zwinkern. »Na ja, fast jeden. Natürlich ist Ihnen klar, dass ich den Gasthof durchsuchen und Bericht erstatten muss. Das verlangt meine Pflicht.«

»Gewiss«, sagte Frank. »Die muss getan werden, und wenn es im Interesse der englischen Krone ist.«

Der irische Polizist leerte das Cognacglas auf einen Zug. Zwar trank er viel, aber er vertrug auch etwas, sodass ihn das starke Getränk nicht in der Ausübung seines Dienstes beeinträchtigte.

»Wenn ich Michael wäre«, sagte er, während er sich schwerfällig vom Stuhl erhob, »ich wäre schon auf einem Schiff, das noch heute Nacht ausläuft, und würde so lange weg bleiben, bis sich die Sache aufgeklärt hat.«

»Glauben Sie denn, dass die sich aufklären lässt?«, fragte Frank Duffy hoffnungsvoll.

»Ich denke schon«, erwiderte der Beamte und folgte ihm in den Speisesaal. »Hortons Behauptung, Michael habe zwei Männer wie ihn und seinen Bruder grundlos angegriffen, lässt sich auf Dauer nicht aufrechterhalten. Aber wie die Gesetze nun mal sind, hat man in Sydney schon viele Leute aufgehängt, von denen sich später herausgestellt hat, dass sie unschuldig waren. Es ist besser, Ihr Daniel sorgt dafür, dass Michael gut beraten wird, bevor wir uns mit ihm unterhalten.«

Sie gingen von Raum zu Raum, wobei der Polizeibeamte so tat, als ob er suche. An der Kellertür lächelte er viel sagend und ging weiter. Während Frank ihn zur Haustür begleitete, dankte Farrell dem Wirt für seine Unterstützung.

»Ich denke, ich sag den Jungs auf der Wache, ich hab gehört, dass Michael sich nach Westen abgesetzt hat, in die Kolonie Südaustralien«, sagte er, bevor er ging. »Es ist ein großes Land. Vielleicht ist er ja sogar nach Norden zu seiner Schwester gegangen.«

Frank sah dem gemächlich davonschreitenden Beamten nach. Es würde eine Weile dauern, bis er die Wache von Darlinghurst erreichte. Jetzt war jede Minute kostbar!

Der Beruf des Gastwirts hatte seine Vorzüge, vor allem, wenn zu den Gästen der Kapitän eines Schiffs gehörte, das mit der frühen Morgenflut auslaufen sollte. Wie es der Zufall wollte, war der Mann ein irischstämmiger Amerikaner aus Boston, ein Anhänger der Republik, der gern bereit war, den Engländern ein Schnippchen zu schlagen.

Der genaue Zielhafen des Schiffs war unerheblich, aber hoffentlich fuhr es nach Amerika, wo Michael untertauchen konnte, bis die törichten Behauptungen gegen ihn aus der Welt geschafft waren. Frank schloss die Tür und eilte nach oben, um sich anzuziehen. Übermäßig viel Zeit blieb ihnen nicht bis zur Morgendämmerung und dem Gezeitenwechsel.

Der junge Mann, den man mit Erlaubnis des Kapitäns unauffällig an Bord des amerikanischen Schoners geschmuggelt hatte, stand achtern an der Steuerbordreling. Die Besatzung wusste, dass sie bei solchen Passagieren keine Fragen zu stellen hatte.

Es dämmerte schon fast, als die *Eagle* den Hafen von Sydney hinter sich ließ. Während ihr Bug in die immer höher auflaufenden Wogen des Pazifik schnitt, hielt der junge Mann unverwandt den Blick auf das langsam kleiner werdende Land gerichtet, das orange schimmernd im Glanz der aufgehenden Sonne dalag. Es würde ein heißer Tag für Sydney werden, und der Gasthof würde gute Geschäfte machen.

»Der Käpt'n sagt, Sie könn' mit ihm Kaffee trinken.«

Michael wandte sich dem zahnlosen Seemann zu, in dessen runzligem Gesicht sich ein vor dem Mast verbrachtes Leben spiegelte. »Danke«, gab er zurück und sah sich noch einmal um. »Geht die Fahrt nach Amerika?«

»Nee, nach Neuseeland.«

»Neuseeland«, wiederholte Michael ausdruckslos.

»Ja, Neuseeland. Aber ich an Ihrer Stelle würde da nich länger blei'm wie nötig«, sagte der alte Seebär beiläufig. »Die Menschenfresser da, man nennt sie Maori, ha'm es auf die Tommys abgesehen, und ich würde mein Geld auf die Maori setzen. Wenn die erst mal loslegen, bleibt kein Auge trocken.« Mit heiserem Kichern kehrte der o-beinige Alte zum Bug zurück.

Nur noch die Rauchsäulen, die von Feuern am South Head aufstiegen, zeigten an, wo Australien lag, denn inzwischen war das feste Land hinter dem Horizont verschwunden.

Michael wartete, bis auch von den Rauchsäulen nichts mehr zu sehen war, dann arbeitete er sich über das Deck des schlingernden Schiffs zur Kapitänskajüte vor.

Vor ihm lagen die Inseln Neuseelands und eine ungewisse Zukunft. Hinter ihm lagen Australien und der Mensch, der er einmal gewesen war, ein Mensch, der er nie wieder sein konnte.

Jack Horton kam kurz vor fünf Uhr in der Frühe und klopfte so laut an die Tür, dass er damit nicht nur Granville, sondern auch Penelope weckte.

Voll Empörung ging das von dem Lärm aus dem Schlaf gerissene Dienstmädchen an die Tür und drohte, sie werde die Polizei rufen. Doch der blutbefleckte und übel riechende Mann vor der Tür schob sie einfach beiseite, trat ein und blieb herausfordernd im Vestibül stehen.

Granville tauchte in einem Morgenmantel oben am Treppengeländer auf und richtete seinen Revolver vom Kaliber .32 auf den Eindringling. Das verängstigte Dienstmädchen stieß einen Seufzer der Erleichterung aus, musste aber dann zu seinem Staunen mit ansehen, wie Granville den Fremden aufforderte, ihm in die Bibliothek zu folgen, statt ihn einfach niederzuschießen. Kopfschüttelnd zog sie ihren Morgenmantel dichter um sich und kehrte in ihr Zimmer zurück. Sie konnte sich nur noch knapp eine halbe Stunde Schlaf gönnen, bevor ihr Arbeitstag in Mr. Whites Haus begann.

Unterdessen warf sich Penelope rasch ein Tuch um die Schultern und schlich leise von ihrem Zimmer nach unten. Durch die Tür der Bibliothek konnte sie gedämpft die Unterhaltung zweier Männer hören. Als sie sich zu streiten begannen, eilte sie nach oben, weil ihr klar war, dass das Gespräch bald vorüber sein würde.

Der ahnungslose Granville, der kurz darauf mit Horton hinaustrat, wusste nicht, dass Penelope nun über das fehlgeschlagenen Mordkomplott gegen Michael Duffy im Bilde war.

Müde kehrte Horton nach The Rocks zurück. Denn die Polizei hatte ihn lange verhört, bevor er Granville Bericht erstatten konnte. Trotz des Fehlschlags blieb es bei seiner Anstellung auf der *Osprey*, denn Granville hatte nach wie vor Angst vor Hortons scharfem Messer.

Am Frühstückstisch ging Granville ungewöhnlich ruhig die Zeitung durch. Penelope, die ihm gegenübersaß, lächelte in sich hinein. Es überraschte sie nicht, dass Michael Duffy nicht in die Falle gegangen war, die ihr Bruder ihm gestellt hatte. Sie empfand eine gewisse wilde Freude darüber. Sie hatte immer gewusst, dass er gefährlich war. Kaum konnte sie ihre Begeisterung darüber verbergen, dass der tückische Plan ihres Bruders gescheitert war.

»Du solltest zu Gott beten, dass Michael Duffy nie erfährt, wer hinter dem Mordanschlag auf ihn steckt, Bruderherz«, sagte sie beiläufig, während sie an einer Scheibe Toast knabberte. »Sonst könnte er es dir eines Tages heimzahlen.«

Granville erbleichte vor Angst, weniger, weil seine Schwester die Beziehung zwischen ihm und Horton kannte, wohl aber, weil sie ihn daran erinnert hatte, dass der Ire nach wie vor lebte und tatsächlich erfahren könnte, welche Rolle Granville in dieser Geschichte spielte. Michael Duffy war jetzt sein schlimmster Albtraum, und er wusste, dass er sich nicht sicher fühlen durfte, solange der junge Ire lebte.

»Ich halte es für unwahrscheinlich, dass er das je erfahren wird, Schwesterherz«, gab er knurrend zurück. »Schon gar nicht von dir, denn du möchtest ja wohl gern dieses Haus haben.«

»Ich kann dir versprechen, dass ich den Mund halte«, gab sie lächelnd zurück, »vorausgesetzt, du hältst dich an unsere Abmachung.« Seine Erleichterung war unübersehbar, als sie hinzufügte: »Außerdem werde ich dir nach wie vor dabei helfen, Fiona zur Gattin zu bekommen.«

»Tu das«, sagte er, stand auf und legte die Zeitung auf den Tisch. »Ich kann dir versichern, dass ich dir dann auf alle Zeiten dankbar sein werde.«

Sie sah ihm nach, als er das Esszimmer verließ, und strahlte vor Zufriedenheit. Ach, Bruderherz, dachte sie, wenn du nur im Entferntesten ahntest, was dich erwartet.

Raunen im Wind

1863

16

Der Befehlshaber der
berittenen Eingeborenenpolizei
Stützpunkt Rockhampton

22. Februar 1863

Sir, hiermit berichte ich

Schweißtropfen fielen von Morts Hand und verschmierten die Tinte auf dem Papier, wobei das Geschriebene zu einem wässrigen Klecks verlief. Ganze Schweißbäche liefen ihm unter dem dicken Uniformrock über die Brust. Er verfluchte die drückende Hitze.

In einem verzweifelten Wutausbruch schleuderte er den Gänsekiel gegen die hölzerne Wand hinter seinem Schreibtisch. Eine winzige Eidechse eilte davon, als das Schreibgerät an die Wand prallte und Tröpfchen dunkler Tinte auf den Dielenboden spritzten. Wütend wischte er seinen Bericht vom Tisch.

Lieutenant Morrison Mort war alles andere als glücklich. Die teuflische Hitze, der stechende Geruch von Buschfeuern und die Tatsache, dass Tom Duffy noch lebte, quälten ihn in den stillen Stunden der Nacht. Wäre er doch nie aus der Kolonie Victoria hierher an die Grenze zu Queensland gekommen, um Dienst in der Eingeborenenpolizei zu tun!

Nach der Rückkehr von der Patrouille hatte er erfahren, dass es sich bei dem zweiten Weißen um den Sohn des von ihm getöteten Iren handelte. Diese Erkenntnis verdankte er den Nachforschungen, die Sergeant James routinemäßig in Rockhampton angestellt hatte. Er hatte ihn damit nicht beauftragt, denn bisweilen war es besser, den Dingen nicht auf den Grund zu gehen und Ergebnisse nicht unnötig laut hinauszuposaunen. Einzelheiten über Tom Duffy hatte James von Solomon Cohen erfahren, dem jüdischen Händler, der den irischen Fuhrleuten die für Tambo bestimmten Waren geliefert hatte. Das Bild, das sich dabei herausgeschält hatte, war kaum dazu angetan, Morts Befürchtungen zu vermindern. Cohen hatte Tom Duffy als zähen Buschläufer beschrieben, dem es nicht schwer fallen würde, sich auch allein durchzuschlagen. Der alte Eingeborene, der mit den irischen Fuhrleuten durchs Land gefahren war, hatte ihm alles Nötige beigebracht. Schlimmer noch war, dass dieser Duffy als Mann galt, dem man besser nicht in die Quere kam.

Mort erhob sich langsam, streckte sich, trat ans einzige Fenster des Raumes und sah in die heiße Nacht hinaus. Fern am Horizont brannten Buschfeuer mit ihrem trügerischen, sanften Schimmer. Sein Gesicht spiegelte sich in der Fensterscheibe. Es war das Gesicht eines Mannes, den Frauen unwiderstehlich fanden. Er lachte leise in sich hinein. Der Mann, den er da sah, war nicht nur ein tüchtiger Beamter Ihrer Majestät Königin Viktoria, den seine Vorgesetzten in Victoria ebenso zu schätzen gewusst hatten wie sie ihn in Queensland schätzten, sondern auch jemand, dessen Nähe die Frauen bei gesellschaftlichen Anlässen suchten. Er war charmant, sah gut aus und verstand geistreich zu plaudern.

»Verdammte Huren, eine wie die andere!«, knurrte er. Wieder einmal quälte ihn die innere Unruhe, die nur eine Frau lindern konnte. Ach, was wussten die anderen schon von seinem Leiden! Seit dem Tag seiner Geburt vor dreißig Jahren schleppte er den Verrat seiner Mutter mit sich herum, die ihn nie geliebt hatte.

Er wandte dem Spiegelbild den Rücken zu und sah auf den Infanteriedegen, der über dem Schreibtisch an der Wand hing. Ihn hatte er wenige Tage vor dem Angriff auf die Palisaden von Eureka einem jungen Subaltern-Offizier beim Kartenspiel abgewonnen und war damit an jenem heißen Sommermorgen des Jahres 1854 im Goldsucherbezirk von Ballarat in die Schlacht gezogen. Bei dieser Gelegenheit hatte er in dem Degen die wahre Erweiterung seiner Männlichkeit kennen gelernt.

Im Unterschied zu einem gekrümmten Kavalleriesäbel, mit dem man auf seine Gegner einhieb, war er lang und gerade, und mit seiner scharfen Spitze konnte man den Feind wie mit einem Bajonett durchbohren. Henker und Opfer standen sich Auge in Auge gegenüber, waren einen Augenblick lang miteinander verbunden – und in diesem Augenblick durchflutete den Mann, der den anderen tötete, ein unbeschreibliches Machtgefühl.

Er ließ sich wieder auf den Stuhl hinter dem Schreibtisch sinken und sah trübsinnig auf das Blatt, das er wutentbrannt zu Boden gewischt hatte. Vielleicht würde er den Bericht am nächsten Tag abfassen. Der Fluch seiner dumpfen und gewalttätigen Vergangenheit hielt ihn immer noch wie mit Krallen fest. Er war im berüchtigten Viertel The Rocks von Sydney aufgewachsen und hatte versucht, mit dieser Vergangenheit zu brechen, indem er davongelaufen war, um als Matrose sein Glück zu machen. Doch seine Vergangenheit hatte ihn wie ein fortwährender Fluch begleitet. Die Erinnerung an seine Mutter, die Männern ihren Körper feilbot, ließ ihn nicht los. Sie hatte ihn als Sechsjährigen für den Gegenwert einer Flasche Wacholderschnaps an einen syphilitischen betrunkenen Seemann verkauft. Wie hatte sie gelacht, sinnlos betrunken, wie sie war, als er vor Qualen aufgeschrien hatte in der Hoffnung, der Mann werde aufhören, ihm wehzutun.

Nicht nur hatte der Mann ihm vor den Augen seiner Mutter in dem von Ratten wimmelnden Loch hinter einer Gerberei Gewalt angetan, sie hatte den vor Wollust grunzenden Seemann auch noch mit unflätigen Zurufen angespornt. Dieser Nacht folgten viele Nächte, in denen ihn Männer gegen Geld missbraucht hatten und seine Mutter über seine Qualen in Gelächter ausgebrochen war. Trotz aller Bemühungen, die erlittenen Erniedrigungen zu vergessen, waren sie immer wiedergekehrt.

Eines Tages aber war es über seine Kräfte gegangen, was man ihm antat, und er hatte seine betrunkene Mutter in dem kleinen stinkenden Loch trotz ihres Winselns um Gnade umgebracht.

Die Polizeibeamten, die den entsetzlichen Mordfall untersuchten, vermuteten einen unzufriedenen Freier als Täter. Auf den Zehnjährigen, der mit versteinertem Gesicht und kalt blickenden blauen Augen in der Ecke stand und ihnen zusah, war kein Verdacht gefallen. Ein besonders sadistischer Fall, hatte einer der Beamten geäußert, während er den verstümmelten Leichnam in Augenschein nahm. Der Schweinekerl hatte ihr den Mund mit einem scharfen Instrument zerschnitten. Der junge Morrison Mort wusste, dass sie nie wieder über seine Qualen lachen würde, und er hatte sich vorgenommen, dafür zu sorgen, dass auch keine andere Frau je Gelegenheit dazu haben sollte, solange er lebte.

Nach einigen Jahren auf See hatte er in Melbourne heimlich das Schiff verlassen und sich für die Polizeitruppe im Goldsucherbezirk rekrutieren lassen, wo gewissenlose Gauner rasch hohe Einkommen erzielten. Die Mühe, die er in den an Bord verbrachten Jahren darauf verwendet hatte, sich zu bilden, hatte sich ausgezahlt, und schon bald war er zum Sergeant befördert worden. Seine Vorgesetzten schätzten ihn als klugen Mitarbeiter, der durchgreifen und andere auch unter schwierigen Bedingungen führen konnte.

Nach dem Massaker an den aufsässigen Goldsuchern bei den Palisaden von Eureka war er eine Weile bei der Polizei der Provinz Victoria geblieben, hatte sich dann aber als Lieutenant zur berittenen Eingeborenenpolizei Queenslands versetzen lassen, weil er keinen anderen Ausweg wusste. Zum Glück hatte man nie den verstümmelten Leichnam des kleinen Mädchens gefunden, den er im Busch außerhalb Melbournes verscharrt hatte.

Ein zögerndes Klopfen an der Tür riss ihn aus seinen trübseligen Gedanken. Auf sein missmutiges »Herein« zeigte sich der Buschpolizist Mudgee mit einer dürren jungen Eingeborenen, die ein schmutziges Baumwollkleid trug. Er schob das Mädchen in den Raum und nahm vor Morts Schreibtisch Aufstellung.

»Die Kleine für Sie, Mahmy«, machte er Meldung.

»Sehr gut, Mudgee«, sagte Mort und musterte die zitternde Kleine, die etwa zehn Jahre alt sein mochte und ihre großen verängstigten Augen auf den Boden gerichtet hielt. »Wenn du den Mund hältst, verspreche ich dir, dass du noch vor Ende des Jahres Gideons Corporalswinkel bekommst. Sagst du aber auch nur ein Wort, und du weißt, dass ich das erfahre, peitsche ich dir die Haut in Fetzen vom Rücken. Verstanden?«

Der Mann nickte. »Ja, Mahmy. Ich sag bestimmt keinem was über die Kleine.« Ihm war klar, dass der weiße Teufel hinter dem Schreibtisch beides wahr machen konnte: sein Versprechen, ihn zu befördern, wie auch seine Drohung, ihn zu Tode zu peitschen.

»Gut, du kannst gehen«, sagte Mort. Der Mann salutierte erneut, machte eine vorschriftsmäßige Kehrtwendung und verließ den Raum.

Als er gegangen war, stand Mort erneut auf, trat zu der völlig verängstigten Kleinen und zog ihr mit sonderbar abwesendem Blick das Kleid über den Kopf. Sie leistete keinen Widerstand, denn Mudgee hatte ihr in den grellsten Farben ausgemalt, was ihr der weiße Mann antun würde, wenn sie auf den Einfall käme, sich zu wehren.

Das Kleid fiel zu Boden. Während sie nackt und zitternd dastand, trat er von hinten an sie heran und ließ seine Hand langsam über ihren Unterleib abwärts gleiten. Sie zuckte zusammen und versuchte sich ihm zu entwinden. »Halt still, Miststück«, brüllte er, während ihr Tränen der Scham über das Gesicht liefen. »Du bist nichts«, sagte er, knöpfte sich mit der freien Hand die Hose auf und schüttelte sie von den Beinen. Dann suchte er in der Schreibtischschublade, bis er gefunden hatte, was er brauchte. Er lächelte. Das Zittern des Mädchens wurde stärker, als er ihr einen Fetzen in den Mund stopfte und ihr die Handgelenke mit einem Lederriemen fesselte. Darauf stieß er sie grob mit dem Gesicht nach unten auf den Schreibtisch. Hätte sie sehen können, was er ihr anzutun gedachte, hätte sie wohl mit jeder Faser ihres winzigen Körpers Widerstand geleistet.

Das krankhafte Fieber in Morts Geist fand seinen Niederschlag im Schweiß, der sein Gesicht bedeckte. Mit Geifer in den Mundwinkeln starrte er ihren mageren Rücken und das schmale

Hinterteil an. Er musste etwas tun, um die unerträgliche Anspannung zu lösen.

Der bis tief in die Kehle reichende Knebel erstickte den lang gezogenen Schmerzensschrei des Kindes, als er seiner Gier ungehindert Lauf ließ.

Sergeant Henry James konnte sich nicht erinnern, dass je einer der Männer aus der Buschpolizei desertiert war.

Beim Anblick der verstümmelten Leiche eines jungen Eingeborenenmädchens, die mitten im Buschwerk unweit der Mannschaftsunterkunft im roten Staub lag, konnte er sich denken, warum Mudgee es vorgezogen hatte zu fliehen, statt sich der Justiz des weißen Mannes zu stellen.

Ganz in der Nähe stand Corporal Gideon und hielt die Zügel der beiden Pferde. Er spie verächtlich aus. »Was für ein Sauhund, Sar'nt Henry«, sagte er mit einem Blick auf die entsetzlichen Wunden um den blutverschmierten Mund des Mädchens.

»Sieht ganz so aus, als hätte er sich mit dem Messer über sie hergemacht«, sagte Henry, der sich hingehockt hatte, um die Leiche umzudrehen. Dabei stieg eine schwarze Wolke Fliegen auf, die sich gestört fühlten. Es würgte Henry im Hals. »Großer Gott! Sieh dir das an.«

Gideon schüttelte den Kopf beim Anblick der verstümmelten Vagina. »Der muss vom Teufel besessen gewesen sein«, sagte er unglücklich.

»Vielleicht hat er zu lange in der Gesellschaft von Weißen gelebt«, sagte Henry und spie in den Staub. Mort hatte ihm gesagt, dass Mudgee das Mädchen als Letzter lebend gesehen hatte. Das war ein hinreichender Grund, einen Haftbefehl gegen den Mann zu erlassen.

Henry erhob sich und kehrte schleppenden Schritts zu Corporal Gideon zurück. »Schick ein paar von den Weibern aus den Mannschaftshütten her, damit die sich um die Leiche kümmern«, sagte er und griff nach dem Zügel seines Pferdes. »Sie gehörte also zu den Mädchen, die bei einer Vertreibung im vorigen Jahr ergriffen worden waren?«

Gideon nickte. »Vom Stamm der Maranoa«, sagte er. »Sie hatte hier keine Verwandten, Sar'nt Henry. Niemand singt für sie.« Henry schwang sich in den Sattel und warf einen letzten Blick auf die Leiche, die bereits wieder von Fliegen bedeckt war.

»Umso schlimmer. Jedenfalls soll sie ein anständiges Begräbnis haben«, sagte er, während sie davonritten.

Lieutenant Mort war mit dem Bericht zufrieden, den sein Sergeant über den Mord an der kleinen Ureinwohnerin verfasst hatte. Er war knapp und benannte eindeutig den desertierten Ureinwohner als Täter. Der Dummkopf hatte aber auch allen Grund zu verschwinden, hatte er doch, betrunken wie er war, die Leiche im Busch abgeladen, statt sie, wie es Mort ihm befohlen hatte, in den Fluss zu werfen, wo sich die Krokodile um sie gekümmert hätten.

Wieder nüchtern hatte Mudgee sich leicht ausrechnen können, was ihm blühen würde, nachdem man die Leiche gefunden hatte. Er war nicht so dumm anzunehmen, dass vor einem Gericht von Weißen sein Wort gegen das eines Offiziers etwas gelten könnte.

Leise vor sich hinsummend, hielt Mort mitten in seinem geschönten Bericht über die Vertreibung der Schwarzen vom Besitz Glen View im vergangenen November inne. Draußen drillte Sergeant Henry auf der staubigen Lichtung, die als Exerzierplatz diente, seine Männer. Mit aufgerissenen Augen ahmten neugierig zusehende Eingeborenenkinder das Präsentieren der Karabiner mit Stöcken nach. Der blaue Rauchschleier eines Buschfeuers, das in den Bergen um Rockhampton tobte, hing in der stillen Luft. Irgendwann würden sich über den Bergen schwere Regenwolken bilden und ihre Fracht über der ausgedörrten, verbrannten Landschaft abladen. Dann würde die Asche weggeschwemmt und der Rauch verschwinden. Noch aber litten die Männer unter der glühenden Hitze.

»Präsentiiiiert das Geweehr!!!«

Henry ließ den Blick über die Reihe der Eingeborenen laufen, um sich zu vergewissern, dass keiner der Männer auch nur einen Millimeter schwankte, während er den senkrecht gehaltenen Karabiner nach vorn reckte. Wie sie es gelernt hatten, standen sie stocksteif, den Blick vor sich gerichtet, und warteten mit schmerzenden Muskeln auf den Befehl »Gewehr ab«. Aber Sergeant Henry schien mit seinen Gedanken ganz woanders zu sein ... als hätte ihn sein guter Geist verlassen und wäre davongeflogen.

Sie sahen, wie er zur Bretterhütte auf der anderen Seite des Exerzierplatzes hinüberstarrte, die dem weißen Teufel Mahmy als Schreibstube diente. Der Mord an der kleinen Ureinwohnerin ließ ihm keine Ruhe, und es tat ihm jetzt leid, dass er Mort den Bericht so rasch abgeliefert hatte.

Ein durch nichts zu belegender sonderbarer Verdacht war ihm gekommen, während er mit den Buschpolizisten exerzierte. Es war ein törichter Gedanke, den er sogleich von sich wies. Unmöglich konnte sein Vorgesetzter der Mörder des Mädchens sein. Man musste Mudgees Flucht als hinreichenden Nachweis seiner Täterschaft nehmen.

Kopfschüttelnd kehrte Henry in die Wirklichkeit des Exerzierplatzes zurück. Erleichtert seufzten die Buschpolizisten auf, als er ihnen endlich den Befehl zubrüllte, die Gewehre auf den Boden zu setzen.

17

Wie das Spährohr eines U-Boots reckte der Emu seinen langen Hals über das Grasmeer und richtete den starren Blick auf die sonderbaren schwarzen Gegenstände, die wie dünne Stämme kronenloser Bäume in der heißen, still stehenden Luft schwebten.

Tom Duffy, der sich zwischen einigen trockenen Grasbüscheln eng an den Boden drückte, sah zu, wie das Tier sichernd den Kopf hin und her drehte.

»Näher«, flüsterte er kaum hörbar. Nicht weit von ihm lag der junge Billy auf dem Rücken und bewegte seine hoch aufgereckten Beinen langsam im Kreis. Hinter ihm hockte Wallarie, den Speer wurfbereit in der Hand.

»Näher«, flüsterte Tom erneut. Als wollte ihm der neugierige Vogel zu Gefallen sein, tat er zwei weitere langsame Schritte auf die dürren Beine des Eingeborenen zu, die in der Luft kleine Kreise beschrieben. Wallarie erhob sich und schleuderte den langen Speer, der die breite gefiederte Brust des großen flugunfähigen Straußenvogels traf. Nach wenigen unsicheren Schritten brach der Emu auf dem ausgedörrten schwarzen Erdboden zusammen. Sogleich eilte Wallarie mit der Keule herbei, wich aber vorsichtig den wild um sich schlagenden Beinen aus. Ein Emu konnte mit den Krallen seiner steinharten Füße einem Menschen ohne weiteres den Bauch aufschlitzen. Der Keulenhieb setzte seinem Leben ein Ende.

»Ausgezeichnet!«, rief Tom aus und sprang auf die Füße. »Du verwöhnst uns, Wallarie, alter Halunke!« Der hoch gewachsene Krieger lächelte befriedigt über das Lob seines Geschicks als Jäger. Der junge Billy eilte zu ihm und stellte sich neben ihn, stolz auf seinen Anteil an der erfolgreichen Jagd. Sie unterhielten sich ganz aufgeregt in einer Sprache, die zu lernen sich Tom Duffy gerade bemühte. Zwar verstand er nur einzelne Brocken, merkte aber, dass Wallarie etwas sagte, das »euer Fleisch« bedeutete. Also gehörte der Junge zum Totem Emu, überlegte Tom. Er würde sich das für die Zukunft merken müssen.

Wallarie dankte dem Geist des Tieres dafür, dass es seinen Körper zur Verfügung gestellt hatte, damit die Menschen an diesem Abend reichlich zu essen hatten, und gelobte, beim Vorbereiten des Kochfeuers die vorgeschriebenen Rituale einzuhalten.

Er zog den Speer aus dem Rumpf und hob das Tier auf die Schultern. Der lange Hals pendelte hin und her, während die Jäger westwärts dem Lager zustrebten, wo die Hand voll überlebender Nerambura auf ihre Rückkehr warteten. Als Tom daran dachte, dass sie endlich Fleisch essen würden statt der Yamswurzeln, Fladen aus Nardu-Mehl und vereinzelten Eidechsen, von denen sie sich ernährten, seit sie das Gebiet der Darambal verlassen hatten, knurrte ihm der Magen. Er glaubte schon, das auf glühenden Holzstücken zischende Emufett riechen zu können, und der Mund wurde ihm wässrig bei der Vorstellung, was für ein herrliches Festmahl sie an diesem Abend bekommen würden – bestimmt nicht schlechter als die gefüllte Gans, die Tante Bridget in Sydney jeweils zu Weihnachten auf den Tisch brachte.

Die Erinnerung an die aus Europa stammenden Festbräuche schien weit in der Vergangenheit zu liegen. Seit Tom durch die Einsamkeit der ungeheuren Ebenen des westlichen Queensland zog, hatte er jegliches Zeitgefühl verloren.

Viele Nerambura waren nicht übrig geblieben. Außer Wallarie, dem jungen Billy, einer jungen Frau namens Mondo und einer Alten, die Tom bei sich Schwarze Biddy nannte, gab es noch Toka und Kondola, zwei Stammesälteste der Darambal. In den Wochen des Zusammenseins mit ihnen hatte Tom eine gewisse Zuneigung zu seiner Adoptivfamilie gefasst, die ihn ohne jeden Vorbehalt aufgenommen hatte, obwohl er eben der Rasse angehörte, deren Vertreter einen großen Teil ihres Stammes abgeschlachtet hatten.

Als Anführer der kleinen Gruppe hatte Wallarie den übrigen

erklärt, Tom habe zwar die gleiche Hautfarbe wie die Männer, die zusammen mit der Buschpolizei und ihren Waffen gekommen waren, gehöre aber einem anderen Stamm an als die weißen Mörder.

Seit seiner Flucht vor den Häschern hatte die erbarmungslose Sonne Toms Haut tiefbraun werden lassen, sodass er von fern ohne weiteres als einer der Menschen durchging, mit denen er umherzog. Seine europäische Kleidung war längst in Fetzen gegangen, denn auf ihrem Weg, der sie stets der sinkenden Sonne entgegenführte, hatten sie immer wieder dorniges Gestrüpp überwinden müssen, bis schließlich eine nahezu baumlose Ebene mit schwarzer Erde an die Stelle des Brigalow-Buschlandes getreten war.

Aus der Welt des weißen Mannes waren ihm außer seinen Shorts, in Wahrheit die Überreste seiner Hose, und den schweren Lederstiefeln lediglich sein Coltrevolver mit einem kleinen Vorrat an Schießpulver, Bleikugeln und Zündhütchen sowie die Feldflasche geblieben. Im breiten Ledergürtel, der die Reste seiner Hose hielt, steckte ein Bowie-Messer. Haar und Bart waren von Tierfett und Schmutz verfilzt, und wenn er auch wegen der spartanischen Ernährungsgewohnheiten der Ureinwohner abgenommen hatte, war er mit seinen breiten Schultern und der mächtigen Brust nach wie vor eine eindrucksvolle Erscheinung.

Während die drei über die mit trockenem Gras bestandene staubige Ebene zogen, redete der junge Billy, der sich Tom vom ersten Tag an angeschlossen hatte, unaufhörlich auf ihn ein, obwohl Tom so gut wie nichts verstand.

Wallarie, der als Jäger und Krieger nicht auf die Gesellschaft des Jungen angewiesen war, setzte sich lieber zu den beiden Männern, die einst geachtete Älteste im Stamm der Nerambura gewesen waren. Zu dritt saßen sie oft spätabends am Feuer und unterhielten sich, ohne auf den Jungen zu achten, der sich nur allzu gern zu ihnen gesellt hätte. Der große weiße Mann aber verjagte ihn nicht. Von Zeit zu Zeit duldete auch Mondo Billys Gesellschaft, doch war zwischen ihm und ihr eine Schranke aufgerichtet, denn sie war kein Kind mehr.

Während sie an diesem späten Nachmittag zu dritt dem Lager entgegenzogen, ließ Tom an seinem inneren Auge die Ereignisse vorüberziehen, die ihn dazu gebracht hatten, sich den wenigen Überlebenden von Wallaries Stamm anzuschließen.

Er musste an den Tag denken, an dem er unter dem hohen Baum die verstümmelten Leichname seines Vaters und des alten Billy entdeckt und sie an Ort und Stelle begraben hatte. Man sah auf den ersten Blick, dass die Verstümmelungen von einem Bajonett oder Degen herrührten, Waffen, die ausschließlich Weiße benutzten.

Sorgfältig hatte er die Spuren in der Umgebung der Stelle gelesen, wie es ihn der alte Billy gelehrt hatte, und erkannt, dass viele Pferde dort gewesen waren. Nicht nur die Abdrücke von Polizeistiefeln hatte er entdeckt, sondern auch Spuren von Ketten an dem glatten, weißen Stamm des hohen Baumes, an dessen Fuß er die beiden Leichen gefunden hatte. Da die Abschürfungen an den Handgelenken beider darauf hinwiesen, dass die Polizei sie an den Baum gekettet hatte, kamen als Täter für den Mord an seinem Vater und dem alten Billy nur Polizisten in Frage. So, wie die Leichen aussahen, musste es sich um die Tat eines Verrückten handeln, doch war Tom außerstande, sich den Grund dafür vorzustellen. Da aber klar war, dass die Mörder in den Reihen der Buschpolizei zu suchen waren, musste er damit rechnen, dass sie auch ihm nach dem Leben trachteten.

Mithilfe seines Bowie-Messers hatte er zwei flache Vertiefungen in den roten Boden gegraben, seinen Vater und dessen Gefährten Seite an Seite beigesetzt und als Hinweis auf ihre letzte Ruhestätte einige Steine auf das Grab gelegt.

Bei allem Kummer um die beiden Toten hoffte er, dass sie in der Art Jenseits beieinander waren, das sich die Ureinwohner vorstellten, denn dann konnte er seinen Vater als einen der vielen Sterne am samtschwarzen funkelnden Himmelsdach sehen.

Als Tom eine Rauchsäule über dem Buschland zum wolkenlosen Himmel aufsteigen sah, wusste er, dass es das Fuhrwerk mitsamt den Zugochsen war, das er dort zurückgelassen hatte. Kurz zuvor waren vereinzelt Geräusche zu ihm gedrungen, vermutlich Schüsse aus Karabinern. Er nahm an, dass die Greifer die Ochsen umgebracht und das Fuhrwerk mitsamt seiner Ladung in Brand gesetzt hatten. Damit war klar, dass er sich allein in einem Gebiet befand, wo jeder sein Feind war. Den geladenen Revolver in der Hand hatte er, den Rücken an den Baumstamm gelehnt, den Einbruch der Nacht abgewartet.

Nach einer Weile hatte ein Dingo mit seinem Geheul Artgenossen auf den Ort des Gemetzels aufmerksam gemacht, und einmal, während der stillen Stunden, glaubte Tom den Umriss einer dunklen Gestalt im Busch gesehen zu haben. Doch sie war sogleich wieder verschwunden und kehrte nicht wieder. Ob es eine Sinnestäuschung gewesen war? Möglicherweise …

Bei Sonnenaufgang hatte er sich auf die Suche nach Wasser begeben. Dabei hatte er einen weiten Bogen um die Stelle gemacht, wo die toten Nerambura unter der heißen Sonne vermutlich zu schwarzen Ballons aufgequollen waren. Ohne sich in jenem Reich des Grauens aufzuhalten, war er westwärts gezogen, einer kleinen Bergkette entgegen, die er über dem Brigalow-Gestrüpp aufragen sah. Nach Osten hatte er nicht zu gehen gewagt, weil er fürchten musste, dort auf die Männer zu stoßen, die seinen Vater und den alten Billy getötet hatten.

Immer wieder hatte er auf dem Weg zu den Bergen das unbehagliche Gefühl gehabt, man beobachte ihn. Ob das die Geister der Toten waren? Ein abergläubischer Schauer lief ihm über den Rücken. Offenbar hatten die heidnischen Vorstellungen des alten Billy über die Welt der Geister auf ihn doch stärkeren Eindruck gemacht, als er sich eingestehen mochte.

Stets hatte er dabei den Revoler schussbereit gehalten, für den Fall, dass es sich bei den Geistern doch um Wesen aus Fleisch und Blut handelte. Solange er nach Westen zog, hatte er nicht gewusst, wohin er ging, lediglich, dass er sich auf diese Weise von den Siedlern und den Reiterpatrouillen der Buschpolizei entfernte. Er brauchte Zeit, um seine Gedanken zu ordnen und zu überlegen, wie er sich zur Küste durchschlagen konnte, wo er die Möglichkeit hatte, Hilfe zu suchen und die Mörder seines Vaters und des alten Billy aufzuspüren.

Auf diese Weise hatte er sich der von einem düsteren Vulkankrater überragten niedrigen Bergkette immer mehr genähert. An ihrem Fuß angekommen, war er auf weitere grauenhafte Spuren eines Gemetzels gestoßen. Erst hatte er angenommen, auch dabei habe die Buschpolizei ihre Hände im Spiel gehabt, fand dann aber am Boden eine Geschosshülse, die nicht von einem Karabiner stammte, sondern aus einem Revolver, wie ihn vorwiegend Siedler verwendeten. Weitere solche Hülsen hatten ihm dann gezeigt, dass das Massaker nicht ausschließlich Werk der Buschpolizei gewesen war. Andere Weiße hatten sich daran beteiligt. Wahrscheinlich ein Viehzüchter mit seinen Leuten. Seine Vermutung, er könne sich in jener Gegend auf die Unterstützung keines Weißen und keines Buschpolizisten stützen, hatte also gestimmt.

Immer wieder war es Tom so vorgekommen, als besäßen die Felsen und Büsche der Bergkette, die ihn so magisch angezogen hatte, ein eigenes Leben. So unheimlich diese Empfindung war, so wusste er auch, dass er sich dort in Sicherheit befand. Wer aber – oder was – schützte ihn?

Nach einer Weile hatte er einen allem Anschein nach viel begangenen Trampelpfad gefunden. Ihm war er nach oben gefolgt und hatte dabei mit immer größerem Unbehagen gemerkt, dass er beobachtet wurde.

Oben angekommen, hatte er eine Weile gerastet. Von dort schweifte sein Blick über eine endlose, mit Buschwerk bestandene Ebene. Es überkam ihn eine so tiefe Verzweiflung, dass er den Entschluss fasste, seinem Leben ein Ende zu bereiten.

Er hatte den Revolver an seine Schläfe gehoben, dann aber innegehalten. Sagten nicht die Priester immer wieder, dass Selbstmord die Seele des Gläubigen in ewige Verdammnis stürzt? Nein, das war keine Lösung. Er hatte seinem Vater wie auch dem alten Billy gegenüber eine heilige Pflicht zu erfüllen: Er musste ihre Mörder zur Strecke bringen. Doch er wusste nicht, wie. Er war in einem kaum erkundeten Land allein und zu Fuß unterwegs. Außerdem jagten ihn möglicherweise aus irgendeinem widersinnigen Grund Männer, die er nicht kannte. Ihm blieb nur eines und darüber musste er laut lachen. Es war ein tiefes, dröhnendes Lachen, das von den Bergen bis hinab in die von niedrigem Gebüsch bedeckten Schluchten hallte, in denen sich Wallabies und Felsenpythons verbargen.

Vom Anstieg ermattet, hatte er sich mit dem Rücken an einen aus dem Boden ragenden Felsen gelehnt und war unter den wärmenden Strahlen der Sonne in einen tiefen Schlaf gefallen. Nach einer Weile fuhr er hoch, als sich ein Schatten vor seinem Gesicht bewegte.

Noch bevor er die Augen aufschlug, hatte er nach dem Revolver gegriffen, aber der war fort! Dann hatte er die Augen des hoch gewachsenen Kriegers gesehen, der über ihm stand und die Waffe neugierig untersuchte. Hinter ihm stand eine junge Frau, die ihm scheu zulächelte, als sein Blick auf sie fiel. Er konnte sehen, dass der Krieger vor nicht allzu langer Zeit verwundet worden war. Abgesehen von einem Gürtel aus geflochtenem Menschenhaar um seine Taille war er nackt, wie auch die junge Frau hinter ihm.

»Vorsichtig, das Ding ist geladen, und wenn du nicht aufpasst, hast du gleich ein Loch im Bauch«, hatte Tom furchtlos gesagt. Ihm war klar gewesen, dass ihm der Krieger nicht übel wollte, denn sonst hätte er ihm ohne weiteres im Schlaf den Schädel mit der Keule einschlagen können. Es sprach für die Geschicklichkeit des Kriegers, dass es ihm gelungen war, ihm den Revolver unbemerkt fortzunehmen.

Wallarie hatte Toms Worte gehört, ohne zu verstehen, was er sagte, und gemerkt, dass seine Sprechweise der des weißen Zauberers ähnelte, der ihn vor den Mördern der Nerambura bewahrt hatte. Hoffentlich hatte Mondo mit ihrem Urteil über diesen weißen Mann Recht!

Sie hatte Tom beobachtet, während dieser seinen Vater und den alten Billy beerdigt hatte, und ihn auch in der Nacht nicht aus den Augen gelassen, als er an den Gräbern getrauert hatte. Instinktiv hatte sie gespürt, dass er gleich ihr und den anderen Ureinwohnern ein Opfer war. Sie war der Geist gewesen, den Tom in der Nacht in den dunklen Schatten des Buschwerks zu erspähen gemeint hatte, und sie hatte Wallarie all ihre Beobachtungen berichtet.

»Wir haben denselben Feind«, hatte Wallarie dann gesagt. Auch wenn Tom die Worte nicht verstehen konnte, hatte er die Geste des Vertrauens begriffen, mit der dieser ihm den Revolver zurückgab.

»Ich weiß nicht, wer du bist, mein Freund, aber ich danke dir«, hatte Tom gesagt und ihm die Hand hingehalten. Da der Krieger sie nur verständnislos angesehen hatte, hatte Tom dessen Hand ergriffen und sie zweimal kräftig gedrückt.

Da war dem Krieger aufgegangen, dass es sich dabei um ein Ritual des weißen Mannes handeln musste, vermutlich ein Zeichen der Freundschaft, denn er sah in den Augen des Iren weder Furcht noch Feindseligkeit. Lächelnd hatte er Toms Hand losgelassen und war fortgegangen. Tom begriff, dass er mitkommen sollte – und das hatte er auch getan.

Während er Wallarie und der jungen Frau gefolgt war, hatte er bemerkt, dass sie immer wieder verstohlen scheue Blicke auf ihn warf. Als sich ihre Blicke einmal kreuzten, hatte er ihr zugelächelt, woraufhin sie den Kopf gesenkt hatte. Da ihre Haut noch keine Schmucknarben trug, hatte er nach dem, was ihm der alte Billy über die Riten der Ureinwohner berichtet hatte, vermutet, dass sie noch nicht in die Reihen der erwachsenen Frauen aufgenommen war. Ihr graziler unbekleideter Leib wirkte wie der eines heranwachsenden jungen Mädchens, und er hatte angenommen, es handele sich bei ihr um die Gefährtin des hoch gewachsenen Kriegers. Wie schade, war es ihm sehnsüchtig durch den Kopf gegangen, denn sie war wirklich hübsch.

Kurz vor Sonnenuntergang hatte ihn der Krieger in ein kleines Tal geführt, dessen Zugang steil aufragende Felszinnen verbargen. Dort hatte Tom weitere Überlebende der Nerambura gesehen: einen kleinen Jungen, der neben zwei alten Männern stand, und eine alte Frau, die mit übereinander geschlagenen Beinen neben einem Feuerchen hockte.

Bei seinem Anblick hatten sich alle zögernd erhoben und

dann auf ihn gewiesen, wobei sie erregt durcheinander redeten. Auf ihren dunklen Gesichtern lag deutlich erkennbar Verwirrung. Nach einer Weile hatte Wallarie ihnen mit einer Stimme, die keinen Widerspruch duldete, Einhalt geboten.

Alle diese Menschen, die nun erwartungsvoll schwiegen, waren verwundet – ein Ergebnis der Vertreibung durch die Weißen. Der eine der alten Männer hatte eine Kopfverletzung und der andere eine Schußwunde in der Wade.

Während dieser Wallarie zur Begrüßung entgegenhinkte, hatte die Alte zu einer Schimpfkanonade angesetzt, die unverkennbar der Gegenwart des Weißen galt. Darauf hatte Wallarie etwas gesagt, das sie zu besänftigen schien, denn sie hatte dem jungen Krieger den Rücken zugewandt und sich gesetzt. Mondo hatte sich zu ihr gesellt, und die beiden Frauen hatten miteinander getuschelt.

Mit einem Mal war die Alte aufgestanden, auf Tom zugekommen, hatte sich unvermittelt gebückt und ihm zwischen die Beine gegriffen, bevor er sie abwehren konnte. Vor Betretenheit hatte er nicht gewusst, wohin er die Augen richten sollte, als sie ein meckerndes Gelächter anstimmte und den anderen etwas sagte. Die alten Männer hatten in ihr Gelächter eingestimmt und sich überhaupt nicht beruhigen können. Mondo hatte scheu gelächelt und Wallarie breit gegrinst. Tom vermutete, dass die Alte sein Geschlecht hatte zweifelsfrei feststellen wollen, da er eine Hose trug.

Nach einem letzten herzhaften Rucken an seiner Männlichkeit war sie, in sich hineinlachend, davongehumpelt. Der junge Ire, der mit vor Verlegenheit puterrotem Gesicht dasaß, merkte bald, dass die Nerambura einen handfesten und derben Humor hatten.

Von Stund an war sein Geschick mit dem der überlebenden Nerambura unter Anführung ihres hoch gewachsenen Kriegers verknüpft. Im Laufe der Zeit hatte er sie alle so gut kennen gelernt, wie er früher seine Angehörigen in Sydney gekannt hatte.

Die alte Biddy war ein mürrisches Geschöpf. Er wagte nicht, ihr Alter zu schätzen, doch bestimmt war sie älter als der alte

Billy. Oft richtete sie zornige Worte an die beiden dürren Ältesten und bekam bisweilen die knochige Faust des einen von ihnen zu spüren. Da der junge Weiße hoch in ihrer Gunst stand, wurde Tom von ihr reichlich mit fetten Holzkäferlarven versorgt, welche die Frauen um die Wurzeln von Bäumen herum ausgruben. Sie schmeckten köstlich, und es tat ihm nur leid, dass er ihr nichts geben konnte, um ihr für die Leckerbissen zu danken, die sie ihm brachte. Als er versuchte, seinen Dank mit Worten zu entrichten, rief sie lachend Mondo etwas zu, woraufhin diese kichernd die Augen niederschlug.

Für gewöhnlich hielten sich Kondola und Toka von ihm fern. Kondola, einst ein hoch geachteter Krieger und Jäger, dessen Leib als Zeichen seiner Tüchtigkeit Narben aus vielen Stammesfehden trug, war der Stillere der beiden.

Toka hatte man stets große Wertschätzung wegen der kunstvollen Waffen entgegengebracht, die er schnitzte. Er lebte in völliger Übereinstimmung mit den Geistern des Holzes, das er mit Feuersteinen, scharf wie ein Rasiermesser, auf so gekonnte Weise bearbeitete. Es war Tom aufgefallen, dass meist Toka redete, wenn die beiden Ältesten im Schneidersitz im Schatten eines Baumes oder nachts am Lagerfeuer beisammensaßen.

Im Laufe der Zeit hatte er gemerkt, dass Mondo doch nicht Wallaries Gefährtin war. Er konnte nur schwer glauben, dass sich eine heiratsfähige junge Frau wie sie nicht mit diesem Krieger zusammentat, doch zu jener Zeit hatte er noch nicht gewusst, dass es im Volk der Darambal Angehörigen desselben Totems strikt verboten war, einander zu heiraten.

Dann war da noch der junge Billy, den Tom auf etwa neun Jahre schätzte. Sein größter Ehrgeiz – wie bei Jungen seines Alters allgemein üblich – war es, als Mann anerkannt zu werden, als jemand, der würdig war, gemeinsam mit Wallarie zu jagen.

Auf dem Weg zum Lager hob Tom immer wieder den Blick zu den dunklen Wolken, die bedrückend niedrig über der staubigen Ebene lagen.

Bisweilen hörte man fernes Donnergrollen, doch noch fiel kein Regen. Die Regenzeit hatte sich verspätet, und so musste der Boden der Ebene, die trocken wie Zunder war, unter den nackten Sohlen der Eingeborenen glühend heiß sein. Schon lange hatte Tom keine Hinweise mehr auf Weiße gesehen, weder die Wagenspuren von Fuhrwerken noch die Hufabdrücke von Pferden. Er war überzeugt, dass sie sich weit jenseits der Siedlungsgrenze des weißen Mannes bewegten. Das Land, durch das sie zogen, befand sich nach wie vor im Einklang mit allem, was dort lebte. Betrüblicherweise war es aber wohl nur eine Frage der Zeit, bis Schafe und Rinder wie eine Landplage über das Grasland herfallen würden.

Er seufzte. Sollte er auf alle Zeiten in diesen verlassenen Gebieten mit Menschen umherziehen, deren Leben ebenso zerstört worden war wie seines? Seine Bedrückung schwand, als er hörte, mit welchen Freudenrufen die alte Biddy den Festbraten begrüßte, den sie ins Lager brachten.

Wallarie ließ den Emu neben der von Biddy und Mondo in unerschütterlichem Vertrauen in seine Fähigkeit als Jäger vorbereiteten Feuergrube zu Boden gleiten. Große Steine und einige kostbare Baumäste lagen um die Grube, aus welcher der wohlriechende Duft von Eukalyptus empordampfte.

Die beiden Ältesten, die im Schneidersitz im Schatten eines niedrigen Baumes saßen, unterhielten sich miteinander. Beim Anblick der drei von der Jagd Heimkehrenden erhoben sie sich und schleppten sich auf ihren dürren Beinen herbei, um die Beute zu begutachten und immer wieder bewundernd anzustoßen. Der wohlgenährte Vogel würde nicht nur am Abend hungrige Mägen füllen, es würde auch noch Fleisch für den nächsten Tag übrig bleiben.

Matt ließ sich Tom zu Boden sinken und streckte die Beine aus. Kniend mahlte Mondo zwischen zwei Steinen die winzigen Samenkörner verschiedener Gräser. Zwar warf sie ihm wie gewohnt immer wieder scheue Blicke zu, doch verweilten ihre Augen diesmal länger als sonst auf ihm, und er merkte, dass sie ihn abschätzend betrachtete. Offenbar zollte sie seiner Fähigkeit

Respekt, mit ihnen gemeinsam den Weg dorthin zu bewältigen, wo die Sonne allabendlich zur Ruhe ging.

Er erwiderte ihr Lächeln. Dabei fiel ihr wohl ein, dass sie den sonderbaren Weißen nicht länger anstarren durfte, damit er nicht glaubte, sie interessiere sich für ihn. Obwohl genau das der Fall war, sollte er es auf keinen Fall merken.

Während Wallarie die Beute herrichtete, hüpfte Billy aufgeregt herum und berichtete prahlerisch von seinem Anteil am Erlegen des Vogels. Sorgfältig bedeckte Wallarie das Fleisch mit Steinen und Erdreich, und als es in der Hitze zu garen begann, setzte er sich zu den Ältesten, um mit ihnen die Ereignisse des Tages durchzugehen.

Da Tom so recht nichts zu tun hatte, beschäftigte er sich mit dem Reinigen seines Revolvers. Der junge Billy hockte sich neben ihn und sah mit kindlicher Neugier zu. Wie jeden Abend kontrollierte Tom seinen Vorrat an Kugeln und Zündhütchen.

Kondola, der mit Wallarie und Toka wieder im Schatten des niedrigen Baumes saß, hatte schon vor vielen Jahren gemeinsam mit seiner Mutter den Weg zurückgelegt, den sie jetzt zogen, und seine alten Augen waren nach wie vor scharf genug, um zu erkennen, was um sie herum in der Ebene geschah.

»Die Kajana beobachten uns«, sagte er und sprach damit ein beunruhigendes Thema an.

»Ich weiß«, antwortete Wallarie. »Ich habe sie gesehen, als wir jagten.«

Toka sah an ihm vorüber zur Kochgrube. »Wir haben nicht auf ihrem Land gejagt, und so werden sie uns zufrieden lassen.« Damit bezog er sich auf das Gebiet, durch das sie auf ihrem Weg nach Westen gezogen waren, ein neutraler Korridor zwischen den Gebieten verschiedener Stämme, auf den sich diese im Laufe vieler Jahre geeinigt hatten. Wer ihn nicht verließ, wurde nicht belästigt.

»Wenn wir auf dem Weg ins Land meiner Mutter weiterziehen, wird es wenige Emus oder Wallabies geben«, gab Wallarie zur Antwort. »Vielleicht verhungern wir, bevor wir es erreichen.« Die beiden Alten nickten. Wenn sie den sicheren Korridor zur Jagd verlassen müssten, käme es zu einer feindseligen Begegnung mit ihrem Erzfeind, den Kajana, einem Stamm wilder Krieger. Es war eine schreckliche Wahl: verhungern oder von den Kajana getötet werden.

»Bald wird die Regenbogen-Schlange aus ihrer Lagune kommen«, sagte Toka zuversichtlich. »Dann wird es für uns reichlich Emus und Wallabies geben.« Die beiden anderen, die seine Zuversicht nicht teilten, sahen nach wie vor trübselig vor sich hin.

»Im Augenblick haben wir reichlich zu essen«, sagte Kondola und stocherte mit einem zugespitzten Stock im Erdboden herum. »Die Frauen sammeln Nardu-Samen und bringen von Zeit zu Zeit sogar einen kleinen Beuteldachs mit. Im Augenblick brauchen wir nicht zu verhungern. Wenn allerdings der Regen ausbleibt ...« Er verstummte.

Wallarie hörte sich an, was die beiden Alten zu sagen hatten. Als Anführer seines geschrumpften Stammesvolks würde er eine Entscheidung zu treffen haben, bevor der Hunger sie so sehr schwächte, dass sie nicht mehr jagen konnten. Seit unvordenklichen Zeiten hatten die Kajana immer wieder die Darambal überfallen, und nur selten war es diesen gelungen, bei solchen mit Speer, Keule und Wurfholz ausgetragenen Stammesfehden den Sieg davonzutragen.

Wallarie erhob sich und überließ die beiden Alten ihren Spekulationen über die Absichten der Kajana, die ihnen seit Tagen folgten, ohne sich offen zu zeigen.

Als endlich die Regenbogen-Schlange aus ihrer Lagune emporstieg, kam sie nicht in Gestalt eines angenehmen erfrischenden Regens, sondern mit Gewittern und Wasserstürzen.

Aus flachen Rinnen und Vertiefungen, die sich durch die riesige Ebene schlängelten, wurden tobende Flüsse. Dicht aneinander gedrängt und die Wärme des anderen suchend, verbrachten die Nerambura und Tom die Nacht ohne jeden Wetterschutz. In dieser Situation war die übliche Regel, dass Männer und Frauen getrennt schlafen mussten, außer Kraft gesetzt.

Zwei volle Tage lang zwangen die niederstürzenden Fluten

sie, zu bleiben, wo sie waren. Mehr als einmal drohte ihnen tödliche Gefahr von Giftschlangen, die ebenfalls das höher liegende Gelände aufsuchten, das Wallarie als Lagerstätte für seine Leute ausersehen hatte, um sie vor dem immer weiter ansteigenden Wasser zu bewahren. Die durchnässten und hungrigen Menschen töteten die Schlangen und verzehrten sie roh. Zumindest brauchten sie nicht weit zu gehen, um frisches Fleisch zu bekommen. Sogar ein abgemagerter Ameisenigel, der sich ins Lager verirrt hatte, landete in ihren Mägen.

Als der Sturzregen am dritten Tag in ein Nieseln überging, mahnte Wallarie zum sofortigen Aufbruch. Nicht nur der Druck durch die Kajala ließ ihn so entscheiden. Toka hatte ihn darauf hingewiesen, dass der Weg ins Kanalgebiet mittlerweile kaum noch passierbar sein dürfte. Obwohl die schweren Regenfälle über der schwarzen Erde der Ebene aufgehört hatten, waren die Flüsse zwischen ihnen und jenem Gebiet sonderbarerweise weiterhin über die Ufer getreten. Die Nerambura konnten nicht wissen, dass der im Norden fallende tropische Monsunregen die Wassereinzugsgebiete der südwärts fließenden Flüsse füllte, doch wussten die Ältesten aus der Erfahrung eines langen Lebens, dass sich diese Erscheinung alljährlich wiederholte.

Jetzt würde es um die Wasserstellen im angestammten Gebiet der Nerambura reichlich Nahrung geben: Enten, Landschildkröten, Fische und zahlreiche essbare Pflanzen. Wallarie blieb keine andere Wahl, als dorthin zurückzukehren, woher sein Volk gekommen war. Hatten nicht ihre Vorfahren einst dort gelebt, waren nicht dort ihre Frauen in der Traumzeit von den Geistern der Bäume, Felsen und Tiere befruchtet worden? Wenn er sterben musste, was allen Lebewesen vorbestimmt war, war es besser, den Tod unter den Geistern der eigenen Vorfahren zu finden und nicht unter fremden.

Tom erkannte die Sorge auf dem Gesicht des Kriegers, der in Richtung der aufgehenden Sonne sah. Die Aussicht, nach Osten zurückzukehren, beflügelte Tom, würde er sich doch damit wieder der Welt nähern, die er verlassen hatte.

Inzwischen hatten vermutlich die Buschpolizei und ihre Helfershelfer die Suche nach ihm aufgegeben, sodass er nach Rockhampton zurückkehren konnte. Von dort aus könnte er sich sicher auf die Suche nach den Mördern seines Vaters machen. Dazu aber würde er seine Nerambura-Familie verlassen müssen, und bei diesem Gedanken empfand er Schuldgefühle, über die er sich keine Rechenschaft ablegen wollte.

18

Der kleine Raddampfer bog unter Volldampf ins Haupt-Fahrwasser des Flusses Fitzroy ein. Nur mit Mühe konnte er sich gegen die Wassermassen voranarbeiten, die dem Ozean entgegenströmten und die opalfarbene See schmutzig braun färbten. Neben allerlei Treibgut kam von Zeit zu Zeit auch ein Tierkadaver in Sicht, und während das Schiff langsame Fahrt machte, achtete der Kapitän mit scharfem Blick auf Baumstämme unter der Wasseroberfläche, da diese den Rumpf schwer beschädigen konnten. An den Ufern sah man allerlei Wassergetier: Pelikane, anmutige, langbeinige Watvögel und eine große Zahl Enten.

Während sich das kleine Schiff gegen die kräftige Strömung stemmte, beobachtete die hochschwangere junge Frau, welche die Reling umklammert hielt, wie die Pelikane, die an Land einen so schwerfälligen Eindruck machen, gewandt über die ruhigere Wasserfläche in Ufernähe glitten. Mit fast kindlicher Freude sah sie zu, wie sie dahintrieben, die riesigen gelben Schnäbel ins Brustgefieder gesteckt.

Die Gedanken Kate O'Keefes kreisten weniger um die Schönheit der Natur am Flussufer als um die kurz bevorstehende Begegnung mit Vater und Bruder. Wie die beiden wohl inzwischen aussehen mochten? Bestimmt war Tom mittlerweile ein junger Mann, der den Frauen nachstieg. Was würde Patrick Duffy dazu sagen, dass er demnächst Großvater wäre? Sie nahm an, dass beide vor Überraschung den Mund nicht zubekommen und die Art von Zweifeln äußern würden, die man von Männern immer zu hören bekam, nämlich, dass sich eine junge Frau wie sie mit einem so ehrgeizigen Vorhaben bestimmt auch dann übernahm, wenn ihr Mann sie dabei unterstützte.

An Backbord voraus kam der Kadaver eines Wallabys angetrieben. Kate empfand Mitleid mit dem armen kleinen Känguru, das im Kielwasser des Raddampfers wie ein aufgeblasener Ballon auf und ab tanzte. Dann spritzte das schlammige Wasser mit einem Mal auf, und ein weit aufgerissener Rachen mit gelben Zahnreihen schnappte nach dem Tier. Aufstöhnend wich Kate bei diesem entsetzlichen Anblick zurück, der sie an die schlimmsten Albträume ihrer Kindheit erinnerte. Im nächsten Augenblick war das Wallaby verschwunden; das riesige Krokodil hatte es unter Wasser gezogen. Ein hoch gewachsener Mann mit buschigem Bart, der neben ihr an der Reling stand, hatte ihr Erschrecken beobachtet.

»Die Alligatoren können uns hier nichts tun, Ma'am«, sagte er schleppend und mit tiefer Stimme.

Sie wandte sich dem Fremden zu, der offenbar ihr Entsetzen beobachtet hatte. Er war ihr schon aufgefallen, bevor er in Brisbane an Bord gekommen war. Ein Kleiderbündel über der Schulter, hatte er in gewisser Entfernung von den anderen Passagieren am Kai gestanden, die sich teils um ihr Gepäck gekümmert, teils unter Tränen und mit zahlreichen Umarmungen von Freunden und Verwandten verabschiedet hatten. Etwas an der Art, wie er dort stolz und allein gestanden hatte, hatte ihre Aufmerksamkeit auf diesen Mann gelenkt, der nicht im landläufigen Sinne gut aussah.

Vermutlich war er schon ziemlich alt – möglicherweise Ende zwanzig oder Anfang dreißig. Der Blick seiner blauen Augen schien weit über die Menschen um ihn herum zu schweifen. Nach seiner Kleidung hätte er einer der legendären Kennedy-Männer sein können, über die sie in den Zeitungen Sydneys gelesen hatte. Sie hießen so nach dem sich westlich von Rockhampton und weiter im Norden unendlich erstreckenden Kennedy-Bezirk, wo die Natur noch unumschränkt herrschte.

Diese zähen Burschen, die vor nichts Angst hatten, nicht nach der Zukunft fragten, den sechsschüssigen Revolver auf der Hüfte und die Rinderpeitsche quer vor sich im Sattel saßen, waren die Idole der bleichgesichtigen jungen Kanzleiangestellten in Sydneys Kontoren, die von einem Abenteuerleben in den von der Sonne ausgedörrten Gebirgen und Ebenen der Nordkolonie träumten. Ja, ganz offensichtlich war der hoch gewachsene Fremde, der, die Daumen im Gürtel, dort allein am Kai stand, ein Kennedy-Mann, überlegte sie. Peinlicherweise hatte er ihren musternden Blick bemerkt und seine sinnenden blauen Augen, in denen ein kaum wahrnehmbares Lächeln lag, auf sie gerichtet. Daraufhin hatte sie rasch beiseite gesehen, denn es gehörte sich nicht, Fremde anzustarren.

Jetzt, da sie kaum einen Schritt von ihm entfernt stand, sah sie eine lange Narbe, die von seinem rechten Auge abwärts verlief und in seinem dichten Bart verschwand. Sie entstellte ihn ihrer Ansicht nach in keiner Weise, sondern verlieh ihm ganz im Gegenteil den geheimnisvollen Anstrich eines Menschen, der im Laufe seines Lebens Gefahren und Abenteuer aller Art bestanden hatte. Seiner Sprechweise nach musste der Mann Amerikaner sein. Kate hatte im Gasthof ihres Onkels in Redfern amerikanische Seeleute so sprechen hören.

»Sind Alligatoren dasselbe wie Krokodile?«, fragte sie jetzt den Fremden. Er lächelte ihr zu, und sie merkte voll Unbehagen, dass er sie aufmerksam von Kopf bis Fuß musterte.

»Man trifft selten jemand, der sie beim richtigen Namen nennt«, sagte er. »Vermutlich verstehen Sie was von den Tieren hier in der Gegend, Missus …?«

Offensichtlich wartete er darauf, dass sie sich ihm vorstellte, und sie ärgerte sich über seine Dreistigkeit. Doch sogleich schwand der Ärger angesichts seines natürlichen Charmes, mit dem er sie anlächelte. Auch hatte seine tiefe Stimme angenehm geklungen.

»O'Keefe«, sagte sie und reckte das Kinn. Der Fremde nahm den Palmbast-Hut ab und sagte: »Luke Tracy, Ma'am. Dann war vermutlich der stattliche Bursche, gegen den ich heute Nacht beim Kartenspiel verloren habe, Mister O'Keefe, Ihr Mann?«

Betrübt nickend sah sie zum Mangrovenufer hin, an dem die *Princess Adelaide* vorüberglitt.

Seit dem Zwischenaufenthalt des jungen Paars in Brisbane hatte Kevin es sich angewöhnt, Kate abends allein zu lassen, um sich dem Glücksspiel hinzugeben. Erst in den frühen Morgenstunden kehrte er zurück, nach billigem Rum und noch billigerem Parfüm riechend. Wenn er am Spieltisch verloren hatte, war er missmutig, und wenn er seine junge Frau bisher auch noch nicht geschlagen hatte, so begann sie doch seine Wutausbrüche zu fürchten.

Sofern er aber gewonnen hatte, kehrte er als der zurück, in den sie sich verliebt und den sie geheiratet hatte. Er war dann liebevoll und anschmiegsam und nicht mehr der Mann, der sich nirgends wohler fühlte als in der Gesellschaft von Spielern und der Art von Frauen, die sich von ihnen angezogen fühlten. Kate war erleichtert gewesen, als sie Brisbane endlich verlassen hatten, und je mehr sie sich Rockhampton näherten, desto inständiger betete sie, er möge sich endlich auf seine Pflichten als Ehemann und künftiger Vater besinnen.

»Hat Ihnen mein Mann viel abgewonnen, Mister Tracy?«, fragte sie.

»Bei einem abgerissenen Goldsucher lässt sich nicht viel holen, Missus O'Keefe«, gab er kläglich lächelnd zurück, »also bin ich ausgestiegen, bevor der Einsatz zu hoch wurde. Das einzige Glücksspiel, das ich nicht aufgebe, ist die Suche nach Gold.«

Sie warf einen Blick auf seine kräftigen Hände. Es war deutlich zu sehen, dass er sein Leben lang schwerer körperlicher Arbeit nachgegangen war. Ein sonderbarer Mensch, dachte sie bei sich. Einerseits wirkt er draufgängerisch, aber auch zurückhaltend. Unwillkürlich fragte sie sich, welche Rolle Frauen in seinem Leben spielen mochten.

»Wollen Sie und Mister O'Keefe sich in Rockhampton ansiedeln?«, erkundigte sich Luke höflich.

»Wir hoffen, uns einen Gasthof einrichten zu können. Wenn nicht dort, dann irgendwo an der Küste«, gab sie zur Antwort. »Leben Sie in Rockhampton, Mister Tracy?«

»Nein, seit dem Goldrausch von Canoona im Jahre '58 nicht mehr«, gab er zur Antwort. »Ich war schon fast fünf Jahre nicht mehr dort. Wie Tausende von anderen Narren bin ich '58 da hingegangen, nur um festzustellen, dass es schon lange kein Gold mehr gab. So war es für mich immer, seit ich '54 von Ballarat fortgegangen bin. Es sieht so aus, als wäre ich immer hinter dem Glück her, das andere Leute haben.«

»Ich war '54 eine Weile mit meinem Vater und seinem Bruder in Ballarat«, sagte Kate. »Aber ich war wohl zu jung und kann mich an kaum etwas erinnern. Mein Vater und mein Onkel Frank haben zu denen gehört, die etwas mehr Glück hatten, und so konnten sie sich mit dem Lohn für ihre Mühe einen Gasthof einrichten. Dann aber hat Papa gemerkt, dass er nicht zum Wirt geboren ist, und hat mit einem Teil des Geldes ein Ochsengespann gekauft, mit dem er als Fuhrmann durchs Land zieht. Mein älterer Bruder Tom begleitet ihn.« Sie schwieg eine Weile und gab sich ihren Erinnerungen hin. »Der Gasthof ist das Erin in Sydney. Kennen Sie es, Mister Tracy?«

»Tut mir leid, Ma'am, ich kann nicht sagen, dass ich oft Grund hatte, nach Sydney zu fahren«, sagte er und schüttelte den Kopf.

»Na ja, jedenfalls befinden sich mein Vater und Bruder mit ihrem Fuhrwerk zur Zeit irgendwo im Kennedy-Bezirk«, fuhr sie fort. Stolz fügte sie hinzu: »Mein Vater gehört zu denen, die an der Palisade von Eureka gekämpft haben.«

Der Amerikaner drehte sich beiseite und sah gedankenverloren über den Fluss. »Auch ich war dort, als es gegen die Rotröcke ging«, sagte er leise. Es war deutlich zu sehen, dass ihm die Erinnerung an den schrecklichen Sonntagmorgen, an dem englische Soldaten und Goldgräberpolizei die Aufständischen angegriffen hatten, alles andere als angenehm war. »Wie heißt denn Ihr Vater, Missus O'Keefe?«, fragte er.

Sie konnte sich nicht recht vorstellen, dass er ihn kannte, hatten sich doch am Tag des Massakers viele Goldgräber gegen die Staatsmacht gestellt. »Patrick Duffy. Er war ...«

»Er war dabei!« Mit einem Mal strahlte Luke. »So'n vierschrötiger Ire mit 'nem deutschen Kumpel ... der Name fällt mir gerade nicht ein ...«

»Max Braun!«, stieß Kate überwältigt hervor. »Max arbeitet in Sydney für meinen Onkel Frank.«

»Ihr Vater hat auf unserer Seite gekämpft … mit ›uns‹ meine ich die unabhängige Revolverschützen-Brigade der California Rangers … Ich hatte schon gefürchtet, dass ihn die Rotröcke erwischt hatten«, sagte Luke. Seinen Augen war die Freude über die Nachricht anzusehen, dass der bärtige Ire und sein deutscher Gefährte den Degen und Bajonetten der Ordnungskräfte entkommen waren.

Von einem Augenblick auf den anderen plapperte Kate fröhlich wie ein kleines Mädchen mit dem Fremden, der nicht nur ihren Vater kannte, sondern auch Schulter an Schulter mit ihm um die Rechte der Goldgräber gekämpft hatte.

»Nein, sie sind entkommen«, sagte sie und musste gleich wieder an die gezackte Narbe unter dem Auge des Amerikaners denken. »Stammt Ihre Narbe von dem Tag?«

Er verzog das Gesicht, legte einen Finger an die Stelle und sagte: »Das Bajonett eines Rotrocks.« Sein Lächeln war verschwunden.

Mit großem Kummer dachte der Amerikaner an den heißen Sommertag in der britischen Kolonie Victoria, an dem die Goldgräber unter der blau-silbernen Fahne des Südlichen Kreuzes gegen die Macht Englands gekämpft hatten. Männer aus aller Herren Länder hatten gegen die Ungerechtigkeit aufbegehrt, dass sie an die britische Regierung Steuern zahlen sollten, ohne im Parlament vertreten zu sein.

Als ihre Klagen bei Gouverneur Hotham auf taube Ohren stießen, war ihre Verbitterung in einen bewaffneten Aufstand umgeschlagen, bei dem so mancher der Aufständischen den Tod gefunden hatte. Doch ihr Opfer war nicht vergeblich gewesen, denn letztlich hatte die militärische Niederlage der aufständischen Goldgräber von Eureka zu einem politischen Sieg geführt.

Während Kate sich mit Luke unterhielt, hangelte sich Kevin O'Keefe, der sich miserabel fühlte, an der Reling entlang. Der stechende Geruch aus den Mangrovensümpfen war bis in seine Kabine unter Deck gedrungen, wo er in einer Welt aus selbstverschuldeter Qual gelegen hatte.

Er hatte sich etwas übergeworfen und war an Deck gegangen, weil er wusste, dass sich seine junge Frau dort aufhalten würde. Verärgert sah er, dass sie mit dem hoch gewachsenen Mann sprach, an den er sich vom Vorabend erinnerte. Ausgerechnet ein Yankee, dachte er, und Eifersucht überkam ihn, als er sah, wie vertieft sie in das Gespräch mit dem Mann war. Für O'Keefes Geschmack war er viel zu charmant. Das geht bestimmt nicht gut, dachte er verärgert. Ihm war klar, dass Kate vermutlich sagen würde, »ein interessanter Mann«, wenn er sie nach ihrer Meinung fragte, und das war wohl die Art einer Frau zu sagen, dass sie sich von ihm angezogen fühlte.

Beim Anblick ihres Mannes brach Kate die Unterhaltung mit Luke ab. Die beiden Männer grüßten einander mit knappem Nicken, und Kate berichtete ihrem mürrischen Gatten, was geschehen war: Wie das Krokodil das kleine Känguru unter Wasser gezogen hatte und sie daraufhin mit dem Amerikaner ins Gespräch gekommen war. »Mister Tracy hat früher schon mal in Rockhampton gelebt«, sagte sie munter. »Sicher kann er uns was über diesen Teil von Queensland sagen.«

Luke sah mit einem Anflug von Verachtung in seinen blauen Augen zu O'Keefe hin. Zweifellos fragte er sich, wie man eine so hübsche Frau allein lassen konnte, noch dazu, wenn sie schwanger war. Beim Kartenspiel war ihm nicht entgangen, dass O'Keefe heftig mit den Damen geflirtet hatte, und Kate tat ihm leid. Er sah in O'Keefe einen Schürzenjäger, einen jener Männer, die es nie bei einer Frau aushielten, ganz gleich, wie hübsch sie sein mochte. Insgeheim gestand er sich ein, dass Kate mehr als nur hübsch war – sie war ausgesprochen schön.

»Viel kann ich Ihnen dazu nicht sagen. Als ich Rockhampton das letzte Mal gesehen habe, stand da eine Hand voll Bretterhütten am Südufer des Flusses. Von Bekannten habe ich gehört, dass sich dort ein paar der Goldgräber von Canoona angesiedelt haben und der Ort inzwischen ziemlich zivilisiert ist.«

»Haben Sie länger in Rockhampton zu tun, Mister Tracy?«, fragte O'Keefe und kratzte sein mit Bartstoppeln bestandenes Kinn.

»Nein, ich will möglichst bald weiter«, gab dieser zur Antwort. »Wahrscheinlich zieh ich gleich nach Westen, sobald ich mir Ausrüstung und Vorräte besorgt hab.«

»Was wollen Sie denn da?«, fragte O'Keefe, ohne lange um den heißen Brei herumzureden. Er war nicht in der Stimmung, dem Mann schönzutun.

»Ich such nach dem ganz großen Ding«, gab Luke zur Antwort.

»Großes Ding?«

»Ja. Einen Goldfund, vom dem die ganze Welt reden wird. Wie beispielsweise Dunlop und Regan im Jahre '51 bei Ballarat«, gab Luke zur Antwort. Bei der Erinnerung an das große Ereignis schwang in seiner Stimme hörbar Sehnsucht mit.

»Seht nur!«, rief Kate aus. Ein ganzer Schwarm Wildenten erhob sich mit raschem Flügelschlag aus einer Lagune nahe dem Fluss und strebte der grasbewachsenen Ebene zu, auf der sich hier und da Teakbäume erhoben. »Ist das nicht herrlich?«, fragte sie beeindruckt beim Anblick der Berge, die sich jenseits der Ebene abzeichneten. Unwillig stimmte O'Keefe ihr zu, doch es war unübersehbar, dass er die schmutzigen Dächer von Sydneys Elendsvierteln jeder noch so schönen Landschaft vorgezogen hätte.

»Schön ist es hier wirklich«, sagte Luke statt seiner, um Kate nicht zu enttäuschen.

»Ist es noch weit bis zur Stadt?«, fragte sie, mit vor Aufregung weit aufgerissenen Augen.

»Nein«, gab er zur Antwort. »Nur noch ein Stückchen den Fluss hinauf.«

»In dem Fall sollten wir besser nach unten gehen und uns fertig machen«, sagte Kevin und schob sie am Ellbogen von dem Amerikaner fort. »Vielleicht sehen wir uns ja irgendwann mal in Rockhampton, Mister Tracy«, fügte er hinzu. Es war unüberhörbar, dass er selbst nicht daran glaubte.

»Schon möglich, Mister O'Keefe«, gab Luke zurück und lüftete vor Kate höflich den Hut. Er sah ihr nach, während sie mit ihrem Mann fortging. »Es war schön, Ihre Bekanntschaft zu machen, Missus O'Keefe. Ich wünsche Ihnen für die Zukunft das Allerbeste.« Er hatte in ihren Augen etwas gesehen, das ihn beunruhigte, er kannte es von anderen Orten und anderen Gelegenheiten. Er fragte sich, ob O'Keefe wusste, wie krank seine Frau war. Sie befand sich im frühen Stadium des Fiebers, doch war es nicht seine Aufgabe, sich um sie zu kümmern. Dazu war ihr Mann da, und so wandte er sich achselzuckend ab und richtete den Blick auf die baumbestandenen, gezackten Berge.

Ein großes Stück Treibholz stieß an den Bug des kleinen Raddampfers, ohne aber Schaden anzurichten. Schon bald kam die Grenzstadt Rockhampton in Sicht, ganz, wie es Luke gesagt hatte.

Eine bunte Menschenmenge, die auf die Ankuft der *Princess Adelaide* wartete, drängte sich am Flussufer. Bärtige Kennedymänner versuchten mit den wenigen ledigen Frauen anzubandeln, die das Schiff verließen, und wohlhabende Grundbesitzer hielten Ausschau nach Einwanderern, die bereit waren, bei ihnen als Schafhirten zu arbeiten.

Frauen, die Arbeit suchten, brauchten nicht lange zu warten. Sie wurden sogleich als Hausgehilfinnen bei Familien eingestellt, die sich das leisten konnten. Postsäcke mit sehnlich erwarteten Nachrichten aus der Heimat wurden für das Postamt in Rockhampton ausgeladen, und pflichtbewusst erhoben geschäftige Zollbeamte die vorgeschriebenen Abgaben auf Waren, die von einer Kolonie zur anderen verschickt wurden. In all dem Trubel sah eine Hand voll Ureinwohner in zerlumpter europäischer Kleidung zu, wie eine neue Ladung weißer Eindringlinge an Land ging.

Kates erster Eindruck von Rockhampton war der eines Glutofens, so erstickend traf sie die Hitze am Kai. Ihre für das kühlere Klima von Sydney gedachte Kleidung eignete sich nicht für diesen Ort dicht am Wendekreis des Steinbocks.

Sie musste allein eine Weile mitten im Gewühl warten, weil Kevin noch einmal zum Schiff zurückkehrte, um dafür zu sorgen, dass ihrer beider Gepäck vollständig entladen wurde.

Kaum blieb die kühlende Brise aus, die vom Wasser herüberwehte, fühlte sich Kate mit einem Mal elend.

Auf einer langstieligen Schaufel briet sich ein Mann am Ufer des Flusses ein Steak, und der Geruch des in seinem eigenen Fett schmorenden Fleisches verursachte ihr Übelkeit. Sie ging ein wenig beiseite, doch plötzlich konnte sie sich nicht mehr auf den Beinen halten; sie hatte das sonderbare Gefühl, auf Luft zu gehen. Der Glanz der frühmorgendlichen Sonne über dem Fluss, der vor ihren Augen rot zu zerfließen schien, zerbarst in einem Schauer schwarzer Funken. Sie fühlte sich körperlos und hatte den Eindruck, durch einen langen Tunnel einer Stimme entgegenzufallen. Kräftige Hände fingen sie auf, als sie bewusstlos zu Boden sank.

Luke war dem Ehepaar O'Keefe vom Kai aus gefolgt. Kevin schien die Anzeichen des Fiebers nicht zu erkennen, sonst hätte er seine Frau kaum allein gelassen. Der amerikanische Goldsucher hatte sich in ihrer Nähe gehalten, als Kevin zum Schiff zurückgekehrt war, um das Aufladen des Gepäcks zu überwachen, und konnte daher eingreifen, als er sah, dass sie umzusinken drohte.

»Hierher, O'Keefe!«, rief er mit lauter Stimme, woraufhin sich Kevin durch die Menge der neugierigen Gaffer herbeidrängte, die sich angesammelt hatten. Die Frauen gaben mitfühlende Worte von sich, und die Männer erklärten, man müsse einen Arzt holen. Sanft ließ Luke die Hochschwangere auf den Boden nieder und legte ihren Kopf auf seinen Schoß.

»Was ist passiert?«, fragte Kevin aufgeregt.

»Sie hat das Fieber«, gab Luke zur Antwort. »Wir müssen sie in den Schatten schaffen und rasch einen Arzt holen.«

Kate schien wieder zu Bewusstsein zu kommen, denn sie murmelte, ihr fehle nichts weiter. Als Nächstes aber fragte sie, ob sie sich ausziehen und unter einen Wasserfall setzen könne. Offensichtlich befand sie sich bereits im Fieberwahn.

»Besorgen Sie ein Fuhrwerk«, gebot der Amerikaner Kevin, »damit wir Ihre Frau zu einem Arzt schaffen können.« Kevin, der nicht so recht wusste, was zu tun war, hielt es unter diesen

Umständen für das beste, zuzulassen, dass sich der Mann um Kate kümmerte, denn immerhin war ihm aufgegangen, dass sie wohl krank war.

Während er sich auf die Suche nach einem Fuhrwerk machte, trug Luke mit einigen hilfsbereiten Männern Kate am Ufer entlang. Nach einer Weile begegnete ihnen das Fuhrwerk, dessen Gespannführer Kevin mit Geld und bösen Worten dazu gebracht hatte, seiner Frau in ihrer Not beizustehen.

Sanft legten sie Kate hinten in den Wagenkasten. Kevin stieg hinauf und hielt ihren Kopf im Schoß, während sich Luke zu dem grauhaarigen Fuhrmann auf den Bock schwang. Kate versuchte, Kevin zu beruhigen, doch mit einem Mal würgte es sie im Hals, und sie musste sich heftig übergeben.

»Hat Solomon Cohen seinen Laden noch hier?«, fragte Luke den Fuhrmann, der sich nachdenklich den strähnigen Bart kratzte und den Blick auf die junge Frau richtete, die sich da in seinem Fuhrwerk übergab.

»Der Jude?«, fragte er.

»Genau der«, gab Luke zur Antwort.

»Ja. Wollen Sie da hin?«, fragte der Fuhrmann begriffsstutzig.

»Deswegen hab ich ja gefragt«, knurrte Luke.

Der Fuhrmann schnalzte, und der mächtige Kaltblüter zog an. Das Fahrzeug holperte über eine Straße mit tiefen Fahrrillen, sodass Kate kräftig durchgeschüttelt wurde. Zu beiden Seiten des Karrenwegs sah man Gruppen schwitzender Männer, die sich abmühten, Baumstümpfe zu roden. Luke warf nur einen flüchtigen Blick auf die neuen Geschäfte und Häuser, die seit seinem letzten Aufenthalt in Rockhampton entstanden waren. Seine Hauptsorge galt Kate. Sie war offenbar sehr krank und musste schnellstens an einen Ort gebracht werden, wo ihr ärztliche Hilfe zuteil wurde.

Als das Fuhrwerk vor Solomons Laden anhielt, sah Luke voller Überraschung, dass statt der windschiefen Bretterbude ein ordentliches Holzhaus mit einem Schindeldach dort stand. Es gab sogar eine Veranda zur Straße hin, auf der verschiedene Waren wie Töpfe und Pfannen von Haken herabhingen, außerdem waren Wohnräume mit Glasfenstern angebaut worden. Offensichtlich hatte der Ladeninhaber seit den Zeiten des Goldrauschs gut verdient.

Solomon Cohen, der gerade mit einem Strohbesen die Veranda kehrte, hielt in seiner Arbeit inne und spähte durch seine Brille zu dem Fuhrwerk hinüber. Als er Luke erkannte, der vom Bock gesprungen war und auf ihn zuschritt, ließ er unverzüglich den Besen fallen und breitete mit einem herzlichen Willkommenslächeln die Arme aus.

»Oi, Mister Tracy, mein Freund«, sagte er freudig und umarmte ihn. »Was für eine großartige Überraschung, Sie wiederzusehen. Sicher sind Sie gekommen, um Judith und mich zu besuchen.« Luke sah, dass Solomon glatt rasiert war, eine Hose aus teurem Stoff, eine Weste und ein sauberes weißes Hemd trug.

Er wusste, dass der neununddreißigjährige Händler als junger Mann in London Banknoten gefälscht hatte und man ihn dafür zur Deportation in die Kolonie Neusüdwales verurteilt hatte, wo er auch der neunschwänzigen Katze nicht entgangen war. Da er aber imstande war, peinlich genau Unterlagen für weniger schriftkundige Menschen zu führen, hatte er sich bei den Behörden der Kolonie schon bald unersetzlich gemacht. Kaum war er bedingt freigelassen worden, machte sich Judith, die acht Jahre jünger war als er, über das Veto ihrer Familie hinweg auf den Weg und folgte dem Geliebten über das Meer ins ferne Australien. Mit ihrer natürlichen Begabung für Geschäfte war es den beiden schon bald gelungen, sich mithilfe eines – mittlerweile getilgten – Darlehens eine gesicherte Zukunft aufzubauen. Das Geschäft schien, soweit Luke sehen konnte, förmlich zu blühen.

Unter Äußerungen des Bedauerns half Solomon den beiden Männern, Kate vom Fuhrwerk zu heben und sie in den Laden zu tragen. Nachdem sie auf einen Stapel weicher Tuchballen gebettet war, verschwand er nach hinten. Als Kate einigermaßen bequem auf ihrem Lager ruhte, nahm Luke ihren Mann beiseite und empfahl ihm, mit dem Fuhrwerk zurückzukehren und einen Arzt zu holen. Der Fuhrmann, erklärte er, wisse sicherlich, wo ein Arzt zu finden sei, anschließend könne er ja zum Schiff zurückkehren und sich weiter um das Ausladen des Gepäcks kümmern, während der Arzt nach Kate sah.

Kevin zögerte, da er nicht recht wusste, ob es wichtiger für ihn war, bei Kate zu bleiben, oder darüber zu wachen, dass all ihre Habe, die sie aus dem Süden mit sich gebracht hatten, sicher an Land kam. In diesem Augenblick trat Judith Cohen aus dem Hinterzimmer und regelte die Sache mit ruhiger Entschlossenheit. Sie gebot den Männern, Kate nach nebenan zu bringen. Kevin, jetzt überzeugt, dass seine junge Gattin in guten Händen war, machte sich mit dem Fuhrmann auf, die Anweisungen des Amerikaners zu befolgen.

Mit leiser Stimme bat Judith ihren Mann, kaltes Wasser und saubere Laken zu holen. Vor allem aber, erklärte sie, brauche Kate Ruhe. Die Frau, die sich so rührend um den unerwarteten Gast kümmerte, hatte dunkle, blitzende Augen und eine bräunliche Haut, ein Hinweis darauf, dass ihre Vorfahren aus Spanien stammten. Ihr langes, rabenschwarzes Haar hatte sie im Nacken zusammengefasst. Auf ihrem Gesicht lag eine Ruhe, die unerschütterlich schien. Zwar wirkte sie nicht hübsch, doch strahlte die Gelassenheit ihres Wesens eine Schönheit aus, die alle um sie herum mit einzuhüllen schien.

Auf den ersten Blick waren Judith und Solomon ein ungleiches Paar, denn sie war groß und ernsthaft, er hingegen klein und fröhlich, doch wusste Luke, dass die beiden einander mit kaum verhüllter Leidenschaft liebten. Unaufhörlich warfen sie einander verstohlene Blicke zu und berührten sich unauffällig.

Als die hilfsbedürftige Kate im Hinterzimmer untergebracht war, führte Solomon Luke hinaus. Auf den Arzt konnten sie auch im Laden warten. Dort setzte sich Luke, umgeben von allen erdenklichen Gegenständen, die man für das Leben an der australischen Grenze brauchte, auf ein Melasse-Fass, und Solomon goss ihm ein Glas kräftigen Rum ein. Die beiden hatten viel zu besprechen, denn seit ihrer letzten Begegnung waren vier Jahre ins Land gezogen.

»Wie kommt es eigentlich, mein Freund«, fragte Solomon gerade heraus, »dass Sie nicht verheiratet sind und keine Kinder haben?«

»Ich war verheiratet«, gab Luke betrübt zur Antwort und setzte das Glas an die Lippen. Solomon merkte, dass er nicht weiter darüber sprechen wollte, und schnitt taktvoll ein anderes Thema an.

»Was für ein hübsches Geschöpf Sie uns da gebracht haben«, fuhr er fort. »Ich nehme an, sie ist die Frau des jungen Mannes, den Sie um den Arzt geschickt haben.«

»Ja. Er heißt O'Keefe«, gab Luke zur Antwort, den Blick in sein Glas gesenkt. »Ich bin ihrem Vater vor Jahren bei Ballarat begegnet. Ein guter Mann. Ein Ire, der in der Palisade mit uns gekämpft hat. Damals war ich überzeugt, dass er nicht mit dem Leben davonkommen würde. Er war ein Kerl wie ein Bär und hat mit einer Pike eine Hand voll Rotröcke abgewehrt. Missus O'Keefe sagt, dass er hier in der Gegend als Fuhrmann umherzieht.«

»Wie heißt er denn?«, wollte Solomon wissen. »Ich kenne die meisten Fuhrleute im Kennedy-Bezirk.«

»Patrick Duffy«, sagte Luke und nahm einen weiteren Schluck Rum, der ihm scharf in der Kehle brannte.

Solomon sah ihn aufmerksam an. »Im vorigen Jahr haben auf Glen View Eingeborene einen Patrick Duffy umgebracht. Der Mann war mit einem Ochsengespann unterwegs, ein kräftiger Bursche. Sein Bruder soll einen Gasthof in Sydney führen«, sagte er. Voll Schwermut verzog er das Gesicht und beugte sich weit zu Luke vor. »Es sieht ganz so aus, als ob die junge Frau nichts vom Tod ihres Vaters weiß.«

»Großer Gott, das glaube ich auch«, sagte Luke, betrübt den Kopf schüttelnd. Jetzt war auf keinen Fall der richtige Zeitpunkt, es ihr zu sagen.

19

Der Keilschwanz-Adler breitete seine gewaltigen Schwingen aus und ließ sich von der Thermik himmelwärts tragen. Von einem Felsvorsprung aus beobachtete Tom Duffy den unumschränkten Herrscher des australischen Himmels, der bewegungslos im Azur zu schweben schien.

Unvermittelt stürzte der riesige Vogel pfeilschnell und treffsicher dem Buschland entgegen. Tom hielt den Atem an, als er aus seinem Gesichtsfeld verschwand.

Er liebte die großen Adler. Während er als Fuhrmann durch die staubigen Weiten des innersten Australien gezogen war, hatte er in ihnen das majestätische Symbol von Freiheit und Unabhängigkeit gesehen. Anders als für die Ochsengespanne bedeuteten ihnen weder über die Ufer getretene Wasserläufe noch steile Hänge oder dichtes und bisweilen undurchdringliches Gestrüpp ein Hindernis. Ihre Flügel trugen sie überallhin, und sie brauchten keinerlei natürliche Feinde zu fürchten.

Inzwischen befand sich Tom wieder auf von Europäern beanspruchtem Gebiet. Jeden Tag fragte er sich, ob Wallaries Entscheidung, ins angestammte Land seiner Vorfahren zurückzukehren, weise gewesen war. Je näher sie dem fernen Rauch der Feuer der Weißen kamen, desto größer wurde die tödliche Bedrohung.

Immer häufiger waren die Nerambura auf ihrem Zug in die Urheimat auf Hinweise gestoßen, welche die Anwesenheit des weißen Mannes anzeigten: Spuren von Pferden und Schafen, leere Fleischdosen sowie die Asche von Feuerstellen, an denen die mit ihren Herden von einem Weideplatz zum nächsten ziehenden Schafhirten gelagert hatten.

Noch beunruhigender aber waren die Fußabdrücke von Ureinwohnern, die einem anderen Stamm angehörten als die überlebenden Nerambura und im Dienst der weißen Siedler standen. Es war Wallarie bewusst, dass von ihnen eine tödliche Gefahr ausging, da ihre Sinne weit schärfer waren als die der Weißen und ihnen daher die kleine Schar der durch das Land ihrer Vorväter ziehenden Nerambura kaum entgehen würde.

Endlich auf dem Gebiet der Darambal angelangt, hatten die beiden Ältesten die heilige Höhle aufgesucht, um zum Zeugnis für die Vernichtung des Stammes der Nerambura die jüngsten Ereignisse in Gestalt von Malereien festzuhalten. Mit verschiedenfarbiger Erde und Harz als Bindemittel hatten sie die Gestalt eines Mannes auf einem Pferd und als Strichmännchen schwarze Menschen dargestellt, die sich ihm trotzig mit erhobenen Speeren entgegenstellten. Doch war das eher eine Wunschvorstellung als ein Abbild die Wirklichkeit. In Wahrheit war der entsetzliche Tod so schnell über sie gekommen, dass kaum einem Krieger die Möglichkeit geblieben war, zur Waffe zu greifen.

Obwohl die Alten Tom inzwischen durchaus achteten, blieb er von der Zeremonie der Wandmalerei ausgeschlossen, da er kein eingeweihter Nerambura-Krieger war. Sein Ansehen in der Gruppe war entsprechend seiner zunehmenden Sprachkenntnisse gewachsen, und so wurde er inzwischen auch in die Gespräche um das Lagerfeuer mit einbezogen.

Gähnend und sich räkelnd kratzte sich Tom den ungepflegten Bart und überlegte, wie es wäre, wenn er in Rockhampton auf dem Stuhl eines Barbiers säße. Doch verflog diese angenehme Vorstellung rasch, als sein Blick auf die Ebene unter ihm fiel. Die winzige graue Rauchsäule, die über dem Buschland aufstieg, schien ihm näher zu sein als vorher. Vermutlich hatten weiße Männer ein Feuer entzündet, um ihr Teewasser in einem Feldkessel heiß zu machen.

Am Vortag war der Rauch weiter nördlich aufgestiegen, und Tom hatte sich ausgesprochen unbehaglich gefühlt. Wenn die Leute ihren Weg in der bisherigen Richtung fortsetzten, bestand die Möglichkeit, dass sie auf das Lager der Nerambura stießen.

Das Feuer ließ in ihm Erinnerungen an gekochtes Pökelfleisch und in der Asche gebackenes frisches weißes Fladenbrot aufsteigen, wozu man einen großen Becher gesüßten schwarzen Tee trank. Beim Gedanken an die europäische Art, sich zu ernähren, die ihm einst selbstverständlich gewesen war, knurrte sein Magen. Ach, was gäbe er für eine im Lehmmantel gebackene Lammkeule mit ...

Ein leises Rascheln ... kaum hörbar.

Die Jagd mit Wallarie hatte seine Sinne geschärft, und er hatte rasch gelernt zu verstehen, was sich der Natur um ihn herum ablauschen ließ. Mit Sicherheit befand sich jemand hinter ihm. Unvermittelt eilte eine winzige Eidechse davon, die sich auf einem Felsen gesonnt hatte. Jemand oder etwas hatte sie erschreckt. Dann spürte Tom die Speerspitze im Nacken. »Zu langsam«, lachte es leise hinter ihm. »Du bist zu langsam.«

Breit grinsend teilte Tom, seine Nerambura-Brocken zusammensuchend, seinem Freund Wallarie mit: »Ich wusste, dass du es warst, sonst hätte ich mich umgedreht und dich erschossen.«

Der Krieger hockte sich neben ihn und richtete den Blick auf den Rauch am Horizont. »Dazu wäre dir keine Zeit geblieben. Du hättest den Speer im Hals gehabt, bevor du die kleinste Bewegung hättest machen können«, fuhr er im scherzhaften Ton fort. »Und so werde ich es mit allen Weißen halten, denen ich begegne«, fügte er erbittert hinzu. Beim Aufenthalt in der heiligen Höhle war ihm aufgegangen, welch entsetzlichen Verlust er erlitten hatte. Alle jungen Frauen, die dem Stamm Kinder hätten gebären können, waren tot, ebenso die Älteren, die den jungen Leuten die Geschichten weitererzählten. Wem würde er einst Geschichten erzählen, wenn er zu den Älteren gehörte? Alles war dahin.

Bei einem nachdenklichen Blick auf Tom musste er daran denken, dass auch dessen Vater ein Opfer der weißen Männer war, die seinen Stamm abgeschlachtet hatten. Der Tod der Menschen, die ihnen am nächsten gestanden hatten, verband den Darambal-Krieger mit seinem weißen Freund.

Beim nächsten Sonnenuntergang würden sie zu den anderen

im Lager stoßen und ihnen Fleisch bringen. Vermutlich waren die Frauen gerade dabei, mit dem Grabstock essbare Knollen in der Erde zu suchen und Grassamen zu sammeln, aus deren Mehl sie kleine Kuchen backen würden. Im Augenblick genoss er es, dazuhocken und auf die sattgrünen Grasflächen auf dem Land der Darambal zu blicken.

Eine Windhose riss die vom Lagerfeuer aufsteigende Rauchsäule, die Tom beobachtet hatte, hierhin und dorthin, sodass die beiden Schafhirten hustend und keuchend beiseite sprangen und sich die Asche aus dem Gesicht wischten. Rasch griff ein in der Nähe hockender junger Bursche nach seinem neuen Palmblatthut, den der Wind sonst womöglich weit über das Gelände von Glen View mit sich getragen hätte.

Nachdem sich der Wirbel wie ein tanzender Derwisch entfernt hatte, um anderswo im Busch sein Unwesen zu treiben, rieb sich der als ›Monkey‹ bezeichnete Hirte Rauch und Schmutz aus den zusammengekniffenen Augen und knurrte dabei dem Älteren neben ihm zu: »Piss nicht ins Feuer, alte Sau.«

»Warum denn nicht?«, fragte der alte Jimmy boshaft grinsend. »Wir müssen es doch ausmachen, bevor wir gehen.« Die beiden sahen einander an wie Hunde, die um den Vorrang kämpften.

»Weil mein Tee noch da steht«, knurrte Monkey. »Ich weiß, wo sich dein Schwanz rumgedrückt hat und will nicht, dass du mir damit in den Tee pisst, verdammter Arschficker.« Seine wütende Antwort entlockte Joe, der in der Nähe saß und den Streit beobachtete, lautes Gelächter.

Er war noch jung und erst Anfang des Jahres auf einem Einwandererschiff aus England angekommen. Er hatte auf Glen View Arbeit gefunden, und da man ihm dort, kaum dass er angekommen war, Geschichten aufgetischt hatte, in denen es um die Vorliebe des alten Jimmy für männliche junge Ureinwohner ging, war er dem alten Hirten möglichst aus dem Weg gegangen.

Die prahlerischen Reden, mit denen sich die Männer, wenn sie betrunken waren, ihrer Heldentaten in der Schlacht gegen die Nerambura rühmten, hatten den leicht beeindruckbaren jungen Mann in ihren Bann geschlagen. So hatte er atemlos lauschend dem bunt ausgeschmückten Bericht zugehört, wie sie sich gegen eine Übermacht am ganzen Leibe bemalter Krieger hatten zur Wehr setzen müssen, und als es hieß, diese hätten sie in ungeheurer Zahl und mit einem Kriegsgeschrei überfallen, das ihnen das Blut in den Adern hatte gefrieren lassen, war er tief beeindruckt gewesen.

In allen Einzelheiten wurde dem Einwanderer aus England die Vergewaltigung der wehrlosen jungen Frauen geschildert. Mit aufgerissenen Augen und vor Staunen weit offenem Mund saß er da und überlegte, was für ein aufregender Tag das gewesen sein musste. Hätte er doch ebenfalls Gelegenheit gehabt, Seite an Seite mit seinen Arbeitskollegen die Wilden heldenhaft abzuwehren. Was für Geschichten er dann seinen Enkeln erzählen könnte, wenn er einst als alter Mann am warmen Feuer saß!

Nachdem die Schafhirten ihr Mittagsmahl aus kaltem Hammelfleisch und Fladenbrot beendet hatten, löschten sie sorgfältig das Feuer, indem sie die glühende Schlacke mit Erde bedeckten. Von Überschwemmungen und Feuer ging im Inneren dieses grenzenlosen Kontinents immer wieder Gefahr aus. Sie, aber auch Schlangen und Ureinwohner konnten jeden das Leben kosten, der nicht ständig auf der Hut war.

Monkey schwang sich in den Sattel und spähte, die Hand über die Augen gelegt, durch den Dunst des frühen Nachmittags zu den Bergen hinüber.

»Man weiß nie, mein Junge, vielleicht finden wir ja auch für dich 'nen netten Knochenhaufen zum Vögeln«, sagte er zwinkernd und unverschämt grinsend zu Joe. »Oder der alte Jimmy kann sich um dich kümmern, wenn du dich schlafen legst.«

Jimmy sah ihn lüstern an, und Joe erschauerte. Er fand Monkeys Witz nicht zum Lachen, vermutete aber, dass die harten Männer an der Grenze immer bereit waren, Neulinge auf den Arm zu nehmen.

Joe tätschelte den Kolben des Karabiners, der neben ihm am

Sattel hing. »Das soll er mal probieren, dann kriegt er das in den Arsch.« Diese ernsthaft vorgetragene Drohung entlockte den beiden älteren Männern brüllendes Gelächter, und sie machten sich nach wie vor lachend auf die Suche nach verirrten Schafen.

Sie fanden sie nicht, doch was sie fanden, sollte Tom Duffys Leben auf immer verändern.

Ohne auf die beiden Männer zu achten, die sich dem verstümmelten Leichnam näherten, schlug die Krähe mit ihren glänzenden schwarzen Flügeln. Dann hüpfte sie einige Schritte beiseite, bevor sie sich in die Luft schwang, nicht ohne sich mit lautem Krah-Krah über die Störung zu beschweren. Sie war gerade dabei gewesen, Streifen blutigen Fleisches aus dem Körper zu reißen, der am Boden lag und in der geballten Faust noch einen Grabstock hielt, wie in einer vergeblichen Gebärde der Gegenwehr gegen die Mörder. Ein scharfer und grausamer Schnabel hatte die Augenhöhlen bereits ihres Inhalts beraubt.

Wallarie ließ das erlegte Wallaby fallen. Mit einem lästerlichen Fluch riss Tom den Revolver heraus und suchte wie sein Gefährte die Umgebung aufmerksam nach Hinweisen auf einen Hinterhalt ab. Aber längst schienen die Mörder das Weite gesucht zu haben. Tom eilte auf die Leiche im Gras zu. »Gott im Himmel, wie konntest du das zulassen!«, schrie er und stürzte neben dem auf dem Rücken liegenden und von Kugeln durchsiebten Leichnam der alten Biddy zu Boden, deren leere Augenhöhlen in den wolkenlosen Himmel starrten. »Hast du dich zu wehren versucht, als sie dich umbringen wollten?«, fragte er die Alte mit erstickter Stimme, während er ihre harte faltige Hand aufhob und liebkoste. Mit eben dieser Hand hatte sie ihn bei der ersten Begegnung in die peinliche Situation gebracht, mit ihr hatte sie seine Hand berührt, wenn sie ihm saftige Engerlinge zugesteckt hatte.

Nie wieder würde er hören, wie sie meckernd am Lagerfeuer lachte oder unaufhörlich wegen deren angeblich unterentwickelter Männlichkeit an den Männern herumnörgelte. Tränen stiegen ihm in die Augen. Welche Bedrohung konnte eine alte Frau für die Macht des weißen Mannes über die Weiden des Landes bedeuten? Hatte es nicht genügt, die Ureinwohner zu vertreiben? Die Stille des Brigalow-Buschlandes gab keine Antwort, und er schüttelte den Kopf über die sinnlose Grausamkeit der Männer, die diese Frau allem Anschein nach aus bloßem Zeitvertreib ermordet hatten. Möglicherweise hatte sie ihnen einfach als Zielscheibe für ihre Schießkünste gedient.

Wallarie berührte ihn an der Schulter. Tom ließ die Hand der alten Biddy los und erhob sich steif, Tränen der Wut in den Augen. Wortlos folgte er ihm zum Lager der Nerambura.

Beim Anblick dessen, was er am erkalteten Feuer sah, würgte es ihn im Hals. Wallarie hingegen schien seinen Augen nicht zu trauen. Es erschien ihm wohl unfasslich, dass der weiße Mann Mitmenschen unnötig derartige Schmerzen zufügte, und so sagte ihm vermutlich sein Verstand, dass keinesfalls stimmen konnte, was er da sah. Er wandte sich ab und ging auf das Buschwerk zu. Dort hockte er sich auf den Boden und streute sich Erde aufs Haupt. Dann stimmte er ein Lied der Klage um die Geister der Toten an.

Während sich Tom vorstellte, wie die letzten Augenblicke im Leben des alten Toka ausgesehen haben mussten, brach ihm der Schweiß aus. An Händen und Füßen hatte man den dürren Leib des gebrechlichen Alten über das Feuer gehalten und dort langsam geröstet. Er musste unvorstellbare Schmerzen gelitten haben.

Als Tom es schließlich über sich brachte, dem Alten in die gebrochenen Augen zu sehen, erkannte er darin die entsetzliche Qual, die dieser in den letzten Augenblicken seines Lebens hatte ertragen müssen. Offensichtlich war der Tod nicht rasch eingetreten. Die sadistischen Folterknechte hatten ihm zuvor noch unerträgliche und fortdauernde Qualen zugefügt.

Tom empfand angesichts des Entsetzens nicht Ekel, sondern eine rasende Wut auf die Menschen, die diese ungeheuerliche Tat begangen hatten. Er riss sich vom Anblick des alten Ureinwohners los und ging mit schleppendem Schritt zu Wallarie hinüber, der immer noch am Boden hockte und das Lied der Toten sang. In den grauen Augen des jungen Iren tobte ein Feuer, das nur Blut löschen konnte.

»Wir müssen die anderen finden«, knurrte er, wobei er vor Wut am ganzen Körper zitterte. »Und die …« Er fand keine Worte für die bestialischen Kreaturen, die diese zum Himmel schreiende Untat begangen hatten, und obwohl er unwillkürlich Englisch gesprochen hatte, schien Wallarie mühelos zu begreifen, was er meinte.

Nach allem, was sie gesehen hatten, bestand kaum Hoffnung, den Jungen und Kondola lebend anzutreffen. Man konnte nur hoffen, dass sie nicht auf ebenso abstoßende Weise zu Tode gekommen waren wie Toka. Was Mondo betraf, durfte man damit rechnen, dass die Täter sie lebend gefangen hatten, um sie zur Befriedigung ihrer Triebe zu missbrauchen – und sie anschließend umzubringen.

Nach den Stiefelabdrücken zu urteilen, die er auf dem Boden um die Feuerstelle herum hatte unterscheiden können, waren an Biddys und Tokas grausamer Ermordung mindestens zwei Männer beteiligt gewesen.

Wallarie griff nach seinen Speeren und erhob sich. Er umschritt die kalte Feuerstelle, ohne die Toten anzusehen, denn so verlangte es der Brauch. Auf keinen Fall wollte er länger an diesem entsetzlichen Ort des Todes bleiben, der für ihn jetzt tabu war.

Tom brauchte nicht zu fragen, wohin er wollte. Schon bald hatten sie die Hufabdrücke der drei Pferde und die Fußspuren von zwei Menschen gefunden. Selbst Tom erkannte, dass es sich dabei um die des jungen Billy und Mondos handeln musste. Auf jeden Fall hatten die beiden zu diesem Zeitpunkt noch gelebt.

Nur von Kondola fanden sie außerhalb des Lagers keine Spur, während sich im Lager deutlich erkennen ließ, wo er sich bei der Erledigung seiner täglichen Aufgaben aufgehalten hatte. Wallarie stand vor einem Rätsel. Hatte der listige alte Krieger seine Spuren verwischt? War er mit seiner Fähigkeit, sich dem Feind zu entziehen, Wallaries Kunst im Fährtenlesen überlegen?

»Kondola?«, fragte Tom, dem die Verwirrung des Gefährten auffiel. Wallarie schüttelte stirnrunzelnd den Kopf. Hatte sich der Alte in einen Geist verwandelt, um seinen Verfolgern zu entkommen?

Toms Schätzung nach würde die Sonne in etwa fünf Stunden untergehen. Sie mussten das Tageslicht nutzten, um der Spur der drei Berittenen mit ihren beiden Gefangenen zu folgen. Tom hatte nicht den geringsten Zweifel an dem, was er tun würde, wenn er die Mörder seiner Nerambura-Angehörigen erst einmal gestellt hatte.

Mit Wallaries drei langen Speeren und seiner Steinaxt sowie Toms Bowie-Messer und dem Revolver samt Pulver und Bleikugeln bewaffnet, drangen sie halb laufend, halb gehend durch das Gestrüpp vor, wobei sie immer wieder niedrig hängenden stachligen Zweigen und den kniehohen Termitenbauten auswichen. Die Ausdauer des Nerambura-Kriegers, der nur aus Muskeln und Sehnen zu bestehen schien, war erstaunlich. Tom vermutete, dass er ausschließlich ihm zuliebe von Zeit zu Zeit das Tempo verlangsamte.

Wallaries Speere schwangen im Rhythmus des Laufschritts in seiner Hand, und Tom, dem das Revolveretui und die Wasserflasche an die Seite schlugen, kam sich im Vergleich dazu schwerfällig vor.

Kurz vor Sonnenuntergang fiel Wallarie erneut in Schritt und gab dann das Zeichen, Halt zu machen. Tom ließ sich zu Boden sinken und hoffte, dass sie dort übernachten würden. Er nahm einige kräftige Schlucke aus seiner Feldflasche und gab sie dann Wallarie, der aber kaum seine Lippen daran netzte. Kaum hatte Tom Zeit, sich zu strecken und die steifen Muskeln ein wenig zu lockern, als Wallarie flüsterte: »Wir gehen weiter. Ich weiß, wo die weißen Männer lagern werden.«

Bei hereinbrechender Nacht strebten alle Geschöpfe im Busch dem Wasser zu, und die einzige Wasserstelle in der Nähe war ein Bach, der sich noch vor Einbruch der Dunkelheit erreichen ließ.

Stöhnend erhob sich Tom und lächelte Wallarie entschlossen zu, zum Zeichen, dass er bereit war. Zumindest gingen sie jetzt und rannten nicht, tröstete er sich, während er dem unbekleideten schwarzen Krieger folgte.

Doch selbst das kostete viel Kraft, denn sie hielten ihre Richtung ein, ohne dabei Hindernissen auszuweichen. Um seine Müdigkeit zu überwinden, zwang sich Tom, an Biddys und Tokas verstümmelte Leichen zu denken. Außerdem bestand, sofern sie das mörderische Tempo durchhielten, wenigstens noch eine geringe Wahrscheinlichkeit, den kleinen Billy und Mondo am Leben zu finden.

Ihre Mühe wurde belohnt. Kurz bevor sich der dunkle Mantel der Nacht hob, hörten sie in der Ferne Schnarchen und sahen den Schimmer eines fast vollständig niedergebrannten Lagerfeuers, der sich in einem Wasserloch spiegelte. Als die letzten Sterne erloschen, schlichen sich die beiden lautlos an die Hirten heran, die nichtsahnend in tiefem Schlummer lagen.

Der Angriff kam wie ein Blitz aus heiterem Himmel.

Zischend überbrückte Wallaries Speer die kurze Entfernung, und seine mit Widerhaken versehene Spitze drang Joe in die Kehle. Gerade hatte er sich benommen von seinem Lager erhoben, denn sein in der Nähe mit einer Fußfessel angebundenes Pferd hatte die Gegenwart der beiden sich nähernden Fremden gewittert und mit seinem Wiehern den jungen Schafhirten geweckt.

Der Speer erstickte seinen Schrei im Ansatz. Joes Wunsch war in Erfüllung gegangen: er war tatsächlich einem Eingeborenenkrieger begegnet, allerdings bekam er ihn nie zu sehen.

Noch in seine Decke gewickelt, schlug und trat er im Todeskampf um sich und stieß den neben ihm liegenden Monkey an. Sein Blut bespritzte dessen Gesicht. Als Monkey die Augen öffnete und wütend losfluchen wollte, sah er, wie Joe mit vor Entsetzen aufgerissenen Augen den in seinem Hals steckenden langen Hartholzspeer mit beiden Händen umklammerte.

Von Grauen erfasst, schrie Monkey auf. Verzweifelt tastete er nach seiner Waffe, erstarrte aber mitten in der Bewegung, als er die grauen Augen des Eingeborenen sah, der über ihm stand und mit einem Revolver auf seinen Kopf zielte. Ein Blick zur Seite zeigte dem Hirten das Furcht erregende Gespenst eines riesigen Schwarzen, der seine Steinaxt mit lautem Krachen auf Joes Schädel niederfahren ließ.

»Für dich gibt es nur zwei Möglichkeiten«, sagte der Mann mit dem Revolver zu Monkey. Erst bei diesen Worten fiel jenem auf, dass er es nicht mit einem Eingeborenen, sondern einem Weißen zu tun hatte. »Entweder bringe ich dich auf vergleichsweise zivilisierte Art um, oder ich überlasse dich meinem schwarzen Freund da. Er ist allerdings nicht zivilisiert.«

Monkey spürte, wie sich etwas Warmes in seiner Hose ausbreitete, und angewidert rümpfte Tom die Nase bei dem ekelhaften Gestank, der anzeigte, dass sich die Eingeweide des Mannes geleert hatten.

»Bitte, Kumpel, bitte ...«, flehte er Tom kriecherisch an. »Bring mich nicht um. Ich hab keinem Menschen was getan. Ich hab noch nie ...«

Tom zog ihm den Lauf des Revolvers über das Gesicht, woraufhin der Schafhirte aufbrüllend zurückfiel. Blut lief aus einer langen Wunde über seinen Augen. Zusammengekrümmt lag er am Boden und winselte wie ein geprügelter Hund: »Bitte, tu mir nichts, Kumpel.«

»Zum letzten Mal: willst du einen raschen oder einen langsamen Tod?«, knurrte Tom. »Vielleicht sollten wir dich ebenso umbringen, wie ihr es mit dem alten Mann über dem Feuer getan habt. Auge um Auge, heißt es in der Bibel«, fügte er hinzu. In seinem Entsetzen ging Monkey auf, dass ihm wirklich keine rechte Wahl blieb, doch war ihm klar, dass es etwas Schlimmeres gibt als den Tod, nämlich die Art, wie man stirbt.

»Du, Kumpel, du sollst es tun«, krächzte er, wobei seine Augen hin und her eilten, offensichtlich auf der Suche nach einer Fluchtmöglichkeit. Aber die kaum eine Handbreit von seinem Kopf entfernte Waffe und die harten grauen Augen des Mannes, der ihn unerbittlich ansah, zeigten ihm, dass es Zeitverschwendung war, um sein Leben zu flehen. Es gab für ihn nicht die geringste Hoffnung, den Sonnenuntergang des gerade anbrechenden Tages zu erleben, und er stellte sich allmählich darauf ein, von der Hand dieses Weißen zu sterben.

»Nun, jetzt, wo du weißt, dass du mit einer ›zivilisierten‹ Todesart rechnen darfst, hab ich noch ein paar Fragen«, sagte Tom mit gleichmütiger Stimme. Langsam richtete sich Monkey auf und setzte sich, am ganzen Leibe zitternd. »Sofern du wahrheitsgemäß antwortest, werde ich mich an unsere Abmachung halten.«

Tom hockte sich auf den Boden und entfernte den Revolverlauf ein Stück vom Gesicht des zitternden Schafhirten. Scheinbar entspannt stand Wallarie wenige Schritte hinter ihm. Die Tod bringende Steinaxt pendelte leicht in seiner Hand.

»Erstens möchte ich wissen, wo sich der dritte Mann aufhält, der gestern bei euch war«, fragte Tom ruhig und sah den Hirten scharf an.

»Der alte Jimmy, so ein Schweinehund!«, entfuhr es Monkey. »Er hat sich das Weib genommen und ist mit ihr verschwunden, kaum dass wir uns gestern Abend hingelegt hatten.«

»Und wohin?«

»Wahrscheinlich zur Viehzuchtstation Balaclava«, sagte Monkey. Ihm war bewusst, dass Wallarie mit der Axt, mit der er Joes Schädel zerschmettert hatte, hinter ihm stand. »Der Mann da, Mister Bostock, sucht schon länger 'n nettes Stückchen schwarze Haut. Und für 'ne Niggerin war die nicht hässlich«, fügte er hinzu. Mühsam beherrschte Tom seinen Grimm über die herabsetzende Art, wie der Mann von Mondo sprach.

»Was weißt du über eine Vertreibung, die vor etwa einem halben Jahr hier stattgefunden hat?«, fragte er als Nächstes.

Monkey zögerte. Sterben musste er auf jeden Fall.

»Ich war dabei«, murmelte er und sah zu Boden. Er wagte nicht, seinem Gegenüber in die kalten grauen Augen zu blicken.

»Hast du dabei einen stämmigen Weißen gesehen, der mit einem Ureinwohner zusammen war?«

Mit einem Mal riss der Mann die Augen auf – er hatte verstanden.

»Du bist Tom Duffy. Ich hab von dir gehört«, rief er aus und sah Tom an. Verblüfft fragte sich dieser, woher der Mann das wissen konnte. »Mister Macintosh hat uns gesagt, dass du vielleicht noch lebst«, plapperte Monkey drauflos. »Er hat jedem 'ne Belohnung versprochen, der dich findet, auch ...« Er zögerte, bis ihm aufging, was er da gerade sagen wollte.

»Auch was?«, fragte Tom.

» ... auch tot«, gab der Mann mit belegter Stimme zur Antwort.

»Aha!«, rief Tom aus. Er hatte also Recht gehabt, allen Weißen aus dem Weg zu gehen. »Und warum will man mich aus dem Weg räumen?«, fragte er.

»Weil ihr den Niggern an dem Tag geholfen habt, als wir sie vertreiben wollten«, antwortete der Mann, »und die Schwarzen Mister Angus umgebracht haben.«

Tom erschien es verwunderlich, dass man ihm zu Last legte, Wallaries Stammesangehörige unterstützt zu haben, zumal der Mann, der da ein Urteil über ihn fällte, ihn nie im Leben gesehen hatte.

Die nächsten Worte des Mannes lieferten Tom eine Art Erklärung. »Dein Vater hat uns mit vorgehaltener Waffe bedroht, nachdem ein Schwarzer Mister Angus mit einem Speerwurf getötet hatte«, sagte er, »und dem Schwarzen die Möglichkeit gegeben zu verschwinden. Wie wir dann dem Kerl nach sind, haben die anderen Schwarzen deinen Vater und seinen Nigger umgebracht.«

»Du lügst«, fuhr Tom ihn an. »Ein Weißer hat meinen Vater getötet.«

Diese Behauptung erstaunte Monkey, denn der irische Fuhrmann hatte sich in Lieutenant Morts Gewahrsam befunden, als ihn die Hirten zum letzten Mal lebend gesehen hatten. Hatte nicht der Beamte berichtet, er habe die beiden Gefangenen an einen Baum gekettet und sie von den Speeren Eingeborener durchbohrt aufgefunden, als er sie abholen wollte? Zwar wurde an den Lagerfeuern auf Glen View gemunkelt, Mort habe den Iren selbst aus dem Weg geräumt, doch da niemand Mr. Macintoshs Zorn auf sich laden wollte, war keiner der Männer so unvorsichtig, diesen Verdacht laut zu äußern, nicht einmal im betrunkenen Zustand.

»Falls das stimmt, kann nur Mort der Täter gewesen sein«, erklärte Monkey.

»Was für ein Mort?«

»Lieutenant Morrison Mort von der Buschpolizei«, gab Monkey zur Antwort. »Wahrscheinlich hat der Greifer deinen Vater umgebracht.«

Etwas musste Wallaries Aufmerksamkeit erregt haben. Er erstarrte plötzlich und ging dann vorsichtig zu einer Baumgruppe unweit des Wassers. Offenbar hatte er etwas entdeckt. Tom konnte sich denken, was es war, und alles in ihm krampfte sich zusammen. Monkey, der seinen Blicken gefolgt war, begann heftig zu zittern.

Mit neu entflammter Wut fuhr Tom zu ihm herum, sodass der Schafhirte unwillkürlich zurückwich. »Ich will da gar nicht erst hingehen«, sagte Tom mit kalter und ausdrucksloser Stimme, »sonst brech ich wahrscheinlich mein Wort und übergeb dich meinem schwarzen Freund. Dem scheint ziemlich nahe zu gehen, was er da sieht. Ich frag lieber dich: Ist es das, was ich vermute?«

»Er hat den schwarzen Jungen gefunden«, krächzte er. »Der alte Jimmy hat ihn sich vorgenommen und ihm dann den Schwanz und die Eier abgeschnitten.«

»Etwa bei lebendigem Leibe?«, fragte Tom mit mühsam unterdrückter Mordlust.

Mit gesenktem Blick nickte der Schafhirte.

»Sieh mich an, du gewissenloser Mörder«, sagte Tom gefasst. »Meine Augen sollen das Letzte sein, was du siehst, bevor du zur Hölle fährst.«

Langsam hob Monkey den Kopf und versuchte, dem Blick der grauen Augen auszuweichen. Ihm fiel auf, dass sie denen des stämmigen Iren ähnelten, der ihnen am Tag der Vertreibung den

Revolver unter die Nase gehalten hatte. Wohl hörte Monkey die leise Stimme des jungen Mannes, nicht aber den Schuss, und er spürte auch nicht, wie ihm die Kugel durch die Stirn drang und ihn rückwärts in die warme Asche des Lagerfeuers riss. Wie Tom es ihm versprochen hatte, war sein Tod gnädig.

Als Tom Duffy den Abzug betätigte, überschritt er unwiderruflich die Schwelle, die ihn aus seiner Welt in die Wallaries führte. Ab sofort war er ein weißer Eingeborener, in dem der rächende Geist des Heiligen Berges der Nerambura wohnte.

Ihm lag nichts mehr an der weißen Rasse, als deren Angehöriger er zu Welt gekommen war. Er gehörte jetzt zu den Menschen der Ebene, den Bewohnern des Buschlandes und der unerkundeten Gebiete jenseits der Grenze. Dadurch, dass er den Schafhirten gerichtet hatte, war ihm auf immer jede Aussicht verbaut, in die Städte des weißen Mannes und zu seinen Angehörigen in Sydney zurückkehren zu können.

20

Voll tief verwurzelter abergläubischer Furcht ging der Ureinwohner um die beiden Toten herum, in deren Körperöffnungen fette weiße Maden krochen. Zögernd hockte er sich neben Monkeys aufgedunsenen und bereits in Verwesung übergegangenen Leichnam, der zum Teil in den Ascheresten des längst erloschenen Feuers lag. Nicht weit von ihm befanden sich Joseph Blakes Überreste, auch diese in einem ähnlichen Zustand. Seine Hände krallten sich nach wie vor um den Speer, der in seiner Kehle steckte.

»Wie viele Männer, Goondallie?«, fragte Donald Macintosh, den Blick auf seine beiden toten Hirten gerichtet.

Goondallie erhob sich, drehte sich um und suchte das Gelände mit den Augen ab.

»Zwei. Merkwürdig, einer weiß, einer schwarz«, sagte er und kratzte sich am Kopf. Der Viehzüchter wandte sich den beiden jungen Schafhirten zu, die aus einiger Entfernung entsetzt auf die Leichen starrten. Sie waren erst vor kurzem aus England gekommen und sahen zum ersten Mal, was hinter den Schreckensgeschichten steckte, die man in allen Schnapsbuden und Wirtshäusern an der Grenze zu hören bekam, Berichte über mordlustige Eingeborene, die Weiße aus dem Hinterhalt überfielen. Voll Abscheu und zugleich fasziniert betrachteten sie Monkeys und Joes aufgedunsene Leiber. Noch vor wenigen Tagen hatten die beiden mit ihnen gelacht und gezecht.

»Ross, Graham. Sitzt ab und beerdigt sie«, gebot Macintosh den beiden und trat dann zu seinem Pferd, um eine Wasserflasche zu holen. Wahrscheinlich hatten die beiden Mörder Waffen und Vorräte ihrer Opfer mitgenommen.

Der Verwesungsgeruch, der die Luft erfüllte, hinterließ einen so widerlichen Kupfergeschmack in seinem Mund, dass er den ersten Schluck auf den Boden spie. Macintosh überlegte, wieso Monkey mit einem Kopfschuss getötet worden war. Natürlich war es möglich, dass ein Schwarzer dessen Waffe auf irgendeine Weise an sich gebracht und ihn damit erschossen hatte, doch da Goondallie aus den Spuren auf die Anwesenheit eines Weißen geschlossen hatte, schien die Lösung einfach: Vermutlich hatte dieser den Schuss abgegeben.

»Nimm den Speer raus, bevor Joe beerdigt wird«, rief er Goondallie zu. »Ich will ihn mir ansehen.« Nach einer bestätigenden Handbewegung machte sich der eingeborene Schafhirte mit einem scharfen Messer an die unangenehme Aufgabe.

Während er sorgfältig um den Schaft herumschnitt, kratzten die Hirten mit ihren Schaufeln unmittelbar neben ihren toten Kameraden zwei flache Gruben in den lockeren Boden. Auf diese Weise brauchten sie die abstoßenden Überreste nicht zu tragen, sondern konnten sie einfach in die Gräber rollen.

Der Viehzüchter hatte die Suche nach Monkey und Joe angeordnet, nachdem der alte Jimmy bei seiner Rückkehr nach Glen View keine vernünftige Antwort auf die Frage geben konnte, warum er allein war. Sogleich hatte er sich Sorgen gemacht, da die beiden, die er an der Wasserstelle zurückgelassen hatte, eigentlich vor ihm hätten eintreffen müssen. Es hatte ihn nicht die geringste Mühe gekostet, Macintosh und seine drei Männer dorthin zu führen, wo die drei Schafhirten gelagert hatten.

Jimmy war gar nicht erst abgesessen und hielt sich von den beiden Toten fern. Zwar fühlte er sich schuldig, sie allein gelassen zu haben, aber zugleich war er ungeheuer erleichtert, in der Stunde ihres gewaltsamen Endes nicht bei ihnen gewesen zu sein.

Es entging Macintosh nicht, dass sich Jimmy beiseite hielt, und er blaffte: »Komm schon, alter Arschficker. Wenn du nicht willst, dass ich dich von deinem Gaul runterschieß, sag mir, was hier passiert ist.«

Jimmy trieb sein Pferd an und ließ sich aus dem Sattel gleiten. Es kostete ihn Mühe, Macintosh in die Augen zu sehen. Unruhig trat er von einem Fuß auf den anderen. Es war unübersehbar, dass er etwas zu verbergen hatte.

»Wieso liegst du da nicht bei denen?«, brüllte ihn sein Arbeitgeber wütend an. »Sag mir die Wahrheit, oder ich knall dich ab.«

Jimmy kratzte sich an der aufgesprungenen Lippe und murmelte: »'n Stück weiter südlich von hier ham wir 'ne junge Schwarze gefangen und Monkey hat gemeint, ich soll sie Mister Bostock nach Balaclava rüberbringen«, log er. »Der suchte so eine für seinen Haushalt.«

»Kann ich mir denken«, sagte Macintosh sarkastisch. »Wie viel hat er dafür gezahlt?«

»Fünf, Mister Macintosh, mehr nicht«, sagte Jimmy wahrheitsgemäß. Er wusste, dass es keinen Sinn hatte, bezüglich des Preises die Unwahrheit zu sagen. Bostock und Macintosh waren Nachbarn und besuchten einander von Zeit zu Zeit.

»Wieso hat Monkey dich geschickt? Immerhin war es sein Einfall, da hätte er sich das Geld bestimmt gerne selbst verdient«, wollte der Schotte wissen. Er warf einen Blick zu den beiden schwitzenden Schafhirten, die sich wegen des unerträglichen Gestanks Tücher vor das Gesicht gebunden hatten.

»Er wollte ihr eigentlich die Kehle durchschneiden, nachdem er und Joe sich reichlich mit ihr amüsiert hatten«, erklärte Jimmy. »Da hab ich mir überlegt, dass ich ebenso gut 'n bisschen was an ihr verdienen könnte. Wär doch 'ne Sünde und Schande gewesen, sich das entgehen zu lassen. Das ist die Wahrheit, Mister Macintosh, ich schwör es bei meiner toten Mutter.«

Aufmerksam sah Macintosh den alten Schafhirten an, der dastand wie ein Hund, der von seinem Herrn Schläge erwartet. In seinen Jahren als Sträfling hatte Jimmy gelernt, sich vor dem Zorn der Mächtigen zu ducken. »Mir will einfach nicht in den Kopf«, sagte Macintosh schließlich, »wie es möglich war, dass zwei Männer so leichtes Spiel mit den beiden gehabt haben sollen.«

Die Antwort darauf wusste Jimmy, und er hoffte, sich damit bei seinem Arbeitgeber wieder beliebt machen zu können.

»Wir war'n 'ne ganze Woche draußen und ham keine Spur

von Schwarzen gesehen, bis wir dann vor 'n paar Tagen über zwei alte Nigger gestolpert sind. Einen ham wir geschnappt, aber der andere is uns entkommen. Als wenn er sich in Luft aufgelöst hätte. Auf einmal hat uns dann 'ne verrückte Alte mit 'nem Knüppel angefallen, und wir ham se abgeknallt. Wir ham uns gründlich umgesehen, nachdem wir ...« fuhr er fort.

»Weiter. Ich will die widerlichen Einzelheiten gar nicht wissen, auf welche Weise ihr das alte Weib zu Tode gequält habt«, sagte Macintosh achselzuckend.

»Na ja, später ham wir dann die junge Frau und 'nen Jungen gefunden«, fuhr Jimmy fort. »Wir ham gedacht, die wären als Einzige von der Vertreibung im November übrig geblieben. Es gab keinen Hinweis auf junge Männer, und so ham wir angenommen, wir wären sicher, und ham nachts nich gewacht.«

»Und das was das Todesurteil für Monkey und Joe«, sagte Macintosh erbittert. Mit einer schroffen Handbewegung bedeutete er Jimmy, dass er sich trollen könne. Während dieser zu seinem Pferd zurückkehrte, das einige Schritte weiter graste, wischte sich Macintosh den Schweiß von der Stirn und suchte den Schatten eines Baumes auf. Dort wartete er darauf, dass Goondallie seine Aufgabe beendet hatte.

Die schaufelnden Hirten machten eine Pause, um einen Schluck Wasser zu trinken. Goondallie hatte die mit Widerhaken versehene Spitze des Speers freigelegt und brach den Schaft ab. Dabei achtete er darauf, sich nicht zu verletzen, wusste er doch, dass eingeborene Jäger ihre Speere bisweilen in die Kadaver von Tieren stießen, die an einem Schlangenbiss verendet waren. In einem solchen Fall führte der kleinste Kratzer zu einem sich lang hinziehenden, qualvollen Tod, und er wollte sich noch nicht zu den Geistern der Traumwelt gesellen.

Mit gerunzelter Stirn betrachtete er die Speerspitze und ging dann kopfschüttelnd zu Macintosh hinüber, der auf einem umgestürzten Baumstamm saß und seine Pfeife rauchte.

»Das ist genauso ein Speer wie damals bei Mister Angus«, sagte Goondallie und drehte die Spitze vorsichtig in der Hand.

»Das hier war derselbe Mann, der Mister Angus getötet hat.« Ein kalter Schauer überlief Macintosh bei diesen Worten. Er hatte angenommen, irgendein abtrünniger Weißer, der mit Ureinwohnern umherzog, könne seine beiden Hirten auf dem Gewissen haben, jetzt aber schien sich aus den Tiefen des Brigalow-Buschlandes ein Gespenst zu erheben, das ihn bedrohte.

Mit ersticktem Flüstern stieß er hervor: »Duffy!«

Goondallie begriff, dass Macintosh von Angst geschüttelt war, und sah ihn fragend an.

Der Viehzüchter hielt den Blick auf das Buschland gerichtet, das unter der heißen Sonne glühte, als rechne er jeden Augenblick damit, dass ein Weißer mit dem Revolver in der Faust daraus hervortrat und uralte keltische Verwünschungen über ihn und seine Familie ausstieß. Neben der Grauen erregenden Erscheinung des Iren erhob sich ein hoch gewachsener Krieger mit Speer und Wurfholz, bei dessen kaltem Lächeln ihm das Blut in den Adern gefror.

Enid hatte in einem Brief aus Sydney von Unannehmlichkeiten durch einen anderen Sohn des toten irischen Fuhrmanns berichtet, an den sein Augenstern Fiona ihr Herz verloren hatte. War hier ein entsetzlicher Zufall über die Grenzen von Zeit und Raum hinweg am Werk, oder lastete gar ein Fluch der Eingeborenen auf seiner Familie? Er stand auf und klopfte energisch seine Pfeife an einem Baumstamm aus.

»Beeilt euch, dass ihr die beiden unter die Erde kriegt«, brüllte er seinen Männern zu. »Schaufelt ihnen einfach 'n bisschen Erde auf das Gesicht. Später können wir immer noch für ein anständiges christliches Begräbnis sorgen. Dann sitzt auf und seht zu, dass ihr nach Glen View zurückkommt.« Die Hirten wechselten überraschte Blicke. Irgendetwas musste ihrem Arbeitgeber mächtig in die Knochen gefahren sein.

Noch bevor sie die Leichen in ihrem flachen Grab mit Erde bedeckt hatten, war Macintosh davongaloppiert. Ängstlich sahen sich die Männer um. Womöglich wurden sie schon von den Schwarzen beobachtet und beschlichen. Sie machten sich davon und ließen ihre beiden Kameraden unbeerdigt liegen. Auf keinen Fall wollten sie im Busch allein sein. Ihre überhitzte Fantasie gaukelte ihnen zu viele Gefahren vor.

Macintosh trieb sein Pferd zu schnellerer Gangart an.

Gewiss, Duffy und der schwarze Mörder hatten mehrere Tage Vorsprung, aber sie waren zu Fuß unterwegs. Es musste ihnen klar gewesen sein, dass sie bei einer solchen Aktion ihre Pferde zurücklassen mussten, deren Fährte eingeborene Spurenleser mühelos aufnehmen konnten. Schon nach kurzem Suchen hatten sie die beiden Pferde, die noch ihre Fußfesseln trugen, kaum mehr als einen Kilometer von der Wasserstelle entfernt friedlich grasend gefunden.

Gerissenheit konnte man Duffy und dem schwarzen Mörder nicht absprechen. Selbst Goondallie musste bereits in geringer Entfernung vom Lager zugeben, dass er ihre Spur verloren hatte. Aber sie waren nicht gerissen genug. Macintosh konnte sich denken, wohin sich die beiden gewandt hatten. Bestimmt ließ sich Jimmys Fährte bis zur Viehzuchtstation von Balaclava verfolgen.

Er konnte also auf Glen View einen Trupp Bewaffneter zusammenstellen und sich dann an die Verfolgung machen. Sofern Duffy mit dem schwarzen Mörder zusammen war, würden sie ihn einfach ebenfalls niederschießen. Wenigstens brauchte jetzt in einem eventuellen Bericht an die Behörden nicht ›Unfall‹ zu stehen, denn Duffy war ein gemeiner Verbrecher, der Weiße getötet hatte. Damit war er vogelfrei.

Nach einem halbtägigen anstrengenden Ritt erreichte Macintosh mit seinem Trupp die Hütte aus Wellblech und Schälbrettern, in der Bill Bostock, der Eigentümer von Balaclava, lebte. Dieser empfing ihn außerordentlich aufgebracht.

»Am liebsten würde ich den Sauknochen auspeitschen, der mir die schwarze Hexe ins Haus gebracht hat«, tobte er. »Sie hat nichts als Ärger gemacht. All meine schwarzen Arbeiter sind mir davongelaufen. Sieht ganz so aus, als hätte in den letzten Nächten irgendein wilder Eingeborener draußen die hirnlosen

Schwarzen im Busch verrückt gemacht. Sie behaupten, er habe Zauberkräfte, und 'n paar von denen haben sogar gestern Abend der Frau zur Flucht verholfen. Der verdammte Eingeborene soll Wallarie heißen und ihnen gedroht haben, in der Nacht herzukommen und ihnen die Kehle durchzuschneiden, wenn sie nicht täten, was er von ihnen verlange.«

Macintosh rieb sich die Stirn. Der anstrengende Ritt und die Besorgnis erregende Vorstellung, der schwarze Mörder könnte ihm entkommen, hatten ihm Kopfschmerzen gemacht. Er stieg steif aus dem Sattel. »Ein Glück für Jimmy, dass ich ihn nicht mitgebracht habe«, sagte er ermattet und griff nach seiner Wasserflasche. Dann aber überlegte er es sich anders. »Bill, hast du wohl 'nen Schluck schottischen Whisky?«

Der englische Siedler nickte. »Drinnen. Kommt mir ganz so vor, als hätte dein Besuch mit dem Miststück zu tun«, sagte er mitfühlend.

»Ich hab keine große Hoffnung, sie zu finden«, gab Macintosh schwarzseherisch zurück. Aber vielleicht konnte Mort etwas erreichen. Es würde genügen, einen Reiter nach Rockhampton zu schicken, der dem Polizeibeamten die Mitteilung überbrachte, dass Tom Duffy wie auch der schwarze Mörder seines Sohnes Angus noch lebten und mit einer jungen Schwarzen umherzogen, die sie von der Viehzuchtstation Balaclava weggehext hatten. Mit schweren Schritten folgte er Bostock in seine Behausung, während seine Männer absaßen und sich im spärlichen Schatten des ärmlichen Gebäudes zusammendrängten.

An den Stamm eines knorrigen Eukalyptus gelehnt, döste der alte Jimmy in der Mittagssonne. Fliegen umschwirrten aufreizend seinen Kopf, und er schlug von Zeit zu Zeit nach ihnen. Die Schafe um ihn herum weideten das frische Grün ab, das schon bald verdorren würde, denn der Boden begann auszutrocknen.

Sein Hütehund, Ergebnis der Paarung zwischen einem Collie und irgendeiner Promenadenmischung in Rockhampton, leistete ihm in seiner Verbannung in den abgelegensten Teil des Besitzes Gesellschaft. Die Strafe bedrückte Jimmy nicht weiter. Wichtiger war, dass ihm Donald Macintosh die fünf Pfund gelassen hatte, die er von Bill Bostock für die junge Schwarze bekommen hatte. Einen Teil des Geldes hatte er bereits in Rum angelegt. Er sollte ihm helfen, die Langeweile zu vertreiben. Schon mehr als ein Schafhirte hatte unter dem Einfluss von Langeweile und Einsamkeit den Verstand verloren oder Selbstmord begangen. Trinken war die einzige Möglichkeit, nicht daran denken zu müssen, auch wenn Jimmy von der Flasche Schnaps, die er am Vorabend geleert hatte, der Schädel brummte.

Wenigstens brauchte er keine Angst mehr vor den langen Speeren der Darambal-Krieger zu haben, die einst durch diese Gegend gezogen waren. Seit ihrer Vertreibung bestand für Donald Macintoshs Herden keine Bedrohung mehr, und es war kaum wahrscheinlich, dass sich Joes und Monkeys Mörder noch in der Nähe aufhielten. Immerhin mussten sie damit rechnen, dass die Buschpolizei nach ihnen suchte.

Der Hund, der bisher mit der Schnauze auf den Pfoten vor sich hingedöst hatte, spitzte die Ohren und hob den Kopf. Jimmy wurde erst aufmerksam, als er ihn drohend knurren hörte. Aufmerksam sah der Hund an den Schafen vorüber in den flirrenden Dunst des still daliegenden Buschlandes. Mit heftigem Zwinkern fuhr Jimmy aus seiner Teilnahmslosigkeit hoch. Offensichtlich hatte seine Hündin mit ihren scharfen Sinnen im Buschwerk etwas entdeckt. Schwerfällig stand er auf und griff nach der alten Baker-Flinte, die geladen neben ihm lag.

Der Hund schlug laut an, als sich die unbekleidete schwarze Gestalt aus dem Gras hinter der Herde erhob. Der verängstigte Hirte legte das Gewehr an die Schulter, beging aber den unverzeihlichen Fehler zu feuern, ohne richtig zu zielen. Die schwere Bleikugel schlug eine Armeslänge von dem eingeborenen Krieger entfernt ins Gebüsch, der ihn darauf wild rufend und gestikulierend zu verhöhnen schien.

Entsetzt sah Jimmy aus dem Augenwinkel, dass sich ein hoch gewachsener bärtiger Weißer, fast ebenso unbekleidet wie sein Gefährte, aus dem Gras erhob und zwei Revolver auf ihn richtete. Er erkannte die junge Frau hinter ihm. Es war eben die, die er mit einem Strick um den Hals hinter seinem Pferd zum Viehzüchter Bostock nach Balaclava gezerrt hatte.

Mit wildem Knurren griff der Hund den Fremden an, doch ein, zwei Kugeln warfen ihn zu Boden, wo er zitternd verblutete. Gern hatte Tom das Tier nicht getötet, aber ihm war keine Wahl geblieben.

Es war Jimmy klar, dass ihm die altertümliche Flinte jetzt nicht mehr nützen konnte, denn die Zeit reichte auf keinen Fall, neu zu laden. Schon oft in seinem Leben hatte er Angst gehabt, das aber ließ sich nicht mit dem vergleichen, was er jetzt angesichts seiner aussichtslosen Lage empfand. Er begriff, dass er auf Gedeih und Verderb dem Mann ausgeliefert war, der die beiden Revolver auf ihn richtete. Die Flinte entfiel seinen kraftlosen Fingern, und er spürte, wie sich seine Eingeweide entleerten.

»Ihr … Ihr.« Jimmys zahnloser Mund öffnete und schloss sich wie das Maul eines Fisches, der nach Luft schnappt. Einen Augenblick lang sah er flüchtig das Bild eines jungen Eingeborenen vor sich, der vor unerträglichen Schmerzen schrie, und ihm kam der Gedanke, dass Gott zur Strafe für seine Verderbtheit einen Racheengel gesandt hatte.

Entsetzt sah er, wie der Weiße einen der Revolver hob, dann zerriss der Schuss die Stille des Buschlandes. Aufkreischend wälzte sich Jimmy am Boden. Zwischen seinen Händen, die er auf die Lenden presste, quoll Blut hervor.

»Auge um Auge lehrt die Bibel uns Christen«, sagte der Ire gelassen, während er zusah, wie sich der alte Schafhirte am Boden wälzte und der Blutfleck im vorderen Teil seiner weiten Hose immer größer wurde.

»Helft mir, um Gottes willen«, schrie Jimmy, von seinen entsetzlichen Schmerzen förmlich zerrissen. »Tötet mich. Tötet mich um der Barmherzigkeit Christi willen«, flehte er und blickte zu dem Mann empor, der vor ihm stand. Aber in dessen Augen sah er nichts als erbarmungslose Härte.

»Gott wird dich töten, wenn es an der Zeit ist«, sagte Tom und schob den Revolver hinter seinen Ledergürtel. »Vorher will er sicher noch, dass du um Vergebung für das betest, was du den armen Eingeborenen vor wenigen Tagen angetan hast«, fuhr er fort und hockte sich neben Jimmy. »Du hast Glück, dass ich dir noch Zeit lasse, damit du bereuen kannst, bevor du ins Jenseits gehst. Vergeude deine Zeit nicht damit, mich um Gnade zu bitten, denn ich habe weder die Macht, dir zu vergeben, noch Lust dazu.«

Dann erhob er sich und verließ den Hirten, der sich stöhnend am Boden wand, die Hände auf den zerschossenen Resten seiner Männlichkeit. Er trat zu Wallarie, der gleichmütig herübersah. »Ich werde dir vieles von dem beibringen, was der weiße Mann tut, Wallarie«, sagte er und hob die Waffe, mit der er auf Jimmy geschossen hatte. »Ich werde dir zeigen, wie man das hier benutzt und wie man die besten und schnellsten Pferde reitet, die wir den verdammten Landräubern abnehmen werden. Ich werde dir zeigen, mit welchen Mitteln man dein Volk vernichtet hat.«

Der hoch gewachsene Krieger lauschte auf die Worte, ohne ihren Sinn zu verstehen. Wohl aber verstand er, was er im Gesicht seines weißen Bruders sah. Nickend warf er einen Blick auf Mondo, die zitternd in der Nähe stand und sich fragte, ob der weiße Mann ein böser Geist war oder ein Teil des mächtigen Zaubers vom Heiligen Berg. Es war ihr einerlei, wie die Antwort lautete, denn sie war sicher, dass sie diesen weißen Mann nie verlassen würde.

Zwei Wochen später fand ein Schafhirte, der dem alten Jimmy Vorräte bringen sollte, die Reste seines Leichnams. Donald Macintosh wurde von der Entdeckung in Kenntnis gesetzt, und Goondallie bestätigte, dass eben die Männer die Tat begangen hatten, denen auch Monkey und der jungen Joe zum Opfer gefallen waren.

Zwei Tage lang ging jeder auf Glen View dem Viehzüchter aus dem Weg, der sich betrank, sinnlos wütete und wirre Äußerungen über böse Geister der Eingeborenen von sich gab. Nachts hörten sie seine gälischen Flüche aus der Rindenhütte hallen, in der er wohnte, und fragten sich, ob er den Verstand verloren habe. Niemand aber wagte ihn anzusprechen, denn er hatte in der Wut seiner Trunkenheit gedroht, auf jeden zu schießen, der in seine Nähe komme.

Nach einer Woche tauchte er bleich und abgezehrt wieder auf, um die Zügel auf Glen View erneut in die Hände zu nehmen. In Donald Macintoshs Garten Eden lebte eine Schlange, die den Tod brachte. Sie hieß Duffy.

21

Sergeant Henry James folgte dem alten Buschläufer durch das dichte Mangrovengestrüpp und fluchte lästerlich, wenn er auf den bloß liegenden Wurzeln ausglitt, wobei sich jedes Mal winzige Schlammkrebschen eilends in Sicherheit brachten. Den Schluss des kleinen Trupps bildete Corporal Gideon, der sich mit der Geschmeidigkeit einer Katze seinen Weg durch den Salzwassersumpf bahnte.

Am Rand der Lagune sah sich der alte Buschläufer argwöhnisch um. Er hatte einen gesunden Respekt vor den großen Salzwasserkrokodilen, deren Tagewerk darin bestand, geduldig in der Lagune auf Lebewesen zu warten, die sich sorglos in ihr Reich wagten.

»Da drüben müsste sie sein«, sagte er und wies auf eine halb im Mangrovengewirr verborgene Leiche. »Ja, ich merk mir immer, wo was ist, ob zu Lande oder zu Wasser. Harry und ich haben sie heute Morgen gefunden. Mich wundert nur, dass die Alligatoren sie noch nicht gefressen haben.«

Jetzt übernahm Henry die Spitze, während er sich durch das warme seichte Wasser der Leiche näherte. Nach einer Weile sah er, dass es sich um eine junge Ureinwohnerin handelte, die mit dem Gesicht nach unten im Wasser trieb. Er beugte sich über sie und drehte sie um. Die zahlreichen Wunden, die er sah, überraschten ihn nicht sonderlich. Sie zeigten, dass sie einen langsamen und qualvollen Tod erlitten hatte, fast genauso wie die beiden anderen jungen Ureinwohnerinnen, die er mit Corporal Gideon in der Nähe von Rockhampton ermordet aufgefunden hatte.

Als verängstigte Angehörige des Stammes, die in der Elendssiedlung One Tree lebten, von einer weiteren toten Ureinwohnerin berichteten, war ihm klar, dass der Täter auf keinen Fall der Polizist Mudgee sein konnte. Schon wenige Wochen nach dem ersten Mord war die Mitteilung gekommen, dass der einstige Angehörige der Buschpolizei bei einer Auseinandersetzung um eine Eingeborenenfrau in der Nähe von Port Denison ums Leben gekommen war.

Das warme Wasser, das leicht an Henrys Beine schlug, spülte einen Teil des festgebackenen klebrigen Schlamms von seinen langschäftigen Stiefeln. Gideon warf seinem Vorgesetzten einen wissenden Blick zu. Es war die dritte Leiche, die sie fanden, und immer ähnelten sich die Wunden. Keine von ihnen war, für sich genommen, tödlich, doch alle zusammen kosteten das Opfer nach und nach das Leben.

Zwar empfand der abgehärtete Sergeant, der im Dienst der Buschpolizei an der Grenze vieles erlebt hatte, beim Anblick des verstümmelten Leichnams nur noch wenig, dennoch war er gründlich verwirrt.

Meist konnte er nachvollziehen, warum jemand einen Menschen tötete, doch warum dieser Mörder einzelne junge Eingeborenenfrauen in nahezu ritueller Weise zu Tode folterte, wollte ihm nicht in den Kopf. Warum Eingeborene?, fragte er sich und gab sich selbst die Antwort: Weil es einfach war. Es interessierte die Polizei der Weißen nicht, wenn schwarze Frauen umgebracht wurden. Doch er begriff, dass die Hautfarbe für den zwanghaft handelnden Täter möglicherweise nicht von herausragender Bedeutung war und ihm daher auch jederzeit eine Weiße zum Opfer fallen konnte, sobald sich eine günstige Gelegenheit ergab.

Wichtiger als die Rassenzugehörigkeit der Opfer dürfte ihr Geschlecht sein. Darin sah Henry am ehesten ein Argument, Mort zu veranlassen, der Sache ernsthaft nachzugehen.

»Ich dachte, es wäre besser, Ihnen Bescheid zu geben, als den Leuten in Rockhampton«, sagte der grauhaarige alte Buschläufer, während er sich vorbeugte, um die Wunden der jungen Eingeborenen besser sehen zu können. »Sie machen ja wohl alles, was mit den Schwarzen zusammenhängt.« Die Verstümmelungen an Mund und Vagina der jungen Frau beschäftigten ihn. »Das war nie und nimmer 'n Eingeborener«, brummelte er. »Falls aber doch, ist der nicht ganz richtig im Kopf. So was tut kein Schwarzer. Die schleichen sich von hinten an dich ran und ziehn dir eins mit der Keule über, aber das ist nicht ihre Handschrift.«

Im Stillen stimmte Henry der Einschätzung des Alten zu. Höchstwahrscheinlich hatten sie es mit einem geistesgestörten Weißen zu tun, einem Mann, der Frauen nicht einfach tötete, sondern sie auch noch verstümmelte. »Kennst du die?«, fragte er Gideon.

»Nein, Sar'nt Henry«, gab dieser kopfschüttelnd zur Antwort. »Das ist keine von denen aus den Mannschaftshütten.«

Henry richtete sich auf und streckte sein Bein, denn der alte Schmerz im Knie hatte sich wieder gemeldet und brannte wie Feuer.

»Ich hab sie heute Morgen hier gesehn, wie wir im Kahn vorbeigekommen sind«, meldete sich der Alte zu Wort. »Ich hätte mir gar nicht groß den Kopf über sie zerbrochen, wenn ich nicht die Wunden gesehen hätte, als wir sie umgedreht haben. Das is wohl 'n ziemlich übler Kerl, Sergeant. Wer weiß, es dauert nich lang, und er nimmt sich 'ne Weiße vor.«

Henry dankte dem Buschläufer für seine Hilfe, und dieser spie in die Lagune. Der Anblick der abscheulichen Verletzungen hatte ihm einen üblen Geschmack im Mund verursacht. Er hatte die Ureinwohner schätzen gelernt, denen er auf seinen Streifzügen durch das Land begegnet war und die ihm mit ihrer überwältigenden Gastfreundschaft und Herzensgüte mehr als einmal das Leben gerettet hatten. Aber die Zeiten hatten sich geändert, und seiner Ansicht nach hatten die Neuankömmlinge aus dem Süden das bis dahin bestehende Vertrauensverhältnis zwischen Schwarz und Weiß zerrüttet. Er ließ die beiden Polizeibeamten mit der Leiche der jungen Eingeborenen allein und machte sich auf den Rückweg durch die Mangroven.

Henry bückte sich und wusch sich die Hände mit einem Gemisch aus Sand und Salzwasser.

»Die beiden anderen waren aber aus den Mannschaftshütten«, sagte er, während er sich die Hände an den Hosenbeinen abwischte. »Ob das einer der Polizisten war, Gideon?«

Der Eingeborene schüttelte den Kopf. »Nein, Sar'nt Henry. Dann wüsste ich das.« Unter den Frauen in den Mannschaftshütten liefen entsetzliche Gerüchte um, doch niemand war so dumm, zu melden, was da gesagt wurde – nicht einmal an Sergeant Henry.

Vergebens bemühte sich Henry, den klebrigen Schlamm von seinem Ärmel zu wischen. »Hör dich in den Mannschaftshütten um, wenn die Männer von der Patrouille zurückkehren«, sagte er. »Ich möchte mehr über die beiden anderen Frauen wissen. Wenn du meinst, dass du was entdeckt hast, sag es mir sofort.« Seufzend und voll Groll dachte er daran, wie wenig Interesse Mort schon bei der Auffindung der beiden anderen ermordeten jungen Ureinwohnerinnen gezeigt hatte. Mochten die Schwarzen einander ruhig umbringen, das kümmerte die weißen Gesetzeshüter nicht besonders. Henry aber war alles andere als überzeugt, dass ein Ureinwohner der Täter war. Im Augenblick allerdings würde Mort ohnehin nichts unternehmen, da er mit einigen der Männer zu einer Patrouille aufgebrochen war, um einen Weißen und einen Schwarzen aufzuspüren, die nach Aussage des Viehzüchters Donald Macintosh zwei seiner Schafhirten getötet hatten.

Unwillkürlich musste Henry daran denken, welch sonderbarer Einfall ihm damals auf dem Exerzierplatz gekommen war, nachdem er Mort den Bericht über die erste Ermordete abgegeben hatte. Kopfschüttelnd murmelte er: »Nein, das kann nicht sein.« Dann machte er sich erneut daran, das Mangrovendickicht zu durchdringen.

Kurz vor Sonnenuntergang erreichten die mit Staub bedeckten Männer, die sich kaum noch im Sattel halten konnten, Rockhampton. Ihre Pferde, deren Flanken nass von Schweiß waren, ließen die Köpfe hängen. Man hatte sie auf den letzten hundert Kilometern des Patrouillenritts scharf herangenommen.

Aufgeregte Frauen drängten sich herbei, um ihre heimgekehrten Männer zu begrüßen, und fröhlich lachend drängten sich Kinder mit großen Augen durch die langen Beine der Pferde.

Die Männer folgten ihrem Vorgesetzten zum Sattelplatz. Lieutenant Mort nahm kaum zur Kenntnis, dass Henry am Tor salutierte. Erkennbar schlecht gelaunt glitt er von seinem großrahmigen Rotschimmel.

»Kein Erfolg, Sir?«, fragte Henry.

»Nichts, Sergeant James«, gab Mort sauertöpfisch zur Antwort und fuhr sich mit den Händen säubernd über den Uniformrock. Einem der Männer rief er zu: »Schaff die verdammten Weiber vom Gelände und kümmer dich um mein Pferd, sonst bekommst du die Katze zu schmecken.« Der Unglückliche gehorchte sofort. Er kannte die Unberechenbarkeit und Gefährlichkeit seines Vorgesetzten. Wenn er wie jetzt enttäuscht war, ließ er das seine Untergebenen spüren.

Henry ging neben Mort her, der seiner Unterkunft zustrebte.

»Haben Sie wenigstens Spuren gefunden?«, erkundigte er sich mit berufsmäßigem Interesse. Mort hatte ihm keine Einzelheiten über die Unternehmung gesagt, lediglich, dass ihn Donald Macintosh von Glen View darum ersucht hatte und dass einer der Verdächtigen ein Weißer namens Tom Duffy war und der andere, den man Wallarie nannte, vermutlich Angus Macintosh getötet hatte. In Morts Augen waren die beiden eine gefährliche Mischung aus schwarzer Tücke und weißer Tüchtigkeit.

»Rein gar nichts«, knurrte er. »Die verdammte Kolonie ist einfach zu groß. Wir brauchen viel mehr Leute, aber die verdammten Politiker in Brisbane begreifen nicht, mit welchen Schwierigkeiten wir zu kämpfen haben. Warum stehen die nicht mal von ihrem fetten Arsch auf und kommen hierher, um sich die Sache selbst anzusehen?«

Ausnahmsweise war Henry seiner Meinung. Die Buschpolizei war in der Tat unterbesetzt und hatte bei weitem nicht genug Leute, um die Grenze hinreichend zu sichern. Aber die Politiker zögerten, die Polizeitruppe zu vergrößern, da die Zeitungen sie mit Fragen nach den bei den Vertreibungen verwendeten Methoden bombardierten. Öffentlich verurteilten die Politiker daher die Art und Weise, wie der Frieden an der Grenze gesichert wurde, bestärkten aber insgeheim die Buschpolizei, ihre nützliche Arbeit fortzusetzen.

Für die Beamten war es eine Situation, in der sie es niemandem recht machen konnten, und lediglich der große Einfluss der Siedler im Parlament bewirkte, dass die Buschpolizei überhaupt funktionsfähig war. Aber sie bekam keineswegs von allen Siedlern Unterstützung. Manche untersagten den Patrouillen rigoros den Zutritt zu ihrem Grund und Boden und behaupteten, die Polizei stifte unter den friedliebenden Stämmen nur Unruhe.

Als sie die aus Schälbrettern errichtete Hütte erreichten, die Mort zur Erledigung seiner Dienstgeschäfte diente, kam Henry auf das Thema zu sprechen, von dem sein Vorgesetzter, wie er wusste, nichts hören wollte.

»Sir, in Ihrer Abwesenheit haben Corporal Gideon und ich eine weitere ermordete junge Eingeborene aufgefunden.«

Von dem schweren Ritt ermüdet und wund geritten, setzte sich Mort mit hörbarem Seufzen auf eine Stufe der Veranda. »Helfen Sie mir aus den Stiefeln, Sergeant«, sagte er, als hätte er Henrys Worte nicht gehört. Dieser griff nach einem Stiefel und zog ihn mit einem kräftigen Ruck vom Bein.

»Sir, meiner Ansicht nach handelt es sich um eine ernsthafte Angelegenheit, denn der Mann kann sich als Nächstes ohne weiteres an einer Weißen vergreifen«, ließ Henry nicht locker. Ohne auf ihn zu achten, rieb sich Mort den Fuß.

»Wer hat eigentlich den Wettlauf gewonnen – Purcell oder Jenkins?«, fragte er ohne jeden Zusammenhang.

»Der kleine Purcell. Diesmal hat er Harry Jenkins geradezu stehen gelassen«, gab Henry Auskunft. Der lange erwartete Wettlauf zwischen dem Lokalmatador Harry Jenkins und seinem nicht aus Rockhampton stammenden Herausforderer Willie Purcell hatte große Aufmerksamkeit erregt, und hohe Beträge waren auf das Ergebnis verwettet worden.

»Ah! Das ist gut. Ich hab 'nen Fünfer auf ihn gesetzt«, sagte

Mort und lächelte zum ersten Mal seit seiner Rückkehr. »Mir war klar, dass ihn Jenkins nicht schlagen kann. Wenn Sie meine Meinung zu den Mordfällen hören wollen, Sergeant James, kann ich nur sagen, dass uns da irgendein verrückter Nigger einen Gefallen tut, denn je mehr Weiber er umbringt, desto weniger von denen setzen Kinder in die Welt. Wir müssen uns erst dann um ihn kümmern, wenn er zu weit geht und sich eine Weiße vornimmt. Vergessen Sie die Angelegenheit und kümmern Sie sich um den Dienst der Leute. Das ist alles, Sergeant James«, entließ ihn Mort kurz angebunden.

Der Sergeant tat einen Schritt zurück und salutierte. Warten, bis er sich eine Weiße vornahm. Wie viele Eingeborenenfrauen würden noch sterben müssen, bevor etwas geschah? Innerlich kochend hinkte er davon. Was bei den Vertreibungen geschah, war unappetitlich genug, aber wenn außerhalb einer solchen Unternehmung ein Mensch einfach umgebracht wurde, war das eine Straftat, ganz gleich, ob das Opfer weiß oder schwarz war.

»Corporal Gideon!«, stieß er so laut hervor, dass ein Schwarm weißer Kakadus mit knatterndem Flügelschlag aus einem Baum in der Nähe aufflog. Über ihm kreisend schrien die Vögel misstönend ihren Protest gegen die Ruhestörung heraus.

»Sar'nt!«

»Zu mir ... sofort!«

Gideon kam im Laufschritt herbei und stand stramm.

»Hast du was über den Tod der drei Frauen rausgekriegt?«, fragte Henry übellaunig.

»Nein, Sar'nt Henry«, gab Gideon zurück, nach wie vor in Hab-Acht-Stellung. »Die Männer sind gerade erst zurückgekommen.« Hinter Gideon sah Henry, dass die Buschpolizisten ihren schwitzenden Pferden die Sättel abnahmen und die Tiere langsam um den Sattelplatz führten, um sie abzukühlen.

»Hast Recht. Tut mir leid, Corporal Gideon. Du musst aber heute Abend noch mit ihnen reden«, sagte er matt. Es ärgerte ihn, dass sein ergebnisloses Gespräch mit Mort auf die Art und Weise abgefärbt hatte, in der er mit Gideon sprach.

»Sobald sie was zu essen haben, sprech ich mit ihnen, Sar'nt Henry«, gab Gideon zur Antwort.

Henry entließ ihn und rieb sich die Stirn. Die weißen Kakadus flogen im großen Bogen zu einem Baum am anderen Ende des Exerzierplatzes, wo sie sich niederließen. Auf keinen Fall war der Täter ein Eingeborener, sondern ein Weißer – es sei denn, einer der Schwarzen hatte sich die abartigen Verhaltensweisen der weißen Rasse zu Eigen gemacht. Wo aber sollte er anfangen, um dem Täter auf die Spur zu kommen?

Mort, der auf der Veranda geblieben war, sah, dass sein Untergebener mit Corporal Gideon sprach, und überlegte, worum es dabei gehen mochte. Er hatte seine eigenen Sorgen. Dass er Angus Macintoshs Mörder nicht gefasst hatte, war schlimm genug, aber dass er Tom Duffy nicht gefunden hatte, konnte ihm gefährlich werden, falls jemals Fragen nach den Umständen gestellt würden, unter denen Patrick Duffy und dessen schwarzer Begleiter zu Tode gekommen waren.

Zwar schien Corporal Gideon über den Zwischenfall im Busch, bei dem dieser Duffy den Viehzüchter und dessen Männer mit vorgehaltener Waffe gehindert hatte, den verwundeten Schwarzen an Ort und Stelle umzubringen, bisher dichtgehalten zu haben. Aber vermutlich war es nur eine Frage der Zeit, bis er Sergeant James Einzelheiten über den Vorfall berichtete.

Wütend schleuderte Mort einen Stiefel nach einem räudigen Hund, der von den Hütten der schwarzen Polizisten herüberkam. Er traf, sodass der Hund mit eingekniffenem Schwanz winselnd davonlief.

»Diese verdammten Nigger und Huren!«, stieß Mort wütend hervor. »Sie sind schlimmer als streunende Köter.«

Jemand musste sterben ... und zwar bald.

»Tom?«

Ein sonderbarer Schauer überlief Judith, und sie warf einen ängstlichen Blick über ihre Schulter. Seit zwei Wochen wachte sie Tag für Tag an dem Bett, auf dem sich Kate im Fieber herumwarf, und kühlte ihr die Stirn mit einem feuchten Tuch. Von einem Augenblick auf den anderen hatte sich Kate beruhigt und lag still da. Auf ihre fieberglänzenden abgezehrten Züge trat der Ausdruck tiefen Friedens. Sie war in eine Welt zwischen dem leuchtenden Diesseits und dem finsteren Jenseits eingetreten. Ganz ruhig begann sie mit jemandem zu sprechen, der sich im Zimmer zu befinden schien.

»*Vater ist nicht mehr, Katie. In unserer Welt wirst du ihn nicht wiedersehen*«, sagte das Bild Toms, das sie vor sich sah.

»*Bin ich tot, Tom?*«, hörte sie sich den Bruder fragen.

»*Nein, liebste Katie, du lebst, aber du musst kämpfen. Gib nicht auf. Ich kann dir nicht sagen, warum du weiterleben musst, aber du bist von Kräften auserwählt, die ich nicht verstehe. Sie haben dich als Werkzeug in einem großen Plan ausersehen.*«

»*Lebst du, Tom?*«

»*Ja. Ich schlafe an einem Ort in der Wildnis und denke im Schlaf an dich und Michael.*«

»*Wie ist das mit Papa passiert? Wo liegt er begraben?*«

Doch bevor Tom antworten konnte, verschwand er auf ebenso geheimnisvolle Weise, wie er neben ihr Bett getreten war, um mit ihr zu sprechen. Dort, wo sie ihn gesehen hatte, sah sie jetzt undeutlich das Oval eines schönen Gesichts über sich. Sanft strich ihr eine Hand über das Haar. Kate spürte die Kühle eines feuchten Tuchs auf der Stirn. Es war ein angenehmes Gefühl. Dann versank sie in einer Welt der Finsternis, in der es keine Erinnerung mehr gab.

Es überlief Judith kalt. Offensichtlich hatte sich ein unbekanntes Wesen im Zimmer aufgehalten. Sie stand auf und überließ Kate ihrem Schlaf. Leise zog sie die Tür hinter sich zu und gesellte sich zu ihrem Mann und Luke im Esszimmer. Der Raum war gerade groß genug, um einen Tisch und vier Stühle aufzunehmen. Die Cohens hatten nicht viel Besuch, und für ihre Bedürfnisse reichte er.

»Wie geht es ihr?«, erkundigte sich Solomon.

»Sie schläft«, gab sie matt zur Antwort und ließ sich auf einen

Stuhl sinken. »Aber sie hat nach wie vor Fieber.« Obwohl die vielen Stunden der Pflege an ihren Kräften gezehrt hatten, beklagte sie sich nicht. Es war belanglos, dass Kate eine Fremde war – entscheidend war einzig und allein, dass sie sich für sie verantwortlich fühlte. »Sie hat im Fieberwahn mit einem gewissen Tom über den Tod ihres Vaters gesprochen.«

»Hast du ihr denn gesagt, dass der nicht mehr lebt?«, fragte Solomon stirnrunzelnd. Sie hatten vereinbart, diese Mitteilung aufzusparen, bis Kate wieder gesund und kräftig genug war, um damit fertig zu werden.

»Natürlich nicht«, sagte sie ärgerlich. »Aber ich glaube, sie hat es auf eine Weise erfahren, die wir nicht verstehen können.«

Mit den Worten: »Sie hat wohl zufällig mitbekommen, wie wir über Mister Duffy gesprochen haben«, tat Solomon die Sache ab.

Judith schwieg dazu. Sie rechnete nicht damit, dass ihr Mann Dinge verstand, die sich außerhalb der Grenzen der materiellen Männerwelt abspielten. Ein Mann war so damit beschäftigt, praktische Dinge zu tun, dass er nicht innehalten und auf körperlose Stimmen hören konnte, die im Dunkeln wisperten. Sie entschuldigte sich, ging nach nebenan in die Küche und kehrte bald darauf mit drei Tellern voll Gemüse-Hühner-Eintopf zurück. Bei dem köstlichen Duft nach Kräutern und Huhn lief Luke das Wasser im Munde zusammen.

»Wie sie Sie verwöhnt«, beschwerte sich Solomon. »Mir macht sie nie Hühnchen.«

Judith setzte sich und stellte einen Teller ofenfrisches Brot mitten auf den Tisch.

»Ich mach dir diese Mahlzeit mindestens zweimal im Jahr«, wies sie Solomon freundlich zurecht, bevor dieser sich anschickte, das Tischgebet zu sprechen.

»Und wie steht es mit Ihrer Absicht, weiter nach Norden zu ziehen?«, fragte er seinen Gast, während er ihm ein Glas Rotwein eingoss. »Haben Sie genug Geld für Pferde?«

»Nicht für zwei«, gab Luke kauend zur Antwort. »Für das, was ich vorhabe, brauche ich mindestens ein Packpferd. Ich denke, wenn ich noch einen Monat arbeite, kann ich aufbrechen.«

»Ich könnte Ihnen das Geld leihen«, bot ihm Solomon an. »Das ist das Mindeste, was ich zum Dank für all die Hilfe tun kann, die Sie uns gewährt haben, als wir damals hergekommen sind. Ich kann es mir leisten.«

»Vielen Dank, Sol«, antwortete Luke. »Aber ich kann nicht versprechen, dass bei der Sache, die ich vorhabe, was rauskommt. Da ist es besser, Ihr großherziges Angebot nicht anzunehmen.«

»Ich habe Vertrauen zu Ihnen, mein Freund. Wenn Sie sagen, dass sich in der Kolonie viel Gold finden lässt, bin ich überzeugt, dass Sie es finden werden. Wenn Sie dann reich sind, können Sie mein Darlehen zurückzahlen ... natürlich mit Zinsen.« Beide lachten bei dieser selbstironischen Anspielung auf die angebliche Wuchserertradition von Solomons europäischen Glaubensbrüdern. Es war Luke durchaus bewusst, dass sein Freund nicht im Traum daran dachte, ihm Zinsen zu berechnen.

»Nun, ich begnüge mich mit Ihrem Glauben an mich«, sagte Luke. »Ich komme schon zurecht. Ich habe Arbeit, und Sie wissen, dass ich nicht viel zum Leben brauche.«

Während die beiden Männer ihr freundschaftliches Geplänkel fortsetzten, warf Judith einen Blick auf die Wanduhr. Es war schon spät, und wie gewöhnlich hielt sich O'Keefe irgendwo in der Stadt auf. Zorn ergriff sie. Abend für Abend ging er aus, um in Spelunken und Kaschemmen dem Trunk und dem Glücksspiel zu frönen, während seine junge Frau mit dem Tode rang. Gewöhnlich kehrte er erst in den frühen Morgenstunden zurück und schlief dann im Schuppen hinter dem Laden bis weit in den hellen Tag.

Sie hatte ihn einmal gebeten, sich doch öfter bei seiner Frau aufzuhalten, und er hatte gemurmelt, er ertrage die Krankheit anderer Menschen nur schwer. Wuterfüllt hatte sie ihn verlassen. Sie kannte diese Art selbstsüchtiger und stets auf die Erfüllung der eigenen Bedürfnisse bedachter Männer und fragte sich, warum Kate ihn geheiratet haben mochte. Gewiss, er konnte umgänglich sein und sah gut aus, aber ihm fehlte jegliches Verantwortungsgefühl für andere Menschen.

Außerdem hatte sie beunruhigende Gerüchte gehört und hoffte um der schwer kranken Hochschwangeren willen, dass sie aus der Luft gegriffen waren.

»Der verfluchte Kerl«, brach es mit einem Mal aus ihr hervor. Die beiden Männer starrten sie verblüfft an.

»Wer?«, fragte Solomon verständnislos.

»Mister O'Keefe«, gab Judith verbittert zur Antwort. »Er müsste am Bett seiner armen Frau sitzen, statt sich jede Nacht trinkend und spielend herumzutreiben«, entfuhr es ihr.

»Er verdient sie nicht«, knurrte Luke. »Sie ist ein reizendes junges Mädchen.«

»Kein junges Mädchen«, wies Judith seine herablassende Äußerung zurück. »Sie erwartet ein Kind, und damit ist sie eine Frau.«

»Ich wollte damit sagen, dass sie für jemanden mit so hochfliegenden Plänen noch sehr jung ist«, gab er kläglich zur Antwort.

»Und wie alt waren Sie, als Sie im Jahre '49 in Kalifornien nach Gold gesucht haben?«, gab Judith spöttisch zurück.

»Äh, ich glaube sechzehn. Aber da war ich schon erwachsen«, leistete er schwach Widerstand. »Das ist Kathleen O'Keefe noch nicht.«

»Und Sie meinen, ein Kind bekommen ist weniger anstrengend als nach Gold zu suchen?«, schnaubte Judith. »Ihr Männer müsst noch viel über das Leben lernen.« Ihr Gesicht war rot vor Zorn.

»Ich nicht, Judith«, sagte Solomon und versuchte voll Sanftmut, seine Frau von ihrem Angriff gegen den Freund abzubringen. »Du sagst mir alles, was ich wissen muss.« Ihm war klar, dass seine Frau ihren Groll am falschen Objekt ausließ. Auch Judith besann sich wieder. Ihr fiel ein, dass sie jemanden angriff, der eine Tragödie ähnlich der erlebt hatte, die sich gerade im Hinterzimmer abspielte. Zwar sprach Luke nicht darüber, dass er seine junge Frau und ihr gemeinsames Kind verloren hatte, aber sie hatte in ihrem Laden die traurige Geschichte des amerikanischen Goldsuchers von einem umherziehenden Händler aus Brisbane erfahren. An der Grenze gab es nicht viele Geheimnisse. Jede Neuigkeit wurde von Fuhrleuten, Kaufleuten und den Männern, die heute hier und morgen dort arbeiteten, weitergetragen, und in den Kaschemmen entlang der Verkehrswege und in den Wirtshäusern der Grenzstädte wurde jeder Klatsch weiter verbreitet, denn alle hungerten nach Neuigkeiten.

Luke hatte in Brisbane die hübsche achtzehnjährige Jane kennen gelernt. Mit neunzehn war sie seine Frau geworden und hatte ihm ein Töchterchen geschenkt, doch noch vor Janes zwanzigstem Geburtstag waren Mutter und Kind am Typhus gestorben. Unter dem Schock dieses Verlusts war Luke in den Busch gezogen und erst im Lauf des vergangenen Jahres wieder in die Zivilisation zurückgekehrt.

Nachdem Judith den Tisch abgeräumt hatte, schob Solomon seinen Stuhl zurück, um die Zigarren zu holen, die er für besondere Gelegenheiten aufhob. Er stand gerade mit der Kiste in der Hand da, als jemand an die Ladentür hämmerte.

»Sind Sie da, Mister Cohen?«, rief eine Stimme. »Mister Cohen, ich muss mit Ihnen reden.«

Luke stand auf und warf Solomon einen fragenden Blick zu.

»Das ist Mister Wilson«, beantwortete Solomon die unausgesprochene Frage. »Er betreibt den Gasthof Traveller's Rest in der Stadt.«

»Soll ich mitkommen?«, bot Luke an. »Es könnte Ärger geben.«

Solomon schüttelte den Kopf. »Nein, ich kenne Mister Wilson, er macht keinen Ärger.«

So nahm er erneut am Tisch gegenüber Judith Platz, und Solomon ging hinaus. Schweigend hörten die beiden zu, wie die beiden Männer auf der Veranda miteinander sprachen. Wilsons Stimme überschlug sich vor Wut, dann endete das Gespräch, und Solomon kam wieder herein. Sein Gesicht war aschfahl.

»Mit Mister O'Keefe ist was passiert«, sagte Judith, als sie das kummervolle Gesicht ihres Mannes sah. Er ließ sich schwer auf seinen Stuhl sinken, goss sich ein Glas Wein ein und leerte es in einem langen Zug.

»Das kann man wohl sagen«, gab er erbittert zur Antwort und wischte sich mit dem Handrücken über den Mund. »Er ist mit Mister Wilsons Frau durchgebrannt – und sie hat auch noch die Tageseinnahmen des Gasthofs mitgenommen.«

»So ein verdammter Schweinehund«, fluchte Luke. »Gott soll ihn in der Hölle schmoren lassen!«

Beide Männer waren jedoch äußerst überrascht von der Art, wie Judith auf die Mitteilung reagierte.

»Wie schön für Kate«, sagte sie leise. »Hoffentlich sieht sie ihn nie wieder. Ohne ihn kann sie aus ihrem Leben viel mehr machen. Ich habe das Gefühl, dass sie für Dinge ausersehen ist, die unser Verständnis übersteigen. Gott allein weiß, welche Pläne er mit ihr hat.«

Solomon zweifelte nicht im Geringsten daran, dass seine Frau Recht hatte, denn er hatte schon vor langer Zeit gelernt, ihrem Einfühlungsvermögen zu vertrauen. Sie irrte sich selten.

In den frühen Morgenstunden des nächsten Tages setzten bei Kate die Wehen vorzeitig ein. Ihre Schmerzensschreie ließen Judith und Solomon an ihr Bett eilen. In ihrer Qual hatte sie nach ihrem abwesenden Mann geschrien.

Judith setzte sich zu ihr, während Solomon die Hebamme holte. Zwei Stunden später kam das Kind zur Welt, doch die Hebamme schüttelte betrübt den Kopf. Noch bevor die ersten Strahlen der Sonne Queenslands über der Stadt leuchteten, starb es in Kates Armen.

Weder Solomon noch seine Frau brachten es über sich, der verzweifelten jungen Frau mitzuteilen, dass ihr Mann sie mit der Frau eines anderen verlassen hatte. Sie würde es noch früh genug erfahren.

22

Spärliches dürres Gras bedeckte das kleine Grab, und ein Wildblumenstrauß lag vor dem Grabstein, in den die schlichten Worte eingemeißelt waren: Michael O'Keefe, geboren und gestorben im März 1863.

In stummem Gebet verharrte Kate allein neben dem kleinen Hügel, unter dem ihr Kind in Queenslands Erde ruhte. Mit einer ungeduldigen Handbewegung vertrieb sie die Fliegen, die sie belästigten.

Über drei Monate waren seit dem Tod des Neugeborenen vergangen, und so lange hatte es auch gedauert, bis sich Kate vollständig von ihrem schrecklichen Fieber erholt hatte. Kleiner Michael O'Keefe. Wie sehr du mir fehlst. Vor dir lag ein so wunderbares Leben. Wenn nur ... Die Tränen liefen ihr über das hohlwangige, aber immer noch hübsche Gesicht. Immerhin würde die Seele ihres Söhnchens nicht namenlos im Himmel umherirren müssen. Sie hatte ihn Michael genannt, nach ihrem kraftvollen Bruder, der jetzt für die Familie ebenso verloren war wie Tom und ihr Vater. Wieso suchte sie ein solches Übermaß an Tragik heim wie ein Würgengel Gottes? Warum tat Gott der Familie Duffy all das an?

Allmählich nahm die Kraft der Sonne ab, und die Schatten des Spätnachmittags legten sich auf den Friedhof. Der ferne Dunst am Horizont, der von aufgewirbeltem Staub herrührte, hing wie ein malvenfarbener Schleier über dem Land. Kate trocknete ihre Tränen mit einem Taschentuch. Sie konnte für ihr Kind nichts weiter tun. Langsam schritt sie über den staubigen und leicht abfallenden Weg hinab zu Luke Tracy, der mit verschränkten Armen geduldig neben dem Einspänner wartete und einen abscheulich riechenden Stumpen qualmte.

Als sie ihn so aus gewisser Entfernung sah, verblüffte sie sein jungenhaftes Aussehen. Er war ganz anders, als sie nach dem ersten Eindruck angenommen hatte. Damals an der Reling und am Kai von Brisbane hatte sie in ihm nur den harten Kennedy-Mann gesehen. Einen flüchtigen Augenblick lang empfand sie das Bedürfnis, ihn zu umarmen und an sich zu drücken, weil er so sanft und klug war. Nicht nur hatte er ihr den Strauß Wildblumen geschenkt und vorgeschlagen, sie könne ihn auf das Grab ihres Kindes legen, er hatte sie sogar zum Lachen gebracht, was sie für unmöglich gehalten hatte. Er erinnerte sie in vielem an ihren Bruder Michael. Er war hart, wo es nötig war, in ihrer Gesellschaft aber freundlich und lustig. Außerdem war er klug.

Die Cohens, seine Freunde, hatten Kate während ihrer langen und schweren Krankheit gepflegt und waren immer für sie da gewesen. Sie hatte ein schlechtes Gewissen, weil sich ihre Gedanken so ohne weiteres mit diesem Mann beschäftigten – immerhin war sie nach wie vor mit Kevin O'Keefe verheiratet.

Gut zwei Monate war es her, dass ihr Mann mit der hübschen jungen Gattin des Gastwirts Wilson durchgebrannt war. Gerüchtweise hatte Kate gehört, er habe beim Wettlauf zwischen Jenkins und Purcell Geld verloren und sich wegen seiner Wettschulden aus dem Staub gemacht. Nicht genug damit, dass er sie zu einer Zeit allein gelassen hatte, da sie ihn am meisten gebraucht hätte, er hatte außerdem all ihr Geld abgehoben, sodass sie jetzt mittellos dastand.

Es konnte sie kaum trösten, dass ihm Mr. Wilsons Gattin in Brisbane den Laufpass gegeben und sich einem wohlhabenden Grundbesitzer zugewandt hatte. So sehr Kate es wünschen oder für ihre Pflicht halten mochte, den Mann zu hassen, der sie in jeder Hinsicht verraten hatte, sie brachte es nicht über sich, sondern hegte im Gegenteil sogar die Hoffnung, er werde zu ihr zurückkehren. Eines Tages, glaubte sie, werde er geläutert zur Tür hereinkommen und sie reumütig um Verzeihung bitten, weil er auf Irrwege geraten war. Allerdings war sie nicht sicher, wie sie sich verhalten würde, wenn es tatsächlich soweit kam.

Tante Bridget hatte ihr in einem Brief die näheren Umstände von Michaels Flucht aus Australien mitgeteilt und auch, auf welche Weise sie und Frank vom Tod Patricks und des alten Billy sowie von Toms schwerem Schicksal erfahren hatten.

Nicht ohne Bitterkeit hatte Tante Bridget geschrieben, dass sich Toms Ruf als Buschräuber rasch verbreitet habe, bis hin zu den vorwiegend irischen Gästen des Erin, die ihn lautstark als irischen Volkshelden besangen und ihn in einem Atemzug mit so legendären Gestalten wie dem kühnen Jack Donahue nannten. Die Schar derer, die auf seiner Seite standen, pries ihn als ›weißen Eingeborenen von Queensland‹, verschlang begierig die Zeitungsberichte über seine Taten und bejubelte seine wagemutigen Überfälle auf das Gebiet der Siedler als ›Kriegshandlungen‹.

Die Großgrundbesitzer und deren Parteigänger sahen in ihm einen abtrünnigen Weißen, der nicht mehr Rücksicht verdiente als die verdammten Schwarzen, und so gaben sie die Parole aus, wer ihn sehe, solle ihn an Ort und Stelle über den Haufen schießen, obwohl das Gesetz diese Art von Lynchjustiz mit schweren Strafen bedrohte.

Tante Bridget hatte gehofft, für die Familie Duffy, die in Irland unter beständigen Schwierigkeiten gelitten hatte, sei in den australischen Kolonien ein neuer Anfang möglich. Doch jetzt wiederholte ihr Neffe im neuen Land die alte Geschichte mit seiner Privatfehde gegen die etablierten gesellschaftlichen Kräfte. Sollten die Duffys auf alle Zeiten Opfer des aufrührerischen Blutes in ihren Adern sein?

Während Kate auf Luke zuging, erkannte sie, was sie zu tun hatte. Sie musste Tom und die letzte Ruhestätte ihres Vaters finden. Eine in die Zukunft weisende machtvolle und uralte Kraft hatte sie in ihren Fieberträumen, ohne dass sie sich hätte widersetzen können, an einen Ort gebracht, der für zwei durch einen Riss im Gewebe des Schicksals verbundene Familien den Mittelpunkt der Welt bedeutete.

Luke beobachtete die junge Frau, die da auf ihn zukam, und fragte sich, woher sie ihre innere Stärke nahm. Zwar war sie nicht mehr ganz so abgemagert wie zur Zeit ihrer Erkrankung, aber sie hatte nach wie vor dunkle Ringe unter den Augen, vermutlich vom vielen Weinen.

»Danke, dass Sie mich hergebracht haben, Mister Tracy«, sagte sie mit trübseligem Lächeln, als er ihr auf den Einspänner half und die Zügel in die schwieligen Hände nahm.

Eine ganze Weile fuhren sie schweigend, und Kate gab sich ihren Gedanken an die entsetzliche Vergangenheit und die trostlose Zukunft hin. Sie hatte ihr Kind verloren, war so gut wie mittellos und von ihrem Mann verlassen worden. Doch all das vermochte ihren Träumen und ihrem Ehrgeiz nichts anzuhaben. Sie wusste genau, dass sie die Zukunft mit Glück und schwerer Arbeit meistern konnte.

Mit klappernden Hufen ging es an majestätischen Eukalyptusbäumen vorüber, auf deren Ästen Schwärme von Gelbhaubenkakadus saßen. Voll innerem Frieden hielt Kate den Blick auf den westlichen Horizont gerichtet. Die Abenddämmerung mit ihrem Wechselspiel von Rottönen unter vereinzelten Wolken hatte etwas Beruhigendes. Das Bild bot sich ihr dar wie ein schöner, aber zerrissener Teppich, der am dunkler werdenden Himmel hing.

»Leben Ihre Eltern noch, Mister Tracy?«, brach sie unvermittelt das Schweigen.

Er antwortete nicht sogleich, denn er war in Gedanken an einem anderen Ort, der weit von Rockhampton entfernt auf einem anderen Kontinent lag. »Nein, Ma'am. Beide sind tot. Sie liegen in Kalifornien begraben«, gab er zur Antwort.

»Das also haben wir gemeinsam, Mister Tracy«, sagte sie und hielt erneut den Blick auf die untergehende Sonne am fernen verschwimmenden Horizont gerichtet.

Die leichte Brise trieb Lavendelduft zu Luke hinüber. Bei einem Blick aus dem Augenwinkel sah er, wie der Wind in Kates dichtem dunklen Haar spielte. Sie machte einen so verletzlichen Eindruck, dass er einen Schmerz ähnlich dem wie an dem Tag empfand, da er seine Frau und sein Töchterchen hatte beerdigen müssen.

»Wollen Sie zu Ihren Leuten nach Sydney zurückkehren, Missus O'Keefe?«, fragte er beiläufig.

»Nein. Ich habe hier etwas zu erledigen«, gab sie zurück, den Blick unverwandt auf die untergehende Sonne gerichtet. »Zweifellos werde ich sie eines Tages besuchen, aber bis dahin ist noch lange Zeit. Haben Sie je daran gedacht, nach Amerika zurückzukehren?«

Überrascht wandte er ihr das Gesicht zu, denn diese Frage hatte er sich selbst schon oft gestellt. »Ich bin wohl ein bisschen wie Sie, Ma'am«, gab er zur Antwort, »ich muss hier noch was erledigen, bevor ich heimkehre. Da dort zur Zeit der Krieg in Gange ist und ich so gut wie kein Geld hab, kommt das im Augenblick wohl nicht infrage.«

»Ja, der Krieg zwingt einem Mann vermutlich entsetzliche Entscheidungen auf«, sagte Kate leise. »Zum Beispiel, ob man auf der Seite Mister Lincolns oder Mister Davis' kämpfen soll. Für wen würden Sie kämpfen, wenn Sie jetzt in Amerika wären, Mister Tracy?«

»Schwer zu sagen«, gab er mit gerunzelter Stirn zurück. »Ich bin in Virginia zur Welt gekommen, hab aber den größten Teil meines Lebens in Kalifornien zugebracht. Ich hab als Kalifornier bei den Palisaden gegen die Tommys gekämpft und bin im Kampf für dieses Land verwundet worden.« Er schüttelte den Kopf über die verwirrende internationale Politik. »Man könnte wohl sagen, dass ich nicht so richtig weiß, was ich will. Ich bin in der Überzeugung aufgezogen worden, es entspräche Gottes Willen, dass die Schwarzen für den weißen Mann arbeiten, aber bei Eureka habe ich neben einem baumlangen Neger gekämpft, er hieß John Josephs. Das war ein so großartiger Mann, wie man nur selten einen trifft. Er hat meine Vorstellungen über die Beziehung zwischen Schwarzen und Weißen mehr oder weniger über den Haufen geworfen. Seit Kalifornien bin ich ziemlich viel herumgekommen. Ich hab dabei die verschiedensten Menschen kennen gelernt und den Eindruck gewonnen, dass alle Menschen gleich sind ... ganz, wie es in unserer amerikanischen Verfassung steht. Soweit ich sehe, kämpft Mister Lincoln genau dafür. Vielleicht würde ich mit meinem jetztigen Wissen auf der Seite des Nordens kämpfen.«

»Und wer wird den Krieg in Ihrer Heimat Ihrer Ansicht nach gewinnen?«, wollte sie wissen.

»Auch das kann man nicht so einfach sagen«, gab er zur Antwort. »Der Süden wird sich nicht ergeben, solange da auch nur ein Mann auf den Füßen stehen und eine Waffe halten kann, aber ...« Er verstummte. Er hatte die Berichte über die blutigen Schlachten gelesen, die jenseits des Ozeans zwischen Brüdern ausgefochten wurden, und man brauchte kein General zu sein, um zu erkennen, dass die Südstaaten im Begriff standen auszubluten. »Es steht nicht gut um den Süden.«

»Ich bin froh, dass Sie nicht in diesem fürchterlichen Krieg sind«, sagte Kate leise und legte ihm leicht die Hand auf den Arm. »Wenn Sie nicht hier gewesen wären, als ich das Fieber hatte, hätte ich womöglich nie die großartige Selbstlosigkeit der Cohens kennen gelernt, und Sie hätten mich jetzt auch nicht hier hinausgefahren, damit ich mein Kind besuchen kann.«

»Ich hatte gerade nichts anderes zu tun, Kate«, tat er ihre Dankesbezeugungen ab, denn ihre herzlichen Worte waren ihm unangenehm. »Ich kann erst aufbrechen, wenn ich zwei Pferde habe, und das wird noch eine ganze Weile dauern«, sagte er und vermied es, sie dabei anzusehen. Zum ersten Mal hatte er ihren Vornamen benutzt, weil es ihm unter den gegenwärtigen Umständen schwer fiel, ihren Ehenamen zu verwenden, wie das der Anstand eigentlich verlangte. Zwischen ihnen bestand nun eine innere Bindung, die die förmliche Anrede unmöglich machte.

Es gefiel Kate, dass er sie mit Vornamen anredete, und es schien ihr auch durchaus nicht unangebracht. Der amerikanische Goldsucher war für sie mehr als eine bloße Zufallsbekanntschaft; er war ein Freund, auf den sie sich stützen konnte, um Kraft für ihren Weg in die Zukunft zu gewinnen. Er ist ein ganz besonderer Freund, dachte sie, ohne sich über ihre Gefühle richtig klar zu sein, während sie neben ihm saß.

»Mister Cohen ... Solomon ... hat mir gesagt, dass Sie arbeiten, um Geld zum Kauf Ihrer Pferde zusammenzubekommen. Würden Sie Rockhampton verlassen, wenn Sie die Pferde hätten?«, fragte sie mit munterer Stimme, bemüht, ihre trüben Gedanken abzuschütteln.

»Aber ja, Ma'am! Ich würde aufbrechen und Gold suchen«, antwortete er. »Ich hab so das Gefühl, dass irgendwo da draußen Gold zu finden ist. Die Kolonie ist so groß, bestimmt wartet ein reicher Fund darauf, dass jemand wie ich kommt. Sobald ich alles zusammenhabe, was ich brauche, wird man mich nicht mehr sehen, so schnell bin ich verschwunden«, sagte er voll Zuversicht.

Wieder richtete Kate den Blick auf die untergehende Sonne, denn sie wollte nicht, dass er ihr Stirnrunzeln sah. Sie wusste selbst nicht genau, was ihr an seiner Aussage nicht gefiel, aber ihr war klar, dass sie ihn nicht ziehen lassen wollte.

»Und was sind Ihre Pläne hier, Kate?«, fragte er, erfreut, dass sie nicht grüblerischen Gedanken an die Vergangenheit nachhing.

»Als Erstes will ich feststellen, wo mein Vater begraben ist, und dann aufbrechen, um meinen Bruder Tom zu suchen«, sagte sie ohne das geringste Zögern.

Er sah sie überrascht an. Für eine so junge Frau war das ein außergewöhnliches Vorhaben. Nach allem, was er gehört hatte, kannte niemand Patrick Duffys letzte Ruhestätte, und Tom konnte sich an jeder beliebigen Stelle der Kolonie aufhalten. Wahrscheinlich sind das bloße Hirngespinste, dachte er betrübt und beschloss, nichts zu sagen. Er wollte nicht mit seiner Ansicht herausplatzen, dass er ihr Vorhaben für töricht hielt. Ein solches Unternehmen verlangte außer Mitteln, die sie nicht aufbringen konnte, auch nach den Diensten eines Buschläufers, über den sie nicht verfügte. Kate O'Keefe schien in einer Traumwelt zu leben, doch er dachte nicht daran, sie aus ihren Träumen zu reißen und mit der Wirklichkeit zu konfrontieren.

Er wusste nicht, dass Kate bereits auf eine Möglichkeit verfallen war, wie sie das Grab ihres Vaters und dann ihren Bruder

Tom finden konnte. Das rätselhafte Lächeln auf ihren Zügen verursachte ihm ein leichtes Unbehagen.

Eine Woche später leistete Luke Tracy einer geheimnisvollen Aufforderung Folge, sich sogleich zu Cohens Laden zu begeben. Ein Junge hatte sie überbracht, als er mit einer Arbeitskolonne Baumstümpfe rodete. Er gab sein Werkzeug dem Kolonnenführer und eilte in die Stadt, wo ihn Solomon schon erwartete.

»Ich habe Ihre Mitteilung bekommen«, sagte Luke besorgt und nahm den Hut ab, um sich den Schweiß von der Stirn zu wischen. »Der Junge hat gesagt, Sie müssten mich so schnell wie möglich sprechen. Ist was mit Kate?«

»Keine Sorge, mein Freund, alles ist in bester Ordnung«, lachte Solomon und führte den verwirrten Luke zu einer Koppel hinter dem Laden, auf der Kate und Judith dabei waren, drei prächtige Pferde mit Hafer zu füttern. Munter redeten sie miteinander, während sich die kräftigen Tiere gegenseitig beiseite zu drängen versuchten, um an die Körner zu gelangen, die sie ihnen auf der flachen Hand hinhielten.

»Luke! Da sind Sie ja!«, rief Judith begeistert aus, als sie die beiden Männer näher kommen sah. »Was halten Sie von denen hier?«

Fachkundig begutachtete er die Tiere und strich einer Stute über die Nüstern, die sogleich an seinem buschigen Bart herumschnupperte. Die Pferde schienen bei bester Gesundheit und ausgesprochen kräftig zu sein. »Nicht schlecht. Wie die aussehen, müssen die Sie eine ordentliche Stange Geld gekostet haben«, sagte er nachdenklich.

»Nicht uns«, gab Judith mit geheimnisvollem Lächeln zurück. »Kate hat ein kleines Vermögen dafür ausgegeben.«

Missbilligend verzog Luke das Gesicht, denn ihm begann zu dämmern, wozu sie die Pferde gekauft hatte.

»Sie wollen doch nicht etwa nach Westen gehen?«, fragte er sie. »Der bloße Gedanke daran wäre für eine junge und unerfahrene Frau wie Sie ausgesprochen töricht. Das Leben dort draußen ist hart. Das dürfen Sie mir glauben, denn ich kenne es.«

»Genau das aber habe ich vor«, sagte sie trotzig und fuhr fort, ihre Pferde zu füttern. »Und nichts oder niemand wird mich daran hindern.«

Voll Ärger über ihre Uneinsichtigkeit wandte er sich Hilfe suchend an Judith, die aber nicht auf ihn achtete und den kräftigen Hals der Stute tätschelte, die sie mit klugen Augen ansah. Diese Sache mussten Luke und Kate miteinander austragen. Sie billigte Kates Vorhaben, über das sie schon vor dem Kauf der Tiere ausführlich gesprochen hatten, und stimmte ihr zu, dass es sich mit der richtigen Unterstützung verwirklichen ließe.

Das Geld hatten die Cohens Kate geliehen, denn Judith war überzeugt, dass sie eines Tages imstande sein würde, es zurückzuzahlen. Mit weiblichem Einfühlungsvermögen hatte sie gespürt, dass Kate für eine wichtige Aufgabe ausersehen war. Sie hatte den Tod ihres Söhnchens und den Verrat ihres Mannes überlebt und besaß durchaus die nötige Stärke für eine Expedition in die kaum bewohnte Wildnis. Noch so viele Widrigkeiten konnten eine solche Frau nicht von ihrem Entschluss abbringen.

»Es gibt sogar für gut bewaffnete gesunde und erfahrene Buschläufer Hunderte von Möglichkeiten, da draußen ums Leben zu kommen, Kate«, gab Luke zu bedenken. »Glauben Sie mir. Ich habe mindestens fünfzig davon kennen gelernt.«

Mit blitzenden Augen, wie er sie noch nie zuvor an ihr wahrgenommen hatte, wandte sie sich ihm zu. »Wenn das stimmt – warum ziehen Sie dann in den Busch hinaus?«, fragte sie, als wolle sie ihn herausfordern.

»Weil ich ein Mann bin!«, gab er ohne Umschweife zur Antwort.

»Ach so, ein Mann!«, schnaubte Judith belustigt. »Lassen Sie mich Ihnen sagen, Luke Tracy, als ich so alt war wie Kate hier, bin ich Solomon in dieses Land gefolgt. Meine Angehörigen waren entsetzt, dass ein junges Mädchen in ein so fernes Land wie Neusüdwales reiste, nur um mit einem Sträfling zusammen zu sein, und sie haben sich jede Mühe gegeben, mir mein Vorhaben auszureden. Aber ich bin gekommen und habe gearbeitet, solange Solomon seine Ketten trug. Als er seinen Freibrief bekam, sind wir gegen den Rat unserer Freunde an verschiedene Orte hier im Land gereist – und Sie behaupten, es sei etwas Besonderes, ein Mann zu sein! Ist nicht Ihre eigene Mutter, die völlig allein stand und keinen Mann hatte, mit Ihnen durch halb Amerika nach Kalifornien gezogen? Und hat sie nicht dort für Sie gesorgt, bis Sie in der Lage waren, auf eigenen Füßen zu stehen? Und trotzdem sagen Sie, nur ein Mann könne nach Westen gehen.«

Unter diesem Worthagel senkte Luke verlegen den Kopf. Sie hatte Recht, doch das konnte er nicht zugeben.

»Meine Mutter war älter als Kate«, sagte er lahm, »als wir nach Kalifornien gegangen sind.«

»Schon möglich«, gab Judith zur Antwort, »aber trotzdem war sie eine Frau.«

Luke merkte, dass er geschlagen war, und sah mit betretenem Gesicht nach Westen, bevor er sich schließlich umwandte und leise sagte: »Ich bin bereit, Sie zu begleiten, Kate, wenn Sie töricht genug sind, Ihren Plan auszuführen.« Er war wütend auf sich selbst, weil er sich so einfach von der jungen Frau um den Finger wickeln ließ. Den hinterhältigen Plänen von Frauen war man als Mann hilflos ausgeliefert.

»Das ist nicht nötig«, blaffte sie ihn unvermutet an. »Bestimmt komme ich auch ohne Mann zurecht.«

»Ich habe gesagt, dass ich mit Ihnen gehen werde, Kate, und das ist mein letztes Wort«, fuhr er ergrimmt auf. Er dachte nicht daran, sich von einem so jungen Mädchen von oben herab behandeln zu lassen. »Wir können aufbrechen, sobald ich die nötige Ausrüstung zusammenhabe. Vielleicht schon Anfang nächster Woche.« Die verdammten Weiber, dachte er, wissen genau, wie sie einen Mann rumkriegen können.

Die beiden Frauen tauschten wissende Blicke, als sich Luke zu Solomon wandte, um mit ihm über die für den Zug nach Westen erforderliche Ausrüstung zu sprechen.

»Luke«, sagte Kate leise, bevor die beiden Männer in den Laden zurückkehrten. »Leider kann ich jetzt nicht bezahlen. Vertrauen Sie mir, irgendwann bekommen Sie Ihr Geld bestimmt zurück.«

Unmutig schüttelte Luke den Kopf. »Ich tu das nicht für Geld«, sagte er und stürmte davon. Solomon folgte ihm auf dem Fuße.

»Er ist ein guter Mann«, sagte Judith, während Kate dem hoch gewachsenen Amerikaner nachsah. »Bei ihm werden Sie immer sicher sein.«

»Ja, das ist er«, sagte Kate seufzend. »Wäre ihm doch mein Mann nur ein wenig ähnlich gewesen.«

Judith merkte, dass Kate bei diesem Gedanken den Tränen nahe war. »Ich glaube, die Stute gefällt Luke, dann schenke ich Ihnen den Wallach«, sagte sie, worauf Kate sie ungestüm umarmte.

»Vielen Dank, Judith«, flüsterte sie. »Danke für alles. Ich werde nie vergessen, was Sie beide für mich getan haben.«

»Ich habe die Tiere günstig von den halsabschneiderischen Pferdehändlern bekommen«, sagte Judith mit leisem Lachen. Kate fuhr mit Tränen der Dankbarkeit in den Augen fort: »Sie haben nichts von mir haben wollen, ich werde Ihnen und Solomon immer dankbar sein.«

Judith bemühte sich, nicht selbst zu weinen. »Die Männer sollten unsere Tränen nicht sehen, sonst halten sie uns für gefühlsselige schwache Frauen. Wir aber wissen es besser«, sagte sie und schob Kate sanft auf Armeslänge von sich. »Ihre Lebensreise wird irgendwo da draußen beginnen, und ich glaube, Gott hat Ihnen ebenso eine Aufgabe zugedacht wie einst der Richterin Deborah aus meinem Volk. Ich weiß nicht, was mich so sicher macht, aber so ist es nun einmal. Es gibt Menschen, die Sie brauchen, und ich denke, dass Sie draußen in der Wildnis alle Antworten auf Ihre Fragen finden.«

Tief beeindruckt hörte Kate ihr zu. Wieso wusste Judith etwas von ihren sonderbaren Vorahnungen? Dann wechselte Judith das Thema. »Kommen Sie. Wir sollten passende Reisekleidung für Sie auswählen. Außerdem brauchen Sie eine Waffe. Die meisten Frauen hier draußen haben eine.«

Als sie zu den Männern im Laden traten, waren diese gerade dabei, wie Schmierenkomödianten miteinander über den Preis der

Ausrüstung und Vorräte zu feilschen. Solomon jammerte, als hätte man ihm alles genommen, was er besaß, und Kate musste beim Anblick der beiden guten Freunde lächeln, die da lautstark ein Scheingefecht aufführten.

Trotz aller zur Schau getragenen Selbstsicherheit überkam sie eine gewisse Furcht. Warum lag ihr so sehr daran, den Ort zu finden, an dem ihr Vater begraben lag? Hatte die Antwort etwas mit dem zu tun, was Tom in ihrem Traum vor so vielen Wochen gesagt hatte? Und dann Judiths Worte … Sie wusste nur, dass die Lösung irgendwo da draußen in der Wildnis lag, mitten in Queensland.

23

»Sar'nt Hernry! Sar'nt Henry!«

Henry James drehte sich auf die Seite und griff unwillkürlich nach dem Revolver, der neben dem Bett hing. Die Stimme, die da nach ihm rief, klang dringlich, und ihm war klar, dass etwas Schreckliches geschehen sein musste. Nie und nimmer hätte der Buschpolizist Barney den Schlaf seines Vorgesetzten gestört, wenn es nicht buchstäblich um Leben und Tod ging.

»Was gibt's? ... Was ist passiert?«, fragte Henry schlaftrunken.

»Schnell, Sar'nt Henry. Corporal Gideon ... is tot, Sar'nt Henry.«

»Was?«, stieß Henry hervor, während er, den Revolver in der Faust, die Tür seiner Bretterhütte aufstieß. »Was willst du damit sagen?«

In der alten Hose eines Weißen, die ihm zwei Nummern zu groß war, stand der Mann vor den Stufen der Veranda. Er rollte wild mit den Augen, und der düstere Schein der Laterne verwandelte sein Gesicht in eine Schreckensmaske.

»Mister Mort hat Corporal Gideon im Lager One Tree umgebracht«, stieß er hervor. »Er ist ein Teufel, Sar'nt Henry. Er hat wie verrückt nach ihm gestochen, bis er tot war.«

Henry entriss dem verschreckten Mann die Laterne, stürmte die Stufen zu seiner Hütte empor, stellte sie auf den kleinen Tisch in der Mitte des Raumes und kleidete sich vollständig an, so rasch er konnte.

Die Nachricht hatte sich bereits wie ein Lauffeuer unter den Ureinwohnern verbreitet, und das Klagegeschrei der Frauen erhob sich in der Dunkelheit wie Töne, die nicht von dieser Welt waren. Es erinnerte Henry an den Ruf der Brachvögel im Busch.

Als er fertig war, rannte er mit Barney zum Sattelplatz. Unruhig stampften die Pferde. Das Wehklagen der Frauen hatte sie aufgestört.

»Wie ist das passiert?«, wollte Henry wissen, während er den Sattelgurt festzog.

»Weiß nich, Sar'nt Henry«, gab Barney zur Antwort. »Ich war bei den alten Männern, wie ich gehört hab, dass Mister Mort ins Lager gekommen is. Er hat komisch ausgesehen.«

»Was meinst du mit komisch?«

»Er hat die ganze Zeit gelächelt und gesagt, er will mit Corporal Gideon abrechnen, weil der die Frauen umgebracht hat«, fuhr Barney fort. »Corporal Gideon war bei den Frauen von One Tree, und Mister Mort hat gesagt, er soll mit ihm in den Busch kommen. Wir hatten alle … entsetzliche Angst …« Den Grund dafür konnte sich Henry denken. Bestimmt waren sie bei einem Verstoß gegen das rigorose Alkoholverbot ertappt worden, und dafür wurden Angehörige der Buschpolizei mit der neunschwänzigen Katze bestraft. »Dann haben wir Gideon schreien hören«, fügte der Mann ängstlich hinzu. »Wir sind weggelaufen, und ein alter Mann hat uns später gesagt, er hat gesehen, wie Mister Mort ihn mit dem Degen gestochen hat.«

»Großer Gott«, entfuhr es Henry. Wenn das stimmte, hatte Mort den Verstand verloren und einen seiner Untergebenen ermordet. Das durfte auf keinen Fall ungeahndet bleiben.

Er fühlte sich elend angesichts der Entscheidung, die vor ihm lag: Bisher war in der Eingeborenenpolizei noch nie ein Vorgesetzter wegen Mordes festgenommen worden, und er war nicht einmal sicher, ob er das Recht dazu hatte. Auch wenn er Mort nie hatte ausstehen können, so empfand er doch einen tiefen Respekt vor der Autorität des Amtes. Auf dem Ritt zur Ureinwohnersiedlung One Tree überlegte Henry, wie er sich verhalten sollte, wenn er seinem Vorgesetzten gegenüberstand … immer vorausgesetzt, dieser war so töricht, an Ort und Stelle zu bleiben, nachdem er einen seiner Männer ermordet hatte.

Schon nach kurzem Ritt waren sie am Ziel. Die Reste des Lagerfeuers warfen irrlichternde Schatten auf die mit Rinde gedeckten Schutzdächer der Besitzlosen, die an den Rändern des Städtchens Rockhampton lebten. Alles lag wie ausgestorben da, denn sämtliche Bewohner hatten sich im umgebenden Buschland versteckt. Halb wilde Hunde, die man immer in den Lagern der Ureinwohner fand, knurrten und bellten, als die beiden Reiter ihre Pferde zügelten und anhielten. Doch dann zeigte sich, dass das Lager keineswegs vollständig verlassen war.

Am größten Feuer saß Mort in seiner besten Ausgehuniform und wärmte sich die Hände, als habe er sich zu einer kurzen Pause niedergelassen. Er trug ein sonderbar starres Lächeln im Gesicht. Selbst im düsteren Flackerschein des Feuers konnte Henry sehen, dass die lange Klinge des Infanteriedegens, der quer auf dem Schoß des Offiziers lag, dunkel von Blut war und dass Wahnsinn in Morts Augen flackerte. Das Auftauchen seines Untergebenen schien ihn in keiner Weise zu beunruhigen, eher hatte Henry den Eindruck, dass Mort froh war, ihn zu sehen.

Vorsichtig zog sich Barney in die schützende Dunkelheit außerhalb des Feuerscheins zurück. Er wollte dem weißen Teufel nicht zu nahe kommen.

»Ah, Sergeant James«, sagte Mort gelassen. »Barney hat Sie also geholt. Ich hatte gehofft, dass einer der Schwarzen auf diesen Gedanken kommt.«

Ohne abzusitzen, sah Henry verblüfft auf den Mann, der dort so selbstgefällig am Feuer saß. Sein Lächeln erinnerte an eine abscheulich verzerrte Totenmaske.

»Was haben Sie über Corporal Gideon zu sagen ... Sir?«, knurrte er. »Barney sagt, dass Sie ihn getötet haben.«

»So ist es. Er liegt da drüben im Busch«, sagte Mort und wies mit dem Degen in die Finsternis. »Höchst bedauerlich, dass ich genötigt war, etwas zu unternehmen. Der Mann hätte nur mit mir zu kommen brauchen, damit ich ihn wegen des Mordes an den Niggerweibern verhören konnte, aber er hatte es allem Anschein nach darauf abgesehen, mich umzubringen. Ich habe in Notwehr gehandelt.«

»Notwehr, Sir?«, fragte Henry. Er konnte nicht glauben, dass ihm der Mann eine so durchsichtige Ausrede auftischte. Sein arrogantes Gehabe war ihm unerträglich.

»Ja, Sergeant«, sagte Mort, als erkläre er einem Kind einen schwierigen Sachverhalt. »Corporal Gideon hat die Niggerweiber auf dem Gewissen, die hier in der Gegend ermordet worden sind. Zu diesem Ergebnis bin ich durch meine Nachforschungen gelangt. Als ich ihn aufgesucht habe, um mit ihm darüber zu sprechen, hat ihn die Panik gepackt, und er wollte mich erwürgen. Zum Glück, man kann auch sagen, zu seinem Unglück, war ich bewaffnet.«

Henry saß ab, ohne die Augen von dem Mann am Feuer zu nehmen. Da hatte sich der Schweinehund eine feine Geschichte ausgedacht – unter Umständen aber sagte er auch die Wahrheit. Sollte Gideon tatsächlich Geschmack am Töten gefunden haben? Waren durch die Vertreibungen auf irgendeine Weise krankhafte Gelüste in ihm geweckt worden? Undenkbar war es nicht. Er gehörte der Buschpolizei schon lange an und war immer wieder mit der Gewohnheit der Weißen in Berührung gekommen, Menschen sinnlos und brutal zu töten. Morts Gelassenheit und Selbstsicherheit ließen Henry allmählich zweifeln. Nein, überlegte er dann, aber doch nicht Gideon!

Er nahm ein brennendes Stück Holz aus dem Feuer, hielt es hoch und ging vorsichtig in die Richtung, die Mort bezeichnet hatte. Dieser blieb am Feuer sitzen und sah unverwandt in die Flammen. »Mehr nach links, Sergeant«, rief er ihm hilfreich nach. Im nächsten Augenblick wäre Henry fast auf den Toten getreten.

Er lag auf der ausgetrockneten Erde und sah mit blicklosen Augen zum Sternenhimmel empor. Henry hockte sich neben den toten Kameraden und betrachtete ihn aufmerksam. Im Schein des brennenden Holzes erkannte er, dass der Tote verstümmelt worden war.

Vor allem eine der Wunden zog Henrys Aufmerksamkeit auf

sich. Jeder Zweifel ob der Schuldlosigkeit des Ureinwohners war wie weggewischt, als er die schreckliche Wunde an Gideons Mund sah. Sie war das Erkennungszeichen des Mörders, der die drei Ureinwohnerfrauen zu Tode gefoltert hatte. Ein Degen also!, ging es Henry durch den Kopf. Nicht ein Messer, wie er ursprünglich angenommen hatte.

»Gott im Himmel! Gideon!«, stöhnte Henry leise und schloß dem Schwarzen die Augen. Es war der letzte Freundschaftsdienst, den er ihm erweisen konnte. »Der Schweinehund hat den Verstand verloren. Er hatte keinerlei Grund, dich umzubringen.«

Als Henry wieder aus der Dunkelheit auftauchte, hielt er den Revolver geradewegs auf Morts Kopf gerichtet. Angesichts der kalten Wut in den Augen seines Untergebenen geriet Morts selbstsichere Haltung ins Wanken. Mit dieser Reaktion hatte er offensichtlich nicht gerechnet, obwohl ihm bekannt war, dass der Sergeant und Gideon einander so nahe gestanden hatten, wie das für einen Weißen und einen Nigger überhaupt nur vorstellbar war.

Ohne seinen Platz am Feuer zu verlassen, sagte Mort gelassen: »Sie sollten Ihre Waffe wegstecken, Sergeant. Sie könnte losgehen, falls Sie stolpern … und dabei könnte ich zu Schaden kommen.«

»Mörder! Halunke!«, stieß Henry hervor und spannte den Hahn. »Sie haben Corporal Gideon auf dieselbe Art umgebracht wie die armen Eingeborenenfrauen.«

»Ich weiß nicht, was Sie zu diesem unhaltbaren Vorwurf veranlasst, Sergeant«, gab Mort zurück, wobei er kaum merklich zitterte. »Für Ihre Schlussfolgerung fehlt Ihnen jeder Beweis. Stecken Sie Ihren Revolver ein, ich bin bereit, Ihr unerhörtes Verhalten zu vergessen. Einen Vorgesetzten mit der Waffe zu bedrohen ist ein äußerst schwer wiegendes Dienstvergehen.«

»Viel schwerer wiegt die Ermordung von drei jungen Frauen und einem Angehörigen der Buschpolizei … Sir«, blaffte ihn

Henry an. »Ich weiß nicht recht, ob ich Sie niederschießen oder festnehmen soll. Im ersten Fall darf ich sicher sein, dass Gerechtigkeit geschehen ist. Aber ich müsste mir dann eine Geschichte über einen Unfall aus den Fingern saugen, und das kann ich nicht so gut wie Sie.« Doch dann fuhr er fort: »Vermutlich würde ich es aber doch fertig bringen«, und Mort begriff, dass der Mann ernsthaft die Möglichkeit erwog, ihn zu töten. So hatte er sich das nicht vorgestellt. Er hatte Henry immer für einen begriffsstutzigen und schwerfälligen Holzkopf gehalten und ihn damit, wie es aussah, gründlich unterschätzt.

»Ich zögere wirklich, Sie festzunehmen, denn schließlich ist mir bekannt, wie solche Fällen vor Gericht ausgehen«, führte Henry seine Überlegungen mit kalter Drohung in der Stimme fort. »Ich bezweifle, dass man Sie aufgrund der Beweislage verurteilen würde ... obwohl Sie ebenso gut wie ich wissen, dass Sie schuldig sind. Andererseits könnte durch Ihre Festnahme eine Untersuchung der näheren Umstände beim Tod des irischen Fuhrmanns ausgelöst werden. Ach ja, ich habe ganz vergessen, Ihnen zu sagen, dass mir Corporal Gideon alles berichtet hat, was damals geschehen ist, als der Ire Sie und Mister Macintosh mit der Waffe in Schach gehalten hat. Der Mord an Gideon hat Ihnen also nichts genützt. Nur schade, dass er es nicht wenigstens einen Tag früher erzählt hat. Ich hatte mir schon Gedanken gemacht, wie ich die Sache am besten nach Brisbane berichten kann, aber bestimmt wird Ihre Festnahme da unten für genug Aufregung sorgen, wenn erst einmal alle Tatsachen bekannt werden.«

Morts Mund war von Angst wie ausgedörrt, denn er begriff, dass sich die Waage zugunsten des Sergeants geneigt hatte. Wie er es drehen oder wenden mochte, er war in Gefahr: entweder die Kugel ... oder ein Skandal!

»Ihnen ist ja wohl klar, dass Ihre Tage in der Truppe gezählt sind, wenn Sie mich festnehmen sollten«, krächzte Mort. »Ihnen ist ebenso wie mir bekannt, dass Skandale den Behörden zuwider sind. Jeder, der eine solche Sache auslöst, ist erledigt. Man wird Mittel und Wege finden, Sie aus dem Dienst zu entfernen, sobald man gegen mich Anklage erhoben hat«, sagte er im verzweifelten Versuch, der übermächtigen Wut des Sergeants Einhalt zu gebieten. Dann sah er, dass Henry die Waffe hob, und erkannte ein gefährliches Glitzern in dessen Augen.

»Es gibt keine Zeugen, Mister Mort«, sagte der Sergeant mit leiser Stimme, in der sich gleichwohl aller Hass auf den Mann konzentrierte, der da vor ihm saß. »Barney hat sich taktvoll zurückgezogen, sodass nur noch Sie und ich hier sind. Ich sehe noch immer die Stichwunde an Gideons Mund vor mir: sie gleicht aufs Haar den Wunden der armen gefolterten Frauen. Das macht mich so wütend, dass meine Hand zittert, und mein Revolver vermutlich gleich losgehen wird. Ich werde mir etwas zur Erklärung Ihres Todes ausdenken müssen. Aber Ihnen kann das gleich sein, denn Sie bekommen das nicht mehr mit.«

Vergeblich versuchte Mort aufzustehen, jegliche Kraft hatte ihn verlassen. Es gelang ihm lediglich, sich mit erhobenen Händen auf die Knie aufzurichten. In dieser Haltung flehte er verzweifelt: »Nehmen Sie mich fest, wenn Sie glauben, dass das sein muss, aber töten Sie mich nicht. Überlegen Sie doch, dass Sie dafür an den Galgen kommen können. Wollen Sie das wirklich?«

Laut hallte der Schuss in der Dunkelheit und aufkreischend stürzte Mort zu Boden.

»Gott im Himmel! Das ist blanker Mord!«, jammerte er. »Sie können mich doch nicht abknallen wie einen tollwütigen Hund.«

Henry spannte den Hahn erneut und richtete den Lauf auf Mort. »Hab wohl beim ersten Mal daneben geschossen«, sagte er gelassen. »Im Dunkeln treff ich mit diesen Dingern nicht besonders gut.«

Mort hob die Arme über den Kopf, als könne er damit die schweren Bleikugeln abwehren. Mit dem Schuss war seine Welt in Stücke gegangen. Er hörte, wie der Sergeant sagte: »Wie Sie wissen, habe ich auf der Krim Russkis getötet; anständige Gegner. Im Krieg geht es nie um was Persönliches, aber Sie zu töten ist persönlich. Vermutlich könnte man sagen, dass ich Sie nicht töte, sondern hinrichte.«

»Die Niggerweiber sind das doch nicht wert«, stieß Mort verzweifelt aus, nach wie vor kniend. »Wir haben die doch auch bei den Vertreibungen massenweise umgebracht. Ich ... «

»Sicher, Corporal Gideon war ein Schwarzer, aber doch ein so anständiger Kerl wie jeder meiner Kameraden auf der Krim. Ich tue das für ihn und vielleicht auch für den toten Iren«, sagte Henry mit ausdrucksloser und geisterhafter Stimme.

Der Schuss hallte wie Donnergrollen durch die Nacht. Staub spritzte neben Mort auf, der zusammenzuckte, als wäre er getroffen.

»Großer Gott ... bitte ... nehmen Sie mich fest, aber töten Sie mich nicht«, jammerte er. Er hatte die schwache Hoffnung, dass der Sergeant nur mit ihm spielte und bereit war, auf seine Vorschläge einzugehen. Die ersten beiden Schüsse hatten ihn nicht töten sollen. Wenn aber der dritte ernst gemeint war? »Und wenn ich den Dienst quittiere?«, bot er verzweifelt an. »Wir könnten doch nach Rockhampton zurückkehren und ich erkläre schriftlich und mit sofortiger Wirkung den Rücktritt von meinem Posten.« Er wollte nicht in irgendeinem dreckigen Niggerlager krepieren.

»Sie wissen ebenso gut wie ich, dass Sie in einem solchen Fall vorher kündigen müssten«, sagte Henry, während er über den verzweifelten Vorschlag seines Vorgesetzten nachdachte. »Wenn Sie Ihre Arbeit Knall auf Fall aufgeben, müssten Sie aus Queensland verschwinden und dürften nie wieder zurückkehren.«

Mit einem Mal trat ein verschlagener Blick in Morts Augen. Ja, das konnte er versprechen. Sobald sie wieder in Rockhampton waren, würde er seinerseits den Mann bei passender Gelegenheit festnehmen.

»Ich verstehe. Mit einer solchen Handlungsweise würde ich gegen die Vorschriften verstoßen, was in Brisbane niemand gern sähe. Aber immerhin wäre damit Ihrem Bedürfnis nach Gerechtigkeit Genüge getan«, gab er zu bedenken.

»Von mir aus«, sagte Henry und ließ den Revolverlauf sinken. »Sollten Sie aber versuchen, diese Abmachung rückgängig zu machen, verspreche ich Ihnen, dass Sie mich umbringen müssten, um zu verhindern, dass ich alles melde, was ich weiß. Falls Sie aber auf den Gedanken kommen sollten, mir auf dem Rückweg eine Kugel zu verpassen, dürfte es selbst Ihnen schwer fallen zu erklären, wieso Sie nicht nur Corporal Gideon, sondern auch mich umgebracht haben.«

Mort blinzelte unsicher. Der Mann war ihm nach wie vor einen Schritt voraus. Selbst wenn er ihn festnähme, würde so manches an den Tag kommen, das am besten ungesagt bliebe. Auch wenn es in allen Fällen lediglich Indizien gab, war ihm klar, dass Henrys Aussagen alle möglichen Leute dazu veranlassen würden, Fragen zu stellen: Politiker, Journalisten und seine unmittelbaren Vorgesetzten. Ja, die einzig brauchbare Lösung war, den Dienst zu quittieren.

Achselzuckend erhob er sich und klopfte sich den Staub von der Uniform. Er war wieder Herr seiner selbst, ein Beamter in der Eingeborenenpolizei Ihrer Majestät. Henry hatte ihn ebenso wenig töten wollen wie er hatte sterben wollen, aber es wäre unklug, die Geduld des Mannes weiterhin auf die Probe zu stellen.

»Nun denn, Sergeant«, sagte Mort, der seine Fassung wiedergewonnen hatte. »Ich glaube, Sie müssen wegen Corporal Gideons Tod einen Bericht abfassen, in dem Sie erklären, dass er versucht hat, mich zu erwürgen, sodass ich mich zur Notwehr gezwungen sah.«

Ohne darauf etwas zu erwidern, wandte Henry seinem Vorgesetzten den Rücken zu. Ihn ekelte vor dem Kuhhandel, den er da abgeschlossen hatte. Verbittert überlegte er, dass auch wenn keiner von ihnen beiden diese Partie gewinnen konnte, es besser war, der Halunke verschwand aus der Truppe, als dass er ihn unter Ausnutzung seiner Position ausmanövrierte. Es wäre lediglich eine Frage der Zeit, bis Mort auf eine heimtückische Möglichkeit verfiele, die Sache doch für sich zu entscheiden.

Henry achtete darauf, dass er auf dem Rückweg hinter Mort ritt. Dieser hielt sein Wort und übergab ihm noch in derselben Nacht seine Rücktrittserklärung, damit er sie nach Brisbane weiterleiten konnte. Bevor die Sonne aufging, war Mort verschwunden.

Vier Wochen später saß ein junger Nachfolger an Morts Schreibtisch und ging die Berichte durch, die vor ihm lagen. Dabei gab er immer wieder Laute des Erstaunens von sich.

Henry stand stocksteif in Hab-Acht-Stellung vor seinem neuen Vorgesetzten, der an ihm vorüber ins Leere starrte, etwa dorthin, wo früher Morts Infanteriedegen an der Wand gehangen hatte. Henrys Bein schmerzte. Im Stillen verfluchte er den aufgeblasenen Wichtigtuer, der bestimmt sehen konnte, dass ihm das lange Stehen schwer fiel.

»In hohem Grade vorschriftswidrig, Sergeant James«, sagte der junge Beamte schließlich und hob den Blick. »Ein Mitglied der Eingeborenenpolizei kommt ums Leben, und der Mann, der es getötet hat, verschwindet einfach. Mister Mort wird sich einer Untersuchung stellen müssen.«

»Gewiss, Sir«, antwortete Henry steif. »Ich glaube aber nicht, dass wir ihn finden werden, Sir. Soweit ich feststellen konnte, ist er verschwunden, und niemand scheint zu wissen, wo er sich befindet.«

»Hmm … Nun, immerhin haben wir hier seinen Bericht über den Vorfall mit dem schwarzen Polizisten im Lager der Ureinwohner«, sagte der Beamte nachdenklich und legte Morts handschriftliche Erklärung oben auf den Stapel. »Normalerweise hätte man Lieutenant Mort ein Lob dafür ausgesprochen, dass er den Mörder der Ureinwohnerfrauen ermittelt hat. Aber man ist im Hauptquartier alles andere als erbaut davon, dass er seinen Posten grundlos verlassen hat. Eigentlich hätte er sich einem Disziplinarverfahren stellen müssen, weil er sich nicht an die Vorschriften gehalten hat.«

»Gewiss, Sir«, sagte Henry pflichtschuldig.

»Offen gestanden bin ich von Ihrer Arbeit nicht besonders beeindruckt, Sergeant«, hielt ihm der aufgeblasene junge Mann vor. Doch Henry wusste, dass es dazu keinen Anlass gab. Was er geleistet hatte, konnte sich sehen lassen. Er hatte alles in bestem

Zustand gehalten. Er vermutete, dass man ihm am Zeug flicken und ihn von Rockhampton abziehen wollte. »Man hat mir nahe gelegt, über Ihre weitere Verwendung nachzudenken«, fuhr der Mann mit erkennbarem Unbehagen fort. Wenn er ehrlich war, konnte er an der Art, wie der Sergeant seinen Dienst erfüllt hatte, nichts zu tadeln finden. Daher würde er auf keinen Fall seine Entlassung befürworten, ganz gleich, wer dieser Grundbesitzer war, der ihn aus dem Weg haben wollte. »Ich werde empfehlen, dass man Ihnen einen Einsatzort zuweist, über den Brisbane entscheiden wird.«

Man wollte ihn also versetzen. Es hätte schlimmer kommen können, überlegte Henry, während er regungslos die Wand hinter seinem Vorgesetzten ansah.

»Die Versetzung wird erfolgen, sobald mir das Hauptquartier Ihren neuen Einsatzort mitteilt. Haben Sie irgendwelche Fragen dazu, Sergeant?«

»Nein, Sir, keine Fragen.«

»Sehr gut. Ich denke, Sie sind imstande, Ihren Aufgaben weiter nachzugehen, bis Ihre Ablösung eintrifft. Sie können gehen, Sergeant«, sagte er. Damit war Henry entlassen.

»Sir!« Henry salutierte zackig, wandte sich um und wollte schon den Raum verlassen, als ihn der junge Mann noch einmal zurückrief.

»Ich an Ihrer Stelle würde meine Sachen nicht unbedingt gleich packen. Es kommt vor, dass Berichte verloren gehen, und im Laufe der Zeit wächst über solche Sachen Gras.«

Henry lächelte. Es gab also doch noch eine Art Gerechtigkeit auf der Welt.

Henry trat auf die Veranda hinaus und ließ den Blick über den Exerzierplatz zu den Pferdeställen schweifen, die gerade ausgemistet wurden. Beim Anblick ihres geachteten Sergeant hielten alle mit der Arbeit inne. Jeder sah, dass er wegen einer wichtigen Sache einbestellt worden sein musste, denn er trug seine beste Uniform.

»Noch verschwinde ich nicht, ihr Faulpelze«, brüllte er munter über den Platz. »Macht euch also an die Arbeit, sonst kriegt ihr die Katze zu spüren.«

Mit breitem Lächeln griffen sie wieder nach ihren Mistforken. Gewiss, Sar'nt Henry war hart … aber gerecht.

Seit Morts Verschwinden lief der Dienst bei der Buschpolizei wieder in gewohnten Bahnen. Henry hinkte über den staubigen Exerzierplatz. Wieso nur hatte er das sonderbare Gefühl, seinen mordenden Vorgesetzten nicht zum letzten Mal gesehen zu haben? Der Gedanke traf ihn so zielsicher wie eine der schweren Bleikugeln aus den Polizeikarabinern. Er verlangsamte den Schritt und wandte sich der kleinen Hütte zu, die Mort als Schreibstube gedient und in der er einen großen Teil seines Tages grübelnd verbracht hatte. Dann wusste er die Antwort – weil Männer wie Mort eine Begabung zum Überleben haben, wie Ratten, die ein sinkendes Schiff verlassen und sich einfach einen neuen Ort suchen, wo sie wieder von vorn anfangen.

»Ich hätte ihm doch eine Kugel durch den Kopf jagen sollen, als ich die Möglichkeit dazu hatte«, murmelte er leise vor sich hin.

24

Im kühlen Schatten eines hohen Eukalyptusbaumes reinigten die lediglich mit einem Lendenschurz bekleideten Buschpolizisten ihre Karabiner. Nach einer Weile ließen sie die Arbeit sinken und starrten neugierig dem Reiter entgegen, der sich ihnen näherte. Außer in dienstlichen Angelegenheiten verirrte sich kaum je ein Besucher auf das Gelände der Buschpolizei.

Der Fremde ritt mit der lässigen Haltung eines Mannes, der die Welt den größten Teil seines Lebens hindurch vom Rücken eines Pferdes aus betrachtet hat. Als er die Männer erreicht hatte, zügelte er sein Tier und fragte, wo er Sergeant James finden könne, woraufhin sie zu einer Bretterhütte auf der anderen Seite des Exerzierplatzes wiesen. Er dankte, ritt hinüber und sprang dann leichtfüßig ab. Die Buschpolizisten machten sich wieder daran, in Öl getränkte Lappen durch den Lauf ihrer Karabiner zu ziehen. Was auch immer der Fremde wollte, es handelte sich um eine Angelegenheit unter Weißen und ging sie nichts an.

Luke Tracy band sein Pferd an ein Geländer vor der Hütte und klopfte an. Eine voll tönende Stimme antwortete, und er stieß die Tür auf. Ein Mann in der blauen Uniform der berittenen Eingeborenenpolizei, der allein schon wegen seiner Größe eindrucksvoll wirkte, saß hinter einem Schreibtisch voller Papiere, auf dem auch eine Karte ausgebreitet war.

»Sind Sie Sergeant James?«, fragte Luke, nahm den staubigen Hut ab und schlug ihn an seinem Oberschenkel aus. Der breitschultrige Mann hinter dem Schreibtisch hob den Blick von der Karte.

»Der bin ich«, sagte er und betrachtete den Besucher mit dem amerikanischen Zungenschlag eine Spur interessierter. »Und Sie sind vermutlich ein Yankee.«

Luke lächelte breit. »Luke Tracy, Goldsucher aus Kalifornien ... bisher aber ohne Glück.«

Henry gefiel die zwanglose Art des Amerikaners. »Was kann ich für Sie tun, Mister Tracy?«, fragte er und beugte sich vor. »Viele Weiße kommen nicht hierher ... außer, wenn sie unsere Hilfe brauchen.«

»Genau aus diesem Grund bin auch ich hier, Sergeant. Ich habe gehört, dass Sie vergangenen November auf einem Besitz namens Glen View an einer Vertreibung beteiligt waren«, sagte Luke und merkte, wie sich das Gesicht seines Gegenübers verfinsterte. »Ich hoffe, dass Sie mir einen Hinweis darauf liefern können, wo bestimmte Männer beerdigt sind. Soweit ich weiß, haben Ureinwohner sie umgebracht. Es handelt sich um einen Fuhrmann namens Patrick Duffy und seinen Gehilfen Billy.«

»Warum wollen Sie die finden, Mister Tracy, wenn ich fragen darf?«

Luke spürte, dass in der Frage eher Neugier als Misstrauen lag. »Pat Duffy war mein Freund«, sagte er. »Wir haben '54 bei Ballarat nach Gold gegraben. Ich bin auf dem Weg in den Westen und wollte bei der Gelegenheit Pat sozusagen die letzte Ehre erweisen.«

Henry erhob sich und hinkte zum einzigen Fenster hinüber. Die Hände auf dem Rücken verschränkt, sah er nachdenklich zu den Buschpolizisten hinaus, die am anderen Ende des Exerzierplatzes nach wie vor ihre Karabiner reinigten. »Wenn ich das wüsste«, sagte er schließlich, »würde ich es Ihnen sagen. Aber mein früherer Vorgesetzter, Mister Mort, hat Mister Duffy und seinen Gefährten als Letzter lebendig gesehen. Und er gehört nicht mehr der Einheit an. Er hat uns vor einer Woche verlassen ... mit unbekanntem Ziel.«

»Aber Sie haben doch sicher eine ungefähre Vorstellung, wo die Gräber sein könnten«, gab Luke zu bedenken. »Irgendjemand muss die Männer doch beerdigt haben. Vielleicht war es einer von den Schafhirten auf Glen View.«

»Ich hoffe angesichts der Umstände, dass Mister Duffy ein christliches Begräbnis bekommen hat«, sagte Henry.

»Was meinen Sie damit?«

»Das betrifft nicht Sie, Mister Tracy«, gab der Sergeant kühl, aber nicht unfreundlich, zurück. »Mein ehemaliger Vorgesetzter hat die Sache damals nicht besonders geschickt gehandhabt.«

Luke hatte ein Gespür für Menschen, und die Art des englischen Sergeants machte ihm einen recht sonderbaren Eindruck. Er folgte seiner Eingebung.

»Ihr Vorgesetzter soll kürzlich einen seiner Männer getötet haben, weil dieser junge Frauen umgebracht haben soll ... das jedenfalls erzählt man sich in den Wirtshäusern.«

Henrys Gesicht umwölkte sich. »Ich kann Ihnen nicht helfen, Mister Tracy«, sagte er unvermittelt und nahm wieder hinter dem Schreibtisch Platz. »Ich weiß weder, wo sich Mister Duffys Grab befindet, noch, ob er überhaupt beerdigt worden ist. Wenn Sie sonst nichts von mir wollen, würde ich sagen, dass unser Gespräch zu Ende ist.«

Luke hatte den Eindruck, eine empfindliche Stelle getroffen zu haben, und begriff, dass er mit weiteren Fragen nichts erreichen würde.

Er kehrte zum Laden der Cohens zurück, wo er Kate das Ergebnis seines Besuches bei der Buschpolizei berichtete. Trotz ihrer Enttäuschung ließ sie sich nicht abschrecken, obwohl Luke darauf hinwies, wie schwierig die vor ihnen liegende Aufgabe war. In den ungeheuren, mit Brigalow-Gestrüpp bestandenen Ebenen Queenslands ein Grab zu suchen, immer vorausgesetzt, es gab ein solches ... er schüttelte den Kopf über Kates eiserne Entschlossenheit.

Einen Tag vor ihrem geplanten Aufbruch bekamen Luke und Kate unerwarteten Besuch.

Verwirrt eilte Solomon zu Kate, die mit Luke in einem Schuppen hinter dem Laden Vorräte sortierte. Wenn der Schuppen auch kaum mehr war als ein Heuschober, der aus einem Wellblechdach auf hölzernen Pfosten bestand, diente er Luke während der Dauer seines Aufenthalts in Rockhampton als vergleichsweise behagliche Unterkunft.

»Sergeant James von der Eingeborenenpolizei möchte mit Ihnen sprechen«, sagte Solomon, und Kate, die gerade dabei war, Wolldecken in ein Stück Leinwand zu wickeln, hob überrascht den Kopf.

»Sagt ihm, er soll hereinkommen«, sagte sie und strich sich mechanisch das Kleid glatt.

Henry trat in den Schuppen und betrachtete neugierig die um ihn herum ausgebreiteten Vorräte. Fleisch in Dosen, kleine Säcke mit Mehl, bauchige Korbflaschen mit Limonensaft, Stränge von Kautabak, Munition für die Waffen und Pakete mit Zucker und Tee.

»Ich habe gehört, dass Sie nach Westen wollen, Missus O'Keefe«, sagte er, nachdem er sich vorgestellt hatte. »Außerdem habe ich erfahren, dass Ihr Bruder Tom Duffy ist.«

Sie sah ihn mit dem gleichen Ausdruck des Trotzes an, mit dem man in ihrer Familie Vertretern des britischen Rechtswesens schon seit langem gegenübertrat. »Woher, Sergeant James?«, fragte sie kalt. Ein leichtes Lächeln trat in Henrys Augenwinkel.

»Ich bin Polizeibeamter ... und Rockhampton ist ein besseres Dorf«, sagte er. »Dürfte ich mich setzen, Missus O'Keefe? Mein Bein macht mir zu schaffen.« Sie wies auf einen Heuballen, und er ließ sich schwerfällig nieder. »Mister Tracy hier ist zu mir gekommen, um sich nach dem Grab Ihres Vater zu erkundigen. Meine Auskunft, dass ich es nicht weiß, entspricht der Wahrheit. Aber ich habe«, sagte er und gab Luke ein Stück Papier, »diese Karte von dem Gebiet um die Stelle der Vertreibung herum gezeichnet, so gut es aus der Erinnerung eben ging. Anhand dieser Bergkette und des Wasserlaufs müsste sie gut auffindbar sein. Ich könnte mir vorstellen, dass Sie auf etwas stoßen, wenn Sie in der Nähe der Berge suchen. Ob Sie auf den Besitz Glen View reiten wollen oder nicht, muss ich Ihnen selbst überlassen, Mister Tracy.«

Der Amerikaner faltete das Blatt und steckte es in eine verbeulte runde Schokoladendose aus Blech, in der er für die Reise wichtige Gegenstände aufhob: Nadeln und Nähgarnrollen, ein kleines Röhrchen mit Laudanum und einen Kompass mit Messinggehäuse.

»Vielen Dank, Sergeant James«, sagte Kate, deutlich weniger feindselig. »Ich frage mich nur, warum Sie uns helfen. Immerhin dürfte es Ihre Pflicht sein, meinen Bruder aufzuspüren und festzunehmen.«

»Möglicherweise wäre er nicht in die Situation geraten, in der er sich befindet, wenn sich der Mann, der damals unsere Einheit befehligt hat, anders verhalten hätte«, gab Henry zur Antwort. »Ich werde nie beweisen können, was mit Ihrem Vater geschehen ist, und es spielt jetzt auch keine große Rolle mehr, denn der Lieutenant ist verschwunden und steht möglicherweise bereits im Begriff, die Kolonie, wenn nicht gar das Land zu verlassen. Meiner Ansicht nach war das, was am Tag der Vertreibung auf dem Besitz Glen View geschehen ist, Mord, und ich vermute, dass Ihr Bruder ohne sein Verschulden durch das Verhalten des Lieutenant in die Situation geraten ist, in der er sich jetzt befindet.«

Dann wandte er sich an Luke. »Was die Behauptung betrifft, Corporal Gideon habe die Ureinwohnerfrauen getötet, Mister Tracy, lassen Sie sich versichern, dass er völlig schuldlos dem Wahnsinn meines damaligen Vorgesetzten zum Opfer gefallen ist. Mehr kann ich nicht sagen. Im Übrigen hoffe ich, dass Sie Ihren Bruder finden, bevor wir ihn aufspüren, Missus O'Keefe.« Er ließ eine Pause eintreten, und Kate erkannte eine kaum wahrnehmbare Veränderung an dem Mann, die einem minder aufmerksamen Menschen möglicherweise entgangen wäre. »Ich sage das als Mensch, und nicht als Polizeibeamter«, fügte er leise hinzu. Kate erkannte in seinen Augen eine Freundlichkeit, die sein barsches Auftreten Lügen strafte. Sie erkannte in dem Sergeant einen Menschen, der insgeheim unter der Gewalttätigkeit in seinem Leben litt, und hatte plötzlich Mitleid mit ihm. »Sofern es Ihre Absicht ist, nach Glen

View zu gehen«, fügte er hinzu, »rate ich Ihnen, sich von Mister Macintosh fern zu halten. Wie es aussieht, ist ihm der Name Duffy in tiefster Seele zuwider. Ihr Bruder wird verdächtigt, drei Schafhirten von Glen View getötet zu haben, und ich bezweifle, dass Macintosh einen Verwandten Tom Duffys auf seinem Besitz willkommen heißen wird. Sie haben Grund, um Ihr Leben zu fürchten, falls Sie sich dorthin wagen.«

»Danke für den Hinweis«, sagte Kate. »Ich habe nicht die Absicht, Mister Macintosh kennen zu lernen, sofern ich es vermeiden kann.«

Henry erhob sich mühsam von dem Heuballen und strich sich die Uniformhose glatt. »Das freut mich, Missus O'Keefe«, sagte er. »Nach allem, was ich über Sie gehört habe, scheinen Sie mir eine rechtschaffene junge Frau zu sein. Mein herzliches Beileid für den Verlust, den Sie kürzlich erlitten haben. Da ich wohl nicht weiter behilflich sein kann, wünsche ich Ihnen beiden einen guten Tag.«

Luke hielt Henry die Hand hin, was diesen zu überraschen schien. »Auch ich danke Ihnen, Sergeant James«, sagte er. »Ich hoffe, wir begegnen einander eines Tages unter angenehmeren Umständen wieder.«

Henry nahm die ihm angebotene Hand. »Ich auch, Mister Tracy«, sagte er, dann ging er.

Als er fort war, seufzte Kate: »Ich glaube, der Mann ist ein guter Mensch, den die Schatten seiner Vergangenheit quälen.« Luke verstand das nicht, aber er besaß auch nicht die Einfühlungsgabe einer Frau.

Am folgenden Tag brachen Luke und Kate auf. Während der zwei Wochen, in denen sie durch die mit Gebüsch bestandenen niedrigen Hügel westwärts ritten, verblüffte Kate den Buschläufer immer wieder mit ihrer gründlichen Kenntnis der Pflanzen und Tiere, auf die sie stießen. Viele von ihnen konnte sie namentlich bezeichnen, sogar dann noch, als sie in das scheinbar endlose Meer des Buschlandes eintauchten.

Als junges Mädchen hatte sie über den australischen Busch gelesen, was ihr in die Hände gefallen war, und ein Großteil ihres Wissens stammte aus den ausführlichen und anschaulichen Briefen, in denen ihr Vater festgehalten hatte, was ihm auf seinen langen Fahrten durch die endlosen Weiten des Landes begegnet war.

Sie überraschte Luke immer wieder. Schon am Tag ihres Aufbruchs aus Rockhampton war er verblüfft gewesen, sie in Männerkleidung zu sehen. Noch mehr aber erstaunte es ihn, dass sie im Herrensitz ritt. Sie hatte ihm erklärt, dass der Damensitz auf den ungebahnten Wegen im Busch nicht nur unpraktisch, sondern auch unbequem sei, und er musste ihr beipflichten.

Luke verbesserte ihre Reittechnik und zeigte ihr, wie sie das Packpferd zu führen hatte. Schon bald erschien es ihm ebenso selbstverständlich, dass eine Frau wie ein Mann ritt, wie dass sie Männerkleidung trug.

Kate passte sich dem Nomadenleben an, als wäre sie damit aufgewachsen. Luke war ein guter Lehrmeister und brachte ihr geduldig bei, wie man mit der Natur lebt und durch ein Gebiet mit endlosen Horizonten zieht. Er erklärte ihr, mithilfe welcher Merkzeichen er den scheinbar unsichtbaren Weg nach Westen fand, und schon bald begann auch sie solche Zeichen zu erkennen, obwohl ihr das Buschland anfangs wie ein Ozean ohne irgendwelche Landmarken erschienen war.

So manchen Abend dachte der Amerikaner, während er sie über das Lagerfeuer hinweg ansah, wie glücklich ein Mann sich schätzen könnte, eine solche Frau zur Gattin zu haben. O'Keefe musste völlig verrückt gewesen sein, sie zu verlassen, ging es ihm durch den Kopf, während er seinen Kaffee schlürfte und ihr bei den Vorbereitungen für den nächsten Tag zusah.

Er kam nicht auf den Gedanken, dass die schöne junge Frau in ihm etwas anderes sehen könnte als den guten Freund, den Führer und Beschützer auf dem Weg nach Westen, und seufzend verbot er sich alle persönlichen Empfindungen, denn dahinter standen unerfüllbare Wunschträume. Er bemühte sich sorgfältig, sie vor ihr zu verbergen, doch je weiter sie nach Westen kamen, desto klarer wurde ihm, dass er nie eine Frau so sehr lieben würde wie Kate O'Keefe.

Im Verlauf der beiden Wochen waren sie außer hie und da einem Schafhirten keiner Menschenseele begegnet, doch in der Nähe von Glen View stießen sie auf ein Ochsenfuhrwerk voller Wollballen. Es war auf dem Weg nach Rockhampton, wo der Fuhrmann Vorräte kaufen wollte – ein Mann, der fast so breit wie groß zu sein schien. Neben ihm rannte ein zäher kleiner Hütehund, der ständig nach den Beinen der Zugochsen schnappte.

Da es kurz vor Sonnenuntergang war, schlugen sie ihr Lager gemeinsam mit dem Fuhrmann auf, der sich als Harry Hubner vorstellte und sichtlich erfreut war, wenigstens einmal nicht allein am Lagerfeuer sitzen zu müssen.

Nachdem den Pferden und Ochsen für die Nacht Fußfesseln angelegt waren, wurde das Abendessen unter vier gleichberechtigten Essern aufgeteilt, denn der Hund arbeitete ebenso schwer wie sein Herr. Das Tier schloss sich an Kate an und sah mit bewundernden Augen auf den Menschen, der mit so freundlicher Stimme sprach und ihm so sanft das Fell streichelte.

Zwar knurrte der vierschrötige Fuhrmann »Verdammter Köter!«, während er Kate einen weiteren Becher Tee eingoss, doch konnte er seine Zuneigung zu dem kleinen Hund nicht verbergen. »Ich füttere ihn, geb ihm Arbeit, und er will mit der ersten Frau durchbrennen, die ihm über den Weg läuft!« Traurig und vorwurfsvoll sah der Hund seinen Herrn an, diente er ihm doch treu, legte dann aber zufrieden seine Schnauze in Kates Schoß.

Beim gemeinsamen Mahl unter dem gestirnten Himmelszelt tauschten sie allen Klatsch aus, wie es auf den einsamen Pfaden im Outback üblich war. Dabei sah Harry zu Kate hinüber. Der Mann, mit dem sie da reiste, hatte wirklich Glück, dachte er, mit einer so hübschen jungen Frau zusammen zu sein. Ihrem ganzen Wesen wie ihrer Art zu sprechen nach vermutete er, dass sie irgendwo aus dem Süden kam, während der Mann unverkennbar ein Buschläufer war. Das erkannte man schon an der Art, wie er sich bewegte. Einerseits ganz selbstverständlich, als wäre er eins mit dem Busch, doch zugleich aufmerksam und argwöhnisch. Zwar hörte man ihm den Amerikaner nach wie vor an, doch sein Wortschatz war mit Begriffen durchsetzt, die kennzeichnend für den australischen Buschläufer waren. Ein sonderbares Paar, überlegte Harry. Sie jung und hübsch ... und aus der Stadt. Er älter und zäher. Ein Mann, der sich im Busch wohler fühlt als in den Städten. Aber es war schön, in der einsamen Weite des Westens einmal andere Gesellschaft zu haben als immer nur den Hund. »Noch 'nen Schluck Tee, Mister Tracy?«, fragte er und rührte mit einem Zweig im Feldkessel.

»Nein. Ich glaube, mein Großvater würde sich im Grabe umdrehen, wenn er sehen könnte, wie viel Tee ich trinke«, antwortete Luke höflich und lächelte breit. »Nach der Geschichte im Bostoner Hafen hatte er nie mehr besonders viel für das Getränk übrig.« Seine Anspielung auf die berüchtigte Boston Tea Party, die dazu beigetragen hatte, den Aufstand der amerikanischen Siedler gegen die Herrschaft des englischen Königs Georg III. zu entflammen, kam bei Harry nicht an, denn dieser wusste von Geschichte eigentlich nur so viel, dass die Amerikaner einst Englands Feinde gewesen waren. Das aber lag lange zurück, und jetzt stieß man überall in den australischen Kolonien auf Amerikaner. Einer von ihnen war der ziemlich berühmte Mr. Freeman Cob, der in der Provinz Victoria eine Postkutschenlinie eingerichtet hatte. Auf seinen Fahrten durchs Land war Harry schon vielen Amerikanern begegnet, unter ihnen auch Männern wie diesem Mr. Tracy, der sich als Goldsucher bezeichnete. Im Allgemeinen waren das ordentliche Burschen, aber sie hatten sonderbare Vorstellungen von einer Sache, die sie Republikanertum nannten.

»Ha'm Se unterwegs jemand gesehen?«, fragte Harry beiläufig, während er zum dritten Mal seinen angeschlagenen Emaillebecher mit dampfend heißem Tee füllte.

»Nur einen oder zwei Schafhirten auf dem Weg nach Rockhampton«, gab Luke Bescheid. »Ist schon 'n paar Tage her. Sie haben gesagt, sie wären von der Viehzuchtstation Balaclava ... und sie hatten ziemlichen Durst.«

»Das waren Billy Bostocks Männer«, sagte der Fuhrmann und lachte in sich hinein. »Die sollten sich vor Tom Duffy und seinem wilden Schwarzen hüten«.

Verblüfft sah Kate zu Luke hin. »Kennen Sie Tom Duffy?«, fragte sie möglichst beiläufig, um zu verbergen, wie sehr die Nennung des Namens ihres Bruders sie aufgeregt hatte. Der Fuhrmann warf ihr einen misstrauischen Blick zu.

»Ja, ich kenn Tom«, sagte er gedehnt. »Ich hab auch Patrick gekannt. Wir sind uns im vorigen Jahr immer wieder mal begegnet. Zwei gute Männer. Schrecklich, wenn man hört, was passiert ist. Pat haben sie umgebracht, und Tom spielt Buschkrieg mit den Siedlern und den Greifern. Ich glaub aber nicht, dass sie den kriegen. Jedenfalls nicht, solange der Schwarze bei ihm ist. Der soll den jungen Angus Macintosh getötet haben. Jedenfalls haben das die Leute von Glen View erzählt, als ich Vorräte dort abgeliefert hab. Übrigens bring ich gerade jetzt 'ne Ladung Wolle von da in die Stadt.«

»Wissen Sie, wo sich dieser Tom Duffy aufhalten könnte?«, fragte Kate mit einem Eifer, der ihm nicht entging.

»Nein, und wenn ich's wüsste, ich würd es Ihnen nicht auf die Nase binden«, sagte er trotzig. »Nehmen Sie es mir nicht übel, Missus.«

»Würden Sie es denn seiner Schwester sagen?«, fragte Luke gleichmütig, und der Fuhrmann sah ihn aufmerksam an. Dann richtete er den Blick erneut auf Kate.

»Der Teufel soll mich holen«, sagte er und schlug sich auf den Schenkel. Allmählich dämmerte es ihm. »Sind Sie Toms Schwester, Missus?«

Sie nickte.

»Und Sie suchen Ihren Bruder?«, fragte er lachend, worauf sie erneut nickte. »In dem Fall würd ich Ihnen natürlich sagen, wo er sich aufhält, aber ich weiß es einfach nicht. Das Letzte, was ich gehört hab, ist, dass die beiden irgendwo bei Port Denison 'nen Siedler mit der Waffe bedroht haben sollen. Sieht ganz so aus, als ob sie nach Norden wollten. Meistens halten sie sich im Landesinneren. Ihr Bruder lebt im Busch wie die Schwarzen, und ich glaub nicht, dass Sie ihn finden können. Er muss *Sie* finden.«

Kate hatte zwar nicht preisgeben wollen, dass Tom ihr Bruder war, doch im Versuch, seinen Aufenthaltsort zu erfahren, hatte Luke es riskiert, dem Fuhrmann die Wahrheit zu sagen. Da nun ihre Beziehung zu dem irischen Buschräuber klar war, fragte sie den Mann nach allem, was er über ihren Vater und ihren Bruder wusste. Er berichtete ihr über die Vorfälle aus der Vergangenheit, was er kannte und bestätigte ihr, dass beide bei jedem, der sie kannte, in hohem Ansehen gestanden hatten. Schließlich kam die Sprache auf Macintosh, und Harry erwähnte, er habe mitbekommen, dass sich ein einstiger Lieutenant der Buschpolizei namens Mort längere Zeit auf Donald Macintoshs Besitz aufgehalten habe. Auch berichtete er, wie Mort den ganzen Bezirk von Ureinwohnern gesäubert habe, und warnte die beiden ausdrücklich vor den Stämmen weiter im Westen, da diese grausam und furchtlos seien. Mehr als ein Buschläufer, der sich allein dorthin gewagt hatte, sei nie wieder aufgetaucht.

Aufmerksam lauschte Kate allem, was Harry über Land und Leute zu berichten hatte. Er tat das gern, zumal ihm eine so hübsche Frau zuhörte, die noch dazu die Schwester des berüchtigten Buschräubers Tom Duffy war. Was für eine Geschichte hatte er da für den nächsten Reisenden, dem er begegnete!

Die Gestirne zogen langsam über ihnen dahin, und beim leisen Knistern des Feuers wurde Kate allmählich schläfrig. Sie merkte, dass sich ihre Augen zu den Flammen hingezogen fühlten, in denen beunruhigende Bilder tanzten, die von den glühenden Kohlen aufstiegen und mit einem Mal wie ein Flüstern im Nachtwind um sie herum waren. Es schien überall zu sein, und sie erschauerte. *Wer ruft? Wer bist du?* Ob ihr Fieber zurückkehrte? Unsicher stand sie von dem Baumstumpf auf, auf dem sie saß, und wünschte den Männern eine gute Nacht.

Sie entrollte die groben Decken ihres Lagers und wickelte sich hinein, um die alles durchdringende Kühle der Nacht fern zu halten. Das beruhigende Murmeln der Männerstimmen und die vertrauten Geräusche der durch die Äste eines hohen Eukalyptusbaumes huschenden Beutelratten wiegten sie in den Schlaf. Mittlerweile waren ihr die friedvollen Geräusche, die man nachts im Busch hört, ebenso vertraut wie der Hufschlag der Pferde vor dem Milchfuhrwerk daheim in Redfern.

Schon bald schlief sie tief, aber unruhig. Die Bilder, die ihr aus den Flammen entgegengetanzt waren, schlichen sich aus den Schatten der Nacht in die Welt ihrer Träume.

Luke blieb noch eine ganze Weile mit dem Fuhrmann am Feuer sitzen. Er stellte ihm viele Fragen über Felsformationen und Wasserläufe, denen er auf seinen Fahrten durch das Land begegnet war, doch keine seiner Antworten schien Erfolg für die Goldsuche zu versprechen. Als das Feuer fast vollständig niedergebrannt war, legte Harry noch einige Scheite hinein, damit es bis zum Beginn der Morgendämmerung nicht ausging und wünschte Luke eine gute Nacht.

Dieser ging zu Kate hinüber und sah nach, ob sie sich gut gegen die Kälte gerüstet hatte, die im weiteren Verlauf der sternklaren Nacht noch zunehmen würde. Während sie sich unruhig im Schlaf hin und her warf, zog er ihr die Decken bis ans Kinn. Allem Anschein nach wurde sie von Albträumen heimgesucht – oder sollte etwa das Fieber wiederkehren?

Prüfend legte er ihr eine Hand auf die Stirn. Sie war kühl. Er stieß einen Seufzer der Erleichterung aus, war aber nach wie vor beunruhigt über die Bilder, die sie heimsuchen mochten. Er hätte sein Leben gegeben, wenn er ihr damit Qualen hätte ersparen können. »Ach, Kate«, flüsterte er. »Wüsstest du nur, wie sehr ich dich liebe.«

Er nahm die Hand von ihrer Stirn und blickte sie lange an, bevor er sich ein Stück weiter zur Nachtruhe bettete. Soweit er von Harry erfahren hatte, befanden sie sich auf dem Besitz Glen View und ganz in der Nähe der ihnen von Henry James beschriebenen Berge, an deren Fuß die Vertreibung stattgefunden hatte. Allein dieses Bewusstsein bot hinreichend Anlass zu Albträumen, überlegte er, und dann fiel auch er in einen tiefen, doch ruhigen Schlaf.

25

Kondola hockte im Schneidersitz am Feuer und summte sein Lied, wobei von den zuckenden Flammen mit Leben erfüllte winzige Strichmännchen vor seinen Augen tanzten und unwirkliche Kängurus an der Höhlenwand hüpften. Weder konnte das ferne Klagegeheul des Dingos in der Schwärze der Nacht den alten Krieger aus seiner Versunkenheit reißen, noch störten ihn die kleinen Beutelbären, die mit ihren großen Augen neugierig von den Ästen eines knorrigen Eukalyptusbaumes herabsahen, bei seinem Gesang, dem sie still zuhörten. Später würden sie ihren Jungen die Geschichte vom letzten Ältesten der Nerambura erzählen, der auf den Schwingen eines Adlers in die Höhle gekommen war, um seinem in der Traumwelt versammelten Volk das letzte Lied zu singen.

Es würde nicht mehr lange dauern, bis das Klagegeheul des Dingos erstarb und die Rufe der Brachvögel als schwermütige Symphonie zum sternenbedeckten Nachthimmel empor stiegen, und immer noch zupfte sich der alte Krieger den grauen Bart und dachte voll tiefer und endloser Trauer daran, wie es gewesen war, bevor der weiße Mann mit seinen Schafherden kam und die Geschöpfe des Buschlandes verjagte.

Seine Klage galt auch ihm selbst. Es gab niemanden mehr, der sein Dahinscheiden mit den Riten begleiten würde, wie sie sich für einen Mann geziemten, der sich als bedeutender Krieger seines Volkes erwiesen hatte. Keine Verwandten würden seinen Leichnam auf ein erhöhtes Lager aus Hölzern und Steinen betten, damit sich die jungen Männer, Anwärter auf seinen Titel als großer Jäger und Krieger, mit den herabtropfenden Säften seines Leibes einreiben konnten. Niemand würde seine Beine zusammenbinden und ihn in einer flachen Erdgrube beisetzen, bis die

Zeit gekommen war, seine Gebeine herauszunehmen und voll Ehrerbietung in einem hohlen Baumstamm zur Ruhe zu betten, wo ihm darin hausende Beutelratten und Kakadus Gesellschaft leisten würden. Nein, er war vollständig allein mit den Geistern derer, die er einst als Angehörige seines Stammes gekannt hatte.

Sein mit Ocker bemalter ausgemergelter Körper zeigte, wie sehr er hungerte, doch es gab weder junge Männer, die Wallabys jagen, noch Frauen, die Fladen aus Nardumehl backen konnten. Sein Magen knurrte, denn nur notdürftig ernährte er sich von wildem Honig und den Eidechsen, die er in den Felsspalten am Berg fand.

Es war so weit. Nicht die Schafe hütenden weißen Männer auf ihren Pferden kamen, nein, die Frau. Die Geister hatten im Schlaf zu ihm gesprochen und ihm gesagt, dass er sie an den heiligen Ort führen müsse. Sie hatten ihm nicht gesagt, warum er ihr helfen sollte, aber er spürte, dass sie die Macht besaß, alles zu sehen, was im Schatten des Heiligen Berges geschehen war, und sich daran zu erinnern.

Von seinem Sprechgesang erschöpft, legte sich der alte Ureinwohner am Feuer auf die Seite und versank in einen tiefen Schlaf, aus dem er nie zurückkehren würde.

Unmittelbar vor Sonnenaufgang fuhr Luke ruckartig aus dem Schlaf.

Das Wimmern klang nicht sehr laut, aber sein Unterbewusstsein begriff, dass es keines der im Busch üblichen frühmorgendlichen Geräusche war. Unwillkürlich fuhr seine Hand zu dem Revolver, der immer in Reichweite lag, während er sich auf den Bauch drehte. »Kate?«, rief er leise. »Können Sie mich hören?« Das Wimmern hörte auf, und wie ein Leopard, der seine Beute beschleicht, schob sich Luke zu ihr, angespannt auf jede mögliche Gefahr achtend.

»Luke«, murmelte Kate und schüttelte die letzten Reste ihres Traumes ab, als sie sein Gesicht kaum eine Handbreit vor sich sah.

»Fehlt Ihnen etwas?«, fragte er besorgt.

»Nein …«, antwortete sie zögernd. Sie setzte sich auf und rieb sich die Augen. »Wohin ist der alte Schwarze verschwunden?«

Angespannt lauschte Luke auf die Laute des Buschlandes, doch man hörte nichts als das leise Gebimmel der Kuhglocken, das anzeigte, wo die Zugochsen weideten, und den fernen Ruf der Brachvögel. Außerdem hätte bestimmt der Hund gebellt, wenn sich jemand dem Fuhrwerk genähert hätte. Nichts rührte sich in der Kühle des frühen Morgens. »Ich hab keinen gesehen. Sind Sie sicher, dass Sie nicht geträumt haben?«, fragte er leise.

Jetzt war Kate vollständig wach und sah Luke deutlich vor dem Hintergrund der letzten verblassenden Sterne.

»Wird wohl so sein«, murmelte sie. Aber der alte Ureinwohner hatte zu ihr gesprochen und sie hatte jedes Wort verstanden, obwohl doch ein wilder Eingeborener bestimmt nicht Englisch sprach. Sie hatte ihn wirklich vor sich gesehen und konnte sich sogar noch genau an die sonderbaren Narben erinnern, die er auf Brust und Rücken trug, wie auch an die eigentümlichen Muster, mit denen sein ganzer Körper bemalt war, und die Vogelfedern, die er am Leibe trug. Er war sehr alt gewesen und schien gewusst zu haben, wer sie war. Obwohl es kein Albtraum gewesen war, hatte sie sich doch geängstigt gefühlt, weil alles so wirklich schien. Es war wie damals, als Tom sie in ihrem Fieber besucht hatte. *Wer ruft? Wer bist du?* Jetzt begriff sie.

»Luke, ich weiß, wo mein Vater und Billy begraben sind«, sagte sie leise, »und auch, warum ich hier bin.« Die Bedeutung des Traumes fiel ihr wieder ein und sie zitterte bei der Erinnerung an die entsetzlichen Dinge, die sie in ihm gesehen hatte.

Spontan legte ihr Luke den Arm um die Schultern. Sie wehrte ihn nicht ab. »Ich habe alles gesehen«, flüsterte sie bedrückt. »Wie die Buschpolizisten kleine unschuldige Kinder abgeschlachtet haben. Es war grässlich.« Die in Irland geborene Frau vergoss Tränen um ein Volk, das unter der roten Sonne der australischen Ebene ermordet worden war. Mit zitternder Stimme fuhr sie fort: »Sie sind am Morgen gekommen, und die Mütter mussten hilflos mit ansehen, wie die Polizisten lachend ihre Kinder ermordet haben.« Tränen liefen Kate über die Wangen, während sie mit erstickter Stimme weiter berichtete. »Sie haben davonzulaufen versucht, aber die Weißen haben am Fuß der Berge auf sie gewartet.« Sie zögerte. »Der Alte hat mir gesagt, warum ich hier bin, aber er konnte mir die Zukunft nicht zeigen. Er hat gesagt, dass sie zu viel Kummer enthält und es nicht gut ist, ihn zu wissen. Ach, Luke, ich habe solche Angst.« Während sie bei der Erinnerung an die Schrecken der Vertreibung schluchzte, hielt er sie fest in den Armen und wiegte sie sanft hin und her. Er hielt sie so, bis sich die ersten wärmenden Sonnenstrahlen auf das Buschland legten. Nach einer Weile hob der kleine Hund, der neben seinem Herrn schlief, den Kopf von den Pfoten, stand auf, kam zu Kate herüber und legte ihr die feuchte Nase auf den Schoß. Er begriff, was sie durchlitt.

Kondola hatte sie an eine Stelle geführt, wohin in der Geschichte der Nerambura ausschließlich Männer ihren Fuß gesetzt hatten, denn sie war für Frauen tabu. Er hatte sie mit in die Heilige Höhle genommen und ihr die bemalte Wand gezeigt, denn das war der Auftrag, den ihm die Geister der Felsen und Steine des Berges erteilt hatten.

Der Platz am Wasserlauf war unheimlich und Furcht einflößend. Das Echo glücklichen Lachens spielender Kinder erfüllte ihn ebenso wie das der klangvollen Stimmen alter Männer und Frauen, die um die Asche des erkalteten Feuers herum gesessen und miteinander geplaudert hatten.

Mit geschultertem Gewehr stand Luke inmitten der bleichen Knochen. Er bückte sich und hob einen winzigen Kinderschädel auf. Ein Loch zeigte, wo die Karabinerkugel eines Buschpolizisten eingedrungen war. Ihn überkam ein Gefühl von Schuld, so als entweihe er einen Friedhof. Sorgfältig legte er den Schädel wieder zurück. »Das hier war wohl das Lager der Schwarzen«, sagte er überflüssigerweise. »Es ist unübersehbar, dass hier ein Massaker stattgefunden hat.«

Das rief unwillkürlich Erinnerungen an seine fast zehn Jahre zurückliegenden Erlebnisse bei den Palisaden von Eureka wach. »Ich glaube, ich kann mir ausmalen, was die Nerambura empfunden haben«, sagte er leise, »als die Buschpolizisten zum Angriff gegen sie vorgerückt sind ... arme Kerle.«

Kate sah ihn von ihrem Pferd herab an. Der Anblick winziger Kinderknochen machte sie tief traurig und rief die Erinnerung an ihr eigenes Söhnchen wach. Tränen traten ihr in die Augen.

»Die armen Mütter, die mit ansehen mussten, wie ihre Säuglinge umgebracht und von den Pferden zertrampelt wurden.« Während sie zusah, wie Luke achtsam durch die überall verstreuten Knochen auf sie zukam, verwandelte sich ihr Kummer in flammende Rachsucht. Sogar den englischen Sergeant hasste sie wegen seiner Beteiligung an diesem Massaker, doch milderte die Erinnerung an das Schuldbewusstsein in seinen Augen diese Empfindung. Henry James lebte bereits in der Hölle.

Luke schwang sich in den Sattel. »Wir sollten uns nicht länger hier aufhalten«, sagte er. Sie stimmte ihm von ganzem Herzen zu.

Schweigend und ohne sich umzusehen, ließen sie den Ort des Gemetzels hinter sich. Es war eine Frage der Zeit, bis die Natur alle Reste der Knochen verschwinden ließ. Dann wäre der Vorfall nur noch eine ferne, betrübliche Erinnerung.

»Hier ist es, Luke!«, rief Kate aus, die vorausritt. In den Steigbügeln stehend, spähte sie durch eine Lücke im Busch. Luke hielt sein Pferd neben ihr an. Abgesehen von einem hohen alten Eukalyptusbaum am Rande einer natürlichen Lichtung, unter dem man zwei unordentliche Steinhaufen sah, unterschied sich das Gelände kaum von dem, durch das sie in den letzten Stunden geritten waren. »Hier liegen mein Vater und der alte Billy! Ich weiß es einfach«, sagte Kate, und in ihren Augen leuchtete Gewissheit.

Luke glitt aus dem Sattel, und Kate folgte ihm. Sie wussten nicht, wer die beiden Männer dort beigesetzt hatte, doch nahm Kate an, dass es ihr Bruder Tom gewesen war.

Vor den Gräbern kniend, seufzte sie: »Jetzt bin ich einen so weiten Weg gekommen und weiß nicht, in welchem der beiden mein Vater liegt.« Luke legte ihr die Hand auf die Schulter.

»Wenn er und Billy gute Kameraden waren, wie Sie sagen, ist es ihm wohl einerlei, an welchem Grab Sie trauern«, sagte er freundlich. »Kameradschaft ist hier draußen eine sehr viel engere Beziehung, als ich sie anderswo erlebt habe.«

Sie legte ihre Hand und auf seine und Luke spürte deren Wärme. »Sie haben Recht«, sagte sie. »Vater hat den alten Billy geliebt. Ich danke Ihnen.«

Während Kate langsam eine Hand voll roter Erde auf die beiden Gräber rieseln ließ, betete sie still für ihren Vater und den alten Billy. Gräber schienen geradezu ein Bestandteil ihres Lebens geworden zu sein. Zuerst das ihres Kindes und jetzt diese beiden. Zwar war Luke kein kirchenfrommer Christ, doch wünschte er, während er mit dem verbeulten Hut in der Hand dastand, der Seele beider Männer ewigen Frieden. Als treuer Freund hatte er gemeinsam mit Pat Duffy in den Palisaden gegen die Gewehre und Bajonette der Engländer gekämpft, und jetzt ritt er als Führer und Beschützer seiner Tochter durch das Buschland.

»Es ist Zeit«, sagte sie und erhob sich seufzend. »Wir haben noch einen langen Ritt vor uns.«

Er nickte und folgte ihr zu den grasenden Pferden.

Wie eine majestätische Kathedrale erhob sich der gezackte Gipfel über dem Buschland. Bei seinem Anblick war es Kate klar, dass sie eine uralte Kultstätte vor sich hatte, Jahrtausende älter als alles Vergleichbare in der westlichen Kultur.

»Danke«, flüsterte sie mit einem Blick auf den Gipfel des Berges, wo ihrer Vermutung nach der alte Ureinwohner im ewigen Schlaf ruhte. Dann wandte sie ihre Aufmerksamkeit Luke zu, der vor ihr ritt. Er schien wie mit seinem Pferd verwachsen zu sein. Ein sonnenverbrannter Kentaur, dachte sie. Sie empfand mehr für ihn als lediglich Bewunderung wegen seiner Fertigkeiten als Buschläufer. Von Zeit zu Zeit überkam sie ein schlechtes Gewissen, weil sie sich danach sehnte, sich ihm hingeben zu dürfen, doch jedes Mal tat sie diese Empfindungen als etwas ab, das sich zwangsläufig aus ihrem Alleinsein ergab. Ohnehin würde er sich zuvor erst einmal den Bart abnehmen müssen, denn der würde sie kitzeln. Unwillkürlich kicherte sie in sich hinein, während sie sich ausmalte, wie er ohne seinen Bart aussehen würde.

Als Luke sich im Sattel umwandte und ihr einen fragenden Blick zuwarf, unterdrückte sie ihr Kichern und lächelte ihm beruhigend zu. Mit gerunzelter Stirn machte er sich wieder daran, angespannt das Buschland abzusuchen.

Er war immer auf der Hut. Möglicherweise könnte sie ihm den Bart im Schlaf abrasieren, überlegte sie. Bei der Vorstellung, wie er wach wurde und bemerkte, dass seine Manneszierde verschwunden war, brach sie in unbeherrschtes Gelächter aus. Diesmal zügelte Luke sein Pferd, wandte sich im Sattel um und sah sie lange und besorgt an.

»Fehlt Ihnen etwas?« fragte er mit besorgtem Blick. War Kate womöglich zu lange in der Sonne gewesen?

»Mir geht es gut«, brachte sie zwischen zwei Lachanfällen heraus und bemühte sich, ihrer Heiterkeit Herr zu werden. Er schüttelte den Kopf, sagte etwas über den Geisteszustand junger Frauen und trieb dann sein Pferd in den Schatten der weit auseinander stehenden Büsche. Kaum war er hundert Schritt geritten, als er seine Stute mit einem Mal anhielt und Kate mit einem Handzeichen Halt gebot. Er stellte sich in die Steigbügel, um durch das Buschwerk zu spähen.

Da stimmt was nicht, dachte Kate stirnrunzelnd. Mit einem Mal zog er sein Snider-Gewehr aus dem Halter am Sattel. Den Kolben auf den Oberschenkel gestützt, wartete er angespannt wie eine aufgezogene Uhrwerksfeder. Als sie den fernen Donner galoppierender Pferde hörte, begriff sie seine Anspannung.

Vier schwer bewaffnete Reiter kamen in Sicht und hielten ihre Pferde wenige Schritt vor ihnen entfernt in einer Staubwolke an.

»Sind Sie Kathleen Duffy?«, fragte Donald Macintosh feindselig. Sie wollte schon antworten, doch Luke war schneller.

»Sagen Sie erst einmal, wer Sie sind.« Bei diesen Worten hielt er den Gewehrlauf auf den Viehzüchter gerichtet.

Dieser warf Luke einen misstrauischen Blick zu. Offenbar meinte der Mann es ernst.

»Ich bin Eigentümer des Landes, auf dem Sie sich befinden«, knurrte er missmutig, »und das gibt mir das Recht, Fragen zu stellen.«

»Ich war bisher der Ansicht«, sagte Luke ganz gelassen, »dass hierzulande jeder seines Weges ziehen darf, ohne überfallen zu werden.«

»Jeder, der nicht Duffy heißt«, fauchte Donald. Seine Viehhirten starrten Kate neugierig an. Noch nie hatten sie eine Frau in Männerkleidung gesehen, die im Herrensitz ritt, noch dazu eine so hübsche.

»Nun, ich bin eine Duffy … Mister Macintosh«, schleuderte ihm Kate herausfordernd entgegen. »Und Sie werden nicht auf alle Zeiten bestimmen dürfen, wer über dieses Land reitet, denn es wird Ihnen nicht immer gehören«, fügte sie selbstbewusst hinzu.

Bei dieser Unverschämtheit griff der Schotte voll Zorn nach seinem Revolver, erstarrte aber mitten in der Bewegung, als ihm Luke zurief: »Wollen Sie hier beerdigt werden, Mister?« Er ließ die Hand sinken. Aufmerksam ruhten die Blicke der Hirten auf ihm. Es war deutlich zu sehen, dass sie auf seine Befehle warteten, doch er sagte nichts. Er spürte, dass der hoch gewachsene Fremde gewillt war zu sterben, um die junge Frau zu beschützen. Die tödliche Entschlossenheit war deutlich in den kalten Augen des Mannes zu erkennen, der ihn wie ein Falke beäugte. Ihm war die Wirkung einer auf kurze Entfernung abgefeuerten Gewehrkugel nur allzu bekannt. Seiner Art zu sprechen nach ist er ein verdammter Yankee, dachte er wütend, und offenbar so dumm, dass er sich für das Duffy-Weib aufzuopfern bereit ist.

»Verschwinden Sie von meinem Land«, knurrte er. »Und kommen Sie nie wieder. Andernfalls werde ich entsprechende Maßnahmen ergreifen, darauf dürfen Sie sich verlassen.«

»Wir gehen, Mister Macintosh«, sagte Kate, »aber eines Tages wird Ihnen das Land hier nicht mehr gehören. Ich habe am Grab meines Vaters geschworen, dass ich alles tun werde, was in meiner Macht steht, um Ihnen diesen Besitz zu nehmen, und wenn es mich mein ganzes Leben kostet.«

Luke fühlte sich unbehaglich. Der Gesichtsausdruck des Viehzüchters zeigte ihm, dass Kates ruhig vorgetragene Drohung den Mann zur Weißglut gebracht hatte. Das konnte ihn möglicherweise veranlassen, das auf ihn gerichtete Gewehr zu vergessen.

»Ich versichere Ihnen«, gab Donald zur Antwort und beugte sich im Sattel zu Kate vor, »dass das, solange ich lebe, nicht eintreten wird.«

»In dem Punkt sind wir uns einig«, sagte sie leise. »Aber Ihre Jahre sind gezählt. Ihr Leben liegt in der Hand der Geister jener Menschen, die Sie abgeschlachtet haben, denn so sicher jeden Tag die Sonne aufgeht, so sicher wird diese Untat gerächt.«

Trotz der Hitze des Vormittags überlief Donald ein kalter Schauer. Das lag nicht an ihren Worten, sondern an dem kalten Grau ihrer Augen, die sich förmlich in seine bohrten. Auf ihrem Grund sah er flüchtig den langen, harten Speer, der seinem Sohn Angus das Leben genommen hatte.

Wortlos wendete er sein Pferd, und seine Männer folgten ihm zögernd. Sie hatten sich schon darauf gefreut, den Amerikaner umbringen und sich die Frau gefügig machen zu können.

Donald Macintosh ritt im Bewusstsein davon, dass der irische Buschräuber nicht die einzige Bedrohung war, die von der Familie Duffy ausging. Die Frau strahlte eine gefährliche Kraft aus, wie eine alte keltische Hexe. Bei dieser Vorstellung überkam ihn abergläubische Furcht. »Ich hätte sie abknallen sollen«, murmelte er vor sich hin, während sich der Abstand zu ihr vergrößerte. Er war sicher, dass ihre Wege sich eines Tages noch einmal kreuzen würden und dass diese Begegnung entscheidend sein würde.

Wachsam sah Luke Macintosh und seinen Hirten nach, bis sie außerhalb der Schussweite waren. Dann ritt er langsam zu Kate hinüber und griff nach ihrer Hand. »Alles in Ordnung?«, fragte er freundlich.

Sie nickte und sagte flüsternd: »Ich dachte, die würden auf Sie schießen.«

Er schüttelte den Kopf und lächelte ihr beruhigend zu. »Das haben schon bessere Leute versucht und sind gescheitert. Einmal sogar das ganze verdammte englische Heer.«

Seine lässige Art beruhigte sie, und allmählich kehrte die Farbe in ihr Gesicht zurück.

»Ich denke, wir sollten Mister Macintoshs Rat folgen und davonreiten«, sagte sie und drückte seine Hand. Mit schwachem Lächeln fügte sie hinzu: »Ich habe das Gefühl, dass Sie immer da sein werden, wenn ich Sie brauche.«

Er spürte den Druck ihrer Hand und wünschte, dass sie mit diesen Worten Recht hätte.

Zwei beschwerliche Wochen später ritten sie wieder in Rockhampton ein.

Die Begegnung mit Donald Macintosh auf Glen View war ein Wendepunkt in Kates Leben. Sie hatte die ihr von dem alten Ureinwohner übertragene heilige Pflicht in Worte gefasst, ohne jedoch zu wissen, auf welche Weise sie den undurchführbar scheinenden Auftrag verwirklichen sollte. Hatte er zu viel von ihr verlangt?

In Rockhampton überraschte sie Luke damit, dass sie ihm die drei Pferde schenkte, die sie mit Unterstützung der beiden Cohens gekauft hatte. Er versuchte das Geschenk mit wenig überzeugenden Gründen zurückzuweisen, doch sie gab nicht nach. Seine Dankbarkeit tat sie schließlich mit der Erklärung ab, er habe sich die Tiere redlich verdient mit all dem, was er für sie getan habe. Judith erkannte die Trauer, die Lukes Gesicht überschattete. Es war offensichtlich, dass er Kate liebte, und sie ärgerte sich ein wenig, dass diese das nicht zu merken schien. Manchmal bist du wirklich dumm, Kate O'Keefe, dachte sie.

Kate wusste, dass Luke eines Tages fortreiten würde. Sie spürte seine Rastlosigkeit, wann immer er in dem Gasthof einkehrte, in dem sie bediente. Er setzte sich zu den Buschläufern in der

Schankstube und unterhielt sich mit ihnen über ferne Orte in der Nordkolonie. Kate verstand seine Sehnsucht, auf der Suche nach Gold aufs Neue durch die Weite des offenen Landes zu reiten. Auch sie war von der Liebe zu jener abweisenden und zugleich großartigen Gegend angesteckt.

Eine Weile lang erledigte er für Solomon Gelegenheitsarbeiten oder rodete wie zuvor Baumstümpfe, bis er genug Geld zusammen hatte, um zu kaufen, was er für die Goldsuche brauchte. So oft es ihm möglich war, verbrachte er an Kates freien Tagen seine Zeit mit ihr. Dann zogen sie mit einem Picknickkorb in den Busch, setzten sich in den Schatten eines Baumes und unterhielten sich wie ein Liebespaar über alles und nichts.

Kate nahm es als unvermeidlich hin, dass er fortwollte, hatte aber gehofft, dass er ein wenig länger bleiben werde. Sie hatte sich so sehr an seine Gegenwart gewöhnt. Zugleich aber achtete sie sorgfältig darauf, ihm nie ein anderes Gefühl als Freundschaft zu zeigen. Zwar empfand sie durchaus etwas für ihn, doch sie war nach wie vor verheiratet und wusste nicht, ob ihr Mann nicht vielleicht doch zurückkehrte.

Eines Tages teilte ihr Judith mit, dass Luke beim ersten Tageslicht mit den drei Pferden aufgebrochen sei, ohne etwas über das Ziel seiner Reise zu sagen und ohne Hinweis darauf, ob er je zurückkommen werde. Unübersehbar enttäuscht wandte sich Kate mit der Frage an Judith: »Warum hat er mir nicht zumindest eine Mitteilung dagelassen? Ich dachte, wir wären Freunde.«

»Weil er Sie liebt, Kate«, gab sie zurück. »Und es schmerzt ihn, dass Sie nicht dasselbe für ihn empfinden wie er für Sie.«

Mit großen Augen sah Kate Judith an. Woher wollte der Mann wissen, was sie für ihn empfand, wenn er sie nie gefragt hatte?, überlegte sie, noch benommen davon, dass er plötzlich aus ihrem Leben verschwunden war. Insgeheim musste sie sich eingestehen, dass sie ihre Empfindungen für Luke nicht auszudrücken vermochte, wusste aber nicht, woran das lag. Hatte es damit zu tun, dass sie ihre Gefühle schützen musste? Oder damit, dass es die einzige Empfindung war, die stark genug war, sie zu zerstören? Einst hatte sie ihren Mann geliebt, und er hatte sie verlassen. Was auch immer es sein mochte, sie spürte, dass Luke Tracy eine Macht über sie hatte, die sie nicht an sich heranlassen durfte.

Auf einer Anhöhe oberhalb Rockhamptons hielt Luke an.

Er ritt die Stute, die ihm Kate geschenkt hatte. Nachdenklich ließ er den Blick auf dem Städtchen ruhen, das sich an die Ufer des Fitzroy-Flusses schmiegte. Irgendwo da unten ist Kate, ging es ihm durch den Kopf. Wüsstest du nur, wie sehr ich dich liebe. Aber sie hatte es nicht gemerkt, und der Schmerz der unerwiderten Liebe quälte ihn so sehr, dass er ihn nicht länger ertragen konnte. Um Rockhampton herum gab es so viele Erinnerungen an gemeinsam Erlebtes, ihnen konnte er sich nur entziehen, indem er fortging. Hinter der Bergkette lag der allem Anschein nach endlose Horizont der Kolonie, und irgendwo hinter diesem wartete die unentdeckte Goldader, die den Namen eines Mannes unsterblich machen konnte.

Ihm war klar, dass er in den nächsten Monaten an jedem Lagerfeuer, das er entzündete, Kate O'Keefes Bild sehen würde. Sie würde Tee aus einem alten Emaillebecher trinken und über seine lustigen Geschichten aus dem Buschland lachen. Mit einem tiefen Seufzer des Bedauerns für alles, was er in der Vergangenheit verloren hatte, wie auch für alles, was ihm in der Zukunft nicht gehören sollte, trieb er sein Tier mit einem leichten Tritt in die Weichen an und zog zugleich am Führseil der Packpferde. Seine Liebe zu Kate schmerzte ihn mehr als eine Bajonettwunde.

26

An einem regnerischen Nachmittag fuhr eine von zwei völlig gleich aussehenden Grauschimmeln gezogene Kutsche über die kiesbestreute Auffahrtsallee vor einem zweistöckigen Haus und hielt vor dem Haupteingang an.

Enid Macintosh stieg ohne fremde Hilfe aus. Sie hatte sich daran gewöhnt, vieles allein zu tun, und geschäftliche Dinge erledigte sie am liebsten ohne große Umstände.

Unwillkürlich überlief sie ein Schauer, als sie aus der Nässe und Kälte ins Haus trat. Der Kutscher folgte ihr, beide Arme voller Päckchen, das Ergebnis ihres Einkaufs im Laden von David Jones.

Es gab so vieles zu besorgen, denn mit dem beginnenden Frühjahr stand die Zeit der gesellschaftlichen Verpflichtungen bevor. Zu dieser Jahreszeit erwachte Sydney aus dem kalten Winter und feierte die Wiedergeburt des Lebens. Für die Abendgesellschaften, Picknicks und Bälle brauchten die Frauen neue Kleider, und aus diesem Anlass schlug auch die sonst so sparsame Enid Macintosh über die Stränge.

Betsy, ein hübsches, dunkeläugiges Dienstmädchen in einer fleckenlos weißen Schürze öffnete die Haustür.

»Mister White wartet im Wohnzimmer, Ma'am«, sagte sie und half ihrer Herrin beim Ablegen des feuchten Wollmantels. »Er ist vor kurzem eingetroffen.«

»Danke«, erwiderte Enid. »Sag Mister White, er soll bitte noch einen Augenblick warten, und frag ihn, ob er inzwischen ein Glas Sherry oder Port haben möchte«, fügte sie hinzu, während sie die Glacéhandschuhe auszog.

»Gewiss, Ma'am«, antwortete Betsy und nahm den Mantel mit, um ihn am Feuer in der Küche zu trocknen.

Das unerwartete Auftauchen ihres Neffen erstaunte sie. Sie hatte angenommen, er befinde sich nach wie vor in Melbourne, um mit den Banken über Darlehen für die beabsichtige Erweiterung ihrer Weidegebiete in Queensland zu verhandeln. Nach vier Monaten Abwesenheit tauchte er jetzt einfach auf, ohne seinen Besuch anzukündigen, wie sich das gehört hätte. Enid war leicht verärgert über diese Anmaßung, sie ohne förmliche Einladung am Stammsitz der Familie Macintosh aufzusuchen. Ihrer Ansicht nach hatte gesellschaftliche Etikette den Sinn, die Würde bewährter Verhaltensweisen zu wahren, und wer davon abwich, befand sich in gefährlicher Nähe zur Anarchie. Sie suchte ihr Zimmer auf, um sich umzukleiden, denn sie war völlig durchnässt.

Als sie das Gesellschaftszimmer betrat, stand ihr Neffe, ein Glas Sherry in der Hand, vor dem großen offenen Kamin, um sich zu wärmen. Er schien in den Anblick der Flammen versunken, die immer wieder von den angekohlten Enden der Scheite aufzuckten, wandte sich aber bei ihrem Eintreten um.

»Hallo, Tante Enid«, begrüßte er sie. »Es tut mir leid, dass ich keine Zeit hatte, meine Karte zu schicken, aber ich vermute, dass du weißt, warum ich hier bin.«

Enid nahm an, dass Penelope ihrem Bruder die Neuigkeit brühwarm mitgeteilt hatte. »Ich kann mir denken, worüber du sprechen möchtest, Granville«, sagte sie von oben herab. »Man hätte es dir ohnehin zu gegebener Zeit mitgeteilt.«

Ihr Neffe funkelte sie an und bemühte sich, die richtigen Worte zu finden, um seine Wut über den grenzenlosen Verrat deutlich zu machen.

»Sie ist besudelt«, brach es schließlich aus ihm hervor. »Sie trägt das Kind dieses irischen Bastards.«

»Soweit ich weiß, ist Mister Duffy ehelich zur Welt gekommen«, gab Enid unbeeindruckt zur Antwort und setzte sich auf ein Sofa, von wo aus sie den Zornesausbruch ihres Neffen leicht belustigt beobachtete. Ab und zu muss man seiner Überheblichkeit einen kleinen Stoß versetzen, überlegte sie und sagte gelassen: »*Sein* Kind wird der Bastard sein ... und was ›besudelt‹

betrifft, wie du es zu nennen beliebst, wird niemand außer den engsten Angehörigen und Molly O'Rourke etwas davon erfahren. Ich habe all meinen Freundinnen gesagt, dass Fiona Verwandte in Goulburn besucht.«

»Und was passiert, wenn sie mit dem Kind nach Sydney zurückkehrt? Oder hast du dir auch das schon überlegt?«, fragte er unnötigerweise, denn ihm war klar, dass seine Tante die Folgen der Geburt eines unerwünschten Kindes bereits bis in die feinsten Verästelungen durchdacht hatte.

»So ist es. Fiona wird nicht mit dem Kind nach Sydney zurückkommen. Ich habe bereits Vorkehrungen getroffen, dass Molly für seine Beseitigung sorgt«, gab sie zur Antwort, als spreche sie von einem unerwünschten Welpen.

Beeindruckt sah Granville seine Tante an. Wirklich, eine bemerkenswerte Frau. Durchsetzungsfähig und möglicherweise gefährlich für jeden, der es wagte, ihre Pläne zu durchkreuzen.

»Mit ›beseitigen‹«, sagte er, »meinst du vermutlich, dass das Kind tot zur Welt kommen wird.«

Mit dem Anflug eines verachtungsvollen Lächelns sagte Enid mit honigsüßer Stimme: »Nicht jeder von uns ist auf die Dienste von Männern wie Mister Horton angewiesen, um seine Ziele zu erreichen.« Bei der Erwähnung diesen Namens zuckte Granville zusammen, schwieg aber, da ihm nicht klar war, wie viel seine Tante wusste. Womöglich alles! »Es war nicht besonders schwer, dahinter zu kommen, was du getan hattest, als ich in der Zeitung las, dass Mister Duffy wegen Mordes gesucht wird«, fuhr Enid munter fort. »Vermutlich war es kein bloßer Zufall, dass du auf Mister Horton verfallen bist, zumal er als ausgesprochen gefährlicher Gewalttäter gilt.«

Granville trank seinen Sherry aus, der ihm mit einem Mal nicht mehr schmeckte. »Was hättest du denn getan, um Michael Duffy aus dem Weg zu schaffen, liebe Tante?«, fragte er bitter. »Ihn etwa aufgefordert, sich nicht weiterhin mit Fiona zu treffen? Ihm gesagt, dass er nicht den richtigen Hintergrund habe? Das scheint ihn nicht besonders gestört zu haben, als er Fiona das Kind gemacht hat!«

»Wahrscheinlich hätte ich mich ebenso verhalten wie du«, gab sie offen zur Antwort. »Ich denke nicht daran, bei meiner Tochter eine Mesalliance zu dulden, schon gar nicht mit einem dreckigen Iren. Um das Kind jedenfalls wird sich Molly in geeigneter Weise kümmern.«

Mit welch teuflischer Selbstsicherheit sie dasaß, die Hände im Schoß gefaltet, ging es Granville durch den Kopf. Schon merkwürdig, dass Fiona so gar nichts von der Rücksichtslosigkeit ihrer Mutter geerbt hatte. Oder irrte er sich da?

»Jetzt verstehe ich, warum du den November für die Hochzeit vorgesehen hast«, sagte er und füllte erneut sein Glas aus der Kristallkaraffe, die auf der Anrichte stand. »Bis dahin müsste sich Fiona hinreichend erholt haben.«

»Das ist einer der Gründe«, gab Enid zur Antwort. »Aber im November jährt sich auch Angus' Tod, und ich halte es für passend, sein Angedenken mit einem Neubeginn in der Familie zu feiern, wie ihn deine Heirat mit Fiona bedeutet. Mister Macintosh und ich haben beschlossen, dass eine Europareise das richtige Hochzeitsgeschenk für euch ist. Ich bin sicher, dass eine solche Reise Fiona gut tun wird, und für dich ist sie eine schöne Gelegenheit, Weihnachten mit deiner lieben Mutter in England zu verbringen.«

Angenehm überrascht von dieser Großzügigkeit erklärte er dennoch mit einem Hauch von Sarkasmus: »Es wird mir eine Ehre sein, dich zur Schwiegermutter zu haben, Tante Enid.« Darauf hob er das Glas, um auf ihrer beider künftige engere Verbindung zu trinken.

»Ach, übrigens«, sagte Enid, ohne auf den Spott und den Trinkspruch einzugehen. »Eure Kinder werden den Nachnamen Macintosh-White tragen.«

Granville sparte es sich, darüber weiter nachzudenken. Angesichts der Verbindung der beiden Familien in der nächsten Generation war es eine passende Geste, und außerdem würde durch seine Heirat mit Fiona *er* die Fäden auf beiden Seiten in der Hand halten.

»Eines noch, bevor du gehst«, fügte Enid hinzu, als wäre ihr der Gedanke erst in diesem Augenblick gekommen. Unbehaglich hörte er den spöttischen Unterton in der Stimme seiner Tante. »Ich möchte, dass du die Tochter des Gärtners aus dem Hause schaffst. Auf ihre Dienste wirst du nicht mehr angewiesen sein, wenn du mit meiner Tochter verheiratet bist. Entlass den Mann einfach. Der Dummkopf weiß ja nicht einmal, wie man Rosen schneidet.«

Granville ließ die Unterlippe sinken. Das verdammte Weibsbild wusste wirklich alles.

Als Granville vor seinem Hause eine unbekannte Kutsche sah, überraschte ihn das nicht weiter. Sie war nicht protzig, zeugte aber dennoch von einem gewissen Wohlstand ihres Besitzers. Seine alte Köchin, die ebenso taktvoll und treu war, wie sie gut kochte, kam an die Tür und sagte: »Ihre Schwester hat Herrenbesuch.« Leichter Spott schwang in ihrer Stimme mit. »Ich glaube, dass sie bald herunterkommen wird.«

Mit gerunzelter Stirn dankte ihr Granville für die Auskunft und suchte auf kürzestem Weg die Bibliothek auf, wo er sich ein Glas Single Malt eingoss – nicht nur, um die Kälte aus seinen Knochen zu vertreiben. Er sah aus dem Fenster zu dem Lakaien hinab, der neben der Kutsche wartete. Schon bald tauchte im Eingang ein gut gekleideter junger Herr auf, stieg in die Kalesche und wurde davongefahren.

Granville trank den letzten Schluck des teuren schottischen Whiskys und suchte das Zimmer seiner Schwester auf. Diesmal klopfte er, bevor er eintrat. Penelope öffnete ihm mit einem Lächeln, das sich bald in ein finsteres Stirnrunzeln verwandelte.

»Ich sehe, dein Freund ist gegangen«, sagte Granville und betrachtete sie wohlgefällig, denn sie trug wenig mehr als ein seidenes Unterkleid. »Vermutlich galt dein Lächeln ihm und nicht mir, Schwesterherz.«

»Ich hatte nicht erwartet, dass du so bald von Tante Enid zurückkommst«, erwiderte sie, drehte sich um und ging in ihr Zimmer. Beim Anblick der verlockenden Bewegung ihres Hinterteils unter dem kurzen Kleidungsstück überkam ihn die alte

Lüsternheit. »Ich nehme an, sie hat dir ihre Pläne für die Hochzeit im November mitgeteilt«, fügte sie hinzu und setzte sich vor den großen Spiegel, um sich das lange goldene Haar zu bürsten.

»So ist es«, sagte er und ließ sich auf ihr großes Bett sinken, dessen Laken ebenso zerzaust waren wie ihr Haar. »Es sieht ganz so aus, als ob du deinen Teil unseres Abkommens erfüllt hättest.«

»Einfach war das nicht«, gab Penelope zur Antwort. »Fiona bildet sich ein, dass Michael Duffy zu ihr zurückkehrt. Vermutlich hat diese kindische und romantische Vorstellung mit ihrem Zustand zu tun«, fügte sie hinzu. Es klang, als handele es sich bei einer Schwangerschaft um eine Geisteskrankheit.

Eine alte Furcht beschlich Granville erneut. Solange der verdammte Ire lebte, konnte er sich Fionas nie sicher sein. Wäre doch Hortons Versuch nicht fehlgeschlagen! Und wenn jetzt Duffy tatsächlich zurückkehrte und sich der Mordverdacht gegen ihn als nicht stichhaltig erwies? »Aber sie hat sich bereit erklärt, mich zu heiraten«, sagte er. Es klang halb wie eine Feststellung und halb wie eine Frage.

»Du brauchst nichts zu befürchten«, erwiderte Penelope angesichts seines sorgenvollen Ausdrucks, den sie im Spiegel wahrnahm. »Fiona hat bisher immer getan, was ich wollte. Sie wird ihr Kind hergeben, dich heiraten und dir Erben schenken, Bruderherz. Ich bin sicher, dass du im Laufe der Zeit Mittel und Wege finden wirst, dafür zu sorgen, dass sie ihren Iren vergisst. Mit Geld lässt sich so etwas bei Frauen immer erreichen. Alles andere ist zweitrangig.«

»Du bist offensichtlich nicht romantisch veranlagt.«

»Das solltest du wissen«, gab sie bitter zur Antwort und wandte sich ihm zu. »Schließlich hast du mich zu dem gemacht, was ich bin. Vielleicht wäre ich wie Fiona geworden, wenn du mich nicht schon früh in die Welt der Männer eingeführt hättest. Oder sollte ich wirklich in jeder Hinsicht sein wie du? Habe ich womöglich die düsteren Züge geerbt, die es in unserem Zweig der Familie immer gegeben hat, das unnatürliche Bedürfnis, dessen Befriedigung sich mit Geld erkaufen lässt? So wie du mit der kleinen Jennifer deine körperlichen Bedürfnisse befriedigst? Vermutlich werde ich nie erfahren, wer ich bin, weil du mir diese Möglichkeit schon vor langer Zeit genommen hast.«

Sie wollte den Mann, den sie auf der Welt am meisten hasste – und liebte – mit all ihrer Feindseligkeit überschütten, doch dann beherrschte sie sich, um nicht ihren brennenden Wunsch zu verraten, ihn ebenso zu verletzen, wie er sie verletzt hatte.

Stattdessen wandte sie sich erneut dem Spiegel zu. Die Bürste, deren Griff und Rücken aus reinem Silber bestand, fuhr mit kräftigen Strichen durch ihr Haar, doch ihre Hände zitterten sichtbar.

»Erwarte von mir bloß keine Entschuldigung«, sagte Granville kalt und stand auf. »Ich entschuldige mich nie, wenn ich mir zur Befriedigung meiner Bedürfnisse etwas nehme.«

Sie hielt inne. »Nein, wir entschuldigen uns nicht für das, was wir nehmen«, sagte sie, und ein bitteres Lächeln verzerrte ihre vollen Lippen. »Wir sind Whites, und uns ist es vorbestimmt, über alles zu herrschen, worauf unser Blick fällt. Vergiss aber nicht, Bruderherz, niemand kennt dich so gut wie ich, und so kenne ich auch die Geister, die in dir wohnen. Daher hätte ich an deiner Stelle Angst. Immerhin könnte ich die eines Tages gegen dich verwenden.«

»Das bezweifle ich«, spottete er. »Du scheinst zu glauben, dass du mir Angst einjagen kannst, aber du bist letzten Endes nichts als eine ihren Empfindungen hilflos ausgelieferte Frau. Wie bei allen Frauen sind deine Wünsche voraussagbar und lassen sich leicht erfüllen. Du brauchst einen starken Mann, der dir den zur Befriedigung deiner materiellen Bedürfnisse erforderlichen Reichtum zur Verfügung stellt, dir Kinder macht, damit du in deinem Leben einen Sinn siehst, und dir Gelegenheit gibt, bei den zahlreichen gesellschaftlichen Verpflichtungen deine hübschen Kleider spazieren zu führen. Nein, Schwesterherz, trotz allem, was du möglicherweise über mich weißt, gibt es nichts, was ich von deiner Seite als Bedrohung ansehen müsste.« Kopfschüttelnd und mit einem herablassenden Lächeln ließ er sie in ihrem Schlafzimmer allein, wo sie über seine Selbstsicherheit nachdenken mochte.

Am liebsten hätte sie ihm die Haarbürste hinterher geworfen, doch unterdrückte sie diesen Impuls. Sie würde ihm nicht den Gefallen tun, sich unbeherrscht zu zeigen. Als sie ihr Haar weiter bürstete, zitterten ihre Hände nicht mehr. Ach, Bruderherz, wenn du wüsstest ...

Eisiger Schneeregen prasselte gegen das Haus, das hoch in den Bergen westlich von Sydney am Ende eines von Eukalyptusbäumen gesäumten schmalen Weges lag. Noch einmal war der Winter mit Kälte und Schnee über diese abgelegene Gegend hereingebrochen. Zwar war das Gebäude klein, verglichen mit dem Palast der Familie Macintosh hoch über dem Hafen Sydneys, doch bot es vier Personen und drei Dienstboten bequem Platz.

Eine Decke auf den Knien, saß Fiona Macintosh in der behaglichen Küche und sah trübselig auf die in gestochener Schönschrift verfasste Einladung auf ihrem Schoß. Mit einem Seufzer des Bedauerns legte sie sie zu den anderen Schriftstücken auf den Küchentisch.

»Lady Manning gibt in Walleroy einen Ball, und ich kann nicht hingehen«, klagte sie Molly ihr Leid, die neben ihr saß und an einem Wickeltuch strickte.

»Es wird noch mehr Bälle geben«, gab diese mütterlich zurück, ohne das flinke Klappern der langen Nadeln zu unterbrechen. »Bestimmt bist du bald wieder auf allen Frühlingsbällen die Schönste.«

Mit einem erneuten Seufzer legte Fiona die Hand auf ihren gerundeten Leib. Die Schwangerschaft hatte sie zutiefst erschüttert. Hätte sie doch nur mit Penelope über Möglichkeiten gesprochen, so etwas zu vermeiden! Da aber das in ihr heranwachsende Kind inzwischen Bestandteil ihres Lebens geworden war, hatte sie immerhin Granvilles Heiratsantrag zunächst zurückweisen können.

Doch Penelope hatte sie mit viel Mühe davon überzeugt, dass sie unmöglich das uneheliche Kind eines wegen Mordes Gesuchten aufziehen könne, und so musste Molly ihr versprechen, für das Kind gute Eltern zu finden. So wenig Fiona ihrer Kusine traute, so überzeugt war sie, sich in jeder Hinsicht auf Molly verlassen zu können. Wenn sie versprach, das Kind komme in eine gute Familie, durfte man ihr das glauben. Und schließlich hatte sie Granvilles Antrag dann doch angenommen.

Nachdem sie sich, nicht ohne Schwierigkeiten, mit dem Gedanken an die bevorstehende Heirat mit ihrem Vetter vertraut gemacht hatte, dachte sie oft darüber nach, wie das Leben mit ihm wohl aussehen würde. Er sah ziemlich gut aus, und irgendwo in der Tiefe seines Wesens gab es etwas Finsteres, das sie fesselte. Er kam ihr vor wie der grausame Heathcliff aus Emily Brontës Roman *Sturmhöhe*, den sie im Garten gelesen hatte, während sie gegen die aus dem Tal heraufwehenden kalten Winde in schützende Decken gehüllt dasaß.

Mit voller Absicht hatte sie dieses Buch gewählt, um es inmitten von Bergen, Tälern und Nebeln zu lesen, weil diese Umgebung die Atmosphäre der bedrückenden und düsteren Geschichte um Liebe und Leidenschaft verstärkte.

Oft hatte Fiona den schweren Lederband sinken lassen, wenn sie allein im Garten saß, und geweint bei der Erinnerung daran, wie Michaels kräftige Arme sie umschlungen hatten. Trotzdem war sie realistisch genug zu begreifen, dass sie ihn nach menschlichem Ermessen nie wiedersehen würde.

Obwohl sie nur wenige Tage nach den in Manly mit ihm verbrachten herrlichen Stunden in Sydneys Zeitungen hatte lesen müssen, dass er im Zusammenhang mit einem Mordfall gesucht wurde, konnte sie ihn einfach nicht für den Mörder halten, als der er hingestellt wurde. Sanft und liebevoll, wie er war, hätte er nie und nimmer kaltblütig einen Menschen umbringen können.

Fiona hatte ihre Empfindungen Molly anvertraut, die ihr voll Mitgefühl zuhörte.

»Eine schreckliche Geschichte, mein Kind. Aber das Leben muss weitergehen«, sagte sie dann immer und drückte die junge Frau an ihre üppige Brust, wie sie es schon mit der Zehnjährigen getan hatte, als Fiona nach der Lektüre des entsetzlichen Romans *Frankenstein* aus den Regalen ihres Bruders David Angstträume hatte. Sie hatte das Buch zufällig gefunden und gierig alles verschlungen, was darin über die Erschaffung eines Geschöpfs aus den Körperteilen von Leichen berichtet wurde, bis sie nicht mehr zwischen Wirklichkeit und Fantasie hatte unterscheiden können. Immer war Molly eine Zuflucht für das leicht zu beeindruckende Mädchen gewesen.

Als unter dem mit Sturmesstärke heranbrausenden Wind der Ast eines Baumes abbrach, hielt sie eine Weile mit dem Stricken inne. Es klang wie ein Gewehrschuss. Das fürchterliche Wetter rief in ihr Erinnerungen an ihre eigene Kindheit in Irland wach, an die Zeit vor ihrer Deportation als blutjunges Mädchen in die weit abgelegene Sträflingskolonie Neusüdwales.

Die Soldaten und Seeleute auf dem Schiff hatten ihr wiederholt Gewalt angetan, sodass sie schon mit vierzehn Jahren schwanger geworden war. Das Kind war im Arbeitshaus von Parramatta gestorben. Molly war damals nicht einmal so alt gewesen wie Fiona jetzt.

Aus diesem entsetzlichen Haus hatte das Ehepaar Macintosh sie im Rahmen eines Regierungsprogramms zur Vermittlung von Sträflingen in Arbeitsstellen herausgeholt und als Dienstmädchen eingestellt. Da sich Molly recht bald als zuverlässig erwiesen hatte, waren ihr nacheinander alle drei Kinder anvertraut worden. Fiona aber, von der Enid vom ersten Tag an so recht nichts hatte wissen wollen, war ihr immer am liebsten gewesen. Man hätte glauben können, dass die Mutter es ihrer Tochter übel nahm, nicht als Junge zur Welt gekommen zu sein, denn sie richtete ihre ganze Fürsorge auf Angus und David. Jetzt also sollte Molly Fionas Kind auf den Armen wiegen, wie sie es vor siebzehn Jahren mit Fiona getan hatte.

Sie warf einen Blick auf das hübsche Gesicht ihres kleinen Mädchens. Ein Gefühl mütterlicher Wärme erfüllte sie. Wie jung Fiona noch war! Doch die Schwangerschaft hatte ihre kindliche Unschuld für immer von ihr genommen. Die quälende Sehnsucht nach dem Vergangenen verwandelte sich in ein entsetzliches Schuldbewusstsein, und sie sah rasch beiseite. Fiona sollte nicht sehen, welche Qual sich auf ihre Züge legte. Gott verzeih mir, was ich zu tun beabsichtige, betete sie still. Fiona, mein Schätzchen, wenn du wüsstest, worauf ich mich eingelassen habe, weil deine Mutter es so will, du würdest mich auf der Stelle umbringen.

Aber sie hatte die Abmachung mit Enid Macintosh getroffen, um sich endlich ihren größten Traum erfüllen zu können. Und dafür war sie bereit, auch jenen Menschen zu verraten, der sie liebte und ihr traute wie niemandem sonst auf der Welt.

Das Heulen des Windes wurde immer lauter. Es klang in Mollys Ohren wie das Klagen der Todesfee. Ein abergläubischer Schauer überlief sie. War das die Antwort Gottes auf ihr Gebet um Vergebung? War überhaupt Vergebung für das möglich, was sie Fionas Kind anzutun gedachte? Es war allgemein bekannt, dass unerwünschte Säuglinge, die man in Sydneys so genannte Pflegehäuser gab, dort systematisch getötet wurden. Mithin wusste Molly sehr wohl, welches Schicksal dem Kind drohte, das aus der alles andere als gern gesehenen Verbindung zwischen den Familien Duffy und Macintosh hervorgehen würde.

Der Sturm wütete die ganze Nacht hindurch, doch am nächsten Morgen lag strahlender Sonnenschein über den Bergen. Wie vom Geist des Frühlings herbeigezaubert, erfüllten die herrlichen Farben von Faltern den Garten. Vögel bejubelten mit ihrem Gesang den blauen Himmel, und als wollten sie die Sonne grüßen, ragten die hohen Eukalyptusbäume majestätisch empor.

Fiona bedrängte Molly, ihr zu helfen. Sie wollte sich für einen Tag im Garten ankleiden, damit sie dort im dichten Schatten eines jener Bäume die Wärme des herrlichen Frühlingstages genießen konnte. Die junge Frau, die ihr erstes Kind erwartete, konnte der Verlockung nicht widerstehen, diesen Tag im Einklang mit der Natur zu verbringen. Es war, als könne sie die Schönheit der Berge in sich aufnehmen und dem Ungeborenen auf diese Weise Kraft verleihen.

Molly stattete sie mit Decken und warmen Pantoffeln aus, damit sie auf keinen Fall frieren musste. Sie ließ Fiona nur unter der Bedingung allein, dass sie sich eine Decke auf die Knie legte, und nahm ihr das Versprechen ab, sie sofort zu rufen, wenn sie etwas brauchte.

Kurz vor Mittag rief sie tatsächlich mit einem Hilfeschrei ihr altes Kindermädchen herbei. Die Wehen hatten mit lähmender Gewalt eingesetzt.

Eilends rannte Molly hinaus und brachte die von Schmerzen gebeugte junge Frau mit Unterstützung des stämmigen Kutschers ins Haus. Dort verlangte sie nach heißem Wasser, sauberen Tüchern und ließ den Arzt aus Katoomba holen, der nächstgelegenen Ansiedlung.

Doch bevor dieser eintraf, hielt Molly ihr mit Schleim bedecktes krebsrotes Söhnchen in den Armen. Während der Kutscher rastlos wie ein werdender Vater auf der steinernen Veranda auf und ab schritt, gab die Köchin, die Mutter und Kind wusch, immer wieder bewundernde Laute von sich.

Schweißbedeckt und erschöpft lag Fiona auf dem Laken. Sie war sich kaum bewusst, dass ihre Wehen bis in den frühen Abend gedauert hatten. Immer wieder hatte sie Mollys Hand ergriffen und ihre Schmerzen hinausgeschrien. Es war eine schwierige Geburt gewesen, aber die Anwesenheit ihres Kindermädchens hatte ihr über das Schlimmste hinweggeholfen.

Der Arzt war in seinem Einspänner gekommen, hatte sich die Patientin angesehen und erklärt, sie brauche lediglich Ruhe und Zeit, um sich zu erholen. Dann hatte er ihr einen Laudanum-Trank zubereitet, damit sie schlafen konnte, und das Haus mit einem dicken Umschlag voll Schweigegeld verlassen. Bei ihrer sorgfältigen Planung hatte Enid nichts außer Acht gelassen. Jetzt war es Mollys Aufgabe, das Kind fortzuschaffen, wie sie es in ihrer gottlosen Abmachung vereinbart hatten.

Als Fiona in den frühen Morgenstunden des folgenden Tages aus ihrem künstlich herbeigeführten tiefen Schlaf erwachte, rief sie nach Molly, doch die kam nicht. Wohl aber kam die Milch aus Fionas Brüsten, ohne dass sie ihr Kind hätte stillen können.

Während sie in der Dunkelheit ihres Schlafzimmers dalag, erinnerte sie sich, dass etwas Glattes, Schlüpfriges aus ihrem Körper gekommen war, das bei seinem ersten Kontakt mit der Welt laut geschrien hatte. Ein Junge, hatte Molly gesagt, bevor man ihn aus dem Zimmer und aus ihrem Leben gebracht hatte.

Fiona schluchzte wie noch nie in ihrem Leben. Jetzt wusste sie, was es bedeutete, den größten Kummer einer Frau zu erleiden, und irgendwann glaubte sie, mitten in der Nacht Echos eines Furcht einflößenden Raunens in den finsteren Winkeln des Raumes zu hören. Es war das Raunen von Geistern, das der Wind über die unwirtliche Brigalow-Ebene von einem Ort herüberwehte, an dem Kinder tot in den Armen ihrer Mütter lagen.

27

Zwei Tage und zwei Nächte hindurch rief Fiona nach Molly, aber diese kam nicht.

Die Dienstboten, die der jungen Frau in ihrer Abgeschiedenheit zur Hand gehen sollten, flüsterten vor ihrer Schlafzimmertür miteinander und schüttelten betrübt den Kopf.

Am dritten Tag nach der Niederkunft traf Enid ein und suchte, nachdem sie kurz mit den Dienstboten gesprochen hatte, das Schlafzimmer auf. Dort ruhte ihre Tochter abgezehrt und mit tief in ihren Höhlen liegenden Augen in den Kissen. Langsam wandte sie das Gesicht ihrer Mutter zu, die sich auf einen Stuhl gesetzt hatte und sie besorgt betrachtete.

»Von Miss Weekes habe ich erfahren, dass es eine schwere Geburt war«, sagte Enid, als spreche sie mit einer Fremden, »aber Doktor Champion hat gesagt, du würdest dich nach einigen Tagen Ruhe wieder vollständig erholen.«

Fina sah ihre Mutter an und fragte mit hohler Stimme: »Wo ist Molly?«

»Niemand scheint das zu wissen«, sagte Enid und runzelte die Stirn. »Das verdammte Weib sollte sich bei mir melden, ist aber nicht gekommen. Ich fürchte, sie ist auf und davon, und das ohne zu kündigen. Sie kann auf keinen Fall mit einem Empfehlungsschreiben rechnen, falls sie später kommen und um eines bitten sollte. Es ist unverzeihlich, wenn man sich auf sein Personal nicht verlassen kann.«

»Wohin hat sie mein Kind gebracht?« Mit fieberglänzenden Augen sah Fiona ihre Mutter an, als hätte ihr jemand etwas enthüllt. Ohne auf deren Antwort zu warten, sagte sie: »Bestimmt hat sie mein Kind in eins der grauenhaften Pflegehäuser gebracht, von denen ich sie habe sprechen hören. Sie hat mein Kind umbringen lassen, nicht wahr, Mutter?«

Bei diesem Vorwurf musste Enid den Blick abwenden. »Ich will nicht lügen«, sagte sie trotzig, »und werde daher deine Frage nicht beantworten. Ich hoffe, dass du deine Pflicht kennst und dir darüber im Klaren bist, wie wichtig dein Platz an Granvilles Seite für die Zukunft der Familie ist. Von dir wird erwartet, dass du die Kinder zur Welt bringst, die unser Blut bis ins nächste Jahrhundert hinein erneuern sollen.«

»Ist nicht auch das Kind, das ich in den vergangenen Monaten in mir hatte, eine Erneuerung unseres Blutes, Mutter? Ist es nicht zum Teil ein Macintosh?«

»Besudelt mit irischem Papistenblut«, gab ihre Mutter kurz angebunden zurück. »Ein Bastard, der nicht in unsere Kreise gehört. Daher habe ich die einzige Entscheidung getroffen, die unter den gegebenen Umständen möglich war. Ich bin der Ansicht, je rascher du dies Zwischenspiel vergisst, desto besser ist es für dein künftiges Glück. Natürlich verstehe ich, dass du dich eine Weile um den Verlust grämst. Das ist nur natürlich. Aber die Zeit wird dir ebenso über deinen Kummer hinweghelfen, wie sie mir über den meinen um den Tod deines Bruders hinweggeholfen hat. Was geschehen ist, ist Gottes Wille, und mit dem Opfer, das du gebracht hast, trägst du zur Buße für deine Sünde bei.«

»Sünde? Meine Sünde?«, entfuhr es Fiona. »Ist unser Gott der heidnische Baal aus der Bibel, der nach Mord und Menschenopfern verlangt?«

»Lästere nicht«, gab Enid aufbrausend zurück. »Gott lässt sich nicht spotten, Fiona. Er hat uns den Auftrag gegeben, fruchtbar zu sein und uns zu mehren, damit wir mit unserer Weisheit den Menschen minderwertigen Blutes den rechten Weg weisen ... den Schwarzen ... den Iren ... und ihresgleichen.«

»Bitte geh, Mutter«, sagte Fiona und wandte sich ab. »Ich will dich nur in meiner Nähe haben, wenn es unvermeidlich ist. Nicht, weil du mein Kind umgebracht hast, nicht, weil ich mich ebenso schuldig gemacht habe wie du dich, indem ich zugelassen habe, dass man es mir fortnimmt. Sondern, weil du es wagst, diesen Mord im Namen Gottes und der Pflicht zu rechtfertigen. Geh, Mutter. Geh jetzt und überlass mich meinem Kummer. Vermutlich kannst du dir nicht einmal vorstellen, wie groß er ist.«

Enid stand auf und sah auf den Hinterkopf ihrer Tochter. Sie hörte sie schluchzen und empfand trotz der bitteren Worte, die zwischen ihnen gesagt worden waren, das Bedürfnis, sie an sich zu drücken. Doch sie tröstete sich mit dem Bewusstsein, dass sich ihre Tochter mit der Zeit und unter dem Einfluss von Doktor Champions Laudanum-Gaben wieder beruhigen würde.

Sie rauschte hinaus und rief den Kutscher. Er kam gemächlichen Schritts aus den Stallungen herbeigeschlurft, wo er sich um die Kutsche und die Pferde gekümmert hatte, und wischte seine mit Schmierfett bedeckten Hände an der Lederschürze ab.

»Sagen Sie mir, was nach der Geburt des Kindes geschehen ist, Hill«, gebot sie. Wie ein Püppchen stand sie vor dem hünenhaften Mann, dessen muskulösen Armen man ansah, dass er über dem Schmiedefeuer rot glühendes Eisen zu Radreifen biegen konnte. »Und sehen Sie mich nicht so grämlich an.«

»'tschuldigung, Missus Macintosh«, murmelte er und senkte den Kopf. »Wie Sie es gesagt haben, hab ich Miss Molly nach Sydney gefahren. Sie ist da mit dem Kind ausgestiegen.«

»Wo?«, fuhr sie ihn an. Er trat von einem Fuß auf den anderen, ohne den Blick zu heben. »Reden Sie schon, Mann. Wo haben Sie sie abgesetzt?«

»Dort, wo ich sie hinbringen sollte.«

»Und warum ist sie dann nicht mit Ihnen zurückgekehrt?«

»Das weiß ich nicht«, murmelte er. »Sie ist nicht wieder zur Kutsche gekommen. Ich hab nach ihr Ausschau gehalten, sie aber nirgends gesehen. Sie ist einfach verschwunden.«

Enid sah ihn eine Weile wartend an, doch er sagte nichts weiter über das Verschwinden des irischen Kindermädchens. »Danke, Mister Hill«, sagte sie kühl. »Ich bin sicher, dass Sie mir die Wahrheit gesagt haben. Bestimmt wird Miss O'Rourke sich schon bald bei mir melden.«

»Ist das alles, Missus Macintosh?«, fragt der Kutscher und war erleichtert, als er gehen durfte.

Ihm, der schon häufig mitgeholfen hatte, neues Leben zur Welt zu bringen, auch wenn es sich dabei nur um Pferde und Schafe handelte, war es nicht recht gewesen, dass das Kind in eines der berüchtigten Pflegehäuser gebracht werden sollte. Die Vorstellung, ein Lebewesen einfach so zu töten, verstieß gegen alle Grundsätze. Aber wer seine Anstellung nicht verlieren wollte, musste sich den Launen der hohen Herrschaften beugen. Insgeheim war er erleichtert gewesen, als Molly nicht zurückgekehrt war, doch hätte er gern gewusst, was mit ihr geschehen war. Jedenfalls hoffte er, dass sich das Kind irgendwo in Sicherheit befand. Es hatte, als sie auf dem Weg nach Sydney in einem Wirtshaus Rast gemacht hatten, mit seinen winzigen Händchen nach seinem Finger gegriffen und ihn auf diese Weise mit seinem kleinen Leben angerührt. Nein, es fiel nicht leicht, sich an der Tötung eines hilflosen kleinen Lebewesens zu beteiligen, ganz gleich, ob Mensch oder Tier.

David Macintosh saß am Schreibtisch in seinem Kontor und starrte auf die Zeitung. Falls die Meldung stimmte, würde sich das mit Sicherheit bis in seine Familie hinein auswirken. So sehr hatte er sich in den Artikel vertieft, dass der Tee, den ihm George Hobbs hingestellt hatte, kalt geworden war. Schließlich faltete er die Zeitung zusammen, lehnte sich, die Hände hinter dem Kopf verschränkt, im Drehstuhl zurück und sah auf die Tür. Was Granville wohl sagen würde, wenn er davon erfuhr? Kalt lassen würde ihn die Sache bestimmt nicht.

Ein Blick auf die laut tickende Wanduhr zeigte ihm, dass es schon fast zehn war. Granville würde bestimmt pünktlich sein. Was auch immer David an seinem Vetter missfiel, der demnächst auch sein Schwager sein würde, auf seine Pünktlichkeit war Verlass.

Sie hatten dieses Treffen vereinbart, um sich über die möglichen Auswirkungen dessen klar zu werden, dass Robert Towns eine erste Schiffsladung Südseeinsulaner nach Brisbane gebracht hatte. Er plante, sie auf seinen Baumwollpflanzungen am Logan-Fluss südlich der immer mehr wachsenden Stadt einzusetzen.

Granville wollte ihm den jüngst ernannten neuen Kapitän der *Osprey* vorstellen und mit ihm über die Inseln sprechen, die er für geeignet hielt, um schwarze Arbeitskräfte für die Zucker- und Baumwollpflanzungen der Familie Macintosh anzuwerben.

Die Vorstellung zumindest war nicht nötig, denn David hatte den neuen Kapitän Anfang des Jahres bei seiner Reise nach Queensland kennen gelernt.

Schlag zehn steckte Hobbs den Kopf zur Tür herein und kündigte Mr. Granville Whites Ankunft an.

Als Granville mit dem neuen Kapitän der *Osprey* eintrat, erhob sich David.

»Ah, Granville«, sagte er, während er dem Kapitän die Hand zur Begrüßung entgegenstreckte. »Ich sehe, dass du Mister Mort mitgebracht hast.« Überrascht spürte er Morts schlaffen Händedruck. Dieser Mann sollte in der Buschpolizei harten Dienst geleistet haben?

»Ich freue mich, die Bekanntschaft mit Ihnen erneuern zu können, Mister Macintosh«, sagte Mort höflich, denn ihm war klar, dass er den Sohn seines Arbeitgebers vor sich hatte. »Ihr Vater übersendet Ihnen seine besten Grüße«, fügte er diensteifrig hinzu.

Granville nahm Platz in einem Ledersessel, der in einer Ecke des Raumes stand, schlug die Beine übereinander und strich sich unbewusst über das schütter werdende Haar. Seine abnehmende Haarpracht machte seiner Eitelkeit zu schaffen. »Unser Mister Mort hat viele Talente«, sagte er und wischte sich den eingebildeten Staub aus Davids Kontor an der Hose ab. Er war von einem geradezu wahnhaften Reinlichkeitstrieb besessen. David neigte bisweilen zur Unordnung, was Granville aufbrachte. Seiner Ansicht nach gehörte alles an seinen Platz. »Wie ich erfahren habe, besitzt unser Mister Mort aus der Zeit vor '54, als er in die Polizei von Victoria eintrat, ein Schiffsführerpatent«, erläuterte er. »Man könnte sagen, dass er für unser Unternehmen in der Südsee genau der richtige Mann ist.«

»Ja«, bestätigte Mort rasch Granvilles Darlegung. »Vor Jahren war ich auf der Route Hobart-Melbourne Erster Steuermann auf der *Vandemonian.*«

»Wenn ich mich richtig erinnere, war das eine Brigg«, sagte David und kehrte zu seinem Stuhl zurück. »Dann müsste Ihnen die *Osprey* ja liegen. Haben Sie sich das Schiff schon angesehen, Mister Mort?«

»Ich war mit Mister – ich müsste jetzt ja wohl Kapitän sagen – Mort an Bord, bevor wir hergekommen sind«, beantwortete Granville die Frage. »Ich denke, dass ihn seine beträchtliche Erfahrung im Umgang mit unseren hiesigen Schwarzen für die Aufgabe empfiehlt, die ihn erwartet. Meiner Ansicht nach war es ausgesprochen klug von deinem Vater, ihn vorzuschlagen.«

Diese Meinung teilte David nicht unbedingt. Die Erkundigungen, die er unauffällig über diesen undurchsichtigen Mann eingezogen hatte, zeichneten das Bild eines Menschen mit einer zweifelhaften Vergangenheit. Hinzu kam, dass er den Dienst bei der Buschpolizei von Queensland von einem Tag auf den anderen quittiert hatte. Die Gerüchte besagten, er habe grundlos einen schwarzen Polizisten getötet und sei von seinem Stellvertreter gezwungen worden, von seinem Posten zurückzutreten.

Außerdem war Mort angeblich der uneheliche Sohn eines Serviermädchens aus Sydney, die man entlassen hatte, als sich ihre unschickliche Beziehung zu ihrem Arbeitgeber nicht länger vor dessen Frau verheimlichen ließ. Daraufhin, hieß es, habe sich die junge Frau in Sydneys berüchtigtem Viertel The Rocks der Prostitution zugewandt, und dort sei Mort zur Welt gekommen. Ihm allerdings konnte man trotz seiner niedrigen Herkunft den Respekt nicht versagen, war es ihm doch gelungen, diese Vergangenheit abzuschütteln und in die Position aufzusteigen, die er jetzt innehatte.

Als David ihn und Granville in seinem Kontor nun so nebeneinander sah, konnte er sich des Eindrucks nicht erwehren, dass die beiden glänzend zueinander passten, auch wenn sie aus denkbar unterschiedlichen Gesellschaftsschichten stammten.

Der Gedanke an diese Wesensähnlichkeit erfüllte ihn mit Unbehagen. Ein Granville ist schlimm genug, dachte David, aber zwei? Doch sein Vater hatte Mort als Kapitän für die *Osprey* empfohlen, und er hatte in solchen Dingen das letzte Wort, ganz gleich, wie sehr David an der Eignung dieses Mannes zweifeln mochte.

Mit einem Mal fiel ihm der Artikel ein, in den er unmittelbar vor dem Eintreffen seines Vetters so vertieft gewesen war. »Etwas ganz anderes, Granville«, sagte er. »Hast du im *Bulletin* den Bericht über den Krieg in Neuseeland gelesen?«

»Nein, dazu hatte ich noch keine Gelegenheit.« Fragend zog Granville die Brauen zusammen. »Warum, steht etwas darin, was ich wissen sollte?«

»Na ja, ich dachte, es würde dich interessieren«, gab David zur Antwort. »In der vorigen Woche soll bei einem schweren Gefecht gegen die Maori ein gewisser Michael Malony umgekommen sein.«

»Kenne ich den Mann?«, erkundigte sich Granville, den die Wichtigtuerei seines Vetters ärgerte.

»Ich glaube schon«, sagte David und hob die Brauen. »In dem Bericht heißt es, dieser Malony sei in Wahrheit kein anderer als Michael Duffy, den die Polizei von Sydney sucht, weil er im Verdacht steht, im Januar einen Mann getötet zu haben.«

Jetzt war Granville ganz gespannte Aufmerksamkeit. Er sprang auf, riss die zusammengefaltete Zeitung vom Schreibtisch seines Vetters und blätterte ungeduldig, bis er die Seite mit dem Artikel über den Feldzug im Gebiet von Waikato gefunden hatte. Während er ihn überflog, legte sich unverhohlene Zufriedenheit auf seine Züge. Da hatten die Maori doch tatsächlich geschafft, was ihm nicht gelungen war – Michael Duffy war tot. In der Zeitung stand, seine Einheit, die Forest Rangers des Abenteurers Graf Tempsky, sei in einen Hinterhalt der Maori geraten, und er habe seinen Kameraden das Leben gerettet, indem er dem Überfall ganz allein standgehalten habe. Anschließend hatte einer der Männer preisgegeben, wer sich hinter dem angeblichen Michael Malony versteckte.

»Ich finde, wir sollten Fiona diese fürchterliche Nachricht möglichst bald mitteilen«, sagte Granville selbstgefällig, als er das Blatt wieder zusammenlegte. »Bestimmt braucht sie ein paar Tage, um über den Verlust ihres guten Freundes hinwegzukommen.«

Er hielt es für sicher, dass der Tod des Iren Fionas letzte geheime Hoffnung auf seine Rückkehr, die sie noch gehegt haben mochte, endgültig zum Versiegen bringen würde. Duffy war weiter nichts mehr als ein Gespenst. Und davon, dass ein Gespenst imstande war, einem Menschen körperlichen Schaden zuzufügen, hatte er noch nie gehört.

Jack Horton stand oben an der Laufplanke der am Kai vertäuten *Osprey* und sah zu den Schauerleuten hinab, welche die letzten Vorräte für die Reise in den Südpazifik zum Verladen fertig machten. Neugierig sah er zu, wie zwei Männer eine sonderbare, hockerähnliche Bank die Gangplanke emportrugen.

Anfangs erkannte er nicht, worum es sich handelte, dann aber ging ihm die Bestimmung des Gegenstandes auf, und er zuckte zusammen. »Ein verdammter Prügelbock«, flüsterte er unbehaglich vor sich hin. »Die Saukerle bringen 'nen Prügelbock.« Eine Schande, aus dem schönen Holz von Bäumen, die einst eine Seele gehabt haben, diesen perversen Gegenstand zu machen.

Dicht hinter den beiden schwitzenden Männern folgte der neue Kapitän in der bei der Handelsmarine üblichen adretten dunkelblauen Uniform. Am Gürtel trug er einen Degen und sah sich mit dem Ausdruck von Besitzerstolz um, kaum, dass er an Deck stand.

»Willkommen an Bord, Käpt'n«, sagte Horton kriecherisch und warf einen verstohlenen Blick auf den Prügelbock, der in die Kabine des Kapitäns geschafft wurde. »So'n Ding hab ich schon lang nich mehr gesehn.«

»Sie sind wohl der Erste Steuermann Horton?«, fragte Mort, ohne ihm die Hand anzubieten. »Ich möchte Sie gleich in meiner Kabine sprechen.«

Horton folgte ihm nach unten und sah beunruhigt zu, wie die beiden Schauerleute in der beengten Kabine das Folterinstrument unterbrachten. Es stand da wie ein heidnischer Opferaltar, das Holz schimmerte dunkel, glatt gerieben von der häufigen Verwendung bei blutigen Auspeitschungen.

Mit einem sonderbaren, in die Ferne gerichteten Blick in den blassen Augen fuhr Mort mit der Hand über das Holz. Seinen Ersten Steuermann überkam eine eigentümliche Furcht, die er sich nicht erklären konnte. Ob der neue Kapitän womöglich nicht ganz richtig im Kopf war? »Ich hatte Glück, das hier aufzutreiben«, sagte Mort, ohne ihn anzusehen. »Mister White hat schon gewusst, mit was für einer Art Willkommensgeschenk er mir eine Freude machen kann.«

»Wenn ich das sagen darf, Käpt'n Mort ... Das ist ein sonderbares Geschenk.«

Mort hob den Blick und sah seinen Ersten Steuermann unverwandt an. »Er hat mir auch erklärt, welchem Umstand Sie die Anstellung auf meinem Schiff zu verdanken haben«, sagte er, ohne auf die Äußerung einzugehen. Horton zuckte zusammen. Die tödliche Drohung, die darin mitschwang, war ihm nicht entgangen. »Er hat mir erklärt, dass ich angesichts dieser besonderen Situation von Ihnen vollständige und rückhaltlose Zusammenarbeit erwarten darf. Das stimmt doch, Mister Horton?«

»Ja.«

Mit einem Nicken zog Mort seinen Degen aus der Scheide. Er legte ihn auf den Prügelbock, und ein Sonnenstrahl, der durch ein Bullauge auf die Klinge fiel, ließ sie aufblitzen.

»Außerdem hat er gesagt, ich könne jederzeit auf Ihre Kompetenz zählen. Ich gehe davon aus, dass ich mich in der vor uns liegenden schwierigen Zeit, in der uns möglicherweise große Gefahren drohen, voll und ganz auf Sie verlassen kann«, fuhr er fort und betastete den Degen. Das war keine müßige Geste, und Horton verstand das durchaus. »Das wäre im Augenblick alles. Sie können sich wieder auf Ihren Posten begeben und den Fortgang der Arbeiten überwachen.«

»Sehr wohl, Käpt'n«, sagte Horton und schob sich aus der Kabine. Er war in seinem gewalttätigen Leben vielen gefährlichen Männern begegnet, aber keiner von ihnen war so beunruhigend verrückt gewesen wie der neue Kapitän der *Osprey*. Der brutalen Grausamkeit, die er hinter dessen weibischem Aussehen und nur auf den ersten Blick zurückhaltendem Auftreten spürte, wünschte er unter keinen Umständen ausgesetzt zu sein.

Die vorwiegend irischen Gäste des Erin waren ungewöhnlich bedrückt, als sie am Schanktisch zusammenkamen, um über die jüngsten Ereignisse in der Familie des beliebten Wirts Frank Duffy zu reden. Die Nachricht, dass dessen Neffe Michael durch die Hand heidnischer Maori in Neuseeland zu Tode gekommen war, hatte sich rasch verbreitet.

Manch eine mitfühlende Stimme erhob sich angesichts des Fluchs, der seit Patricks tragischem Ende in Queensland über der Familie Duffy zu liegen schien. Allerdings gab es Gerüchte, dass an diesem Tod in Wahrheit keineswegs die Ureinwohner schuldig waren und mehr dahinter stecke, als bekannt geworden war. Tom wurde in Queensland wegen bewaffneten Raubes gesucht und stand unter Mordverdacht – und jetzt war Michael im Krieg jenseits der Tasmansee gefallen.

Der Wirt befand sich nicht wie sonst im Schankraum, wo er Krakeeler mit gemütlichen Worten zu beruhigen und für einige wenige bevorzugte Gäste Getränke zu spendieren pflegte. Die hübsche, dralle Kellnerin Elsie füllte unter Tränen die Gläser, wobei viel kostbares Bier daneben ging. Es war allgemein bekannt, dass sie in Michael verliebt gewesen war, und man munkelte, sie habe ihn in die Wonnen des Fleisches eingeführt, als er achtzehn Jahre alt war. »Ja, die Duffys sind wilde Burschen«, sagten die Gäste nachdenklich. »Das haben sie von ihrem Vater, Gott sei seiner frommen Seele gnädig.«

Nachdem man die Gläser zum Andenken an Michael Duffys Unschuld und Tapferkeit geleert hatte, wurde ein Trinkspruch auf Tom ausgebracht, der in der fernen Kolonie Queensland den Greifern eine lange Nase nach der anderen drehte. Dann wurden sie neu gefüllt, und man trank auf Patrick, den aufrührerischen Vater der jungen Duffys, der in Irland sowie in der Kolonie Victoria bei den Palisaden von Eureka dem einen oder anderen englischen Soldaten eigenhändig ins Grab geholfen hatte.

Sodann hob man die Gläser, um auf Frank Duffy zu trinken, den besten Wirt außerhalb Irlands. Als nächster war der Heilige Patrick an der Reihe. Der Niedergang der britischen Herrschaft wurde nicht vergessen und schließlich ein Hoch auf das liebe, alte Irland ausgebracht.

Selbstverständlich rannen den Männern, die auf alles Wichtige im Leben anstießen, dabei außer Bier auch gewaltige Mengen Rum und Wacholderschnaps durch die Kehle. Das wiederum führte zu Unmutsäußerungen und Handgreiflichkeiten nicht-irischer Gäste, denen das übertriebene Schwelgen in irischem Patriotismus zu viel wurde.

Es dauerte nicht lange, bis Max Braun alle Hände voll zu tun hatte, um bei Prügeleien einzugreifen. Er wusste schon seit langem, dass ein Ire für eine Schlägerei keinen Vorwand brauchte, und daher war es kein Wunder, dass man Angehörige dieses Volkes in fast allen Söldnerheeren dieser Welt fand.

Über der Schankstube, von wo der Lärm von zerschellendem Glas, englische Flüche und gälische Verwünschungen sowie der dumpfe Aufprall, mit dem Männer zu Boden stürzten, zu ihr drangen, saß Bridget in ihrem alten Schaukelstuhl neben dem Bett und ließ einen stark abgenutzten Rosenkranz durch die Finger gleiten. Während sie ihre Gebete murmelte, schien sie nichts von dem mitzubekommen, was sich ein Stockwerk tiefer abspielte.

Ihr ging es um die Rettung von Michaels unsterblicher Seele, denn was ihren Neffen betraf, der immer wieder über die Stränge geschlagen hatte, gab sie sich keinen Täuschungen hin. Doch wenn er auch Fleischeslust und Sinnenlust gefrönt hatte und ein schrecklicher Sünder war, so hatte er doch auch von herrlichen Gemälden geträumt, war ein herzensguter Mensch gewesen und hatte Bridget geliebt, als wäre sie seine leibliche Mutter.

Sie merkte kaum, wie sehr sie weinte. Ihre Tränen galten nicht nur Michael, sondern auch der kleinen Katie, der das unsägliche Leid widerfahren war, ihr Kind zu verlieren. So betete Bridget Duffy, Kate möge in den Schoß der Familie zurückkehren, in der sie von allen so herzlich geliebt wurde. Wie viel Tod und Leiden hatte doch im vergangenen Jahr die Familie ihres verstorbenen Schwagers heimgesucht! Den Grund dafür kannte Gott allein.

Ein zögerliches Klopfen an ihrer Tür unterbrach sie mitten im Ave Maria. Sie hauchte einen Kuss auf das Kruzifix und legte den Rosenkranz in den Schoß. »Herein«, rief sie und bemühte sich, ihre Tränen wegzuwischen.

Sie kannte die Frau nicht, die neben ihrem aschfahlen Mann in der Tür stand und ein in eine teure Decke gewickeltes Bündel auf den Armen hielt.

»Biddy, Miss Molly O'Rourke hat uns hier jemanden gebracht«, sagte er und schob die Besucherin ins Zimmer.

Bridget stand auf und trat auf Molly zu.

»Missus Duffy«, sagte diese und übergab ihr das Bündel mit erkennbarem Zögern. »Ich bring Ihnen hier den Sohn von Michael Duffy. Ich hab ihm 'nen Namen gegeben, aber er muss noch durch die Taufe in die einzig wahre Kirche aufgenommen werden.«

Bridget nahm das Bündel entgegen. Ein Blick unter die Decke zeigte ihr, dass darin ein Säugling mit dunklen Locken schlief. Es kostete sie Mühe, sich auf den Beinen zu halten. Jetzt lebte Michael also durch seinen Sohn weiter. Die Ähnlichkeit zwischen dem Säugling und ihm schien ihr geradezu unglaublich. »Mutter Gottes im Himmel!« Noch einmal sah sie auf das Kind, das in die warme Decke eingekuschelt schlief und dessen Augenlider zuckten, wohl als Reaktion auf den entsetzlichen Lärm, der aus dem Schankraum empordrang.

»Wie heißt er denn, Miss O'Rourke?«, fragte sie schließlich, und die Tränen des Kummers verwandelten sich in Tränen der Freude.

»Ich hab ihn nach seinem Großvater Patrick genannt«, sagte sie leise, wobei auch ihr die Tränen in die Augen traten. »Das hätte Michael bestimmt so gewollt. Ich hab Patrick Duffy gekannt, noch in der alten Heimat. Damals war ich sehr jung und hab mich wie alle anderen Backfische in ihn verliebt. Aber er hatte nur Augen für Elizabeth Fitzgerald und wollte von Mädchen wie mir nichts wissen. Das ist aber schon lange her«, seufzte sie tief.

Patrick Duffy wachte auf, als unten im Schankraum, wo die Schlägerei munter weiter tobte, ein Fenster zu Bruch ging. Er öffnete die Augen und sah mit noch unscharfem Blick in seine neue Welt. Dann ballte er die Fäustchen und entließ die Luft aus seiner winzigen Lunge, damit jedermann laut und deutlich hören konnten, dass es ihm nicht gefiel, in seinem behaglichen Schlaf gestört zu werden. Patrick Duffy teilte der Welt mit, dass er künftig bei den Angehörigen seines Vaters leben würde.

28

So nachlässig die beiden Männer auf ihren Pferden zu sitzen schienen, so angespannt waren sie in Wahrheit. Sie ritten auf die bei der Kavallerie übliche Art: eine Hand hing frei herab, während die andere den Zügel hielt und zugleich das Packpferd führte, das mit Vorräten an Mehl und Zucker, Tee und Sirup sowie Munition für die Feuerwaffen und einigen kostbaren Dosen Tabak beladen war. Tom Duffy und Wallarie hatten allen Grund, auf der Hut zu sein. Sie näherten sich dem Gebiet eines Stammes, dessen Angehörige dafür bekannt waren, dass sie jeden Eindringling mit Speeren durchbohrten.

Wallaries dunkle Augen suchten die gesamte Umgebung nach Hinweisen ab, denen sich entnehmen ließ, ob die Weißen über die bisherigen Grenzen hinaus vorgedrungen waren, denn gewöhnlich bedeutete das Vorrücken weißer Siedler, dass sich die gefürchtete Buschpolizei in der Nähe befand.

Während Tom Duffy neben Wallarie durch das niedrige Buschwerk der als Gulf Country bezeichneten Gegend um den Carpentaria-Golf ritt, war er mit seinen Gedanken ein ganzes Stück weiter an den Ufern des Flusses, der sich in die friedlichen Wasser des Golfs ergoss. Nach Wallaries Angaben wies alles darauf hin, dass dort der am Golf ansässige Stamm lagerte, mit dem sie vor Monaten Freundschaft geschlossen hatten. Wenn alles gut ging, würde auch Mondo dort sein. Bestimmt war inzwischen Toms und ihr erstes Kind zur Welt gekommen.

Sechs Monate hatte er sie nicht mehr gesehen, und damals war ihre Schwangerschaft schon unübersehbar gewesen. Ein halbes Jahr lang hatten er und Wallarie fern ihrer sicheren Zuflucht die Viehzuchtstationen südlich des Gulf Country heimgesucht, die reichen Siedler um ihr Bargeld und ihre Wertgegenstände erleichtert und mit der Beute bei den Händlern in Burketown dringend benötigte Vorräte beschafft, ohne die sie die bevorstehende Zeit des Monsunregens nicht überstehen konnten.

»Schwarze in der Nähe«, sagte Wallarie leise und bemühte sich, in der drückend heißen Luft, die sie wie ein erstickender Mantel umhüllte, noch das leiseste Geräusch zu erkennen.

»Wie weit?«

»Nicht mehr weit«, gab er zur Antwort und versuchte, sich im Sattel ein wenig bequemer hinzusetzen. Der scharfe Ritt von Burketown her war nötig gewesen, um einen sicheren Abstand zwischen sich und den Vorposten der Weißen zu legen, wo auch eine Einheit der Buschpolizei stationiert war. »Vielleicht bis zum Mittagessen«, fügte er hinzu. Seine geschätzten Zeitangaben bezogen sich immer auf Essenspausen. Also handelte es sich um eine halbe Stunde, denn es war schon fast Mittag.

Die Schätzung erwies sich als zutreffend, denn nach etwa einer halben Stunde erreichten sie das verlassene Lager der Ureinwohner. Sie blieben wachsam, denn noch glimmende Feuerstellen und kleine Haufen ungeöffneter Schalentiere zeigten ihnen, dass unsichtbare Augen sie aus dem umgebenden Buschwerk misstrauisch musterten.

Tom sprang vom Pferd und sah sich um. Dann rief er laut: »Mondo, wir sind es, Wallarie und ich.« Aber die Stille dauerte an, die Krieger blieben im Schatten des Buschlandes verborgen und machten lautlos ihre Speerschleudern bereit.

Wallarie saß nach wie vor im Sattel, die Hand dicht über dem Knauf des Revolvers, der hinter einem breiten Ledergürtel steckte. Er traute den Männern der nördlichen Stämme nicht.

Tom runzelte die Brauen. Er spürte, dass sie beobachtet wurden, und erkannte die Anspannung, mit der sein Freund das Buschland musterte. War ihr Waffenstillstand mit den Männern des Stammes vom Golf etwa bereits vergessen?

Sie hatten dieses Abkommen Wallaries Kenntnis der an den Handelswegen gesprochenen Sprache zu verdanken. Der Stamm hatte sich bereit erklärt, Mondo gegen Lieferung von Tabak und dickem, süßem Zuckerrohrsirup bei sich aufzunehmen. Nachdem alle dem Handel mit Wallarie und dem weißen Mann zugestimmt hatten, war er mit Geschenken besiegelt worden: Tabak und Sirup hatten den Besitzer gewechselt.

Aber sechs Monate waren eine lange Zeit. Allmählich empfand Tom Furcht – nicht um sich, sondern um die Frau, die er in der Obhut des Stammes zurückgelassen hatte. Hatte man sie womöglich getötet?

»Baal!«, zischte Wallarie und griff nach dem Revolver. »Die Schwarzen beobachten uns.«

»Solange es nichts Schlimmeres ist«, sagte Tom, trat entschlossen zu seinem Packpferd und löste die Verschnürung der Kiste, die den Sirup enthielt. Krachend fiel sie zu Boden und sprang auf, sodass die Dosen durch den feinen roten Staub rollten. Tom nahm eine auf und schwang sie über dem Kopf.

»Leckereien«, rief er in das bedrohliche Schweigen des Buschlandes. »Herrliche Leckereien.« Natürlich verstanden die Ureinwohner, die ihn da beobachteten, seine Worte nicht, wohl aber seine Gesten, und einer nach dem anderen kamen die Krieger mit gesenkten Speeren herbei; die Frauen und Kinder folgten.

Mit breitem Lächeln gab Tom die Dosen den Frauen, die es gar nicht abwarten konnten, die klebrige Süßigkeit zu bekommen, die ihnen so kostbar erschien wie Gold den Weißen. Gierige Hände rissen die Deckel von den Dosen und Finger aller Größen fuhren in die goldfarbene Masse. Jedes Misstrauen war von den Menschen abgefallen.

Obwohl die beiden unter Gelächter und Begeisterungsrufen über die Geschenke erneut auf dem Gebiet des Stammes willkommen geheißen wurden, blieb Wallarie im Sattel und hielt das Packpferd dicht bei sich. Ihm war klar, dass die Männer nur auf eine Gelegenheit warteten, seine und Toms Vorräte zu plündern. Doch solange der Darambal-Krieger diese bewachte, wagten sie das nicht, denn sie fürchteten ihn. Sie hatten erkannt, dass ihn eine Aura starken Zaubers umgab. Sie schützte ihn auf dem Gebiet von Stämmen, die Angehörige anderer Stämme zu töten pflegten.

Suchend sah sich Tom unter den Menschen um, die sich im

Lager drängten und sich um die letzten Sirupdosen stritten, die er verteilt hatte. Dann sah er das Gesicht, nach dem er sich so gesehnt hatte. Mit langen Schritten eilte er auf die Frau zu, die, einen Säugling auf der Hüfte, außerhalb der Menschenmenge stand und ihm scheu zulächelte.

Er blieb vor ihr stehen und betrachtete aufmerksam das Kind, das am Daumen nuckelte. Der harte und weithin gefürchtete Ire wusste nicht, was er sagen sollte. Sein Sohn!

Von einem Augenblick zum anderen waren die Monate der Verfolgung vergessen, wie auch die Wochen unter den Sternen von Burke's Land, in denen er sich Sorgen um die hübsche und zurückhaltende Darambal-Frau gemacht hatte.

»Wir wollen den Jungen Peter nennen. Das ist ein guter Name. Er bedeutet Fels«, sagte er und berührte mit seiner schwieligen Hand vorsichtig das Gesicht seines Sohnes. »Wenn er überleben will, muss er so stark sein wie die Felsen deines Landes.« Der Kleine griff nach der Hand des großen Mannes, der da vor ihm stand, und hielt dessen Daumen mit seinen weichen Fingern kräftig fest.

Tom liebkoste das Gesicht der Frau und spürte, wie ihm Tränen in die Augen stiegen. »Mondo ... meine kleine schwarze Prinzessin ... ich würde gern sterben, wenn ich damit dir und Peter ein gutes Leben ermöglichen könnte«, stieß er in der Sprache des weißen Mannes hervor, die sie nicht verstand. »Ach, wäre ich doch ein freier Mann und könnte unseren Sohn aufziehen, ohne fürchten zu müssen, dass die Greifer kommen. Könnte ich ihm eine Zukunft geben, wie sie jeder in Freiheit geborene Mensch als von Gott gegebenes Recht betrachtet.«

Dann schüttelte er den Kopf und sah tief in die dunklen Augen, aus denen ihn eine Liebe ansah, die keiner Worte bedurfte. Mondo lächelte betrübt wegen der Qual, die er litt, ohne sie zu verstehen. Immerhin lebten sie in Freiheit, wenn auch auf dem Gebiet eines fremden Stammes, und sie hatte ein Kind an der Brust, das zum Geist-Totem des Mannes gehörte.

Wallarie sah der Wiederbegegnung der beiden zu und freute sich, dass es Mondo gut ging, außer ihm die einzige Überlebende seines Stammes und ein Bindeglied zu seiner Traumzeit. Wie sonderbar, überlegte er, während er zu ihr und dem Sohn seines Freundes hinübersah, dass das Kind sowohl den Geist des Iren und der Darambal in sich trägt.

Dann richtete sich Wallaries Aufmerksamkeit auf das flache Wasser der nahen Flussmündung, auf das ein Seeadler mit braun-weißem Gefieder herabstieß, um einen Fisch zu schlagen, der ein wenig zu nahe an der Oberfläche geschwommen war. Einen Augenblick lang trat ihm ein entsetzliches Bild vor das innere Auge. Er sah nicht den Seeadler selbst, sondern nur das Abbild von dessen Schatten. Eine Verkörperung des Bösen und unendlicher Grausamkeit. Er begriff die Bedeutung des Bildes nicht, und ein Schauer überlief ihn. Wie war es möglich, dass die Toten zurückkehrten, um die Lebenden zu vernichten?

Aber genauso würde es kommen. Der Geist des Heiligen Berges hatte über die Weite des zeitlosen Landes hinweg zu ihm gesprochen.

Der Traumzeit nahe

1867

[illegible]

[illegible]

[illegible]

[illegible]

29

Die *Osprey* kreuzte zwischen den bis fast an den Wasserspiegel reichenden Korallenbänken, deren steinharte gezackte Vorsprünge die Beplankung eines jeden Schiffes aufreißen konnten, wenn es ihnen zu nahe kam.

Machtvoll donnerten die heranrollenden Wellen des Pazifiks zu beiden Seiten an die Korallenbänke. Bedrohlich knarrten die Spanten, als die Bark von der offenen See den ruhigen Gewässern um das winzige Dschungel-Eiland entgegenstrebte und dabei in einen Strudel des Fahrwasserstroms geriet.

Das tapfere Schiff seufzte, als es die Sicherheit der Lagune erreicht hatte. Es klang fast wie der Erleichterungsseufzer eines Menschen. Rasselnd glitten Bug- und Heckanker an ihren Ketten in die Tiefe. Das kristallklare Wasser, das bis an einen feinen weißen Sandstrand reichte, liebkoste den Teakholzrumpf, obwohl die Anwesenheit des Schiffs in der Lagune ebenso Unheil verkündend war wie die eines räuberischen Seeadlers.

Kapitän Morrison Mort stand neben seinem Ersten Steuermann Jack Horton und sah verdrießlich zu, wie die mit dem Meer vertrauten Inselbewohner flink in die Takelage kletterten und in augenscheinlichem Vertrauen auf ihre Unsterblichkeit die Segel einholten. Er spielte mit dem Griff des Degens, den er an der Seite trug, wie das seine Gewohnheit war, wenn er sich in Gedanken mit einer bevorstehenden Aufgabe beschäftigte.

Schon seit vier Jahren führte er jetzt das Kommando über die umgebaute Bark, und diese Jahre hatten ihm gut getan. Das lange blonde Haar des einstigen Offiziers in der berittenen Eingeborenenpolizei von Queensland war straff nach hinten gekämmt und fiel in einem Pferdeschwanz bis auf den steifen Kragen seines blauen Gehrocks mit Schößen, der gleichwohl nicht so recht zu ihm zu passen schien. Die Jahre unter der tropischen Sonne hatten sein Gesicht gebräunt, sodass es fast den gleichen goldenen Schimmer wie sein Haar hatte. Das Alter schien ihm nichts anhaben zu können, denn obwohl er Mitte dreißig war, sah er zehn Jahre jünger aus. In seinem aristokratisch wirkenden Gesicht brannten die blassblauen Augen mit einer seltsamen, um nicht zu sagen teuflischen, Intensität. Er wirkte asketisch, war ausgesprochen schlank, sein Körper spannte sich straff wie eine Bogensehne, und er machte den Eindruck eines Mannes, der gewohnt war zu befehlen.

Die Reederei Macintosh hatte ihn großzügig für die Lieferungen entlohnt, die er regelmäßig auf dem Markt von Brisbane abgeliefert hatte, sodass er mittlerweile über ein beträchtliches Guthaben bei einer Bank in Sydney verfügte. Noch fünf Jahre, überlegte er, dann konnte er sich mit seinen Ersparnissen im Dorf Penrith außerhalb Sydneys einkaufen, vielleicht mit einer Schank-Konzession, sodass er nicht zu darben brauchte, bis er vom Erwerbsleben endgültig Abschied nahm. Unter Umständen bot sich sogar die Gelegenheit, ein gut gehendes landwirtschaftliches Anwesen zu erwerben, das ihm in den hochnäsigen besseren Kreisen Sydneys ein gewisses Ansehen verleihen würde, oder er gewann mit seinem Charme eine reiche Witwe für sich, die ihm den erträumten gehobenen Lebensstil ermöglichte. Frauen waren so törichte Geschöpfe, man konnte sie mit wenigen wohlgesetzten Schmeichelworten rasch in seine Macht bringen …

»Boot zu Wasser lassen«, sagte er zu Horton, der den Befehl im Pidgin-Englisch des Südpazifiks an die Besatzung weitergab. Die für den Raubzug ausersehenen neun dunkelhäutigen Männer, die von den Koralleninseln Neukaledoniens stammten, führten den Befehl rasch aus. Sie wussten, was sie zu tun hatten.

Als die beiden großen Beiboote zu Wasser gelassen wurden, stoben die kleinen silberschuppigen Fische auseinander, die sich in Schwärmen um das Heck der *Osprey* gesammelt hatten. Gleich darauf versank die rote Scheibe der Sonne hinter dem Horizont, wobei der Strand eine scharfe Grenzlinie zwischen dem geheimnisvollen Dunkel des Dschungels und der Lagune bildete. Die rasch hereinbrechende Tropennacht versprach mild zu werden. Schon spürte man, wie der anlandige Wind zu wehen begann. Er würde im üppig wuchernden grünen Dschungel nach einem heißen Tag Erfrischung bringen.

»Sie können die Waffen ausgeben, Mister Horton«, sagte Mort und gesellte sich zu den Männern, die sich jetzt in Gruppen an Deck bereithielten, um in die Boote zu steigen. Er sah, dass Horton die große mit Eisenbändern beschlagene und mit einem Vorhängeschloss gesicherte Kiste bereits hatte an Deck holen lassen. Wie kleine Kinder lachten und plapperten die Insulaner, während sie sich um sie drängten.

Horton zog einen Schlüssel aus dem breiten Ledergürtel und öffnete schwungvoll den schweren Deckel. Eifrig griffen sie nach den ihnen zugewiesenen Waffen: schussfertige Flinten oder kurzstielige stählerne Äxte.

Mort bewahrte die Waffen grundsätzlich in seiner Kabine auf, da er den eingeborenen Besatzungsmitgliedern nicht traute. Sie wurden in der Nähe ihrer Heimatinseln gewöhnlich unruhig, sodass jederzeit die Möglichkeit einer Meuterei bestand. Immerhin hatte die *Osprey* Dinge an Bord, die in den Augen der Insulaner wertvoller waren als Gold: Tabak, westliche Kleidung und natürlich die neuen Schnellfeuerkarabiner von Westley Richards. Sie bedeuteten einen enormen Fortschritt gegenüber den bis dahin üblichen Vorderladern, und wer sie besaß, hatte die Oberhand bei den unaufhörlichen Kriegszügen, die seit Jahrhunderten zwischen den Bewohnern der einzelnen Inseln im Südpazifik an der Tagesordnung waren.

Nun war die *Osprey* kein Handelsschiff im üblichen Sinne, sondern eins der berüchtigten Sklavenschiffe, die im ganzen Südpazifik nach kräftigen Schwarzen für die schwere Arbeit auf den Zuckerrohr- und Baumwollpflanzungen in Queensland suchten.

Seit Kapitän Robert Town die erste Schiffsladung dieser Art nach Brisbane gebracht hatte, durchstreiften Abenteurer aller Schattierungen – Amerikaner von den Marianen und Australier aus sämtlichen Häfen an der Ostküste des Kontinents – die Südsee auf der Suche nach geeigneten Arbeitskräften. Es waren Männer mit zweifelhaftem Ruf und einem buntscheckigen Lebenslauf, und das Einzige, was sie verband, war die Rücksichtslosigkeit, mit der sie dem Menschenhandel nachgingen.

Zum Teil wurden die Bewohner der Inseln im Südpazifik mit dem Versprechen an Bord gelockt, sie könnten im fernen Queensland Reichtümer erwerben, teils aber wurden sie einfach verschleppt. Viele, die nicht bereit waren, ihre Heimatinseln zu verlassen, wurden einfach ermordet, um andere einzuschüchtern, die zögern mochten, sich den Sklavenhändlern auszuliefern. Missionare trugen nicht unwesentlich zu diesem Zögern bei.

Die bevorstehende Unternehmung war von der letztgenannten Art. Mort war schon bei einer früheren Gelegenheit mit dem auf der Inselkette tätigen presbyterianischen Missionar John Macalister zusammengestoßen, der ihm seither ein Dorn im Auge war.

Aufgebracht hatte der furchtlose Geistliche mit einflussreichen Leuten in Sydney Kontakt aufgenommen, die diese Art der Beschaffung von Arbeitskräften als verdeckten Sklavenhandel einstuften, auch wenn man offiziell von Vertragsarbeitern sprach. Es war allgemein bekannt, dass die berittenen Aufseher auf den Pflanzungen Queenslands mit Schusswaffen und Peitschen ausgestattet waren, um dafür zu sorgen, dass den Schwarzen, die unter der heißen Sonne Frondienst leisteten, der letzte Tropfen Schweiß ausgepresst wurde. Das erinnerte verdächtig an die Baumwollpflanzungen im amerikanischen Süden aus der Zeit vor dem blutigen Bürgerkrieg.

Kapitän Mort und seine Männer wollten das Kommandounternehmen auf der Insel durchführen, bevor Macalister überhaupt merkte, dass sie dort gewesen waren. Mort wusste, dass sich der Missionar zwei Inseln weiter befand, sodass er erst von der Sache erfahren würde, wenn die *Osprey* längst hinter dem Horizont verschwunden war.

Das für die Unternehmung gewählte Vorgehen sagte Mort zu,

da es sich so gut wie nicht von dem unterschied, das er vor Jahren bei der Vertreibung der Eingeborenenstämme in Queensland angewandt hatte. Sie würden nicht nur Gefangene machen, um sie auf den Kanakenmärkten von Brisbane zu verkaufen, sondern auch Menschen töten, deren abgeschnittene Köpfe sich als wertvolles Tauschmittel bei Eingeborenenstämmen anderer Inseln verwenden ließen. Der Überfall auf das Dorf am anderen Ende der winzigen Insel war dem Netzfischen im Meer vergleichbar: zum Abschluss wurde der Fang sortiert – in Lebende und in Tote.

Als die Waffen unter der Mannschaft verteilt waren, gab Mort seinem Ersten Steuermann letzte Anweisungen. Obwohl Horton der Einzige war, dem der manisch besessene Kapitän traute, hätte man nicht sagen können, dass die beiden einander besondere Sympathie entgegenbrachten. Der gegenseitige Respekt entsprang dem Bewusstsein, dass der eine dem anderen an Gewalttätigkeit nicht nachstand.

Horton, der seine Vorstellungen meist mit den Fäusten oder einer Knotenpeitsche durchsetzte, hatte miterlebt, wie Mort jede noch so unbedeutende Abweichung von seinen Befehlen aufbrausend und heftig mit der flachen Klinge seines Degens oder gelegentlich auch mit dessen Spitze ahndete. Ein weiteres Band, das diese Männer in einem unheiligen Pakt miteinander verknüpfte, war ihr Hang zu Folter und Mord.

Diesen Pakt hatten sie geschlossen, als im Jahre '65 die erste junge Insulanerin an Bord der Bark gekommen war. Horton hatte ihre Schreie aus Morts Kabine gehört, als sie sich auf hoher See befanden. Die Besatzung hatte sich taub gestellt und sich unter dem wütenden Blick des Ersten Steuermanns an Deck geduckt, denn niemand hätte es gewagt, gegen den Kapitän aufzumucken.

Als Lohn für das Schweigen der Besatzung hatte der Kapitän seinem Ersten Steuermann einen Anteil am Vergnügen in der Kabine zugesagt. In erwartungsvoller Vorfreude hatte Horton auf seinen Augenblick gewartet. Vermutlich neckte der Kapitän die Kleine mit einer brennenden Kerze, hatte er überlegt, oder er drückte ihre Brustwarzen ein wenig heftig – jedenfalls nichts Ernsthaftes.

Als die entsetzlichen Schreie in ein leises Wimmern übergingen, hatte Mort ihn leise aufgefordert, in die Kabine zu kommen. Was Horton dort sah, entsprach in keiner Weise dem, was er sich ausgemalt hatte.

Die junge Frau war nackt mit dem Gesicht nach unten an den altmodischen Prügelbock gefesselt. Obwohl Horton daran gewöhnt war, Frauen zu quälen, hätte er nie geglaubt, dass ein Mann zur Befriedigung seiner perversen Lust so weit gehen konnte, wie Mort es tat.

Der Körper des Kapitäns, der nackt hinter der sterbenden jungen Frau stand, war über und über mit ihrem Blut bedeckt. In seinen Augen tanzte ein fiebriges Licht, wie Laternen der Hölle aus den Höhlen eines grinsenden Totenschädels. Als Horton die Kabine betrat, besiegelte er auf alle Zeiten einen Pakt mit dem Teufel.

Die junge Eingeborene war über das Stadium der Angst längst hinaus. Ihre Augen verdrehten sich, als ihr Mort langsam die scharfe Spitze der Degenklinge durch die Oberschenkel stieß. In einem vergeblichen Versuch, der Klinge Widerstand zu leisten, hatte sie die Muskeln angespannt, und man hörte sie trotz des Knebels in ihrem Mund schreien, als er die Klinge zurückzog, wobei sich eine Blutlache auf dem Boden bildete. Horton sah, dass ihr Körper an vielen Stellen durchbohrt war. Mit dem Lächeln eines Wahnsinnigen trat Mort zurück, um sein Werk zu bewundern, und bedeutete Horton mit einer Handbewegung, dass er sich bedienen könne.

Der Erste Steuermann überwand sein anfängliches Entsetzen, trat hinter die Frau, ließ die Hose fallen und packte sie an ihren schmalen Hüften. Wie ein Schwein grunzend stieß er in sie, bis ein Zittern seinen angespannten Rücken überlief. Er hatte kaum mitbekommen, dass Mort dem fast ohnmächtigen Opfer währenddessen sonderbare Worte zugeraunt hatte: nie würde sie über kleine Jungen lachen, die litten und nur Liebe wollten. Die Worte eines Irren …

Als er fertig war, hatte Mort wie beiläufig seine Stelle eingenommen und mit einem plötzlichen mächtigen Stoß der jungen Frau die Klinge bis zum Heft in den Körper getrieben. Ein letzter verzweifelter Schrei der Gequälten galt dem Teufel, der sie schon auf Erden heimgesucht hatte. Es bedeutete für sie eine Erlösung, als die Klinge ihr Herz durchbohrte, sodass sie vergleichsweise schnell starb.

Noch mehrfach hatte Horton diesem abscheulichen Ritual beigewohnt. Beim zweiten Mal war es für ihn schon weniger bedrückend gewesen, und fortan beteiligte er sich lustvoll an den perversen Ritualen, denen Mort die jungen Frauen von den Inseln unterwarf.

Im Schein des riesigen aufgehenden gelben Mondes, der die Sterne verdunkelte, knirschten die Bootskiele auf dem Strand. Das Mondlicht war den Männern, die sich schweigend versammelten, hoch willkommen. Jetzt waren sie nicht mehr wie aufgeregte, plappernde Kinder, sondern das, was sie einst in ihrer Heimat gewesen waren: Krieger, die ein feindliches Dorf beschlichen. Morts Berechnung nach würden sie ihr Ziel lange vor Tagesanbruch erreicht haben.

Er warf einen Blick über die friedliche Lagune zur *Osprey* hinüber, deren Umriss im Mondschein deutlich zu erkennen war. Unter anderen Umständen wäre das ein herrliches Motiv für ein romantisches Gemälde gewesen, aber das Schiff hatte längst seine Seele verloren, und so wirkte seine Silhouette so schwarz und finster wie die Absichten des Kapitäns und seines Kommandotrupps.

Mort sah zu den Booten, die mit dem Bug auf den Strand gezogen waren. Sie würden sie nicht im Dschungel zu verstecken brauchen. Das war der Besatzung durchaus recht, denn es war äußerst mühevoll, die schweren Boote aus dem Wasser zu ziehen und über Land zu schleppen.

Er ließ zwei mit Gewehren bewaffnete Männer als Wache am Strand zurück und führte die übrigen in die Schwärze des tropischen Regenwaldes. Der Plan sah vor, dass sie im Gänsemarsch über einen Dschungelpfad bis zum schlafenden Dorf vorstießen, dort ausschwärmten und das Dorf umzingelten, sodass niemand entkommen konnte.

Außer ihren Feuerwaffen führten Morts Leute Stricke zum Fesseln der Gefangenen und Äxte zum Abschlagen von Köpfen mit sich. Wenn alles nach Plan verlief, würden sie junge Männer und Frauen gefangen nehmen. Wer Widerstand leistete, sollte getötet werden. Die Übrigen würde man auf hoher See ›überzeugen‹, dass ein Arbeitsvertrag besser war als der Versuch, durch Gewässer, in denen es von Haien wimmelte, hundert Seemeilen nach Hause zu schwimmen.

An Deck der Bark, von der aus das Licht des Mondes einen silbernen Pfad zum Ufer legte, hatte Horton zugesehen, wie die Boote auf den Strand liefen. Er sah, wie sich der Trupp formierte und dann im Dschungel verschwand. Für ihn gab es bis zu ihrer Rückkehr in den frühen Morgenstunden kaum etwas zu tun. Er musste lediglich darauf achten, dass die Wache nicht einschlief und das kleine Heckgeschütz ständig bemannt war.

Solche Vorsichtsmaßnahmen waren in diesen Gewässern nötig, denn niemand dort sah die Sklavenhändler gern. Es war allgemein bekannt, dass Sandelholzschiffe, die diese Inseln angelaufen hatten, den schnellen Kriegskanus der Insulaner zum Opfer gefallen waren. Vermutlich hatten es die Kapitäne dieser Schiffe an Wachsamkeit fehlen lassen. Er hatte nicht die Absicht, deren Fehler zu wiederholen, denn trotz der eifrigen Bemühungen der Missionare waren nach wie vor Kopfjägerei und Kannibalismus auf den Inseln verbreitet.

Je höher der Mond stieg, desto kleiner schien er zu werden. Horton setzte sich auf einen Lukendeckel und spielte mit einem Tampen herum, in den er Knoten flocht.

Während er an der jüngsten Ergänzung seiner beachtlichen Knotensammlung arbeitete, dachte er über die unmittelbare Zukunft nach. Wenn alles gut ging, würde es morgen ein neues Opfer geben, mit dem er und der Kapitän sich vergnügen konnten. Er wusste nicht, wo und wann dieser seine bestialische Gewohnheit aufgenommen hatte, und es war ihm auch gleichgültig, denn er hatte rasch ein perverses Verständnis dafür entwickelt, was für ein großartiges Gefühl von absoluter Macht die Folter junger Mädchen Mort verlieh.

Ein großer Fisch durchbrach die silbrig schimmernde Wasserfläche der Lagune und wurde von einem größeren Fisch in zwei Stücke gebissen. Bei diesem Geräusch kam Horton der Gedanke, einmal nach der Wache am Heckgeschütz zu sehen.

Er erhob sich und schlich lautlos nach achtern, wo die beiden Männer, wohl unter dem Einfluss des in der Betelnuss, die sie kauten, enthaltenen leichten Rauschmittels, mit dem Rücken zum Geschütz dasaßen. Die frisch geflochtene Knute, die Horton machtvoll auf ihre Schultern hinabfahren ließ, riss sie aus ihrer Benommenheit, sodass sie unter lautem Geschrei aufsprangen und schützend die Hände über den Kopf legten.

Zufrieden grinsend ging Horton davon. Die beiden waren jetzt hellwach. Die neue Knute funktionierte großartig.

Der Schweiß lief Mort in breiten Bächen über den Oberkörper, als er im Schatten des nächtlichen Dschungels hockte und wartete. Alles war wie geplant verlaufen. Dort, wo sich die Angreifer jetzt befanden, konnten sie warten, bis die ersten Sonnenstrahlen den Horizont im Osten mit ihrem zarten rosa Kuss weckten.

Er kratzte sich durch das Baumwollhemd die Brust und verfluchte die hohe Luftfeuchtigkeit im Regenwald. Die Männer um ihn herum hielten den Blick auf das kleine Fischerdorf am Meeresufer gerichtet. In den mit Palmblättern gedeckten Hütten, die auf Pfählen standen, damit die Brise des Ozeans kühlend darunter entlangstreichen konnte, mochten etwa fünfzig Menschen leben, hatte Mort überschlägig berechnet.

Aus seiner früheren Erfahrung wusste er, dass die wenigen Männer, über die er gebot, für das Vorhaben genügten, denn die schlafenden Dorfbewohner argwöhnten nichts Böses. Mit den verdammten Missionaren war unter den einst miteinander verfeindeten Völkerschaften des Südpazifiks eine Art Frieden eingekehrt, ging es ihm mit spöttischer Zufriedenheit durch den

Kopf. Dadurch hatten die Missionare paradoxerweise ganz ohne ihre Absicht Sklavenhändlern wie Mort Vorschub geleistet.

Er zog den Degen aus der Scheide, und nach einigen geflüsterten Befehlen zerstreute sich sein Trupp in die Nacht, jeder an die ihm zugewiesene Stelle. Unwillkürlich fühlte sich Mort an die blutigen Vertreibungen der Ureinwohner in Queensland erinnert.

Die Dorfhunde bellten, und die dürren Schweine quiekten. Aber für die Dorfbewohner kam die Warnung vor den mit Gewehren und Äxten bewaffneten Angreifern zu spät. Eine Gewehrsalve und Mark erschütterndes Kriegsgeschrei rissen sie aus dem Schlaf. Von Panik erfasst, drängten sie sich vor ihren Hütten, und nur den wenigen, welche die Situation besonders rasch durchschaut hatten, gelang es, in der Dunkelheit unmittelbar vor Tagesanbruch die Umzingelung zu durchbrechen und in den Dschungel zu fliehen.

Das Dorf war nicht groß, und es gab kaum Widerstand. Die wenigen, die tapfer Gegenwehr zu leisten versuchten, wurden von Kugeln zu Boden gerissen und von mit tödlicher Sicherheit geschwungenen, rasiermesserscharfen Äxten enthauptet.

Schon nach wenigen Minuten war alles vorüber. Aus dem angstvollen Kreischen der Dorfbewohner wurde ein verzweifeltes Klagen, als ihnen aufging, dass sie hilflose Gefangene der Eindringlinge waren, die sie vor ihren Gewehrläufen auf einer Lichtung am Rande des Dorfes zusammentrieben. Ohne auf das Wehgeschrei der Frauen zu achten, die Söhne, Väter und Männer verloren hatten, fesselten sie ihre Gefangenen mit Stricken.

Befriedigt lächelte Mort. Die Spitze seines Degens ruhte im Sand. Gib Niggern eine Aufgabe, die sie gern tun, und sie lassen sich leicht lenken, dachte er und empfand Stolz auf die Brutalität, mit der sie vorgingen. Er war nie glücklicher, als wenn er Herr über Tod und Zerstörung sein durfte.

Zwei seiner Männer, die neben einem Haufen abgeschlagener Köpfe hockten, verzogen fröhlich die Gesichter und sahen ihren Anführer an. »Verdammt gute Arbeit«, murmelte Mort und sah teilnahmslos zu, wie diejenigen seiner Leute, die nicht mit der

Bewachung der Gefangenen beschäftigt waren, die Hütten nach lohnender Beute durchsuchten. Anschließend warfen sie Fackeln hinein und erschlugen einige Schweine mit ihren Äxten, damit die Besatzung frisches Fleisch hatte.

Träge knisterten die aus den Stämmen der Kokospalme errichteten Gerüste der Hütten und die trockenen Palmblattdächer, dann schlugen die Flammen machtvoll empor, und der Lichtschein am frühmorgendlichen Himmel besiegelte den Tod des Dorfes.

Als alles in Flammen stand, ließ Mort die gefesselten Gefangenen langsam an sich vorüberführen. Während er einen nach dem anderen prüfend betrachtete, suchte er unter den verängstigten Frauen des zerstörten Dorfes ein Opfer zur Befriedigung seiner Lust. Schon bald ruhten seine fieberglänzenden Augen auf einem jungen Mädchen, das neben einer alten Frau stand. Da der Einfluss christlicher Schamhaftigkeit das winzige Eiland noch nicht erreicht hatte, war sie bis auf einen kleinen Lendenschurz aus gewebten Gräsern nackt. Ihre knospenden Brüste zeigten ebenso wie die kaum angedeuteten Rundungen an Hüften und Hinterteil, dass sie gerade im Begriff stand, zur Frau zu erblühen.

Sie wich dem abschätzenden Blick des Weißen aus, spürte aber noch mit niedergeschlagenen Augen, wie er ihr förmlich auf der Haut brannte. Sie sah flüchtig zu ihm hin und wandte ebenso rasch den Blick wieder ab. Diese Augen gehören keinem Menschen, dachte sie, von einem Entsetzen erfasst, das ihr das Blut gefrieren ließ. Das bestialische irre Flackern in seinen blassblauen Augen kannte sie aus den Geschichten, welche ihnen die Missionare über den Teufel erzählt hatten.

»Ein guter Fischzug. Sechzehn Männer, alle im besten Alter. Neun Frauen, nur drei junge und ein paar alte«, sagte Mort mit einem Blick auf die zusammengedrängt an Deck der *Osprey* hockenden Gefangenen, die nach wie vor benommen waren von dem unerwarteten Angriff. Von ihrem Dorf waren nur noch brennende Reste übrig. Die Rauchsäule, die in der Ferne über dem Dschungel aufstieg, war ein deutlicher Hinweis auf seine Zerstörung.

»Wollen Sie die Alten behalten?«, fragte Horton den Kapitän. Sie waren auf den Feldern von Queensland zu nichts nutze, während ein Pflanzer für ein junges Mädchen mindestens zwanzig Pfund zahlen würde.

Zwar musste die *Osprey* noch weitere Inseln anlaufen, doch erwartete Mort keine Schwierigkeiten. Dort würde er seine Arbeitskräfte mit einem geringeren Aufwand an Grausamkeit zusammenbekommen. Denn der Stapel abgeschlagener Köpfe, welche die Gefangenen zu den Booten hatten tragen müssen, würde dafür sorgen, dass ihnen die Häuptlinge im Tausch gegen diese Trophäen, mit denen sie ihre Weiber beeindrucken wollten, bereitwillig Männer zur Verfügung stellten. Daher durfte er damit rechnen, bei der Rückkehr nach Brisbane den Laderaum voller Arbeitskräfte zu haben. Von einem der jungen Mädchen aber wusste er bereits jetzt, dass sie Brisbane nicht erreichen würde.

»Sie kennen Ihre Aufgabe, Mister Horton«, sagte er, ohne den Blick von dem jüngsten der Mädchen zu nehmen, für das er sich bereits auf der Insel entschieden hatte. »Ich bin sicher, dass Kuri seine Arbeit gern tun wird«, fügte er hinzu, und der Erste Steuermann befahl den Anführer der schwarzen Besatzung mit lauter Stimme zu sich.

Dieser Kuri war ein breitschultriger junger Mann, den man einst auf seiner Insel als Krieger gefürchtet hatte. Als Erinnerung an seine Kämpfe trug er eine lange bleiche Narbe quer über die Brust.

»Kuri … du *kisim* Kopf *lapun manmeri.* Verstehen?«, sagte Horton, und der Mann bestätigte mit kindlichem Lächeln, dass er begriffen hatte, welche Aufgabe ihm zugedacht war. Nach wie vor lächelnd zog er die Streitaxt aus dem Gürtel und riss den ihm am nächsten stehenden Alten aus dem Kreis der Gefangenen. Dieser leistete nur schwachen Widerstand, als er ans Heck gezerrt wurde, wo ihm Kuri den Kopf mit einer Hand über die Reling drückte.

Er zielte sorgfältig, denn mit einer falsche Bewegung konnte er ohne weiteres seinen eigenen Arm abtrennen. Dann blitzte die Schneide in der Sonne, und triumphierend hob er den Kopf des Alten hoch. Laut jubelnd zollte ihm die Besatzung Beifall wegen der Geschicklichkeit, mit der er sein Werk getan hatte.

Aus dem dünnen Hals des Mannes spritzte das Blut in das klare Wasser der Lagune. Sorgfältig achtete Kuri darauf, dass kein Tropfen an Deck fiel, denn Mr. Mort verlangte, dass es makellos sauber blieb. Während die Gefangenen vor Entsetzen aufschrien und sich aneinander drängten, fiel der Rumpf des Alten klatschend ins Wasser der Lagune und färbte es rot.

Kuri wandte sich vom Heck ab und schlenderte zu den verängstigten Gefangenen zurück. Mit stolzem Lächeln sah er seinen Kapitän an, und dieser bestätigte ihm nickend, dass er sein Geschick im Umgang mit der Streitaxt zu schätzen wusste.

Bis Sonnenuntergang hatte die Nachricht von den Gräueltaten den Missionar John Macalister erreicht, der vor ohnmächtiger Wut tobte, als er davon erfuhr. Ohne jeden Anflug von christlicher Nächstenliebe wünschte er die Sklavenhändler auf ewig in die finsterste Hölle. Jetzt sprach nicht der strenge Presbyterianer aus ihm, sondern der kämpferische Seelsorger, der sich für die Menschen so verantwortlich fühlte wie ein Hirte im schottischen Hochland für seine kostbare Schafherde.

Das Einzige, was er tun konnte, war, einen weiteren Bericht über das Treiben der Sklavenhändler auf den von ihm betreuten Inseln nach Sydney zu senden. Auch dieser würde in der obersten Schreibtischschublade irgendeines Bürokraten landen und vergessen werden, weil es sich niemand mit den in der Gesellschaft hoch angesehenen Besitzern der berüchtigten Sklavenhändlerschiffe verderben wollte. Nur ein Eingreifen der königlichen Marine könnte ihrem gotteslästerlichen Treiben ein Ende setzen.

Wenn es möglich war, dass Ihrer Majestät Dampf-Fregatte *Curaçao* unter dem Kommando von Sir William Wise im Jahre '65 die Bewohner eines Dorfes von See aus beschoss, deren einziges Vergehen darin bestanden hatte, dass sie nicht bereit gewesen waren, sich zwangszivilisieren zu lassen, konnte man auch gegen die gottlosen Sklavenhändler vorgehen, überlegte der Missionar. Warum sollte die Marine nicht die Mörderbande jagen? Aber er kannte die Antwort bereits. Den Pazifikinseln maß England keine weltpolitische Bedeutung bei. Sie lagen von den Amtsstuben der Regierung in Westminster ebenso weit entfernt wie jene vom Mond.

Er setzte sich in seine Hütte, um seinen Bericht über die Gräuel abzufassen. Nach den Beschreibungen der Überlebenden, denen es gelungen war, der Bande zu entkommen, vermutete er, dass es sich um die *Osprey* handelte. Auch wenn die britische Regierung kein offenes Ohr für seine Beschwerden hatte, war es denkbar, dass die Zeitungen Sydneys und die gegen die Sklaverei gerichteten Organisationen im Lande aufmerksam wurden. Sie würden die Sache bestimmt nicht auf sich beruhen lassen.

Und genauso kam es. Zu den Verbündeten, die der schottische Missionar bald für seine Sache gewinnen konnte, gehörte ein Mann, der geradezu versessen darauf war, den Kapitän des berüchtigten Sklavenschiffs hängen zu sehen. Es war ein junger Anwalt namens Daniel Duffy.

30

»Damit ist Ihnen Mister Hubners Nachlass übertragen. Jetzt sind Sie eine vermögende Frau«, teilte Hugh Darlington von der Anwaltskanzlei Darlington & Darlington in Rockhampton Kate O'Keefe mit und lehnte sich in seinem Sessel zurück.

Benommen hielt Kate den Blick auf den Stapel wichtig aussehender Papiere gerichtet, die vor dem Anwalt auf dem Schreibtisch lagen. Sie wusste aus Gerüchten in der Schankstube des Gasthofs Emperor's Arms, in der sie fast fünf Jahre gearbeitet hatte, dass Harry mit seiner schweren Arbeit als Fuhrmann ziemlich viel Geld zusammengebracht hatte, doch überstieg der Betrag, den der Anwalt soeben genannt hatte, ihre wildesten Träume. Vierzehntausend Pfund – nach Abzug der Erbschaftssteuer!

»Außerdem hat er Ihnen all seinen sonstigen Besitz vermacht«, fuhr der Anwalt fort. »Soweit mir bekannt ist, handelt es sich dabei um ein Haus in Townsville und vier Grundstücke, hinzu kommt sein Fuhrwerk mitsamt dem Ochsengespann. Ich nehme an, dass Sie das Letztgenannte verkaufen wollen, Missus O'Keefe?«

Kate war nach wie vor benommen. Vierzehntausend Pfund! Nachdem sie Harry auf der Suche nach dem Grab ihres Vaters kennen gelernt hatte, war er ihr in der Schänke später wieder begegnet. Kate hatte ihm immer ein wenig mehr Zeit gewidmet als den anderen Fuhrleuten, die um die Aufmerksamkeit der schönen jungen Tochter des legendären Patrick Duffy wetteiferten. Sobald es einige ruhige Minuten gab, hatte sie zugehört, wenn ihr der einsame Mann über sein Leben berichtete, und als sie von seinem Tod erfuhr, empfand sie das als persönlichen Verlust.

»Mister Hubner konnte Sie sehr gut leiden, Missus O'Keefe«, fuhr der Anwalt fort und beugte sich vor. »Er hat gesagt, Sie hätten ihm fast so nahe gestanden wie eine Tochter. Soweit mir bekannt ist, hatte er keine lebenden Verwandten, und ich glaube daher nicht, dass irgendjemand das Testament anfechten wird. Aller Besitz Harry Hubners gehört jetzt Ihnen.«

Unwillkürlich warf Hugh Darlington einen Blick auf die junge Frau, die ihm gegenübersaß. Alles, was er über das Schankmädchen aus dem Emperor's Arms gehört hatte, traf zu – sie war in der Tat eine ausgesprochene Schönheit. Er wusste, dass sie verheiratet war und ihr Mann sie vor Jahren verlassen hatte. Trotz der oft recht ungehobelten Gäste hatte sich die junge Frau stets den Ruf einer wahren Dame bewahrt. Sie war bezaubernd, klug und ließ sich nie auf eines der zahllosen Angebote der ausgesprochen liebenswürdigen Söhne reicher Siedler ein, mit ihnen das Bett zu teilen, denn nicht nur gestandene Fuhrleute verkehrten in jenem Gasthof.

Kate saß da und hatte die Hände im Schoß gefaltet. Ihr war durchaus bewusst, dass der gut aussehende Mann sie abschätzend betrachtete. Er ahnte nicht, dass die Bewunderung auf Gegenseitigkeit beruhte. Kate musste sich eingestehen, dass Hugh Darlington mit seinen dunkelbraunen Augen und dem dicht gewellten, braunen Haar, das ihm bis auf den Kragen hinabreichte, sehr anziehend aussah.

Im Unterschied zu den bärtigen Buschläufern und Fuhrleuten war er glatt rasiert und kultivierte eine leicht überhebliche Art, die Frauen gefiel. Seine Hände waren sauber, und seine Finger für einen so kräftigen Mann recht zierlich. Es waren auf keinen Fall die schwieligen Hände eines Mannes, der schwere körperliche Arbeit verrichtete, eher sahen sie aus, als fühlten sie sich auf den Tasten eines Klaviers am wohlsten. Kurz, sie waren anders als die Hände aller, die im Gastof Emperor's Arms verkehrten – Fuhrleute, Goldsucher, Viehhirten und Feldarbeiter.

»Sie wollen wissen, was ich mit dem übrigen Nachlass zu tun gedenke, Mister Darlington?«, fragte Kate schließlich und sah ihn an.

»Ja. Ich kann dafür sorgen, dass alles für Sie verkauft wird – sofern es Ihre Absicht ist, sich weiterhin der Dienste von Darlington & Darlington zu bedienen«, gab er zur Antwort, denn er vermutete, dass sie Harrys Besitz zu Geld machen wollte.

»Nichts wird verkauft. Bestimmt sähe Harry es am liebsten, wenn seine Ochsen weiter arbeiteten«, sagte sie ruhig. Erstaunt hob der Anwalt die Brauen, denn er hatte es für selbstverständlich gehalten, dass sie sich für das Geld entscheiden und damit nach Sydney heimkehren würde. Die Stadt Rockhampton war kein besonders kultivierter Ort, lag doch dieser Vorposten der Kolonie am Rande einer Wildnis, aus der so mancher harte Bursche nicht zurückkehrte.

»Es kann unmöglich Ihre Absicht sein, das Fuhrwerk zu übernehmen, Missus O'Keefe«, sagte er herablassend. »Das ist eine Arbeit für Männer, nicht für junge Frauen von, wenn ich das sagen darf, so zarter Schönheit.«

Lächelnd nahm Kate das Kompliment zur Kenntnis, doch zugleich ärgerte es sie, dass einer annahm, sie sei nicht imstande, Männerarbeit zu tun.

»Ich habe nicht die Absicht, das Fuhrwerk selbst zu führen, bin aber sicher, dass ich imstande bin, ein Unternehmen auf die Beine zu stellen und zu leiten und jemanden anzustellen, der sich um das Fuhrwerk kümmert«, sagte sie mit zuckersüßer Stimme, die aber keinen Zweifel daran ließ, dass sie seine Gönnerhaftigkeit durchschaut hatte und missbilligte.

Jetzt, da er gemerkt hatte, dass es sich bei ihr nicht um ein sanftes Veilchen handelte, sondern eher um eine irische Rose, schön, aber voller Dornen, versuchte er sich herauszuwinden. »Selbstverständlich können Sie das. Zweifellos gibt es in Rockhampton den einen oder anderen erfahrenen Mann, der gern für Sie tätig würde«, sagte er und hüstelte verlegen hinter der vorgehaltenen Hand.

»So ist es«, fuhr Kate fort. Sie merkte, dass sie dem eingebildeten, aber zugleich ausgesprochen anziehenden Anwalt ihren Standpunkt klar gemacht hatte. »Es gehört zu den Vorzügen der Arbeit in einem Gasthof, dass man Menschen kennen lernt, schnell lernt, wem man vertrauen kann, und nebenbei noch dies und jenes erfährt. Zufällig kenne ich einen verlässlichen Mann, der Arbeit als Gespannführer sucht. Heute Abend kann er eine Lokalrunde geben, denn ich werde ihn in meine Firma Eureka einstellen.«

Nachdem sie das gesagt hatte, hielt sie inne und dachte über den Namen Eureka nach, für den sie sich entschieden hatte. Was würde er für ihre eigene Zukunft und für den Auftrag bedeuten, den sie im Leben zu erfüllen hatte? Endlich lag die Erfüllung ihres Traum in Reichweite vor ihr. Eigentlich war sie nach Norden gekommen, um einen Gasthof einzurichten, und mit einem Mal folgte sie den Fußstapfen ihres Vaters und nicht denen ihres Onkels Frank. Das Ochsenfuhrwerk sollte den Grundstein ihres Finanzimperiums bilden. Auch wenn ihr noch völlig unklar war, auf welche Weise sie beim Aufbau dieses Unternehmens vorgehen wollte, war sie sicher, dass es ihr gelingen würde, Donald Macintosh zu Fall zu bringen. So wie Feuer das einzige Mittel ist, um Feuer zu bekämpfen, gab es im Kampf gegen Reichtum kein anderes Mittel als Reichtum.

»Ich möchte, dass Sie die Papiere für die Gründung der Firma Eureka vorbereiten«, sagte sie mit der Sicherheit eines Menschen, der sein Leben lang Geschäfte geführt hat. »Ich vermute, dass Sie bereit sind, als Anwalt für das Unternehmen tätig zu werden?«

Er nahm das Angebot an. »Der Name Eureka ist recht interessant, Missus O'Keefe. Darf ich fragen, wie Sie darauf verfallen sind?«, fragte er.

Sie bedachte ihn mit einem entzückenden und zugleich rätselhaften Lächeln. »Eureka war der Name der Palisade, in der mein Vater und andere Männer, die ich kenne, gegen die Engländer gekämpft haben, um Gerechtigkeit zu erlangen. Auch meine Firma wird kämpfen müssen und sich eines Tages den größten und besten englischen Unternehmen in Queensland zu stellen haben. Diesmal aber wird Eureka siegen.«

Zwar verblüfften ihn ihre hochfliegenden Pläne, doch versagte er sich klugerweise jeden Kommentar. Stattdessen sprach er mit ihr über gewisse Erfordernisse, die zur Gründung der Firma unerlässlich waren.

Anschließend stand er von seinem Schreibtisch auf und geleitete Kate höflich zur Tür.

»Missus O'Keefe, ich hoffe, Sie halten mich nicht für unverschämt ... schließlich haben wir einander gerade erst kennen gelernt«, sagte er, als er ihr die Tür aufhielt. »Aber ich würde Sie gern am zweiten Weihnachtsfeiertag zu einem Picknick einladen. Natürlich habe ich Verständnis, falls Sie mich nicht begleiten wollen.«

Kate wandte sich lächelnd zu ihm um und berührte seinen Arm mit ihrer Hand auf eine Weise, die seinen Puls rasen ließ. »Ich nehme Ihre Einladung sehr gern an, Mister Darlington.«

Verblüfft von dieser Antwort stand Hugh da, während sie an ihm vorüberging. Sie hatte so bereitwillig zugestimmt, dass er eine ganze Weile in seliger Benommenheit an der Tür stehen blieb.

Auf der Straße öffnete Kate ihren Sonnenschirm. Nicht das ganze ererbte Geld würde als Unternehmenskapital in die Firma wandern. Sie hatte sich schon lange nichts mehr gegönnt, und ein Einkauf bei einem Stoffhändler war überfällig. »Danke, Harry«, flüsterte sie. »Ich verspreche dir, dass ich dich nie vergessen werde, solange ich lebe.« Mit federndem Schritt eilte sie über die staubige Straße und auf dem kürzesten Wege dem Stoffgeschäft entgegen.

Hugh sah ihr aus dem Fenster seiner Kanzlei nach, als sie leichtfüßig zwei schweren Ochsengespannen auswich. Er hörte, dass die Fuhrleute, die sie vermutlich aus dem Gasthof Emperor's Arms kannten, ihr einen plumpen, aber gut gemeinten Gruß zuriefen. Fröhlich lächelnd erwiderte sie ihn.

Wirklich schade, dass die junge Frau mit ihrem Ehrgeiz über das Ziel hinausschießt, überlegte er, andernfalls wäre sie vielleicht geneigt, eine Familie zu gründen. Neben ihrem guten Aussehen besaß sie alle Vorzüge, die man von der Gattin eines Mannes erwartete, der in der Gesellschaft von Rockhampton etwas bedeutete. Doch sie erschien ihm zugleich ein wenig töricht. Die Vorstellung, eine junge Frau könne gegen die reichen und mächtigen Großkaufleute und Landbesitzer mit Aussicht auf Erfolg antreten … einfach lächerlich!

Seit er Kate O'Keefe gesehen hatte, von deren Schönheit ganz Rockhampton sprach, wusste Hugh Darlington, dass er sie besitzen musste. Sie verfügte über ein beträchtliches Erbe, und auch seine finanziellen Mittel waren nicht unerheblich.

Deborah, das zweijährige Töchterchen der Cohens, hörte auf dem Knie ihres Vaters sitzend mit großen Augen zu, wie Tante Katie Solomon und Judith ihr Vorhaben erklärte. Neugierig, wie sie war, begriff sie, dass es sich um wichtige Dinge handelte und ihre Eltern von Tante Katies Worten beeindruckt sein mussten.

Das kleine Mädchen konnte Tante Katie gut leiden, weil sie immer lustig war. Diesmal aber sprach sie sehr ernsthaft, und mit großen Augen nahm Deborah alles in sich auf.

»Was Sie da planen, hat gewaltige Ausmaße«, sagte Solomon und strich der kleinen Deborah über das seidige rabenschwarze Haar. »Aber ich denke, wir können es zuwege bringen. Unser Kapital reicht für eine Beteiligung aus, und ich glaube, dass Judith einverstanden ist.«

Diese nickte. »Das bin ich. Zwar ist Kate noch jung, aber ihr Geschäftssinn ist alt und weise«, sagte sie. »Wir eröffnen einen weiteren Laden in Townsville, und Kate führt mit ihrem Fuhrunternehmen die Transporte für uns durch.« Sie sagte das zögernd, denn die Sache machte ihr durchaus Sorgen. Was sich Kate da vorgenommen hatte, ging sogar über die ehrgeizigen Träume der Cohens hinaus.

»Ihre Absicht, Grund und Boden zu erwerben und unsere Läden mit Rindfleisch aus eigener Erzeugung zu beliefern, setzt voraus, dass wir entweder einen eigenen Schlachthof betreiben oder einen Außenstehenden mit in das Unternehmen hineinnehmen. Allerdings denke ich eher, dass wir es selbst tun sollten, doch das wird viel Geld kosten«, fügte sie hinzu.

»Das wird der nächste Schritt«, sagte Kate nach einigem Nachdenken. »Zuerst kaufen wir das Land. Es darf nicht allzu weit von Rockhampton entfernt sein, höchstens einige Wochen mit dem Fuhrwerk.«

Solomon kritzelte Zahlen auf ein Blatt Papier, während Kate sprach. »Kaufen ... oder pachten?«, sagte er nachdenklich und stieß mit dem Bleistift auf das Papier.

»Kaufen!«, sagte Kate, ohne zu zögern. »Ich weiß auch schon, für welchen Besitz wir ein Angebot abgeben sollten.«

Solomon hob den Blick. »Und zwar für welchen?«

»Für Glen View«, kam wie aus der Pistole geschossen ihre Antwort.

Solomon und Judith starrten die ehrgeizige junge Frau an. Es war ihr ernst mit dem, was sie sagte, und sie kannten auch den Grund dafür.

»Sie lassen Ihren Kopf von Ihrem Herzen regieren«, tadelte Solomon sie freundlich. »Oder ist es Ihr Rachedurst?«

Da es Kate klar gewesen war, dass er sich gegen ihren Vorschlag aussprechen würde, hatte sie ihre Gegenargumente bereit. Sie holte tief Luft und erklärte: »Macintosh hat Schwierigkeiten, den Besitz zu halten. Wegen der gegenwärtigen Finanzkrise in der Kolonie sind die Preise für Rindfleisch enorm gefallen, und ich weiß, dass die Familie Macintosh einen großen Teil ihres Geldes in die Reederei gesteckt hat, weil sie mit Arbeitskräften von den Pazifikinseln handelt. Auch ist seit dem Ende des Kriegs in Amerika der Verkauf von einheimischer Baumwolle zurückgegangen. Deshalb schichten die Macintoshs ihr Kapital um; sie stecken es in ihre Zuckerpflanzungen an der Küste. Ich habe erfahren, dass Donald Macintosh nach Sydney gereist ist, um dort ein Darlehen für Glen View aufzunehmen. Jetzt ist ein günstiger Zeitpunkt, den Leuten ein Angebot zu machen.«

Solomon war beeindruckt, aber trotzdem überzeugt, dass die junge Frau den Besitz in erster Linie erwerben wollte, weil dort ihr Vater begraben lag. Es war ihre Art, Rache zu nehmen: Schritt für Schritt. Sie wollte der Familie Macintosh zeigen, dass eine Duffy ihnen geschäftlich überlegen war. Solomon kannte die Lust der Iren am Streit. Seiner Ansicht nach hatte sie jetzt auch auf die Frauen übergegriffen.

»Zwanzigtausend Pfund genügen nicht, um Glen View und seinen Viehbestand zu erwerben«, sagte er kopfschüttelnd. »Wenn wir mindestens fünfunddreißigtausend aufbringen könnten, wäre der Plan sicher Erfolg versprechend. Aber so viel Geld ... «

Betrübt musste ihm Kate Recht geben. Ein Kauf von Glen View würde ihre gesamten Barmittel aufzehren, sodass ihnen keine Reserven für Investitionen blieben. »Würden Sie ein Angebot machen« fragte Kate, »wenn wir fünfunddreißigtausend Pfund hätten?«

»Ja«, gab Solomon zur Antwort. »Was Sie da vorgetragen haben, hat Hand und Fuß. Wir haben es zur Zeit mit einem Käufermarkt zu tun, und da soll man kaufen. Glen View liegt nicht allzu weit entfernt, und ich glaube nicht, dass die Finanzkrise noch von langer Dauer sein wird. Da wir uns Glen View aber nicht leisten können, sollten wir uns auf etwas weniger Kostspieliges verlegen. Es stehen noch andere Besitzungen zum Verkauf.«

Sie schüttelte den Kopf und sah beiseite. »Glen View oder gar nichts«, sagte sie störrisch. »Eines Tages werde ich es den Macintosh-Leuten fortnehmen.«

Deborah rutschte vom Schoß ihres Vaters, ging zu Kate hinüber, legte die Arme um sie und sagte ernsthaft: »Ich hab dich lieb, Tante Katie.« Sie drückte das kleine Mädchen an sich.

Nachdem das Geschäftliche besprochen war, brachte Judith Brot und eine Aufschnittplatte herein. Kate setzte sich mit den Cohens zu Tisch. Mitten in ihr munteres Gespräch hinein sagte Judith: »Kate, Sie sollten sich einen guten Mann suchen und viele Kinder zur Welt bringen.«

Kate wäre fast an einem Bissen Hühnchen erstickt, als sie lachend fragte: »Wie kommen Sie jetzt darauf?«

»Ich sehe, wie Sie mit Deborah umgehen«, gab Judith schlicht zur Antwort. »Sie sind die geborene Mutter.«

»Ich war eine kurze Weile Mutter«, erinnerte Kate sie betrübt und leise.

Tröstend legte ihr Judith die Hand auf den Unterarm. »Sie werden es wieder sein … irgendwann«, sagte sie, und Kate lächelte ihr betrübt zu. »Solange ich verheiratet bin, kann ich keinen anderen Mann haben, das wissen Sie so gut wie ich.«

Judith drückte Kates Hand. »Ganz stimmt das nicht«, sagte sie. »Ich habe in der vorigen Woche über diese Sache mit einem Ihrer Priester gesprochen.«

Das überraschte Kate. Mit einem Priester zu sprechen fiel Judith sicher nicht leicht, denn sie stand den christlichen Geistlichen, die Juden als die Mörder Jesus ansahen, sehr reserviert gegenüber.

»Ich habe mit Pfarrer Murlay gesprochen. Er war sehr freundlich«, fuhr Judith fort. Kate kannte ihn. Dieser französische Priester unterschied sich von seinen irischen Amtsbrüdern dadurch, dass er in Dingen, die das Herz und die Ehe betrafen, nicht so verbohrt war wie diese.

»Und was hat er gesagt?«, fragte sie.

»Dass Ihre Religion die Möglichkeit kennt, eine Ehe für ungültig erklären zu lassen, zu ›annullieren‹, wie er gesagt hat. Er würde gern mit Ihnen sprechen, wenn er das nächste Mal in Rockhampton ist.«

»Ich werde zu ihm gehen«, sagte Kate und legte den Hühnerknochen auf den Teller.

Obwohl sie wusste, dass im kanonischen Recht die Auflösung von Ehen vorgesehen war und es im Vatikan Priester gab, deren Aufgabe es war, sich mit solchen Fällen zu beschäftigen, hatte sie nie überlegt, ob es Gründe für eine Annullierung ihrer Ehe geben könnte. Sie hatte vermutet, dass ein solches Verfahren ebenso kompliziert sein würde wie vor einem weltlichen Gericht.

»Gut. Wenn dann Ihre Ehe für ungültig erklärt ist, werden Sie sich einen guten Mann suchen und Kinder bekommen«, sagte Judith, als wäre die Sache damit erledigt, bevor sie noch begonnen hatte.

Voll Überraschung hatte Solomon dem Gespräch schweigend zugehört. Auch er war verblüfft zu erfahren, dass seine Frau einen Priester aufgesucht haben sollte, doch er wusste, wie sehr ihr Kate am Herzen lag. Die beiden waren durch das größte Mysterium im Leben einer Frau miteinander verbunden – die Geburt eines Kindes. Judith hatte Kates Kind in sein kurzes Leben gebracht, und Kate hatte als einer der ersten Menschen die nasse und mit Schleim bedeckte Deborah auf den Armen gehalten. Nachdem die Hebamme ihr Werk getan hatte, hatte Kate das Neugeborene Judith an die Brust gelegt. Das also konnte eine Jüdin dazu bringen, zu einem katholischen Geistlichen zu gehen, überlegte er.

»Luke war vorige Woche im Bezirk«, sagte er, um auch etwas zu sagen, und er merkte, wie plötzlich Interesse in Kates Augen aufflackerte. Allerdings wusste er nicht, ob es sich lediglich um Neugier oder um etwas anderes handelte. Um das zu erfahren, würde er am Abend im Bett Judith fragen müssen.

»Ach, das wusste ich gar nicht. Hoffentlich geht es ihm gut«, sagte Kate beiläufig, doch Judith glaubte in ihrer Stimme einen Anflug von Anteilnahme zu erkennen. »Ich habe im Gasthof gehört, dass er wieder nach Norden in die Berge will«, fügte Kate lässig hinzu. »Buschläufer haben ihm gesagt, dass das nicht besonders klug sei, weil die Ureinwohner dort ziemlich feindselig sein sollen. Vermutlich ist er ja vernünftig genug, auf ihren Rat zu hören.«

»Nein, das hat er nicht getan«, sagte Judith leise. »Luke Tracy lässt sich nicht einschüchtern. Gott hat nur wenige Menschen wie ihn erschaffen. Jetzt aber fordert der Teufel seinen Tribut von ihm. Luke ist sehr krank. Er hat das Fieber.«

Kate hörte aus ihrer Stimme große Sorge heraus. Oft hatte sie gehört, wie die Buschläufer über den legendären verrückten Yankee berichteten, der die riesige Kolonie ganz auf sich allein gestellt in alle Richtungen nach seinem El Dorado durchstreifte, doch immer hatten sie achtungsvoll von ihm gesprochen.

Obwohl sie den umgänglichen und mutigen Goldsucher seit über vier Jahren nicht gesehen hatte, dachte sie oft an ihn.

Warum kam er nicht nach Rockhampton zurück, um seine Freunde zu besuchen?

Bei einer solchen Gelegenheit war ihr selbst aufgefallen, wie besorgt sie um ihn war, aber so war das nun einmal bei einem guten Freund. Nur einmal, und auch das war schon eine Weile her, hatte sie nachts im Bett bei der Erinnerung an den Mann geweint, der sie bei der gefahrvollen Suche nach dem Grab ihres Vaters begleitet hatte. Zwar hatten sie damals gehofft, ihrem Bruder, dem berüchtigten Buschräuber, zu begegnen, doch dieser Wunsch hatte sich nicht erfüllt. Umso mehr hatte sie im Schankraum über seine Taten gehört, von denen man sich im ganzen Lande erzählte. Gleich dem amerikanischen Goldsucher war ihr Bruder in ihrem Leben lediglich eine Spukgestalt.

Sie vermutete, dass ihn sein tief verwurzeltes Ehrgefühl veranlasste, keinen Kontakt mit seiner Schwester aufzunehmen, denn nur so konnte er vermeiden, dass sie in schlechten Ruf geriet. Nichts als dummer männlicher Stolz, dachte sie. Dass sich aber der Amerikaner nie meldete, konnte sie sich nicht erklären.

»Wie schlimm ist denn sein Fieber?«, fragte sie und verbarg ihre Empfindungen hinter äußerlicher Gelassenheit.

»Es ginge ihm sehr viel besser, wenn sich jemand um ihn kümmerte«, sagte Judith kurz angebunden. Kate entging der Ärger in ihrer Stimme nicht.

»Ich finde, er hätte wenigstens Kontakt mit mir ... mit uns aufnehmen können«, gab sie zurück.

»Und welchen Grund sollte er dafür haben?«, fragte Judith mit einer Spur Sarkasmus in der Stimme. »Sie sind doch nicht mehr als gute Freunde.« Kates Gesicht verdüsterte sich bei diesem unverhüllten Vorwurf, sodass es Judith leid tat, so scharf zu ihr gesprochen zu haben. Es fiel ihr angesichts der Umstände schwer, ihre Zunge zu zügeln.

»Wissen Sie, wo er sich zur Zeit aufhält?«, fragte Kate Solomon.

»Leider nicht«, gab dieser zur Antwort.

Sie sah ihn an und fragte kühl: »Und warum hat er uns nicht wenigstens geschrieben?«

»Er ist ein Mann«, gab Solomon lahm zur Antwort und vermutete, dass eine Frau das nicht verstehen konnte. »Manches tut ein Mann, *weil* er ein Mann ist.« Was für betrübliche und unversöhnliche Unterschiede doch zwischen Männern und Frauen bestehen, dachte er trübselig. Hoffentlich erwartete niemand von ihm, dass er erklärte, was er gesagt hatte, denn dazu wäre er nicht imstande. Er wusste lediglich, dass Luke ihm gesagt hatte, er müsse sehr wichtige Dinge erledigen, bevor es ihm möglich sei zurückzukehren und der schönen jungen Frau als jemand unter die Augen zu treten, auf den sie stolz sein könne.

Nie und nimmer hätte er das seinem Freund gegebene Versprechen brechen und sagen können, dass er vor zwei Wochen einen Brief aus dem Norden bekommen hatte. Darin hatte Luke zuversichtlich berichtet, er habe inzwischen eine Vorstellung, wo sein El Dorado liege, und es gehe nur noch darum, dorthin zu gelangen und lebendig zurückzukehren.

Allerdings teilte Solomon dessen Zuversicht nicht, denn er hatte über die nördlichen Bezirke der Kolonie Beunruhigendes gehört. Angeblich lebten in jenem kaum erforschten Gebiet mit heißen, unfruchtbaren Ebenen und hohen, von Dschungelwäldern bedeckten Bergen außerordentlich wilde und kriegerische Stämme, die Kopfjagd und Kannibalismus betrieben.

Kate ging der Behauptung von den unauflöslichen Unterschieden zwischen Mann und Frau nicht weiter nach. Solomon stieß einen Seufzer der Erleichterung aus.

Doch auch wenn das Thema Luke Tracy offenbar fallen gelassen worden war, hinderte Kate das nicht daran, Zorn auf den Mann zu empfinden, der sie einfach nicht zur Kenntnis nahm. Das war sie nicht gewohnt. Zugleich aber mischte sich in ihren Zorn die Sehnsucht, wieder seine Stimme zu hören und erneut das gebräunte, bärtige Gesicht des Mannes zu sehen, der einen Platz in ihrem Herzen gefunden hatte. Liebe konnte es nicht sein, versicherte sie sich selbst, lediglich eine herzliche Freundschaft.

31

Entkräftet saß Luke Tracy im Sattel. Die Malaria tobte in ihm, ein Fieberschauer nach dem anderen überlief ihn.

Wenn er seinem Kompass trauen konnte, befand er sich irgendwo südlich der Halbinsel Cape York in den Trockentälern, deren niedrige Bäume wegen der langen Trockenzeit dürr wie Zunder waren. Auch seine zähe Stute, die immer weitertrottete, ohne die Torheit der Suche der Menschen nach dem gelben Metall infrage zu stellen, war dem Ende ihrer Kräfte nahe.

Gemeinsam hatten Pferd und Reiter Dschungel, Wüsten und Buschland durchquert und sich feindseligen Ureinwohnern gegenüber gesehen. Die Bindung zwischen ihnen beruhte darauf, dass sie aufeinander angewiesen waren. Das treue Tier trug gleichsam als Ehrenzeichen neben einer alten Narbe von einer Speerwunde in der Flanke, zahlreiche weitere an den Stellen, wo ihm im Regenwald scharfe Ranken die Haut zerschnitten hatten.

Während Luke darum kämpfte, bei Bewusstsein zu bleiben, hatte die Zeit für ihn jegliche Bedeutung verloren. Gegenwärtig bestand seine Existenz darin, dass er lebte und Tag für Tag mitbekam, wie die Sonne auf- und unterging. Fieberschauer wechselten mit wirren Fantasien und Schüttelfrost, und jeder neue Malariaanfall konnte das Ende bedeuten.

Längst hatte er außer seinem kostbaren Vorrat an Chinin auch die beiden Packpferde und den größten Teil seiner Ausrüstung im entsetzlichen Dschungelgewirr der nebelverhangenen Bergwelt eingebüßt, bis er sie nach vielen Wochen endlich überwunden hatte. Wenigstens hatte er jetzt die entsetzliche Hölle des Regenwaldes hinter sich und befand sich erneut in der Ebene. Ihm war klar, dass sich die Bedingungen verschlechtern konnten, wenn er darauf beharrte, weiter nach Norden zu ziehen. Zwar hatte er den tropischen Regenwald bezwungen, doch vor ihm lagen die endlosen Flächen Buschland und gezackter Berge, die sich im Westen, Norden und Süden ausdehnten.

Seiner jüngsten Schätzung nach befand er sich noch mindestens rund hundertdreißig bis hundertfünfzig Kilometer südwestlich des Flusses. Sofern es überhaupt irgendwo Gold gab, dessen Abbau sich lohnte, dann zwischen dem Fluss und dem Ort, an dem er sich befand.

Unwillkürlich fasste er nach seiner Schulter, wo ihn vor einem Jahr in Burke's Land ein langer Hartholzspeer getroffen hatte, als er eines Abends an einer Wasserstelle im fruchtbaren Gulf Country sein Lager aufgeschlagen hatte. Die erste Ahnung einer drohenden Gefahr hatte ihm die warme Abendbrise zugetragen. Er kannte den süßlichen und nicht unangenehmen Brandgeruch, auf den bald das Knistern brennenden Grases folgte. Durch die Gebüschgruppen der roten Ebene hatte er dann den tief orangefarbenen Schimmer gesehen: mit rasender Geschwindigkeit näherte sich ein Steppenbrand der Lagerstelle, an der er allein war oder es zumindest zu sein geglaubt hatte.

Als er vor der Flammenwand die Umrisse nackter Ureinwohner mit Schleudern und Speeren auf sich zukommen sah, hatte er zuerst die Trommel seines Revolvers leer geschossen und dann nach dem Gewehr gegriffen. Zuerst hatte die Reihe der Krieger unter den Schüssen gewankt, dann aber hatten sie ihn mit einem wahren Hagel ihrer im Feuer gehärteten Speere eingedeckt. Einer hatte ihn schließlich getroffen.

Der Aufprall der mit Widerhaken versehenen Spitze auf seine Schulter hatte ihn zur Seite gerissen. Der Schmerz übertraf alles bisher Dagewesene, und er hatte den sicheren Tod vor Augen gesehen. Sein Revolver war leer geschossen, und sein Gewehr konnte er nicht schnell genug nachladen. Schwer verwundet wartete er auf den letzten Angriff der Schwarzen. Es ging nur noch um die Frage, ob er durch einen Speer oder einen Keulenhieb sterben würde. Was dann geschehen war, hatte den eher ungläubigen Amerikaner mit einer großen Achtung vor dem göttlichen Wesen erfüllt, dessen Existenz er während seines fünfunddreißigjährigen Lebens nie besonders zur Kenntnis genommen hatte.

Ohrenbetäubender Donner hatte den Nachthimmel erfüllt und ein Blitz hatte zwischen ihm und den vorrückenden Kriegern eingeschlagen. Benommen hatte er dagestanden und verständnislos zugesehen, wie sie sich in die Nacht zerstreuten, um dem unberechenbaren Zorn der Geisterwelt zu entfliehen. Aufstöhnend hatte er sich auf die rote Erde sinken lassen, während eine sanfte Brise den Steppenbrand von ihm forttrieb.

Die ganze Nacht hindurch hatte er mit pochenden Schmerzen in der Schulter dagelegen. Als der Morgen dämmerte, hatten sich zwei bärtige Gesichter über ihn gebeugt und gemurmelt, was für ein großes Glück er gehabt haben müsse, noch am Leben zu sein.

Diese anderen Goldsucher hatten von ihrem viele Kilometer entfernten Lagerplatz aus den Steppenbrand gesehen und waren, einer schlimmen Befürchtung folgend, quer über die Ebene zur Wasserstelle geritten. Es zeigte sich, dass das Feuer, ganz wie sie es vermutet hatten, mit einem Angriff auf einen Weißen zu tun hatte. Im schlimmsten Fall würden sie seinen Leichnam finden und ihm ein christliches Begräbnis bereiten, denn das verlangte das ungeschriebene Gesetz der Grenze. Doch sie hatten den bewusstlosen Luke mit einem Speer in der Schulter aufgefunden. Fast hätte der Eingriff, mit dem sie die Speerspitze entfernt hatten, Luke das Leben gekostet. Doch einer der Männer hatte in Englands Kolonialarmee gedient und dabei auch an Feldzügen in Afrika teilgenommen, wo solche Wunden nichts Ungewöhnliches waren.

Mit einer im Feuer steril gemachten und scharf wie ein Rasiermesser geschliffenen Klinge hatte er von vorn und hinten in der Wunde herumgestochert. Zuvor hatten die Männer Lukes Arme an einen Baumstamm gebunden und ihm das in solchen Fällen übliche Mittel, eine Gewehrkugel aus Blei, zwischen die Zähne gesteckt, die er unter dem Einfluss der entsetzlichen Schmerzen durchgebissen hatte. Immerhin aber hatte sich der einstige Soldat als begabter Amateur-Feldscher erwiesen, denn die Operation war erfolgreich verlaufen. Luke blieb von einer Infektion der Wunde verschont und konnte, nachdem er sich zwei Wochen lang bei seinen neu gewonnenen Freunden erholt hatte, allein weiterziehen.

Sie hatten sich ohne jede Rührseligkeit voneinander verabschiedet. Was die beiden getan hatten, galt unter Buschläufern an der Grenze als selbstverständlich. Nach einigen geknurrten Dankesworten und guten Wünschen zogen die Männer, die einander wohl nie wieder begegnen würden, in verschiedenen Richtungen ihres Weges.

Oft hatte Luke seither auf seinem Weg durch die endlosen Weiten an den Blitz denken müssen, der wie ein Wunder vom Himmel herabgefahren war und ihm mit Sicherheit das Leben gerettet hatte. Er sah darin einen Hinweis der Vorsehung, dass er auf der Suche nach seinem El Dorado so weit wie möglich nach Norden reiten sollte.

Zuvor aber war er in die Zivilisation zurückgekehrt, um seine Vorräte zu ergänzen. Von Townsville hatte er einen Brief an seinen alten Freund Solomon Cohen in Rockhampton geschrieben und ihm seinen Plan mitgeteilt, nordwärts ins Gebiet um den Palmer-Fluss zu ziehen.

Doch auch seine Ausdauer hatte Grenzen, und an sie war er jetzt gestoßen. Würde er weiterziehen, bedeutete das seinen sicheren Tod durch Hunger oder Fieber. Nur eine Umkehr bot noch die Möglichkeit zur Rettung, denn im Süden gab es Vorposten des weißen Mannes, und vielleicht stieß er auf eine einsame Viehzuchtstation oder gar auf eine der winzigen Ansiedlungen, wie sie um die Stützpunkte für Ochsengespanne herum überall entstanden. Dort könnte er sich ein wenig ausruhen und von seiner mehr als strapaziösen Unternehmung erholen.

Er wusste jetzt, dass es ein schrecklicher Irrtum gewesen war anzunehmen, er könne es allein mit dem tropischen Regenwald aufnehmen, der die Küstengebirge im Norden Queenslands bedeckte. Wie mit Fesseln hatte ihn das Gewirr der Lianen festgehalten, unter denen die Baumriesen erstickten, und unter dem

Dach hoher Bäume, deren gewaltige Kronen der Sonne huldigten, war er in der feuchten Tiefe des düsteren Waldes auf eine Unzahl urzeitlicher Pilze und Farne gestoßen, die sich von der Fülle verrottenden Lebens ernährten.

Wie ein Gespensterreigen wirbelte zwischen den Baumstämmen am Boden dieses Urwaldes mit seinen überall sichtbaren Spuren des Verfalls ein Dunst umher, der ihn bis ins Mark erschauern ließ. Je höher er die Hänge hinaufgestiegen war, desto kälter waren die unaufhörlich tanzenden Dunstschleier geworden. Die vielen Tage des Kampfes gegen die Lianen, die sein Vordringen behinderten, hatten nicht nur all seine Kraft gekostet, sondern auch die seines tapferen und starken Pferdes.

Mittlerweile dienten im geisterhaften Zwielicht der verwunschenen Wälder die Kadaver seiner beiden verendeten Packpferde den Stelzwurzeln der gewaltigen Bäume zur Nahrung. Teilnahmslos hatte er lange und einsame Nächte in einer Welt aus Fieberträumen zugebracht, in die nie ein Lichtstrahl fiel. Tagsüber hatte er sich schwitzend und erschöpft immer weiter dem Gipfel entgegengearbeitet, fortwährend von den Bewohnern des Waldes, die nicht größer waren als Pygmäen, aus den stummen Schatten neugierig beobachtet.

Beharrlich hatte er sich immer weiter vorangequält, bis er schließlich an eine Stelle gelangt war, wo der Regenwald aufhörte und die geschwungenen Hochebenen des Westens mit ihrem lichten Baumbestand begannen. Anschließend hatte er sich in einer Abfolge von Schmerzen, Schweiß und Erschöpfung, die einen minder zähen Mann das Leben gekostet hätte, mühselig die engen Schluchten hinabgearbeitet.

Nicht einmal die wärmende Sonne der Ebene hatte etwas gegen die Kälte ausrichten können, die mit den Nebelschwaden in seinen Körper gedrungen war, sodass er beständig an den lautlosen Schrecken erinnert wurde, den das Durchqueren des tropischen Regenwaldes bedeutet hatte.

Jetzt befand er sich in einem Land, das dem Eindringling ebenso feindselig gegenüberstand. An einem so einsamen Ort wollte er nicht sterben.

Sein kluges Reittier suchte sich den Weg auf dem Talboden. Die Stute brauchte seine Hand am Zügel nicht. Sie spürte, dass Luke auf sie angewiesen war, um zu überleben.

»Wir kehren nicht auf diesem Weg zurück, braves Mädchen«, versprach er mit schwacher Stimme, während er zusammengesunken im Sattel hing. Er war so krank und so verausgabt, dass er sich über nichts mehr Gedanken machte. Er war über die Grenzen des von Weißen erkundeten Gebiets hinaus vorgestoßen. Weiter zu ziehen bedeutete den sicheren Tod, und es war an der Zeit umzukehren. Er zog den Zügel an, doch die Stute blieb von sich aus stehen.

Zuerst nahm er mit seinem vom Fieber getrübten Bewusstsein an, sie könne seine verzweifelten Gedanken lesen, als sie mit aufgestellten Ohren stehen blieb und mit einem Huf auf dem Boden scharrte. Doch etwas hatte ihre Aufmerksamkeit erregt.

Luke ließ die Zügel los und nahm das Gewehr aus dem Halter am Sattelgurt. Er spannte den Hahn und legte den Kolben an die Schulter. Während er im Buschwerk vor sich nach Schatten suchte, die sich bewegten, schnaubte die Stute. Er befand sich auf einem Gebiet, wo man alle seine Fähigkeiten brauchte, um zu überleben. Da ihn aber das Fieber nach wie vor schüttelte und seine Sinne abgestumpft hatte, als wäre er betrunken, war ihm klar, dass er kaum Aussichten hatte, sich gegen einen Angriff feindseliger Ureinwohner zu verteidigen. Er fühlte sich äußerst verwundbar.

So aufmerksam er sich auch umsah, er erkannte nicht die geringste Bewegung. Um ihn herum schien es nichts als dürre Bäume mit rauer Rinde zu geben, die dem von Termiten durchsetzten Boden kaum genug Nahrung abzuringen vermochten. Ein Nerv in seinem Augenwinkel zuckte. Er fragte sich, was wohl seinem Leben ein Ende setzen würde: eine Steinaxt oder ein Wurfholz, das mit einem Mal durch die stille Luft geschwirrt kam? Oder würde ihn ein lautlos heranfliegender Hartholzspeer aus dem Sattel reißen?

Sein Blick kam auf einem Bündel Lumpen zur Ruhe. Es lag an

einer Stelle, an der sich eigentlich kein Europäer aufhalten konnte, und bewegte sich.

Er trieb das Pferd voran, bis sie die Stelle erreichten, ließ sich aus dem Sattel gleiten und kniete sich neben den Mann. Es war ein Weißer, dessen Haut der lange Aufenthalt in der Sonne geschwärzt hatte.

Während sich Luke über ihn beugte, um ihm aufzuhelfen, riss der Mann den Arm hoch, als wolle er einen Schlag abwehren. Dabei nahm Luke den üblen Gestank von verfaultem Fleisch wahr und sah, dass eines der Beine unter den zerfetzten Resten der Hose angeschwollen und verfärbt war. Unübersehbar steckte der abgebrochene Schaft eines Speers darin. Es war deutlich zu sehen, dass der Wundbrand schon seit einer ganzen Weile an dem Bein fraß. Der Mann lag im Sterben.

»Bist du Weißer?«, krächzte er kaum vernehmbar, als er den Arm sinken ließ und langsam den Kopf drehte, um den undeutlichen Umriss anzusehen, der da vor ihm kniete.

»Ja«, beruhigte Luke ihn. »Luke Tracy aus Kalifornien.«

Der Mann stöhnte vor Schmerzen und versuchte sich aufzusetzen. »Hilf mir, Yankee.«

Vorsichtig drehte Luke ihn auf den Rücken. Es war deutlich zu sehen, dass der Mann keinerlei Aussicht hatte zu überleben. Seine Haut fühlte sich heiß an, und das Bein stank nach fortgeschrittenem Verfall. Als Luke ihn umdrehte, stöhnte der Mann laut auf.

»Ich hab versucht, den Speer rauszuholen«, sagte er durch zusammengebissene Zähne, »aber der verdammte Schaft ist abgebrochen. Don und Charley sind tot. Die Wilden haben sie umgebracht. Fast hätten sie es bei mir auch geschafft. Ich glaub nicht, dass die vorher schon viele Weiße gesehen hatten. Jedenfalls nicht viele Revolver«, stieß er gequält hervor, wobei er keuchte und immer wieder Pausen machte. »Was willst du hier?«, fragte er, als er Luke schließlich mit dem Blick erfassen konnte.

Auf Lukes Antwort: »Ich suche nach Gold«, lachte er bitter, als verspotte er den Amerikaner. Das Lachen kostete ihn offenkundig einen Großteil seiner Kraft. »Noch so ein Trottel wie ich«, flüsterte er.

Luke ließ ihn einen Augenblick allein, um eine Wasserflasche zu holen, die er ihm an die Lippen presste. Es fiel dem Mann sichtlich schwer, das brackige Wasser zu schlucken, doch nach einer Weile seufzte er tief auf und eine gewisse Gelöstheit legte sich auf sein bärtiges Gesicht.

»Danke, Kamerad«, sagte er erleichtert und fasste nach Lukes Handgelenk. »Beinah so gut wie 'n kaltes Bier an 'nem heißen Tag.«

Luke half ihm, sich hinzusetzen, und lehnte ihn mit dem Rücken an einen verkrüppelten Baum. Der Mann sah auf sein Bein, auf dessen offener Wunde sich Fliegen niederließen, um ihre Eier abzulegen. Der Tod nährt neues Leben.

»Zu spät, um es abzunehmen«, sagte er. Es war eher eine Aussage als eine Frage. Luke nickte.

»Dann kratz ich bald ab«, fügte der Mann bitter hinzu. »Gerade jetzt, wo Don, Charlie und ich den verdammten Goldfluss gefunden haben. Da haben uns die Eingeborenen überfallen. Don und Charlie hatten keine Chance. Die Schweinekerle haben sie mit ihren Speeren durchbohrt. Aber ich hab 'n paar von denen erwischt, bevor sie mich erwischt haben. Der Kampf hat ziemlich lange gedauert. Weiß gar nicht, wie lange. Zwei Tage ... vielleicht auch drei.«

Geduldig hörte Luke dem Sterbenden zu. »Du hältst mich wohl für verrückt?«, fragte dieser herausfordernd und steckte die Hand in die Tasche. Als er sie wieder hervorholte und Lukes Augen sah, die sich beim Anblick eines Goldklumpens von der Größe eines Hühnereis ungläubig geweitet hatten, strahlte er vor Freude. »Den hab ich einfach so aufgehoben, und ich hab noch mehr.« Er bemühte sich, weitere Goldklumpen aus den Taschen zu holen, aber Luke gebot ihm Einhalt. Diese Anstrengung kostete ihn zu viel Kraft. Jedes Wort brachte ihn dem Tod näher.

»Lass es gut sein, ich glaub dir. Jetzt hol ich dir was zu essen«, sagte Luke.

»Behalt es für dich, Kamerad«, gab der Goldsucher zur Antwort. »Hat keinen Sinn, gutes Essen an jemand zu verschwenden, der es nicht mehr lange macht.«

Ohne auf diesen Einwand zu achten, nahm Luke einige Streifen luftgetrocknetes Rindfleisch aus der Satteltasche. Trotz seiner anfänglichen Ablehnung gab der Mann schließlich nach und nahm es dankbar entgegen. Luke sah zu, wie er sich ein Stück in den Mund steckte und den kräftigen Fleischgeschmack langsam kauend sichtlich genoss.

Lukes Schätzung nach war der Mann etwa in seinem Alter. Er sprach anders als die Männer aus allen Teilen Englands, denen Luke begegnet war; es klang ausgesprochen australisch. Wahrscheinlich ein ganz harter Bursche, überlegte Luke, wenn er so lange überlebt hat. Der Mann war dem Hungertod nahe, und er hatte den Ureinwohnern des Nordens mehr als zwei oder drei Tage standgehalten.

»Schrecklich, so allein zu sterben, Yankee«, sagte der Mann, nachdem er das Fleisch heruntergeschluckt hatte. »Mit noch so viel Gold kann man sich keinen guten Kameraden kaufen, den hat man oder hat ihn nicht.« Sein geschrumpfter Magen weigerte sich, mehr Nahrung aufzunehmen. Schon das kleine Stück, das er gegessen hatte, verursachte ihm Übelkeit. Er befand sich an der Scheidelinie zu einer Welt der Glückseligkeit, in der es keine Schmerzen gibt. Nichts als ein langer und tiefer Schlaf. Innerlich war er bereit, die Erde zu verlassen. Während er lautlos weinte, liefen ihm Tränen über das von der Sonne geschwärzte Gesicht.

Luke wandte sich ab. Ein Mann weinte besser ohne Zeugen. Die Tränen des Goldsuchers waren Tränen der Klage. Er beklagte es, ein Vermögen gefunden und die Frau verloren zu haben, die er liebte. Irgendwo wartete eine Frau auf ihn, die nicht länger zu warten brauchte. Nichts von all dem, was er erreicht hatte, war die auf den Ebenen und in den Bergen verbrachten Jahre wert gewesen, in denen er beständig einem Traum nachgejagt war, der niemandem Glück bringen konnte. Als seine Tränen versiegt waren, sank er zurück und fiel in einen fiebrigen Schlaf.

Nachdem Luke ihn so bequem wie möglich gebettet hatte, schlug er sein Lager auf. In jenem Mann sah er einen Spiegel seines eigenen Lebens. Er war jener Fremde, in einer anderen Zeit und an einem anderen Ort. Auf die eine oder andere Weise würde das Ende kommen: ein Speer, ein Schlangenbiss, ein Sturz vom Pferd oder der Hungertod.

Aber er wollte nicht an einem Ort so fern der Mammutbäume seines geliebten Kaliforniens sterben. Nie zuvor war ihm aufgegangen, wie sehr ihm seine Heimat fehlte.

Er sah hinaus in die Endlosigkeit des grauen Buschlandes und der roten Berge zu beiden Seiten des Trockentales, die gewiss so alt wie die Welt waren. Flüchtige Erinnerungen an einen anderen Ort und eine andere Zeit meldeten sich. Erinnerungen an dunkelgrüne, stattliche Wälder im Norden Kaliforniens, wo die Wipfel der Nadelbäume unter dem von den Bergen herabkommenden kühlen Wind schwankten und seufzten. Sehnsuchtsvolle Erinnerungen an die eindrucksvolle Schönheit des gewaltigen Felsengebirges unter der Decke des winterlichen Schnees und die kristallklaren Gebirgsbäche, die lieblich murmelnd an grünen Ufern entlang zu Tal flossen, Erinnerungen an seine Kindheit, an die Jahre des Heranwachsens, die er unter einer sanft wärmenden Sonne auf golden glänzenden Maisfeldern verbracht hatte, kamen ihm zusammen mit dem sanften Kuss der Frau ins Gedächtnis, die seine Mutter gewesen war.

Wie alt war er jetzt eigentlich? Dreiunddreißig … vierunddreißig … er wusste es selbst nicht genau. Die Jahre des Umherziehens verschwammen undeutlich, reichten zurück bis zu bestimmten Angelpunkten seines Lebens, dem Goldgräberlager und dem Aufstand. Dem Tod von Frau und Kind. Er merkte kaum, dass ihm die Tränen kamen. Er hatte Heimweh nach dem Land seiner Geburt, doch zugleich hatte er es sich angewöhnt, die Unbilden des Landes zu ertragen, in dem er sein halbes Leben lang umhergestreift war auf der Suche nach dem großen Fund, der sich ihm immer wieder entzog. Vielleicht war es Zeit, nach Hause zurückzukehren.

Und dann war da Kate …

Er sah ihr Gesicht vor sich, ihr herzwärmendes, warmes Lächeln, und einen kurzen Augenblick lang glaubte er, in der heißen Luft Lavendelduft riechen zu können. Es war, als wäre sie bei ihm – wie damals, als sie gemeinsam ausgezogen waren, um das Grab ihres Vaters zu suchen.

Unwillkürlich drehte er sich um, wollte sehen, ob sie das Lagerfeuer entzündete oder den Pferden die Fußfesseln anlegte. Doch sein Blick fiel lediglich auf das abweisende uralte Land, das ausgedörrt unter der Sonne lag. Kate hatte ihn verlassen und war ein Bestandteil des schimmernden nachmittäglichen Glastes geworden.

Dicht neben ihm warf sich der sterbende Goldsucher im Fieberschlaf herum. Seine Worte waren ein unaufhörlicher Monolog, der keinen Sinn ergab. Luke war bereit, auf den Tod des Mannes zu warten, und hoffte zugleich, er werde nicht zu lange auf sich warten lassen. Je länger er sich bei dem Mann aufhielt, desto geringer waren seine eigenen Aussichten, lebend nach Süden zurückzukehren.

In der Nacht, als das Feuer fast völlig heruntergebrannt war, hörte Luke, wie der Fremde nach ihm rief. Er setzte sich neben den Mann, der ganz still dalag und mit weit offenen Augen zum Kreuz des Südens emporsah.

»Die Hälfte des Goldes gehört dir«, flüsterte er. Seine Stimme klang rau, und das Sprechen kostete ihn große Mühe. Es war Luke klar, dass er es nicht mehr lange machen würde und der Tod ihn am Rande des glimmenden Lagerfeuers erwartete. »Die andere Hälfte ist für Miss Rose Jones, Lehrerin in Toowoomba. Versprich mir, dass du nach ihr suchst. Sie hat lange auf mich gewartet und war mir immer treu. Eine bessere Frau als sie ist mir nie begegnet«, sagte er mit Tränen in den Augen.

Luke gab ihm sein Wort. »Ich vertraue dir, Yankee. Sonst bleibt mir nichts zu sagen, außer, dass es gute Zeiten gegeben hat und schlechte. Aber das weißt du als Goldsucher ja selbst«, sagte er mit einem langen Seufzer. Er lächelte versonnen, als denke er an etwas Angenehmes oder etwas Lustiges. Unverwandt hielt er den Blick zum Himmel emporgerichtet, an dem unter einer Unzahl von Sternen das Kreuz des Südens leuchtete und ihm den Weg erhellte.

»Ich hab mich noch gar nicht vorgestellt«, flüsterte er, während ihn schon die Stimmen der früheren Weggefährten aus den Schatten der Nacht riefen. »Aber Namen bedeuten sowieso nicht viel, wenn man stirbt.«

Luke hörte die Stimmen nicht, sondern lediglich die klagenden Rufe der Brachvögel und das leise Knistern des Lagerfeuers. Das Flüstern wurde immer leiser, bis es nicht mehr zu hören war. Dann drang ein Rasseln aus der Kehle des Sterbenden, sein Körper straffte sich und entspannte sich mit einem letzten Seufzer. Es war vorüber.

Die Brachvögel sangen einander ihre einsame Klage zu, während der Amerikaner neben dem Toten saß. Namen bedeuten nicht viel, wenn man stirbt ...

Als am nächsten Morgen die Sonne aufging, grub Luke ein flaches Grab für den Goldgräber. Den Rücken an einen Baum gelehnt, ritzte er mit der Spitze seines Messers in einen flachen Stein die Worte Goldsucher – Gefährte von Don und Charlie – 1867. Der Malariaanfall war vorüber, und Luke fühlte sich besser, obwohl ihn die Auswirkungen der Krankheit noch schwächten.

Er nahm das Gold an sich, das der Mann bei sich getragen hatte. Es war ein kleines Vermögen wert. Die abgeflachte Form der Klumpen zeigte ihm, dass sie aus einem Wasserlauf stammen mussten. Sofern ihre Größe und Menge einen Hinweis auf das zuließen, was der Mann in jenem Goldfluss gefunden hatte ... Und er lag irgendwo im Norden! Jetzt konnten sich die Jahre auszahlen, in denen er die einsamsten Gebiete Australiens durchstreift hatte und sich kaum am Leben hatte erhalten können. Dann aber dachte er bitter, dass die Stelle ebenso gut auf dem Mond liegen konnte. Ihm war klar, dass er auf keinen Fall weiter nach Norden konnte.

Es würde Tage kosten, die er nicht mehr hatte. Seine Lebensmittelvorräte waren bis auf wenige Streifen Rindfleisch verbraucht, und die tropische Regenzeit stand unmittelbar bevor. Wenn sie erst begann, musste er damit rechnen, von einem Augenblick zum anderen zwischen dem sandigen Trockental und den Flussläufen gefangen zu sein, die zu tosenden Gewässern anschwellen konnten. Er schloss die Hand um den ansehnlichsten der Goldklumpen, groß wie ein Hühnerei, und ging zu seinem Pferd hinüber. »Das muss warten, altes Mädchen«, sagte er und tätschelte der Stute liebevoll den Kopf. »Wenn wir das nächste Mal nach Norden kommen, finden wir den Fluss, und du kriegst goldene Hufeisen.«

Er schwang sich in den Sattel und lenkte sein Tier nach Süden. Hinter ihm blieb das einsame Grab, das im Kreislauf der Jahreszeiten allmählich dahinschwinden würde.

32

Die Männer, die in Australiens Grenzgebieten voll Buschwerk und Eukalyptuswäldern entlang der sich endlos durch die Ebene ziehenden Karrenwege Schnaps ausschenkten, waren ebenso hart wie ihre Gäste. Vor allem Rinderhirten und Fuhrleute fanden sich bei den aus Kanthölzern und Schälbrettern grob zusammengezimmerten Buden ein, wo sie am Ende eines schweren Arbeitstages nicht nur Schnaps bekamen, sondern auch Nachrichten und allerlei Klatsch erfuhren.

Die ebene Savanne um den Carpentaria-Golf in Burke's Land liegt in der Monsunzone. Nach den Regenfällen bedecken auf Wochen – bisweilen auf Monate – unermessliche Binnenseen voll schlammigem Wasser die sonst mit verdorrtem Gras bestandenen Flächen, so lange, bis der Monsun abzieht, um erst im nächsten Jahr wiederzukommen.

Die gewaltigen Regenfälle aber bringen Leben. Mit einem Mal sprießt allenthalben frisches Gras, verjüngen sich Flora und Fauna durch das Leben spendende Wasser. Für den kurzen Zeitraum zwischen Regenfällen und erneuter Dürre ist die ganze Gegend, die unmittelbar vor dem Ende der Trockenzeit verbrannt und unfruchtbar unter der mitleidlos vom Himmel brennenden Sonne daliegt, ein Land des Überflusses.

John Hogan stand im Schatten der Rupfensäcke, die das Dach der Veranda seiner aus einem Raum bestehenden Schnapsbude bildeten. Die massigen Arme vor dem Oberkörper verschränkt, betrachtete er die beiden Männer, die sich nahe seiner Bude niedergelassen hatten. Ein Rinderhirte und ein Fremder, mit dem der Wirt so recht nichts anzufangen wusste. Während der Hirte im dicken roten Staub unter einem Coolabah-Baum schlief, graste sein an den Vorderläufen gefesseltes Pferd eine der wenigen Stellen ab, an denen noch dürres Gras stand.

Eigentlich war er auf dem Weg nach Burketown, doch hatte er an Hogans Bude eine Pause eingelegt, um sich einen Schluck Schnaps zu genehmigen. Das war zwei Tage her, und inzwischen war seine gesamte Barschaft im Austausch gegen zwei Tage seligen Vergessens über Hogans Schanktisch gewandert.

Der andere saß an einem Feuer, das er aus von Termiten zerfressenen Balken aufgeschichtet hatte. Er war breitschultrig, trug einen Bart und hinkte sichtbar. Er trank in der Bude kaum etwas, und es war Hogan klar, dass es sich nicht empfahl, ihm allzu viele Fragen zu stellen. Es mochte sich bei ihm um einen Pferdedieb oder einen Buschklepper handeln, der allen Grund hatte, die kürzlich in der Gegend eingetroffene Eingeborenenpolizei zu fürchten, die gewöhnlich in Burketown stationiert war.

Ärgerlich kratzte sich Hogan im Schritt. Als der bärtige Fremde den Blick von seinem Feuer hob und sah, dass der stämmige Wirt ihn beobachtete, bedachte er ihn mit einem freundlichen Winken, welches Hogan erwiderte. Anschließend kehrte er in die Gluthitze seiner Schnapsbude zurück. Wieder einer dieser entsetzlich heißen Tage.

Sergeant Henry James goss Tee in einen verbeulten Blechbecher und lehnte sich mit dem Rücken an einen Baumstamm. Er seufzte befriedigt, als der Tee die Trockenheit in seinem Mund fortspülte. Noch einen Tag wollte er warten. Wenn er auch dann keinen Erfolg hatte, würde er nach Burketown zurückkehren.

Müßig sah er auf den dösenden Viehhirten, der sich zur Seite gedreht hatte und mit schwachen Bewegungen die dichte Fliegenwolke abzuwehren versuchte, die seinen Kopf umschwirrte. Das war nicht der Mann, den er suchte. Er hatte ihn sich gründlich angesehen, als er angeritten kam. Die Beschreibung passte nicht auf ihn.

Lieutenant Uhr hatte sich Henrys Plan aufmerksam angehört und ihn rückhaltlos unterstützt. Wäre er doch nur schon damals im Jahre '63 Uhr Befehlshaber in Rockhampton gewesen! Dann stünden die Dinge jetzt anders, überlegte Henry, während er zusah, wie sich der Viehhirte im Gesicht kratzte. Er müsste jetzt nicht unter der sengenden Sonne sitzen und auf seinen Mann warten. Ja, Mort hatte mit seinem unmenschlichen Verhalten das Leben vieler Menschen in Bahnen gelenkt, die sich niemand erträumen mochte.

Während Henry seinen heißen Tee trank, beschäftigte er sich in Gedanken nicht mit dem öden Warten, sondern mit seiner Frau Emma und seinem Söhnchen Gordon.

Kennen gelernt hatte er die hübsche junge Emma im Jahre '64 bei einem Urlaub, den er in Brisbane verbracht hatte, um wieder einmal die Lichter der Großstadt zu sehen. Sie war erst kurz zuvor mit ihrem Bruder auf einem Auswandererschiff aus Liverpool eingetroffen und hatte sich bei einem Picknickausflug ans Ufer des Flusses Brisbane Hals über Kopf in den tapsigen Mann verliebt, der zwölf Jahre älter war als sie und der bei aller Massigkeit und Stärke die Seele eines überaus sanftmütigen Mannes hatte. Bei ihm traf sie auf die Liebe und Zärtlichkeit, die sie in Australien zu finden gehofft hatte.

Henry hatte in leidenschaftlichen und glühenden Briefen aus Rockhampton um sie geworben, noch im selben Jahr hatte ein anglikanischer Geistlicher sie bei Henrys nächstem Urlaub in Brisbane getraut, und zehn Monate später war Gordon James in Rockhampton zur Welt gekommen.

Erst nach der Eheschließung hatte er seiner jungen Frau stockend anvertraut, an was für Scheußlichkeiten gegenüber den Ureinwohnern er beteiligt gewesen war und was für Gräuel er hatte mit ansehen müssen. Daraufhin hatte sie ihn mit tröstenden Worten an ihre Brust gedrückt, als wäre er ein kleiner Junge und nicht ein kampferprobter und mit Narben bedeckter Krieger.

Er hatte ihr auch berichtet, welch zum Himmel schreiendes Unrecht Donald Macintosh und Mort der Familie Duffy angetan hatten, und er war des Lobes voll über Kate O'Keefe, die ihm bereitwillig vergeben hatte, obwohl er an der Vertreibung beteiligt gewesen war, die ihren Vater das Leben gekostet hatte.

Die Hochachtung, die er Kate entgegenbrachte, hatte Emma tief beeindruckt, und sie suchte den Gasthof auf, wo die junge Frau bediente, um sie selbst kennen zu lernen. Kate, welche die zierliche und sommersprossige Emma mit ihren roten Haaren und blauen Augen anfangs für höchstens fünfzehn oder sechzehn Jahre gehalten hatte, stellte überrascht fest, dass sie gleichaltrig waren.

Zwar war Emma durchaus auf aparte Weise hübsch, kam sich aber in Gegenwart der jungen Frau mit dem rabenschwarzen langen Haar und den blitzenden Augen wie ein hässliches Entlein vor. Sie wunderte sich nicht mehr darüber, dass alle Männer von Kate O'Keefes Schönheit schwärmten.

Die beiden fanden Gefallen aneinander, und es dauerte nicht lange, bis sie eine tiefe Freundschaft verband.

Auch Judith Cohen fühle sich zu James' Frau hingezogen, und oft verdrehte Solomon die Augen und klagte, sie tratsche unaufhörlich mit Kate und Emma. Er fragte sich, was für eine sonderbare Verbindung zwischen Frauen bestand. Vielleicht hing es damit zusammen, dass sie nicht das Bedürfnis hatten, miteinander zu wetteifern, wie das unter Männern üblich war, vielleicht gab es aber auch ein nur Frauen verständliches Geheimnis, das mit ihrem Urtrieb zu tun hat, Kinder zur Welt zu bringen. Wie auch immer sich das verhalten mochte, befand Solomon, kein Mann würde das je wirklich verstehen.

Bei Gordon James' Geburt begrüßten Kate und Judith das Kind mit geradezu begeisterter Freude. Als dann Judith an der Reihe war, Mutter zu werden, bejubelten Kate und Emma die Geburt Deborah Cohens. Fortan hatten die drei Frauen bei ihren regelmäßigen morgendlichen Zusammenkünften zum Tee reichlich Gelegenheit, sich mit der Fürsorge von Müttern und Tanten um die Säuglinge zu kümmern, die diese Fülle an Aufmerksamkeiten erkennbar genossen.

Der kräftig gebaute vollbärtige Reiter kam vom Rande des Buschlandes. Quer über den Sattel lag ein Gewehr, und aus einem Lederholster an seiner Hüfte ragte ein Revolver. In seinem breiten Gürtel sah man einen zweiten Revolver. Er trug einen Patronengurt um die Hüften und einen zweiten wie ein Bandelier schräg um die Brust geschlungen. Im hohen Schaft eines seiner Stiefel steckte ein Bowie-Messer. Er sah sichernd um sich, wie jemand, der sehr auf der Hut ist.

Scheinbar gelassen blieb Henry am Feuer sitzen, obwohl sein Herz in Wahrheit heftig schlug.

Abschätzend richtete der Ankömmling den Blick seiner grauen Augen auf Henry, und die beiden nickten einander knapp zu. Es war Henry klar, dass der Mann vor allem erkunden wollte, ob Henry bewaffnet war. Die Kontrolle ergab nichts, da Henry seinen Dienstrevolver unter dem Hemd im Hosenbund trug. Der Ankömmling ließ den Blick weiter zu dem im Staub dösenden Viehhirten wandern.

Ja, dachte Henry, das ist er wohl.

Bei jeder Bewegung wirkte der Reiter wie der Angehörige eines Spähtrupps, der ein Gelände auf seine Möglichkeiten und Gefahren einschätzt. Unübersehbar ruhte seine Hand auf dem Gewehr, dessen Lauf auf Henry zeigte, obwohl er überzeugt zu sein schien, dass von ihm keine Bedrohung ausging.

Tom Duffy festzunehmen würde nicht leicht sein. Den letzten Hinweis darauf, dass der Reiter niemand anderer sein konnte als der Gesuchte, lieferte sein Pferd, ein weithin bekannter Vollblüter, der vor einem Monat in Pike Downs südlich von Burketown gestohlen worden war. Es hieß, Tom Duffy habe in Begleitung eines Ureinwohners den Gutsverwalter mit vorgehaltener Waffe ausgeraubt.

Langsam ritt der Ankömmling an Henry und dem schlafenden Viehhirten vorüber. Es war Henry klar, dass er nichts gegen den berüchtigten Buschräuber unternehmen konnte, solange dieser auf seinem Pferd saß und die Möglichkeit zur sofortigen Flucht hatte.

Hogan hörte den Reiter, der sich näherte, und trat vor seine Schnapsbude, um den neuen Gast zu begrüßen. Als Duffy absaß, sorgte er dafür, dass sein Pferd zwischen ihm und dem Rinderhirten stand.

»Mister Hogan, schön zu sehen, dass Ihr Schnaps Sie noch nicht umgebracht hat«, begrüßte er den Wirt.

»Vermutlich wollen Sie was trinken, Mister Dochery«, gab Hogan zur Antwort, drehte sich um und ging wieder hinein. Tom band sein Pferd an ein wackliges Geländer.

»Ja, aber lieber draußen, Mister Hogan«, rief Tom ihm nach. »Es ist ein so schöner Tag, da freut man sich, dass man lebt und Gottes herrliche Natur und den Sonnenschein genießen kann.«

Vermutlich blieb er draußen, weil er in der Bude nicht sehen konnte, wer oder was sich aus dem Buschland näherte. Kein Wunder, dass er sich bisher immer wieder dem Zugriff der Polizei entzogen hatte. Aber auch der Schwarze vom Volk der Darambal hatte ihm dabei geholfen. Den Fährtenlesekünsten der Männer von der Buschpolizei setzten die beiden ihre gründliche Kenntnis des Landes entgegen. Wenn man von Duffys Überfällen auf Grundbesitzer absah, bei denen er sich Geld, Pferde und Vorräte beschaffte, kam er ausschließlich bei seinen gelegentlichen Besuchen einer der abgelegenen Schnapsbuden mit der Zivilisation in Berührung. Bisher hatte er niemanden getötet und keine Frauen belästigt. Die Überfälle in Burke's Land und den Tod der drei Macintosh-Schafhirten im Jahre '63 würde man ihm erst beweisen müssen.

Tom nahm das ihm von Hogan gereichte Glas Whisky. Da der Wirt wusste, dass sein Gast nicht nur bezahlte, was er trank, sondern den Betrag überaus großzügig aufrundete, sah er keinen Grund, dessen gelegentliches Auftauchen an die große Glocke zu hängen. Schon möglich, dass er ein Viehdieb war, den die Polizei suchte, aber vor allem war er ein guter Kunde.

Die beiden Männer schütteten den Whisky hinunter, als wäre es Wasser. Tom trank gern mit Hogan, denn der Alkohol löste diesem die Zunge, und dann berichtete er alles, was in Burke's Land und darüber hinaus geschehen war.

Tom Duffys Gewehr lehnte am Holzgeländer, aber er hatte noch seine beiden Revolver. Da er mit der Linken trank, würde es ihm leicht fallen, mit der Rechten einen davon zu ziehen.

Henry bemühte sich, ruhig zu atmen und seine Furcht zu

überwinden. Zwar gab es keine Beweise, aber man musste annehmen, dass Duffy nicht davor zurückschreckte, jemanden zu töten. Und wo war sein Schwarzer? Beobachtete er etwa die ganze Szene?

Schwerfällig erhob sich Henry vom Boden und ging möglichst gleichgültig auf die beiden Männer zu, die vor der Bude standen. Sein Herz schlug wie ein Dampfhammer und seine Beine waren so schwach, als könnten sie jederzeit unter ihm nachgeben.

»Ich dachte, ich trink 'nen Schluck mit«, rief er im Näherkommen. »Der verdammte Tee löscht den Durst nicht richtig.«

Noch dreißig Schritt ...

»Sie haben das Geld und ich den Schnaps«, sagte Hogan und lachte.

Zwanzig Schritt ...

»Es reicht noch für 'n großes Glas«, gab Henry zur Antwort und bemühte sich, ebenfalls zu lachen.

Zehn Schritt ...

Flüchtig sah Tom zu dem Viehhirten hinüber, der sich halb aufgerichtet hatte und auf seine Ellbogen stützte. Offenbar war das Wort Schnaps an seine Ohren gedrungen und hatte ihn aus seiner vom Alkohol umnebelten Traumwelt geweckt.

»Trinkt ihr da drüben?«, rief er zu den dreien hinüber. »Ich mach auch mit.«

Alles geschah in diesem kurzen Augenblick.

Henry griff nach dem Revolver unter dem Hemd, doch der Hahn verfing sich in dessen festem Stoff und löste sich nicht. Erneut sah Tom zu Henry hinüber. Seine Rechte fuhr zum Knauf des Revolvers, den er in Gedankenschnelle herausgerissen und auf Henry gerichtet hatte. In seinen Augen leuchtete kalte Entschlossenheit. Henry erstarrte, die Hand nach wie vor um den Knauf seiner jetzt nutzlosen Waffe gelegt. Er empfand nichts mehr.

Während er auf den tödlichen Schuss wartete, sah er undeutlich, dass Hogan das Gewehr ergriffen hatte, das am Geländer lehnte, um es ebenfalls auf ihn zu richten. Offensichtlich wusste er nicht so recht, was er von der ganzen Sache halten sollte, denn er ließ den Blick immer wieder suchend zwischen dem Polizeibeamten und dem Strauchdieb hin und her wandern.

»Vermutlich ist es sinnlos, Sie aufzufordern, sich im Namen der Königin zu ergeben«, sagte Henry mit einem schwachen Lächeln. Etwas anderes fiel ihm nicht ein.

»Sie sind also 'n Greifer?« knurrte Tom, den Revolver nach wie vor auf ihn gerichtet.

»Sergeant James von der berittenen Eingeborenenpolizei in Burketown«, sagte Henry matt. Der Blick in Duffys Augen verhärtete sich. Henry konnte verstehen, dass er die Leute, die am Tod seines Vaters schuldig waren, nicht besonders schätzte.

»'n verdammter Greifer also«, knurrte Tom. »Eigentlich sollte ich Ihnen jetzt gleich 'ne Kugel in den Schädel jagen.«

Henry sah, dass der Buschklepper trotz seines verständlichen Hasses auf die Polizeitruppe mit sich rang. Er sah einen winzigen Hoffnungsschimmer und versuchte einen verzweifelten Ausweg: »Ich hatte Sie lebend zu fassen gehofft, Tom Duffy«, sagte er in einem Ton, als stelle er damit eine Tatsache fest. »Aber Mister Hogan da hinter Ihnen weiß wohl, dass tausend Pfund auf Ihren Kopf ausgesetzt sind, und scheint entschlossen, auf Sie zu schießen.«

Bei diesen Worten riss der Wirt die Augen weit auf und richtete das Gewehr auf Tom.

»Sie sind Tom Duffy?«, fragte er erkennbar beeindruckt. Für den berüchtigten Buschklepper, der im ganzen Land wegen bewaffneten Raubes gesucht wurde, hätte er seinen Stammgast nie und nimmer gehalten.

»Ja«, gab Tom einsilbig zurück, wobei er den Revolver weiter auf Henry gerichtet hielt.

»Und stimmt es, dass Sie tausend Pfund wert sind?«, fragte Hogan mit verdächtigem Unterton, der dem Iren nicht entging. Da er nicht wusste, ob der Wirt auf ihn zielte oder nicht, musste er sich bemühen, auf jeden Fall wieder Herr der Lage zu werden, die sich zugunsten des Polizeibeamten entwickelt hatte.

»Das Gewehr ist nicht geladen, Mister Hogan«, sagte er also, ohne sich umzudrehen. Hogan aber hatte seine Entscheidung bereits getroffen. Tausend Pfund waren sehr viel Geld.

»Dann kann ja nix passieren, wenn ich abdrück«, gab er gelassen zur Antwort.

Tom schüttelte den Kopf und ließ die Waffe sinken. Jetzt konnte Henry seinen Revolver aus dem Hemdstoff befreien und richtete ihn auf Tom, der daraufhin den seinen fallen ließ.

»Den anderen auch, Mister Duffy«, wies ihn Henry an.

Folgsam nahm Tom den kleineren Revolver aus dem Gürtel und warf ihn vor der Schnapsbude in den Staub. »Man kann es ja mal versuchen«, sagte er achselzuckend und grinste dazu. »Eins sag ich Ihnen aber, Hogan: wenn Sie hier Greifer bedienen, war das das letzte Mal, dass ich bei Ihnen was getrunken hab. Sie haben einfach keinen Stil.«

Zum ersten Mal in seinem Leben wurden Tom Duffy Fesseln angelegt.

33

Wallarie war beklommen zumute, als sein weißer Bruder mit der Gleichgültigkeit, die er so oft einer Gefahr gegenüber an den Tag legte, zur Schnapsbude ritt. »Wird schon gut gehen«, hatte er gesagt. Von der Buschpolizei hatte man in der Gegend lange nichts gesehen. Unruhig schnaubte und tänzelte Wallaries Pferd, als spüre es das Unbehagen seines Reiters. Unheil schien in der Luft zu liegen.

Er lenkte das Tier beiseite und verschmolz mit den kargen Schatten des Buschwerks, um von dort aus den Weg im Auge zu behalten, der von Burketown herführte. Der Nachmittag verging, die Schatten wurden länger, ohne dass Tom zum vereinbarten Treffpunkt kam. Irgendetwas stimmte ganz und gar nicht.

Es dauerte nicht lange, bis der Darambal-Krieger die Spur zweier Pferde aufnahm. Die eine stammte eindeutig von einem Polizeipferd, und die andere erkannte er als die von Toms Tier. Wer auch immer es am Zügel führte, hatte es neben dem Weg laufen lassen, damit man der Fährte nicht so ohne weiteres folgen konnte. Also wusste der Greifer, dass Wallarie versuchen würde, ihm und seinem Gefangenen zu folgen.

Ein wildes Lächeln legte sich auf seine Züge. Kein Weißer war imstande, im Busch seine Fährte vollständig zu verwischen. Es ging nicht um die Frage, ob er die beiden aufspüren würde, sondern lediglich darum, ob er den Polizisten mit dem Gewehr oder mit dem Revolver töten würde. Im Bewusstsein seiner Fähigkeiten war ihm klar, dass er unmittelbar nach Sonnenuntergang angreifen würde. Wie ein Geist in der Nacht würde er über den Mann kommen, ihm das Leben nehmen und seinen weißen Bruder befreien.

Mit einem Ruck am Zügel setzte er sein Pferd in Trab. Es fiel ihm nicht schwer, der Fährte zu folgen.

Widerwillig musste Tom zugeben, dass der Polizist genau wusste, was er tat. Nie ließ er die Schatten von Bäumen und Gesträuch aus den Augen, während sie das Land zwischen Hogans Schnapsbude und Burketown durchritten, und er mied nicht nur Felsvorsprünge, er benutzte auch Nebenpfade statt des üblichen Hauptweges, der zur Stadt am Golf führte.

Ja, der bärtige Engländer schien sich in diesem eintönigen, von Gras und Gehölz bestandenen Gelände gründlich auszukennen. Mit der Umsicht eines Spähers achtete er immer darauf, dass er in alle Richtungen freie Sicht hatte. Solange es heller Tag war, würde es Wallarie nicht leicht fallen, sich in diesem Gelände in ihrer Nähe zu halten, doch er würde auf jeden Fall einen Rettungsversuch unternehmen, sobald es dunkel war.

Abgesehen von gelegentlichen Anweisungen an seinen Gefangenen ritt Henry wortlos nordwärts. Die Fesseln scheuerten Toms Handgelenke auf, aber er war dankbar, dass er wenigstens reiten durfte. Immerhin hätte ihn der Mann zwingen können, den ganzen Weg zu Fuß zurückzulegen.

Er begriff nicht, warum Sergeant James allein gekommen war, um ihn festzunehmen, und nicht einige seiner Leute mitgebracht hatte. Das konnte nur bedeuten, dass er entweder ein erstklassiger Buschläufer oder ein Dummkopf war. Er musste wissen, dass Tom nicht allein war und Wallarie sich bestimmt in der Nähe aufhielt. Aber nach der Art zu urteilen, wie er sich im freien Gelände verhielt, traf vielleicht die erste Annahme zu – Henry James war wirklich gut. Tom begann zu bedauern, dass er ihn nicht erschossen hatte, als die Gelegenheit günstig war. Warum eigentlich nicht? Hatte es damit zu tun, dass in den Augen des Mannes keinerlei Furcht gelegen hatte, als er die Waffe auf ihn richtete? Mut beeindruckte Tom. Oder lag es daran, dass er nicht gern Menschen tötete? Die Schafhirten auf Glen View hatte er erschossen, weil sie seine Freunde gefoltert und getötet hatten. Das machte ihn zum Henker, aber nicht zum Mörder. Vermutlich war das der Grund für sein Zögern gewesen, jemanden zu töten, der lediglich seine Pflicht tat.

Bei Sonnenuntergang suchte Henry als Nachtlager eine Lichtung im Grasland mit einer leichten Anhöhe aus, von wo sich die umliegende Ebene in alle Richtungen überblicken ließ. Er fesselte Tom an einen Baum, der am Rand der Anhöhe wuchs, und verließ hinkend den Lagerplatz.

Aufmerksam sah Tom zu, wie er Entfernungen abschritt und dann die in der Nähe stehenden Bäume mit weißen Fetzen kennzeichnete.

»Sie waren früher wohl mal Soldat, Sergeant«, rief ihm Tom zu, als er begriff, dass er Schussentfernungen für den Snider-Karabiner markierte.

»Auf der Krim im Jahre '54«, knurrte Henry, der zurückgekehrt war und ein Feuer entzündete.

»Dann haben Sie wenigstens nicht zu den Mördern bei Eureka gehört«, sagte Tom, den Blick auf den Dunst über der Ebene gerichtet. Seine Handgelenke schmerzten, doch er beklagte sich nicht. Es konnte nicht lange dauern, bis er nicht mehr Gefangener Ihrer Majestät und des englischen Sergeant war, der ihn nach Burketown bringen wollte. Irgendwo da draußen musste Wallarie sein.

Als Tom die Schnapsbude aufgesucht hatte, war Wallarie im Buschland geblieben, um zu sehen, ob sich jemand näherte. Tom hatte nicht mit der Möglichkeit gerechnet, dass man ihm dort eine klug vorbereitete Falle stellen würde. Es war ein schwerer Fehler gewesen, die Greifer zu unterschätzen, auf jeden Fall aber die Gerissenheit von Sergeant James. Während er zusah, mit welcher Umsicht dieser das Lager für die Nacht herrichtete, nahm er sich im Stillen vor, dass ihm so etwas nie wieder geschehen würde. Offensichtlich rechnete auch der Sergeant damit, dass Wallarie einen Befreiungsversuch unternehmen würde, sobald die Sonne über der Ebene unterging.

Es war Henry klar, dass es keinen Sinn hatte, das Lager versteckt anzulegen, denn wenn ihnen der Ureinwohner folgte, war es sinnvoller, sich auf eine Verteidigung einzustellen. Jetzt wünschte er doch, er hätte seine Leute aus Burketown mitgebracht. Er hatte wohl seine Fähigkeiten überschätzt, als er annahm, er könne die beiden Buschklepper im Alleingang festnehmen. Aber schließlich hatte er durchaus seine Gründe dafür gehabt.

Weder er noch Tom nahmen den Namen des Ureinwohners in den Mund. Manches brauchte nicht eigens gesagt zu werden. Beiden war klar, dass sich Wallarie irgendwo in der Nähe befand, und sie konnten sich denken, was er plante.

Als rote Scheibe sank die Sonne hinter dem verdorrten und verkrüppelten Buschwerk. Die heiße Luft wurde deutlich kühler, und in der zunehmenden Dämmerung wirkten die Flammen des Feuers wie tanzende Spukgestalten.

Es sah ganz nach einer sternklaren und kühlen Nacht aus. Bald würde der volle Mond aufgehen und sein sanftes Licht über der Ebene ausgießen. Wenn es erst so weit war, würde für Henry jeder Schatten bedrohlich sein.

Zwar hatten die beiden Männer während ihres Ritts kaum miteinander gesprochen, doch war es Tom aufgefallen, dass Henry ihn mit einer sonderbaren Höflichkeit behandelte hatte, deren Grund er nicht verstand. Jetzt bot er ihm sogar etwas von seinem Tabak an, was ausgesprochen großzügig war, denn dieser Luxusartikel war an der Grenze nicht immer zu haben. Henry band ihn vom Baum los, löste seine Fußfesseln aber nicht.

Dankbar nahm Tom den Tabak und drückte ihn mit dem Daumen in seiner Tonpfeife fest. Dann nahm er ein brennendes Stück Holz aus dem Feuer, um die Pfeife anzuzünden, und tat dann einige Züge. Träge stieg der graue Rauch in die ruhige Abendluft. Unter anderen Umständen, überlegte Tom, hätte das ein sehr angenehmer Abend sein können.

»Ich versteh nicht recht, warum Sie sich nicht besser vorbereitet haben, Sergeant James«, sagte er, während er wieder einen tiefen Zug aus der Pfeife nahm. »Ich hatte gedacht, dass Sie

Wallarie und mir zumindest mit dem ganzen Trupp aus Burketown auf den Pelz rücken würden.«

Henry schürte das Feuer, sodass ein Funkenregen aufstob. »Ich wollte verhindern, dass Sie dabei umkommen«, gab er ruhig zur Antwort. »Das aber hätte ohne weiteres passieren können, wenn wir mehr gewesen wären.«

»Wirklich nett von Ihnen«, sagte Tom mit einem Anflug von Dankbarkeit in der Stimme. »Ich verstehe nur nicht, warum Sie das tun. Immerhin heißt es doch, dass Wallarie und ich die Geißel von ganz Queensland sind. Sie kennen mich doch überhaupt nicht.«

»Besser, als Sie glauben«, sagte Henry mit rätselhaftem Lächeln. Er bereitete sich auf die Verteidigung des Lagers vor und schob geladene Revolver in seinen Gürtel. Jetzt hatte er außer seinem Snider-Karabiner noch drei Faustfeuerwaffen. »Ihre Schwester hat mir viel von Ihnen erzählt.«

Tom hörte auf, an der Pfeife zu ziehen. »Woher kennen Sie Kate?«, fragte er.

»Ich habe sie vor einer Weile kennen gelernt«, sagte er und sah in die flackernden Flammen. »Sie können sehr stolz auf Ihre Schwester sein, sie ist eine patente Frau.«

Neugierig sah Tom auf den Polizeibeamten. Eine sonderbare Welt, in der Kate mit einem Polizisten befreundet sein konnte, noch dazu einem Engländer.

»Ich war an der Vertreibung beteiligt, bei der Ihr Vater ermordet wurde«, fuhr Henry leise fort, während er unablässig in die Runde sah. Das Tageslicht war ganz schwach geworden, denn die Sonne war unter den Horizont gesunken.

»Sie sagen *ermordet*! Sie wissen also was über die Sache mit dem verdammten Schweinehund Mort«, stieß Tom zwischen zusammengebissenen Zähnen hervor.

Henry nickte. »Ich konnte es nicht beweisen, habe aber dafür gesorgt, dass er aus der Polizei ausgeschieden ist. Fast hätte ich ihn selbst erschossen. Er hat nicht nur Ihren Vater auf dem Gewissen, sondern auch einen guten Freund von mir.«

»Und warum haben Sie ihn nicht umgelegt, wenn Sie die

Gelegenheit dazu hatten?«, fragte Tom mit Bitterkeit in der Stimme. Nachdenklich sah Henry ins Feuer.

»Weil ich ein freier Mann bleiben wollte. Der in Ketten sind Sie«, gab er gelassen zur Antwort. »Wir beide haben unsere Entscheidung getroffen, Sie die Ihre, und ich die meine.« Henry verstummte wieder und sah zum Horizont, wo jeden Augenblick der Mond aufgehen musste.

Tom begriff, was der Mann damit sagen wollte. Hätten Macintoshs Männer nicht die letzten Überlebenden der Nerambura getötet und Mondo vergewaltigt, sähe Wallaries und sein Leben möglicherweise anders aus. Vermutlich wären sie keine Buschräuber geworden. Aber das waren müßige Spekulationen über die Vergangenheit, hier ging es um die Wirklichkeit und die Gegenwart. Er war gefesselt und befand sich nur einen Tagesritt vom Polizeigefängnis entfernt.

»Wie geht es Kate?«, brach Tom das Schweigen, das auf Henrys Erklärung folgte, warum er Mort nicht getötet hatte.

»Gut«, antwortete dieser. »Sie lebt in Rockhampton. Sie ist mit meiner Frau Emma befreundet und für unseren Sohn Gordon wie eine Tante.«

»Ich habe gehört, dass sie da in einem Gasthof arbeitet«, sagte Tom und nahm erneut einen Zug aus der Pfeife. »Man erfährt hier draußen dies und jenes.« Er lehnte sich zurück und hob den Blick zu den ersten Sternen, die am Himmel sichtbar wurden. »Sie soll die schönste Frau nördlich der Grenze sein. Ach, wie gern würde ich die kleine Katie eines Tages wiedersehen ...«

Während Henry zuhörte, wie Tom mit ihm über seine Schwester sprach, als wäre er ein guter Freund, achtete er aufmerksam auf alle Geräusche um sie herum.

Ein Marderbeutler stieß einen kreischenden Laut aus, als er auf einen Rivalen stieß. Die beiden Tiere, kaum größer als eine Hausratte, begannen miteinander um die Gunst eines Weibchens zu kämpfen. Bei den Geräuschen, die sie dabei machten, zuckte Henry unruhig zusammen. Als er aber nach einer Weile begriff, was geschah, ließ seine Anspannung nach.

Es war Tom klar, dass der Mann allen Grund zur Sorge hatte. Immerhin musste er damit rechnen, dass ihn Wallarie lautlos von hinten beschlich. Die Marderbeutler beendeten ihren Kampf, Gewinner wie Verlierer.

»Können Sie gut kochen?«, fragte Henry.

»Es geht so.«

»Wir werden es ja sehen. Sie machen das Abendessen. Ich habe Reis, ein paar Dosen mit Sardinen und 'n bisschen Currypulver. Außerdem Mehl und Marmelade. Sehen Sie zu, was Sie damit machen können«, sagte Henry und ließ die Satteltaschen vor Tom auf den Boden fallen.

Mit breitem Grinsen erklärte dieser: »Ich könnte Sie vergiften, Sergeant James.«

Henry wollte unbedingt essen, bevor es ganz dunkel war, um sich danach ganz auf die Sicherung des Lagers konzentrieren zu können.

Nach einer fantasievollen, wenn auch nicht unbedingt besonders schmackhaften Mahlzeit aus Reis mit Sardinen und Curry ging Henry zu den Pferden hinüber. Er hatte nicht nur mit den weißen Tüchern Schussentfernungen abgesteckt, sondern auch sorgfältig Sichtlinien festgelegt. Die Tiere hatte er in einer leichten Senke gelassen; aus der Richtung würde ein Beobachter wohl nicht viel erkennen.

Er sattelte die Pferde und behielt Tom dabei ständig im Auge, auch wenn dessen Fußfesseln verhindern würden, dass er bei einem Fluchtversuch weit kam.

Aufmerksam sah Tom zu, als sich Henry mit den Pferden zu schaffen machte. Es schien ihm die reine Zeitverschwendung zu sein, denn er rechnete fest damit, in den nächsten Stunden befreit zu werden.

Der sanfte Schimmer des Mondes, der als große gelbe Scheibe am Horizont stand, ließ die kräftigen Schatten des Buschwerks und der Grasbüschel deutlich hervortreten. Sofern sich Wallarie so verhielt, wie es Henry annahm, war er jetzt dabei, das Lager zu beschleichen. Nach einer Weile führte Henry die gesattelten Pferde die Anhöhe empor, wo Tom am Feuer saß.

»Hören Sie gut zu, Duffy, was ich Ihnen jetzt sage. Vorher aber versichere ich Ihnen: Ich werde Sie erschießen, sollten Sie versuchen, auch nur einen Fingerbreit von dem abzuweichen, was ich Ihnen jetzt sage. Haben Sie das verstanden?« Tom sah, dass es dem Sergeant mit seinen Worten ernst war, und nickte. »Ich möchte Sie nicht töten müssen«, fuhr Henry fort und sah Tom offen an. »Aber wenn es darum geht, dass nur einer von uns beiden das hier lebend übersteht, lassen Sie sich gesagt sein, ich werde dafür sorgen, dass ich derjenige bin. Mir ist klar, dass Ihr schwarzer Freund uns da draußen beobachtet, und ich kann mir gut denken, dass er mich am liebsten umbringen würde. Tun Sie also, was ich sage, und wir werden es beide überleben.« Tom nickte erneut. Er hatte den englischen Polizeibeamten schon wieder unterschätzt.

Henry löste seine Fußfesseln, die klirrend zu Boden fielen, und Tom rieb sich die Knöchel, wo die Eisen gescheuert hatten.

»Sitzen Sie auf. Es geht nordwärts. Sie reiten vor mir«, sagte Henry und warf einen letzten prüfenden Blick über die im Mondlicht liegende Ebene. »Sicher wird es Ihrem Schwarzen nicht besonders gefallen, dass wir jetzt aufbrechen«, sagte er mit einem raschen Lächeln. Damit hatte er Recht.

Hilflos sah Wallarie zu, wie sich die beiden im Galopp von der Stelle entfernten, die er fälschlicherweise für ihr Nachtlager gehalten hatte. Hatte der Polizist nicht die Bäume mit den weißen Zielmarkierungen für sein Gewehr gekennzeichnet, wie es ihm Tom einmal erklärt hatte? Er stieß einen von Toms Lieblingsflüchen aus. Der verdammte Weiße hatte ihn übertölpelt.

Wallarie erhob sich aus dem Gras und legte an. Der Gewehrschuss hallte über die Ebene, und unwillkürlich duckte sich Henry. Ihm war klar, dass das eine sinnlose Bewegung war, denn die Kugel war schneller als der Schall – falls der Ureinwohner richtig gezielt hätte, wäre er längst getroffen.

Der Busch verschluckte die beiden, bevor Wallarie erneut laden konnte. Er stieß eine Reihe von Flüchen aus, die Tom verwendete, wenn er besonders wütend war. Sein Englisch wurde immer besser.

Ohne weiter kostbare Zeit zu vergeuden, machte Wallarie auf dem Absatz kehrt und rannte dorthin zurück, wo er einige hundert Meter weiter sein Pferd im Buschland angebunden hatte. Der verdammte Weiße hatte ihn mit seinen vermeintlichen Vorbereitungen für das Nachtlager getäuscht. Aber noch war er nicht am Ende. Der Mond war sein Verbündeter, und er wusste, wohin der Mann Tom bringen wollte.

Henry glaubte keine Sekunde lang daran, dass er Wallarie abgeschüttelt hatte, wohl aber tröstete er sich damit, dass die Nacht es dem Ureinwohner erschweren würde, ihrer Fährte zu folgen. Als sie im Galopp eine sichere Entfernung zwischen sich und den Verfolger gelegt hatten, gebot er Tom, sein Pferd in Schritt fallen zu lassen.

»Den hängen Sie nicht ab, Sergeant James«, sagte Tom, während sich das Pferd im Dunkeln selbst den Weg suchte. »Er hat Sie vor Morgengrauen wieder eingeholt.«

Henry achtete nicht weiter auf diese in zuversichtlichem Ton vorgetragene Behauptung, obwohl ihm klar war, dass der Ire damit vermutlich Recht hatte. Jetzt würden sie erst einmal bis kurz nach Mitternacht reiten. Danach hoffte Henry, in der Dunkelheit nach dem Untergang des Mondes vor den suchenden Augen des Ureinwohners geschützt einige Stunden schlafen zu können.

Nach Sonnenaufgang dann würde ein langer Tag beständiger Wachsamkeit vor ihm liegen. Je näher sie Burketown kamen, desto verzweifelter würde Wallarie versuchen, seinen Freund zu befreien. In Sicherheit wäre er erst auf der Treppe vor Lieutenant Uhrs Hütte.

Kaum zeigte sich das erste schwache Tageslicht am Himmel über der Ebene, als Tom wachgerüttelt wurde.

»Aufstehen … wir müssen los«, flüsterte Henry und beugte sich über ihn, um die Handfesseln hinter Toms Rücken zu lösen. Tirilierend begannen die kleinen Vögel im Busch als erste Geschöpfe das unmittelbar bevorstehende Aufsteigen des Tagesgestirns zu begrüßen.

»Gut geschlafen, Sergeant James?«, fragte Tom ein wenig spöttisch, wobei er gähnend die verkrampften Glieder reckte. »Ich hoffe das für Sie, denn ich ...« Er hatte keine Gelegenheit, seinen Satz zu beenden.

Der tödliche Angriff kam blitzartig.

Entsetzt schrie Henry auf und taumelte nach hinten. »Großer Gott, helfen Sie mir! Ich bin ein toter Mann«, schrie er auf und versuchte sich im schwachen Licht von dem Baum zu entfernen. Tom, der nicht verstand, versuchte Wallarie zu entdecken, sah aber nichts von ihm.

Mit einem Mal erstarrte er entsetzt und wagte nicht, sich zu rühren. Wenige Zentimeter von seinem Fuß entfernt glitt eine dunkle Schlange vorüber. Sie hatte vermutlich die Nacht in einem verfaulenden Stück Holz ganz in der Nähe des Baumes verbracht, an den er über Nacht gekettet gewesen war. Im unsicheren ersten Licht des Tages hatte Henry das Stück Holz nicht gesehen, das unter seinem Fuß eingebrochen war, woraufhin die sonst so träge Schlange mit ihren nadelscharfen Zähnen zugebissen hatte.

»Binden Sie mich los, ich kann Ihnen helfen«, rief Tom Henry zu, der versuchte, sein Hosenbein aus dem Reitstiefel zu zerren. »Ich weiß, was die Leute hier bei solchen Schlangenbissen machen.« Mit einem Mal befand sich Tom auf der Seite des Engländers. Nicht einmal ein Greifer verdiente den qualvollen Todeskampf, den das Gift dieser im Gulf Country weithin gefürchteten Schlange hervorrief. Wenn der Biss nicht behandelt wurde, war der Tod unausweichlich.

Henry kniete sich auf den Boden, tastete nach der Wunde und fand sie in der Wade. Einige Blutstropfen liefen aus den beiden Löchern, und das Fleisch um die Wunde schmerzte, wenn man darauf drückte. Noch aber hatten die Schmerzen nicht eingesetzt, die das Gift auslöste. Zwar hörte Henry Toms Anerbieten, ihm zu helfen, glaubte aber nicht recht daran, den Biss der Schlange überleben zu können.

»Ich binde Sie los, aber ich bezweifle, dass Sie mir helfen können. Ich bin ein toter Mann«, sagte er ergeben. Welche Ironie des Schicksals, dachte er, da habe ich einen Krieg und die Jahre der Polizeiarbeit an der Grenze überlebt, nur um jetzt an einem Schlangenbiss zu krepieren. »Ich kann Sie nicht gut hier an den Baum gebunden lassen, falls Ihr Schwarzer Sie nicht findet. Ich lasse Sie frei.« Er tastete nach den Schlüsseln und gab sie Tom, der rasch seine Fesseln löste. Schwindel erfasste Henry, und er sank zu Boden. Jetzt spielte es keine Rolle mehr, dass sich sein Gefangener der Waffen bemächtigen konnte. Für ihn hatte es keinen Sinn, den Buschklepper zu töten.

»Liegen Sie still und rühren Sie sich nicht«, gebot Tom. »Tun Sie, was ich Ihnen sage, vielleicht schaffen wir es dann.« Verzweifelt suchte er nach der Rinde eines bestimmten Baumes und löste ganz vorsichtig ein Stück davon ab. Wo sich eine Schlange aufhielt, konnte auch ein ganzes Nest sein, mahnte er sich.

Er legte das Rindenstück glatt auf die Bissstelle und band es mit Stoffstreifen fest, die er aus seinem Hemd gerissen hatte. Dann lehnte er Henry sitzend an einen Baumstamm.

Mehr konnte er im Augenblick nicht tun. Er war nicht einmal sicher, ob er die richtige Rinde gefunden und alles genauso gemacht hatte, wie Wallarie es ihm einst gezeigt hatte. Jetzt konnte man nur noch warten. Tom hoffte, dass Henry durchkam. Er hatte sein Leben aufs Spiel gesetzt, um Tom ganz allein festzunehmen, und das musste er ihm zugute halten.

Henry spürte, wie ihm übel wurde, und erbrach sich. Tom seufzte. Es sah nicht gut aus.

»Ich töte ihn«, ertönte Wallaries Stimme hinter ihm. Er wandte sich um und sah, dass sein Freund sein Gewehr auf Henry richtete. »Er muss sowieso sterben«, sagte Wallarie in der Sprache der Nerambura.

Henry brauchte die Sprache der Nerambura nicht zu verstehen, um zu begreifen, dass er dem Tod ins schwarze Antlitz sah. Der Nerambura-Krieger visierte sorgfältig. Hatte er es vor Jahren nicht ebenso getan, als er den von Kugeln der Weißen angeschossenen Angehörigen seines Stammes den Gnadenschuss gab, um ihnen einen quälend langsamen Tod zu ersparen?

Henry schloss die Augen und beschwor das Bild von Frau und Sohn vor sich herauf. Er wusste, dass er im Begriff stand zu sterben, und wollte mit seinen letzten Gedanken bei den beiden Menschen sein, die er auf der Welt am meisten liebte.

34

Penelope sah so recht keine Möglichkeit, der großen Abendgesellschaft fern zu bleiben, die Tante Enid im Stammsitz der Familie Macintosh gab. Schließlich fand sie ihr zu Ehren statt, angeblich als Abschiedsfest zu ihrer für Anfang des Jahres vorgesehenen Abreise nach Europa.

Mit kaum verhülltem Zynismus fügte sich Penelope dem Vorhaben ihrer Tante. Sie hatte den palastartigen Bau in den vergangenen vier Jahren nur selten aufgesucht und auch Fiona, die sich in das Eheleben mit Granville gefunden hatte, in diesen Jahren nicht oft gesehen, denn Granvilles nahezu ständige Anwesenheit verhinderte freundschaftliche Kontakte. So hatte Penelope ihre Rachepläne notgedrungen einstweilen auf Eis gelegt. Die wenigen Male, die sie bei ihrer Kusine gewesen war, hatten ihr das Gefühl vermittelt, dass ihnen beiden etwas abhanden gekommen war. Zwar hatte Fiona bei den kurzen Nachmittagstees im Garten oder Besuchszimmer die Rolle der ihrer Pflichten bewussten Ehefrau gespielt, doch war Penelope eine leichte Spannung nicht entgangen. Wie gern hätte sie ihre schöne Kusine in die Arme genommen, sie mit Worten getröstet und ihre bloße Haut liebkost. Aber sie schien für sie verloren zu sein. Nur die unerfüllte Sehnsucht blieb ihr und die Hoffnung, irgendetwas werde dafür sorgen, dass Fiona erkannte, wer ihr wahre Liebe zu schenken vermochte.

Es war Penelope durchaus klar, dass Tante Enid ihr eine Mitschuld an dem Fehltritt gab, als dessen Ergebnis Fiona peinlicherweise ein Kind von dem Iren bekommen hatte. Die Abendeinladung war eine heuchlerische Geste, die nach außen hin demonstrieren sollte, dass ihre Tante fähig war, Vergangenes zu vergeben und zu vergessen.

Penelopes Mutter Sarah war im Vorjahr in London gestorben und hatte ihr eine beträchtliche Erbschaft hinterlassen, die sie für eine lange und luxuriöse Europareise verwenden wollte. Nach einem Zwischenaufenthalt in Indien wollte sie nach Preußen weiterreisen, wo sie die von Fellmanns zu besuchen gedachte, mit denen sie mütterlicherseits eng verwandt war. Als junges Mädchen war sie in England einmal ihrem Vetter Manfred von Fellmann begegnet, der einen tiefen Eindruck auf sie gemacht hatte. Obwohl er deutlich älter war als sie, hatte sie sich sogleich in ihn verliebt. Später hatte er geheiratet, war aber inzwischen verwitwet.

Penelope kam bewusst zu spät, um die Tante zu brüskieren. Als ihre Kutsche vorfuhr, half ihr der Lakai beim Aussteigen, und David Macintosh begrüßte sie herzlich. Penelope fühlte sich ihrem stillen Vetter freundschaftlich verbunden. Er hatte kürzlich seine Dozentur in Oxford aufgegeben und war in die Kolonien zurückgekehrt. Trotzdem brauchte er sich nicht länger mit der Verwaltung der Familienunternehmen herumschlagen, da auf Enids Wunsch Granville diese Aufgabe nach der Eheschließung mit Fiona übernommen hatte. Sicherlich war diese Entscheidung richtig gewesen, denn Granvilles tüchtige und kluge Geschäftsführung mehrte das Vermögen der Familie beständig.

Seit Penelope David zum letzten Mal begegnet war, hatte er sich zwei neuen Leidenschaften zugewendet: Miss Charlotte Frost und der Fotografie. Sein Interesse an Letzterer ging auf seinen Kontakt mit Professor Smith an der neu gegründeten Universität von Sydney zurück. Seit Mister Goodman im Jahre 1842 in Sydney seine Galerie mit den bemerkenswerten Porträts bekannter Persönlichkeiten der Stadt eröffnet hatte, war das Verfahren zur Herstellung von Daguerreotypien beträchtlich weiterentwickelt worden.

Miss Charlotte Frost erwies sich als hübsch und zurückhaltend. Sie stammte aus einer reichen Londoner Kaufmannsfamilie, deren wagemutige Beteiligungen in den Kolonien immer größeren Umfang annahmen.

Granville kam gemeinsam mit Fiona. Sie waren ein schönes Paar, wie sie so aus ihrer Kutsche stiegen, doch als sie ins Haus traten, schien Fiona ihrer Kusine ziemlich bleich und kränklich. Penelope wusste, dass die Geburt ihrer zweiten Tochter sie fast das Leben gekostet hätte, und obwohl die Niederkunft inzwischen zwei Monate zurücklag, hatte sie sich wohl nach wie vor nicht vollständig davon erholt.

Bei Penelopes Begrüßung blitzten Fionas Augen kurz auf, verdüsterten sich aber wieder, als ihre Mutter auf sie zutrat. Schon seit Jahren hatten die beiden keine normale Unterhaltung mehr miteinander geführt.

Wie gewohnt bewegte sich Enid gleich einer Herrscherin unter den sorgfältig ausgewählten Gästen. Welche hinterhältigen Gründe sie auch immer gehabt haben mochte, die Abendgesellschaft auszurichten, es gefiel Penelope durchaus, dass sich auch der schneidige und ziemlich geheimnisvolle Kapitän Morrison Mort unter den Anwesenden befand.

Sie hatte ziemlich viel über die einfallsreiche Art und Weise gehört, mit welcher der von ihrem Bruder bewunderte Kapitän der *Osprey* im Südpazifik eingeborene Arbeitskräfte für die Pflanzungen der Familie Macintosh beschafft hatte, aber bisher hatte sie noch nie Gelegenheit gehabt, den verwegenen und berüchtigten Mann kennen zu lernen.

Menschen, die ihn kannten, munkelten, es gebe in seiner Vergangenheit neben Geheimnissen und dunklen Punkten auch Gewalttaten. Diese Gerüchte machten den Mann für Penelope erst recht interessant.

Sie beobachtete ihn unauffällig aus dem Vorzimmer zum Salon, wo er ziemlich steif und förmlich mit einer der älteren Damen aus den höheren Kreisen Sydneys plauderte. Dem Äußeren nach schätzte sie ihn auf Mitte dreißig. Ihr entging nicht, wie schamlos jene Dame um seine Aufmerksamkeit buhlte, obwohl ihr Gatte, ein angesehener Bankier, unmittelbar neben ihr stand. Ihn umgibt eine gefährliche und zugleich verlockende Aura, dachte sie und fühlte sich unwiderstehlich zu ihm hingezogen.

Sie konnte den Blick nicht von ihm wenden und ärgerte sich,

weil immer wieder Bekannte zu ihr traten, um ihr alles Gute für die Europareise zu wünschen. Viel lieber hätte sie den Kapitän in ein Gespräch verwickelt.

Bei der Mahlzeit saß Mort am anderen Ende der Tafel, weit von Penelope entfernt, die ihren Platz neben Fiona hatte und höflich zuhörte, wie sich diese über ihre Töchterchen Helen und Dorothy erging. Das Thema fesselte Penelope in keiner Weise, und es kam ihr vor, als wäre ihre Kusine durch die Ehe eine rechte Langweilerin geworden, denn Fiona schien über nichts anderes reden zu können. Weder Unterhaltungen über Männer noch über die verbotenen Freuden der Sexualität und das Anknüpfen zarter Bande schienen für Fiona von Interesse zu sein. Allem Anschein nach hatte sie nichts anderes im Kopf als das Zahnen ihrer Jüngsten, Kinderkrankheiten und Granvilles Wunsch nach einem männlichen Erben.

Als ihre Kusine auf diesen Punkt zu sprechen kam, fiel Penelope der gehetzte und verängstigte Blick in ihren Augen auf. Fast wie bei einem geprügelten Hund, dachte sie unwillkürlich, während sie Fiona zuhörte und von Zeit zu Zeit etwas murmelte, das ihr passend erschien. Die ganze Zeit über ließ sie Mort nicht aus den Augen, der offenbar eine angeregte Unterhaltung mit ihrem Bruder führte. Sie fragte sich, warum der gut aussehende Mann nicht verheiratet war. Vermutlich passte die Häuslichkeit nicht zu seinem Vagabundenleben. Zweifellos war er einer jener aufregenden Männer, die die Gelegenheit zur Liebe ergreifen, wo und wann sie sich bietet. Diese Vorstellung gefiel Penelope, denn eine solche Haltung passte sehr gut zu ihrer Einstellung.

Als das langweilige Festmahl endlich vorüber war, zogen sich die Herren in die Bibliothek zurück, um dort Zigarren zu rauchen und Portwein zu trinken, während die Damen das Gesellschaftszimmer aufsuchten, wo Tee und Kaffee auf sie warteten.

Penelope warf Fiona eine rasche Entschuldigung hin und bemühte sich, Kapitän Mort abzufangen, doch der war bereits mit ihrem Bruder und den anderen männlichen Gästen in der Bibliothek verschwunden. Im Gesellschaftszimmer wünschten ihr weitere Damen einen guten Verlauf ihrer Europareise. Sie seufzte. Würde sie je die Möglichkeit haben, den geheimnisvollen Kapitän allein zu sprechen?

Zur Unterhaltung der Gäste hatte Enid eine weithin bekannte Sopranistin verpflichtet. Die Gesangsdarbietung sollte beginnen, sobald die Herren wieder zu den Damen im Gesellschaftszimmer gestoßen waren. Die Gesellschaft ödete Penelope in höchstem Grade an. Sie stellte sich unter einem anregenden Abend etwas anderes vor als sinnloses Geplapper langweiliger Matronen, und von Zeit zu Zeit warf sie einen Blick zu Fiona hinüber, die gleich ihr ein Opfer der gesellschaftlichen Konventionen war.

Nach einer Weile gelang es ihr, Fionas Aufmerksamkeit auf sich zu lenken. Der Blick, den diese ihr zuwarf, zeigte, dass sie unter vier Augen mit ihrer Kusine sprechen wollte. Ohne Aufsehen zu erregen, traten sie auf die Terrasse hinaus, um sich an der kühlen Brise zu erfrischen, die vom Hafen heraufwehte. Schon den ganzen Abend hatte Penelope den Eindruck gehabt, dass Fiona gern mit ihr allein gesprochen hätte und ihr inhaltsloses Gerede in Wahrheit ein Deckmantel für das war, was sie ihr anvertrauen wollte.

Seite an Seite standen die beiden jungen Frauen auf der Terrasse und ließen auf sich einwirken, was sie hörten und sahen. Die Jahre, in denen sie nicht miteinander gesprochen hatten, schwanden dahin, als sie in der Dunkelheit zum Hafen hinabsahen. Durch die Terrassentür drangen die lärmenden Stimmen der vom Portwein beschwingten Männer, die ins Gesellschaftszimmer kamen. Enid stellte den Gästen die Sopranistin und ihren Begleiter am Flügel vor.

»Was gibt es, Fi?«, fragte Penelope nach einer Weile. Sie spürte, dass Fiona den Tränen nahe war.

»Ich möchte keine Kinder mehr bekommen, Penny«, stieß Fiona mit erstickter Stimme hervor. »Granville will es so lange versuchen, bis wir einen Sohn bekommen, aber ich habe Angst, bei der nächsten Geburt zu sterben.«

Tröstend legte ihr Penelope den Arm um die Schulter und

führte sie ein Stück weit fort, sodass man die Geräusche aus dem Haus nicht mehr hörte. »Du tust, was *du* willst, Fi«, sagte sie mit entschlossener Stimme. »Der Ehrgeiz meines Bruders ist es nicht wert, dein Leben aufs Spiel zu setzen.«

Fiona griff nach der Hand ihrer Kusine, die leicht auf ihrer Schulter ruhte. »Ich wusste, dass es mindestens einen Menschen auf der Welt gibt, der mich versteht und auf den ich mich verlassen kann«, sagte sie dankbar und mit kläglichem Lächeln, wobei sie sich die Augen betupfte.

Am anderen Ende der langen Terrasse führte Penelope ihre Kusine zu einem der Korbstühle und setzte sich neben sie. Mitleid mit der jungen Frau, die so viele romantische und törichte Vorstellungen über Ehe und Liebe gehabt hatte, stieg in ihr auf. Möglicherweise wäre es für Fiona besser gewesen, wenn Michael Duffy nicht im Krieg gegen die Maori den Tod gefunden hätte. Gewiss, er war nicht gesellschaftsfähig, auf jeden Fall aber war er ein richtiger Mann.

»Ich wünschte, du würdest nicht nach Europa reisen, Penny«, sagte Fiona mit betrübtem Seufzen. »In diesem Jahr kann ich mich lediglich auf Vaters Besuch zu Weihnachten freuen, und das bedeutet automatisch, dass ich mich mit Mutter unterhalten muss, solange er hier ist.«

»Er ist bestimmt sehr froh, dich zu sehen«, gab Penelope in munterem Ton zurück, bemüht, die Stimmung ihrer Kusine zu heben. »Schließlich weiß ich, wie sehr er seine einzige Tochter liebt.«

Fiona, die aufgehört hatte zu weinen, hielt den Blick ausdruckslos auf den im Dunkel liegenden Park gerichtet.

»Vermutlich liebt er mich kaum mehr als eins seiner Pferde«, sagte sie verbittert. Penelope bemühte sich, sie von dieser Vorstellung abzubringen. Beschwörend sagte sie: »Ach was, Fi, er liebt dich. Das weiß ich ganz bestimmt.« Zum Dank für diese Bemühung schenkte ihr Fiona ein schwaches Lächeln. Ja, Penelope würde ihr sehr fehlen.

Granville, der gesehen hatte, wie die beiden hinausgegangen waren und jetzt seine Frau holen wollte, unterbrach ihr Beisammensein. Er traute seiner Schwester ebenso wenig über den Weg wie Enid, zumal jeder der wenigen Besuche Penelopes in den vergangenen vier Jahren Fiona sichtlich verstört hatte. Da war etwas, das er nicht benennen konnte, und Dingen, die er nicht verstand, traute er nicht.

Fiona bat ihre Kusine um Entschuldigung und begleitete ihren Mann gehorsam zu den übrigen Gästen im Gesellschaftszimmer. Es war Granville wichtig, mit seiner schönen jungen Frau, die er als sein Eigentum betrachtete, öffentlich gesehen zu werden. Alle Welt sollte diesen Besitz bewundern.

Penelope blieb eine Weile allein auf der Terrasse, um die erfrischende Kühle der Nachtluft noch ein wenig zu genießen. Die Berührung der sanften Hand ihrer Kusine, die Nähe ihres schönen Leibes hatten erneut das alte Begehren in ihr entflammt. Empfindungen erwachten, die lange in ihr geschlummert hatten, aber ebenso wenig vergessen waren wie ihr glühendes Verlangen, sich an ihrem Bruder für die Qualen zu rächen, die er ihr zugefügt hatte.

Bestimmt war der Zeitpunkt ihrer Rache nicht mehr fern. Fiona wurde Tag für Tag verletzlicher. Die Zeit arbeitete für sie.

Gerade als auch sie das Gesellschaftszimmer aufsuchen wollte, sah sie, dass Kapitän Mort herauskam. Einem Mann wie ihm, der in The Rocks aufgewachsen war, bedeutete das klassische Repertoire der Sopranistin nicht viel.

»Kommen Sie doch zu mir und leisten mir Gesellschaft, Kapitän Mort«, sagte sie leise aus der Dunkelheit. »Hier ist die Luft viel angenehmer.« Mit einem Nicken schritt er über die Terrasse und nahm neben ihr in dem Korbstuhl Platz, den Fiona vor wenigen Augenblicken verlassen hatte.

»Miss White, vermute ich. Ich hatte bisher noch nicht das Vergnügen, Sie kennen zu lernen«, sagte er und zündete sich eine Corona an. »Eigentlich recht verwunderlich, wenn ich bedenke, dass ich all die Jahre für Ihren Bruder gearbeitet habe. Aber ich muss um Entschuldigung bitten, dass ich nicht schon früher die Gelegenheit wahrgenommen habe, Sie kennen zu lernen, denn leider haben meine Pflichten im Dienst Ihres Bruders den größten Teil meiner Zeit in Anspruch genommen.«

Penelope war sich bewusst, dass der Mann ihren ansehnlichen Körper unverhohlen gemustert hatte. Zwar gefiel ihr, dass er seine Lüsternheit auf diese Weise zeigte, doch zugleich lag in seinen blassen Augen etwas Beunruhigendes, dem sie lieber nicht näher nachgehen wollte. War das etwa Erregung? Unwillkürlich musste sie an die Augen eines Tieres denken, und flüchtig kam ihr ein anderer Mann in Erinnerung, der ähnlich auf sie gewirkt hatte – Michael Duffy!

»Ich habe viel über Ihre Abenteuer in der Inselwelt gehört, Kapitän Mort«, sagte sie und sah voll Überraschung, wie sich seine Züge bei diesen Worten umwölkten.

Er wirkte angespannt, als er argwöhnisch zurückfragte: »Um was für Abenteuer soll es sich dabei handeln, Miss White?«

»Nun ja, Ihre Begegnungen mit Kopfjägern und Menschenfressern. Stimmt das eigentlich alles?«, fragte sie mit gespielter Unschuld. Mort entspannte sich sichtlich.

»Ja. Sowohl Kopfjäger wie Kannibalen haben uns mit ihrer Aufmerksamkeit beehrt«, verdrehte er voll Stolz die Wahrheit. »Mitunter haben wir uns sogar gegen diese Halunken zur Wehr setzen müssen, aber bisher waren immer sie diejenigen, die es bedauern mussten, dass sie es mit der Macht der *Osprey* aufgenommen hatten.«

Ihm entging nicht, dass sein schönes Gegenüber mit voller Absicht den Fußknöchel unter dem langen Kleid entblößte. Offenbar wollte ihn das verdammte Weib mit ihrer Koketterie verführen. Trotz seines Widerwillens fand er die Schwester seines Arbeitgebers sonderbar anziehend, ganz anders als die vielen anderen Frauen, denen er bisher begegnet war. In ihren Augen lag der schamlose Blick eines Menschen, der vor keiner sinnlichen Erfahrung zurückschreckte, und er fühlte sich auf eine Weise zu ihr hingezogen, die er nie zuvor empfunden hatte. Nun, er war bereit, ihr Spiel mitzuspielen, doch nur, wenn sie den ersten Schritt tat, denn er hatte nicht die Absicht, es sich mit Granville zu verderben. Immerhin war es möglich, dass er das

Kommando über die *Osprey* verlor, wenn sie ihrem Bruder gegenüber behauptete, Mort habe ihr einen unsittlichen Antrag gemacht. Andererseits konnte er sich nicht recht denken, dass sie sich so verhalten würde.

»Vermutlich sind Sie bei Ihren Reisen durch die Südsee auch seltsamen und, wie soll ich sagen, nun ja, *exotischen* Gebräuchen der Eingeborenen begegnet«, sagte Penelope und betonte das Wort exotisch auf eine Weise, die deutlich machte, dass sie *erotisch* meinte. Er begriff das gleich und lächelte wissend.

»In der Tat, Miss White. Aber ich glaube kaum, dass ich es wagen würde, einer Dame zu berichten, welche heidnischen Bräuche ich da mit angesehen habe«, gab er in neckendem Ton und im vollen Bewusstsein ihrer brennenden Begierde zurück. »Das dürfte für eine schöne und gebildete Dame wie Sie kaum die richtige Unterhaltung sein.«

Penelope beugte sich vor und berührte Mort leicht am Knie. Er erstarrte, denn das ziemte sich für eine Dame einem Mann gegenüber, den sie kaum kannte, nicht.

… *Die sollen aufhören, mir wehzutun* …

»Bitte erzählen Sie, Kapitän Mort«, sagte sie leise. »Ich bringe dem Verhalten der Menschen großes Interesse entgegen, und ich habe das Gefühl, dass Sie mir mit Ihrer Erfahrung so manches vermitteln können.«

Er sah sie mit mühsam unterdrückter Leidenschaft an. Es war kaum nötig, mit dem Spiel fortzufahren, denn es war bereits gewonnen. Als er ihr lächelnd über die Hand strich, durchfuhr sie ein Schauer köstlicher Vorahnung.

»Haben Sie eine Kutsche, Miss White?«, fragte er ruhig und sah sie unverwandt an.

»Ja, Kapitän«, gab sie zur Antwort. Dabei hielt sie seinem Blick stand, damit er merkte, dass sie begriffen hatte. Langsam nahm sie die Hand von seinem Oberschenkel. »Könnte ich Sie irgendwo hinfahren, sobald Sie Ihre geschäftlichen Besprechungen mit meinem Bruder beendet haben?«

Er nickte und erwiderte mit rätselhaftem Lächeln: »Ich wäre Ihnen außerordentlich verbunden, wenn Sie mich zu meinem

Schiff zurückbringen könnten. Ich glaube, dass ich in meiner Kabine etwas für jemanden habe, der sich wie Sie für das Verhalten der Menschen interessiert.«

Penelope hatte das sonderbare Gefühl, dass es nur noch wenige Stunden dauern würde, bis sie eine Welt völlig neuer Wonnen kennen lernen durfte.

In Morts Kabine auf der *Osprey* ging es eng zu. Das lag vor allem an dem klobigen Möbel, das einen großen Teil des knapp bemessenen Raumes einnahm.

Penelope erkannte gleich, dass es sich um einen Prügelbock handelte. Sie empfand das unwiderstehliche Bedürfnis, mit der Hand über die glatte Oberfläche des Holzes zu fahren, das voller dunkler Flecke war.

Man hatte den Bock erkennbar für den vorgesehenen Zweck verwendet, ging es ihr durch den Kopf, und einen flüchtigen Augenblick lang kam ihr der perverse Gedanke an einen Altar für Menschenopfer, wie ihn die Druiden in Nordeuropas finsteren Wäldern verwendet haben mochten, bevor das Christentum seine duckmäuserische Lehre verbreitet hatte.

Mort sah zu, wie die schöne Frau das seidenglatte Holz im Dämmerschein einer Öllampe liebkoste. Er merkte deutlich, dass es ihr schwer fiel, die Hand davon fortzunehmen.

»Es ist ein Prügelbock, Miss White«, sagte er überflüssigerweise.

Mit ferner und verträumter Stimme gab Penelope zur Antwort: »Ich weiß.«

»Möchten Sie ein Glas Rum?«, fragte er und suchte in einer Seekiste, die am Fußende der mit dem Schott verschraubten Koje stand.

»Nein«, sagte Penelope und sah sich in der Kabine um. Mit Ausnahme eines Degens, der in seiner Scheide über der Koje hing, waren keinerlei persönliche Gegenstände zu sehen. Mort war ein ordentlicher Mensch, bei dem alles an seinem Platz war. Ganz wie Granville, überlegte sie. Dank ihrer gesellschaftlichen und bisweilen auch intimen Beziehungen zu Offizieren der Garnison in Sydney kannte sie den Unterschied zwischen einem Kavalleriesäbel und einem Infanteriedegen, und es schien ihr seltsam, dass ein einstiger Offizier der berittenen Eingeborenenpolizei statt eines Säbels einen Degen besaß.

Sie wandte sich Mort zu, der unbeholfen mit der Rumflasche in der Hand dastand, und begann sich vor seinen Augen langsam zu entkleiden.

Ausdruckslos sah er zu, wie Schicht um Schicht ihrer Kleidung fiel, bis sie nur noch in ihrem beinahe knielangen Schlüpfer dastand.

Sie hob die Arme über den Kopf, um die Nadeln zu lösen, die ihr langes, seidiges Haar hielten, sodass es wie ein goldener Schauer um ihre Schultern fiel. Dann drehte sie sich um, legte sich, die Beine verlockend gespreizt, mit dem Oberkörper über den Prügelbock und umfasste dessen Beine.

»Ich muss Ihre Handgelenke festbinden«, sagte Mort mit belegter Stimme, in der unüberhörbar Lüsternheit mitschwang. »Damit Sie spüren, wie es wirklich ist, Miss White«, fügte er hinzu, stellte die Rumflasche sorgfältig zurück in die Kiste und nahm schmale Lederstreifen zur Hand.

Penelope lächelte verträumt, als er ihre Hände an den Beinen des Bockes festband. Jetzt war sie allem ausgeliefert, was sich seine Fantasie zu ihrer beider Wollust ausgedacht haben mochte. Gefesselt und hilflos, wie sie war, malte sie sich aus, sie wäre eine junge Eingeborene, die gezüchtigt wurde, weil sie sich den Forderungen des Kapitäns widersetzt hatte. Die Vorfreude auf das, was er ihr als Strafe zugedacht haben mochte, ließ sie lächeln. Da sie sich nicht rühren konnte, sah sie nicht, dass Mort nach dem Degen über seiner Koje griff, hörte aber das leise metallische Zischen, mit dem die liebevoll eingefettete silbrige Klinge aus der Scheide fuhr.

Woher wusste sie ...?

Er trat hinter die Hilflose und versenkte sich in den erregenden Anblick ihrer runden Hinterbacken, die sich unter der schimmernden Seide des Schlüpfers abzeichneten. Fiebrige Schweißperlen traten auf sein Gesicht, während ihm die Dämonen seines Irrsinns seine Handlungen diktierten. Er merkte, dass sie keine Angst vor ihm hatte.

Woher wusste sie ... ?

Langsam liebkoste die scharfe Spitze des Degens das milchweiße Fleisch, das dort sichtbar wurde, wo der Schlüpfer offen war, und die kalte, unerwartete Berührung durchfuhr Penelope wie ein elektrischer Schlag. Sie zuckte zusammen, als sie spürte, wie die Klinge langsam zwischen ihren Beinen entlangfuhr und die intimsten Stellen ihres Körpers berührte. Ein Schauer, in dem sich Entsetzen mit Entzücken mischte, durchfuhr sie, und ihr Wonnestöhnen erfüllte die kleine Kabine.

Woher wusste sie ... ?

Wieder war die *Osprey* auf See, und die hilflose Frau flehte ihn an, sie mit dem Symbol seiner Männlichkeit aufzuspießen.

»Ich müsste dich damit durchbohren, schwarzes Miststück«, stieß er hervor, während die Degenspitze vor der Öffnung ihres Körpers verharrte.

»Ja«, seufzte sie leise. Jetzt empfand sie Angst, zugleich aber auch das alles überwältigende Verlangen, dass er in sie eindringen möge. »Ja!«

Sie spürte, wie die Spitze die Körperöffnung liebkoste. Dabei empfand sie größere Angst und Todesahnung als je zuvor. Schmerz und Wonne flossen in eins. Das aus den Tiefen der entsetzlichsten und abartigsten Begierden geborene Geschöpf war so alt wie die Dämonen, die die Starken lenkte, die Schwachen auszubeuten.

Drohend verharrte die scharfe Spitze vor dem nachgiebigen Fleisch zwischen ihren Schenkeln, dann drang sie langsam und vorsichtig ein kleines Stück ein. Ein unbeherrschbarer, heftiger Schauer überlief Mort, und zugleich fühlte er sich unglaublich erleichtert. Der Degen klirrte aus seiner kraftlosen Hand auf den Kabinenboden. Dann kniete er sich hinter Penelope. Woher konnte sie seinen entsetzlichen Wunsch kennen, denen Schmerzen zuzufügen, welche die Macht besitzen, Leben zu schenken ... die Macht, kleinen Jungen unsägliche Dinge anzutun?

»Küss mich da«, sagte sie im Befehlston und mit einer Stimme voller Entzücken. »Küss mich da, Kapitän, und trink.«

Er schob sich vor, um ihrem Befehl zu gehorchen, und drückte seine Lippen an sie. Sein Mund öffnete sich, um ihre Gabe zu empfangen, die warm in seinen Mund rann, und er trank gierig. Jetzt waren sie in ihrer gemeinsamen Wonne miteinander verbunden.

Zum selben Zeitpunkt, da die Degenspitze Penelopes Körper liebkoste, stieg ihr Bruder mit seiner Frau vor dem Haus aus der Kutsche, das Donald Macintosh seiner Tochter als Hochzeitsgeschenk gekauft hatte.

Zwar war es weit kleiner als das großartige Anwesen der Familie Macintosh, von dem aus der Blick über den Hafen schweifte, aber es war neu und luxuriös. Granville war dankbar für das Hochzeitsgeschenk seines Schwiegervaters gewesen, auch wenn es seiner Frau gehörte. Letztlich war das unerheblich, denn eines Tages würde der gesamte Macintosh-Besitz ohnehin ihm gehören.

Fiona dankte dem Kutscher, doch Granville tat nichts dergleichen. Es entsprach nicht seinem Wesen, Angestellte zu loben oder ihnen Komplimente zu machen.

Mann und Frau standen in kaltem Schweigen allein auf der Auffahrt vor ihrem Haus, während die Kutsche davonratterte. Auf der Fahrt hatte sich ihre Unterhaltung auf Äußerungen beschränkt, in denen es um Penelopes gutes Aussehen oder darum ging, wie herrlich die von Enid ausgerichtete Abendgesellschaft gewesen war: belangloses Gerede zweier Menschen, denen nicht viel aneinander lag. Jetzt war Fiona müde und freute sich auf eine ruhige und angenehme Nacht.

Auf dem Weg zur Haustür sah sie mit einem Mal eine Gestalt im Schatten unter den Bäumen stehen und fuhr angstvoll zusammen. Granville fasste sie am Ellbogen und forderte den Mann mit allem Mut, der ihm zu Gebote stand, auf, vorzutreten. Als dieser der Aufforderung folgte, stellte Granville erleichtert fest, dass es sich lediglich um seinen einstigen Gärtner handelte.

»Harris! Wie zum Teufel kommen Sie dazu, meiner Frau Angst einzujagen?«, fragte er anmaßend, als der Mann aus dem Schatten trat. Im schwachen Licht wirkte er sehr krank. Man konnte deutlich sehen, dass er sich in einem späten Stadium der Schwindsucht befand.

»Ich wollte mit Ihnen sprechen, Mister White«, sagte er ruhig und warf einen Blick auf Fiona, die hinter ihrem Gatten stand. »Wenn es Ihnen nichts ausmacht, möchte ich das lieber unter vier Augen tun.« Granville bereitete das Ansinnen Unbehagen, denn es gab nur einen gemeinsamen Berührungspunkt zwischen ihnen beiden. Da er aber nicht wollte, dass seine Frau erfuhr, worum es dabei ging, stimmte er der Forderung zu.

»Geh ruhig schon vor und sieh nach den Kindern«, sagte er zu Fiona, die den früheren Gärtner unverwandt anstarrte. Ihr war inzwischen eingefallen, dass der sichtlich schwer kranke Mann, der da vor ihr stand, früher für ihren Mann gearbeitet hatte und von diesem entlassen worden war. Ihr ging die Frage durch den Kopf, was ihn dazu bewogen haben könnte, Granville aufzusuchen, doch sie schwieg und folgte seiner Aufforderung.

Das Kindermädchen, das sie an der Haustür begrüßte, warf einen verächtlichen Blick auf den Gärtner. Es gehörte sich nicht, dass so abgerissene Gestalten im Garten anständiger Christenmenschen herumlungerten.

»Er is schon 'ne ganze Weile hier und hat gesagt, er will mit Mister White sprechen«, sagte sie, während sie ihre Herrin ins Haus geleitete. »Ich hab ihm gesagt, dass Sie aus sind, aber er wollte nich gehen, sondern unbedingt auf Mister White warten. Er hat aber keinen Ärger gemacht.«

Als sie die Haustür schloss, wandte sich Granville wütend Harris zu.

»Ich habe Ihnen doch gesagt, dass Sie nie wieder herkommen und mich belästigen sollen«, knurrte er.

Harris sah ihm in die Augen. »Jenny hat heute 'n Kind gekriegt«, sagte er. »'nen kleinen Jungen. Es is Ihrer, Mister White.«

Granville hatte den Eindruck, als umklammere ein kalter

Schraubstock seine Brust. Die törichte Kreatur hatte sich ein Kind anhängen lassen!

»Ich bestreite das ganz entschieden«, sagte Granville drohend und tat einen Schritt auf den Gärtner zu. »Ich möchte Ihnen dringend empfehlen, jetzt zu gehen, sonst rufe ich die Polizei.«

Zwar war Harris nicht besonders robust, zumal die tückische Tuberkulose all seine Kräfte längst aufgezehrt hatte, doch war er nicht bereit, sich von den Drohungen seines einstigen Arbeitgebers einschüchtern zu lassen. Was konnte er ihm schon noch antun, für das Gott ihn nicht ohnehin schon bestraft hatte?

Ein trockenes Husten Harris' ließ Granville einen Schritt zurücktreten. Er wollte sich auf keinen Fall anstecken.

»Es is Ihr Kind, Mister White«, sagte der Mann schließlich, als sein Hustenanfall vorüber war. Dunkler Schleim bedeckte seinen Hemdärmel, mit dem er sich den Mund abgewischt hatte. Seine Stirn war schweißnass. »Wenn Sie mir nich zuhören, geh ich zu Missus Macintosh«, fügte er mit vom Husten noch atemloser Stimme hinzu.

Granville begriff, dass es dem Mann damit ernst war, denn er hatte seine Worte in einem Trotz vorgetragen, den er nicht an ihm kannte. Jennifer war inzwischen zwölf, und obwohl ihm bekannt gewesen war, dass sie im Begriff stand, aus einem kleinen Mädchen zu einer jungen Frau zu werden, hatte er keinerlei Vorkehrungen gegen eine mögliche Schwangerschaft getroffen.

Nachdem er den Gärtner aus seinem Dienst entfernt hatte, hatte er ihm ein kleines Stück Land mit einem Haus darauf gekauft und Jennifer bis vor sechs Monaten regelmäßig Besuche abgestattet. Dann war sie mit einem Mal verschwunden. Granville hatte das Haus verkauft und den Gärtner, der ihm unter diesen Umständen nicht mehr nutzen konnte, auf die Straße gesetzt. Jetzt war klar, warum das Mädchen verschwunden war.

»Sie können Missus Macintosh sagen, was Sie wollen«, erwiderte Granville von oben herab, um den Gärtner zu beeindrucken. »Sie dürfte kaum glauben, dass die Schlampe Mutter meines Kindes sein soll.«

Achselzuckend wandte sich Harris zum Gehen. Granville

hatte den Eindruck, dass es dem Mann mit seiner Drohung ernst war, und eine Angst stieg in ihm auf, die an Panik grenzte, denn das Verhältnis zwischen ihm und seiner Schwiegermutter konnte man günstigstenfalls als distanziert bezeichnen.

»Warten Sie mal!«, rief er dem Gärtner zu, nachdem dieser einige Schritte gegangen war. »Ich denke, wir sollten uns im gegenseitigen Interesse einigen.«

Der Gärtner blieb stehen und wandte sich um. »Ich hab kein Interesse an der Sache, Mister White«, sagte Harris. »Es geht nur um Jenny und ihren Jungen. Ich glaub nicht, dass ich's noch lange mach, und wer ans Jenseits denkt, möchte auf der Erde möglichst noch alles ins Reine bringen.«

»Ganz nach Wunsch ... im Interesse Ihrer Tochter also«, sagte Granville, der die Notwendigkeit einsah, sich mit dem Mann zu einigen. »Bestimmt läßt sich ein Betrag festsetzen, mit dem sie eine Weile zurechtkommt.« Es gehörte zu den großen Vorzügen des Reichtums, dass man sich mit Geld Seelenfrieden erkaufen konnte. »Wie viel?«, fragte er.

Harris sah ihn mit seinen wässrigen Augen triumphierend an. Schon lange fraß tiefer Abscheu an ihm wegen der Übereinkunft, die er mit seinem Arbeitgeber vor Jahren getroffen hatte, und immer wieder hatte er sich bemüht, sein Gewissen damit zu beschwichtigen, dass er sich einzureden versuchte, er habe ausschließlich in Hinblick auf die Zukunft seiner Tochter gehandelt. Doch die tückische und tödliche Schwindsucht und die Vorstellung, schon bald vor seinem Schöpfer zu stehen, hatten seine Haltung verändert und ihn zu der Erkenntnis gebracht, dass das Leben, für dessen Entstehen er mit verantwortlich war, seine einzige irdische Unsterblichkeit bedeutete. Daher erschien es ihm geradezu als Ironie des Schicksals, dass ihn jetzt Blutsbande mit eben jenem Mann verknüpften, den er stets gehasst hatte.

»Fünfhundert«, sagte Harris und genoss Granvilles unübersehbare Fassungslosigkeit.

»Es kostet mich weniger, jemanden umbringen zu lassen«, entfuhr es diesem.

»Schon möglich, Mister White«, sagte Harris gelassen. »Aber ich würde sagen, wenn ich nicht fünfhundert Pfund für Jenny krieg, haben Sie sozusagen Ihr eigenes Todesurteil unterschrieben ... ich meine, was Missus Macintosh betrifft.«

Es war Granville klar, dass der Mann Recht hatte. Der Skandal, der in einem solchen Fall nicht ausbleiben würde, dürfte seinem Ehrgeiz in der Tat den Todesstoß versetzen.

»Sie bekommen das Geld«, sagte Granville. »Vorausgesetzt, Sie bringen Ihre Tochter aus der Kolonie und sorgen dafür, dass sie nie nach Neusüdwales zurückkehrt.«

Harris lächelte. »Keine Sorge«, erklärte er. »Der Arzt hat sowieso gesagt, ich soll irgendwo hingehen, wo es warm und trocken is. Er hat gemeint, Queensland is dafür ganz gut. Sehn Sie zu, dass ich nächste Woche das Geld krieg, und ich versprech Ihnen, dass Jenny, ich und der Kleine eine Woche später verschwunden sind, Mister White.«

Fünfhundert Pfund waren nicht zu viel, um diese Drohung von sich abzuwenden, überlegte Granville. Zwar würde ihm der mädchenhafte Körper der kleinen Hure fehlen, aber andere konnten an ihre Stelle treten. Man musste nur an den richtigen Stellen suchen.

Aus dem Schlafzimmerfenster beobachtete Fiona die beiden Männer. Zwar sah sie mit Erleichterung, dass ihrem Mann von dem früheren Gärtner keine Gefahr drohte, doch hätte sie zu gern gewusst, warum Harris so spät noch mit Granville hatte sprechen wollen.

Als Granville schließlich ins Schlafzimmer kam, teilte er ihr unaufgefordert mit, der Gärtner sei wegen einer noch ausstehenden Lohnforderung gekommen. Ihr war klar, dass er log, aber sie sagte nichts. Vermutlich war es besser, wenn sie den wahren Grund nicht kannte.

In jener Nacht nahm Granville seine Frau mit roher Gewalt und entlud sich schon bald, worauf er sich zur Seite drehte und einschlief. Es war, als hätte er sie lediglich benutzt, um seine sexuelle Anspannung zu lösen.

Während sie mit offenen Augen in die Stille der Nacht starrte und auf die Einflüsterungen einer verbotenen Sehnsucht hörte, deren Erfüllung undenkbar war, betete sie insgeheim darum, nicht schwanger zu werden. Penelope war im Geiste bei ihr, und Fiona wünschte, sie wäre wirklich da, hielte und tröstete sie – wie sie es vor langer Zeit als junge Mädchen getan hatten.

In einer Mietskaserne, deren Hinterhöfe an Gerbereien und das Gaswerk stießen, hielt ein junges Mädchen schluchzend ihr Neugeborenes in den Armen. Sie hatte Sorge, der Kleine werde nie aufhören zu schreien. Sie versuchte, ihn an einer ihrer Brustwarzen saugen zu lassen, doch er verzog lediglich das Gesicht und schrie umso lauter. Verängstigt, verwirrt und verzweifelt bemühte sie sich, ihn zu beruhigen, indem sie ihn sacht auf den Armen wiegte, doch auch das half nichts. Jennifer Harris beugte sich dicht über sein dünnes, spärliches Haar und flüsterte unter Tränen: »Dein Opa kommt bald und hilft uns, Willy.«

Die Wachskerze flackerte und erlosch, als der Docht heruntergebrannt war. Das winzige Zimmer, das außer einem schmutzigen Strohsack keinerlei Einrichtungsgegenstände enthielt, lag in erstickendem Dunkel. Das aber machte Jennifer nichts aus. Hier war sie in Sicherheit, hierher würde er nicht kommen, um ihrem Körper die unsäglichen Dinge anzutun, mit denen er sie früher verletzt hatte.

»Wenn du groß bist, Willy, wirst du mein kleiner Mann sein und dich um Papa und mich kümmern«, sagte sie leise und wiegte den Jungen, der nicht aufhörte zu schreien, denn die Flohbisse taten seiner zarten Haut weh. »Und wenn du groß bist, zahlst du es Mister White heim«, sagte sie mit zunehmender Wut.

Sie hörte auf, ihn zu wiegen und drückte ihn so fest an sich, dass er vor Luftmangel aufhörte zu schreien. »Du wirst groß und zahlst es Mister White heim. Zahl es Mister White so heim, dass er keinem Menschen wieder was antun kann.« Ihre Worte verhallten als Flüstern in der Nacht.

35

Die Anwaltskanzlei Sullivan & Levi stand weithin im Ruf, unerschrocken auch solche Fälle zu übernehmen, bei denen sich jemand gegen die Willkür der Herrschenden zur Wehr setzen wollte. Daher wurde sie von vielen Menschen aufgesucht, die hofften, dass sich die Verteidigung für sie ins Zeug legen würde.

Ganz ähnlich, wie sein Vetter Michael gelernt hatte, sich mit den Fäusten Geltung zu verschaffen, lernte Daniel Duffy bei den Auseinandersetzungen vor Gericht die Kniffe und Schliche, die nötig waren, um sich durchzusetzen. Nur bediente er sich dazu nicht der Fäuste, sondern wohlgesetzter Worte. Auch wenn man ihm bereits eine große Zukunft voraussagte, hatte er nicht vergessen, dass er alles, was er konnte, den beiden Männern verdankte, für die er arbeitete.

Gerald Sullivan war Ire und Isaac Levi australischer Jude. Die beiden ergänzten einander, obwohl die Gegensätze zwischen ihnen kaum größer hätten sein können: Gerald Sullivan war vollständig kahl, klein, dick und aufbrausend, Isaac Levi sah gut aus, war groß, schlank und verbindlich. Obwohl er wie sein Sozius Sullivan erst fünfunddreißig Jahre alt war, durchzogen graue Fäden sein dichtes, dunkles Haar, was ihm in den Augen seiner Mandanten eine gewisse Reife und Weisheit verlieh. Bei seiner Arbeit in der Kanzlei hatte Daniel in Theorie und Praxis gelernt, was nötig war, um einen Prozess erfolgreich zu führen – die Praxis von Gerald, die Theorie von Isaac. Sie waren zehn Jahre älter als er, hatten ihm aber an juristischer Verschlagenheit hundert Jahre voraus. Keiner von beiden war bei den vorwiegend englischen Richtern beliebt, mit denen sie es vor den Gerichten der unteren und mittleren Instanzen zu tun hatten, und so erschien es sonderbar, dass ein presbyterianischer Missionar ausgerechnet bei der Anwaltskanzlei Sullivan & Levi Hilfe suchte.

Der hitzige kleine Missionar, der jetzt bei Isaac saß, empfand Unbehagen, weil er es nicht nur mit einem Vertreter des Volkes zu tun hatte, auf dem die Schuld am Tod des Heilands lastete, sondern obendrein auch noch mit einem von den verdammten Papisten, die sklavisch der Herrschaft des Antichristen in Rom anhingen. Doch er war nach langem inneren Ringen zu dem Ergebnis gekommen, dass er zur Durchsetzung seiner Ziele auf die Dienste einer Kanzlei angewiesen war, die nichts mit dem Filz der englischen Herrschaft zu tun hatte. Nicht einmal seinen schottischen Landsleuten traute er über den Weg, wenn es darum ging, Donald Macintoshs mächtige Firmengruppe zu verklagen, unter deren Flagge die *Osprey* segelte, das schwarze Schiff des Satans. Es stand zu befürchten, dass solche Anwälte gegen Kapitän Morrison Mort nicht mit dem nötigen Nachdruck vorgehen würden.

Vor vielen Jahren hatten die beiden Anwälte eine gemeinsame Basis darin entdeckt, dass das konservative englische System nichts von ihnen hatte wissen wollen. In den Augen der herrschenden Schicht, alle miteinander Protestanten, waren Juden und Iren gesellschaftlich minderwertig, und so kam es durchaus vor, dass in den australischen Kolonien die katholische Kirche, wenn es um weltliche Angelegenheiten ging, gemeinsame Sache mit den Juden machte. Wobei sie diese Toleranz keinesfalls auch auf die religiöse Lehre auszudehnen gedachte.

Das also war der Hintergrund, warum jetzt John Macalister voll innerem Unbehagen Männern gegenübersaß, mit denen sich zu verbünden ihm normalerweise nicht im Traum eingefallen wäre. Es war schon schlimm genug, dass ihm französische Maristen-Missionare einige seiner Schäfchen auf den Inseln abspenstig zu machen versuchten. Der Pakt, auf den er sich hier einließ, war eine durch und durch unheilige Allianz.

Mit Stift und Notizblock saß Daniel als unauffälliger Beobachter in einer Ecke von Isaacs Büro, denn er sollte den Gesprächsverlauf festhalten.

Die Anwälte hatten ihm keinerlei Einzelheiten des Falles mitgeteilt, und nicht ohne Belustigung sah er, dass es Gerald insgeheim zu freuen schien, wie sich Macalister innerlich wand.

Isaac achtete nicht auf das selbstzufriedene Lächeln seines Sozius, das, wie er vermutete, dem offensichtlichen Unbehagen des Missionars galt, und bemühte sich, ihrem Mandanten die Befangenheit zu nehmen. Er hatte den Eindruck, dass dieser sich wohler fühlen würde, wenn er Gelegenheit hatte zu erklären, warum er für seine Kampagne gegen Kapitän Mort auf die Kanzlei Sullivan & Levi verfallen war. Ähnlich wie es Katholiken geht, wenn sie dem Priester ihre Sünden beichten, was ihm Gerald einmal bei einer Flasche guten Portweins erklärt hatte.

So beugte sich Isaac Levi, die Hände auf den Schreibtisch gestützt, vor und fragte Macalister: »Warum haben Sie gerade *uns* damit beauftragt, den Kapitän der *Osprey* im Namen Ihrer Synode vor Gericht zu bringen?«

Daniel erstarrte und hätte fast seinen Bleistift zerbrochen. Darum also ging es. Beide Teilhaber kannten seinen unermüdlichen Kreuzzug gegen Mort und die Familie Macintosh, mit dem er der Gerechtigkeit zum Sieg verhelfen wollte. Bisher hatte er sich ohne jeden Erfolg mithilfe seiner Kenntnisse und Kontakte um Mittel und Wege bemüht, diejenigen zur Rechenschaft zu ziehen, die seiner Familie so entsetzlichen Schaden zugefügt hatten, und jetzt fiel Morts Name im Zusammenhang mit einer möglichen Anklage. Vielleicht gab es doch einen gerechten Gott!

Unruhig rutschte der Missionar auf seinem Stuhl hin und her. »Auch wenn ich persönlich nichts gegen Juden und Papisten habe«, sagte er mit seinem breiten schottischen Akzent, »hätte ich lieber auf die Dienste unserer eigenen Leute zurückgegriffen. Die Synode aber vertritt den Standpunkt, dass wir eine nicht mit dem System verflochtene Kanzlei betrauen sollten. Immerhin soll dafür gesorgt werden, dass Kapitän Mort nicht dem Zorn Gottes für das entgeht, was er auf den Inseln den mir anvertrauten Menschen angetan hat.«

»Was Gottes Zorn betrifft, kann ich keine Zusagen machen,

Mister Macalister«, sagte Isaac mit einem Anflug von Spottlust, »wohl aber im Hinblick auf den Zorn der britischen Gesetze gegen Mörder.«

Mort sollte also wegen Mordes angeklagt werden! Fast hätte Daniel vergessen, zu protokollieren, was der Missionar berichtete. Er erklärte, nicht nur hätten Bewohner einer Nachbarinsel die *Osprey* als das Schiff erkannt, das sich in der Nähe der Neuen Hebriden aufgehalten hatte, als im September beim Überfall auf das hilflose Dorf Menschen geraubt und ermordet worden waren, eine Handvoll Überlebender, denen es gelungen war, den Ring der Mörder zu durchbrechen, sei auch imstande, den Teufel mit den blassblauen Augen zu identifizieren. Sie hatten, nachdem ihnen die Flucht gelungen war, aus dem nahe gelegenen Dschungel hilflos mit ansehen müssen, wie der weiße Mann ihre Freunde und Verwandten verschleppt hatte, von denen kein einziger wieder aufgetaucht sei. Wohl aber habe man in der Lagune kopflose Rümpfe treiben sehen.

Aufmerksam hörte Daniel dem Bericht über das unsägliche Grauen zu. Er wusste, dass er kaum Aussichten hatte, Morts Schuld am Tod seines Onkels und des alten Billy zu beweisen. Das aber war unerheblich, sofern es gelang, in diesem Fall ein Urteil gegen ihn zu erwirken. Entscheidend war, dass er am Galgen landete. Die *Osprey* lag zur Zeit im Hafen von Sydney, und soweit dem schottischen Missionar bekannt war, ahnte der Kapitän des Sklavenschiffs nichts davon, dass jemand gegen ihn Anklage erheben würde.

Damit aber brannte ihnen die Zeit unter den Nägeln. Sie mussten die Anklageschrift fertig haben, bevor das Schiff wieder auslief. Daniel war überzeugt, dass Gott selbst die Schritte des Missionars in ihre Kanzlei gelenkt hatte.

Nachdem Macalister seinen Bericht beendet hatte, verabschiedete er sich schroff und schloss die Tür hinter sich. Isaac wandte sich Daniel zu, auf dessen Zügen die Vorfreude auf den zu erwartenden Sieg lag, und fragte lächelnd: »Nun, Mister Duffy, was halten Sie von der Sache?«

Der junge Anwalt warf einen Blick auf seine Notizen, bevor er ihn ansah. »Der Fall wird weit über Sydney hinaus Aufsehen erregen«, gab er zur Antwort. »Wir gehen gegen den Kapitän eines Sklavenschiffs vor und werden damit eine Menge einflussreicher Leute gegen uns aufbringen. Aber es werden auch viele auf unserer Seite stehen. Leute, deren Wunsch es ist, dass dem Menschenhandel Einhalt geboten wird. Leider verfügen sie weder über besonders viel Geld noch über großen Einfluss.«

Daniel wusste, welche politischen Folgen eine Mordanklage gegen Mort haben konnte. Da die Kolonie Queensland in hohem Maße unter dem Zusammenbruch der englischen Banken litt und dringend auf Einnahmen angewiesen war, käme eine solche Anklage, deren Auswirkungen die Baumwoll- und Zuckerpflanzungen ohne weiteres bis in die Grundfesten erschüttern konnten, zu einem ausgesprochen ungünstigen Zeitpunkt. Sie war letztlich gleichbedeutend mit einer Anklage gegen die Mächtigen und einem Angriff auf deren finanzielle und politische Interessen am Handel mit Arbeitskräften von den Pazifikinseln.

Wie immer, wenn er nachdachte, kratzte sich Gerald an der Nase, nahm dann den Zwicker ab und sagte ruhig: »Diesmal werden sich die englischen Großgrundbesitzer in den Kolonien eine blutige Nase holen. Ich freue mich schon darauf zu sehen, wie sie vor Entsetzen zittern, wenn wir ihr eigenes Gesetz gegen sie anwenden. Sie können uns gottesfürchtige Iren und auch euch gottlose Juden schon ohne das nicht ausstehen.«

Bei der abfälligen Bemerkung seines Sozius über seinen Glauben lächelte Isaac lediglich. Er wusste, dass der lebenslustige Ire keinerlei Vorurteile kannte – außer, wenn es gegen die herrschenden Schichten der Engländer ging.

»Wir haben noch viel Arbeit vor uns, bevor wir einen vor Gericht zugelassenen Kollegen mit der Vertretung der Anklage betrauen können«, sagte Isaac und reckte sich. »Es wird nicht leicht sein zu beweisen, dass diese Morde in die Zuständigkeit unserer Gerichte fallen, obwohl sie außerhalb der Kolonie begangen worden sind. Aber ich denke, wir können es schaffen.« Gerald und Daniel nickten zustimmend.

Nein, leicht würde das nicht sein, überlegte Daniel. Ihm war klar, dass er erst dann wieder ruhig würde schlafen können, wenn er eine hieb- und stichfeste Anklageschrift abgefasst hatte, die dafür sorgen würde, dass der Mann dorthin kam, wohin er seiner Ansicht nach gehörte: an den Galgen.

»Ich glaube, wir müssen in diesem Fall besonders zügig arbeiten«, sagte Gerald. »Es ist kurz vor Weihnachten, und wenn es erst soweit ist, geht erfahrungsgemäß in Sydney nichts mehr voran. Die Kanzleischreiber lassen Unterlagen einfach liegen, die dem Gericht zugeleitet werden müssten, und Richter findet man höchstens noch in Schenken. Ich denke, wir sollten jemanden damit beauftragen, Kapitän Mort nicht aus den Augen zu lassen, solange er sich hier in Sydney aufhält. Nur auf diese Weise werden wir rechtzeitig erfahren, wenn er mit seinem Schiff auszulaufen plant, womit er sich dem Gericht entziehen würde.«

Mit einem Lächeln sagte Isaac: »Das kann ich zweifellos Ihnen überlassen, denn sicher fällt Ihnen bei Ihren Verbindungen zur bunt gemischten Welt des Lasters und des Verbrechens jemand ein, der für eine solche Aufgabe infrage kommt.«

Der rundliche, kleine Ire wandte sich an Daniel. »Ich denke, Mister Duffy könnte sich darum kümmern«, sagte er augenzwinkernd. »Sein Vater betreibt eine über jeden Zweifel erhabene gesellschaftliche Einrichung in der Stadt, in der sich bestimmt der richtige Mann für einen solchen Auftrag finden lässt.«

Mit Mühe riss sich Daniel von seinem Traumbild los, in dem er Mort bereits im Gefängnis von Darlinghurst am Strang baumeln sah.

»Ich bin sicher, dass mein Vater den richtigen Mann finden wird«, antwortete er. »Er verfügt sogar über Beziehungen zur Polizei.«

»Doch nicht etwa zu einem irischen Wachtmeister namens Francis Farrell?«, spöttelte Gerald. Daniel war verblüfft.

»Äh … doch. Wieso …?« Aber er vollendete seinen Satz nicht. Sydney war eine kleine Stadt, und in der irischen Gemeinde kannte jeder jeden. Er stand auf und folgte seinen beiden Chefs, als diese den Raum verließen. Wenn sie erreichen wollten, dass im bewussten Fall Gerechtigkeit geschah, hatten sie noch viel zu tun.

36

»Sir Donald und Lady Macintosh.« Bei dieser Ankündigung von Sir John Merles Saaldiener wandten sich nur wenige Köpfe, um zu beobachten, wie der vor kurzem von der Königin in den persönlichen Adelsstand erhobene schottische Viehzüchter und Reeder mit seiner attraktiven Gattin in den gedrängt vollen, prächtig ausgeschmückten Ballsaal trat. An Angehörigen des niedrigen englischen Adels herrschte beim Neujahrsball des Jahres 1867 in Sydney kein Mangel, und so sah auch kaum jemand im Auftreten der beiden einen Grund, seine Unterhaltung zu unterbrechen. Mithin setzten Sir Johns und Lady Susannas Gäste ihre Plaudereien fort und warfen höchstens einen flüchtigen Blick zum Eingang. Die Regimentskapelle fuhr mit ihrem Potpourri von Märschen fort.

Prunk und Eleganz waren die Merkmale des Abends. Offiziere von in England wie in den Kolonien stationierten Regimentern traten in farbenfrohen Ausgehuniformen auf, während Großgrundbesitzer und wohlhabende Kaufleute im Gesellschaftsanzug erschienen waren. In den Diademen und Edelsteinen ihrer Gattinnen, die bodenlange Abendkleider aus Seide, Satin und Chiffon trugen, brach sich das warme Licht der zahlreich im Ballsaal brennenden Kerzen. Außer den Notabeln der Kolonie sah man auch Botschafter und verschiedene ausländische Marineoffiziere, die den Botschaften ihrer Länder als Attachés dienten, sowie Politiker mit ihren Gemahlinnen und im einen oder anderen Fall auch Mätressen.

Sir Donalds und Lady Enids großer Auftritt blieb von Granville White nicht unbemerkt, der sich vorbeugte, um seiner Frau Fiona etwas zuzuflüstern, worauf diese lächelte, was nur selten vorkam. Er führte sie am Arm ihren Eltern entgegen, die sich gemächlich ihren Weg durch eine Gruppe von guten Bekannten und alten Freunden bahnten, wobei ihnen von allen Seiten Glückwünsche zu Donalds Aufnahme in den um die Mitte des 17. Jahrhunderts gegründeten Andreas-Orden zugerufen wurden. Die Regierung von Neusüdwales hatte ihn bei der Krone wegen seiner herausragenden Verdienste um die Kolonie für diese Ehrung vorgeschlagen und dabei mit Worten überschwänglichen Lobes nicht gegeizt.

Fiona sah bezaubernd aus. Man hätte sie eher für ein junges Mädchen als für die Mutter zweier Töchter gehalten. Der Prunk und Pomp des Anlasses gaben ihr Gelegenheit, sich vollständig von ihren Alltagssorgen zu lösen. Zwar hatte sie in den letzten Jahren kaum ein Wort mit ihrer Mutter gesprochen, trotzdem sah sie voll Stolz, wie elegant sie neben ihrem vierschrötigen Vater wirkte. Sie war sogar bereit, um seinetwillen für eine Weile Frieden mit ihr zu schließen.

Granville schüttelte Sir Donald gratulierend die Hand, und Fiona küsste ihn auf die Wange, wobei sie ihm zuflüsterte: »Wie schön für dich, Vater. Du siehst glänzend aus.« Für die Mutter allerdings hatte sie weniger Wärme übrig, und beide nahmen mit einem kühlen, höflichen Nicken von der Gegenwart der jeweils anderen Kenntnis.

Ein im Reedereigeschäft tätiger Bekannter verlangte nach Granvilles Aufmerksamkeit, und Fiona freute sich über den Vorwand, sich nicht länger in der Nähe ihrer Mutter aufhalten zu müssen. Granville geleitete sie zu dem langweiligen Reeder, mit dem er über neue Schifffahrtswege an der sich rasch entwickelnden australischen Nordküste sprach.

Obwohl Donald jetzt einer von ihnen war, fühlte er sich in der Gesellschaft der Kaufleute und Bankiers aus der Stadt nicht am rechten Platz. Er hatte so lange im Landesinneren gelebt, dass er sich bei seinen Rinderhirten – die Schafzucht hatte er aufgegeben – wohler fühlte als inmitten der Spitzen der kolonialen Gesellschaft. Lieber hätte er auf der Veranda seines neu errichteten großen Herrenhauses auf Glen View gesessen, als jetzt unter den importierten Kristall-Lüstern von Sir Johns Ballsaal zu stehen. Es kam ihm vor, als kreise in seinem Blut inzwischen neben der Erinnerung an die lila Distel seiner Heimat auch der Staub von Glen View. So fremd ihm Glanz und Förmlichkeit von Sydney waren, so schuldete er es doch seiner Frau, sie zu begleiten. Sie hatte mit ihren Mittagseinladungen und ihrem geschickten Antichambrieren durchaus Anteil an seiner Erhebung in den Adelsstand.

Verzweifelt sah sich Sir Donald im Menschengewirr des Saals um, ob nicht weitere Grundbesitzer aus Queensland anwesend seien. Da er aber keinen entdecken konnte, fand er sich damit ab, einen Abend ausschließlich in Gesellschaft der Reichen und Berühmten der Kolonie zu verbringen.

»Ihren Ritterschlag haben Sie sich redlich verdient«, rief ihm Sir Ian Smythe zu, als er ihm auf der Suche nach dem Diener, der den Champagner servierte, über den Weg lief.

Sir Ian lebte nicht in Queensland, besaß dort aber große Ländereien, die er verpachtete, und er unterhielt sich gern über Fragen der Weidewirtschaft mit so geachteten Männern wie der Schotte einer war. Der ganze Süden des Landes war voll des Lobes über die geschickte Hand, mit der Sir Donald Glen View verwaltete. »Ich habe gehört, dass Sie vor einigen Jahren Ihren Besitz von Schwarzen gesäubert haben«, sagte Sir Ian einleitend. »Einer meiner Verwalter hat mir berichtet, dass er mit denen auf Cristabel Downs Schwierigkeiten hat, weil die verdammte Regierung nicht genug Buschpolizisten hinschicken will.«

Mitfühlend nickte Sir Donald. Wenigstens einer, mit dem er über die Fragen des Lebens an der Grenze reden konnte. »Das sind die verdammten Liberalen im Süden, die uns am Boden sehen wollen«, sagte er und nahm dem Diener, der inzwischen aufgetaucht war, ein Glas Champagner vom Tablett. »Die kennen kein anderes Ziel, als uns zugrunde zu richten.«

Granvilles Auftauchen unterbrach das Gespräch. Er musste mit seinem Schwiegervater über eine dringende Angelegenheit sprechen, die keinen Aufschub duldete. Fiona hatte er in der Obhut von Davids Verlobter Charlotte Frost zurückgelassen, mit der sie sich über deren bevorstehende Hochzeit unterhalten mochte.

»Ich hoffe, dass es Ihnen gut geht, Sir Ian«, erkundigte sich Granville nach der Gesundheit des Magnaten. »Ziemlich warmer Abend für das Treiben hier.«

»Verdammt warm! Aber der Champagner ist schön kalt«, gab Sir Ian zurück. Da er Granville an der Nasenspitze ansehen konnte, dass er darauf brannte, allein mit Sir Donald zu sprechen, entschuldigte er sich. Er erklärte, mit einem einflussreichen Parlamentarier über wichtige Fragen sprechen zu müssen, die seine Geschäftsinteressen berührten. Als die beiden allein waren, dirigierte Granville seinen Schwiegervater in eine relativ ruhige Ecke des Saales. »Nun, was für schlechte Nachrichten hast du für mich?«, knurrte Sir Donald. »Es steht dir ins Gesicht geschrieben, dass es nichts Gutes ist.« Er ließ keinen Zweifel daran, dass er sich am liebsten weiter mit Sir Ian unterhalten hätte.

»Vor etwa vier Wochen«, begann Granville, »ist ein presbyterianischer Missionar namens Macalister nach Sydney gekommen, der erreichen will, dass der Kapitän der *Osprey* unter Mordanklage gestellt wird. Er ...«

»Mort!«, fiel Sir Donald seinem Schwiegersohn grimmig ins Wort. »Es geht wohl um die Sache mit den Arbeitskräften, was?«

»So ist es«, fuhr Granville fort. »Mort vermutet, dass man ihm folgt und nachspioniert, wann immer er das Schiff verlässt. Er befürchtet sogar, dass die Königliche Marine die *Osprey* an die Kette legen könnte, sobald er Anstalten trifft auszulaufen.«

Sir Donalds Magen krampfte sich zusammen. Falls es so weit kam, würde der Name Macintosh in einen Skandal verwickelt. Es sähe alles andere als gut aus, wenn die Zeitungen berichteten, dass dem frisch geadelten Großgrundbesitzer ein Schiff gehörte, dessen Kapitän unter Mordanklage stand. Er verfluchte im Stillen, dass er den Mann je für die *Osprey* empfohlen hatte. Andererseits waren Mort und er durch die Ereignisse der viele Jahre zurückliegenden Vertreibung aneinander gebunden. Was jener wusste, genügte für mehr als einen Skandal.

»Wie weit ist der verdammte Missionar mit seiner Beschwerde vorgedrungen?«, fragte Sir Donald.

»Er hat einen richtigen Feldzug gegen Mort und die *Osprey* ins Leben gerufen«, antwortete Granville. »Soweit ich weiß, sucht er bei der Anti-Sklaverei-Bewegung und den Zeitungen Unterstützung.«

»Das hat mir gerade zu all dem Ärger, den ich in Queensland schon am Hals hab, noch gefehlt«, knurrte Sir Donald.

»Ich sage das nur ungern, aber es könnte noch schlimmer kommen«, fuhr Granville mit gequältem Gesichtsausdruck fort. »Macalister lässt sich von den Anwälten Sullivan & Levi beraten.«

»Die Namen hab ich noch nie gehört«, brummte Sir Donald ärgerlich.

»Ein gewisser Daniel Duffy arbeitet in der Kanzlei«, fuhr Granville fort, »und er gibt sich nicht die geringste Mühe zu verbergen, dass er nichts lieber täte, als uns in den Ruin zu treiben.«

Sir Donald reagierte auf den Namen Duffy genauso, wie es sich Granville gedacht hatte. Schon wieder dieser verfluchte Name! Diese Iren waren, wie es aussah, überall und schienen sich wie die Kaninchen zu vermehren – nur dass sie anders als ihre tierischen Artgenossen gefährliche Kaninchen waren.

»Ist er womöglich mit dem Schweinekerl verwandt, der im Jahre '62 auf Glen View umgekommen ist?«, fragte er und hoffte, dass Granville die Frage verneinen würde.

»Es ist sein Neffe«, bekam er zur Antwort, »und soweit ich gehört habe, genießt er den Ruf, seine Fälle vor Gericht nicht zu verlieren.«

Die Kapelle stimmte einen schottischen Tanz an, und Sir Donald wandte sich ab. Er spielte mit seinem Champagnerglas, trank aber keinen Tropfen daraus. Seine Gedanken kreisten um den Namen Duffy. Schließlich stellte er einem vorüberkommenden Diener das volle Glas auf das Silbertablett und sagte: »Ich denke, es ist Zeit, zu den Damen zurückzukehren.« Mit diesen Worten ging er auf seine Gattin zu, die er am anderen Ende des Raumes im Gespräch mit ihrer beider Sohn David sah.

Sie sieht immer noch gut aus, dachte er stolz, während er zu ihr trat. Sie hielt sich nach wie vor gerade, und man sah ihr die Jahre und die Verantwortung, die sie trug, kaum an. Fiona konnte von Glück sagen, die Schönheit ihrer Mutter geerbt zu haben. Aber hatte sie auch ihre Härte geerbt? Diese Vorstellung beunruhigte ihn. Wenn sich Härte gegen Angehörige wendet, wirkt sie zerstörerisch.

Er war sich des Grabens zwischen Mutter und Tochter bewusst und wunderte sich nicht weiter darüber, denn er hatte über die Jahre hinweg beobachtet, wie die an Feindseligkeit grenzende und nur mühsam von einem Firnis pflichtschuldigen Wohlverhaltens verdeckte Spannung zwischen den beiden Frauen immer mehr zunahm.

Als sich Fiona von dem verfluchten Michael Duffy getrennt hatte, war die Feindseligkeit offen ausgebrochen. Er vermutete, dass sich seine Tochter auf eine Weise mit Granville verbündet hatte, die Enid schaden konnte. Zwar wusste er nicht, auf welche Weise, wohl aber wusste er, dass sich die junge Frau deutlich von der kleinen Fiona unterschied, die sie früher einmal gewesen war. Nach außen hin war sie ihm nach wie vor zugetan, doch lag in ihrem Verhalten zugleich eine Kälte, die er zuvor nicht an ihr erlebt hatte.

»Hallo, Vater. Du siehst heute Abend schrecklich bedeutend aus«, sagte David, als er zu ihm trat.

»Vielen Dank, mein Junge«, brummte Sir Donald. »Ich muss dir gestehen, dass ich mich unter all diesen Lackaffen alles andere als bedeutend fühle. Diese lausigen Bankiers und Kaufleute profitieren von denen, die sich darum bemühen, dass in diesem Land gute Christen anständig leben können ... «

»Donald! Lass dich von ihnen nicht ärgern!«, mahnte ihn Enid. »Du hast versprochen, heute Abend nicht von Geschäften zu reden.« Sie sah, dass ihr Mann kampflustig die Vertreter der Bankiersgilde musterte, die seiner Ansicht nach die Verantwortung für den Zusammenbruch der hoch angesehenen englischen Banken Agra und Masterton im Juli '66 trugen.

Dieser Bankrott hatte sich katastrophal auf Queenslands hoch verschuldete Grundbesitzer ausgewirkt. Der Krieg auf der Krim, der Aufstand in Indien und schließlich der Bürgerkrieg in Nordamerika hatten zur Wirtschaftskrise im Mutterland geführt, die sich jetzt auch in Queensland auswirkte.

Da man in der Familie übereingekommen war, die Viehwirtschaft und den Weidebetrieb vom Reedereigeschäft und anderen Unternehmenszweigen getrennt zu halten, sah Sir Donald die Gefahr, sein geliebtes Glen View möglicherweise aufgeben zu müssen. Dann aber blieb ihm keine andere Wahl, als nach Sydney zurückzukehren. Diese Vorstellung behagte ihm in keiner Weise. Dennoch fügte er sich dem Wunsch seiner Frau. Gewiss würde er die schweren Zeiten mit seiner schottischen Zähigkeit überstehen. Jetzt war es seine Pflicht, eine Weile nicht an ins Bodenlose fallende Baumwollpreise und an die Notwendigkeit eines Darlehens zu denken, mit dem er Glen View halten konnte.

»Entschuldige, Liebste«, sagte er zerknirscht. »Du hast Recht.«

Enid saß auf einem Stuhl, den Fächer im Schoß, und bat David, ihr ein Glas Eiswasser zu holen. Das war jedoch nur ein Vorwand, damit sie in Ruhe mit Donald reden konnte. Als David außer Hörweite war, sagte sie: »Der Junge will an Bord der *Osprey* gehen und mit Kapitän Mort zu den Pazifikinseln segeln, um die Lebensgewohnheiten der dort lebenden Eingeborenen zu fotografieren.«

Sir Donald runzelte die Stirn. »Immer vorausgesetzt, wir haben die *Osprey* dann noch«, knurrte er, worauf Enid ihn fragend ansah.

»Die verdammten Missionare versuchen zu erreichen, dass die Königliche Marine ihr das Auslaufen untersagt. Sie behaupten, das Schiff würde zum Sklavenhandel verwendet«, erläuterte er. »Sieht ganz so aus, als hätte Kapitän Mort die Leute irgendwie verärgert.«

»Aber das ist doch grotesk«, begehrte Enid auf. Die Vorstellung, jemand könnte es wagen, den Namen Macintosh mit etwas so Widerwärtigem wie Sklaverei in Verbindung zu bringen, empörte sie, obwohl ihr bewusst war, dass die Zeitungen alles taten, das Heranschaffen von Vertragsarbeitern mit Sklaverei gleichzusetzen. Sie hatten in reißerisch aufgemachten Berichten über drangsalierte Eingeborene geschrieben, die man von ihren teuflischen Unterjochern befreien müsse. Solche Berichte machten in der Öffentlichkeit böses Blut. »Die *Osprey* ist ein ordnungsgemäß registriertes Handelsschiff«, sagte sie, »und in keiner Weise mit einem der früheren afrikanischen Sklaventransporter zu vergleichen.«

»Das ist mir bekannt«, bestätigte Sir Donald. »Trotzdem scheint ein Missionar namens Macalister behauptet zu haben, Mort habe sich Brutalitäten zu Schulden kommen lassen. Ich werde Granville bitten, uns über jeden Schritt Morts zu berichten und die Sache dann unseren Anwälten zu übergeben. Ich bin sicher, dass es keinen Grund zur Beunruhigung gibt. Die verdammten Missionare jammern immer über irgendwelche angeblichen Gräueltaten. Auf diese Weise bleiben sie in der Öffentlichkeit im Gespräch, wenn es darum geht, Geld für ihre Missionstätigkeit zusammenzubringen.«

Sir Donald merkte, dass seine Gattin die Nachrichten über die *Osprey* mit gemischten Gefühlen aufgenommen hatte. Einerseits hätte sie gern das Schiff aus der Sache mit den Vertragsarbeitern herausgenommen, zugleich aber fürchtete sie das Aufsehen, das ein solcher Schritt hervorrufen würde. Schon als Enid den berüchtigten Kapitän Mort im Jahre '63 bei seinem Dienstantritt kennen lernte, hatte sie ihn nicht ausstehen können. Der Blick seiner Augen hatte sie mit Misstrauen erfüllt. Ihrer Ansicht nach lag darin ein Irrsinn, als wäre er ein tollwütiges Tier.

Auch gegen den Ersten Steuermann Horton hegte sie größte Bedenken, zumal sie wusste, dass der Mann überaus gefährlich war. Schlimmer aber noch als das Wesen der beiden Männer war ihrer Ansicht nach deren hündische Ergebenheit ihrem Arbeitgeber Granville gegenüber. Es war ihr in keiner Weise recht, dass ihr Sohn in Gesellschaft solcher Halsabschneider eine Schiffsreise antreten wollte, und ihre mütterliche Eingebung sagte ihr, dass er sich an Bord der *Osprey* in Todesgefahr befinden würde.

Sie hatte David zu überreden versucht, auf einem anderen Schiff mitzufahren, wenn er unbedingt die Südsee erkunden wolle, doch er hatte darauf hingewiesen, dass die *Osprey* als einziges Schiff der Reederei Macintosh, die letzten Endes zum Teil ihm gehöre, die dortigen Gewässer befuhr. Enids Ansicht nach war es schlimm genug, dass er die Dozentur in Oxford für seinen törichten Traum aufgegeben hatte, Geschichte in Bildern festzuhalten, aber sich mit einem solchen Schiff in hoch gefährliche Situationen zu wagen, kam ihr als Gipfel der Torheit vor.

Nie würde sie öffentlich zugeben, was sie über die finstere Seite der Beschaffung von Arbeitskräften in der Südsee wusste, doch hatte sie auf verschiedenen Wegen erfahren, dass es dabei zu Ausschreitungen schlimmster Art gekommen war. Ihr war also durchaus bewusst, wie gefährlich eine solche Reise für ihren Sohn werden konnte.

»Könntest du unter Umständen David dazu überreden, dass er nicht auf der *Osprey* mitfährt?«, fragte sie ihren Mann.

»Ich glaube kaum, dass ich da auch nur das Geringste bewirken könnte«, antwortete dieser. »Schließlich ist er *dein* Sohn, und wenn er nicht auf dich hört, wird ihn ganz bestimmt auch nicht interessieren, was ich zu sagen habe.«

Enid wusste, dass er Recht hatte. Von klein auf hatten die Kinder ihre Vorlieben gehabt: Angus hatte sich seinem Vater zugeneigt, David ihr, und Fiona ... nun, Fiona gehörte jetzt zu ihrem Mann.

»Ich bin fast versucht, darum zu beten, dass die Behörden Kapitän Mort und die *Osprey* festhalten«, sagte sie ruhig.

In diesem Augenblick kehrte David mit dem Glas Wasser und in Begleitung von Miss Charlotte Frost zurück, sodass sich die Unterhaltung Fragen ihrer Hochzeit zuwandte, die in vier Monaten stattfinden sollte, sobald er aus der Südsee zurückgekehrt war.

Am anderen Ende des Ballsaals war Fiona auf Penelope gestoßen. Sie war in Begleitung eines englischen Kavalleriehauptmanns gekommen, den sein Regiment in die Kolonie abgeordnet hatte. Da sie sich mit Fiona unterhalten wollte, hatte sie ihn unter einem Vorwand der Gesellschaft anderer Offiziere überlassen. Ohnehin sei Hauptmann Hayes, erklärte sie, unendlich langweilig, denn er könne von nichts anderem reden als von seinen Jagdpferden, die er mitgebracht habe. Außerdem beklage er sich unaufhörlich, dass man ihm in der Kolonie nicht das gleiche Maß an Achtung entgegenbringe wie in England. Sogar die Straßenjungen folgten dem englischen Stutzer, wenn er in Uniform durch Sydney stolziere und verspotteten sein affektiertes Getue.

Fiona kicherte hinter ihrem Schildpattfächer, als Penelope ihren Begleiter spöttisch nachahmte.

»Penny, du bist schrecklich«, sagte sie, nachdem sie sich beruhigt hatte. »Du bist schrecklich … und schockierend.«

Geheimnisvoll lächelte ihr Penelope zu. »Schockierend, ja, aber nicht schrecklich. Der Mann ist einfach ein Puritaner.«

»Ein Puritaner, Penny? Sicher willst du sagen, dass er ein Herr ist und daher manches nicht so sieht wie du … du weißt schon, was ich meine«, sagte Fiona in Anspielung auf Dinge, die man in vornehmer Gesellschaft besser nicht ansprach.

»Herren sind Langweiler«, gab Penelope zurück. »Ihrer Ansicht nach sind wir teilnahmslose Gefäße, in die sie sich erleichtern können. Was soll ich dir sagen. Als der Mann vergangene Nacht von mir herunterstieg, nachdem er mich wie eine seiner Zuchtstuten besprungen hatte, fragte er: ›Nun, fühlst du dich besser, altes Mädchen?‹ Der Teufel soll ihn holen! Ich war völlig unbefriedigt.«

Fiona sah sich um und hoffte inständig, dass niemand gehört hatte, wie überdeutlich ihre Kusine über das Techtelmechtel mit ihrem Hauptmann sprach. Zwar war sie peinlich berührt, doch zugleich tauchte beunruhigenderweise in ihrem Kopf ein verlockendes Bild auf und sie stellte sich den nackten Leib ihrer Schwägerin unter dem britischen Offizier vor.

»Man könnte uns hören«, flüsterte sie hinter ihrem Fächer nervös. »Ich halte es für klüger, das Thema zu wechseln.« Aber nach zwei Gläsern ausgezeichneten importierten Champagners nahm Penelope keine Rücksicht mehr auf die Doppelmoral der viktorianischen Gesellschaft.

»Nicht *uns* könnte man hören, Fi ... *mich*«, sagte sie etwas leiser. »Immerhin hast du einen Mann geheiratet, der weiß, wie man die finsteren Saiten in einer Frau zum Klingen bringt. Man kann gegen meinen Bruder so manches sagen, aber er versteht sich darauf, mit dem umzugehen, was wir Frauen zwischen den Beinen fühlen. Auf dem Gebiet ist Granville großartig. Ich übrigens auch.«

Eine heiße Röte überflutete Fiona, als ihr klar wurde, was ihre Kusine da sagte. Bevor sie auch nur zu einer Antwort ansetzen konnte, ergriff Penelope ihren Arm knapp über dem Handgelenk und flüsterte ihr zu: »Falls du Granville für erregend hältst, solltest du es mal mit mir probieren, meine Liebe.«

Ohne die Wirkung dieser Worte abzuwarten, wandte sie sich um und begrüßte mit lauter Stimme den englischen Hauptmann, der sich durch die Menge zu ihr vorarbeitete. Man sah, dass er getrunken hatte. In seinen Augen leuchtete eine widerwärtige Lüsternheit, die Penelope und Fiona gleichermaßen abstieß. Die anderen jungen Frauen im Saal hielten Hauptmann Hayes für eine gute Partie. Er sah nicht nur gut aus und wirkte schneidig in seiner bunten Uniform, er war auch der jüngere Sohn einer Familie aus dem englischen Hochadel, mithin ein wohlhabender Mann mit einer angesehenen Position in der besten Gesellschaft. Penelope war gern bereit, ihnen den Mann zu überlassen, jedenfalls dann, wenn die Kerzen erloschen waren.

Der Kapellmeister hob den Stab zum traditionellen Freundschaftslied ›Auld Lang Syne‹, mit dem die Gäste das alte Jahr verabschieden wollten, und Sir Donald, Enid, David, Charlotte, Granville und Fiona verschränkten die Arme ineinander. Da Penelope ihren Verehrer an den Alkohol verloren hatte, hängte sie sich bei ihrer Schwägerin ein.

Als die Stimmen in einem Gemisch aus Hoffnung und Freude dem neuen Jahr entgegenjubelten, spürte Enid den Arm ihres Sohnes David in ihrem und fühlte sich wohl. Die Befürchtungen um ihn waren fast vergessen, als die Menschen im Saal in die üblichen Hurra-Rufe ausbrachen, mit denen das neue Jahr begrüßt wurde.

In einem anderen Teil Sydneys feierte eine weitere Familie den Anbruch des Jahres 1868.

Sie befanden sich nicht in einem hell erleuchteten Ballsaal im palastartigen Anwesen eines reichen Mannes, sondern in der einfachen Küche eines von Iren besuchten Gasthofs im Bezirk Redfern. Dieser Raum, der im Laufe der Jahre Zeuge so vieler Ereignisse geworden war, schien immer der geeignetste Ort zu sein, wenn es etwas Wichtiges gab. Es hatte ganz den Anschein, als nähmen bei solchen Gelegenheiten auch die Geister der Abwesenden an den Zusammenkünften der Familie teil.

Der Küchentisch, der Spuren starken Gebrauchs aufwies, war wie ein Altar, an dem man sich traf, wenn es Neues gab, Krisen zu bewältigen waren oder Anlass zum Feiern bestand. Nicht nur hatte er so manches Mal miterlebt, wie Michael von Tante Bridget verarztet wurde, er war auch Zeuge von Kevin O'Keefes Heiratsantrag an Kate gewesen.

Jetzt schwankte Frank Duffy schwer betrunken auf den Tisch zu, wobei er ein altes irisches Lied grölte. Er stieß daran und hätte fast seinen Whisky über Daniel und dessen hübsche junge Frau Colleen verschüttet, die ihren Schwiegervater gutmütig beiseite schob und zugleich ihre zweijährige Tochter Charmaine in Sicherheit brachte, die schlaftrunken an ihrem Daumen nuckelte. Sie hatte das dunkle gelockte Haar ihres Vaters, ihr ein Jahr älterer Bruder Martin hingegen das kupferfarbene Haar seiner Mutter geerbt. Beide Kinder lachten beim Anblick ihres betrunken herumtapsenden Großvaters, der als Nächstes an den Herd stieß und fast in Daniel hineingetorkelt wäre, der auf unsicheren Beinen neben dem Stuhl seiner Frau stand.

Bridget Duffys Gesicht glühte, denn aus dem üblichen Gläschen Sherry vor dem Schlafengehen waren heute derer fünf geworden. Sie lächelte zu ihrer Schwiegertochter hinüber, die Daniel eine gute Ehefrau war und sich ohne die geringsten

Schwierigkeiten in die Lebensgewohnheiten der großen Familie Duffy eingefügt hatte.

Als Tochter eines irischen Gastwirts aus Bathurst war sie bestens mit allem vertraut, was zu einer richtigen irischen Neujahrsfeier von der Art gehörte, wie man sie im fernen Land auf der südlichen Halbkugel zu feiern pflegte. Mit Freude sah sie, dass ihr sonst völlig abstinent lebender Mann dem Beispiel der anderen gefolgt war und dem Rum eifrig zusprach. Inzwischen war auch er stark angeheitert.

Jetzt hob er das Glas zu einem Trinkspruch. »Auf den Untergang der verdammten Familie Macintosh«, überschrie er den Lärm. »Und darauf, dass Kapitän Mort an den Galgen kommt.«

Zwar war Colleen noch nie im Leben einem Macintosh begegnet, hatte aber aus Daniels Erzählungen den Eindruck gewonnen, die ganze Familie zu kennen. Auch wusste sie, dass sogar eine gewisse Verwandtschaftsbeziehung bestand – sie brauchte nur den in Max' muskulösen Armen schlummernden kleinen Patrick anzusehen. Es war ein sonderbares Bild, wie dieser Hüne den kleinen Jungen hielt und ihm leise ein deutsches Wiegenlied sang. Noch vor wenigen Minuten hatte der Kleine mit Max geboxt, der so getan hatte, als täten ihm die Schläge der kleinen Fäuste weh. Jedes Mal, wenn sich Max zu Boden fallen ließ, war ihm Patrick auf den gewaltigen Bauch gesprungen und hatte lautstark verlangt, Onkel Max solle aufstehen und weiterkämpfen.

Ja, Patrick Duffy war ein halber Macintosh, ging es Colleen durch den Kopf, während sie zu dem schlafenden Jungen hinübersah. Man hatte ihr berichtet, auf welche Weise er in den Gasthof Erin gekommen war, und sie hatte sich um den Jungen gekümmert, als wäre er ihr eigener Sohn. Dem kleinen Patrick fehlte es nicht an Zuneigung, und er ahnte nicht, dass Daniel und Colleen nicht seine richtigen Eltern waren. Oft sagte Daniel voll Stolz, dass er mehr ein Duffy als ein Macintosh sei, dennoch musste man ihm eines Tages die Wahrheit über seine Herkunft mitteilen.

Jetzt aber war nicht die Zeit, an die Schmerzen der Vergangenheit zu denken. Man war zusammengekommen, um sich auf das zu freuen, was die Zukunft bringen mochte.

Auf der Straße hörte man, wie sich Menschen mit schwerer Zunge Neujahrswünsche zuriefen. Frank Duffy war so betrunken, dass er in seiner Muttersprache Gälisch keinen Satz mehr herausbrachte, und so hob er das leere Glas und wünschte allen in der verfluchten Sprache des englischen Erbfeindes ein glückliches neues Jahr. Patrick, der nach wie vor in Max' Armen schlummerte, wurde unruhig und öffnete die Augen bei all dem Lärm, schlief aber sofort wieder ein.

37

Granville stand neben dem Kapitän am Bug der *Osprey*. Der Hafenarbeiter, der im Schatten der Vormittagssonne an der Mauer eines Lagerhauses herumlungerte, sah in dem Treffen nichts Besonderes.

Farrell hatte ihn aufgefordert, dem Kapitän der *Osprey* auf Schritt und Tritt zu folgen und ihm über jede seiner Bewegungen genauestens Bericht zu erstatten. Ihm war nichts anderes übrig geblieben, als diesen Auftrag des irischen Polizisten zu übernehmen, wollte er nicht wegen des Besitzes von Einbruchswerkzeug ins Gefängnis kommen. Farrell hatte unübersehbar ebenfalls das Zeug zum Verbrecher.

Der unauffällige Beobachter kannte Granville White nicht. Vielleicht, überlegte er, während er müßig das Stück Treibholz in den Händen drehte, aus dem er einen Wal schnitzen wollte, handelte es sich bei dem gut gekleideten Herrn, der den Kapitän auf seiner Bark aufsuchte, um einen Kaufmann, der Geschäftliches zu besprechen hatte.

Mit hinter dem Rücken verschränkten Händen stand Mort steif da und hielt den Blick auf das Wasser des Hafens gerichtet. Granville merkte, dass Mort Angst hatte. Er hatte kaum etwas gesagt, seit Granville an Bord gekommen war. Mort war sich darüber im Klaren, dass sein Arbeitgeber mit ihm über eine Möglichkeit reden wollte, wie man sich dem Gewitter entziehen konnte, das sich über ihm zusammenbraute. Sein ehrgeiziges Ziel, seinen Lebensabend im Dorf Penrith zu verbringen, schien ebenso schnell dahin zu schwinden wie der Inhalt eines Glases Rum in der Hand eines durstigen Seemanns.

Die Hände auf der Bugreling, sagte Granville leise, ohne den Mund zu bewegen und ohne Mort anzusehen: »Ihre Vermutung, dass man Ihnen folgt, hat sich bestätigt.« Mort warf ihm einen ängstlichen Blick zu. »Man wird Ihnen nicht gestatten, Sydney zu verlassen.«

»Woher wissen Sie ...?«

Aber Granville tat seine Frage ab. »Das ist unerheblich«, gab er zur Antwort. »Wichtig ist einzig und allein, *was* ich weiß. Zur Zeit bereitet eine hiesige Anwaltsfirma eine Anklage vor, um zu erreichen, dass man Sie wegen Mordes festnimmt. Ausschließlich der Trägheit, die um diese Jahreszeit ganz Sydney befällt, haben Sie es zu verdanken, dass Sie nicht bereits im Gefängnis von Darlinghurst sitzen, Kapitän Mort.«

»Man kann mir keinerlei Straftaten nachweisen, Mister White«, murmelte Mort schwach.

»Ihr persönliches Schicksal interessiert mich nicht sonderlich«, blaffte Granville ihn an und wandte sich ihm zu. »Mir liegt ausschließlich am guten Ruf der Firma Macintosh.«

Die Beziehung der beiden gründete sich auf die Rücksichtslosigkeit, mit der jeder seine eigenen Ziele verfolgte. Als Mort daran dachte, schwand seine Furcht, denn natürlich würde sein Arbeitgeber alles tun, um den guten Ruf des Unternehmens Macintosh zu bewahren. Dazu aber musste er die Mort drohende Gefahr abwenden, ob er wollte oder nicht.

»Und was werden wir tun, um zu erreichen, dass nichts dem Namen Macintosh schadet, Mister White?«, fragte Mort mit einem fast hörbaren Seufzer der Erleichterung.

»Ich habe Verschiedenes in die Wege geleitet, das uns eine Atempause verschaffen soll«, sagte Granville. »Wenn Sie Ihre Rolle spielen, ohne nach dem Warum zu fragen, versichere ich Ihnen, dass Sie nicht in Darlinghurst landen.« Mort nickte, obwohl ihm klar war, dass Whites Versprechen lediglich leere Worte waren – er selbst verhielt sich schließlich keinen Deut anders. Es lag einfach nicht im Wesen der beiden Männer, ein gegebenes Wort um jeden Preis zu halten. »Wenn ich Ihren Hals retten soll, hat das natürlich seinen Preis«, fügte White hinzu.

»Ich verlasse mich in jeder Beziehung auf Sie und werde Ihnen jetzt sagen, wie es weitergeht.«

Mort hörte zu, während Granville White darlegte, was von ihm erwartet wurde. Auch wenn ihn nichts so rasch aus der Fassung brachte, und schon gar nicht das Ansinnen, einen Menschen zu töten, entsetzte es ihn doch, als er erfuhr, wen er da umbringen sollte.

Granville trat einen halben Schritt von der Reling zurück und klopfte sein Jackett ab, als hätten sie sich lediglich über die Preise von Frachtraum unterhalten.

»Ihr Erster Steuermann kann Sie bestens dabei unterstützen«, sagte Granville, während er den Blick über die Kaianlagen gleiten ließ, bis er bei einem unauffälligen Mann verharrte, der im Schneidersitz dasaß und an einem Stück Treibholz herumschnitzte, in Wahrheit aber den Auftrag hatte, ihm zu folgen. Er schien sich für ihre Besprechung nicht besonders zu interessieren, dachte er befriedigt.

Nicht nur die Familie Duffy hatte Beziehungen zur Polizei von Sydney. Geld und gesellschaftliche Stellung ermöglichten White Kontakte auf einer höheren Ebene, als sie Iren aus der Arbeiterklasse zugänglich war. »Ich denke, dass Ihnen Mister Horton zum richtigen Zeitpunkt zur Hand gehen wird«, sagte er jetzt und machte sich daran, die Bark zu verlassen. »Er verfügt über die dazu erforderliche Kompetenz«, fügte er hinzu, ein Scherz, den nur er verstand.

Mort sah seinem stutzerhaft gekleideten Arbeitgeber nach, den er bisher für nicht besonders fähig gehalten hatte. Mit einem Mal empfand er mehr Respekt vor ihm als zuvor, denn er merkte, dass ihm dieser Mann an Zielstrebigkeit und Rücksichtslosigkeit durchaus gewachsen war, wenn nicht gar überlegen.

Der Beobachter warf einen flüchtigen Blick auf den gut gekleideten Herrn, der auf seinem Weg zu einer von zwei Grauschimmeln gezogenen Kutsche an ihm vorüberkam. Hinsichtlich der *Osprey* schien nichts Berichtenswertes geschehen zu sein.

Zwei Tage nach dem Gespräch zwischen Mort und White an Deck der *Osprey* erfuhr Daniel in der Kanzlei die schlechte Nachricht und war wie vom Donner gerührt. Gerald Sullivan stellte eine Flasche teuren irischen Import-Whisky auf den Schreibtisch und lud den jungen Kollegen ein, sich ein ordentliches Glas einzuschenken.

Von seinen Zuträgern im Hafen von Sydney hatte er soeben erfahren, dass die *Osprey* ausgelaufen war und ihr Kapitän sich dem Zugriff der Behörden entzogen hatte. Vermutlich waren erneut die Pazifikinseln das Ziel. Der Teufel persönlich hält seine Hand über diesen Satansbraten, dachte er.

»Wie war das denn möglich?«, fragte Daniel verblüfft und ungläubig. Alle Informationen, über die sie verfügten und die von den Angestellten der Reederei bestätigt worden waren, hatten ein Auslaufen des Schiffes Ende Januar annehmen lassen, jetzt aber war erst Anfang des Monats.

»Es sieht so aus, als wäre die *Osprey* heute Nacht unter falscher Flagge ausgelaufen«, sagte Gerald und nahm einen ordentlichen Schluck. »Alle nötigen Papiere waren bereits ausgestellt. Vermutlich haben wir die Gerissenheit von Sir Donalds Schwiegersohn unterschätzt. Soweit ich von Farrell erfahren habe, hat Mister Granville White die ganze Sache eingefädelt.«

»Es muss aber doch eine Möglichkeit geben, den Haftbefehl zu vollstrecken«, klagte Daniel. »Irgendjemand bei den Behörden muss uns doch helfen.«

Der Ältere schüttelte den Kopf. »Da sind uns die Hände gebunden«, antwortete er trübsinnig. »Wir könnten natürlich darauf bestehen, dass sich die Polizei einmal bei den Hafenbehörden umsieht. Dabei spränge aber vermutlich höchstens eine Anklage gegen einen korrupten Regierungsangestellten heraus. Lassen Sie den Kopf nicht hängen! Zwar hat es diesmal nicht geklappt, aber es gibt bestimmt noch andere Gelegenheiten, und darauf möchte ich mit Ihnen anstoßen«, sagte er mit leicht boshaftem Zwinkern. »Es ist sogar möglich, dass ich mit Ihnen so oft anstoße, bis wir uns betrunken am Boden wälzen und Isaac uns hinauswirft. Dann können wir den Rest des Tages in der Wirtschaft Ihres Vaters zubringen.«

Auch Daniel goss sich ein großes Glas voll und stieß mit Gerald Sullivan auf künftige Gelegenheiten an, Mort und die Familie Macintosh in die Knie zu zwingen. Doch der Whisky stieß ihm sauer auf.

38

Beim Blick auf die Lagunen musste Kate unwillkürlich an den Tag denken, an dem Luke Tracy zum ersten Mal in seiner angenehmen Stimme mit ihr gesprochen hatte. Das schien ein ganzes Leben zurückzuliegen. Ihr war klar, dass die bittersüße Erinnerung an den Amerikaner auf immer dorthin verbannt bleiben musste, wo sich die anderen Geister ihrer Vergangenheit befanden. Jetzt stand Hugh Darlington neben ihr an der Reling des gecharterten Raddampfers, der Kurs auf Curtis Island nahm.

Kate trug ein modisches Kleid aus dünnem Baumwollstoff, so weiß wie der Korallensand der Tropen, und dazu einen breitrandigen Strohhut. Ihr elegantes Aussehen hatte ihr ein oder zwei neidische Äußerungen von Rockhamptons Klatschmäulern eingetragen, die behaupteten, die einstige Bedienung im Emperor's Arms nutze mit besonderer Dreistigkeit jede sich bietende Gelegenheit. Kate wusste, was über sie geklatscht wurde, achtete aber nicht weiter darauf, zumal sie viele Freunde hatte, auf die sie zählen durfte. Dazu gehörten die zähen alten Fuhrleute ebenso wie der flotte junge Anwalt Hugh Darlington. Am wichtigsten aber war ihr die Freundschaft der Familien Cohen und James.

Zwar hatte sich der Himmel aufgehellt, aber nach wie vor hingen Regenwolken über der Bergkette hinter Rockhampton. Am Ufer war es schwül, doch in der Mündung des Fitzroy-Flusses erfrischte die von der See her wehende Brise die Fahrgäste, die mit ihren Picknick-Körben an Deck des Raddampfers standen.

Diese Brise spielte auch in den Strähnen von Kates rabenschwarzem Haar, die unter ihrem Hut hervorlugten, und Hugh konnte nicht umhin, den Schwung ihres schlanken Halses zu bewundern. Ihre helle Haut war von der Farbe eines Alabasterstandbildes, und fast konnte er dem Wunsch nicht widerstehen, sie auf den Nacken zu küssen … nun, vielleicht bald, dachte er. Als sie sich ihm zuwandte, um etwas zu sagen, merkte sie, dass er sehr nahe bei ihr stand, und erkannte am Blick seiner Augen, was er dachte. Eine Wärme, die sie lange nicht gespürt hatte, durchflutete sie.

Bald darauf war der Dampfer so nahe an die Insel herangekommen, dass man Boote zu Wasser lassen und die Ausflügler nacheinander ans Ufer rudern konnte. Als der Bug des Bootes, in dem sich Kate und Hugh befanden, knirschend auf den Korallensand lief, sprang er in das helle, warme Wasser, wobei seine Hosenbeine bis zu den Knien nass wurden, und fasste Kate um die schmale Taille. Mühelos hob er sie aus dem Boot und trug sie ans Ufer, wo er sie nur zögernd losließ. Mit wissendem Lächeln löste sie sacht den Griff seiner Hände.

Sie picknickten gemeinsam mit Hughs Bekannten, lauter begehrte Junggesellen, die junge Damen aus einigen der vornehmsten Familien Rockhamptons begleiteten. Es gab in der kleinen Gesellschaft auch einige junge Ehepaare, und es fiel Kate auf, dass Hugh meist mit Regierungsangestellten und denen sprach, die mit ihnen zusammen waren. Auf sie machten diese Menschen mit ihrem affektierten Gehabe den Eindruck steifer Förmlichkeit. Ihr sagte die ausgelassene Fröhlichkeit der von der Sonne verbrannten harten Männer an der Grenze mehr zu: Fuhrleute, Viehhirten und Goldsucher, die im Gasthof Emperor's Arms verkehrten. All das lag jetzt in der Vergangenheit, denn sie hatte dort gekündigt, um sich der Arbeit in ihrer neu gegründeten Firma zu widmen.

Es war dem Wirt gar nicht recht gewesen, seine beliebteste Bedienung zu verlieren. Die Fuhrleute mit den vom Wetter gegerbten Gesichtern hatten ihr eine wunderbar geflochtene Ochsenpeitsche geschenkt und sie als Ehrenmitglied in ihre Gilde aufgenommen. Ihre lautstarke Abschiedsfeier hatte den großzügigen Wirt viele Fässer Bier gekostet, aber das war Kate ihm wert. Ihre Anwesenheit hatte im Laufe der Jahre eine beträchtliche Anzahl von Gästen in sein Lokal gelockt.

Hugh hatte ihr bei der Einrichtung der gemieteten Büro- und Lagerräume für ihr Fuhrunternehmen geholfen, und sie suchte regelmäßig die Cohens in ihrem Laden auf, wo sie miteinander den Einsatz des von Harry geerbten Ochsengespanns für den Transport ihrer Waren besprachen. Der Fuhrmann, den sie dafür eingestellt hatte, erwies sich als erstklassige Wahl, und die Firma Eureka entwickelte sich unter ihrer fähigen Leitung viel versprechend.

Als das Picknick vorüber war, rollten die Männer die Hemdsärmel auf, Kricketschläger und ein Ball kamen zum Vorschein, und zwei Mannschaften wurden aufgestellt. In den Spielpausen floss der Alkohol in Strömen: Champagner und Wacholderschnaps, englisches Flaschenbier und dunkler Rum. Da es Kate langweilte, einfach dazusitzen und die Männer beim Kricket anzufeuern, beschloss sie, sich die Schönheiten der Insel näher anzusehen.

Sie musste allein an den Strand gehen, denn ein wichtiger Mandant hatte Hugh in einer Grundstücksangelegenheit angesprochen, und so blieb diesem nichts anderes übrig, als sich dafür zu entschuldigen, dass er sie nicht begleiten konnte.

Sie öffnete ihren Sonnenschirm und zog sich die Schuhe aus, weil sie lieber barfuß durch den Sand ging. Er fühlte sich rau, aber angenehm an. Kaum war sie ein Stück weit gegangen, als sie am äußersten Ende des Ufers eine vertraute Gestalt erkannte.

»Emma!«, rief sie fröhlich aus.

»Kate! Wie schön, dich zu sehen.« Die beiden Frauen fielen einander in die Arme.

»Bist du mit Henry und dem Kleinen hier?«, fragte Kate, als sie sich aus ihrer Umarmung löste.

»Ja. Wir sind gerade angekommen. Henry und Gordon spielen mit den anderen Kricket. Ich hatte gar nicht gewusst, dass du auch zum Picknick kommst. Du hast ein himmlisches Kleid an.«

Kate strahlte vor Freude über das Kompliment der Freundin.

»Weißt du, es ist das erste hübsche Kleid, dass ich mir gekauft habe, seit ich aus Sydney fort bin«, antwortete sie.

»Ich habe von deinem großen Glück gehört«, sagte Emma, während sie dem Schatten eines Baumes zustrebten. »Henry und ich wollen dich besuchen, sobald es ihm ein bisschen besser geht.« Ein unbehagliches Schweigen trat ein. Die Geschichte von Henrys Begegnung mit dem berüchtigten Buschklepper Tom Duffy war in den Schnapsbuden entlang der Ochsenkarrenwege immer wieder erzählt worden und sogar bis Rockhampton gelangt. Dabei war auch die Sache mit dem Schlangenbiss nicht ausgespart geblieben.

Mit den Worten: »Dein Bruder hat Henry das Leben gerettet«, brach Emma das Schweigen. »Henry sagt, wenn er ihn nicht behandelt hätte, wäre er mit Sicherheit tot. Tom ist bestimmt ein guter Mensch, und es ist richtig tragisch, dass Henry den Auftrag hatte, ihn festzunehmen. Aber Dienst ist Dienst ...« Damit wollte Emma die Situation ihres Mannes erklären und zugleich um Verständnis bitten. Sie war Kate und Judith in letzter Zeit aus dem Weg gegangen, weil sie fürchtete, die beiden würden nicht verstehen, was in Burke's Land vorgefallen war.

»Ich hätte mir denken sollen, wie große Sorgen du dir gemacht hast«, sagte Kate sanft. »Wahrscheinlich hast du gedacht, dass ich dich wegen dieser Sache hasse. Vermutlich haben Judith und ich dich deswegen eine Weile nicht gesehen.«

Emma nickte, und in ihrem Augenwinkel glänzte eine Träne. »Ich dachte vor allem, dass du Henry hassen würdest«, sagte sie und bemühte sich, nicht zu weinen. »Weil er Tom festgenommen hat.«

Kate nahm ihre Hände. »Jeder andere Polizist hätte Tom an Ort und Stelle erschossen«, sagte sie mit einem freundlichen Lächeln. »Aber so ist Henry nicht. Er hat sein Leben aufs Spiel gesetzt, um dafür zu sorgen, dass Tom ein ordentliches Gerichtsverfahren bekommt. Ich kann mir nicht vorstellen, dass sich irgendein anderer Mensch auf der Welt die Sache so zu Herzen genommen hätte. Es gibt nur wenige Männer, die Henry in dieser Beziehung das Wasser reichen können, und ich halte ihn für einen meiner besten Freunde.«

Bei diesen Worten Kates konnte Emma trotz aller Mühe ihre Gefühle nicht länger beherrschen und brach vor Dankbarkeit in Tränen aus.

»Weißt du was«, sagte sie, zwischen Schluchzen und Lachen, »Henry hat mir erzählt, dass Tom den Wirt einer Schnapsbude mit vorgehaltener Waffe gezwungen hat, Hilfe herbeizuschaffen, damit man Henry nach Burketown bringen konnte. Er hat ihn sogar dafür bezahlt. Henry sagt, er hätte vorher noch nie davon gehört, dass ein Buschräuber jemandem mit vorgehaltener Waffe Geld *gibt*.« Beide Frauen lachten darüber. »Er sagt, das war kein bewaffneter Raub, sondern eine bewaffnete Liebesgabe«, fügte Emma lachend hinzu. »Mister Uhr hat dann dafür gesorgt, dass Henry nach Rockhampton zurückgebracht wurde, damit er sich auskurieren konnte.«

»Ihr müsst mich unbedingt besuchen, sobald ihr könnt«, sagte Kate sehnsüchtig. »Ich möchte Henry tausend ..., ach was, hunderttausend Fragen nach Tom stellen. Ich habe nur noch diesen einen Bruder, und er fehlt mir jeden Tag. Ich weiß, was die Leute über Tom sagen, aber ich sehe vor allem, wie sehr er Papa ähnelt ...«

Kate verstummte, und Emma sah, dass nun ihre Freundin den Tränen nahe war. »Wir kommen bestimmt«, sagte sie und umarmte Kate. »Ich bin sicher, dass Henry dir sagen wird, was für ein feiner Kerl dein Bruder in Wirklichkeit ist – genauso hat er ihn mir beschrieben.«

Als Hugh zu den beiden Frauen stieß, saßen sie ins Gespräch vertieft unter den Bäumen. Es erschien ihm paradox, dass die Schwester des berüchtigten Tom Duffy gut Freund mit eben dem Polizeibeamten war, der als Einziger den zweifelhaften Ruhm beanspruchen konnte, den legendären Buschräuber um ein Haar gefasst zu haben. So war es eben im Alltag einer spärlich besiedelten Kolonie ...

»Missus James, wie schön, Sie zu sehen«, sagte er, als er zu den Frauen trat. Während er den Blick über Emma James' schlanke Gestalt gleiten ließ, kam ihm unwillkürlich der Gedanke, dass der Polizist mit seiner Frau großes Glück gehabt hatte. Sie war durchaus hübsch, wenn auch nicht so schön wie Kate, die neben ihr saß.

Höflich erwiderte Emma den Gruß, obwohl es ihr unangenehm war, dass der gut aussehende Anwalt mit den gepflegten Händen, der im Ruf eines Schürzenjägers stand, sie so abschätzend ansah. Hoffentlich nahm er sich Kate gegenüber nicht zu viel heraus. Dann aber musste sie lächeln und dachte, diese könne sich bestimmt zur Wehr setzen, sofern er zudringlich würde. Sie war eine ganz besondere Frau, die es ohne weiteres mit jedem Mann aufnehmen konnte.

»Ich bin beim Kricketspielen vor ein paar Minuten zufällig auf Ihren Mann gestoßen«, sagte Hugh im Gesprächston. »Er hat mir gesagt, dass er als Folge des Schlangenbisses nichts schmecken und nichts riechen kann. Ich stelle mir das ganz entsetzlich vor.«

Emma lächelte gequält. »Immerhin hat das für mich den Vorteil, dass er sich nicht beklagen kann, wenn mir eine Mahlzeit misslingt«, sagte sie. Darüber musste Kate lachen, wusste sie doch, dass Emma eine glänzende Köchin war und Henry es bestimmt verwünschte, dass er die Köstlichkeiten nicht schmecken konnte, die sie auftischte.

»Außerdem hat er mir gesagt, dass Sie nach Burketown zurückkehren, sobald er wieder diensttauglich ist«, sagte Hugh und setzte sich zu den beiden.

»Du hast mir ja gar nicht gesagt, dass du mit ihm dahin gehst«, sagte Kate mit einem fragenden Blick auf die Freundin.

»Ich habe Henry erklärt, ich würde ihn verlassen, wenn er Gordon und mich hier ließe«, gab Emma zurück. »Er bildet sich nämlich ein, man müsse mich in Watte packen. Dabei war es meine Entscheidung, ihn zu heiraten, und nicht etwa umgekehrt.«

»Ja, ja, ein Mann läuft einer Frau nach, bis sie ihn einfängt«, sagte Hugh im Versuch, dem Thema einen Scherz abzugewinnen, erntete aber nichts als empörte Blicke. Da man nach Ansicht der beiden Frauen über ein so ernstes Thema keine Witze machte, zog er sich klugerweise aus ihrer Gesellschaft zurück. Er musste noch lernen, was Solomon Cohen bereits wusste: Männern bleiben die Feinheiten der Beziehungen zwischen Frauen auf immer ein Geheimnis.

Am Spätnachmittag begaben sich die Ausflügler wieder zu den Ruderbooten, die sie für die Rückfahrt nach Rockhampton an Bord des Dampfers bringen sollten, der in der Bucht vor Anker lag.

Hugh und Kate gehörten zu den Letzten, die sich ans Ufer aufmachten. Unterwegs nahm Hugh Kates Arm, und sie ließ ihn gewähren. Als sie einen Augenblick lang allein unter dem schützenden Dach der Bäume waren, raubte er ihr einen Kuss, den sie zu seiner Verblüffung mit völlig unerwarteter Leidenschaft erwiderte.

An jenem Abend ging Kate mit Hugh ins Bett. Sie wusste selbst nicht, warum, doch verzehrte sie sich nach der Berührung eines Mannes. Während er sie mit seinen geschickten Händen rasch und kundig entkleidete, glaubte sie nicht eine Sekunde, dass es sich um Liebe handeln könnte. Schließlich war Hugh Darlington kein Luke Tracy, aber sie schob den Gedanken an Luke rasch von sich.

Es schmeichelte ihr, dass Hugh beim Anblick ihres nackten Körpers bewundernd die Luft ausstieß. Er saß auf der Bettkante und nahm beeindruckt in sich auf, wie das Kerzenlicht ihre Rundungen hervorhob. So mancher Mann, dachte er, würde einen Mord begehen, um an seiner Stelle sein zu dürfen. Kate fragte sich, warum sie sich nicht im Mindesten schämte, dass sie sich ihm hingab. Möglicherweise war das Bedürfnis, gehalten und besessen zu werden, größer als alle Moralvorstellungen und Verhaltensvorschriften, ging es ihr flüchtig durch den Kopf, als sie auf ihn zutrat, sich ihm auf den Schoß setzte und die Arme um seinen Hals schlang.

»In meinen wildesten Träumen hätte ich mir nicht vorgestellt, dass dieser Augenblick so rasch kommen könnte«, sagte Hugh mit heiserer Stimme, während er sie an sich drückte.

Kate legte ihm die Finger auf die Lippen, um ihm Schweigen zu gebieten. »Sag nichts«, sagte sie, »lieb mich einfach.«

Er zog sie aufs Bett und küsste sie, während seine Hände über ihren Leib glitten, den Schenkeln entgegen. Sie keuchte vor aufgestauter Leidenschaft. So lange hatte sie sie beherrscht! Eilig warf Hugh seine Kleider zu Boden, um sich ihr Bedürfnis möglichst rasch zunutze zu machen. Keiner von beiden musste sanft erregt werden, denn beide merkten, dass sie den ganzen Tag auf der Insel nichts anderes gewollt hatten. Schon nach wenigen Sekunden war Hugh am Ziel und ließ sich befriedigt aufstöhnend in die Kissen fallen. Neben ihm lag Kate auf dem Rücken und sah zur Decke, an der zuckend die Kerzenschatten tanzten, während sich Hugh eine Zigarre ansteckte. Sie merkte, dass es sie nach mehr verlangte. Das aber gab eine Dame nicht zu. Nur gut, dass er sie so begehrenswert fand. Immerhin war er höchst anziehend und erfolgreich. Ihr war bewusst, dass so manche junge Frau in Rockhampton ihr bedenkenlos die Augen auskratzen würde, wenn sie auf diese Weise ihre Stelle hätte einnehmen können.

Hugh Darlington konnte sein Glück nicht fassen und betrachtete bewundernd den herrlichen Leib der Frau, die neben ihm schlief. Es hatte ihn kein Vermögen gekostet, sie in sein Bett zu locken, und jetzt brauchte er nur dafür zu sorgen, dass er sie dort behielt. Das aber sollte ihm nicht schwer fallen, denn sein Aussehen und sein Charme würden das Ihre dazu tun.

39

Neugierige Blicke fielen auf den hoch gewachsenen bärtigen Mann, der verlegen auf dem Hof stand, als die Kinder aus der winzigen Blockhütte stürmten, die ihre Schule war. Lärmend wie ein Schwarm Kakadus rannten sie an Luke vorüber, der ihnen zulächelte. Sie stürmten einer eingefriedeten Fläche entgegen, auf der sie sich austoben konnten.

Eine junge hübsche Frau kam als Letzte aus dem Schulhaus. Fragend sah sie den Fremden an, der auf sie zutrat, den zerbeulten breitkrempigen Hut in der Hand. Sein Gesicht erinnerte sie an jemanden, den sie früher gekannt hatte, in seinen Augen lag der ferne Blick eines Mannes, der es gewöhnt war, vom Pferd aus in die Weite des Horizonts zu spähen, überlegte sie. Seine hagere Gestalt, der Entbehrungen und Fieber anzusehen waren, wie auch der Revolver hinter seinem breiten Ledergürtel zeigten, dass es sich um einen Mann von der Grenze handelte. In Toowoomba, dem Wohnort geachteter Bürger, trug selten jemand seine Waffen offen.

Der Mann sah sie mit auffällig blauen Augen an und lächelte schüchtern.

»Miss Rose Jones?«, fragte er und blieb vor ihr stehen. Sie erwiderte das Lächeln und sagte: »Missus Carr. Ich bin mit Mister Robert Carr verheiratet.«

»Aber Ihr Mädchenname war Jones, nicht wahr?«, fragte er. Als sie nickte, fuhr er fort: »Könnte ich vielleicht einen Augenblick mit Ihnen sprechen, Ma'am? Ich soll Ihnen was ausrichten.«

»Es hat wohl mit Jack zu tun?«, fragte sie betrübt und sah an dem Mann vorüber zu ihren Schülern, die sich immer weiter entfernten.

»Möglich, dass der so hieß, dem ich im Norden begegnet bin. Ich höre seinen Namen zum ersten Mal.« Nach einer Pause fuhr er fort: »Ich heiße Luke Tracy, Ma'am. Ich hätte mich gleich vorstellen sollen.«

»Ihrer Sprechweise nach sind Sie Amerikaner«, gab sie zurück. »Waren Sie mit Jack zusammen?«

»Nein, Ma'am. Ich habe ihn getroffen ...« Er zögerte und drehte verlegen den Hut in den Händen. Wie konnte er der jungen Frau, die ihn voll schrecklicher Vorahnung ansah, mitteilen, was er zu sagen hatte? »Jack lebt nicht mehr, Missus Carr. Ich war bei ihm, als er starb, und habe ihn christlich beerdigt ... wenn es Ihnen was nützt, das zu wissen«, sagte Luke.

Ihr Gesicht verzog sich schmerzlich, aber sie fasste sich rasch.

»Das konnte gar nicht ausbleiben«, sagte sie traurig. »Armer Jack! Wie ist er gestorben, Mister Tracy?«, fragte sie mit beherrschter und fast ruhiger Stimme.

»An einer Speerwunde.«

Rose schwankte, und Luke fasste sie am Ellbogen, um sie zu einer Bank aus rohen Brettern zu führen, die im Schulhof unter einem großen alten Eukalyptusbaum stand. Er setzte sich neben sie und ließ ihr Zeit, zu sich zu kommen. Sie hatte gehofft, dass sie es mit Fassung aufnehmen würde, wenn sie eines Tages von dem ihrer Ansicht nach unvermeidlichen Tod des Goldsuchers erfuhr. Aber es war doch schmerzlicher, als sie angenommen hatte.

Schweigend sah sie vor sich hin, als wäre sie allein, und Luke fragte sich in der beklommenen Stille, ob es nicht besser wäre, zu gehen und später wiederzukommen.

»Halten Sie mich nicht für gefühlskalt, Mister Tracy«, sagte sie schließlich. »Immerhin habe ich Jack viele Jahre hindurch aufrichtig geliebt. Damals war ich jung und glaubte an seine Träume, war überzeugt, dass er eines Tages finden würde, wonach er suchte, und wie ein fahrender Ritter aus früheren Zeiten zurückkehren und mir mit all dem Gold ein Schloss bauen würde. Er hatte so törichte Träume. Er wollte mir die Reichtümer der Welt zu Füßen legen, dabei wäre ich damit zufrieden gewesen, den wunderbaren, großzügigen und seelenguten Mann in meiner Nähe zu haben. Aber er hat nie begriffen, dass ich ihn liebte, wie er war. Eines Tages dann ist er endgültig fortgeritten und ich habe ihm gesagt, ich könnte nicht länger darauf warten, dass er mit leeren Taschen zurückkehre und wieder einmal verspreche, er werde nur noch ein einziges Mal aufbrechen … « Sie stockte, und Tränen stiegen ihr bei den trüben und schönen Erinnerungen an den einst geliebten Mann in die Augen.

Schweigend dachte Luke an Kate. War den Frauen die Liebe wirklich so wichtig? Hauptaufgabe eines Mannes war es doch, seiner Frau ein möglichst gutes Leben zu verschaffen.

Rose wischte sich die Tränen aus dem hübschen Gesicht und fuhr fort: »Als Jack vor einem Jahr wieder gegangen ist, habe ich mir vorgenommen, dass jetzt Schluss sein müsste. Er würde ja doch nur lachen und wieder versprechen, dass er mit einem Vermögen für mich zurückkehren würde. Aber das hatte er einmal zu oft gesagt. Als dann Mister Carr in mein Leben trat, habe ich gemerkt, dass es Männer gibt, die bereit sind, an der Seite einer Frau zu bleiben. Männer, die da sind, wenn man sie am meisten braucht. Gute und verlässliche Männer, ganz anders als Jack, die nicht das Bedürfnis empfinden, Tag für Tag Gefahren zu trotzen, weil sie nichts besitzen als einen Traum … « Nach kurzem Zögern wandte sie sich Luke mit fragendem Blick zu und sagte: »Verstehen Sie, was ich damit sagen möchte?«

Er nickte und sah beiseite, denn er wollte nicht, dass sie das Schuldbewusstsein in seinen Augen sah. Gute Männer blieben in der Sicherheit ihres Heims hinter der Grenze, nur schlechte Männer überschritten sie auf der Suche nach ihren Träumen, überlegte er voll Bitterkeit. Vielleicht sollte er die Suche nach diesem Traum aufgeben, der sich ihm immer wieder entzog, und sesshaft werden, wozu ihn Solomon und Judith immer wieder ermuntert hatten. Der kleine jüdische Händler hatte ihm sogar die Leitung eines weiteren Ladens angetragen, den er in Townsville eröffnen wollte. Er aber hatte nichts davon wissen wollen und erklärt, er verstehe nichts von Haushaltswaren.

»Manche Männer kommen mit anderem Blut zur Welt, Ma'am«, sagte er voll Schwermut und sah auf einen Zug von Ameisen hinab, die eine tote Heuschrecke fortschleppten. »Vielleicht liegt ein Fluch auf ihnen – jedenfalls sind sie rastlos und voll törichtem Ehrgeiz, sodass sie aus den Augen verlieren, was im Leben wirklich von Bedeutung ist.« Wieder dachte er sehnsüchtig an Kate. Vielleicht waren zu viele Jahre ins Land gezogen, als dass er je davon träumen konnte, ihre Liebe zu erringen.

»Vermutlich sind auch Sie Goldsucher wie Jack, Mister Tracy«, sagte Rose, die das Gefühl hatte, dieser Mann leide ebenfalls unter einem schweren Verlust. Luke nickte. »Dann will ich dafür beten, dass sich Ihr Traum erfüllt, bevor er Sie umbringt«, sagte sie und legte mitfühlend eine Hand auf die seine. Dabei kam Luke die Erinnerung daran, dass ihn vor vielen Jahren eine Frau, die etwa so alt sein dürfte wie Rose, auf ähnliche Weise berührt hatte. Mit trübseligem Lächeln stand er auf und nahm aus der Hosentasche das Päckchen, das er von Brisbane mitgebracht hatte.

»Ich habe Jack was versprochen, bevor er starb«, sagte er und hielt ihr das in ein Stück Tuch gewickelte Bündel hin. »Er wollte, dass Sie das hier bekommen.« Sie nahm es und sah neugierig darauf, während er fortfuhr: »Ich habe Jack nicht lange gekannt, aber er war sicher ein feiner Kerl, den es gefreut hätte zu wissen, dass Sie jemand gefunden haben, den Sie lieben können. Jemand, der sich um Sie kümmert.«

Rose hielt das Bündel in der Hand, ohne es zu öffnen. Das würde sie in der Stille ihrer vier Wände tun. Möglicherweise war es das Tagebuch, das er stets geführt hatte, in dem er sein Leben auf den einsamen Pfaden beschrieben, dem er seine Liebe zu ihr anvertraut hatte. Sie bekam die Abschiedsworte des hoch gewachsenen Amerikaners kaum mit: »Jack hat seinen Goldfluss gefunden, nur hat ihm das letzten Endes nichts genützt.« Nach diesen Worten wandte er sich um und kehrte zu seinem Pferd zurück, das er am Zaun angebunden hatte.

Rose blieb mit dem Päckchen in der Hand sitzen und dachte

daran, welch bittersüße Zeiten sie mit dem Mann verbracht hatte, den sie einst so sehr geliebt hatte, bis sie sich doch für ein richtiges Zuhause und das Leben mit einem guten und rücksichtsvollen Gatten entschieden hatte, der immer in ihrer Nähe sein würde. Zumindest würde das Tagebuch ein Teil ihres Lebens sein und ihr helfen, sich an jene Zeit zu erinnern.

Nachdem sie bedächtig die Tuchumhüllung abgewickelt hatte, fiel ihr Blick auf ein Bündel Banknoten. Niemand musste Mathematik unterrichten, um zu begreifen, dass da ein ansehnliches Vermögen lag. Benommen dachte sie an die Abschiedsworte des Amerikaners, die in ihr nachhallten: »Jack hat seinen Goldfluss gefunden, nur hat ihm das leider nichts genützt.«

Eine Fiedel kreischte, und eine junge Frau sang ein trauriges und anrührendes Lied über das vor vielen Jahren in der Moreton-Bucht an den Ufern des Flusses Brisbane praktizierte brutale Sträflingssystem. Zwei Wochenreisen von Toowoomba entfernt saß Luke Tracy allein an einem Tisch aus rohen Planken, der gerade genug Platz für zwei Männer mit je einem Glas Rum vor sich bot. Der Rauch von Pfeifen und Zigarren hing so dicht im Raum, dass der Amerikaner keinen Grund sah, sich selbst eine anzuzünden. Er hörte das schwermütige Lied der jungen Frau kaum, so tief war er in Gedanken versunken.

Die übrigen Gäste im winzigen Schankraum nahmen kaum Notiz von dem Goldsucher, denn sie wetteiferten um die Aufmerksamkeit zweier Damen, die durchblicken ließen, dass sie bereit seien, ihre Reize dem zur Verfügung zu stellen, der am meisten zahlte, gegebenenfalls auch mehreren.

Damit hätte Luke Tracy ohne weiteres der Mann ihrer Träume sein können, denn er trug im Gürtel genug Geld bei sich, um nicht nur die Gunst beider und der Sängerin dazu zu erkaufen, sondern gleich die Schänke und so viel Alkohol zu erwerben, wie dort in einem Jahr ausgeschenkt wurde.

Dank Solomons Verbindungen war das Gold aus dem Palmer-Fluss an Stellen in Pfundnoten umgetauscht worden, an denen niemand Fragen stellte. Es würde irgendwann in Gestalt von Schmuck wieder auftauchen, ohne dass die feinen Damen, die sich die Goldketten um den Hals legten, je erführen, wie viel Blut vergossen worden war, um ihrer Eitelkeit zu schmeicheln.

Die Gesetze der Kolonie ahndeten den Verkauf von Gold ohne die Genehmigung der Regierung mit schweren Gefängnisstrafen. Hätte Luke es aber öffentlich gezeigt, hätte er auch dessen Herkunft angeben müssen und damit ungewollt einen Goldrausch ausgelöst, bei dem er selbst womöglich auf der Strecke geblieben wäre. Er dachte aber nicht daran, sein El Dorado aufzugeben, nach dem er in so vielen einsamen Jahren seines Lebens gesucht hatte.

Er nahm das Rumglas zur Hand, das vor ihm stand. Der Alkoholnebel in seinem Kopf tat ihm gut. Auf jeden Fall fühlte er sich nicht mehr ganz so schwermütig, doch seine selbstquälerische Einsamkeit verschwand nicht. Jetzt besaß er ein kleines Vermögen, doch das bedeutete ihm nichts verglichen mit seinen Gefühlen für Kate O'Keefe, die er Jahre hindurch in sich verschlossen hatte. Wüsste sie doch nur, wie sehr er sie liebte!

»Sind Sie nicht Mister Tracy?«

Überrascht hob Luke den Blick und sah einen gut aussehenden großen und breitschultrigen Mann, auf dessen Zügen ein spöttisches Lächeln lag.

»Muss ich Sie kennen?«, fragte Luke mit nicht ganz deutlicher Aussprache.

»Wir sind uns '63 in Rockhampton begegnet«, sagte der Fremde. »Erinnern Sie sich nicht?«

Dann fiel es Luke ein, und der Rum schmeckte ihm mit einem Mal wie bittere Galle. »Doch, ich weiß schon, Mister O'Keefe«, sagte Luke nicht besonders freundlich. »Ich dachte, es wäre Ihnen lieber, wenn man Sie in der Kolonie Queensland nicht erkennt.«

Kevin O'Keefe zog einen wackligen Stuhl herbei und setzte sich, ohne eine Aufforderung dazu abzuwarten. »Schon möglich«, sagte er, »aber die Kolonie braucht dringend unternehmerisch denkende Männer mit einem gewissen Geschäftssinn, die dafür sorgen, dass man hier anständig leben kann. Ich denke, dass ich einer von denen bin.«

Er nahm ein Zwei-Shilling-Stück aus der Tasche seiner bunten Weste, legte es auf den Tisch und rief der singenden jungen Frau zu: »Sally, noch einen für mich und Mister Tracy.« Sie verstummte und gehorchte nach kurzem Zögern. »Verdammtes Weibsbild«, knurrte O'Keefe, während sie unsicheren Schritts zum Schanktisch ging. »Ich hätte sie in The Rocks verfaulen lassen sollen. Bevor der Abend um ist, wird sie so betrunken sein, dass sie nicht mehr arbeiten kann.«

Luke wandte ihr seine Aufmerksamkeit einen Augenblick zu. Zwar war sie nicht schön, strahlte aber eine gewisse Sinnlichkeit aus. Er hatte also richtig vermutet, auch sie war käuflich. Er fragte O'Keefe: »Alle Frauen hier arbeiten wohl für Sie?«, was dieser nickend bestätigte.

»Ich hab gehört, dass Sie mit Pfundnoten bezahlen«, sagte O'Keefe und beugte sich leicht vor. »Wenn ich mich richtig erinnere, haben Sie beim vorigen Mal gesagt, dass Sie Goldsucher sind. Daher nehme ich an, dass Sie irgendwo 'nen guten Fund gemacht haben.«

»Was ginge es Sie an, Mister O'Keefe, falls es sich so verhielte?«, gab Luke mit unverhohlener Feindseligkeit zurück. »Ich habe nicht den Eindruck, dass Sie jemand sind, der sich die Hände mit anständiger Arbeit schmutzig macht, um anständig dafür bezahlt zu werden.«

O'Keefe nahm diese bewusste Kränkung ungnädig auf. Er hatte keine Angst vor dem Amerikaner, auch wenn dieser einen großen Revolver im Gürtel trug. Schon andere Männer hatten ihn bedroht und dafür solche Prügel bezogen, dass sie sich bis an ihr Lebensende daran erinnern würden. Hinter seiner eleganten Kleidung steckte nach wie vor der Straßenschläger aus dem berüchtigten Irenviertel Sydneys …

»Wenn ich das täte, was Sie anständige Arbeit nennen, könnte ich mich wohl nicht so kleiden, oder?«, sagte O'Keefe herausfordernd. »Ich stelle eine Dienstleistung zur Verfügung, ohne die kein Mann leben kann, Mister Tracy, und das darf ruhig jeder wissen. Ich hatte nur gehofft, dass Sie und ich über einen Ort sprechen könnten, wo Männer, die sich nach der sanften Berührung einer Frau verzehren, nach Gold schürfen können, nichts weiter. Wie gesagt, ich vermute, dass Sie eine solche Stelle kennen.«

Während Luke den Mann mit harten Augen ansah, stieg das Bild einer vom Fieber geschüttelten, hilfsbedürftigen jungen Frau in seiner Erinnerung empor. Er musste vor allem deshalb an sie denken, weil er sich damals so völlig hilflos gefühlt hatte. Bei diesem Bild Kates in ihrer Not überkam ihn eine unbezähmbare Wut. Die Schnelligkeit und Härte von Lukes Schlag überraschte selbst den erfahrenen Raufbold, und so flog O'Keefe rückwärts zu Boden und schlug krachend auf.

Der Lärm, mit dem Tisch und Stühle umstürzten, lenkte sogleich die Aufmerksamkeit aller in dem rauchgeschwängerten kleinen Schankraum Anwesenden auf die beiden. Der heftige Schlag zeigte bei O'Keefe keine bleibende Wirkung, wohl aber stachelte er ihn zu einer blitzschnellen Reaktion an. Im Nu hatte er das scharf geschliffene Messer in der Hand.

Eine Frau kreischte auf, und Sally ließ die Gläser, die sie bringen sollte, fallen, sodass sie am Boden zersplitterten. Luke war aufgesprungen. Sein Revolver zielte genau auf den Kopf O'Keefes, der sich auf die Ellbogen gestützt hatte.

»Sie sind ein ganz gemeiner Schweinehund«, knurrte Luke. In seinen Augen funkelte Mordlust. »Für das, was Sie Kate angetan haben, müsste ich Ihnen eigentlich eine Kugel in den Kopf jagen.«

Ohne den Versuch, sich weiter zu erheben, sah O'Keefe den über ihm stehenden Amerikaner an. Ihm war klar, dass der Mann seine Drohung ernst meinte und er dem sicheren Tod ins Auge sah. Aber O'Keefe war nicht der Mann, der sich einschüchtern ließ.

»Kate!«, sagte er erstaunt. »Sie nennen meine Frau beim Vornamen? Das klingt ja so, als ob Sie was für sie übrig hätten, Mister Tracy.«

Luke merkte kaum, dass plötzlich Stille eingetreten war. Sein

Blick glitt wie durch einen Tunnel, an dessen anderem Ende O'Keefe lag. »Sie ist die großartigste Frau, der ich je begegnet bin«, sagte er ruhig. »Wenn es ihr helfen würde, Sie umzulegen, ich würde keine Sekunde zögern, das zu tun. Aber sie hat es nicht verdient, dass ein Hurensohn wie Sie ihren Namen mit einer solchen Tat in einer Schmuddelkneipe in Verbindung bringt. Deshalb bekommen Sie eine zweite Chance, O'Keefe.«

»Sie aber nicht«, gab O'Keefe in drohendem Ton vom Fußboden aus zurück. »Wenn ich je erfahre, dass Sie sich in ihrer Nähe befunden haben, bring ich Sie um, Gott ist mein Zeuge.«

»Noch eine Chance kriegen Sie von mir nicht, O'Keefe«, knurrte Luke verächtlich, den Revolver nach wie vor auf ihn gerichtet. »Wenn mir zu Ohren kommt, dass Sie sich in der Nähe von Kate gezeigt haben, leg ich Sie um.«

»Das trau ich Ihnen zu«, sagte O'Keefe mit verwirrtem Stirnrunzeln, als falle ihm schwer zu glauben, dass es jemanden gab, der bereit war, für Kate zu sterben. Er selbst würde auf keinen Fall so weit gehen. Seiner Ansicht nach war keine Frau auf der Welt ein solches Opfer wert.

Vorsichtig schob sich Luke rückwärts aus dem Schankraum, wobei er die Anwesenden mit seinem Revolver in Schach hielt. Keiner von ihnen traf Anstalten, O'Keefe zu Hilfe zu kommen, nicht einmal die Frauen, die für ihn arbeiteten.

Luke band sein Pferd vom Geländer los und saß auf. Er war noch nicht weit gekommen, als die Fiedel kreischend wieder einsetzte und einen irischen Tanz spielte. Die plötzliche Auseinandersetzung zwischen dem Zuhälter und dem Goldsucher war nur noch Gegenstand müßiger Spekulationen unter den Gästen. Sie waren gekommen, um zu trinken, und diesem Zeitvertreib wandten sie sich erneut zu.

Luke ritt, bis er annahm, von O'Keefe nichts mehr befürchten zu müssen. Ohnehin hielt er es für wenig wahrscheinlich, dass Kates Mann ihn verfolgen würde. Seiner Erinnerung nach fühlte er sich am Spieltisch oder im Bett anderer Frauen wohler als im Busch.

Während er weiterritt, dachte er an Kate. Fünf lange Jahre

hatte er sie nicht gesehen. Vielleicht war es an der Zeit, zu ihr zu reiten, um ihr zu sagen, was er für sie empfand. Jetzt konnte er das tun, denn er hatte Geld.

Über ihm durchquerte ein endloser Zug fliegender Füchse lautlos die Nacht auf der Suche nach den wilden Früchten der Wälder auf den Hügeln um die Stadt Brisbane. Luke begann zu singen, erst leise, dann lauter: »Ich komm' aus Alabama mit dem Banjo auf dem Knie.«

Dies in seiner Heimat beliebte Lied hatte den Pazifik zusammen mit den Kaliforniern überquert, die im Jahre '54 zu den Goldfeldern von Ballarat gezogen waren.

Allmählich ging ihm die Tragweite seiner Entscheidung auf, und mit einem Mal kamen ihm die nächtlichen Laute des australischen Buschlandes so lieblich vor wie nur irgendein Geräusch auf der Welt. Vorher aber musste er einen Mann aufsuchen, von dem er wusste, dass er die besten Vollblüter in der Kolonie besaß. »O Susanna, ach weine nicht um mich …«

40

Im Zimmer war es dunkel, obwohl der Nachmittag erst zur Hälfte herum war, denn die Frau, die allein in der Bibliothek des riesigen Herrenhauses saß, hatte die Vorhänge zuziehen lassen.

Um David hatte Lady Enid endlich die Tränen des Kummers vergießen können, die sie sich beim Tod ihres ersten Sohnes versagt hatte. Jetzt war sie völlig allein, abgezehrt und bleich, ein Zerrbild der Frau, die sie einst gewesen war.

Ungeöffnete Beileidsbriefe von Bekannten und Geschäftsfreunden stapelten sich auf dem Schreibtisch in der Bibliothek. Lautlos huschten die Dienstboten durch die Gänge, um Lady Enid nicht zu stören, die keinerlei Besucher empfing und strikte Anweisung gegeben hatte, dass nur engere Familienangehörige einzulassen seien.

Den ganzen Tag hindurch blieb die bekümmerte Frau in der abgedunkelten Bibliothek, wo sie auch ihre Mahlzeiten einnahm. Sie verließ den Raum lediglich, wenn natürliche Bedürfnisse das verlangten oder um die Nacht in ihrem Zimmer zu verbringen.

Die telegrafische Mitteilung, dass Wilde auf den Pazifikinseln ihren geliebten Sohn David getötet hatten, war mehr, als eine Mutter ertragen konnte. Später hatte Kapitän Mort der Familie Macintosh sein Beileid in einem Brief ausgesprochen, der auch einen wortreichen Bericht darüber enthielt, wie er sich heldenhaft, aber leider erfolglos, bemüht habe, Davids Leichnam zu bergen. Es sei nicht möglich gewesen, gegen die wilden Insulaner etwas auszurichten.

Ihr lieber Sohn war für immer dahingegangen. Nie wieder würde sie den jungen Mann lächeln sehen, der das Wissen der Macht vorgezogen hatte. Nie wieder würde sie sein Lachen hören oder seine lustigen und bisweilen auch respektlosen Berichte über das Leben in Oxfords heiligen Hallen.

Ganz gleich, was in Kapitän Morts Bericht stehen mochte, ihr war klar, dass man David ermordet hatte, und sie wusste auch, warum. Hätte ich doch nur mit mehr Nachdruck darauf bestanden, dass er nicht auf der *Osprey* mitfuhr, er könnte heute noch leben, dachte sie in ihrem Kummer. Auch wenn mit Sicherheit Mort der Täter war, so hatte er in Granvilles Auftrag gehandelt, davon war sie überzeugt. Zugleich aber war ihr klar, dass sie zumindest im Augenblick keine Möglichkeit hatte, eine solche Verschwörung zu beweisen. Mit leisem Klopfen unterbrach Betsy ihr Grübeln.

»Lady Macintosh«, rief sie durch die halb geöffnete Tür. »Ihre Tochter möchte Sie sprechen, Missus White.«

»Schick sie herauf, Betsy«, gab Lady Enid mit matter Stimme zurück. Der Besuch Fionas überraschte sie nicht, auch wenn diese sich von ihr entfremdet hatte. Der Tod des Bruders verlangte, dass sie ihre Mutter aufsuchte, um ihr Trost zuzusprechen, und sei es auch nur der Form halber.

Als Fiona in die Bibliothek trat, sah sie ihre Mutter in einem großen Ledersessel nahe den geschlossenen Vorhängen sitzen. Das bleiche Gesicht zeichnete sich deutlich im Halbdunkel ab. Fiona nahm auf einem Diwan am anderen Ende des Raumes Platz, da sie der Mutter nicht zu nahe sein wollte.

»Du weißt ja wohl, dass dein Mann David hat umbringen lassen«, sagte Lady Enid statt eines Grußes. »Er … und Kapitän Mort haben ihn auf dem Gewissen.«

»Granville hat nichts damit zu tun, Mutter«, erwiderte Fiona, von der unverblümten Anschuldigung entsetzt. »Offenbar haben dich die Ereignisse so stark mitgenommen, dass du unbedingt einen Schuldigen brauchst. Du kannst aber Granville nicht zum Sündenbock für deinen verständlichen Kummer machen«, sagte sie.

Ihre Mutter stieß einen tiefen Seufzer aus. »Dein Mann steckt auf die eine oder andere Weise hinter Davids Tod«, sagte sie voll Bitterkeit. »Das ist so sicher, wie ich weiß, dass man ihn ermordet hat.« Sie warf ihrer Tochter einen feindseligen Blick zu, den diese erwiderte.

»Du musst es wissen – schließlich kennst du dich ja mit Morden aus. Hast nicht damals du den Plan eingefädelt, meinen Sohn umbringen zu lassen?«, zischte sie voll Bosheit. Sie hasste die Frau, die so viele Jahre hindurch ein eisernes Regiment über ihr Leben geführt hatte. »Oder sollte die sonst so gut informierte Enid Macintosh etwa nicht gewusst haben, was es mit den so genannten Pflegehäusern auf sich hat?«, fügte sie giftig hinzu.

Lady Enid warf ihrer Tochter einen stechenden Blick zu. Hatten sie sich so weit voneinander entfernt, dass sie sich gegenseitig des Mordes bezichtigten? Gewiss, sie hatte veranlasst, das Neugeborene in eine der Einrichtungen zu bringen, die unerwünschte Kinder aus der Welt schafften, aber Molly hatte nicht nur Fiona hintergangen, sondern auch sie betrogen. Lange nach ihrem eigenmächtigen Fortgang aus dem Hause Macintosh hatte sie in einem dem Priester ihrer Gemeinde diktierten Brief bekannt, wo sich der Kleine tatsächlich befand, denn nur so, hatte sie erklärt, könne sie ihren Seelenfrieden finden.

Diesen Brief hatte Enid Macintosh damals gleich nach der Lektüre vernichtet. Es war ihr gleichgültig, ob Molly den Jungen den Duffys übergeben hatte oder nicht, wichtig war lediglich, dass er aus dem Weg war. In gewisser Weise hatte sich Molly an die getroffene Abmachung gehalten, und beide hatten bekommen, was sie wollten. Aber sie hatte ihre Tochter in dem Glauben gelassen, das Kind sei in ein Pflegehaus gegeben worden, und seither verfolgte Kate ihre Mutter mit unversöhnlichem Hass, weil sie in ihr eine Kindesmörderin sah.

»Du hättest Granville nie heiraten können«, gab Lady Enid mit gleicher Bosheit zurück, »wenn du den Bastard aus deiner zügellosen Beziehung behalten hättest ... du wärest völlig wertlos gewesen.« Mutter und Tochter waren wie zwei Kobras, die in dem verdunkelten Zimmer die Köpfe gegeneinander reckten, um zum tödlichen Stoß auszuholen.

»Es ist schmerzlich, wenn man einen Sohn verliert, nicht wahr, Mutter?«, gab Fiona zurück.

»Immerhin war David auch dein Bruder«, erinnerte ihre Mutter sie. »Oder hast du das etwa vergessen?«

»Nein, Mutter«, sagte Fiona mit brechender Stimme. Tränen liefen ihr über die Wangen. »Ich gräme mich um den liebsten und gütigsten Menschen, den ich im Leben je kennen gelernt habe.« Wütend wischte sie sich mit einem Taschentüchlein die Augen, denn sie hatte vor ihrer Mutter keine Schwäche zeigen wollen. »Aber was nützt der ganze Kummer«, fuhr sie fort. »Niemand kann David zurückbringen. Außerdem hast du immer von uns verlangt, dass wir stark waren, ganz gleich, unter welchen Umständen. Und das bin ich jetzt. Stärker, als du je erfahren wirst. Ich habe allen Grund, dir dankbar zu sein, weil ich jetzt weiß, was Pflichtgefühl ist. Und natürlich Treue. Du hast uns gelehrt, wie wichtig es ist, treu zu jemandem zu stehen. Nun, und ich stehe jetzt treu zu Granville. Mit Davids Tod wird der Name Macintosh erlöschen. Es gibt keine weiteren männlichen Erben für ihn, und ich kann, wie es aussieht, nur Mädchen zur Welt bringen. Weißt du, auch darüber bin ich froh, denn dann stirbt der Name aus, wenn Vater einmal nicht mehr lebt.«

Mit leiser Stimme gab Lady Enid ihr zu bedenken: »Vergiss mich nicht. Auch ich trage den Namen Macintosh. Er wird also leben, solange ich lebe.«

Fiona lachte kurz und bitter über die Ironie, die darin lag.

»Und ich trage den Namen White«, gab sie zur Antwort. »Wenn meine Töchter erwachsen sind und heiraten, wird jede Erinnerung an den Namen Macintosh auf alle Zeiten getilgt sein. Das schwöre ich. Die Erinnerung an Angus, dich und Vater wird so ausgelöscht sein, als hätte es euch alle nie gegeben.«

Lady Enid erbleichte. Diese Worte grenzten an Frevel. »Wenn dein Vater gehört hätte, was du da sagst, würde er dich aus seinem Testament streichen«, flüsterte sie mit zitternder und kaum beherrschter Stimme.

»Sag ihm von mir aus, was du willst«, gab Fiona zurück. »Wem sonst könnte er das Unternehmen denn hinterlassen? Nein, er wird es auf jeden Fall mir vermachen, weil ich der einzige Mensch bin, in dessen Adern sein Blut fließt, und mein Mann dafür sorgen wird, dass die Firmen wachsen und gedeihen. Ohne ihn sind wir nichts. Seit Angus' Tod interessiert sich Vater nur noch für Glen View, und du hoffst trotz all deiner Drohungen, dass ich eines Tages zur Vernunft komme, deinen Willen tue und möglicherweise meinen Mann verlasse. Nun, Mutter, darauf kannst du von mir aus warten, bis man in der Hölle Schlittschuh laufen kann.«

Wenn du wüsstest, mein Kind, dachte Lady Enid mit bitterer Entschlossenheit. Gegen mich wirst du nie ankommen. Ich kenne ein Geheimnis, das eines Tages dich und den, den du deinen Mann nennst, in die Knie zwingen wird.

»Ich glaube, du hast genug gesagt«, beschied sie ihre Tochter eisig. Sie hatte ihre Selbstbeherrschung wieder erlangt. Was sie betraf, war die Unterredung und der Besuch ihrer Tochter beendet. »Sicher findest du allein hinaus.«

Fiona erhob sich. In ihren Augen schimmerten Tränen der Wut darüber, dass ihre Mutter nicht sah, welchen Schaden sie im Laufe der Jahre angerichtet hatte.

Fiona rauschte aus der Bibliothek und ging an den im Untergeschoss wartenden Dienstboten vorüber zur ihrer Kutsche, die auf der Auffahrt stand. Der Kutscher half ihr beim Einsteigen.

»Zu Miss Penelope White«, befahl sie. Der Kutscher schnalzte mit der Peitsche, und die beiden Grauschimmel ruckten an. Fiona sah sich nicht ein einziges Mal nach ihrem Geburtshaus um.

Lady Enid sah der Abfahrt ihrer Tochter durch einen Vorhangspalt zu. Zum Schmerz um den Verlust ihres Sohnes gesellte sich der Schmerz um den Verlust ihrer Tochter. Sie hatte Fiona stets geliebt, ohne ihr das sagen können. Jetzt waren sie in ihrem Eigensinn bitter miteinander verfeindet.

Sie fühlte eine große Leere in ihrem Kopf. Seit das Telegramm gekommen war, hatte sie kaum etwas gegessen. Jetzt ließ sie sich wieder in den großen Ledersessel sinken, Davids Lieblingsplatz, wenn er sich in der Bibliothek aufgehalten hatte. Wie war die Familie nur in diese Situation gekommen? Wo hatte das alles angefangen?

Undeutlich drängte sich der Name Duffy in ihr Bewusstsein. Hing es mit dieser irischen Familie ohne jede gesellschaftliche Bedeutung zusammen? Hatte alles mit dem Tod des Fuhrmanns auf Glen View begonnen? Oder stand am Anfang all der Schwierigkeiten der junge Ire, der Fionas Bastard gezeugt hatte und inzwischen tot war? Lag der teuflischen Verknüpfung von Schicksalen bei diesen beiden Ereignissen ein gemeinsamer zerstörerischer Faktor zugrunde? Duffy und Macintosh! Die Namen waren auf alle Zeiten durch entsetzliche Blutsbande miteinander verknüpft.

»Ach David, mein schöner Sohn, ich bin schuld an deinem Tod«, schrie Lady Enid hinaus, als das Schuldbewusstsein in ihr aufbrach wie eine schwärende Wunde. »Ja, ich bin schuld an deinem Tod, denn in der Blindheit meines Ehrgeizes habe ich nicht gesehen, wohin das alles führen würde.«

Sie verlor das Bewusstsein und griff im Fallen verzweifelt nach dem langen Vorhang vor dem Fenster. Betsy hörte den Aufprall, dem der entsetzliche Schrei ihrer Herrin unmittelbar vorausgegangen war.

Penelope lag auf ihrem Bett. Sie trug lediglich ein seidenes Unterhemd und genoss das herrliche Gefühl, von dem einengenden Kleid befreit zu sein, das unordentlich am Boden lag. Zwar waren Korsettstangen die letzte Mode, aber sie waren alles andere als bequem und im australischen Klima beschwerlich und geradezu lachhaft. Sie überlegte, was in den Köpfen von Menschen vorgehen mochte, die solche Kleidungsstücke entwarfen. Warum mussten eigentlich die Frauen ihres Landes sklavisch alles nachäffen, was im fernen Europa als Mode dekretiert wurde?

Mit der Hand fuhr sie sich über den flachen Unterleib und die Schenkel und ließ sie zwischen den Beinen liegen. Sie war stolz auf ihren Körper, von dem sie wusste, dass er mit seinen sinnlichen Rundungen die Männer erregte.

Das Knirschen von Kies vor dem Haus lenkte sie von ihrer

Selbsterkundung ab. Sie erwartete an diesem Nachmittag keinen Besuch. Mit einem matten Seufzer ging sie zum Fenster hinüber, zog den Vorhang beiseite und sah überrascht, dass Fiona aus der Kutsche stieg. Sogar auf die Entfernung konnte sie erkennen, dass ihre Kusine etwas bedrückte. War womöglich etwas zwischen ihr und dem widerlichen Granville vorgefallen?, überlegte sie.

»Fiona, hier bin ich«, rief sie aus dem Fenster hinab. »Sag dem Mädchen, dass du gleich nach oben gehst.«

Fiona hob den Blick und sah am Fenster Penelope, in deren langem Haar, das ihr ungebändigt über die bloßen Schultern fiel, die Strahlen der Spätnachmittagssonne golden spielten. Der Vorhang schloss sich wieder, und das Bild verschwand. Fiona klingelte, und das Mädchen führte sie nach oben zu Penelopes Zimmer.

Als Fiona die Tür öffnete, war sie nicht überrascht zu sehen, dass ihre Kusine lediglich ein seidenes Unterhemd trug und sich die Haare bürstete. Sie wusste, dass Penelope gesellschaftliche Konventionen verachtete.

»Du warst bei deiner Mutter«, sagte sie, während sie mit der Bürste durch ihr Haar fuhr. »Zuerst hatte ich gedacht, mein reizender Bruder könnte der Anlass für deinen unübersehbaren Kummer sein, aber wenn ich dich jetzt so sehe, ist mir klar, dass nur deine Mutter dahinter stecken kann.«

Fiona lehnte sich an die Tür, denn der Zusammenprall mit ihrer Mutter hatte ihre seelischen Kräfte erschöpft.

»Es war entsetzlich«, sagte sie. Es klang, als ob sie jeden Augenblick in Schluchzen ausbrechen werde. »Sie behauptet, Granville hätte David umgebracht. Sie ist verrückt vor Wut und Bitterkeit.«

Penelope erhob sich und trat zu Fiona, die an der Tür stehen geblieben war.

»Glaubst auch du, dass mein Bruder bei Davids Tod seine Finger im Spiel hatte?«, fragte sie und streichelte ihr sanft die Wange. Kopfschüttelnd sah Fiona beiseite.

Als Penelope sagte: »Das solltest du aber«, stieß Fiona einen

Laut der Überraschung aus und sah sie fragend an. »Er war doch nicht mal dabei«, hielt sie dagegen. »Wie hätte er unter diesen Umständen dafür sorgen können, dass die Eingeborenen David umbrachten? Wie kannst du nur so über deinen eigenen Bruder reden?«

Lächelnd fuhr Penelope mit ihren langen Fingern über Fionas Nacken und sagte mit leiser Stimme, in der Bitterkeit lag: »Weil ich ihn kenne und weiß, zu welcher Niedertracht er fähig ist. Er ist ein Meister der Kunst, alles und jeden zu zerstören. Granville liebt nur eines im Leben, und das ist Macht. Er sieht in jedem Mann einen Konkurrenten ... und in jeder Frau ein Mittel, seine abwegigen Gelüste zu befriedigen. Ich vermute, dass du weißt, was ich damit meine, denn schließlich teilst du sein Bett.«

Fiona spürte, wie ihr Penelopes Finger über die Kehle strichen und fühlte ihren feuchten Atem auf der Wange. Auf ihren Zügen lag ein fast starrer Ausdruck, der sie beunruhigte. Sie ließ zu, dass Penny mit ihrem Tun fortfuhr.

Penelope beugte sich vor und fuhr mit ihren Lippen flüchtig über Fionas Hals, wobei ihre Zunge in erregender Weise bis zu ihren Lippen emporglitt. Ihr Kuss war weich und kräftig. Die Qual, die Fiona empfand, löste sich auf, und sie merkte, dass Penelopes Kuss ihr sonderbare Empfindungen verursachte.

Beide schwiegen, und Fiona sah zu, wie Penelope ihre Hand nahm und auf ihre vollen Brüste legte, die sich unter dem Hemd abzeichneten.

»Vergiss alles«, flüsterte sie mit belegter Stimme. »Vergiss alles, was dich schmerzt, Liebste, und ich zeige dir, was du immer gewollt hast. Ich schenke dir eine Beglückung, die dir mein Bruder nicht bieten kann. Ich schenke dir die Liebe, nach der wir uns beide verzehren.«

Penelopes leise Worte klangen verführerisch, und Fiona leistete keinen Widerstand, als ihre schöne Kusine ihre Hand zwischen Fionas Schenkel führte. Mit der anderen Hand hob Penelope den Saum ihres kurzen seidenen Unterhemdes, dann merkte Fiona, wie ihre eigene Hand zwischen die Beine der Kusine glitt.

Lächelnd schloss Penelope die Augen und stieß einen leisen Seufzer aus, als Fionas Finger in sie drangen. Ein leichtes Zittern überlief sie, als sich die Finger weiter ihren Weg suchten. »Denk an nichts«, flüsterte Penelope heiser und führte Fiona behutsam zu ihrem großen Doppelbett. »Denk nur daran, dass du und ich in diesem Zimmer beisammen sind. Lass deinen Verstand von deinem Herzen regieren und lass dich von der Leidenschaft leiten, von der ich weiß, dass du sie schon lange für mich empfindest. Was zwischen uns geschieht, ist nur unter Frauen möglich. Es ist die einfühlsame, wahre Liebe, die nicht den Wunsch hat zu beherrschen. Genieß mit mir die Ekstasen von Körper und Seele.«

Bei aller Ängstlichkeit war Fiona fasziniert. Penelope verführte sie! Dabei kam ihr alles so natürlich vor, und errötend spürte sie, dass ihre eigene Begierde unwiderstehlich zunahm.

»Widersetz dich nicht dem, was du in der Tiefe deines Herzens empfindest«, flüsterte ihr Penelope ins Ohr und zog sie aufs Bett. Dann machte sie sich mit geübten Händen daran, die Kleidungsstücke zu entfernen, die sie voneinander trennten. Nackt knieten beide einander gegenüber. »Ich zeige dir Wonnen des Körpers, die du nie für möglich gehalten hast«, sagte Penelope, beugte sich vor und nahm eine von Fionas Brustwarzen in den Mund, die vor Erregung hart geworden waren. Fiona leistete keinen Widerstand.

Immer wieder hatte Daniel Duffy fassungslos auf den Brief gesehen. Wollte ihn jemand zum Narren halten oder hereinlegen? Aber der Stahlstich-Briefkopf sagte deutlich, von wem das Schreiben kam, daran konnte es keinen Zweifel geben.

»Heute keine Termine mehr«, rief er ins Vorzimmer und nahm den Mantel vom Kleiderhaken an der Tür. »Ich habe in der Stadt zu tun.«

Es war kühl auf der Straße. Die ersten herbstlichen Winde kündigten den bevorstehenden Winter an. Daniel winkte einer Droschke und ließ sich zum Botanischen Garten fahren. Dort wanderte er auf und ab, ohne die Bäume und Sträucher zur

Kenntnis zu nehmen. Er war in seinen Gedanken schon bei der Zusammenkunft mit der Frau, die ihm den Brief geschickt hatte. Dann sah er sie.

Sie trug ein schwarzes Taftkleid und war allein, wie sie es angekündigt hatte. Obwohl sie sich leicht über einen Rosenbusch beugte, ging von ihr eine natürliche Autorität aus. Zugleich war sie von der zarten Schönheit einer Frau, die nie körperlich hatte arbeiten müssen. Das also war Lady Enid Macintosh. Er sah, dass ihre Hände in einem Pelzmuff steckten.

Langsam trat Daniel auf sie zu und nahm aus reiner Gewohnheit den Hut ab.

»Lady Macintosh?«

»Mister Duffy?«

Sie sah Daniel abschätzend an. Das war sie also, die Feindin. Daniel hatte sie sich anders vorgestellt. Er hatte eine strenge Frau mit aufrechter Haltung und harten Zügen erwartet, aber sie wirkte eher zerbrechlich. Doch er ließ sich durch den äußeren Schein nicht täuschen, denn in der Finanzwelt eilte Lady Enid Macintosh der Ruf von Härte und Unnachgiebigkeit voraus. Es hieß ganz allgemein, sie und nicht etwa ihr Mann im fernen Queensland halte die Fäden des Firmenkonglomerats Macintosh in der Hand.

»Ich denke, wir sollten ein wenig umhergehen und uns den Garten ansehen«, sagte sie. Es entging Daniel nicht, dass das kein Vorschlag, sondern eine Anweisung war. »Leider ist er um diese Jahreszeit nicht am schönsten«, sagte sie mit einem Seufzer und fuhr fort: »Gewiss wollen Sie wissen, warum ich Sie so unbedingt zu sprechen wünschte.«

»So ist es, Lady Macintosh«, gab Daniel trotz seines tief verwurzelten Hasses gegen die Familie höflich zurück. »Sie haben in Ihrem Brief durchblicken lassen, die Sache sei von größter Bedeutung für Ihre und meine Familie.«

»Ich denke, dass Sie mir in dieser Einschätzung zustimmen werden, Mister Duffy, wenn Sie gehört haben, was ich Ihnen vorschlagen möchte«, sagte sie. Dabei ging sie langsam weiter und tat so, als betrachte sie eingehend die Pflanzen. »Ich bin überzeugt, dass sich unsere Begegnung für uns beide oder, besser gesagt, für unsere Familien, fruchtbar auswirken wird.«

Obwohl Daniel die Frau weit überragte, fühlte er sich neben ihr unbehaglich. Ihre geradezu königliche Haltung beeindruckte und ärgerte ihn zugleich.

»Wenn man bedenkt, welchen Schaden Ihre Familie der meinen zugefügt hat, kann ich mir nicht recht vorstellen, dass wir gemeinsame Interessen haben sollten«, sagte er kämpferisch. »Ich denke, auch Ihnen ist klar, dass dafür zu viel Blut geflossen ist.« Lady Enid nickte. Sie stimmte ihm erkennbar zu, und er fragte sich, wie sie unter diesen Umständen wagen konnte, ihm Vorschläge welcher Art auch immer zu machen.

»Ich weiß, was Sie meinen«, sagte sie ruhig. »Aber Sie müssen zugeben, dass auch meiner Familie großes Leid widerfahren ist – erst kürzlich durch den Tod meines Sohnes David.«

»Mein tiefstes Beileid, Lady Macintosh«, sagte Daniel. Er meinte es aufrichtig. »Soweit ich weiß, bestanden zwischen meiner Familie und ihm keinerlei Reibungspunkte, wohl aber mit Ihnen, Ihrem Gatten und Ihrem Schwiegersohn.«

»Sie nehmen kein Blatt vor den Mund, Mister Duffy«, sagte Lady Enid ohne jede Verbitterung. »Möglicherweise haben Sie sogar Grund zu glauben, was Sie sagen, und ich bezweifle, dass irgendwelche Worte von mir etwas daran ändern könnten. Aber glauben Sie mir, auch ich wünsche meinen Schwiegersohn in die tiefste Hölle. Wie Sie sehen, haben wir durchaus gemeinsame Feinde.«

Daniel war bereit, ihr das zu glauben. Hinter dem Firnis der hoheitsvollen Haltung wirkte diese Frau müde, fast niedergeschlagen. Deshalb wohl suchte sie Hilfe, wo sie sie bekommen konnte. »Ich zweifle nicht daran, Lady Macintosh«, sagte er voll Mitgefühl. »Vielleicht sollten wir jetzt auf den Grund unserer Zusammenkunft zu sprechen kommen.«

Lady Enid blieb stehen und betrachtete eine Moosrose, bevor sie sich umwandte und ihn offen ansah. »Ich möchte mit Ihnen über Ihren Neffen Patrick reden«, sagte sie ruhig. »Ich glaube, diesen Namen hat Molly Fionas Sohn gegeben.«

Daniel fuhr zurück. Wie kam diese Frau dazu, Patrick mit einem Mal anzuerkennen, nachdem sie alle Hebel in Bewegung gesetzt hatte, ihn loszuwerden, ja, töten zu lassen! Es kam ihm vor, als spreche sie von einem Bankkonto und nicht von dem Jungen, den sie vor fünf Jahren aus ihrem Leben verbannt hatte.

»Sie meinen Michaels Sohn, nicht wahr?«, knurrte er, aber Lady Enid achtete nicht auf seine feindselige Antwort.

»Michael Duffy ist tot«, sagte sie gelassen, »und nur deshalb bezeichne ich den Jungen als Fionas Sohn.«

»Er wäre noch hier und am Leben«, erinnerte Daniel sie, »wenn nicht Ihr Schwiegersohn einen gewissen Jack Horton, der meines Wissens für Ihr Unternehmen arbeitet, mit seiner Ermordung beauftragt hätte.«

Lady Enid nickte. »Ich bin über die Tatsachen auf dem Laufenden, Mister Duffy«, sagte sie. »Aber Ihnen als erfahrenem Anwalt dürfte bekannt sein, dass Welten zwischen Wissen und Beweisen liegen. Ohnehin kann nichts Michael wieder lebendig machen. Könnte ich das Rad der Zeit zurückdrehen, ich würde alles ändern. So viele Fehler sind in den vergangenen Jahren gemacht worden. Ich trage die Schuld daran, dass meine Tochter mich hasst, und in gewisser Weise habe ich auch mit zum Tod meines jüngsten Sohnes beigetragen. Sie müssen mir glauben, dass ich die Dinge ändern würde, wenn ich könnte.«

Daniel war unsicher, ob er der Frau glauben sollte oder nicht, aber als Jurist hatte er gelernt, Fakten einzuschätzen, und um die ging es im Augenblick.

»In welcher Weise betrifft unsere Unterredung Patrick?«, erkundigte er sich. Lady Enid sah ihn offen an und teilte ihm mit: »Ihm sollen die Macintosh-Firmen überschrieben werden, wenn er einundzwanzig Jahre alt ist.«

Wäre zwischen ihnen beiden eine Bombe detoniert, es hätte Daniel weniger beeindruckt als diese Worte. Ihm wurde wirr im Kopf.

»Erbe des Macintosh-Vermögens ...!«, wiederholte er fassungslos. Der uneheliche Sohn eines katholischen Iren sollte an die Spitze des mächtigen und angesehenen protestantischen

Wirtschaftsimperiums der Familie Macintosh treten? Die Frau musste den Verstand verloren haben.

»Ihre Reaktion überrascht mich nicht, Mister Duffy«, sagte Lady Enid, die seinen Gesichtsausdruck richtig deutete. »Aber ich habe durchaus gute Gründe für meine Entscheidung. Ja, Patrick soll das Unternehmen erben, wenn Sir Donald und ich einmal nicht mehr sind. Immerhin hat er Macintosh-Blut in den Adern«, sagte sie, so schlicht sie konnte.

»Aber Sie haben doch eine Tochter, die ebenfalls eine Macintosh ist«, sagte er, nach wie vor von Lady Enids Vorschlag erschüttert.

»Sie hat sich des Erbes als unwürdig erwiesen«, gab Lady Enid verbittert zurück. »Außerdem bezweifle ich, dass sie noch Kinder bekommt, wenn sie das verhindern kann. Damit ist Patrick der einzige männliche Macintosh-Erbe. Wenn das Vermögen nicht an ihn geht, wird es an den Mann fallen, der meiner festen Überzeugung nach für Davids Tod verantwortlich ist. Ich sagte ja schon – wir haben gemeinsame Feinde«, erklärte sie.

»Haben Sie Beweise dafür, dass Granville White die Verantwortung am Tode Ihres Sohnes trägt, Lady Macintosh?«, fragte Daniel und empfand dabei ein sonderbares Mitgefühl mit der Frau, die eigentlich seine Feindin war.

»Nein. Aber unterschätzen Sie die Einfühlungskraft einer Mutter in solchen Dingen nicht«, gab sie zur Antwort. »Ich weiß einfach, dass er meinen Sohn einen schrecklichen und einsamen Tod hat sterben lassen.«

Daniel verstand. Die weibliche Intuition, die bei seiner Tante so stark ausgeprägt gewesen war, fand sich auch bei seiner Kusine Kate.

»Ihnen muss klar sein«, sagte er ohne besondere Betonung, »dass Patrick katholisch getauft worden ist und als Katholik sterben wird. Ich nehme nicht an, dass sich das mit Ihren Glaubensgrundsätzen vereinbaren lässt.«

Lady Enid sah beiseite. Nicht einmal sie konnte den fürchterlichen Gedanken ertragen, dass ein Katholik Erbe des Namens Macintosh werden sollte. So etwas war Gott ein Gräuel!

»Halten Sie ihn für so fest in seinem Glauben verankert, dass er den Lehren meiner Kirche widerstehen kann, Mister Duffy?«, fragte sie, als sie ihn schließlich wieder ansehen konnte.

»Ein Katholik bleibt seinem Glauben lebenslang treu, Lady Macintosh«, gab Daniel voller Gewissheit zur Antwort.

»Bitte geben Sie mir Gelegenheit, Patrick in meinem Glauben zu unterweisen«, sagte Lady Enid. »Wenn der richtige Zeitpunkt gekommen ist, mag er dann selbst entscheiden, welchen Weg er gehen will.«

»Wie stellen Sie sich das vor?«, fragte Daniel.

»Sie übergeben mir Patrick einen Tag nach Vollendung seines elften Lebensjahres«, gab sie zur Antwort. »Er bekommt dann die beste Bildung, die ihm das Vermögen der Familie Macintosh ermöglichen kann. Er kann in Oxford studieren, wenn er so weit ist. Sobald er volljährig ist, mag er dann zwischen Ihrem und meinem Glauben wählen.«

»Und falls er sich entscheidet, ein Sohn der wahren Kirche zu bleiben?«, fragte Daniel hitzig. »Würde er dann trotzdem das Macintosh-Erbe antreten?«

Lady Enid seufzte. Sie war zuversichtlich, dass Patrick die Augen aufgehen und er sich zu ihrer Religion bekennen würde. Es war das Risiko wert.

»Sollte er auch weiterhin der römisch-katholischen Kirche angehören wollen, werde ich mich dieser Entscheidung beugen«, gab sie zur Antwort.

»Und was ist mit seinem Namen? Würde er Duffy oder Macintosh heißen?«

»Diesbezüglich gibt es keine Diskussion. Von mir aus kann er selbst seinen irischen Namen behalten, seine Kinder aber müssen unbedingt Macintosh heißen«, sagte sie entschieden. Über diesen Punkt ließ sie auf keinen Fall mit sich verhandeln.

Daniel dachte über die Namensfrage nach und kam zu dem Ergebnis, dass sie nicht von besonderer Bedeutung war. Lady Enids Angebot überstieg bei weitem die Möglichkeiten, die er und Colleen dem Jungen würden bieten können.

Als könne sie seine Gedanken lesen, sagte sie: »Zumindest

würde Patrick erfahren, wer er wirklich ist, und bräuchte sich nie Sorgen um seinen angestammten Platz in der Welt zu machen. Das ist Ihnen doch sicher auch klar, Mister Duffy.«

»Genau deswegen erwäge ich Ihr Angebot überhaupt.«

Doch das war nicht der einzige Grund, warum er zustimmen würde. Das Angebot, das ihm die Frau da machte, enthielt den Keim zur Rache an der Familie, die der seinen so großen Kummer bereitet hatte. Patrick würde stets Katholik bleiben, davon war er überzeugt, und er würde mehr Einfluss im Unternehmen haben als Granville White. Welche Befriedigung, dass ein Duffy, Michaels Sohn und Enkel des ersten Patrick, eines Tages über den Abkömmlingen der Familie Macintosh stehen würde.

»Der Junge bleibt bis einen Tag nach der Vollendung des elften Lebensjahrs in Ihrer Obhut«, sagte Lady Enid. »Wir werden bezüglich der Einzelheiten einen entsprechenden Vertrag aufsetzen.«

Daniel ließ sich ihre Worte gründlich durch den Kopf gehen und antwortete schließlich: »Ich denke, Ihnen ist klar, dass Patricks künftiges Wohlergehen mir und meiner Familie ganz besonders am Herzen liegt.«

»Ich begreife Ihre Vorsicht«, sagte Lady Enid verständnisvoll, »Sie dürfen beruhigt sein: Ich werde dafür sorgen, dass beide Seiten in diesem Vertrag entsprechend abgesichert sind. Vor allem brauchen wir unbedingt eine Geburtsurkunde, die zum gegebenen Zeitpunkt Patricks Abkunft zweifelsfrei nachweist, aber ich habe Möglichkeiten, sie zu beschaffen.« Lady Enid dachte offensichtlich schon sehr weit in die Zukunft. Erst im September 1874 würde Patrick elf Jahre alt.

Da es einstweilen nichts mehr zu besprechen gab, würden die Anwälte der Familie Macintosh alles Weitere veranlassen. Daniel begleitete Lady Enid zum Haupteingang des Gartens.

»Was für ein Mann war Patricks Vater eigentlich, Mister Duffy?«, fragte sie unerwartet. Daniel begriff, dass sie den Jungen bereits als ihren Enkel betrachtete.

»Michael war ein großartiger Mensch«, erwiderte er stolz. »Er war stark, tapfer und umgänglich. Es war sein Traum, eines

Tages ein bedeutender Maler zu werden und die Schönheiten festzuhalten, die er in unserem Lande gesehen hat. Er wollte der Welt in seinen Gemälden dessen Seele zeigen, und sein Sohn schlägt ihm in dieser Hinsicht nach.«

»Er muss ein außergewöhnlicher Mensch gewesen sein«, seufzte Lady Enid, »sonst hätte ihn meine Tochter nicht so sehr geliebt.« Sie verabschiedeten sich voneinander, und sie wandte sich rasch ab, damit er nicht den Kummer in ihrem Gesicht sehen konnte. Die Tränen über das Entsetzliche, was sie ihrer Tochter und sich selbst angetan hatte, würden später kommen, wenn sie allein war.

41

Hugh Darlington wurde nie müde, Kate beim Ankleiden zuzusehen.

Sie schämte sich ihres Körpers nicht, und wenn sie sich in ihr unbequemes enges Korsett zwängte, bot sie seinem lüsternen Auge kurze, aber reizvolle Einblicke. Oft stieß sie dabei anstößige Flüche aus, die sie von den Ochsentreibern in der Schänke aufgeschnappt hatte. Selbst der welterfahrene Anwalt zuckte bei ihren derben Aussprüchen zusammen.

Schließlich knöpfte sie ihr langes Kleid zu und strich es glatt, bevor sie sich hinsetzte, um sich die bei der Damenwelt in London wie in Rockhampton beliebten Schnürstiefel anzuziehen. Hugh lehnte sich mit dem Rücken an das Kopfende des Messingbetts und sah sie bewundernd an.

»Sehe ich dich morgen?«, fragte er und sog an seiner Zigarre.

»Nein«, sagte sie mit undamenhaftem Knurren und zerrte an den langen Schnürsenkeln. »Ich habe schrecklich viel zu tun. Mein neues Fuhrwerk muss für die Fahrt nach Tambo vorbereitet werden, und weil es Benjamins erste Reise ist, bekommt er ein Geschenk von mir, das ich noch beim Kapitän der *Lady Mary* am Kai abholen muss.«

»Ich will nur hoffen, dass zu den vielen Dingen, die du zu tun hast, kein Termin bei der Bank über den Kauf von Glen View gehört«, sagte er mit Unheil verkündender Stimme. Kate erstarrte mitten in der Bewegung. »Es wäre nicht gut für dich.«

»Was willst du damit sagen?«, fragte sie ruhig.

»Na ja, ich höre in meiner Kanzlei dies und jenes, wie du sehr wohl weißt«, gab er zur Antwort. »Man hört gerüchtweise, dass du die Absicht hast, Sir Donald Macintosh Glen View abzukaufen.«

»Ach, ist der jetzt auf einmal adelig?«, fragte Kate verbittert und wandte sich Hugh zu. »Und warum soll das nicht gut für mich sein?«

Hugh nahm erneut einen langen Zug aus seiner Zigarre und stieß eine dichte Rauchwolke aus, bevor er weitersprach. »Nimm von deinem Vorhaben Abstand. Du hast genug andere Möglichkeiten, Grundbesitz zu erwerben. Diesen Rat erteile ich dir als dein Anwalt und auch, weil mir dein Wohl am Herzen liegt. Es empfiehlt sich nicht, Sir Donald in die Quere zu kommen. Er ist nicht nur mächtig, sondern auch gefährlich. Wie wohl fast jedem in der Kolonie, sind auch mir deine Pläne für einen Rachefeldzug gegen die Familie Macintosh bekannt, die deiner Ansicht nach die Verantwortung für dies und jenes Unrecht trägt. Aber da du keine Beweise hast, steht dir die Rolle der Nemesis nicht zu.« Ihn erfüllte unübersehbar Stolz, weil er den Namen der griechischen Göttin der Vergeltung benutzt hatte.

Kate warf ihm einen geradezu feindseligen Blick zu. »Würdest du mich bei dem Versuch unterstützen, den Mann der Gerechtigkeit auszuliefern?«, fragte sie. Er war erkennbar verblüfft sowohl über die Frage wie auch über den Ton, in dem sie gestellt wurde.

»Es geht nicht darum, ob ich helfe, sondern darum, ob das mit dem geltenden Recht vereinbar ist«, gab er zur Antwort. »Natürlich würde ich dir helfen, wenn ich der Ansicht wäre, dass sich deine Verdachtsmomente auf Fakten stützen. Das aber ist nicht der Fall.«

Sie wandte sich von dem Mann ab, der sie noch vor wenigen Minuten in den Armen gehalten und sie seiner Liebe versichert hatte. Jetzt sagte er ihr praktisch ins Gesicht, dass es töricht von ihr sei, ein aussichtsloses Ziel zu verfolgen. Der Teufel soll ihn holen! Der Teufel soll alle Männer holen, dachte sie wütend und stand auf.

Aber es gab auch Männer, die bereit waren, für sie zu sterben, Männer wie der ruhige und tüchtige Luke Tracy. Noch einmal, bevor sie hinausging, wandte sie sich um und fuhr Hugh wütend an. »Es ist ein großer Fehler, eine Frau zu unterschätzen, Mister Darlington, vor allem, wenn es sich um eine Duffy handelt!«

Er räkelte sich träge und lächelte sie unerwartet an. »Das tue ich nie, Kate O'Keefe. Welcher Mann, der bei klarem Verstand ist, käme auf den Einfall?«

Unwillkürlich musste sie darüber lächeln, wie geschickt er es verstand, mit seinem Charme ihre Wut erkalten zu lassen. Manchmal konnte sie ihn wegen seiner selbstgefälligen Haltung hassen, doch auf der anderen Seite verlangte es sie nach ihm. Der Teufel soll Sie holen, Mr. Darlington, ich sollte Ihr Haus verlassen und nie wieder zurückkehren! Aber sie wusste nur zu gut, dass sie zurückkehren würde, denn der gut aussehende Anwalt zog sie ebenso unwiderstehlich an wie eine Kerzenflamme den Nachtfalter.

Verlegen stand Benjamin Rosenblum neben dem mächtigen Ochsenfuhrwerk. Seine Tante Judith führte sich auf, als wäre sie seine Mutter, dabei war er mit seinen fünfzehn Jahren längst ein Mann. Es gab keinen Grund, ihn wie einen kleinen Jungen zu bemuttern.

Das neue Fuhrwerk war mit allem beladen, was für die Fahrt westwärts zu den weit abgelegenen Ansiedlungen auf den von Brigalow-Buschwerk bewachsenen Ebenen nötig war. Geduldig warteten die Ochsen auf den scharfen Knall der Peitsche über ihren Köpfen.

Der Fuhrmann Joe Hanrahan, der den Transport über die große Wasserscheide des australischen Kontinents führen sollte, hatte an der vereinbarten Stelle am Ortsrand angehalten, um letzte Anweisungen von Kate entgegenzunehmen. Dieser Halt gab den Cohens eine Gelegenheit, den jungen Benjamin zu verabschieden.

»Vergiss nicht, dass wir stets an dich denken«, sagte Judith zu dem schlaksigen Jungen. »Und sei dir immer dessen bewusst, dass du ein Rosenblum bist.«

Nun trat Solomon vor und schüttelte ihm feierlich die Hand. Zumindest Onkel Solomon behandelte ihn wie einen Mann!

Feierlich überreichte die kleine Deborah ihrem Vetter ein Sträußchen halb zerdrückter Wildblumen, die sie für ihn gepflückt hatte. Ihn rührte die unschuldige Geste des Kindes. Als er die Gabe mit angemessenen Dankesbekundungen entgegennahm, trat ein strahlendes und glückliches Lächeln auf Deborahs Züge.

Als Letzte verabschiedete sich Kate von ihm. Ben lief rot an, als ihn seine schöne Chefin auf die Wange küsste und sagte: »Hier hab ich was für dich.« Dann gab sie ihm einen auf Hochglanz polierten Holzkasten in die Hand, auf dessen Deckel sein Name in ein kleines Messingschild eingraviert war. Er hob ihn und sah erstaunt einen Coltrevolver, das schwere Marinemodell, mitsamt Pulverflasche, Gießform für Kugeln, einer kleinen Dose mit Zündhütchen sowie einem kleinen Zündstift-Schraubenschlüssel. Sprachlos bestaunte Ben das großzügige Geschenk. Er brachte lediglich heraus: »Ich, ich ...«

»Es ist die einzige Art der Lebensversicherung, die ich für dich als Mitarbeiter der Firma Eureka abschließen kann«, sagte Kate gelassen. »Bestimmt zeigt dir Joe unterwegs, wie man damit umgeht.«

Der untersetzte Fuhrmann, der geduldig wartend neben Kates Ochsengespann stand, nickte dem Jungen zu und entrollte die Peitsche, die er in der kräftigen Hand hielt. Statt an die zuvor üblichen zweirädrigen Karren waren die Tiere jetzt vor einen der neuen riesigen vierrädrigen Wagen gespannt, auf denen man größere Lasten transportieren konnte, sodass man pro Fuhre mehr verdiente als früher.

Achtungsvoll nickte Joe seiner Chefin zu, dann trieb er die Ochsen mit einem kräftigen Zuruf an, dem er mit der Peitsche Nachdruck verlieh. Ihr Knall hallte wie ein Gewehrschuss.

Ben nahm den Kasten unter den Arm, winkte ein letztes Mal und folgte dem davonrumpelnden Fuhrwerk.

An die Röcke der Mutter geklammert, beobachtete die kleine Deborah die eindrucksvolle Kraftentfaltung der Zugtiere und winkte ihrem Vetter nach, der im von den Hufen der Ochsen aufgewirbelten Staub verschwand.

Mit einem tiefen Seufzer beobachtete Kate, wie das Fuhrwerk langsam westwärts schwankte. Sie beneidete den jungen Ben, denn am liebsten wäre sie an seiner Statt neben dem knarrenden Fuhrwerk hergegangen. Aus irgendeinem sonderbaren Grund musste sie an Luke denken, der einst mit ihr über genau die Strecke geritten war, die das Fuhrwerk jetzt in Angriff nahm.

Benjamin Rosenblum hatte Sydney, seine Mutter und seine sechs Schwestern verlassen und war nach Norden gezogen. Judith hatte ihrer Schwester den Vorschlag gemacht, den Jungen nach Queensland zu schicken, wo er als Lehrling in die Firma Eureka eintreten könne. Da sich seine Mutter ohnehin Sorgen um ihren Ältesten machte, der immer häufiger an den Straßenecken des Hafens von Woolloomooloo mit jungen Taugenichtsen herumlungerte, die ihrem untätigen Leben durch allerlei Straftaten die nötige Würze gaben, hatte sie zugestimmt.

Eigentlich hatte sie ihm eine gute Ausbildung geben wollen, damit er Kanzleimitarbeiter im öffentlichen Dienst werden konnte, wo er mit einer Lebensstellung rechnen durfte, aber dazu fehlten ihr die Mittel. Daher hatte sie Kates Angebot gern akzeptiert, und die Cohens waren für Bens Fahrtkosten aufgekommen.

Nur ungern war er nach Queensland gekommen, um in Rockhampton seine Lehre bei Kate O'Keefe anzutreten, die einen Gehilfen für den schweigsamen Fuhrmann Joe Hanrahan brauchte. Er grollte seiner Mutter, die ihn aus der Stadt der hellen Lichter verbannt hatte, weil sie ihm offensichtlich das Zusammensein mit seinen Freunden nicht gönnte.

Wie seine Altersgenossen aus der Stadt glaubte Ben, alles besser zu wissen. Nachdem er aber eines Abends ziemlich übel zugerichtet nach Hause gekommen war, hielt er sich sichtbar zurück. Tante Judith hatte kein Mitgefühl für ihn an den Tag gelegt, und Ben hatte ihr nichts von der Tracht Prügel gesagt, die ihm der Fuhrmann verabreicht hatte, weil er ihn mit seinem schlechten Benehmen und seinen altklugen Redensarten einmal zu oft geärgert hatte. Rasch lernte Ben, dass harte Männer nicht nur an Sydneys Straßenecken daheim waren und nicht alle von ihnen mit ihrer Körperkraft prahlten. Manche benutzten ihre Fäuste, ohne große Worte zu machen. Zu ihnen gehörte Joe Hanrahan.

Von da an ordnete sich Ben reibungslos ins Leben in der Kolonie Queensland ein, und seine Tante Judith schickte den größten Teil seines Lohns an die Mutter nach Sydney, wobei sie in ihren Briefen darauf hinwies, wie gut er sich in dem von ihm ›gewählten‹ Beruf mache.

Brummig hatte Joe Hanrahan zugegeben, dass allmählich etwas aus dem Jungen wurde, nachdem er einmal ›zufällig‹ von einem Fuhrwerk gefallen war. Aus dem Mund des schweigsamen Fuhrmanns war das ein großes Lob.

Als von dem Fuhrwerk nichts mehr zu sehen war, wandte sich Solomon an Kate. »Das war sehr großzügig von Ihnen«, sagte er dankbar. »Ein wirklich nützliches Geschenk für einen Mann.«

Bescheiden winkte sie ab. »Er ist ein netter junger Bursche, Solomon«, sagte sie. »Und ich bin sicher, dass Sie Grund haben werden, stolz auf ihn zu sein.«

Solomon lächelte über ihre Worte, denn sie redete, als wäre sie bedeutend älter als Benjamin; dabei waren es nur sechs Jahre.

»Der Junge hat den Revolver verdient«, fuhr sie fort, während sie die Cohens zu ihrem leichten Wagen begleitete. »Joe hat mir gesagt, dass er fleißig lernt und mit den Tieren gut umgehen kann. Seiner Ansicht nach ist Ben der geborene Gespannführer.«

»Wie schön, dass er diese Anstellung hat«, überlegte Judith. »Seine Mutter wird stolz sein, wenn sie erfährt, was Sie über ihn sagen.«

Solomon bat Gott in einem stillen Gebet, Ben, der jetzt wie ein Mann neben dem Fuhrwerk schritt, und auch Joe auf dem gefährlichen und mühseligen Weg nach Westen zu beschützen.

Judith überlegte, was Kate wohl zu dem sagen würde, was im Hause der Cohens auf sie wartete. Zugleich war sie betrübt, wusste sie doch von der leidenschaftlichen Affäre zwischen ihrer Freundin und dem gut aussehenden Anwalt. Manches im Leben kam einfach zum falschen Zeitpunkt. Dazu gehörte sicherlich das herrliche und teure Geschenk, das in ihrem Laden auf Kate wartete.

»Hallo, Kate. Sie sind ebenso schön wie damals, als Sie hierher in den Norden gekommen sind«, sagte Luke mit einem breiten Lächeln auf dem bärtigen Gesicht. Sie standen auf der Koppel hinter dem Laden der Cohens. »Und das hier ist Lady ... Sie gehört Ihnen.«

Sprachlos sah Kate auf Luke, der eine wunderbare schwarze Stute am Zaum hielt. Stockmaß bestimmt eins sechzig, dachte sie. Das Tier hatte das schwärzeste Fell, das sie je gesehen hatte; es wurde lediglich von einer kleinen weißen Blesse auf der Stirn unterbrochen. Die großen braunen Augen sahen sie klug an.

Kate war vom unverhofften Auftauchen des Amerikaners nach so vielen Jahren verblüfft, doch sie zwang sich zur Gelassenheit und trat vor, um den Kopf des großen Tieres zu streicheln.

»Diese herrliche Stute kann ich nicht annehmen, Luke«, brachte sie heraus. »Sie muss Sie ein kleines Vermögen gekostet haben.«

Deborah tanzte aufgeregt um ihre Mutter herum und bewunderte das großartigste Pferd auf der ganzen weiten Welt. »Tante Katie, Tante Katie, reitest du mit mir?«, rief sie ganz aufgeregt.

»Ich kann das Pferd nicht annehmen«, sagte Kate zu dem kleinen Mädchen. »Es ist viel zu schön und zu teuer für mich.« Als ihr Luke das Zaumzeug in die Hand drückte, sagte sie, wenn auch schon mit nachlassendem Widerstand: »Ich kann es wirklich nicht annehmen.«

Aber sie gab nach, als die Stute sie mit ihrem weichen Maul anstieß. Manche Leute würden einen Mord begehen, um ein solches Pferd zu besitzen, das war Kate durchaus klar.

»Ich glaube, es sähe ein bisschen sonderbar aus, wenn Sie sie im Damensattel reiten würden«, sagte Luke mit breitem Grinsen, »aber ich habe in der Stadt gehört, dass Sie sich das in Ihrer jetzigen Stellung schuldig sind.« Kate musste lächeln bei dieser spöttischen Erinnerung an die Zeit, in der sie sich über solche Vorstellungen hinweggesetzt hatte und geritten war wie ein Mann. »Lady hat übrigens was gegen Männer. Wenn einer sie zu reiten versucht, macht er eine denkbar schlechte Figur.«

»Aber Sie haben sie vermutlich geritten?«, fragte Kate und fuhr fort, den Kopf des Tieres zu streicheln. Dann knabberte Lady an ihrem Strohhut herum, und alle lachten, als sie ihn ihr vom Kopf riss und mit ärgerlichem Schnauben zu Boden warf. Kate ließ den Zaum los, und die Stute beschäftigte sich weiter mit dem Hut.

»Ja. Lady und ich haben uns auf dem Weg hierher geeinigt«, gab er mit einem Augenzwinkern zurück. »Ich hab ihr gesagt, dass ich der Chef bin, ihr aber auch versprochen, dass ich sie anständig behandle. Sie scheint das Abkommen in Ordnung zu finden, und ich durfte mein eigenes Tier am Zügel führen.« Leicht war es nicht gewesen, aber Luke war ein ausgezeichneter Reiter und hatte bald gelernt, die Stute zu beherrschen.

Kate wandte ihre Aufmerksamkeit Luke zu. Obwohl seit ihrer letzten Begegnung über vier Jahre ins Land gegangen waren, schien er sich kaum verändert zu haben. Allerdings durchzogen grauen Fäden Bart und Haupthaar, und seinem Gesicht war anzusehen, dass er wohl vor nicht allzu langer Zeit das Fieber überstanden hatte. Außerdem schien sein linker Arm ein wenig steif zu sein.

»Lady ist für Sie bestimmt, Kate«, sagte Luke freundlich. »Sie haben beide denselben Vornamen.« Die Zärtlichkeit, die Kate in seinen Augen sah, strafte seine äußere Härte Lügen. Sie wagte nicht, ihm in die Augen zu sehen, weil sie fürchtete, sonst weinen zu müssen, hatte sie doch begriffen, dass er sie liebte. Sie hörte kaum seine leisen Worte: »Ich habe nicht vergessen, dass Sie mir einmal nicht nur ein Pferd geschenkt haben, sondern drei. Sagen wir doch einfach, ich bedanke mich für den Gefallen, den Sie mir damit getan haben … oder etwas in der Art.«

»Nehmen Sie doch«, drängte Judith. »Luke hat einen langen Weg zurückgelegt, um es Ihnen zu schenken.«

Kate versuchte, die Tränen zu unterdrücken, die ihr in die Augen stiegen. Sie wusste nicht, wie sie Luke in angemessener Weise danken konnte.

Als sie sich auf die Zehen reckte, um ihm einen Kuss auf die Wange zu drücken, riss er sie an sich und küsste sie mit Nachdruck, zugleich aber voll Zärtlichkeit, auf den Mund. Kate war verblüfft und verwirrt. Sie gehörte doch jetzt einem anderen. Dieser Kuss kam für sie beide zu spät …

Mit kindlicher Neugier fragte die kleine Deborah: »Was tut Onkel Luke da mit Tante Kate?«

Geheimnisvoll lächelnd nahm Judith die Hand ihrer Tochter. »Das erzähl ich dir später«, sagte sie und führte sie in den Laden. Solomon folgte ihnen auf dem Fuße. Er war von Lukes Geschenk für Kate sichtlich begeistert.

Kate löste sich aus Lukes Umarmung und trat mit gequältem Gesichtsausdruck zurück.

»Warum sind Sie nur so lange fortgeblieben?«, fragte sie. »Die Zeit hat in Ihrem und meinem Leben so vieles verändert. Ich …« Sie fand nicht die richtigen Worte für ihre aufgewühlten Empfindungen und eilte schluchzend in den Laden, sodass Luke verwirrt und allein zurückblieb.

»Die Zeit hat so vieles verändert …« Er fühlte sich elend und töricht. Vielleicht waren wirklich zu viele Jahre vergangen. Was hatte er einer Frau schon zu bieten außer einen Kopf voller Träume?

In jener Nacht schlief Kate nicht gut. Bei ihrer letzten Begegnung hatte sie Luke mit den Augen eines jungen Mädchens gesehen und ihn schon damals höchst anziehend gefunden. Jetzt, da sie ihn mit den Augen einer reifen Frau zu sehen vermochte, erkannte sie, dass sie sich nach wie vor zu ihm hingezogen fühlte.

Inzwischen aber war Hugh Darlington in ihr Leben getreten. Er war jünger, gut situiert und genoss hohes Ansehen in den besten Kreisen der Gesellschaft. Luke hingegen war älter, stets mittellos, und die einzige Gesellschaft, in der er etwas gelten mochte, war die der zähen Burschen an der Grenze, die in ihm den von Legenden umwobenen Helden sahen. Während sie sich allein im Bett hin und her warf, verglich sie unwillkürlich die beiden Männer miteinander.

Auf der anderen Seite aber war Luke nicht nur tapfer, sanftmütig und großzügig; er besaß, was sie sich nie eingestanden hatte, schon seit Jahren einen Platz in ihrem Herzen.

Obwohl sie sich immer wieder sagte, dass ihre Wahl auf Hugh Darlington fallen müsse, ging ihr Luke nicht aus den Kopf. Irgendetwas, das sie nicht verstand, ließ eine Entscheidung für den Anwalt als keineswegs selbstverständlich erscheinen. Wäre Luke wenigstens zur Bindung fähig, könnte es für sie beide eine Hoffnung geben. Aber er hatte schon eine Geliebte, und die hieß Gold.

»Vermutlich sind Sie der Anwalt, der für Missus Kate O'Keefe tätig ist«, sagte der hoch gewachsene Besucher, den Hugh Darlington in seine Kanzlei führte, in unüberhörbar amerikanischer Sprechweise.

»Das stimmt, Mister … äh … Tracy«, sagte er und nahm hinter einem Schreibtisch Platz, der bis auf ein silbernes Tintenfass und einen Federhalter aus Elfenbein vollständig leer war. Luke setzte sich ebenfalls und legte den Hut auf seine Knie.

»Mister Cohen hat mir gesagt, dass Missus O'Keefe ihre Firma über diese Kanzlei hier hat registrieren lassen«, sagte er. »Außerdem weiß ich von ihm, dass sie für ein Vorhaben, das ihr wichtig ist, Geld braucht. Ich vermute, dass Sie als ihr Anwalt mir helfen können.«

Hugh verschränkte die Finger auf dem Tisch vor sich, wie er es immer tat, wenn er mit Mandanten sprach, und Luke konnte nicht umhin zu sehen, wie weibisch der Mann wirkte, verglichen mit den rauen Burschen, die er auf den einsamen Pfaden im Grenzgebiet von Queensland kennen gelernt hatte.

Offensichtlich war seine bleiche Haut nie der Sonne ausgesetzt gewesen, und man sah auch keinerlei Narben. Die Hände waren weiß wie die einer Frau, und mit seiner Kleidung hätte er sogar in Sydney oder Melbourne bestehen können. Verglichen mit ihm fühlte sich der amerikanische Goldsucher mit seinem ausgebleichten Flanellhemd und der in knielangen Stiefeln steckenden Moleskin-Hose abgerissen. Diesmal aber steckte der große Revolver, der ihn sonst auf Schritt und Tritt begleitete, nicht in seinem Gürtel. In Rockhampton ging es mittlerweile zivilisiert zu, verglichen mit der Zeit vor fünf Jahren, als das Städtchen noch mitten im Grenzgebiet lag, sodass man jetzt ohne Waffen auf die Straße gehen konnte.

»Womit kann ich Ihnen dienen?«, fragte Hugh und lehnte sich bequem zurück. »Wenn ich Sie richtig verstehe, geht es um Missus O'Keefes Interessen?«

Mit den Worten: »Investieren Sie das hier in Missus O'Keefes Unternehmen«, legte Luke einen Leinenbeutel voller Banknoten auf den Tisch. Fast wäre der Anwalt vor Verblüffung von seinem Stuhl gefallen.

»Grundgütiger! Das muss ja eine ganze Menge sein«, entfuhr es ihm, und er beugte sich vor.

»Es sind dreitausend Pfund«, sagte Luke beiläufig.

»Darf ich fragen, woher Sie einen solchen Betrag haben, Mister Tracy?«, fragte der Anwalt misstrauisch, ohne sich vom Anblick des Geldes losreißen zu können.

»Lassen Sie sich versichern«, gab Luke ruhig zur Antwort, »dass ich es keinem Menschen weggenommen hab. Es gibt in diesem Land Gesetze für den Umtausch von Gold in Bargeld, aber Sie als Anwalt sind ja wohl verpflichtet, als vertraulich zu behandeln, was ich Ihnen sage.«

Hugh begriff unverzüglich. Offenbar hatte der Mann den Umtausch mit Hilfe von Cohens Verbindungen zu Juwelenhändlern bewerkstelligt. Wenn dabei dreitausend Pfund herausgesprungen waren, überlegte er, musste das Gold weit mehr wert gewesen sein. Bei Tauschaktionen dieser Art fielen beträchtliche Gebühren an.

Sofern es aber mit dem Goldfund seine Richtigkeit hatte, hätte der Mann ihn doch den Behörden melden und das Gold auf dem vorgesehenen Weg eintauschen können. Dass er es nicht getan hatte, kam ihm sehr sonderbar vor. Es schien sich hier um schmutziges Geld zu handeln. Schon wollte Hugh den Vorschlag des Amerikaners ablehnen, doch andererseits wollte er unbedingt wissen, was für eine Beziehung zwischen diesem und Kate bestand.

Seine Neugier war stärker als seine Achtung vor dem Gesetz. »Woher kennen Sie Missus O'Keefe, wenn ich fragen darf?«

»Sie ist eine gute Bekannte«, gab Luke zur Antwort und schnitt damit jede weitere Frage über die Art ihrer Beziehung ab. »Mehr brauchen Sie nicht zu wissen.«

»Ich glaube, ich verstehe«, sagte Hugh. Vermutlich war der Mann wie die Hälfte aller Junggesellen und Ehemänner im Bezirk in Kate vernarrt. Wenn ihr Harry Hubner seine ganze Habe vermachte, warum sollte da nicht ein hergelaufener amerikanischer Dummkopf versuchen, sie mit seinem Geld zu beeindrucken?

»Auf keinen Fall möchte ich, dass sie erfährt, wer hinter dem Geld steckt«, fuhr Luke fort. Damit hatte Hugh nicht gerechnet und wurde nun richtig misstrauisch. Er hatte angenommen, der Amerikaner wolle versuchen, Kate mit seiner Großzügigkeit zu beeindrucken.

»Sie möchten also stiller Teilhaber sein«, sagte Hugh. »Sie wollen investieren und am Gewinn beteiligt werden.«

»Auch das nicht. Kate soll das Geld verwenden, wie sie es für richtig hält«, sagte Luke kopfschüttelnd. »Wenn sie später mal in der Lage ist, es zurückzuzahlen, kann sie das durch Sie tun.«

»Und welchen Zinssatz verlangen Sie?«, fragte der Anwalt misstrauisch.

»Keinen.«

Hugh schüttelte verständnislos den Kopf und sagte von oben herab: »Ein besonders guter Geschäftsmann sind Sie wohl nicht, Mister Tracy. Sie legen mir da einen beachtlichen Betrag auf den Tisch und sagen, das Geld brauche nicht für Sie zu arbeiten. Ich bin nur froh, dass Sie nicht das Geld verwalten, das ich auf der Bank habe.«

Fast wäre Luke bei dieser herabsetzenden Äußerung über seine Geschäftstüchtigkeit entrüstet aufgefahren. Er hatte vom ersten Augenblick an für den Waschlappen nichts übrig gehabt und konnte ihn jetzt noch weniger ausstehen. Er lief vor Zorn rot an, unterdrückte aber seinen Impuls, ihn beim Kragen zu packen und ordentlich durchzuwalken.

»Geben Sie mir einfach eine Quittung«, knurrte er. »Zahlen Sie das Geld auf Kates Konto ein und sagen Sie ihr über seine Herkunft, was Ihnen richtig erscheint. Ich werde Sie gut für Ihre Mühe bezahlen.«

Hugh merkte, dass es nicht klug war, den Mann zu reizen. Die Narbe im Gesicht des grauhaarigen amerikanischen Goldsuchers zeigte, dass er körperliche Gewalt nicht scheute. Er hingegen hatte sich bisher immer hinter dem Gesetz verschanzt. Noch nie war er in einer Situation gewesen, in der sein Leben auf dem Spiel gestanden hatte, und Gefahr kannte er nur vom Hörensagen, weil er gelegentlich Mandanten zu vertreten hatte, die das Gesetz gebrochen hatten.

»Das dürfte keine Schwierigkeiten bereiten, Mister Tracy«, sagte er. »Wenn Sie einen Augenblick Geduld haben, werde ich die nötigen Unterlagen vorbereiten und mein Honorar berechnen.«

Nickend nahm Luke einen seiner übel riechenden Stumpen heraus. Er war sich sicher, dass dem Anwalt der beißende Rauch in seiner Kanzlei zuwider war.

Als alles erledigt war, verabschiedete sich Luke. Keiner der beiden bot dem anderen die Hand. Sie waren stillschweigend übereingekommen, dass sie einander nicht ausstehen konnten. Luke wusste nicht genau, warum ihm der Anwalt unsympathisch war, aber irgendetwas gefiel ihm nicht …

Hugh Darlington wartete, bis Luke nicht mehr zu sehen war, dann schloss er die Tür seiner Kanzlei ab und trat mit raschem Schritt auf die Straße. Auf der Polizeiwache kannte er jemanden, dem er den Fall des Amerikaners unterbreiten würde, der gegen die Goldgesetze der Kolonie verstoßen hatte. Das tat er nicht aus Achtung vor dem Gesetz, sondern aus quälender Eifersucht und ganz altmodischer Habgier.

42

Der Tag machte auf Granville White einen viel versprechenden Eindruck.

Jetzt gehörte ihm das recht spartanisch eingerichtete Kontor, von dem aus David die Unternehmen eine Zeit lang geleitet hatte. Voll Behagen saß er in dem bequemen Ledersessel, in dem einst David gesessen und so heuchlerisch die Pläne seines Schwagers herabgewürdigt hatte. Dabei hätte die Firmengruppe Macintosh, wenn sie danach gehandelt hätte, ihre Gewinne in ungeahnte Höhen getrieben, überlegte er. Aber der biedere David Macintosh hatte nichts davon wissen wollen und ihm unumwunden klargemacht, dass man ihm jede Mitwirkung im Unternehmen der Familie untersagen werde, wenn er nicht von seinen Vorstellungen abrücke. Zumindest hat sich David außerhalb des Kontors nicht über diese Vorstellungen geäußert, dachte Granville jetzt erleichtert.

Er sah sich um. Der einzige Schmuck im Raum waren Aufnahmen von Schiffen, die vor Anker lagen oder am Kai festgemacht waren. David hatte sie liebevoll fotografiert, gefrorene Erinnerungen.

Lächelnd lehnte er sich mit hinter dem Kopf verschränkten Händen zurück, während er über seine Position im Unternehmenskonglomerat der Familie nachdachte. Inzwischen war er die graue Eminenz und hielt alle Fäden für dessen zukünftige Entwicklung in der Hand. Nur seine Tante, Lady Enid, bildete noch ein kleines Hindernis für die Verwirklichung seines Ehrgeizes. Sir Donald tat er als unbedeutend ab, denn dieser hatte nichts anderes im Kopf, als aus Glen View einen Garten Eden bei den Antipoden zu machen. Enid aber würde nicht ewig leben, und so brauchte er lediglich abzuwarten, bis ihm dank Fionas Herkunft die unumschränkte Macht zufiel.

Kaum hatte er die Nachricht von Davids frühem Dahinscheiden erfahren, als er dessen Kontor mit Beschlag belegt hatte. Seine Tante war von ihrem Kummer so beansprucht, dass sie keinen Widerstand gegen diese symbolhafte Besetzung von Davids früherem Kontor erhoben hatte.

Es war Granville durchaus klar, wie wenig sie ihn leiden konnte, doch da es keine männlichen Erben für das Familienvermögen gab, brauchte nur noch Fiona einen Sohn zur Welt zu bringen. Er war sicher, dass das lediglich eine Frage der Zeit war. Ach ja, manche Pflichten waren weniger lästig als der Umgang mit Bankiers und Gläubigern.

So freute er sich bereits auf die Heimkehr an jenem Abend und genoss die Vorstellung, mit seiner schönen und nach wie vor begehrenswerten Gattin das Nötige für die Regelung der Erbfolge zu unternehmen. Doch zuvor musste er sich um die sonderbaren Schreiben kümmern, die auf dem Schreibtisch lagen.

Er beugte sich vor und las noch einmal die beiden auf kostbar geprägtes Briefpapier geschriebenen Einladungen. Während ihn die erste aufforderte, Lady Enid am Nachmittag um drei Uhr aufzusuchen, war die zweite in der unverwechselbaren kühnen Handschrift seiner Schwester abgefasst, die ihn um sieben Uhr am selben Abend erwartete.

Er runzelte die Brauen. Seit der vorweihnachtlichen Abendgesellschaft, mit der seine Tante angeblich Penelope hatte verabschieden wollen, war er von ihr zu keinem Besuch aufgefordert worden. Da das Schiff, mit dem seine Schwester reisen wollte, in zwei Wochen segeln würde, vermutete er als Hintergrund zu dieser Einladung eine Besprechung finanzieller Angelegenheiten.

Er schüttelte den Kopf und seufzte zufrieden auf. Im großen Zusammenhang der Dinge war das kaum von Bedeutung. Immerhin lief alles wie geplant, und er konnte im Rückblick auf die letzten Jahre mit Fug und Recht sagen, dass fast all seine Projekte zu einem guten Ende gelangt waren.

Bevor er seine Tante aufsuchte, wollte er noch rasch mit

Sir George Hartwell im exklusiven Australia Club ein Gläschen Portwein trinken. Bei der Gelegenheit konnten sie auch gleich über den Kauf eines großen Mietkomplexes in Glebe sprechen. Sir George, der dringend Geld zur Begleichung seiner Spielschulden brauchte, hatte früher einmal durchblicken lassen, dass er gegebenenfalls bereit sei, diese Gebäude zu veräußern, und Granville verfügte über das erforderliche Kapital. Er schöpfte schon seit längerem bei den Geschäften der Macintosh-Firmen gewisse Beträge ab, die er in noch einträglichere Unternehmungen zu investieren gedachte. Die Gewinne sollten auf verschlungenen Wegen, denen niemand nachspüren konnte, in seiner Privatschatulle landen. Allerdings konnte sich Sir George nicht recht vorstellen, warum Granville beträchtliche Gelder in eine Immobilie investieren wollte, deren Bewohner den Bodensatz der Gesellschaft bildeten: Angehörige der Unterschicht, die nichts besaßen als eine riesige Kinderschar und kaum in der Lage waren, den Mietzins aufzubringen.

Granvilles Kutsche setzte ihn vor dem Club ab, wo ihn der Türsteher, ein Veteran der Schlacht von Waterloo, begrüßte. Leise Männerstimmen und der kräftige Geruch von Zigarren und Lederfett erfüllten die Luft. Politische und wirtschaftliche Macht vermischten sich hier ebenso mühelos wie schottischer Whisky, den sich die Aristokraten der Kolonie servieren ließen, mit Wasser. In dieser Bastion feudalen Lebens fand man wohlhabende Grundbesitzer, die von ihren Ländereien zu einem Besuch in die Stadt gekommen waren, Bankiers sowie Männer wie Granville, dessen beträchtlicher Einfluss auf die Unternehmen der Familie Macintosh ihm einen Platz in der Gesellschaft der Kolonialmoguln sicherte.

Im luxuriös eingerichteten Rauchsalon des exklusiven Herrenclubs sah er Sir George, der in einem der schweren ledernen Clubsessel eine Zeitung las und dabei eine dicke Zigarre rauchte. Vor ihm stand ein Glas mit schottischem Whisky. Als Granville durch den Raum auf ihn zukam, hob er den Blick und ließ die Zeitung sinken.

»Pünktlich wie immer, alter Junge«, sagte er, ohne das Gesicht zu einem Willkommenslächeln zu verziehen. Mit zitternder Hand hob er das Whiskyglas und forderte Granville auf, Platz zu nehmen.

»Vermutlich sind Sie gekommen, um den Kauf perfekt zu machen«, sagte Sir George, ein Mann Ende vierzig, dessen aufgedunsenem Gesicht man das ausschweifende Leben deutlich ansah. »Warum, zum Teufel, sind Sie so scharf darauf, ein Objekt zu erwerben, das keinen bemerkenswerten Gewinn abwirft? Ist Ihnen nicht klar, dass Sie damit dem Ruf des Namens Macintosh schaden könnten?«, fragte Sir George zwischen zwei Zügen an seiner teuren Zigarre.

Granvilles Behauptung, es handele sich um reine Menschenfreundlichkeit, täuschte ihn nicht. Mit zusammengekniffenen Augen sah er ihn an, während dieser teilnahmslos mit einem Portweinglas spielte. Die Clubdiener kannten die Vorlieben eines jeden Mitglieds und servierten unaufgefordert das jeweilige Lieblingsgetränk, sobald einer der Herren eintraf.

»Wirklich, Sie sehen das falsch, Sir George«, sagte Granville betont unschuldig. »Ich habe durchaus ehrenwerte Absichten.«

Sir George lächelte verächtlich, da er vermutete, dass dieser gewiefte Geschäftsmann klare Vorstellungen davon hatte, auf welche Weise er möglichst viel aus den Mietskasernen herausschlagen konnte.

»Ich habe gerüchtweise gehört, dass Lady Macintosh nicht besonders gut auf Sie zu sprechen ist«, sagte Sir George und nippte an seinem Whisky. »Sollte sie von Ihrer ... äh ... Investition in Glebe erfahren, würde sie Ihnen bestimmt die Prokura entziehen.«

Mit selbstsicherem Lächeln sah Granville ihn an. »Ich weiß nicht, wovon Sie reden«, sagte er in einem Ton, der deutlich machte, dass er über das Thema nicht weiter sprechen wollte. Da Sir George die Baranzahlung nicht gefährden wollte, die in den Vertragspapieren nicht erscheinen würde, ließ er die Sache auf sich beruhen. Immerhin profitierten beide Parteien von dieser Transaktion.

In der Tat gab der Erwerb des heruntergekommenen Komplexes kleiner Wohnungen Granville eine Möglichkeit, am einträglichen Geschäft mit der Prostitution zu verdienen. Frauen, die in Armut lebten, verkauften sich, um die Miete bezahlen und ihre Kinder ernähren zu können.

Dabei aber hatte Granville weniger die Mütter als deren Töchter in der Vorpubertät im Auge. Im viktorianischen England bestand eine gewaltige Nachfrage nach solchen Mädchen, und so genannte Jungfrauen erzielten hohe Preise, weil man ihrem Körper die Fähigkeit zuschrieb, die Syphilis zu heilen. Granville hoffte, aus den Mietskasernen mit Unterstützung zwielichtiger Gestalten aus dem Hafenviertel The Rocks nicht nur die Bordelle mit Frauen versorgen, sondern auch möglichst viele solcher Mädchen rekrutieren zu können. Die Vorstellung, auch selbst seine Freude an ihnen haben zu können, erregte ihn. Er nahm sich vor, am Abend bei Fiona im Bett an die kleine Jennifer zu denken, und schon bei der bloßen Vorstellung stieg in ihm eine große Begierde empor.

Doch das Geschäft hatte Vorrang, und nachdem er Sir George diskret einen Umschlag mit Banknoten zugesteckt hatte, war der erste Schritt zur Erreichung seines Zieles getan.

Sir George machte sich nicht die Mühe, das Geld nachzuzählen. Die Ehrenhaftigkeit eines Herrn war über jeden Zweifel erhaben, und so steckte er den Umschlag wortlos ein.

Alles war glatt verlaufen, und da George darauf bestanden hatte, ihre Transaktion mit einem Glas eisgekühlten echt französischen Champagner zu begießen, fuhr Granville in besonders gelöster Stimmung bei seiner Tante vor. Während er vor der Haustür wartete, ging ihm der Gedanke durch den Kopf, dass er im Laufe der Zeit höchstwahrscheinlich selbst in diesem großartigen Anwesen mit Blick auf den Hafen residieren würde. Zwar war das Haus, das die Schwiegereltern seiner Frau zur Hochzeit geschenkt hatten, alles andere als kleinlich im Zuschnitt, doch der Familiensitz der Macintoshs symbolisierte in seinen Augen eine bestimmte gesellschaftliche Position in der Kolonie.

Betsy öffnete und bat ihn hinein. Sie nahm ihm Stock und Zylinder ab und führte ihn ins Empfangszimmer. Während er die Gemälde an den Wänden betrachtete, überlegte er, dass sie auch einen gewissen Geldwert darstellen dürften. Es war klug von Enid gewesen, diese Bilder zu erwerben. Überrascht sah er inmitten all der europäischen Landschaften ein australisches Gemälde von Captain Forrest, dann aber fiel ihm ein, dass seine Tante einmal gesagt hatte, wie sehr ein bestimmter Berg in Hobart sie an eine Szenerie erinnerte, die sie in Europa gesehen hatte.

Enid ließ auf sich warten, doch damit hatte er gerechnet. Es entsprach ihrer Gewohnheit. Damit rief sie Besuchern nachdrücklich ins Gedächtnis, dass sie sich in ihrem Hause befanden, wo sich jeder nach ihrer und nicht nach seiner eigenen Zeiteinteilung zu richten hatte.

Als sie schließlich hereinkam, wandte sich Granville von den Gemälden ab, um sie mit einem gefrorenen Lächeln zu begrüßen. Er hatte damit gerechnet, dass sie vor Kummer um den Verlust ihres Lieblingssohns verging, sah aber überrascht, wie sehr sie sich beherrschte. Offenkundig war sie eine Frau der alten Schule: kühl und ausdruckslos. Sie hätte eine erstklassige Spielerin abgegeben, ging es ihm unwillkürlich durch den Kopf.

»Tante Enid«, sagte er und neigte andeutungsweise den Kopf. »Wie du siehst, bin ich deiner freundlichen Einladung gefolgt.«

Sie antwortete nicht sogleich und Granville spürte, wie die gute Stimmung nachließ, in die ihn der Champagner versetzt hatte.

Enid nahm auf einem eleganten französischen Stuhl mit kunstvoll geschnitzten Beinen Platz und legte die Hände in den Schoß. Granville spürte die Macht ihres Schweigens und setzte sich auf einen Stuhl in der Ecke des Raumes, als wolle er einen gewissen Abstand zwischen sich und der abweisenden Frau lassen.

»Geht es Fiona und den Mädchen gut?«, fragte sie. Sofort begriff Granville, dass diese Zusammenkunft seinen Tag auf die eine oder andere Weise verderben würde.

»Du solltest sie öfter besuchen, Tante Enid«, antwortete er. »Schließlich sind es deine Enkelkinder.«

Enid verzog den Mund, als finde sie seine Äußerung geschmacklos. »Aber in ihren Adern fließt dein Blut«, gab sie ruhig zur Antwort. »Allerdings kann ich ihnen das nicht zum Vorwurf machen.«

Bei dieser unverblümten Herabsetzung erbleichte Granville. »Warum hast du mich kommen lassen?«, knurrte er, um klar zu machen, dass er keine Zeit für ihre Kränkungen hatte.

»Ich habe dich hergebeten, um dir persönlich zu sagen, dass mir deine Machenschaften im Zusammenhang mit dem Mord an David bekannt sind«, sagte sie kalt. Granville merkte, wie ihm das Blut aus dem Gesicht wich, als sie fortfuhr: »Ich werde nicht ruhen und rasten, bis du für seinen Tod bezahlt hast.«

»Ist das alles?«, fragte er betont gefasst, obwohl er sich alles andere als gelassen fühlte. Woher konnte sie das wissen, überlegte er. Mort würde bestimmt nicht reden, und selbst die Polizei war überzeugt, dass die Wilden David umgebracht hatten.

Er stand auf, um zu zeigen, dass er das Gespräch als beendet ansah. »Ich finde schon hinaus«, erklärte er, aber Enid war noch nicht mit ihm fertig.

»Du weißt sehr wohl, dass ich deine Beteiligung am brutalen Tod meines Sohnes nicht beweisen kann. Aber verlass dich darauf, ich werde mich rächen, und du wirst ebenso leiden, wie ich gelitten habe.«

»Du sprichst von Rache, liebe Tante Enid?«, lächelte Granville herablassend und herausfordernd. »Wie willst du dich an einem Unschuldigen rächen? Was kannst du mir antun? Immerhin bin ich mit deiner Tochter verheiratet und Vater deiner Enkelinnen. Würdest du dich an deinem Enkel rächen, wenn mir Fiona einen Sohn schenkt? Nein, nein, liebe Tante, dazu bist du viel zu besessen von dem Wunsch, dass der Name Macintosh weiterbesteht. Mag sein, dass du mit einem solchen Gedanken spielst, solange ich nur Töchter habe, aber sobald ich Vater deines Enkels bin, sieht die Sache völlig anders aus.«

Unbeeindruckt hörte sich Enid seine Suada an.

»So, wie der Herr die Feinde Seines Volkes straft, wird mein Enkel der starke Arm sein, mit dem ich dich strafe«, sagte sie ruhig und beherrscht. »Du darfst es ruhig wörtlich nehmen, wenn ich dir sage, dass mein Enkel dich letztlich samt allem vernichten wird, was dir lieb ist, sofern einem bis ins Mark verdorbenen Menschen wie dir überhaupt etwas lieb sein kann.«

Wie gebannt von den Flammen in den smaragdfarbenen Augen, die sich auf ihn richteten, stand Granville da. Es kam ihm vor, als stünde er einem Propheten des Alten Testaments oder einer Hexe aus dem Mittelalter gegenüber, die einen entsetzlichen Bannfluch gegen ihn schleuderte. Ein Schauer überlief ihn, und er hatte das dringende Bedürfnis, aus der Umgebung dieser Frau zu verschwinden.

Wortlos machte er auf dem Absatz kehrt und eilte hinaus, wobei ihre sonderbaren Worte, »Mein Enkel wird der starke Arm sein, mit dem ich dich strafe«, in seinem Kopf nachhallten. Sein Verstand sagte ihm, dass das lediglich leere Worte einer von Gram gebeugten Frau waren. Wie konnte sie ihren Enkel gegen ihn einsetzen, wenn ihm Fiona noch keinen Sohn geboren hatte?

Duffy!

Wie ein Grauen erregendes Gespenst, das aus dem Boden vor ihm emporwuchs, kam ihm der Name in den Sinn. Das Gespenst eines hoch gewachsenen, breitschultrigen jungen Iren mit dichtem, dunklem Kraushaar und stahlgrauen Augen. Dieser Geist lächelte und spottete über seine Angst. Aber man hatte Fionas und Michael Duffys Bastardsohn in ein Pflegehaus geschickt, sodass er auf keinen Fall am Leben sein konnte. Offensichtlich hatte die Frau endgültig den Verstand verloren. Während er sich mit dieser Erklärung beruhigte, verwandelte sich das Lächeln auf den Zügen des Gespensts in eine gequälte Fratze der Verzweiflung. Granville musste über seine eigene Angst lächeln.

»Stock und Hut, Mister White?«, fragte Betsy mit einem sonderbaren Ausdruck auf dem hübschen Gesicht. Offensichtlich hatte sie die Verzweiflung auf seinen Zügen mitbekommen, als er ins Vestibül gestürzt war, um der Hexe im Empfangszimmer zu entfliehen.

»Ja, Betsy«, sagte er und gewann allmählich seine Beherrschung zurück. »Sie können auch meinem Kutscher sagen, dass er vorfahren soll. Ich werde vor dem Haus warten.«

Er ließ sich erneut zum Club fahren, wo er allein trank und über das Gespräch mit seiner Tante nachdachte. So sehr er sich auch einzureden versuchte, dass die von ihr heraufbeschworenen Ängste jeder Grundlage entbehrten, gelang es ihm nicht, sie im Alkohol zu ertränken. Aus der Vergangenheit war ihm nur zu gut bekannt, dass Enid nie eine Drohung äußerte, wenn sie nicht entschlossen war, sie auszuführen.

Immer wieder versicherte er sich, dass der Duffy-Bastard tot sein müsse, wenn man ihn einem Pflegehaus übergeben hatte. Falls es sich aber anders verhielt – wie konnte Enid hoffen, ihn je zu finden? Gegen sechs Uhr ertönte der Gong zum Abendessen für die im Club wohnenden Mitglieder, was Granville daran erinnerte, dass er seine Schwester aufsuchen musste.

Auf unsicheren Beinen erhob er sich aus dem schweren Sessel und strebte der Tür zu. Der Portier grüßte ihn höflich und ging, um dem Kutscher Bescheid zu sagen.

Vor Penelopes Haus musste der Kutscher Granville wecken, der ärgerlich hochfuhr und schwankend dem Eingang entgegenstrebte. Beim Blick auf die sauber gestutzten Hecken fiel ihm flüchtig sein früherer Gärtner Harris ein.

Ein Hausmädchen, das Granville nicht kannte, öffnete ihm. Sie war etwa sechzehn Jahre alt und eine Art herbe ländliche Schönheit. Ungefähr so wie die jungen Mädchen in den Mietskasernen von Glebe, die ihm bald gehören würden, dachte er ohne besondere Anteilnahme.

»Vermutlich sind Sie Mister White«, sagte das Mädchen ziemlich schnippisch. »Ihre Schwester erwartet Sie in ihrem Zimmer.«

»In ihrem Zimmer?«, brummelte er, während sie ihm die Tür aufhielt.

»Ja, Mister White«, gab sie achselzuckend zurück. »Sie sollen nach oben gehen. Sie erwartet Sie in ihrem Zimmer.«

Das war höchst ungewöhnlich, wenn man an ihre lange zurückliegende Drohung dachte, ihn umzubringen, falls er es je noch einmal wagen sollte, einen Fuß in diesen heiligen Bezirk zu setzen.

Granville trat ein und bemühte sich um Haltung, während er die Treppe emporstieg, denn der Alkohol hatte nicht nur seinen Kopf benebelt, sondern machte sich auch in seinen Beinen bemerkbar. Er gab sich einen Ruck und holte tief Luft, bevor er anklopfte.

Gerade als er die Hand hob, hörte er die Laute, die er so gut kannte, Laute, die eine Frau in höchster Verzückung ausstieß. Er lächelte vor sich hin. Er nahm an, seine Schwester habe das perverse Bedürfnis gehabt, ihn Zeuge werden zu lassen, wie sie die Umarmung eines anderen Mannes genoss, und neue Hoffnung erfüllte ihn. Fehlte ihr womöglich, was er mit ihr getan hatte, als sie jung waren? Sollte er jetzt an diesen Wonnen beteiligt werden? Ohne anzuklopfen, schob er die Tür langsam auf und trat ein.

Es dauerte ein wenig, bis sich seine Augen an den schwachen Schein der im Raum verteilten Kerzen gewöhnt hatten. Zuckende Schatten tanzten um die beiden nackten Leiber, die sich auf den weißen Seidenlaken wanden. Offensichtlich ließ ihre Umarmung sie alles außer der Ekstase vergessen, in die sie sich gegenseitig versetzten.

Mit offenem Mund starrte Granville die beiden von goldenem Lichtschimmer übergossenen, wohlgerundeten Hinterteile an und versuchte zu begreifen, was er da sah. Dann erkannte er seine unbekleidete Schwester, die sich am Kopfteil des Messing-Bettgestells hochzog und die Eckpfosten umklammerte. Im Schein der Kerzen sah er in ihren zu schmalen Schlitzen zusammengezogenen Augen eine geradezu überirdische Verzückung, die den ganzen Raum wie Feuer zu erfüllen schien. Das lange, rabenschwarze Haar der anderen floss über Penelopes weit gespreizte Schenkel.

Ganz allmählich hob seine Schwester die Lider und sah ihn an. Ihre normalerweise blauen Augen waren wie schwarze Gewässer. In ihnen erkannte er eine abgrundtiefe Verworfenheit, dem verwandt, was in den finstersten Winkeln seiner eigenen Seele hauste. Er hatte den Eindruck, dass sie seine Anwesenheit bemerkt hatte und ihn förmlich zu verhöhnen schien.

Mit einem Mal wölbte sie den Rücken und ihre Hände verkrallten sich in das lange rabenschwarze Haar zwischen ihren Beinen, drückten den Kopf, der dort lag, tiefer in sich, als wolle sie das herrliche Geschöpf ganz und gar in sich aufnehmen, das ihr zu so unermesslicher Befriedigung verhalf. Dann stöhnte sie auf und verschränkte ihre Beine langsam über dem Rücken der anderen, um sie gleichsam auf alle Zeiten festzuhalten. Fiona!

Alkohol und Bitterkeit würgten Granville im Halse, und er musste sich große Mühe geben, um sich nicht zu übergeben. Er merkte kaum, dass ihm der Name seiner Frau als unterdrücktes Zischeln auf die Lippen trat, als er sich rückwärts von der Tür entfernte.

Er taumelte aus dem Zimmer und nach unten, erbrach aber schon auf halber Treppe seine Verzweiflung. Dabei wurde ihm klar, dass das, was er soeben gesehen hatte, zum sorgfältig eingefädelten Plan seiner Schwester gehörte. Sie wollte, dass er merkte, welche Macht sie über ihn hatte.

Nur eine Frau konnte verstehen, was diese raffinierte Rache, die sie sich ausgedacht hatte, für die Selbstachtung eines Mannes bedeutete. Sie hatte ihm die Ehefrau mit Hilfe eben dessen entfremdet, wofür er vor so langer Zeit brutal den Keim in sie gelegt hatte.

Jetzt ging ihm auf, warum Fiona unter fadenscheinigen Vorwänden das eheliche Schlafgemach verlassen und ein eigenes Zimmer bezogen hatte. Sie war schlicht gesagt ins Bett seiner Schwester umgezogen.

Nie wieder würde er die Macht der Frauen als unbedeutend abtun, nur weil sie so unscheinbar wirkten. Die beiden Menschen, vor denen er am meisten Angst hatte, waren Frauen: Lady Enid Macintosh und seine eigene Schwester.

Fiona hatte von der kurzen Anwesenheit ihres Mannes nichts bemerkt, denn ihre gesamte Wahrnehmung war auf die Wonnen gerichtet, die ihr Penelopes Leib mit seinen sanften Rundungen und dem glatten Fleisch boten.

So sehr war sie darin aufgegangen, dessen Süße in sich aufzunehmen, dass ihr die Anspannung nicht aufgefallen war, die Penelopes Ekstase für eine kurze Weile unterbrochen hatte. Sie merkte lediglich, dass die verbotenen Wonnen, die jene genoss, auch ihre eigenen waren. Wie jedes Mal, wenn sie beieinander waren, ging ihr auf, dass sie stets Sklavin des ungeahnten Genusses sein würde, den sie in den Armen ihrer schönen Kusine kennen gelernt hatte.

Als sie erschöpft waren, umschloss Penelope sie mit den Armen, und so blieben sie lange liegen, wobei sie einander mit zärtlichen Worten liebkosten.

Später, in ihrem eigenen Bett, war sich Fiona nicht sicher, ob sie geträumt oder wirklich gehört hatte, was die Kusine gesagt hatte. Doch war das unerheblich, denn es waren wunderbare Worte, die im goldenen Schimmer der flackernden Kerzen an ihr Ohr gedrungen waren. »Granville wird dir nie wieder etwas zu Leide tun, meine Liebste. Du und ich werden immer zusammenbleiben, ganz gleich, wer sonst noch in unserem Leben anwesend ist. Das verspreche ich dir.«

Außer sich vor Zorn trat Granville seiner Frau in ihrem Zimmer gegenüber.

»Hast du alles Schamgefühl verloren?«, fuhr er sie an und sah auf ihr großes Bett. »Bist du …« Er brachte es nicht über sich, die Frage zu vollenden, und sie lachte ihm bitter und voll herausforderndem Trotz ins Gesicht, bevor sie antwortete: »Das geht dich nichts mehr an.« Er war also im Bilde. Woher er es wusste, war ihr einerlei. »Zwischen mir und Penelope besteht eine ganz besondere Beziehung.«

»Das ist widernatürlich und Gott ein Gräuel«, stieß er in einem letzten Aufbäumen seines alten schwülstigen Ichs hervor.

Fionas Gesicht rötete sich vor Zorn, doch als sie sprach, geschah das mit vollständig beherrschter Stimme. »Ist es kein Gräuel, zwölfjährige Mädchen zu schwängern?«, fragte sie, »und dann fallen zu lassen, als wären sie Putzlumpen? Und was ist mit deiner Absicht, Sir George die Mietskasernen in Glebe abzukaufen, um sie zur gewerbsmäßigen Unzucht zu nutzen? Ist das kein Gräuel in Gottes Augen?«

Sie sah, wie betroffen er dreinsah, als sie alles vor ihm ausbreitete, was ihr Penelope über sein Treiben berichtet hatte. »Frag mich nicht, woher ich all das und noch mehr weiß, es ist nicht entscheidend. Entscheidend ist einzig und allein, dass du begreifst, wie unser beider Leben in Zukunft aussehen wird. Ich bin bereit, weiterhin mit dir in diesem Haus zu leben, werde aber nie wieder das Bett mit dir teilen. Nach außen hin werden wir weiterhin verheiratet sein, auch meiner Mutter gegenüber. Ich werde dir eine gute Gattin und unseren Töchtern eine gute Mutter sein, aber mehr auch nicht. Ab sofort führen du und ich unser eigenes Leben. Ich muss dich wohl nicht eigens darauf hinweisen, dass ich beim leisesten Versuch deinerseits, gegen meine Bedingungen zu verstoßen, den Menschen, die es betrifft, reinen Wein über dich einschenken werde – beispielsweise, dass du Firmengelder veruntreust, um deine verbrecherischen Projekte zu finanzieren. Deine Schwäche für kleine Mädchen wie auch deine Verbindungen zu einem gewissen Jack Horton. O ja, ich weiß, dass du dieses zwielichtige Subjekt dafür bezahlt hast, Michael Duffy zu ermorden.«

Granville starrte die schöne junge Frau an, die einst jeder seiner Launen und Begierden gefügig gewesen war. Seine Selbstachtung hatte einen empfindlichen Stoß erlitten, und jetzt entglitt ihm noch die letzte Macht, die er über sie hatte. Zum ersten Mal ging ihm auf, wie sehr sie charakterlich ihrer Mutter glich. Sie konnte die gleiche Stärke und Erbarmungslosigkeit wie sie an den Tag legen. Es sah ganz so aus, als hätte nur ein Mensch Macht über Fiona, und das war seine verhasste Schwester Penelope. Sie hatte sich in der Welt der Familien White und Macintosh als nicht zu unterschätzende Gegnerin entpuppt.

Beim Anblick Fionas überkam ihn eine wilde Begierde nach

ihr. Da ihm aber klar war, dass sie nie wieder Erfüllung finden würde, wandte er sich wortlos zum Gehen und warf die Tür hinter sich ins Schloss.

Trotzig sah ihm Fiona nach. Als sie seine Schritte im Vestibül hörte, überfiel sie ein unbeherrschbares Zittern. Sie brach in Tränen aus und verfluchte sich wegen ihrer Schwäche. In diesem Augenblick ging auch ihr auf, wie sehr sie ihrer Mutter ähnelte, und Verzweiflung erfasste sie wegen des großen Kummers, den die Kluft zwischen ihnen hervorgerufen hatte.

Von allen Menschen auf der Welt wollte sie in diesem Augenblick niemandem näher sein als dieser strengen und in ihrem Leben stets anwesenden Mutter. »Ach, Mutter«, flüsterte sie unter Tränen. Aber Enid hatte sie gut erzogen und sie vor allem gelehrt, stets ihren Stolz zu bewahren. Gerade deshalb würden sie einander auf alle Zeiten als bittere Feindinnen gegenüberstehen.

43

Ein lautstarkes Hämmern an seiner Zimmertür riss Luke aus dem Schlaf. Er war sogleich auf den Beinen und versuchte die letzten Reste von Benommenheit abzuschütteln, wobei er die Augen zusammenkniff wie ein Boxer in seiner Ringecke.

»Luke, sind Sie da drin? Ich bin's, Solomon«, ertönte eine Stimme durch die Tür.

»Sofort, Sol«, gab Luke schlaftrunken zurück, während er in die Hose stieg. Von unten ertönte der Lärm aus dem Schankraum; die letzten Gäste leerten angesichts der bevorstehenden Sperrstunde eilig ihre Gläser. Luke durchquerte den im Dunkeln liegenden drückend heißen Raum, öffnete vorsichtig die Tür und sah seinen Freund auf dem schwach erhellten Gang stehen.

»Sie müssen sofort aus Rockhampton verschwinden«, sagte Solomon und trat rasch ein. »Die Greifer suchen Sie.«

»Zum Teufel!«, fluchte Luke. »Warum das? Was wollen die von mir?«

Solomon trat ans Fenster und spähte vorsichtig hinaus, als rechne er damit, dass dort ein Polizist auf der Lauer lag.

»Wie es aussieht, wissen sie, dass Sie Gold eingetauscht haben«, sagte er, sich ihm zuwendend. »Mich verdächtigen sie ebenfalls.«

»Der verdammte Schweinehund Darlington!«, knurrte Luke. »Wahrscheinlich ist er zur Polizei gegangen, nachdem ich heute Nachmittag bei ihm war.«

»Was wollten Sie von Kates Anwalt?«, erkundigte sich Solomon, der sich keinen vernünftigen Grund für einen solchen Besuch denken konnte.

»Das ist jetzt nicht wichtig, Sol. Wichtig ist, dass ich Sie und Judith in Schwierigkeiten bringen könnte, wenn ich hier bliebe«, gab Luke zur Antwort. Während er das sagte, raffte er seine wenigen Habseligkeiten in dem fast vollständig im Dunkeln liegenden Zimmer zusammen. »Haben die Polizisten schon mit Ihnen gesprochen?«

Solomon stellte sich neben die Tür und spähte durch einen Spalt in den Gang hinaus.

»Einer war im Laden und wollte mit mir sprechen«, teilte ihm Solomon mit. »Der Mann hat nicht lange um den heißen Brei herumgeredet und erklärt, es sei bekannt, dass Sie und ich uns einen verbotenen Goldumtausch hätten zu Schulden kommen lassen. Als er fragte, wo Sie sich aufhalten, habe ich natürlich gesagt, dass ich es nicht weiß. Daraufhin ist er wütend geworden und hat vor Judiths und Deborahs Ohren gedroht, mich einzusperren, sobald er Sie gefasst hat.«

Es war deutlich zu sehen, dass sich Solomon große Sorgen machte, und das keineswegs um sich selbst. Beruhigend legte ihm Luke eine Hand auf die Schulter.

»Mich kriegen die nicht, Sol«, sagte er und schob den Revolver in den Gürtel. »Also kann er seine Drohung auch nicht wahr machen. Ich bin hier verschwunden, bevor Sie den Ausgang erreicht haben.«

»Es geht mir nicht um mich selbst«, gab der kleine Händler zurück. »Wohl aber habe ich Angst um Judith und Deborah. Es heißt, dass dieser Wachtmeister korrupt ist.«

»Mein Pferd steht drüben im Stall«, sagte Luke, schwang seinen Sattel mit der darauf geschnallten, zusammengerollten Decke auf die Schulter und nahm sein Gewehr zur Hand. »Bevor es hell wird, bin ich sicher schon dreißig Meilen weit von hier.«

»Wohin wollen Sie? Nach Neusüdwales?«, erkundigte sich Solomon.

Luke schüttelte den Kopf und erwiderte nachdenklich: »Ich glaube, es ist an der Zeit, dass ich nach Kalifornien zurückkehre. Ich habe Sehnsucht nach den Mammutbäumen dort. Es ist besser, dass Sie sonst nichts weiter wissen.« Er zögerte, und Solomon konnte spüren, dass sein Freund etwas Wichtiges sagen wollte. Schließlich fuhr er fort: »Könnten Sie Katie sagen, dass ich irgendwann wiederkomme? Sagen Sie ihr, dass ich sie liebe.«

»Das tu ich, Luke. Gott sei mit Ihnen«, sagte Solomon und ergriff die schwielige Hand des Amerikaners mit beiden Händen, umarmte ihn dann täppisch, klopfte ihm auf den Rücken und sagte: »Geben Sie auf sich Acht.«

Luke stieg durch das Fenster auf die Veranda. Immerhin war möglicherweise ein Polizist Solomon gefolgt, der im Schankraum auf sie beide warten könnte.

Vom Ende der Veranda aus schleuderte er seinen Sattel in die Finsternis und kletterte ihm nach.

Er musste mit der Möglichkeit rechnen, dass ihn die Polizei hinter dem Gebäude erwartete, wenn sie gemerkt hatten, dass Solomon gekommen war, um ihn zu warnen. Einige betrunkene Gäste, die gerade aus dem Gasthof kamen, sahen Luke am Pfosten der Veranda auf die Straße hinabklettern.

»Kannst wohl deine Rechnung nicht zahlen?«, sagte einer von ihnen lachend.

»So was in der Art«, gab Luke mit breitem Grinsen zurück, hob den Sattel auf und ging so natürlich wie möglich durch das Gässchen zwischen dem Gasthof und einem Metzgerladen, von dem aus ihm starker Fleischgeruch in die Nase stieg. Vor den Stallungen des Gasthofs achtete er darauf, sich möglichst im Schatten des Gebäudes zu halten.

Falls die Polizei hier auf ihn wartete, befand er sich jetzt mehr oder weniger auf dem Präsentierteller. Er wartete förmlich auf den Anruf: »Stehen bleiben im Namen der Königin!«, doch es blieb still.

Im Stall angekommen, legte er seiner Stute Satteldecke und Sattel auf, was das Tier geduldig geschehen ließ. Das ist kein Ruhmesblatt für die Greifer, ging es Luke durch den Kopf. Sie hätten ja nur Solomon zu folgen brauchen, um mich zu finden.

Aber er irrte.

Aus dem Schatten eines Fuhrwerks hinter dem Gasthof beobachtete Richards jede seiner Bewegungen. Befriedigt lächelte er vor sich hin: Offensichtlich war dem Mann seine Anwesenheit nicht aufgefallen. Als Luke sein Pferd über den Hof führte, hob Richards den Revolver, doch das Licht reichte nicht aus für einen sauberen Schuss auf den Flüchtigen. Als aber aus einem erleuchteten Fenster Licht auf den Amerikaner fiel, hatte Richards ein klares Ziel, das er bei der geringen Entfernung unmöglich verfehlen konnte.

Langsam ließ er die Waffe sinken.

Luke schwang sich in den Sattel und bog in das Gässchen neben dem Gasthof ein. Als er den Hof verließ, wo er sich bemühte, möglichst wenig Geräusche zu machen, lächelte der Polizist vor sich hin. Wahrscheinlich will er nach Brisbane, vermutete er, oder sogar noch weiter nach Süden. Doch das war unerheblich, solange er sich möglichst weit von Rockhampton entfernte.

Richards hatte sein Geld verdient. Es war guter Lohn für eine so einfache Aufgabe, überlegte er. Die Sache musste Darlington mehr als wichtig gewesen sein, denn immerhin hatte er fünfzig Pfund dafür aufgewendet. Jetzt brauchte Richards nur noch dem Anwalt Bericht zu erstatten und ihm mitzuteilen, dass der Buschläufer das Städtchen verlassen hatte.

Bei Sonnenaufgang war Luke seiner Heimat Kalifornien fünfundzwanzig Meilen näher. Auf seinem Ritt begleitete ihn die Erinnerung an einen Kuss und eine Liebe, die sich nie erfüllen würde.

Einige Tage später erreichte er den Fluss Brisbane. Inzwischen hatte Hugh Darlington Kate tausend Pfund gegeben mit der Aufforderung, sie in ihr Unternehmen zu investieren. Sie war von seiner Großzügigkeit überwältigt, zumal er darauf hinwies, dass er eine Rückzahlung erst zu dem Zeitpunkt erwartete, wenn ihr das ohne Schwierigkeiten möglich war. Dann fügte er hinzu, dass sie keinerlei Zinsen zu zahlen brauche, da es sich bei dem Geld um ein Unterpfand seiner Liebe handele.

Es fiel Solomon ausgesprochen schwer, Kate belügen zu müssen, zumal ihrem Gesichtsausdruck das Ausmaß ihrer Verwirrung, Qual und Verzweiflung anzusehen war. Auf keinen Fall durfte sie nach außen hin zeigen, was sie für Luke empfand, ja, sie durfte es sich nicht einmal selbst eingestehen. »Er liebt Sie sehr, Kate«, murmelte Solomon und trat im Halbdämmer seines Ladens unruhig von einem Fuß auf den anderen.

Die junge Frau drehte sich um und sah auf die Stelle des Fußbodens, an der strahlend helles Licht zur Tür hereinfiel. Es gab Worte, die sie hätte sagen können, doch sie biss sich auf die Lippe. Es war deutlich zu sehen, dass Solomon über Lukes geheimnisvolles plötzliches Verschwinden mehr wusste, als er zu sagen bereit war, doch ihn zu bedrängen, hätte ihm nur Schmerzen verursacht.

Ohne ein Wort zu sagen, ging sie auf den rechteckigen Lichtfleck an der Tür zu und trat auf die Straße hinaus. Luke Tracy war für immer aus ihrem Leben verschwunden, und das musste wohl so sein. Straßen und Häuser konnten Männer wie ihn nicht festhalten. Der unabhängige Geist, mit dem sie zur Welt gekommen waren, führte sie an unwirtliche Orte, die anderen als Hölle erschienen.

Sie drängte ihre Tränen zurück, während sie ihrem Kontor entgegenschritt. Er war fort, und damit war Schluss. Sie musste sich um ihr Geschäft kümmern. Eine Fahrt nach Townsville stand bevor und eine Reise zur Besichtigung der Grundstücke, die ihr der alte Harry hinterlassen hatte.

Sie reckte das Kinn und schritt entschlossen über die staubige Straße der Kleinstadt. Im Übrigen, sagte sie sich, war Luke einfach ein guter Freund, den sie besonders schätzte ... nichts weiter. Allerdings ließ sich ihr Herz von diesem Gedanken nicht recht überzeugen.

Luke stand am Kai und betrachtete die Flotte aus kleinen Küstendampfern und Segelschiffen, die in der Fahrrinne des Flusses vor Anker lagen. Die Gezeitenströmung hatte dem Wasser eine schlammig braune Färbung verliehen.

Mit dem Geld, das ihm vom Umtausch des Goldes geblieben war, hatte er eine Überfahrt nach San Francisco gekauft. Er wollte heimkehren, um noch einmal unter den majestätischen

Mammutbäumen auf und ab zu wandern und den kräftigen Duft der Douglastannen einzuatmen. Doch wusste er, dass er den antiseptischen Duft der Eukalyptusbäume nie ganz vergessen konnte; ein Teil seines Wesens würde auf alle Zeiten durch die mit Brigalow-Buschland bestandenen ungeheuren Ebenen jenseits der Grenze von Queensland streifen.

Langsam schob sich ein von Sydney kommender Küstendampfer an den hölzernen Anleger heran. Sein Rumpf war vor und hinter den großen Schaufelrädern mit Schlick bedeckt und der hohe Schornstein stieß schwarze Rauchwolken aus. Luke achtete kaum auf das Schiff, denn was in seinem Kopf vor sich ging, ließ die Welt um ihn herum schrumpfen. Das Einzige, worum zu kämpfen und wofür zu sterben sich lohnte, würde er nie bekommen.

Seufzend sah er zu, wie die Laufplanken herabgelassen wurden, als das Schiff angelegt hatte. Er nahm nicht wahr, wie die Fahrgäste mit ihrem Handgepäck ausstiegen. Aus der Menge um ihn herum stürzten immer wieder Einzelne vor, um einen Freund oder Angehörigen zu begrüßen und unter Gelächter und munterem Geplauder fortzuführen.

Luke legte sich Sattel und Schlafrolle auf die Schultern. Zwar würde das Schiff erst für die Rückreise nach Sydney bereit sein, nachdem es Kohlen für die Kessel gebunkert und Proviant für die Fahrgäste übernommen hatte, doch wusste er nicht, wo er sich in Brisbane aufhalten sollte, und so beschloss er, früh an Bord zu gehen.

Als es so aussah, als seien die letzten Fahrgäste von Bord gegangen, nahm er seinen Fahrschein aus der Hosentasche und schritt auf die Laufplanke zu. In ihrer Nähe standen verloren ein alter Mann und ein hübsches junges Mädchen, das einen Säugling auf den Armen hielt.

Luke nahm die kleine Gruppe erst wahr, als der Mann ihn ansprach: »Entschuldigen Sie, aber wissen Sie, wo man in Brisbane eine günstige Unterkunft finden kann?«

Luke blieb stehen und legte Sattel und Schlafrolle auf den Boden. Mit einem Mal stieg ihm Lavendelgeruch in die Nase. Vermutlich kam er von dem Mädchen mit dem großen erdbeerförmigen Muttermal auf der Wange.

»Tut mir leid, ich bin nicht von hier«, antwortete er höflich. Dabei sah er das Mädchen näher an. Sie dürfte etwa zwölf Jahre alt sein, überlegte er. Dann war der in einer schmuddeligen Decke schlafende Säugling vermutlich ein kleiner Bruder oder eine kleine Schwester. Als er den Mann genauer musterte, merkte er, dass dieser an fortgeschrittener Schwindsucht litt und vermutlich nicht annähernd so alt war, wie er aussah.

»Trotzdem vielen Dank«, sagte der Mann mit freundlichem Lächeln. »Irgendjemand wird schon wissen, wo ich mit meiner Tochter billig unterkommen kann.«

Aus irgendeinem unerklärlichen Grund wurde Luke plötzlich von Mitleid für die drei Elendsgestalten erfasst. Er hatte das undeutliche Gefühl, dass eine entsetzliche Tragödie diese Menschen veranlasste, ihre Heimat hinter sich zu lassen und nordwärts zu ziehen. War es die Erinnerung an seine eigene junge Frau und Tochter, die das Fieber vor so vielen Jahren hier in Brisbane dahingerafft hatte? Oder hatte ihn der Duft des Lavendelwassers an Kate und den gemeinsamen Ritt nach Queensland erinnert, bei dem sie eine so tragische Entdeckung gemacht hatte? Er griff spontan in die Tasche, nahm seine letzte Pfundnote heraus und gab sie dem Mann.

»Dafür bekommen Sie ein ordentliches Quartier, wo Sie bleiben können, bis Sie wissen, wie es weitergeht«, sagte er brummig. »Sagen wir, es ist ein Darlehen, bis wir uns wiedersehen.«

Verblüfft sah der Mann erst auf den zusammengeknüllten Geldschein und dann in die Augen des hoch gewachsenen Fremden mit dem amerikanischen Zungenschlag.

»Mir fehlen die Worte, Sir«, sagte er mit erstickter Stimme. »So großherzig war noch niemand in meinem ganzen Leben.« Zwar besaß Harris Granville Whites Schweigegeld, doch würde er damit nicht lange für Tochter und Enkel sorgen können. Das Pfund, das ihm der Amerikaner da gegeben hatte, war viel Geld für ihn.

»Da gibt es nichts zu reden«, sagte Luke. »Sorgen Sie einfach dafür, dass Sie eine gute Unterkunft für die beiden Kinder bekommen.«

Als der Mann das Geld entgegennahm, traten ihm Tränen in die wässrigen Augen. »Ich heiße Harris, Sir … das ist meine Tochter Jennifer und das ihr Kleiner, Willy«, sagte er und hielt Luke die Hand hin. »Vielleicht kann ich eines Tages was für Sie tun.«

Luke nickte, bezweifelte aber, dass er die drei je wiedersehen würde. Mit einer Entschuldigung verabschiedete er sich von dem schwindsüchtigen Mann, denn überschwänglicher Dank war ihm peinlich. Er nahm Sattel und Schlafrolle wieder auf die Schultern und ging an Bord.

44

In der flirrenden Hitze, die alle Umrisse verschwimmen ließ, legte Tom Duffy den Lauf seines Gewehrs an die Borke eines knorrigen Baumes und visierte einen knapp hundert Schritt entfernten jungen Bullen an, der nichts von der drohenden Gefahr ahnte.

Tom holte tief Luft, atmete langsam aus und zielte sorgfältig. Er fluchte leise, weil sich das Licht der Sonne im Korn vorn am Lauf brach.

Etwa fünfzig Schritt hinter ihm wartete Wallarie geduldig im spärlichen Schatten dürrer Sträucher und hielt die Zügel ihrer beiden Pferde. Nichts im Buschland um sie herum entging ihm. Sie befanden sich im südlichen Teil des Gulf Country, nahe dem Gebiet der wilden und gefürchteten hünenhaften Kalkadoon noch etwas weiter im Süden. Deren Krieger bildeten eine beständige Bedrohung nicht nur für weiße Siedler, sondern auch für Ureinwohner wie ihn, die anderen Stämmen angehörten.

Ein Laut wie ein Donnerschlag zerriss die Stille des Spätnachmittags. Unter dem Aufprall der tödlichen Kugel sank der Bulle in die Knie, wälzte sich im roten Staub auf die Seite und trat noch einige Male in die Luft, während das zerfetzte Herz Blut in seine Brusthöhle pumpte.

Zufrieden lächelnd warf sich Tom das rauchende Snyder-Gewehr auf die Schulter. »Heute Abend gibt es was Anständiges zu futtern, Wallarie«, sagte er, als dieser die Pferde heranführte.

»Du bist viel zu langsam«, sagte Wallarie, und ein Lächeln breitete sich auf seinem bärtigen schwarzen Gesicht aus. »Du hast für das Schießen so lange gebraucht, jetzt ist die Kuh zum Essen zu alt.« Der Ire hieb mit der freien Hand freundschaftlich nach Wallarie, doch der wich flink dieser aus und sprang beiseite, was die beiden Pferde unruhig machte.

»Verdammter undankbarer Schwarzer«, lachte Tom leise in sich hinein, als er auf den jungen Bullen zueilte, der tot im roten Staub lag. »Auch du hättest das nicht besser machen können.« Doch er gab sich keinen Täuschungen hin, dass der Ureinwohner, einst in seinem Stamm ein geachteter Jäger, inzwischen mit Gewehr und Revolver besser traf als er.

Er hatte ihm den Umgang mit Feuerwaffen beigebracht, und Wallaries Jagdinstinkt hatte das Übrige getan. Ohne dessen Wissen über das Leben in der Wildnis wäre Tom längst dem erbarmungslosen Land oder der Kugel eines Buschpolizisten zum Opfer gefallen. In gewisser Hinsicht hatten beide Männer voneinander gelernt, und das kam beiden zugute.

Wallaries Fähigkeit, Spuren zu lesen, hatte sie zu ihrer Beute geführt, und Toms Gewehr hatte dafür gesorgt, dass es einmal etwas anderes zu essen gab als Kängurufleisch.

Seit nahezu fünf Jahren lebten sie von dem, was sie fanden oder erbeuteten. Gelegentlich überfielen sie Viehzuchtstationen, lauerten Reisenden auf und wagten sich von Zeit zu Zeit sogar in einen der winzigen Flecken an der Grenze, um mit dem geraubten Geld so begehrte Güter wie Tee, Zucker, Tabak und Mehl zu kaufen. Bei solchen Gelegenheiten ging Tom allein, damit sein Begleiter nicht unnötige Aufmerksamkeit erweckte.

Außerdem hatte Tom Duffy in diesen fünf Jahren drei Kinder gezeugt, sodass ihre kleine Gruppe, die ursprünglich aus Mondo, Wallarie und ihm bestanden hatte, jetzt sechs Personen umfasste. Das heute geschossene Tier würde dafür sorgen, dass seine Kinder keine Hungerbäuche bekamen.

Früher hatte er oft darüber nachgedacht, was er verloren hatte: ein Leben als Europäer, seine Angehörigen und eine sichere Zukunft. Jetzt lebte er von einem Tag zum anderen und im Einklang mit der Natur. Sein Garten Eden war ein sonderbares Paradies mit einer schwarzen Eva, und der Teufel versuchte ihn immer wieder mit Erinnerungen an sein früheres Leben, als er noch nicht ins andere Lager übergewechselt war. Lächelnd dachte er an seinen Garten Eden und überlegte, wofür er sich wohl entscheiden würde, wenn er die Möglichkeit bekäme, wieder in der von Europa geprägten Welt seiner Jugend zu leben. Er wusste die Antwort: Er war seinen Kindern und der Frau verbunden, die ihn liebte. Was er aus jener Welt brauchte, nahm er sich mit Waffengewalt. Er war niemandem Rechenschaft schuldig. Im Unterschied zu Adam hatte man ihn nicht aus dem Paradies vertrieben – er würde stets ein Teil der roten Erde und der stillen Räume sein.

Er zog das Bowie-Messer aus dem hohen Schaft des Reitstiefels und kniete sich neben seine Jagdbeute in den Staub. Er überlegte, ob er dem Geist des Tieres dafür danken sollte, dass es sich in den Busch verirrt hatte. Bei dieser Vorstellung musste er lächeln, hatte aber keine Gelegenheit, länger über diesen Impuls nachzudenken, der aus der Geisteswelt der Ureinwohner stammte.

»Wir müssen schnell weg«, zischte Wallarie und sprang in den Sattel. Ohne zu zögern schob Tom das Messer zurück, griff nach dem Gewehr neben sich und schwang sich ebenfalls auf sein Pferd.

Dann wandte er sich Wallarie zu.

»Pferde kommen«, flüsterte dieser und wies nach Süden. »Viele Pferde, kommen schnell.«

Tom drehte sich um und sah eine dünne Staubwolke, die sich über dem Buschland erhob. Offenbar hatte Wallarie mit seinem scharfen Gehör den Hufschlag der Tiere längst wahrgenommen, bevor er den aufgewirbelten Staub sehen konnte. Es war unerheblich, ob es sich um Buschpolizisten oder Viehhirten handelte. Für die Buschräuber war hier an der Grenze jeder ein Feind.

Er spornte sein Tier an und folgte Wallarie.

Dunkle Gewitterwolken über ihnen kündigten die bevorstehende Regenzeit an. Dank ihrer würden sie eine Weile Ruhe vor ihren Verfolgern haben, denn sie verwandelte schmale Bäche in reißende Flüsse und Flüsse in Seen, die sich unermesslich weit über die Ebenen erstreckten.

Fünf Reiter hielten neben dem Kadaver an.

»Verdammte Schweinebande!«, fluchte einer von ihnen und sprang vom Pferd, um den Einschuss näher zu untersuchen, den ein dichter Fliegenschwarm umlagerte. »Das war ein Weißer. So gut schießt kein Nigger.«

Die Aufmerksamkeit des einzigen Schwarzen in der Gruppe galt nicht dem toten Tier, sondern den Hufabdrücken, die man ein Stück weiter sehen konnte. Beim Anblick der Fußspuren in der Nähe des toten Jungbullen runzelte er die Stirn.

Der erfahrene eingeborene Viehhirte, der eine Zeit lang als Fährtenleser gearbeitet hatte, sah vor seinem inneren Auge bereits ein deutliches Bild. »Ein Schwarzer«, sagte er leise, und der Mann, der vom Pferd gesprungen war, hob den Blick zu ihm.

»Was?«

»Ein Schwarzer, ein Weißer, schnell reiten weg. Dahin.« Er wies nach Südosten. Die drei weißen Viehhirten sahen zu ihrem Anführer, der wieder aufgesessen war, und warteten auf seine Entscheidung.

»Ein Schwarzer und ein Weißer, die zusammen reiten«, überlegte er laut. »Das können nur der verdammte irische Halunke Duffy und sein Spießgeselle sein.«

»Reiten wir denen nach, Charlie?«, fragte einer den Männer, »oder sagen wir den Greifern in Burketown Bescheid?« Der Vormann kratzte sich nachdenklich die Bartstoppeln. Immer wieder wurden verirrte Tiere getötet. Außer in seltenen Fällen, in denen Speerwunden auf durch das Land streifende Ureinwohner deuteten, hatte man bisher den aufgefundenen Resten keinen Hinweis auf die Täter entnehmen können. Hier hatten sie endlich eine Fährte. Allem Anschein nach handelte es sich um die berüchtigten und, wie man hörte, außerordentlich gefährlichen Buschräuber, die in der ganzen Kolonie steckbrieflich gesucht wurden. Jetzt war den Männern auch klar, warum sie früher weder Hinweise noch Spuren gefunden hatten, doch freute Charlie dieses Wissen nicht. Auch wenn sie zu fünft waren, hieß das nicht unbedingt, dass sie die beiden fassen konnten. Er kannte die Geschichten, in denen es hieß, Tom Duffy habe bereits drei Weiße auf dem Gewissen.

Er nahm den breitkrempigen Hut ab und hob den Blick zu den immer drohenderen Gewitterwolken. Schon zuckten die ersten Blitze über die ausgedörrte Ebene. »Wohin würdest du in der Regenzeit gehen?«, fragte er den eingeborenen Viehhirten.

»Ins Felsenland«, antwortete dieser, ohne zu zögern. »Dort gut sein, wenn Regen kommen.«

»Hab ich mir doch gedacht«, sagte Charlie, zog sich den Hut tief in die Stirn und ruckte am Zügel. »Wir reiten nach Burketown. Soll sich die Buschpolizei um die beiden kümmern. Dafür werden die schließlich bezahlt.«

Tom und Wallarie ließen ihre Pferde erst in Trab fallen, als sie merkten, dass sie den Galopp nicht länger durchhalten konnten.

Nach einer Weile hielt Wallarie an, glitt aus dem Sattel und entfernte sich ein Stück von seinem Pferd, das erschöpft und schweißnass mit gesenktem Kopf dastand. Tom brauchte nicht zu fragen, was er tat, denn er wusste, dass er den Horizont auf einen Hinweis absuchte, den nur er mit seinem scharfen Auge entdecken konnte. Außerdem würde er versuchen festzustellen, ob etwas zu hören war.

Über ihnen grollte der Donner, und dicke Regentropfen fielen auf die staubige Erde. Wallarie wandte sich um und ging zu seinem Pferd zurück, das den Kopf gehoben hatte und vor Freude über den herrlichen Geruch nasser Erde schnaubte.

»Sie folgen uns nicht«, sagte er mit befriedigtem Knurren und schwang sich wieder in den Sattel. »Sie reiten da hin«, fügte er hinzu und wies nach Norden.

»Das ist jetzt sowieso egal«, jubelte Tom. »Auch wenn die Regenzeit in diesem Jahr spät kommt, wird sie jeden daran hindern, uns zu folgen. Lass uns heimreiten.«

Während er sein Tier vorantrieb, sah Wallarie, der eine böse Vorahnung hatte, misstrauisch nach Norden. Zwar schienen die Reiter diese Richtung eingeschlagen zu haben, doch beruhigte ihn das in keiner Weise. Höchstwahrscheinlich gehörte zu ihrem

Trupp ein eingeborener Fährtenleser, der ihre Spuren in der Nähe des toten Tieres gesehen hatte.

Kopfschüttelnd sah er zu Tom hinüber, auf dessen bärtigem Gesicht ein breites Lächeln lag. Es war durchaus möglich, dass er Recht hatte mit seiner Annahme, man werde sie wegen des Regens eine Weile nicht verfolgen.

Wegen des dichten Regens, der Mensch und Tier bis auf die Knochen durchnässte, brach die Dunkelheit früher herein als sonst. Mühselig setzten die Pferde einen Huf vor den anderen, doch Toms Stimmung hob sich erkennbar, als die ersten Felsformationen der niedrigen Berge in Sicht kamen. Sie hatten ihren Zufluchtsort erreicht, an dem Mondo und seine drei Kinder mit unerschütterlicher Geduld auf ihre Rückkehr warteten.

45

Emma James kannte die Geräusche, die von den nahen Gebäuden der Buschpolizei in Burketown zu ihrem kleinen Holzhaus herüberdrangen: die Kommandos, das Klirren von Sattelzeug und das Wiehern von Pferden, die im Voraus zu wissen schienen, wenn es auf Patrouille ging.

Sie trat an die Hintertür und sah auf dem vom Regen durchweichten Sattelplatz ihren Mann mit seinem unverkennbaren Hinken näher kommen. Noch auf die Entfernung konnte sie erkennen, wie finster er dreinblickte.

Sie trat an den Vorratsschrank mit der durchbrochenen Tür und nahm ein Brot, ein Glas Melonenkonfitüre und eine Dose mit Teeblättern heraus, um ihm ein dickes Marmeladenbrot und einen Becher Tee zu machen, bevor er zur Patrouille aufbrach. Das hatte sich im Laufe ihrer Ehejahre zu einer Art Ritual entwickelt. Bisweilen blieb er nur wenige Tage im endlosen, menschenleeren Buschland, manchmal aber dauerte eine solche Unternehmung Wochen oder gar Monate. So sah das Leben eines Angehörigen der Buschpolizei an der Grenze nun einmal aus. Ihre Ehefrauen blieben währenddessen daheim und zogen die Kinder auf.

Dies Leben mit einsamen Tagen und Nächten an einem der abgelegensten Flecken der Erde unterschied sich grundlegend von allem, was die junge Frau gewohnt gewesen war. Sie hatte zuvor nahezu ausschließlich in den beengten, lauten Wohnblocks einer englischen Industriestadt gelebt, wo von Menschen erzeugte Geräusche vorherrschten. Hier an der Grenze standen die Laute der Natur im Vordergrund, die nur gelegentlich vom Lachen der eingeborenen Polizisten in ihren Quartieren und dem Gebrabbel ihres Söhnchens Gordon unterbrochen wurden, der durch das Haus tapste oder zufrieden im Hinterhof im allgegenwärtigen roten Staub spielte.

Jahr für Jahr übertönte der Regen, der auf das Wellblechdach trommelte, alle anderen Laute. So war es auch in der vorigen Nacht gewesen, als sie im breiten Ehebett neben ihrem Mann gelegen und auf den Regen gelauscht hatte, während sie einander in den Armen hielten. Sie liebte ihren bärenhaften Henry, der für sie das verkörperte, was sie sich unter Männlichkeit vorstellte. Er war tapfer und hart, aber zugleich auch sanft und aufmerksam für ihre Bedürfnisse und Empfindungen. In seinen kräftigen Armen fühlte sie sich geborgen und begehrt.

Die Entbehrungen, die das Leben an diesem abgelegenen Vorposten Burketowns mit sich brachte, belasteten sie nicht. Wenn sie beisammen waren, wurde das Bett ihre Welt, wie es einst der bedeutende elisabethanische Lyriker John Donne formuliert hatte. Hätte es im schönsten Haus der schönsten aller Städte gestanden, es hätte für sie keinen Unterschied bedeutet. Wenn sie sich in den Armen ihres Mannes befand, war es gleichgültig, dass ihr Bett unter einem drückenden tropischen Himmel in einem winzigen Holzhäuschen außerhalb Burketowns stand. Jetzt aber hatte sie Angst, ihr könne das Einzige genommen werden, was ihr Leben an der Grenze erträglich machte. Henry stand ein Patrouillenritt bevor.

Er trat sich die Stiefel am Hintereingang ab und wischte sich den Regen aus dem Gesicht, als Emma das kochende Wasser aus dem von Ruß geschwärzten Kessel in eine Teekanne aus Porzellan goss, ein verspätetes Hochzeitsgeschenk von Kate O'Keefe. Sie sah ihren Mann an und fühlte ihre Befürchtungen bestätigt. Was auch immer bevorstand, er machte sich Sorgen.

Sie setzte sich an den Tisch und drehte die Teekanne in den Händen, um die Blätter besser mit dem heißen Wasser zu vermengen. Dabei fragte sie: »Was gibt es, Henry?«

»Wir sollen Tom Duffy aufspüren«, gab er mit tonloser Stimme zurück. »Mister Uhr hat aus Lily Pond erfahren, dass ihn Viehhirten entdeckt haben. Man vermutet, dass er sich mit

Wallarie an einer Stelle aufhält, die als die Großen Felsen bekannt ist.«

Emma hielt in der Bewegung inne und sah ihren Mann an. »Meinst du, dass er sich da versteckt?«

Ihr Mann ließ sich auf einen Stuhl sinken und legte die Hände auf die raue Tischplatte. »Ich glaube, Tom hat keine Verstecke mehr«, sagte er betrübt. Tröstend nahm Emma seine Hände.

»Du würdest wohl am liebsten nicht mitreiten, nicht wahr?«, fragte sie leise, und er schüttelte betrübt den Kopf.

»Mister Uhr ist der beste Polizist in der Kolonie«, sagte er. »Ich glaube nicht, dass Tom große Aussichten hat. Wenn Mister Uhr hinter einem Mann her ist, gibt er nicht auf, und ich vermute, dass Tom in ihm einen ebenbürtigen Gegner gefunden hat.«

»Du möchtest nicht dabei sein, wenn er Tom findet«, sprach Emma laut aus, was ihn bedrückte.

Henry sah auf den Tisch, damit sie nicht in seinem Gesicht lesen konnte, und murmelte: »Es ist nicht nur Tom, sondern auch Wallarie, der Schwarze.« Er brauchte nicht zu erklären, warum er das sagte, denn schon längst kannte Emma die Schuldgefühle, die ihn quälten, weil er jahrelang die Stämme in der Mitte von West Queensland verjagt hatte. Sie vermutete, dass sich diese Schuldgefühle noch verstärken würden, wenn er sich auch noch die Verantwortung für den Tod des letzten Kriegers der Nerambura aufbürden müsste. Das Schuldgefühl ging sehr tief, es war fast so etwas wie ein primitiver Aberglaube in der Seele dieses sanftmütigen Riesen, in welcher der Krieg und die Brutalitäten des Polizeidienstes an der Grenze zahlreiche Narben hinterlassen hatten.

»Ich kann mir nicht vorstellen, dass Mister Uhr ausgerechnet bei diesem Wetter aufbrechen will«, sagte sie und drückte ihm hoffnungsvoll die Hände. »Er möchte bestimmt nicht riskieren, durch die bevorstehenden Überschwemmungen abgeschnitten zu werden.«

Henry hob den Blick und sah seine Frau betrübt an. »Er weiß, dass die beiden weiterziehen werden, sobald die Überschwemmung zurückgeht. Bisher waren sie immer in Bewegung, um niemandem in die Falle zu gehen. Er vermutet, dass Tom gerade deshalb in Sicherheit zu sein glaubt, weil die Überschwemmung eine Art Schranke zwischen ihm und uns bildet. Und er ist bereit, das Risiko einzugehen. Bis zu den Großen Felsen sind es nur einige Tagesritte und wir brechen noch vor Ablauf dieser Stunde auf.«

Finster sah er auf die Teekanne, während seine Gedanken zu dem Augenblick zurückkehrten, da er hilflos am Boden gelegen und in den Lauf des Gewehrs geblickt hatte, das Wallarie auf ihn gerichtet hielt. Er sah noch immer die mitleidlosen dunklen Augen des Nerambura-Kriegers vor sich und musste daran denken, wie Tom ihm Einhalt geboten hatte. Ebenso ging ihm durch den Sinn, wie dieser seine neu errungene Freiheit aufs Spiel gesetzt hatte, indem er ihn zu der Schnapsbude brachte, damit er medizinisch versorgt werden konnte. Tom Duffy war nicht nur der Bruder Kate O'Keefes, die inzwischen zu Emmas besten Freundinnen gehörte, sondern er war auch voll Mitgefühl für andere. Jetzt sah es ganz so aus, als würde Henry seine Dankesschuld dem Manne gegenüber, der ihn dem Leben wiedergegeben hatte, dadurch abtragen, dass er an einer Patrouille teilnahm, deren Ziel es war, ihn gefangen zu nehmen oder gar zu töten.

Er kannte seine Pflicht. Schließlich hatte er vor Jahren einen Eid geschworen, Befehle ungeachtet persönlicher Regungen zu befolgen und das Gesetz zu schützen. Ihm war klar, dass Tom Duffy sich der Polizei auf keinen Fall lebend ausliefern, sondern kämpfend untergehen würde, wenn man ihn in die Ecke trieb. Höchstwahrscheinlich würde er dabei auch noch einige der Männer mit sich zur Hölle nehmen, vielleicht sogar ihn selbst.

Auf irgendeine Weise war ihm klar, dass einem von ihnen beiden der Tod bestimmt war.

Emma ließ seine Hände los, goss den Tee in einen großen Emaillebecher und rührte einen gehäuften Löffel Zucker hinein. »Es wundert mich, dass Mister Uhr dich nicht hier lässt«, sagte sie, während sie den Tee umrührte. »Einer muss doch die Bereitschaft aufrechterhalten, während er mit der Patrouille unterwegs ist.«

»Er unterschätzt Tom keinesfalls und weiß, dass er jeden verfügbaren Mann braucht«, sagte Henry und nahm den Becher. »Zwar will er ihn möglichst lebend fangen, aber ... sofern das nicht möglich ist ...« Er verstummte und trank einen Schluck aus dem Becher.

Emma sah ihren Mann an. Sie erkannte die Qual auf seinem Gesicht und wurde sich schmerzlich bewusst, was es bedeuten würde, nie wieder seine kräftigen Arme um ihren Leib oder seinen buschigen Bart an ihrer Wange zu spüren. Die Vorstellung ängstigte sie. Wie würde es sein, wenn Gordon ohne den schützenden Schatten seines liebevollen Vaters aufwüchse? Das Leben eines Polizeibeamten an der Grenze war schon unter normalen Umständen gefährlich, noch gefährlicher aber war es, wenn die Abteilung ausrückte, um zwei Männer wie Tom und Wallarie zu fangen.

Sie unterdrückte die Tränen, die ohnehin kommen würden, wenn er fort war, und schob ihren Stuhl vom Tisch weg. »Ich mach dir noch ein Brot«, sagte sie mit ruhiger und beherrschter Stimme. Dabei wandte sie ihm den Rücken zu, damit er nicht sah, wie sie litt. »Du brauchst was zu essen, bevor du gehst.«

Er nickte abwesend, denn mit seinen Gedanken war er längst bei der bevorstehenden Aufgabe. Er überlegte, was alles mitgenommen werden musste. Ganz oben auf der Liste stand Munition. Hoffentlich war noch genug da. Trotz seiner persönlichen Empfindungen lagen ihm seine Leute am Herzen. Ihre Sicherheit war wichtiger als Tom Duffys Leben – oder sein eigenes ...

Ohne auf den Regen zu achten, der ihr Kleid so durchnässt hatte, dass es am Leibe klebte, stand Emma im rötlichen Schlamm des Hinterhofs und sah den Polizisten nach, die über den Hals ihrer Pferde gebeugt fortritten. Der kleine Gordon hielt ihre Hand fest und lutschte am Daumen, während sie dem breitschultrigen Mann in der blauen Uniform nachwinkte, der die Nachhut bildete. Henry drehte sich um, hob die Hand und lächelte ihr zu, was Emma wegen der Entfernung aber eher ahnen als sehen konnte.

Erst als die Abteilung im Buschland am Horizont verschwand, drehte sie sich um, ging langsam dem Hause zu und setzte sich an den Tisch, an dem noch vor wenigen Minuten ihr Mann gesessen hatte. Unberührt lag das Marmeladenbrot auf dem Blechteller, als hätte er einen Teil von sich dagelassen. Dieser Anblick löste in ihr heftiges Schluchzen aus.

Sie senkte den Kopf und alles brach hervor, was sie bisher so mühevoll um ihres Mannes willen unterdrückt hatte. Ihre Tränen flossen, als gebe es keinerlei Hoffnung. Flüchtig kam ihr ein selbstsüchtiger Gedanke, der sie sogleich vor schlechtem Gewissen zusammenzucken ließ: Konnte nicht Kate O'Keefe diejenige sein, die Tränen des Grams vergießen musste, wenn Henry und Tom erneut aufeinander trafen? Es war ein abscheulicher Gedanke, denn schließlich stand ihr Kate fast so nahe wie eine leibliche Schwester.

Mit aufgerissenen Augen sah der kleine Gordon zu, wie seine Mutter untröstlich schluchzte. Zwar wusste er nicht, was der Tod war, aber Kummer kannte er. Das Einzige, was er für seine Mutter tun konnte, war, den Kummer mit ihr zu teilen, und so drängte er sich, Jammerlaute ausstoßend, an ihre Beine. Die Vorstellung, dass der große und sanfte Mann nicht auf alle Zeiten in seinem Leben anwesend sein sollte, hätte den Verständnishorizont dieses kleinen Kindes bei weitem überstiegen.

46

Nach einer kurzen Seereise auf einem Küstendampfer von Rockhampton nach Townsville und einigen Besprechungen mit den Verwaltern von Viehzuchtstationen fuhr ein fröhlicher Anwalt in mittleren Jahren, der Harry Hubners Nachlass verwaltete, Kate zu ihrem ererbten Anwesen, damit sie es in Augenschein nehmen konnte. Schon von außen verliebte sie sich auf den ersten Blick in das Holzhaus mit seiner großen Veranda, das auf einer kleinen Erhebung stand. Hohe Eukalyptusbäume spendeten Schatten, und das dichte Laubdach einer Anzahl von Harry gepflanzter Mangobäume bot in der tropischen Hitze willkommene Kühle.

Die Reise nach Townsville war nötig geworden, da sie sich endlich um den Besitz kümmern musste, den ihr Harry hinterlassen hatte.

Sie stieg aus und ging einmal um das Gebäude herum, um es sich genau anzusehen. Es war in gutem Zustand. Der Nachlassverwalter teilte ihr mit, Harry habe die letzten Tage seines Lebens dort verbracht. Mit einem Lächeln versprach sie dem Geist des Fuhrmanns, sie werde dafür sorgen, dass in diesem Haus eines Tages Kindergelächter und die Stimmen glücklicher Menschen zu Ehren seines Andenkens ertönen würden. Das hatte sie ihm innerlich schon damals geschworen, als sie erfuhr, wie großzügig der alte Fuhrmann sie bedacht hatte.

Natürlich gab es noch viel zu tun, bis das Haus so war, wie sie es sich für die Zukunft vorstellte, doch dazu brauchte es nur ein wenig Zeit und Geld. Letzteres stand in ausreichendem Maße zur Verfügung, denn ihr Fuhrunternehmen gedieh unter ihrer klugen Leitung. Zwar war sie ursprünglich nach Queensland gekommen, um einen Gasthof einzurichten, inzwischen aber gingen ihre Träume weit darüber hinaus. Eines Tages würde sie die reichste Frau in der Kolonie sein … ach was, in ganz Australien! Gewiss, im Augenblick gingen ihre Träume weit über ihre Möglichkeiten hinaus, aber sie besaß drei Trümpfe, nämlich Jugend, Kapital und Ehrgeiz. Sie erinnerte sich daran, dass sie eine Duffy war, die schon schlimmere Widrigkeiten überwunden hatte, als sie der Erwerb eines Vermögens mit sich brachte.

Flüchtig wurde sie von einer Art bittersüßer Trauer erfasst, als wären die Geister ihres Vaters und des alten Billy anwesend. Sonderbarerweise spürte sie nichts vom Geist ihres geliebten Bruders Michael. Würde sie seine Anwesenheit unter anderen Umständen merken, überlegte sie, würde er sich in einer Zeit der Not bemerkbar machen?

Wie war es möglich, dass sie so viel Glück hatte, wo doch die Männer in ihrer Familie so entsetzlich gelitten hatten?

Die Geister entschwanden, und sie wandte sich an den Nachlassverwalter. »Ich denke, wir sollten uns drinnen umsehen, Mister Cafe«, sagte sie fröhlich und folgte ihm die breite Holztreppe hinauf, die auf kunstvoll verzierten Balken ruhte. Mit kritischem Blick änderte sie bereits die Einteilung der Räume: dort musste eine Wand fallen, um das ziemlich kleine Esszimmer zu vergrößern, die Teakdielen des Fußbodens waren aufzupolieren, die sich von den Wänden lösenden Tapeten, die unter der in Townsville herrschenden Hitze gelitten hatten, zu entfernen und durch einen Anstrich zu ersetzen.

»Das Haus hat sechs Schlafzimmer, Missus O'Keefe«, sagte der Anwalt. Er stand in dem Raum, der offensichtlich als Esszimmer vorgesehen war. Es hatte den Anschein, dass der alte Fuhrmann für seinen Ruhestand großartig geplant hatte, doch offensichtlich hatte ihm der Schönheitssinn einer Frau gefehlt, und so hatte er sich damit begnügt, das Haus in lauter praktische Bereiche einzuteilen.

»Groß genug für eine ganze Familie …« Der Mann biss sich auf die Zunge, als ihm Kates tragische Geschichte einfiel. Erzählte man sich nicht, dass diese schöne junge Frau vor Jahren von ihrem nichtsnutzigen Mann verlassen worden war? Als treuer Sohn der katholischen Kirche nahm er an, dass sie sich trotz der Jahre, die inzwischen vergangen waren, nach wie vor als verheiratet betrachtete und daher gar keine neue Ehe eingehen konnte.

Er hüstelte, um seine Betretenheit zu überspielen. Kate, die seine Verlegenheit merkte, sagte: »Das Haus hat genug Platz, um Freunde und Verwandte unterzubringen, wenn sie mich in Townsville besuchen, Mister Cafe.«

Er nickte. Er mochte die junge Frau, was nicht schwer fiel, da sie etwas ganz Besonderes zu sein schien. Sie wirkte deutlich reifer als ihre dreiundzwanzig Jahre.

Auf dem Rückweg trug sie ihm fröhlich vor, was sie mit dem Haus zu tun gedachte. Er ließ sich von ihrer Munterkeit anstecken und hörte ihr aufmerksam zu. Es war einfach zu verstehen, warum es ihr leicht fiel, Geschäftspartner zu beeindrucken. Schon bald erreichten sie Mr. Cafes Haus, ein ansehnliches steinernes Gebäude mit breiten Veranden.

In seinem Inneren, wo ein schwerer, aber angenehmer Geruch nach Leder in der Luft hing, war es deutlich kühler. Eine Standuhr tickte gemächlich, wozu das Geräusch einer über Papier kratzenden Schreibfeder passte, die ein schlaksiger junger Kanzleischreiber an einem Tisch in der Ecke des Zimmers führte. Er war etwa fünfzehn Jahre alt und wollte beruflich in die Fußstapfen seines Arbeitgebers treten. Als Mr. Cafe mit der Besucherin eintrat, hob er den Kopf und bedeutete seinem Arbeitgeber mit einem Blick, dass sich ein Fremder im Raum aufhielt.

Mr. Cafe folgte dem Blick und sah den Mann, der mit hinter dem Rücken verschränkten Händen dastand. Er war klein, trug einen gepflegten Anzug mit Weste und sah so frisch aus, als befinde er sich in einem Land der gemäßigten Zone. Kate schätzte ihn auf Mitte vierzig. Seiner ganzen Haltung nach konnte er keinesfalls Australier sein.

»Aha, vermutlich Fräulein O'Keefe«, sagte der Besucher förmlich auf Deutsch.

»Ich muss Sie leider korrigieren, mein Herr. Ich bin Frau O'Keefe.« Alle Anwesenden waren verblüfft, als Kate das in flüssigem Deutsch sagte. Mit warmem Lächeln hielt ihr der Fremde die Hand hin.

»Sie sprechen meine Sprache ausgezeichnet, Frau O'Keefe«, sagte er, während Kate ihm die Hand schüttelte. »Ich wusste gar nicht, dass Sie Deutsch können.«

Leise lachend erwiderte sie: »Es ist fast unmöglich, diese Sprache nicht zu sprechen, wenn man mit einem Nennonkel aufwächst, der kaum Englisch kann. Allerdings fürchte ich, dass die ersten deutschen Wörter, die ich als kleines Mädchen gelernt habe, nicht salonfähig sind.«

Der Mann, der anfangs so steif gewirkt hatte, brach in lautes Lachen aus, und seine Augen blitzten.

»Es war also nicht wirklich Ihr Onkel?«, fragte er.

»Onkel Max stammt aus Hamburg und ist zur See gefahren, bis er '54 in Melbourne an Land geblieben ist, um sein Glück auf den Goldfeldern zu suchen«, erwiderte Kate, »und irgendwie gehört er seitdem zur Familie.«

»Ach so«, sagte der Deutsche in ernsthafterem Ton. »Ich vermute, dass Sie Irin sind, und wie diese sind wir Deutschen auch nicht unbedingt Englands beste Freunde.«

Kate sah zu Mr. Cafe und seinem Schreiber hin, die dem abwechselnd auf Englisch und Deutsch geführten Gespräch beeindruckt gefolgt waren. Eine wirklich interessante junge Frau. Der junge Mann war von ihrer Schönheit hingerissen und starrte sie mit unverhüllter Bewunderung an. Kate fühlte sich bei dem Hinweis des Besuchers auf die Animositäten zwischen den Völkern unbehaglich. Australien war wie ein eigener Planet, der im Indischen und Pazifischen Ozean schwamm, und hatte mit den Auseinandersetzungen in Europa nichts zu tun. Der Besucher merkte ihr Unbehagen und wechselte taktvoll das Thema. In glänzendem Englisch fuhr er fort: »Es ist ausgesprochen unhöflich von mir, dass ich mich noch nicht vorgestellt habe … ich heiße Jürgen Rubenstein.« Er hielt Cafe die Hand hin, der sich ebenfalls vorstellte und seine Hand kräftig schüttelte. »Ich bin eigens von Sydney gekommen, um Sie aufzuspüren, Missus O'Keefe«, sagte Herr Rubenstein, erneut zu Kate gewandt. »Wir haben vieles zu besprechen. Ich muss allerdings um Verständnis dafür bitten«, sagte er mit einem Blick auf den Nachlassverwalter, »dass das tunlichst unter vier Augen geschehen sollte.«

Cafe erkärte sich leicht widerstrebend einverstanden und bot den beiden sein Privatkontor an. »Komm, Harry«, sagte er zu seinem Schreiber, »wir wollen mal sehen, was es im Wirtshaus zu Mittag gibt.«

Rubenstein dankte ihm. Als die beiden gegangen waren, forderte er Kate auf, sich zu setzen. Während sie Platz nahm, fragte sie sich, wer der geheimnisvolle Deutsche sein mochte, sie brauchte aber nicht lange auf seine Erklärungen zu warten.

»Ich vertrete in Deutschland ein Unternehmen, in dessen Auftrag ich die Möglichkeit erkunden soll, hier eine Fleischfabrik zu errichten. Man hat mir einen Mister Isaac Levi genannt, Sozius in der Anwaltskanzlei Levi & Sullivan ...«

Daniel!, fiel es Kate mit einem Mal ein. Das war doch die Kanzlei, in der ihr Vetter Daniel arbeitete!

Als könne er Gedanken lesen, sagte er mit einem Lächeln: »Ich hatte das Vergnügen, dort einen Ihrer Verwandten kennen zu lernen. Dieser Daniel Duffy ist ein eindrucksvoller junger Mann, Missus O'Keefe.«

»Sie sind bestimmt Jude«, sagte Kate ohne den Anflug eines Vorurteils, wie es bei anderen so häufig war, »und haben sich deshalb auch mit Mister Levi in Verbindung gesetzt.«

Er sah ihr kurz in die Augen, als wolle er dort verborgene Vorbehalte entdecken. Dann fuhr er fort: »So ist es. Es gibt in Deutschland viele Juden wie mich, die ihr Land höher stellen als ihren alten Glauben, Gott verzeih mir ... Bestimmt würden Sie es nicht anders machen.«

Kate dachte darüber nach und merkte, dass der Mann Recht hatte. Sie würde eher für ihr Land kämpfen als für ihren Glauben. Sind wir nicht von Erde gemacht? Und wir werden eines Tages zur Erde zurückkehren, ging es ihr durch den Kopf.

»Aber all das hat nichts mit meinem Besuch hier zu tun. Mein Auftrag lautet, mit Ihnen über den Ankauf einer Viehzuchtstation im Bezirk Rockhampton zu verhandeln. Ich habe mit einem

Mister Solomon Cohen darüber gesprochen, und er hat mir gesagt, dass Sie bereits über die Gründung einer Fleischfabrik in Rockhampton nachgedacht haben, für die Sie Schlachtvieh aus Zuchtbetrieben westlich der Stadt heranschaffen wollen.«

Überrascht hob Kate die Brauen.

»Vermutlich hat Ihnen Mister Levi empfohlen, mit Mister Cohen zu sprechen«, sagte sie. Sie wollte gern sehen, wie die einzelnen Glieder der Kette zusammenhingen.

Doch er lächelte über ihre Annahme und erwiderte: »Nein … das war Mister Daniel Duffy, mit dem Sie offenbar im Briefverkehr stehen.« Kate empfand ihre Worte als töricht, und sie errötete leicht über ihre Fehleinschätzung. In der Tat hatte sie viele Briefe an ihre Angehörigen in Sydney geschrieben und mit Daniel einen langen Briefwechsel über die Frage geführt, auf welche Weise sich der Kampf gegen die Familie Macintosh mit Aussicht auf Erfolg führen ließe.

Rubenstein fuhr fort: »Er hat mir gesagt, Sie hätten einen Besitz mit Namen Glen View gefunden, der wegen der gegenwärtig stark gesunkenen Rindfleischpreise Schwierigkeiten mit der Liquidität habe. Nun sieht es ganz so aus, als würde sich Glen View glänzend für unsere Pläne eignen.«

»Ich nehme an«, sagte Kate, die den Geschäftsaspekt nicht aus dem Auge verlor, »dass Sie über umfangreiche Finanzmittel verfügen.«

Er nickte. »Gewiss«, gab er zur Antwort. »Außerdem hat man mir versichert, dass Sie in der Lage sind, einen Teil der Kaufsumme selbst aufzubringen.«

»Wieso brauchen Sie mich, wenn Sie … wie ich vermute … Glen View aus eigenen Mitteln aufkaufen können?«

Sie saß mit im Schoß gefalteten Händen da und wartete auf seine Antwort. Vermutlich überlegte er, wie er die Situation erklären konnte, ohne allzu viel preiszugeben.

»Wir sind ein deutsches Unternehmen und haben daher allen Anlass, finanzielle Interessen in einer englischen Kolonie nicht bekannt werden zu lassen. Ich hatte gehofft, dass Ihnen diese Erklärung genügen würde.«

Rasch erfasste Kate die Situation und sagte: »Das heißt, meine Firma Eureka soll als Käufer auftreten, wobei Ihr Unternehmen mit der Mehrheit des Kapitals als stiller Teilhaber im Hintergrund bleibt?«

»Genau so«, bestätigte er mit einem leisen Seufzer. »Ich denke, dass Sie einverstanden sind, wenn wir bedenken, welchen ... wie sage ich es am besten ... welchen Gefühlswert Glen View für Sie und Ihre Angehörigen hat.«

Besser den Besitz mit einem ausländischen Investor teilen, als ihn gar nicht zu bekommen, überlegte Kate. Auf jeden Fall hätte sie damit Zugang zu den Orten, die für sie so wichtig waren: das Grab ihres Vaters und die heilige Stätte der Nerambura. Was sie sich vorgenommen hatte, als sie mit Luke Tracy vor Jahren Donald Macintosh auf dessen Land begegnet war, befand sich jetzt in greifbarer Nähe. Sie konnte ihr Vorhaben wahr machen, ihm zu entreißen, was ihr so am Herzen lag, und es in den Besitz der Duffys überführen. Auch wenn Deutsche die Haupteigentümer wären.

»Ich denke, dass sich das durchführen lässt«, sagte sie ruhig, und Rubenstein schien zufrieden.

Lächelnd half er ihr mit einer Hand beim Aufstehen. »Dann brauchen wir nur noch einen Anwalt Ihres Vertrauens, der die Dokumente vorbereitet. Darf ich mir gleichzeitig erlauben, Sie in meinen Gasthof zum Abendessen einzuladen? Dort können wir über alles sprechen, was Ihrer Ansicht nach geklärt werden muss. Ich möchte schon jetzt darauf hinweisen, dass die Verwaltung von Glen View ausschließlich in Ihren Händen liegen wird. Wir brauchen lediglich die Zusicherung, dass sämtliches Vieh an unsere Fleischfabrik geliefert wird. Ich bin sicher, dass diese Lösung für beide Seiten vorteilhaft ist. Könnten Sie uns einen Anwalt empfehlen?«

»Ich denke, dafür kommt Mister Darlington von der hiesigen Kanzlei Darlington & Darlington in Frage«, sagte sie zuversichtlich. »Ihr Ruf ist über jeden Zweifel erhaben.«

»Sofern Sie ihr vertrauen, soll es mir recht sein«, sagte er und geleitete sie zur Tür. »Dann also bis heute Abend, Frau

O'Keefe.« Er schlug die Hacken zusammen und verließ das Kontor.

Kate sah ihm nach, als er über die staubige Straße verschwand, und fragte sich ein wenig unbehaglich, welche Gründe das ihr unbekannte deutsche Unternehmen haben mochte, sich in so geheimnisvoller Weise mit ihr zu verschwören. Ach was, Verschwörung, wies sie den Gedanken von sich. Es ging lediglich darum, der Familie Macintosh Glen View zu entreißen. Welche Gründe die Deutschen dafür auch immer haben mochten, sie gingen sie nichts an. Wenn sie damit außerdem englischen Interessen schadeten, umso besser.

47

Vier Tage später wartete Kate O'Keefe in Hugh Darlingtons Kanzlei auf seine Stellungnahme. Geduldig saß sie da und hatte die Hände im Schoß zusammengelegt.

Während er die Papiere durchblätterte, die vor ihm lagen, summte er vor sich hin. Nach einer Weile klappte er den Aktendeckel zu und sah sie an. »Bist du sicher, dass du dich in dieser Angelegenheit richtig verhältst?«, fragte er und rieb sich die Stirn mit der Hand, als wolle er einen beunruhigenden Gedanken verjagen.

»Du weißt, wie viel mir an Glen View liegt«, sagte sie ruhig. »Wahrscheinlich ist es mir wichtiger, den Besitz zu erwerben, als ich mit Worten sagen kann.«

Er sah ihr kurz in die ernsthaft blickenden grauen Augen und verfiel dabei erneut ihrem Zauber. Wie konnte er sie nur von ihrer Absicht abbringen, den Besitz der Familie Macintosh zu erwerben?, überlegte er bedrückt. Auf welche Weise ließ sich verhindern, dass sie das Land westlich von Rockhampton an sich brachte, das vor Jahren sowohl Macintosh- als auch Duffy-Blut getränkt hatte? Die tragischen Ereignisse, die dort stattgefunden hatten, waren ihm durchaus geläufig.

»Bestimmt ist dir klar, dass dein Anteil an Glen View deutlich kleiner sein würde als der deiner Teilhaber«, begann er in der Hoffnung, dass die Geschäftsfrau in ihr den Sieg über ihre Rachegefühle davontragen würde. »Eine solche Situation ist nie zu empfehlen.«

»Das ist mir bekannt«, antwortete sie schlicht. »Aber meine Teilhaber haben mir ein Vorkaufsrecht für den Fall eingeräumt, dass ich irgendwann das Geld aufbringe, den ganzen Besitz zu erwerben. Das hast du auch schriftlich«, fügte sie hinzu und klopfte mit einem Finger auf den Aktendeckel, der vor ihm lag.

»Ich weiß«, gab er knapp zur Antwort und bedauerte sogleich, dass er sich seine schlechte Laune hatte anmerken lassen. »Ich habe mich lediglich bemüht, deine Interessen im Auge zu behalten.«

»Sofern es dir damit ernst wäre, würdest du dich darum bemühen, den Kauf mit allen Mitteln voranzutreiben«, sagte Kate und sah ihn fest an. »Gewiss wirst du das auch tun, denn du hast mit den tausend Pfund, die du so bereitwillig in mein Unternehmen gesteckt hast, deine Liebe hinreichend bewiesen. Kein anderer Mann, den ich kenne, hätte das für mich getan. Die meisten sehen in mir nichts als eine törichte junge Frau mit gewaltigen Rosinen im Kopf.«

In der Hoffnung, dass sie sein schlechtes Gewissen nicht in seiner Miene erkennen konnte, hielt er den Blick auf den Aktendeckel gesenkt und schlug ihn auf, ohne zu sehen, was in gestochener Schrift auf dem obersten Blatt stand. Dann hob er den Blick und räusperte sich.

»Du weißt, dass ich dich liebe und alles für dich tun würde.« Einen Augenblick lang schienen Kate seine Worte hohl zu klingen, doch wies sie diesen Gedanken sogleich von sich. Sie war, so kurz vor der Verwirklichung ihres Traums, stark angespannt, da war eine solche falsche Einschätzung schon möglich.

»Das ist mir bekannt«, sagte sie, ohne selbst recht zu wissen, wen sie damit beruhigen wollte. Um ihm zu zeigen, was sie für ihn empfand, fügte sie hinzu: »Ich habe mit dem Priester Murlay ein Gespräch über die Annullierung meiner Ehe vereinbart.« Bei dieser Erklärung lächelte er matt.

Kate stand auf und verabschiedete sich. Beim Hinausgehen überfielen sie unerklärlicherweise Zweifel an der Aufrichtigkeit von Hughs Liebe. Irgendetwas an seinem Verhalten kam ihr sonderbar vor. Etwas Ungreifbares stand unausgesprochen zwischen ihnen. Für solche Eingebungen gab es keinerlei wissenschaftlichen Nachweis, wie ihr Männer immer wieder versichert hatten. Dann aber schüttelte sie den Gedanken ab. Sie hatte an diesem Tag schon viel geleistet und war müde. Nach einem erquickenden Nachtschlaf würde sie hoffentlich am nächsten Morgen über diese trüben Gedanken lachen können.

48

Die Patrouille geriet in ein Gewitter. Unter dem peitschenden Regen senkten die Pferde die Köpfe, und die mittlerweile vollständig durchnässten Polizisten zitterten vor Kälte. Schon am Spätnachmittag war es abendlich dunkel, da der Gewitterhimmel das Licht der Sonne gänzlich in sich aufgesogen hatte. Die Männer fühlten sich auf der von nur wenigen Büschen bestandenen Ebene wie auf dem Präsentierteller und sehnten sich nach der Sicherheit und Behaglichkeit ihrer weit hinter ihnen liegenden Hütten.

Schon bald würde das Land im Gulf Country ergrünen und voller Leben sein. Auf den Lagunen würden Wasserlilien blühen und eine bunte Vielfalt von Vögeln würde an den Wasserstellen auftauchen: schwarz-weiße Spaltfußgänse, Enten, Reiher und langschnäblige Ibisse. Die anmutigen Brolga-Kraniche würden ihre Tänze aufführen, und für alle würde Futter in Hülle und Fülle zur Verfügung stehen.

Die Trockenzeit aber würde das Land wieder ausdörren und die Wasserstellen sogar für das in den Flußmündungen heimische Leistenkrokodil, den unumschränkten Beherrscher der Wasserwege am Golf, in Orte des Todes verwandeln. In den jüngsten Gewittern, deren blaue Blitze den Tropenhimmel zerrissen und die Erde mit schweren Regenfällen tränkten, ließ sich die Regenbogenschlange beobachten, die ihre Lagune noch nicht erreicht hatte.

Lieutenant Wentworth Uhrs Gedanken galten dem kleinen Gebirge irgendwo im Süden. Zwar war es ein entsetzlicher, aber für die berittene Eingeborenenpolizei keineswegs ungewöhnlicher Tag. Da sie auf ihren Patrouillenritten oft wochenlang unterwegs waren, hatten die Männer gelernt, mit den Launen des

Wetters zu leben. Morgen würde es wahrscheinlich drückend schwül sein. Dann würden die aus dem üppigen grünen Gras aufsteigenden Myriaden von Insekten Mensch und Tier peinigen, die Männer würden wütend knurren und sich danach sehnen, dass der Regen die Quälgeister wieder vertrieb.

Hinter Uhr ritt mit gemischten Gefühlen Sergeant Henry James. Alles sprach dafür, dass er jetzt zum zweiten Mal dem berüchtigten Buschräuber gegenübertreten würde. Insgeheim hoffte er, dass sich Tom nicht in den Bergen aufhielt.

Lieutenant Uhr gebot der Kolonne Halt, denn der eingeborene Fährtensucher, den er zu Fuß zur Erkundung vorgeschickt hatte, wartete am Rand des Pfades. Er eilte im Laufschritt zu Uhr und teilte ihm mit: »Weißer Mann dort, Mahmy.« Dabei wies er durch die Regenwand nach Süden. »Ein Schwarzer, ein Weißer, eine Frau im Lager.«

»Gut gemacht«, lobte Uhr und drehte sich im Sattel zu seinem Stellvertreter um. »Wir teilen uns hier auf, Sergeant James«, erklärte er. »Suchen Sie sich zwei Leute aus. Ich nehme die anderen fünf.«

Henry brauchte keine Fragen zu stellen, denn der Plan war bereits beim Nachtlager am Vorabend ausgearbeitet worden. Er entschied sich für zwei Ureinwohner, die er schon von Rockhampton her kannte. Es waren die erfahrensten und zuverlässigsten Buschpolizisten der Abteilung. Uhr war mit der Wahl einverstanden, denn was diesen dreien an Zahl fehlte, machten sie durch Erfahrung wett.

Henry und die beiden Ureinwohner lösten sich von den anderen und ritten südwärts. Der Plan sah vor, dass sie auf der gegenüberliegenden Seite der Berge Posten beziehen sollten, um Duffy den Weg abzuschneiden, falls er sich den vorrückenden Polizisten durch Flucht entziehen wollte.

So sehr Uhr den Regen verwünschte, so willkommen war ihm die Deckung, die er bot. Seiner Einschätzung nach würde der Buschräuber unter solch entsetzlichen Bedingungen nie und nimmer mit einer Polizeipatrouille rechnen.

»Absitzen!« Die Männer freuten sich über Uhrs Befehl, denn

sie hatten das Bedürfnis, ihre vom langen Ritt durch den kalten Regen steif gewordenen Beine zu strecken. Auch wenn sich nirgends ein schützender Unterschlupf fand, hatten sie zumindest die Möglichkeit, sich unter einem Baum aneinander zu drängen, während sie abwarteten, bis Sergeant James den nötigen Vorsprung hatte.

Nach einer Stunde gab Uhr den Befehl, zu Fuß vorzurücken. Die Männer nahmen ihre Karabiner zur Hand und folgten dem Lieutenant den Felshängen des Berges entgegen. Die Pferde blieben mit Fußfesseln zurück.

Ein Felsüberhang, der das Lager der Vogelfreien schützte, ließ zugleich den Rauch ihres Feuers abziehen. Tom hatte diese geschützte Stelle ausgesucht, weil man von dort aus die ganze, von wenigen Bäumen bestandene Ebene unter ihnen überblickte – allerdings nicht, wenn es regnete.

Mondo gab dem kleinen Peter, der nach dem in der heißen Asche garenden Fladenbrot greifen wollte, einen Klaps auf die Hand. Er war der ältere der beiden Söhne, dunkel wie die Mutter, aber mit den grauen Augen des Vaters. Mit seinen fünf Jahren lernte er von Wallarie und Mondo bereits, wie man sich im Busch zurechtfand, und Tom hatte ihm beigebracht, ziemlich flüssig Englisch zu sprechen. Der vierjährige Tim war hellhäutiger, und man konnte schon sehen, dass er äußerlich seinem Vater nachschlagen würde, auch wenn er die braunen Augen Mondos hatte. Mit gut zwei Jahren die Jüngste, war die pummelige Sarah Toms verzogener Liebling. Sie hatte die hellste Haut von allen.

»Heiß!«, sagte Mondo auf Englisch, aber der Junge hatte seine Lektion bereits gelernt. Während er die Finger in den Mund steckte, um sich Linderung zu verschaffen, wobei er wütende Blicke auf die Feuerstelle warf, lachte sein Vater über ihn.

»Das wirst du dir ja wohl merken«, sagte er und fuhr ihm durch das dunkle Wuschelhaar.

Lächelnd sah Mondo zu, wie Tom dem Jungen ein paar nicht ernst gemeinte Püffe gab. Er war ein guter Mann. Sie war dankbar, dass er sich imstande zeigte, seine wachsende Familie zu versorgen. Ihr gerundeter Leib zeigte, dass ein viertes Kind unterwegs war. Ein Mann musste unbedingt seine Familie ernähren, und nur ein guter Jäger konnte dafür sorgen, dass die Söhne so stark wurden wie der Vater und später ihre eigenen Nachkommen aufziehen konnten. Zwar waren ihre Kinder ihr zuerst befremdlich vorgekommen, doch hatte sie die äußerlichen Unterschiede zu ihren Stammesangehörigen längst vergessen. Sie wusste, dass sie stark sein würden, ob sie nun Weiße oder Nerambura waren.

Die kleine Sarah lutschte am Daumen, einen Arm um die Schultern der Mutter gelegt, die am Feuer saß und das Fladenbrot backte. Es gab auch Tee, den Mondo mit den Jahren schätzen gelernt hatte, sowie von Tom bei einem Überfall auf ein bäuerliches Anwesen erbeutete köstliche süße Marmelade. Während der Zeit, in der sich die Regenbogenschlange außerhalb ihrer Lagune befand, war Mondo glücklich, denn dann hielten sich Tom und Wallarie in der Nähe der Berge auf. Es war eine Zeit, in der es an Wild nicht mangelte, sodass die beiden Männer stundenlang im Schneidersitz am Lagerfeuer hocken und sich in einem Gemisch aus Englisch und der Sprache der Nerambura unterhalten konnten. Sie waren einander so nahe wie Brüder, worüber sich Mondo freute, denn unter Ausnutzung ihrer beider Fähigkeiten gelang es ihnen immer wieder, den Verfolgern zu entkommen.

Während das Gewitter um sie herum tobte, hallte das Echo des Donners von den Steilhängen der uralten Berge. Lachend hielt Tom mit einer Hand Peter von sich, der unbedingt mit ihm kämpfen wollte. Als er einen Blick über das Feuer hinweg auf seine Frau warf, sah er, dass sie ihn mit einem eigenartigen Ausdruck ansah. Ihre großen dunklen Augen waren weit geöffnet, und auf ihren Zügen lag Staunen und Verwirrung. Sie wollte ihm offenbar etwas sagen, dabei stürzte Blut aus ihrem Mund, und sie fiel mit dem Gesicht ins Feuer.

Tom zog Peter an sich, der reglos zu seiner Mutter hinüberstarrte. Im lauten Donner hatte er den Schuss aus dem Polizeikarabiner nicht gehört, begriff aber sofort. Schnell wie der Blitz warf er den Jungen zu Boden, sodass dieser einen Augenblick lang keine Luft bekam.

»*Wallarie*!«, rief Tom und sprang vor, um Sarah von der Leiche ihrer Mutter fortzureißen. Verwirrt stand die Kleine da, den Daumen im Mund. Hatte ihre Mutter nicht immer gesagt, sie solle sich vom Feuer fern halten? Und jetzt lag mit einem Mal ihr Kopf in den Flammen! Als Tom seine Tochter aus dem Feuerschein fortschob, begriff auch Tim, dass etwas nicht in Ordnung war, und schrie voller Angst, bis Wallarie ihn aufhob und hinter einen Felsen legte.

Tom überquerte die freie Fläche bis zur Leiche seiner Frau und fasste nach ihren Fußknöcheln, um sie aus dem Feuer zu ziehen. In diesem Augenblick ertönte eine ganze Salve von Schüssen, und Schlamm spritzte um ihn herum auf.

Natürlich, im Schein des Lagerfeuers bot er für den in den Felsen unter ihm verborgenen Schützen ein ideales Ziel. Ein letztes Mal versuchte er verzweifelt, Mondo an den Füßen aus dem Feuer zu zerren, doch als eine Kugel seine Hand streifte, ließ er sich zu Boden fallen.

»Lass sie!«, rief Wallarie ihm zu, der geduckt die freie Fläche um das Feuer überquerte und Tom fast umgerissen hätte. »Lass die Frau! Sie ist tot!«

Tom spürte, wie ihn die Hand des Freundes bei den Haaren packte und ihn kräftig schüttelte. Er begriff, dass Wallarie das eigene Leben aufs Spiel setzte, indem er sich neben ihm auf der freien Fläche zeigte. Er warf ihm einen flehenden Blick zu, las aber in dessen Augen nur ein eisernes Nein. Mondo war tot, das Feuer konnte ihr nichts mehr anhaben.

Eine Kugel fuhr zwischen ihnen in die Erde, nur wenige Zentimeter vor ihren Gesichtern entfernt. Tom wälzte sich beiseite, und Wallarie glitt in den Schutz der Felsen, wo die Gewehre lagen. Außer dem Gewehr hatte jeder von ihnen drei Revolver. Sie aber lagen jetzt ein Stück weiter in Decken gewickelt, damit sie trocken blieben.

Die Schüsse hallten von den Bergen wider, Querschläger ließen Steinsplitter auf die beiden Männer und die drei Kinder niederprasseln. Beißend stieg ihnen der Geruch des verbrennenden Fleisches von Mondos Gesicht in die Nase.

Entsetzt sah Peter aus dem Schutz der Felsen mit an, wie die Flammen den Oberkörper seiner Mutter erfassten. Er wollte ihr zurufen, sie solle sich von dem Feuer fern halten, doch da er kein Wort herausbrachte, schloss er die Augen, so fest er konnte, um nichts sehen zu müssen. Er hörte, wie ihm sein Vater zurief, sich hinter den Felsen zu halten und darauf zu achten, dass auch Sarah und Tim in Deckung blieben. Die beiden klammerten sich an ihn wie die Jungen des Koalabären oder der Beutelratte an ihre Mütter.

In der Deckung der Felsen brüllte Lieutenant Uhr den Ureinwohner, dessen Kugel Mondo getötet hatte, wütend an: »Verdammter Idiot! Ich hatte gesagt, nur feuern, wenn auf uns geschossen wird.«

Der Mann lächelte töricht und sagte: »Ich denken, Duffy mich sehen. Ich schießen. Aber nicht treffen Duffy, treffen seine Frau.« Uhr verfluchte ihn in die schwärzeste Hölle. Er hatte gehofft, unter Ausnutzung des Gewitters und der zunehmenden Dunkelheit so nahe heranzukommen, dass er die beiden Gesuchten überraschen und lebend gefangen nehmen konnte. Jetzt blieb nichts anderes übrig als ein Feuergefecht in den Felsen. Auf keinen Fall durfte man den Gegner unterschätzen. Immerhin war es Tom und Wallarie bisher immer wieder gelungen, sich den besten Kräften der Polizei zu entziehen.

Zwei Schüsse kamen von oben. Sie lagen sehr nahe. Offensichtlich waren sie sorgfältig gezielt, ein Hinweis darauf, dass die Angegriffenen nicht in Panik verfallen waren. Zweifellos würde es eine lange Nacht werden.

Tom öffnete die Kammer seines Gewehrs, schob eine Patrone ein und machte die Waffe erneut schussfertig. Mit ihr konnte er die Polizei auf Distanz halten, während Wallarie auf die andere Seite kroch, um die Revolver zu holen. Dann waren sie imstande, einen eventuellen Sturmangriff mit Schnellfeuer zu beantworten. Keiner der beiden hatte die Absicht, der Polizei lebend in die Hände zu fallen.

Tom warf einen Blick zu den Felsen, hinter dem sich seine Kinder duckten. Er zischte Peter zu, er solle auf Bruder und Schwester achten und dafür sorgen, dass sie in Sicherheit blieben.

Immer, wenn er und Wallarie einen Schuss abgegeben hatten, schoben sie sich auf dem Bauch ein Stück beiseite, denn auf jeden ihrer Schüsse antwortete eine ganze Salve von unten. Querschläger von Polizeikugeln fuhren in Mondos schwelenden Leichnam, der unter dem Aufprall des schweren Geschosses jedes Mal zuckte, als lebte sie noch.

Bei diesem Anblick fragte sich Peter, warum seine Mutter nicht einfach aufstand und vor dem Feuer davonlief. Er war unfähig, die Vorstellung vom Tod mit ihr zu verbinden, obwohl ihm der Tod durchaus ein Begriff war, denn er hatte seinen Vater und Wallarie auf der Jagd begleitet und selbst versucht, Eidechsen und anderes Kleingetier zu erlegen. Während einer Feuerpause forderte Uhr die beiden im Namen der Königin auf, sich zu ergeben. Als Antwort pfiff ihm ein Felssplitter um die Ohren, denn mit seinen Worten hatte er den Männern über ihm seine Stellung verraten. Toms nächster Schuss hätte fast sein Ziel gefunden. Daraufhin ging Uhr in Deckung. Da deutlich war, dass sich die beiden keinesfalls ergeben wollten, unternahm er keinen zweiten Versuch, sie dazu aufzufordern.

Langsam und mit größter Vorsicht arbeiteten sich die Polizisten den Berg hinauf, indem sie einander Feuerschutz gaben, während sie mit kurzen Sprüngen ihre Position wechselten. Jedes Mal kamen sie dem Gipfel ein wenig näher, von dem aus die beiden sie in Schach hielten.

Es war Tom klar, dass es nur eine Frage der Zeit sein konnte, bis die Angreifer entweder ihre Stellung stürmen oder sie ohne die geringste Aussicht auf ein Entkommen darin festnageln konnten. Bisher war alles Feuer von vorn gekommen, doch er vermutete, dass sich ein weiterer Trupp an ihrer Flanke voranarbeitete, während sie sich ein Feuergefecht mit den Leuten unter ihnen lieferten. Diese Vorstellung machte ihm die größten Sorgen, denn wenn die Umfassung gelang, saßen sie mit Sicherheit in der Falle und konnten in keine Richtung entkommen.

»Wallarie«, rief er leise dem nicht weit von ihm liegenden Freund zu. »Nimm die Kinder und mach dich hinter uns den Berg hinab davon, während ich die Leute mit Feuer eindecke, bis du unten in der Ebene bist.« Für den Fall, dass Polizisten in Hörweite waren, hatte er sich der Sprache der Nerambura bedient.

»Nein, Tom«, zischte Wallarie zurück. »Es sind deine Kinder, und du musst sie fortbringen. Ich bleibe hier und feuere auf die schwarzen Krähen, denn ich kann besser allein verschwinden als du.«

Damit hatte er Recht, und Tom klopfte ihm dankbar auf die Schulter. Unbekleidet war Wallarie in der Dunkelheit völlig getarnt, während Toms europäische Kleidung verhinderte, dass er sich ungesehen bewegen konnte.

»Ich sag dir Bescheid, wenn ich so weit bin«, flüsterte Tom. Viel Zeit blieb nicht, denn sie hörten in wenigen Schritten Entfernung eine kleine Gesteinslawine niedergehen, die wohl einer der vorrückenden Polizisten unvorsichtig losgetreten hatte.

Tom schob sich auf dem Bauch zu seinen Kindern und erklärte ihnen, was sie zu tun hatten. Die Jüngste nahm er auf den Arm und hielt das Gewehr in der anderen Hand. »Jetzt!«, rief er Wallarie leise in der Sprache der Nerambura zu. Sogleich feuerte Wallarie zwei seiner Revolver in Richtung auf die Belagerer leer, wälzte sich an eine andere Stelle und feuerte seinen dritten Revolver in die Dunkelheit. Solange die Kugeln pfiffen, würden die Polizisten die Köpfe unten halten.

Dieses Sperrfeuer nutzte Tom für seinen Ausbruch. Der heftige Regen, der den Polizisten Deckung geboten hatte, täuschte sie jetzt darüber hinweg, dass die Stimmen oben auf dem Berg nichts weiter waren als ein Monolog.

Unaufhörlich weiterredend, lud Wallarie rasch und kundig die Revolver neu. Ihm war klar, dass die Polizisten sich seinem Schnellfeuer auf keinen Fall offen stellen würden; es genügte, die Stellung eine Weile zu halten. Doch beliebig lange konnte er die Verzögerungstaktik nicht durchhalten, denn irgendwann würden sie den Bluff durchschauen.

49

Kate erwachte mitten in der Nacht. Panische Angst erfasste sie, denn sie spürte, dass sie in Lebensgefahr schwebte. Das Zirpen der Grillen war mit einem Mal verstummt. Sie konnte sich das Entsetzen nicht erklären, das sie befallen hatte, aber irgendetwas stimmte nicht. Waren Lukes Lektionen zu gründlich gewesen? Hörte sie im Schlaf Dinge, die es nicht gab?

Vor ihrem Haus herrschte unheimliche Stille. Hatte sie nicht das dumpfe Geräusch schwerer Schritte auf den Bohlen der Veranda gehört? Großer Gott, betete sie, gib, dass ich mir das nur einbilde. Während sie sich das Laken bis ans Kinn zog, fiel ihr der kleine Damenrevolver ein, den Judith ihr geschenkt hatte, bevor sie mit dem Amerikaner zur Suche nach dem Grab des Vaters aufgebrochen war. Wo nur hatte sie die Waffe gelassen? Ach ja, in der Nachttischschublade neben dem Bett.

Lautlos setzte sie sich auf und stellte die Füße auf den Boden. Dabei quietschten die Bettfedern übermäßig laut und sie biss die Zähne aufeinander, als könnte sie das Geräusch dadurch verstummen lassen. Dann hörte sie das unverkennbare Quietschen einer ungeölten Türangel. Jemand drückte langsam die Haustür auf. Ob das Hugh war, der sie überraschend besuchen wollte? Ihr Instinkt sagte ihr, dass das nicht der Fall war.

Vorsichtig zog sie die Schublade auf und tastete darin umher. Dankbar spürte sie das kalte Metall unter ihren Fingerspitzen. Sie nahm die kleine mehrläufige Waffe in die Hand und legte sie auf das Bett, griff dann nach der Petroleumlampe und suchte nach einem Streichholz. Doch unentzündet entfiel es ihrer Hand, als die Tür zu ihrem Schlafzimmer aufsprang und der Geruch nach Schweiß und Whisky sich im dunklen Raum ausbreitete.

Bevor sie schreien konnte, knurrte eine Stimme von der Tür her in drohendem Ton: »Keinen Laut, Missus O'Keefe.«

Die Beine unter das lange Nachthemd gezogen, kauerte sie sich auf die Matratze und drängte sich an das Kopfende ihres Messingbetts, wobei sie nach dem unter ihr liegenden Revolver tastete.

»Ich bin nicht gekommen, um Ihnen etwas anzutun«, sagte die Stimme des erkennbar Betrunkenen. »Ich will Ihnen nur sagen, dass Sie Glen View nicht kriegen, solange ich lebe, und auch nicht, wenn ich tot bin.«

Da wusste Kate, wer der unsichtbare Eindringling war.

Als sie dem Viehzüchter auf Glen View begegnet war, hatte Luke sie beschützt, aber der war jetzt nicht da. Mit wachsendem Entsetzen begriff sie, dass sie dem Mann schutzlos ausgeliefert war, der ihrer festen Überzeugung nach nicht nur die Verantwortung für die Ermordung ihres Vaters trug, sondern auch am Tod einer großen Zahl von Männern, Frauen und Kindern der Darambal schuldig war, die ihm nichts getan hatten. »Mister Macintosh«, stieß sie durch zusammengebissene Zähne hervor.

»Für Sie Sir Donald, mein Kind«, knurrte er. »Nur wer über mir steht, nennt mich so, und zu diesen Leuten gehören Sie weiß Gott nicht.«

Undeutlich konnte Kate sehen, dass sich der Mann neben der Tür auf den Fußboden setzte. Sie erwog zu fliehen, kam aber zu dem Ergebnis, dass ein solcher Versuch für sie gefährlicher sein konnte, als wenn sie bliebe. So bemühte sie sich, ihre Panik zu unterdrücken und Zeit zu schinden. Außerdem gab es noch die Möglichkeit zu kämpfen. Langsam schob sie die Hand zu dem Revolver, der unbequem unter ihrer Hüfte lag.

»Was wollen Sie hier, Sir Donald?«, fragte sie und versuchte, ihrer Stimme einen festen Klang zu geben. Das fiel ihr sehr schwer, denn ihr Herz schlug unbeherrschbar wie ein Dampfhammer. »Warum sind Sie unaufgefordert zu dieser nächtlichen Stunde in mein Haus eingedrungen?«

Er tat ihre Frage mit einem verächtlichen Schnauben ab.

»Ich wollte Ihnen nur sagen, dass ich auf dem Weg nach Sydney bin, wo der Gedenkgottesdienst für meinen jüngsten Sohn stattfindet«, gab er zur Antwort. »Übrigens weiß ich über Ihren maßlos törichten Versuch Bescheid, meinen Besitz an sich zu bringen. Lassen Sie sich gesagt sein: daraus wird nichts, denn ich habe soeben ein Darlehen aufgenommen, um Glen View weiterführen zu können.«

»Jetzt, wo Sie gesagt haben, was Sie sagen wollten, können Sie ja wieder gehen«, sagte Kate mit fester Stimme. Ihr antwortete aus dem Dunkeln ein drohendes Lachen.

»Ich gehe, wenn ich fertig bin«, sagte er, »und nicht, wenn Sie mich dazu auffordern. Ich möchte Ihnen Verschiedenes über Ihre … und über meine … Familie sagen, Missus O'Keefe.«

»Was denn, Sir Donald?«, fragte sie. Sie hörte ihn tief aufseufzen, bevor er antwortete.

»Zum Beispiel, dass auf uns ein Fluch liegt. Auf unserer Familie wie auf Ihrer. Jawohl, ein Fluch, der zwei meiner Söhne und Ihren Bruder das Leben gekostet hat. Der Teufel soll mich holen, wenn ich mich an seinen Namen erinnern kann.«

»Michael«, flüsterte Kate. Der Mann nahm den Namen auf.

»Ach ja, Michael Duffy. Es sieht ganz so aus, als hätte der verdammte Fluch meine beiden Söhne das Leben gekostet. Wenn alles seinen Gang geht, ist als Nächster einer von eurer Sippschaft an der Reihe. Vielleicht Ihr Bruder, der Mörder und Räuber. Früher oder später erwischt ihn die Buschpolizei.«

Kate fuhr auf und stieß wütend hervor: »Tom werden sie nie lebend fassen, um ihn aufhängen zu können. Er ist ein Duffy. Er ist wie mein Vater, den eure englischen Soldaten in Irland gehetzt und bei den Palisaden von Eureka umzubringen versucht haben. Trotz all ihrer Mühe ist er am Leben geblieben.«

»Bis er nach Glen View kam«, fiel ihr Donald brutal ins Wort. »Wo er so dumm war, zwischen mich und den verdammten schwarzen Mörder zu treten, der meinen Ältesten umgebracht hat. Dafür hat der Halunke mit seinem Leben bezahlt.«

Mit kaltem Hass hörte Kate an, wie der Mann seine Schuld gestand, und umklammerte den Knauf des Revolvers, um dessen

Abzug sich ihr Zeigefinger legte. Angst und Wut bildeten in ihr ein tödliches Gemisch.

»Sie Mistkerl haben meinen Vater umgebracht!«, zischte sie mit kalter und berechnender Wut in die Dunkelheit.

Sir Donald lachte leise.

»Das hab ich nie gesagt, mein Kind«, gab er zur Antwort. »Ich würde das an Ihrer Stelle auch nicht herumerzählen. Es gibt Gesetze in den Kolonien, die so was verbieten. Nein, ich kann mit reinem Herzen sagen, dass ich Ihren Vater nicht getötet habe. Allerdings hatte ich nichts gegen das einzuwenden, was ihm schließlich passiert ist.«

Kate hob den Revolver.

»Dafür bringe ich Sie um, Sir Donald«, sagte sie ganz ruhig. »Ich bin bewaffnet und ziele auf Sie.«

»Nur zu, mein Kind«, sagte er leise. »Das ist nicht das Schlimmste, was mir passieren kann. Möglicherweise sind Sie wie ich als Opfer für den Fluch der Eingeborenen ausersehen, denn wenn Sie mich umbringen, landen Sie garantiert am Galgen und tanzen mit mir in der Hölle. Also, schießen Sie ruhig, dann bin ich wenigstens bei meinen Söhnen. Oder können die Duffys ihre Opfer lediglich aus dem Hinterhalt überfallen?«

Er hörte überhaupt nicht mehr auf zu lachen, bis das Gelächter fast in ein Schluchzen überging. Kate bemühte sich, ruhig zu bleiben, denn ihr war klar, dass der Mann sie absichtlich reizte. Sie würde sich nicht provozieren lassen, denn er sollte noch lange leiden, bis sie eine Möglichkeit fand, ihm einen Schlag zu versetzen, den er fühlte.

Ein Toter empfindet keine Schmerzen mehr. Sie aber wollte, dass er lebte und nicht nur die Schmerzen spürte, sondern auch wusste, wer sie ihm zugefügt hatte. Noch litt er unter dem Tod seines zweiten Sohnes, und nicht einmal sie konnte diesen Schmerz steigern. Ihr war klar, dass es einem Gnadenakt gleich gekommen wäre, ihn jetzt zu töten. Mit einem Mal spürte sie so etwas wie Mitgefühl für den Mann, der so sehr zu leiden schien, wie das einem Menschen nur möglich ist. Doch sie vergaß nicht, dass er an einem Großteil des Leides die Schuld trug, das man ihrer Familie zugefügt hatte, und er dafür würde Rechenschaft ablegen müssen.

Während sie über die sonderbare Situation in ihrem Schlafzimmer nachdachte, hörte sie, wie er sich langsam erhob und mit knirschenden Schuhsohlen wortlos durch die Tür verschwand.

Noch eine ganze Weile blieb sie zusammengekauert auf dem Bett sitzen. Sie zitterte am ganzen Leibe, wusste aber nicht, ob aus Angst vor dem Eindringling oder vor Wut über ihr Mitgefühl mit dem Kummer des Mannes. Wohl aber wusste sie, dass er etwas gesagt hatte, das sie nie loslassen würde. Ruhte tatsächlich ein Fluch auf den beiden Familien? Unwillkürlich musste sie an ihren Bruder Tom denken, den sie zum letzten Mal vor vielen Jahren in Sydney gesehen hatte, als er neben dem Vater gestanden und ihr zum Abschied zugewinkt hatte. Damals war sie ein kleines Mädchen gewesen. Ach, wie sehr er ihr fehlte! Er war immer gut zu ihr gewesen. Erst hatte sie Michael verloren, und jetzt wurde Tom in den unwegsamen Tiefen der Kolonie wie ein wildes Tier gejagt.

Sie hörte, wie das beruhigende Zirpen der Grillen erneut einsetzte und die einsame Stille der frühen Morgenstunden füllte. Irgendwo in der Stadt kläfften Hunde, und in der Ferne hörte sie den traurigen Ruf der Brachvögel. Ein kalter Schauer überlief sie, denn er schien sie oder jemanden aus ihrer Familie zu rufen.

Dann beschlich sie eine weitere Furcht. Sie wollte sich nicht eingestehen, dass sie von etwas herrührte, was der betrunken drauflos schwadronierende Sir Donald gesagt hatte. Woher wusste er von ihrem Versuch, seinen Besitz zu erwerben?

50

Während Tom auf der gegenüberliegenden Flanke des Berges die Ebene zu erreichen versuchte, stand ihm Mondos Bild vor den Augen. Doch er durfte nicht bei dem Gedanken an ihren Tod verweilen, denn das würde ihn von seiner Hauptaufgabe ablenken. Er musste unbedingt die drei Kinder in Sicherheit bringen. Auch Mondo hätte es nicht anders gewollt, denn das Volk, dem sie entstammte, gehorchte den praktischen Notwendigkeiten des harten Alltagslebens, und da war das Überleben der Nachkommenschaft von überragender Bedeutung. Das war in den zahllosen Nerambura-Generationen vor ihr nicht anders gewesen.

Von der Stelle, die sie mittlerweile erreicht hatten, klangen die Karabiner- und Revolverschüsse vom Gipfel herab wie ein harmloses Feuerwerk. Tom strebte mit den Kindern einem Versteck am Fuß des Berges entgegen, wo sich Waffen und Lebensmittel für Notfälle befanden. Den auf der Ebene weidenden Pferden durfte er sich nicht nähern, um nicht die Aufmerksamkeit von möglicherweise im Hinterhalt lauernden Buschpolizisten auf sich zu ziehen. Sie würden ihre Flucht zu Fuß bewerkstelligen müssen.

Als er schließlich den Rand der von hohem Gras bestandenen Ebene erreicht hatte, wendete sich alles gegen ihn. Nicht nur hörte es auf zu regnen, auch die Wolkendecke riss auf und heller Mondschein übergoss die Landschaft.

Zugleich merkte er, dass oben auf dem Berg, wo Wallarie die Polizisten bisher auf Abstand gehalten hatte, eine bedrohliche Stille eintrat. An Munitionsmangel konnte das nicht liegen, denn sie hatten einen reichlichen Vorrat an Pulver und Kugeln angelegt.

Der bleiche Halbmond beschien ein Meer von mannshohem,

nassem Gras, hinter dem sich der spärliche Baumbewuchs der Ebene abzeichnete. Tom setzte Sarah, die er auf den Schultern getragen hatte, sacht zu Boden und nahm das Gewehr in beide Hände, wobei er rasch den Horizont vor ihnen musterte. Zwar konnte er mit den Kindern ungesehen durch das hohe Gras entkommen, doch würden sie dabei eine unübersehbare Fährte hinterlassen.

»Stehen bleiben im Namen der Königin!«

Tom erstarrte. Die Mistkerle hatten ihm einen Hinterhalt gelegt! Der Anruf kam von rechts. Er hatte die Stimme schon einmal gehört. Es waren noch zwanzig Schritt bis zum hohen Gras, das ihn so sicher verbergen würde wie die Wogen des Meeres einen Ertrinkenden. Aber durch den verdammten Mond waren sie jetzt so gut zu sehen, als stünden sie in einer hell erleuchteten Schenke. Frösche lärmten ohrenbetäubend.

»Sind Sie das, Sergeant James?«, rief Tom argwöhnisch in die Nacht. Er hatte das Gefühl, über einen Gewehrlauf anvisiert zu werden, denn die Stimme hatte sehr nah geklungen. Seiner Schätzung nach waren es zwanzig Schritt, auf keinen Fall mehr als dreißig. Verzweifelt suchten seine Augen nach Deckung. Peter klammerte sich fest an seinen Gürtel. Sarah hielt Tims Hand und weinte leise, von den sonderbaren Ereignissen des Abends völlig verängstigt.

»Ja«, rief Henry. »Lassen Sie Ihre Waffe fallen. Diesmal bin ich nicht allein.«

Henry wusste sehr wohl, dass Tom ohne weiteres an seinen wenigen Leuten vorbei hätte verschwinden können, wenn nicht der Regen aufgehört hätte und die Wolkendecke aufgerissen wäre. Falls der Mond jetzt hinter den Wolken verschwand, würde die Dunkelheit Tom wieder verschlucken. Darauf schien er auch zu warten, um dann im hohen Gras der Ebene zu verschwinden.

»Ich bin nicht allein, Sergeant James«, rief Tom. »Meine Kinder sind bei mir. Sagen Sie Ihren Leuten, dass sie nicht einfach drauflos ballern sollen.«

Zwar sah Henry den breitschultrigen Mann, dessen Umriss

sich vor dem Nachthimmel abzeichnete, aber nicht die Kinder. Dann aber erkannte er eine leichte Bewegung auf der Höhe von Toms Hüfte, als Peter den Kopf drehte. Er fluchte. Von Kindern war keine Rede gewesen. Unter ungünstigen Umständen konnten sie in ein tödliches Kreuzfeuer geraten.

»Wie viele?«, rief er.

»Drei … zwei Jungen und ein Mädchen.« Die Wolkenlücke war zu groß; er würde keine Gelegenheit haben, den Schutz des Graslandes zu erreichen.

»Dann sollten Sie um Ihrer Kinder willen die Waffe fallen lassen«, sagte Henry. »Ich möchte mir die Schuld an ihrem Tod nicht auf die Seele laden, und Sie ja wohl auch nicht.«

Es war Tom klar, dass er mit einem Fluchtversuch das Leben seiner Kinder unnötig in Gefahr bringen würde, weil sich dann Henry und seine Männer gezwungen sähen, das Feuer zu eröffnen, und Kugeln konnten nicht zwischen Schuldigen und Unschuldigen unterscheiden.

Eine Wolke war dem Mond so nahe, dass sie ihn jeden Augenblick verdecken würde. Tom sah zwei Polizisten aus dem hohen Gras auftauchen, die ihre Karabiner auf ihn richteten. Unter Ausnutzung der letzten Augenblicke des Lichts kamen sie auf ihn zu. Nach wie vor schluchzte die kleine Sarah und Peter klammerte sich an den Gürtel des Vaters. Von Tim kam kein Laut, er hatte zu viel Angst.

Tom seufzte tief auf. Zwar gab es möglicherweise eine geringe Aussicht zu entkommen, aber die Kinder waren alles, was er auf dieser Welt hatte. Also ließ er das Gewehr fallen und hob die Hände über den Kopf.

»Hab's hingeworfen!«, rief er zu Henry hinüber, der sich mit dem auf ihn gerichtetem Karabiner aus dem Gras erhob.

In diesem Augenblick detonierte die Dunkelheit, und eine Kugel traf Tom in den Rücken und riss ihn von den Füßen.

Während noch das Echo der Salve durch die Dunkelheit hallte, hob Henry den Blick und sah an der Bergflanke Polizisten mit Karabinern im Anschlag. Sie hatten einen entsetzlichen Fehler begangen.

»Nein, um Gottes willen!«, schrie Henry, rannte zu Tom und kniete sich neben ihn. Er riss sich das Tuch vom Hals und versuchte verzweifelt, die Blutung zum Stillstand zu bringen. Er merkte aber bald, dass das aussichtslos war.

Mit weit aufgerissenen Augen sahen die drei Kinder zu dem großen weißen Mann hin, der den Kopf ihres Vaters in Händen hielt.

»Sie haben einmal gesagt, dass Sie Kate kennen, Sergeant James«, sagte Tom, die Hände auf der Brust verkrampft, und Henry nickte. »Ich weiß, dass ich die Sonne nicht mehr sehen werde. Versprechen Sie mir, dass Sie meine Kinder zu Kate bringen, wo auch immer sie ist.« Tom bemühte sich, die Finsternis von sich fern zu halten, die in Wellen immer wieder gegen ihn andrängte. Es gab noch etwas Wichtiges zu sagen, bevor er starb.

»Das verspreche ich, Tom«, sagte Henry. »Kate lebt in Rockhampton, und ich gebe Ihnen mein Wort, dass ich die Kinder zu ihr bringe. Das bin ich Ihnen schuldig. Was hier passiert ist, war nicht persönlich gemeint.«

»Das weiß ich, Sergeant James«, sagte der Sterbende mit von Schmerz verzerrtem Gesicht. »Peter ist mein Ältester«, fuhr er fort. »Der andere da, der Sarah an der Hand hält, ist Tim.« Er wandte den Kopf. »Sie sind ein bisschen ungebärdig, deshalb sollte Kate sie an die kurze Leine nehmen. Kümmern Sie sich darum! Jetzt ist der verdammte Mond endlich weg, und ich liege hier in den Armen eines verdammten Greifers. Das ist nicht in Ordnung, Sergeant James«, sagte er und versuchte zu lachen, doch das Blut, das ihm in die Kehle stieg, hinderte ihn daran.

In Wahrheit war der Mond nicht hinter den Wolken verschwunden. Der Abendhimmel hellte sich immer mehr auf, und die Sterne blitzten am Himmel wie frisch gewaschen. Tom streckte sich und entspannte sich dann mit einem langen, betrübten Seufzer.

Langsam stand Henry auf. »Er ist tot«, sagte er mit ausdrucksloser Stimme. Ängstlich und dicht aneinander gedrängt sahen die Kinder, die den Sinn seiner Worte nicht erfasst hatten, zu ihm hin.

Henry überlegte, was er als Nächstes tun sollte, doch der Lärm, mit dem sich die von Lieutenant Uhr angeführten übrigen Polizisten näherten, riss ihn aus seinen Gedanken. Sie warfen den Kindern sonderbare Blicke zu, während sich der Lieutenant vor den Toten hockte, um ihn genauer zu betrachten.

»Das hier sind Tom Duffys Kinder, Sir. Er hat sich kampflos ergeben ...«, begann Henry wütend, obwohl ihm klar war, dass man unter den gegebenen Umständen niemandem die Schuld geben konnte. »Das ist nun mal so passiert.«

Matt rieb sich Uhr das Gesicht. »Immerhin haben wir einen«, sagte er seufzend. »Der Schwarze ist uns entkommen, gerade, als wir ihn fast hatten«, sagte er. »Vermutlich müssen wir dankbar sein, dass wir alle mit heiler Haut davongekommen sind.« Er stand auf und sah zu den Kindern hinüber. »Die müssen wir wohl mit nach Burketown nehmen, wo sich die Behörden den Kopf darüber zerbrechen können, was mit ihnen geschehen soll. Wir bleiben über Nacht auf dem Berg und beerdigen morgen die Frau. Duffy nehmen wir mit. Sie können den Leuten sagen, dass sie das Nachtlager aufschlagen sollen. Ich kann mir nicht vorstellen, dass wir den Schwarzen noch finden. Jedenfalls jetzt nicht.«

»Sir!«, bestätigte Henry die Anordnung. Er würde am nächsten Morgen mit Mister Uhr über das Geschick der drei Kinder sprechen. Im Augenblick ging es darum, alle Vorkehrungen für die Nacht zu treffen. Alle waren abgekämpft, und die Anspannung der letzten Stunden hatte bei jedem ihre Spuren hinterlassen. Ohnehin war Henry entschlossen, die Kinder auf jeden Fall Kate zu übergeben. Was danach mit ihnen geschah, war ihre Sache. Sie würde sich schon um die Söhne und die Tochter ihres Bruders kümmern; schließlich waren es ihre Blutsverwandten.

Der Regen hatte aufgehört. und die Wolken waren verschwunden. In der Ferne riefen die Brachvögel den Geist Tom Duffys.

Wallarie hörte ihren Ruf und wusste, dass sein Freund tot war. Er wusste nicht, wie es geschehen war, wohl aber, dass er ihn nie wiedersehen würde, außer in der Welt jenseits der Traumzeit.

Der Eingeborenenkrieger warf Gewehr und Revolver fort. Sie gehörten in die Welt des weißen Mannes, und ihr Besitz würde ihn den Weißen verraten, die immer Jagd auf ihn machen würden. Ohne die Feuerwaffen war er Bestandteil des Landes gleich seinen Vorfahren. In ihrem Auftrag würde er Rache nehmen, denn dazu hatte ihn der Krieger in der Höhle aufgerufen.

Während er inmitten der Geräusche des Buschlandes unter dem Licht der Sterne dahinzog, begriff er, dass für ihn die Zeit gekommen war, sich auf die alte Lebensweise zu besinnen. Auf der Suche nach den Geistern, die ihn auf seiner Reise leiten würden, hob er den Blick zum Himmel. Als er sie gefunden hatte, begann er den langen Weg nach Süden in die angestammten Gebiete der Darambal.

Als letzter reinblütiger Angehöriger der Nerambura würde er den Todesgesang für seinen weißen Freund anstimmen, dessen Geist jetzt schlief, vereint mit dem des Heiligen Berges.

Hugh Darlington wich zurück, als Kate vor Wut bebend in der Tür seiner Kanzlei auftauchte.

»Du hast Sir Donald die Sache mit dem Kauf gesagt«, sagte sie mit von Hass erfüllter Stimme. Ihre grauen Augen funkelten, als hätte man einen Feuerstein angeschlagen. »Du hast ihm die Sache hinterbracht, obwohl du behauptet hast, mich zu lieben. Warum nur? Ich kann nicht verstehen, warum du das getan hast.« Der letzte Satz klang wie ein verzweifeltes Flehen, als hoffe sie, er könne ihr das Unmögliche erklären.

»Ich kann dir meine Gründe nicht offenlegen, Kate«, gab er mit erstickter Stimme zurück. Einen Augenblick lang empfand sie fast Mitleid mit der Kreatur, die da kläglich hinter dem Schreibtisch saß. Jetzt sah sie in Hugh nicht mehr den starken und entschlossenen Mann, den sie geliebt hatte, sondern ein weibisches, verdammtes Charakterschwein. Kate fragte sich, wieso ihr mit einem Mal Lukes drastische Ausdrucksweise in den Sinn kam. Kopfschüttelnd wandte sie sich um, warf die Tür hinter sich zu und verließ Hugh für immer.

Zwei Männern hatte sie sich anvertraut und beide hatten sie betrogen und hintergangen. Die Männer aber, die sie wahrhaft geliebt hatten – ihr Vater, ihre Brüder und Luke Tracy –, waren ihr auf die eine oder andere Weise genommen worden. Trotz all dieser Verluste war sie nicht bereit, sich irgendwelchen Gefühlen der Rührseligkeit hinzugeben.

Während sie über die staubbedeckte Straße ihrem Kontor entgegenstrebte, reckte sie den Kopf, und auf ihren Zügen lag Entschlossenheit. Erstaunt sahen einige Passanten der schönen jungen Frau nach, die an ihnen vorüberschritt, ohne ihren Gruß zu erwidern. Keiner von ihnen wagte die hitzköpfige Kate O'Keefe nach dem Grund des Ärgers zu fragen, der sich deutlich auf ihrem Gesicht ablesen ließ. Alle wussten, dass sich das nicht empfahl.

In ihrem Kontor angekommen, lehnte sie sich an die Tür und brach in verzweifeltes Schluchzen aus. Sie weinte, nicht weil ein Nichtsnutz sie verraten und sie zur Befriedigung seiner fleischlichen Begierden missbraucht hatte – ihre Tränen galten den Männern, die sie nie wiedersehen würde, Männern, die sie auf zurückhaltende Weise wahrhaft geliebt hatten.

51

Kate hörte das Rasseln des Fuhrwerks vor ihrem Haus und spürte, wie Panik sie erfasste, als es anhielt. Bestimmt ist das Sergeant James mit den Kindern, dachte sie, um Fassung bemüht. In seinem Telegramm hatte er mitgeteilt, dass er sie vermutlich an diesem Tag bringen würde. Wer sonst hätte es sein können?

Sie warf einen kurzen Blick in den Spiegel, strich sich über das Haar und holte tief Luft. Dann ging sie mit zuversichtlicher Miene zur Tür, doch als sie sie öffnete, schwand ihre ganze Selbstsicherheit dahin.

Verängstigt und verwirrt standen die drei Kinder auf der breiten Veranda. Sie trugen schlecht sitzende und zerlumpte Kleidungsstücke, die Henry in Burketown zusammengebettelt hatte. Sie kamen ihr wie Tiere in der Falle vor.

»Guten Tag, Missus O'Keefe«, sagte der Sergeant und klopfte sich mit dem Hut den Staub von der Hose. »Hier sind sie alle drei, gesund und wohlbehalten, wie Sie sehen können. Sie haben keinen Ärger gemacht. Vermutlich sind sie noch nicht ganz über alles weggekommen.«

»Wollen Sie auf eine Tasse Tee hereinkommen?«, fragte Kate, während sie die drei kleinen Gesichter musterte.

Mit einem Nicken dankte der Sergeant. »Das wäre schön. Es war eine lange Fahrt.«

»Kann ich mir denken«, erwiderte Kate und schob die Kinder ins Innere des Hauses.

Während Kate aus einer vom häufigen Gebrauch geschwärzten Kanne den Tee in feine Porzellantassen goss, sahen sich die Kinder neugierig in der Küche um. Alles war frisch gestrichen und blitzsauber, denn Kate hatte das einfache Holzhaus erst vor wenigen Tagen bezogen, nachdem ihr Henry James' Telegramm den Tod ihres Bruders und dessen letzten Wunsch mitgeteilt hatte, sie möge sich um seine drei Kinder kümmern.

Der Umzug nach Townsville kam ihr ganz recht, konnte sie doch auf diese Weise einen Ort hinter sich lassen, mit dem sie nur wenige glückliche Erinnerungen verband. Zwar würden ihr die vielen Freunde fehlen, die sie in Rockhampton hatte, aber Judith Cohen hatte ihr versichert, dass sie und Solomon sich um ihr Unternehmen kümmern würden, während sie damit beschäftigt war, Toms Kindern ein Heim zu schaffen. Kate hatte sie unter Tränen umarmt und ihr gedankt.

Jetzt legte sie mit Butter bestrichene Brotscheiben auf einen Teller und bot sie den Kindern an, die scheu und ängstlich davon nahmen. Sie sah, dass der Älteste sie ein wenig trotzig ansah. Ob sie wirklich recht daran getan hatte, die Verantwortung für die Erziehung der Kinder ihres Bruders zu übernehmen? Sie fragte sich, ob sie der überaus schwierigen Aufgabe gewachsen sein würde.

Während die Kinder misstrauisch in ihre Brote bissen und sich die Gesichter mit Butter beschmierten, trank Henry seinen Tee.

»Sie haben auf dem Weg von Burketown hierher überhaupt keinen Ärger gemacht«, sagte er, um ein Gespräch in Gang zu bringen. »Die armen Würmchen wissen wahrscheinlich gar nicht, wie ihnen geschieht.«

»Es wird ihnen an nichts fehlen, Sergeant James«, gab Kate rasch zur Antwort, als hätte er ihre Gedanken gelesen. »Vermutlich brauchen sie ein wenig Zeit, um sich zurechtzufinden.«

»Sie sind mit Ihrem Bruder und seiner Schwarzen durch den Busch gezogen«, sagte Henry, und sogleich ging ihm auf, wie ungeheuer taktlos seine Äußerung war. »Entschuldigung, Missus O'Keefe. So habe ich das nicht gemeint.«

»Ich verstehe es schon richtig«, gab Kate zur Antwort. »Ich kann mir gut denken, dass sie ein wildes Nomadenleben geführt haben, aber ich bin sicher, dass sie sich bei mir eingewöhnen werden.«

»Bestimmt«, sagte er verlegen und beschäftigte sich mit seiner Tasse. Kate setzte sich gleichfalls an den Tisch, um selbst einen Schluck Tee zu trinken.

»Hat Tom ein anständiges Begräbnis bekommen?«, fragte sie leise. Henry senkte den Kopf.

»Wie es sich für einen Christenmenschen gehört. Dafür habe ich gesorgt. Es war das Mindeste, was ich für ihn tun konnte. Er war trotz allem ein guter Mensch«, sagte er stockend. Es fiel ihm nach wie vor schwer, seine gemischten Gefühle für den Mann auszudrücken, den er über Jahre hinweg gejagt hatte.

»Und ihre Mutter?«, fragte sie mit einem Blick auf die Kinder. »Hat man sie auch anständig begraben?«

Ein gequälter Ausdruck verfinsterte das bärtige Gesicht des Polizisten. »Sie war keine Christin«, gab er peinlich berührt zurück. »Wir haben sie da gelassen, wo sie umgekommen ist. Ich glaube, die Schwarzen machen das so. Bestimmt hätte sie es so gewollt.«

»Möglicherweise haben Sie Recht«, überlegte Kate. »Sie sind innerlich sehr mit dem Land verbunden, und so ist es wahrscheinlich richtig, dass ihre Seele dort bleibt, wo ihre Heimat war.« Sie ließ eine Pause eintreten und sah mit leerem Blick an Henry James vorbei. »Es ist nur so … ich vermute, mein Bruder hätte gern die Mutter seiner Kinder im ewigen Schlaf an seiner Seite gehabt.«

Darauf wusste Henry keine Antwort. Er hatte in seinem Leben viel erlebt, von den blutigen Schlachtfeldern der Krim bis zu den entsetzlichen Vertreibungen in der Kolonie. Tod war Tod. Es war Zeit für ihn aufzubrechen, Frau und Sohn warteten in Burketown auf ihn.

»Ich sollte mich allmählich auf den Heimweg machen«, sagte er schwerfällig. »Emma lässt grüßen, und ich soll ausrichten, dass Sie es nur zu sagen brauchen, wenn Sie Hilfe nötig haben.«

»Bitte danken Sie ihr in meinem Namen für das Angebot«, erwiderte Kate mit einem von Herzen kommenden Lächeln. »Sie können ihr sagen, dass ich sie besuchen werde, sobald sich die Kinder hier zu Hause fühlen. Sie kann mich natürlich auch besuchen, wenn sie Zeit hat.«

Kate begleitete ihn zur Tür und winkte ihm nach. Rumpelnd setzte sich das von einem einzelnen Pferd gezogene Fuhrwerk in Bewegung.

Sie kehrte in die Küche zurück, wo die Jungen sie argwöhnisch musterten. Sarah hingegen kam mit der Kleinkindern eigenen Neugier auf sie zu. Kate sah alle drei an, Tränen traten ihr in die Augen. Das war alles, was von ihrem Bruder geblieben war – drei Mischlingskinder. Drei Kinder, die zwischen zwei Welten gefangen sind, dachte sie mit zunehmender Verzweiflung. Doch sie verwandelte sich in Hoffnung, als die kleine Sarah ihr die pummeligen Ärmchen entgegenstreckte.

In diesem Augenblick wusste Kate, dass sie alle Widerstände überwinden würde, die ihr das grausame Leben in den Weg werfen konnte.

52

Niemand wusste genau, woher die Geschichten kamen, doch die alten Schafhirten erzählten sie den jungen Viehtreibern, und das so überzeugend, dass keiner über sie zu spotten wagte. In diesen Geschichten hieß es, dass das Land um den alten Vulkankegel auf Glen View verflucht sei, *baal*! Ein Ort, an dem man in drückend heißen Nächten unheimliche Feuerkugeln ziellos über die Ebene hatte rollen sehen, ein Ort, den die eingeborenen Viehhirten mieden, weil sie wussten, dass die Berge ein Heiligtum waren, dem die Lebenden Achtung schuldeten.

Sir Donald tat diese Geschichten als abergläubischen Unsinn ab. Er lebte allein in seinem neu errichteten großen Haus aus Lehmziegeln, das breite, kühle Veranden umliefen. Es hatte viele Räume, denn ursprünglich hatte dort Angus mit seiner Frau einziehen sollen. Sir Donald hatte sich von ihnen viele Kinder erhofft, die den Namen Macintosh weiterführen sollten. Jetzt aber war es leer, und Donald saß abends allein auf einer der Veranden und ließ den Blick trübselig über die Viehkoppeln und die Unterkünfte der Rinderhirten schweifen. Von seinem Platz aus konnte er auch das Grab seines Sohnes im Schatten eines großen alten Eukalyptusbaumes sehen.

Sechs Jahre waren vergangen, seit der Darambalkrieger Angus getötet hatte. Alljährlich unternahm Donald einen Pilgerritt zu der Stelle, wo sein Sohn sein Leben verloren hatte.

In den staubbedeckten Tiefen des Buschlandes, unweit des alten Lagerplatzes der Nerambura, die einst am Wasserlauf gelebt hatten, gedachte er seines Sohnes. Dort konnte er, auf seinem Pferd sitzend, wahrhaft trauern und sich mit Angus unterhalten, als wäre er noch am Leben. Er sprach mit ihm über die Erfolge des vergangenen Jahres, über das Land und darüber, wie er aus

Glen View einen Besitz machen wollte, auf den Angus stolz sein könnte, wenn er noch lebte. Wenn ihm die Stimme versagte, weinte er bittere Tränen um all das, was der Speer eines Darambalkriegers dahingerafft hatte.

Bei Sonnenuntergang trieb Sir Donald sein Pferd den Wasserstellen entgegen, an denen noch hier und da einzelne Knochen der Nerambura im Staub und dem trockenen Gras verstreut lagen.

Er stieg ab und beugte sich nieder, um mit den Händen aus dem seichten Wasserlauf zu schöpfen. Bald schon würde die fortdauernde Trockenzeit das Rinnsal versiegen lassen, sodass nur noch ein Wasserloch bliebe. Er trank mit einem Seufzer. Während er wartete, bis auch sein Pferd seinen Durst gestillt hatte, ließ er den Blick über das Buschland gleiten, über dem die Stille des herannahenden Abends lag. In dieser friedlichen Stunde war dem Land nichts von seiner üblichen Härte anzumerken; es lag unter den sanften Pastellfarben des Sonnenuntergangs in einer gleichsam erschöpften Gelassenheit da.

Aufmerksam spähte er nach Westen, wo sich jenseits des trockenen Buschlandes und der staubigen Ebene die langen Schatten niedriger Berge hinzogen. Die Hand über die Augen gelegt, sah er zum Gipfel des Heiligen Berges empor.

Mit einem Mal durchfuhr ihn die angstvolle Erkenntnis, dass er nicht allein war.

Vor der untergehenden Sonne erkannte er einen Unheil verkündenden Umriss. Ein hoch gewachsener nackter Krieger beobachtete ihn. Er brauchte das Gesicht des Mannes nicht zu sehen, sein Gefühl sagte ihm, wer es war.

»Du!«, zischte er, während er sich langsam vom Boden erhob und nach dem Revolver in seinem Gürtel griff. Dann sah er im orangefarbenen Schimmer der untergehenden Sonne eine undeutliche Bewegung und fühlte sich nach hinten gerissen. Der lange hölzerne Speer bohrte sich tief in seine Brust.

Unbeteiligt im Staub hockend, sah Wallarie zu, wie der weiße Mann starb. Der Speer hatte sein Ziel erreicht. Der Mann, der die Vertreibung von Wallaries Stamm befohlen hatte, lag, den Speer umklammernd, auf dem Rücken und sah aus verzweifelten Augen und immer noch voller Hass zu dem Mann empor, der ihn gerichtet hatte. Sir Donald Macintosh starb mit einem erstickten gälischen Ausruf, den Wallarie nicht verstand.

Als der Mann tot war, stand Wallarie auf und ging dem Heiligen Berg entgegen.

Eines Tages würde er kommen.

Wallarie wusste nicht, wann, er wusste lediglich, dass es den Krieger aus der Höhle wirklich gab. Auch in diesem Augenblick rief ihm jemand von jenseits des Grabes zu, er solle den Teufel mit den blassblauen Augen und dem schwarzen Herzen aufspüren und töten.

Zwar kannte er den Zeitpunkt nicht, zu dem sich der Geist des Kriegers aus dem Grab erheben würde, wohl aber wusste er, dass die weißen Männer von Glen View den toten Grundbesitzer irgendwann finden und den Nerambura-Speer erkennen würden.

Es war wichtig, dass die weißen Männer den Speer des letzten überlebenden Kriegers der Nerambura erkannten. Er war der Letzte seines Stammes.

Epilog

Jenseits des breiten Flusses, der Mexiko von den Vereinigten Staaten Nordamerikas trennt, lagen El Paso und Fort Bliss. Von diesem Fort aus ritt Major Alfred A. Lees von den Streitkräften der Vereinigten Staaten in Gesellschaft eines Mannes, den alle Welt als Maori Jack kannte, zu El Pasos Schwesterstadt, El Paso del Norte.

Sie überquerten den träge unter der glühenden Sonne fließenden, breiten Strom. Gekleidet waren sie wie Menschen, die es nie lange an einem Ort hält und die in dieser Gegend nicht selten waren. Ihr Auftrag auf mexikanischem Gebiet war heikel, und das Tragen einer Uniform wäre ihrer Begegnung mit dem Mann nicht förderlich gewesen, den Maori Jack vor Wochen bei einer Zecherei in einem mexikanischen Bordell erkannt hatte.

Zwar waren die beiden bewaffnet, denn in jener Gegend konnte es ohne weiteres geschehen, dass jemand einem Gringo die Kehle durchschnitt, nur weil ihm dessen Stiefel in die Augen stachen, doch sie trugen ihre Waffen verborgen. Obwohl sie sich als Vagabunden verkleidet hatten, erweckten beide den Eindruck, als empfehle sich der Versuch nicht, ihnen ihre Stiefel fortzunehmen. Major Lees Gesicht war durch die Teilnahme an so manchem Feldzug geprägt, und der stämmige Mann, der an seiner Seite ritt, trug zahlreiche Narben. Sie zeigten eindrucksvoll, dass er vor gewalttätigen Auseinandersetzungen nicht zurückschreckte.

In der mexikanischen Stadt angekommen, banden sie ihre Pferde vor einer Schenke an und betraten dann wachsam das alles andere als einladend wirkende Lokal. Vom Eingang aus sahen sie sich suchend nach dem Mann um, von dem Maori Jack versichert hatte, dass er sich dort befinden werde. Befriedigt nickend führte Jack den Major an einen roh gezimmerten Tisch in einer Ecke, an dem ein hoch gewachsener, breitschultriger junger Mann saß und sie musterte. Eine schwarze Lederklappe verdeckte eins seiner Augen.

»Hier ist der Major«, sagte Maori Jack, als er den Tisch erreicht hatte, und sah auf den jungen Mann, der den Blick seines grauen Auges abschätzend über die beiden Besucher gleiten ließ. »Er will mit Ihnen was besprechen, was mich nichts angeht.«

»Danke, Jack«, sagte der junge Mann, ohne sich zu erheben. »Bestellen Sie sich an der Theke was zu trinken, während ich mit dem Major rede.« Er nahm einen Silberdollar aus der Tasche und schob ihn über die Tischplatte.

»Guter Gedanke«, sagte Maori Jack, nahm die Münze mit befriedigtem Lächeln an sich und ging zur Theke, wo ein Mestize die beiden Fremden aus dunklen Augen musterte. Bis auf die drei Gringos war das Lokal leer, und der Mann war froh um die Gäste.

»Soweit ich weiß, heißen Sie Michael Duffy und suchen Arbeit«, begann der Major, während er am Tisch Platz nahm.

Nickend schob ihm Michael eine Flasche mit einer wasserhellen Flüssigkeit und ein Glas hin. Seiner Sprechweise nach schätzte Michael den Major, den er für Mitte dreißig hielt, als Absolventen der Militärakademie West Point ein.

»Stimmt«, sagte er und goss sich sein Glas voll. »Seit man Señor Pablo Juárez zum Präsidenten von Mexiko gewählt hat, bin ich sozusagen arbeitslos.«

Der Major goss sich ebenfalls etwas von dem scharfen Getränk ein und nippte vorsichtig an seinem Glas.

»Sie haben eine interessante Vergangenheit, Mister Duffy«, sagte er und konnte nicht verbergen, dass der scharfe Schnaps seine Augen tränen ließ. »Sie haben nicht nur auf der Seite der Union gekämpft, sondern auch in den Maori-Kriegen auf Neuseeland unter Graf Ferdinand von Tempsky und zuletzt in der Armee von Juárez gegen die Franzosen hier in Mexiko. Angesichts Ihrer Jugend verfügen Sie über eine beachtliche militärische Erfahrung. Wie alt sind Sie, fünfundzwanzig, dreißig?«

»Siebenundzwanzig«, gab Michael zurück. »Ist das von Bedeutung für meine Aussichten, für Sie zu arbeiten?«

»Nicht unbedingt«, sagte Lees mit dem Anflug eines Lächelns. »Damit will ich nur sagen, dass Sie für einen so jungen Menschen verdammt viel zu bieten haben. Und zu alledem sind Sie eigentlich tot, wie mir Maori Jack berichtet hat, jedenfalls ist man in Neuseeland dieser Ansicht. Haben Sie nicht auch als Hauptmann die Ehrenmedaille des Kongresses erworben?« Es klang wie eine Feststellung.

»Das hat mich mein verdammtes Auge gekostet«, antwortete Michael missmutig. »Es noch zu besitzen wäre mir lieber als der Orden. Die Veränderung in meinem Gesicht hat mir nicht besonders geholfen, mich vor meiner Vergangenheit zu verstecken.«

»Maori Jack hat mir davon berichtet, wie Sie gemeinsam mit ihm in Neuseeland gekämpft haben«, fuhr Lees fort. »Vielleicht ist es Ihr Glück, dass er Sie nach all diesen Jahren erkannt hat, denn Sie scheinen genau über die Fähigkeiten zu verfügen, die ich suche ... für den Auftrag, um den es geht.«

»Und um was handelt es sich dabei?«, fragte Michael herausfordernd. »Spionage?«

Stirnrunzelnd beugte sich der Major über den Tisch.

»Wir ziehen den Ausdruck ›Aufklärung‹ vor«, betonte er. »Und man gewinnt damit Kriege, die bornierte Befehlshaber verlieren, wenn man ihnen nicht genau erklärt, was die Gegenseite weiß und was sie zu tun beabsichtigt. So ist uns beispielsweise bekannt, dass man Sie an Ihrem früheren Wohnort Sydney in Neusüdwales wegen Mordes sucht. Soweit ich weiß, wird man dafür in Australien ebenso gehenkt wie hierzulande.« Befriedigt sah er, dass er mit diesen Worten jeglichen Hochmut vom Gesicht seines Gegenübers gewischt hatte.

Es war ihm nicht schwer gefallen, diese Einzelheiten über Michael Duffys Vergangenheit in Erfahrung zu bringen. Denn Maori Jack wusste, warum der junge Ire als angeblich im Kampf gefallen untergetaucht war, nachdem beim Feldzug von Waikato im Jahre '63 durchgesickert war, wer er wirklich war. Gemeinsam hatten die beiden in einem der Freischärler-Trupps des legendären preußischen Abenteurers Graf Tempsky gegen die Maoris gekämpft. Nachdem Maori Jack Michael dabei unterstützt hatte, sich in Neuseeland dem Arm des Gesetzes zu entziehen, war er nun zufällig Tausende von Kilometern von jenem Schauplatz entfernt in einem mexikanischen Bordell wieder auf ihn gestoßen.

»Ich brauche Arbeit«, sagte Michael, von der Direktheit des Majors ernüchtert. »Leider sieht es ganz so aus, als könnte ich nichts anderes als das, was ich seit meiner Flucht nach Neuseeland getan habe. Wenn Sie diese Art von Arbeit für mich haben, bin ich Ihr Mann.«

»Ich denke, der sind Sie, Mister Duffy«, gab Lees zurück. »Sobald ich die Zustimmung meiner Vorgesetzten in Washington habe, bekommen Sie Ihre Aufgabe zugewiesen. Dann können Sie diese mexikanische Scheiße hinter sich lassen und in die Vereinigten Staaten heimkehren.«

»Um heimzukehren, Major, muss ich ein ganzes Stück weiter reisen als in die Vereinigten Staaten«, sagte Michael ruhig. »Nämlich ans andere Ende der Welt, jenseits des Ozeans.«

»Ach ja, hab ich ganz vergessen«, sagte der Major und nahm tapfer einen Schluck aus seinem Glas. »Sie sind ja Ire.«

Michael sah ihm kurz in die Augen und gab zurück: »Früher war ich mal Australier, jetzt aber kämpfe ich für jeden, der mich bezahlen kann.«

»Vielleicht können Sie ja eines Tages tatsächlich heimkehren«, sagte der Major. Er erhob sich und sah zu Maori Jack hinüber. »Melden Sie sich nächste Woche bei mir in Fort Bliss. Ich werde Ihnen dann offiziell bestätigen, dass Sie in Südamerika einen Auftrag für uns zu erledigen haben. Maori Jack sagt mir, dass Sie ganz ordentlich Spanisch sprechen.«

Michael sah den beiden nach, als sie auf die im grellen Sonnenlicht liegende Straße traten. Während sein Blick auf dem hell erleuchteten Rechteck der Tür lag, kehrten seine Gedanken zu einem Ort zurück, an den er viele Jahre nicht gedacht hatte. Die Notwendigkeit zu überleben hatte ihn gezwungen, sich mit den

Orten zu beschäftigen, an denen er sich gerade befand. Auf welch unvorstellbare Weise hatte sich sein Leben in sechs kurzen Jahren verwandelt! Alles, was er seit jener schicksalhaften Nacht in einer Gasse des Hafenviertels von Sydney erlebt hatte, war Krieg gewesen. Jetzt aber hallten die Worte des amerikanischen Majors in ihm nach: »Vielleicht können Sie ja eines Tages tatsächlich heimkehren.«

Ihm war klar, dass er als ein anderer auftreten musste, wenn es je dazu kam. Das aber würde nicht schwer sein. Der Krieg hatte ihn verändert. Auf den Schlachtfeldern hatte er all seine schöpferischen Fähigkeiten für immer verloren. Er war Söldner. Maler wollte er nicht mehr werden. Vielleicht würde er wirklich eines Tages heimkehren, überlegte er. In dem Fall gab es so manche Rechnung zu begleichen.

Anmerkung des Verfassers

Wie bei historischen Romanen allgemein üblich, wurden auch hier Tatsachen und Erdachtes zu einem Handlungsgeflecht verwoben. Mit Ausnahme der Darambal, die in Queensland das Gebiet um das Fitzroy-Becken bewohnten, und der Kalkadoon, sind alle Ureinwohner-Stämme frei erfunden.

Die von der Polizei durchgeführten Vertreibungen von Ureinwohnern (ein Euphemismus für Völkermord), die keineswegs im Einklang mit den damaligen Gesetzen standen, sind hinreichend belegt. Zur Ehrenrettung der Berittenen Eingeborenenpolizei muss man aber hinzufügen, dass nicht alle Offiziere ihre Macht so missbrauchten wie Lieutenant Morrison Mort, dessen Verhalten in etwa dem des berüchtigten Frederick Wheeler entspricht. Er wurde schließlich von den Behörden festgesetzt, ohne dass man je ein offizielles Verfahren gegen ihn eröffnet hat. Irgendwann ist er verschwunden, angeblich nach Amerika. In der Überlieferung der Ureinwohner allerdings heißt es, ihm sei zwar die Flucht vor den Gesetzen der Weißen gelungen, nicht aber vor den ihren, und ihn habe seine verdiente Strafe ereilt.

Im Unterschied zu Morrison Mort hat es Wentworth D'Arcy Uhr wirklich gegeben. Er wurde im Jahre 1866 mit einundzwanzig Jahren im Rang eines Lieutenant zum Befehlshaber der Berittenen Eingeborenenpolizei in Burketown ernannt. Was er erlebt hat, könnte allein schon als Grundlage eines spannenden Abenteuerromans dienen. Zwar geht seine Beteiligung an der Jagd auf Tom Duffy auf dichterische Freiheit zurück, doch ist dieses mühselige und gefährliche Unternehmen kennzeichnend für seine Vorgehensweise.

Das frühere Port Denison heißt heute Bowen. Burketown, die winzige Hauptstadt von Burke's Land, das mittlerweile den

Namen Gulf Country trägt, ist ein Ort mit einer wilden und buntscheckigen Vergangenheit, dessen Besuch sich für einen unternehmungslustigen Reisenden durchaus lohnt.

Sofern Leser in diesem Buch aufschlussreiche Parallelen zum so genannten amerikanischen Wilden Westen sehen, sei gesagt, dass dieser Eindruck einer näheren Überprüfung durchaus standhält. Der Colt und das Snyder-Gewehr begleiteten den Siedler in den Grenzgebieten Australiens ebenso, wie seinen Gefährten in Amerika der Colt und die Winchester. In beiden Fällen war die Wirkung dieser Waffen auf die eingeborene Bevölkerung von vergleichbarer Tödlichkeit.

Die Beschaffung von Arbeitskräften auf den Pazifikinseln ist mit der Sklaverei in den Vereinigten Staaten in der Zeit vor dem blutigen Bürgerkrieg ebenfalls vergleichbar, doch sollte man bedenken, dass nicht alle Anwerbungsunternehmen so barbarisch verliefen wie bei Mort. Ein großer Teil der Angeworbenen war nur allzu gern bereit, die Heimatinseln und das elende Leben dort zu verlassen, um mit ihrer Hände Arbeit in der fernen Kolonie Queensland europäische Waren erwerben zu können.

Die in diesem Roman angesprochenen Pflegehäuser hat es tatsächlich gegeben; sie sind ein finsteres und unrühmliches Kapitel in Australiens bunter Geschichte. Im Jahre 1866 befasste sich ein Sonderausschuss des Parlaments zu Fragen der Registrierung von Geburten, Todesfällen und Eheschließungen mit der weit verbreiteten Praxis, sich unerwünschter Säuglinge auf diese Weise zu entledigen, und 1892 wurde endlich ein Kinderschutzgesetz verabschiedet. Im Jahr darauf wurde ein gewisser John Makin wegen zahlreicher Fälle von Kindesmord durch den Strang hingerichtet. Seine Frau wurde zu lebenslänglicher Haft verurteilt. Sie hatten über Jahre hinweg in Hinterhöfen der Stadt Sydney die Leichen von Säuglingen vergraben, von denen man seither mindestens fünfzehn aufgefunden hat. Möglicherweise wird man nie erfahren, in wie vielen weiteren Hinterhöfen solche winzigen Skelette liegen ...

Doch am besten beschreiben all das und noch weit mehr Glenville Pike und Hector Holthouse, die beiden Autoren historischer Darstellungen, auf die ich mich bei der Abfassung meines Romans gestützt habe. Sie haben das Geschehen an der Grenze von Queensland ausführlich beschrieben, und ich empfehle die Lektüre ihrer Werke nachdrücklich jedem, der über Australiens wilden Norden im 19. Jahrhundert mehr erfahren möchte.

Danksagung

Drei guten Bekannten aus Cairns bin ich für ihre Unterstützung zu Dank verpflichtet. Brian Simpson hat mich zu den Flüssen und in die Regenwälder im äußersten Norden von Queensland geführt. Mit Len Evans hat mich das Glück bei der Arbeit in den Siedlungen der Ureinwohner des Gulf Country zusammengeführt. Unsere Mahlzeiten bestanden damals aus frisch gefangenen Barramunda-Fischen und im Schlamm lebenden Krebsen, weil wir uns Fleischpasteten nicht leisten konnten. Phil Murphy schließlich besaß die Fähigkeit, mir die historisch richtige Antwort auch auf die ungewöhnlichste Frage zu geben, die bei meinen Nachforschungen aufkam.

Einen Roman veröffentlicht man nicht ohne Hilfe. Daher möchte ich gern meinem Agenten Tony Williams danken, dessen Geduld endlich belohnt worden ist; Brian Cook, dessen Beurteilung des Manuskripts den Ausschlag gegeben hat; Cate Paterson und Madonna Duffy, die mit ihren Vorschlägen und ihrer Bearbeitung dazu beigetragen haben, dem Buch seine endgültige Gestalt zu geben, sowie den großartigen Leuten im Verlag Pan Macmillan, mit denen die Zusammenarbeit ein Vergnügen war.

Zum Schluss gilt mein Dank dem Geist des Gulf Country, dessen Macht meine Seele für immer in seinen Bann geschlagen hat. Das mag jedem Touristen zur Warnung dienen, den sein Weg vom europäischen Luxus der Küstenregionen Australiens in jene herrlichen, sich endlos bis zum Horizont erstreckenden Gebiete führt. Jeder kann erfahren, was die Ureinwohner seit Jahrtausenden wissen – dass die Erde einen wirklichen Geist besitzt.